歴史物語の創造

How were the historical narratives made up in the Heian Period?

福長 進
FUKUNAGA Susumu

笠間書院

『歴史物語の創造』目次

序論

一

まず本書のタイトルに用いた「歴史物語」という名称についてふれておこう。この名称をつとに用いたのが黒川真頼であったことを松村博司氏が指摘しておられる（注1）。黒川のいう歴史物語の中には軍記物語などが入っており、『群書一覧』において雑史類に分類されている作品群とほぼ重なり、なお伝統的な分類法に基づく名称であることは否めないが、国史の編纂途絶後に、「教訓・人情物語」が世の中にひろく流布している時代状況のなか誕生した「歴史の時実・治乱興廃を見せることを趣意として筆記したもの」を「歴史物語」とし、『栄花物語』をその嚆矢とするなど（注2）、今日いわれている歴史物語の性格の基本はとりおさえられているといえよう。その後、「仮名文の国史」「雑史」などの名称と混在して「歴史物語」は用いられたが、その定義を明確に行い、歴史物語を物語の一ジャンルを表す呼称として定着させたのが芳賀矢一であった（注3）。「平安時代に発生した仮名物語の歴史」「国文で記した歴史として、漢文の歴史に対して興味あるもの」とし、『栄花物語』、『大鏡』をはじめとする「四鏡」に加え、江戸時代になる荒木田麗女の『池の藻屑』『月の行方』も同一系統の作品とした。今日、研究者によって若干の出入りはあるものの、歴史物語はこれらの作品群の総称として定着し、流通している。歴史物語に所属する作品は、その嚆矢である『栄花物語』正編を除いて、先行する作品（群）が対象化する歴史の後を継いだり、空白を埋めたりするかたちで相互に連環体をなし、歴史物語は全体として一応、神武天皇から後陽成天皇までの仮名文の歴史叙述となっている。つまり、各作品の個性を残しつつも、ひとつの歴史編述の営みとして歴史物語を評定する視座を設定することができるだろう。本書は、歴史物語を、ジャンルの呼称ではなく、作品を越えて連環体をなす歴史編述の謂で用いる。

如上の視座から歴史物語を捉えるとき、『栄花物語』と『大鏡』の関係は無視し得ないであろう。なぜなら、『栄花物語』正編が対象化した歴史を、多少ずらしながら『大鏡』が再対象化しているからである。『大鏡』が『栄花物語』正編を原資料としていることは先学によって明らかにされているが(注4)、『大鏡』に『栄花物語』正編の歴史叙述の書きかえを促した理由が、両作品の歴史叙述のシステムや両作品の成立の背景をなす政治状況などを勘案しながらまず明らかにされなければならないだろう。また、『栄花物語』続編は正編を継いでいる。一方、『大鏡』は語りの現在を万寿二年(一〇二五)としているが、その成立はそれより数十年後のことであることは数々の内部徴証から明らかである。『大鏡』は道長の栄華の頂点にあたる時点にこだわって語りの現在を選んでいるといえるが、数十年にわたる、語られざる歴史を抱え込んでいるとみることもできよう。それは『栄花物語』続編の歴史叙述の過半に相当し、実は『大鏡』と『栄花物語』続編は同時代を対象化していると捉えることができるのである。『栄花物語』続編と『大鏡』の関係も、両者の歴史叙述の内質や成立の環境を踏まえて明らかにする必要があろう。本書は、『栄花物語』正編、『同』続編、『大鏡』の三者の関係を明らかにすることを議論の中心に据えている。

二

『栄花物語』は『源氏物語』の圧倒的な影響のもとに誕生した。『栄花物語』が後宮を叙述の主対象に据えて九条流の発展や道長の栄華を書こうとしたのも、『源氏物語』が開巻から後宮世界を描いていることと無縁ではなかろう。いうまでもなく、後宮は、貴顕が自分の娘を入れ、娘が帝寵を得て皇子を生み、その皇子が立坊、即位することによって外戚臣として政治の実権をふるう、摂関政治の行方を決定する重要な場であった。この後宮をめぐる摂関政治の諸概念をはじめてかたちにしたのが、実は『源氏物語』であった（注5）。

『源氏物語』桐壺巻に、桐壺帝が桐壺更衣を寵遇することが後宮の秩序の混乱を招くものとして描かれ、秩序を保持するための厳然たる掟があぶり出されている。それは、帝は後宮に入った女性たちにその出自に応じて愛情を分配しなければならないということであった。この掟は、『栄花物語』にも誤りなく理解され、村上天皇の聖性を証し立てる理由のひとつとして数えられているし（巻第一、月の宴①二〇）、村上天皇の東宮時代、最初にその掖庭に入り、帝寵も厚く、後宮の融和に貢献した中宮安子を、その薨後、「おほかたの御心ざま広う、まことのおほやけとおはしまし、かたへの御方々にもいと情あり、おとなおとなしうおはしましし」（①五四）と「かたへ」の女御、更衣が追懐するくだりにも働いているだろう。また、村上天皇が晩年、安子の妹、登子を寵愛し、人々の非難を招いたこと（①五一〜五二）、花山天皇が藤原朝光女、姫子を殊遇するが、にわかにさめてしまったこと（巻第二、花山たづぬる中納言①一二二〜一二四）、さらに花山天皇が藤原為光女、忯子を愛し、忯子が身重のまま亡くなると、その後世を弔って出家したこと（①一二五〜一三五）を記すところにもこの桐壺巻の引用がみられ、後宮の掟破りが天皇の治世の終焉を印象づける指標となっている。

あるいは、桐壺巻にみられる、後見のない光源氏の立太子を断念し、臣籍に降下させることを決断する桐壺帝の苦悩から、『栄花物語』は御代の安泰のためには後見の存在が不可欠であることを学んだのではなかろうか。巻第八、初花は敦成親王の誕生を主に記している。『紫式部日記』を原資料として、それによりながら叙述がなされている。その中にあって『紫式部日記』と取用関係がなく、おそらく『栄花物語』の書き加えと思われる記述がある。一条天皇が土御門第に行幸し、生まれて程ない敦成親王と対面する場面である。

上（一条天皇）の見たてまつらせたまふ御心地、思ひやりきこえさすべし。これにつけても、一の御子（敦康親王）の生れたまへりしをり、とみにも見ず聞かざりしはや、なほずちなし、かかる筋にはただ頼もしう思ふ人のあらんこそ、かひがひしうあるべかめれ、いみじき国王の位なりとも、後見もてはやす人なからんは、わりなかるべきわざかなと、思さるるよりも、行末までの御有様どもの思しつづけられて、まづ人知れずあはれに思しめされけり。（①四一五）

敦成親王の誕生を喜ぶ一条天皇が第一皇子、敦康親王（藤原道隆女定子所生）の誕生の折のことに想到し、後見の有無による皇子の境遇の落差を痛覚し、将来の立太子問題にまで思慮をめぐらしている。そこには、両皇子を取り巻く現在の政治状況のみならず、それをもたらした、既述された過去の歴史――道長の栄華と中関白家の没落――が見据えられ、さらに後に触れられていく将来の立太子のことまでも視野に収められている。一条天皇の当座の個人的感懐のレベルを越えて、『栄花物語』の作者が見通す、過去・現在・未来にわたる歴史の展開が一条天皇の感懐に付託されるかたちであらわれているというべきであろう。後見の有無が皇嗣決定の重要な判断材料であることが端的に示されているのみならず、それが歴史展望の基底に据えられていることが知られる。〈後見の重要性〉は『栄花物語』が『源氏物語』から学んだ史観のひとつと考えられる。このように『栄花物語』は『源氏物語』がかたちにした摂関政治の諸概念によって実際の歴史を対象化し、六国史とは著しく相貌を異にする後宮史を作り上げることができたのである。

三

『源氏物語』の『栄花物語』への影響は、歴史をどのように捉えるかという点だけではなく、歴史をどのように再現するか、すなわち出来事の細部の形象化にもみられる。たとえば、巻第五、浦々の別。伊周が配所に出立する前に二条第を夜陰にまぎれて抜けだし、木幡にある父道隆の墓前に詣り、父の御霊にむかって無実を訴え、中宮定子の出産を守護するように願うくだりは、『源氏物語』須磨巻の、光源氏が桐壺帝の山陵に詣でた場面をふまえた書きなしであった。『栄花物語』が木幡から北野にむかったとする伊周の逃隠先をめぐっては、当時様々な風聞があったことが予想されるにしても、『小右記』や『日本紀略』が伝えるのとは異なり――『小右記』は愛太子山、『日本紀略』は春日社――、『源氏物語』の直接的影響のみならず、『源氏物語』に投影されている過去の同種の配流事件との関わりが指摘される。それを証すかのように、逃隠先から二条第にもどってくる伊周を「かの光源氏もかくやありけむ」（①二四八）と記している。また配所の伊周、隆家が召還される理由も、『源氏物語』明石巻にみられる光源氏の召還に至る経緯をふまえたものであろう。朱雀帝は皇子誕生がきっかけとなって東宮への譲位を思い立ち、その後見として光源氏を都へ呼びもどすことを決定するのであった。それは桐壺院の遺言の履行でもあった。『栄花物語』は『源氏物語』によって敦康親王の誕生を親王のおじにあたる伊周、隆家の召還理由とする。『小右記』や『日本紀略』が伝える両人の召還は、東三条院詮子の病悩快癒を願う恩赦によるものであった。召還の年時も『栄花物語』は史実より一年後のこととし、同時に召還の理由とされた敦康親王の誕生を史実より一年前のことと位置づけ、著しい事実離れをもたらしている。巻第五後半は細部の形象にとどまらず、歴史の因果関係の認定にまで『源氏物語』の表現と論理が浸透している。

もう一例、巻第二十六、楚王の夢をみよう。巻第二十六は東宮妃嬉子（道長女）が親仁親王を生み、三日目に亡くなったこと、遺族の悲しみ、殯、葬送などが描かれている。巻名は、嬉子葬送の当夜、東宮敦良親王が一睡もできず、嬉子との短かった結婚生活を、『文選』巻一九「高唐賦并序」にみえる、楚の懐王が夢の中で巫山の女と契りを交わしたというはかない故事に思いなぞらえて、惑乱したとあるのによる。続いて記される、東宮の心中を忖度してある人が詠んだ歌「ほどもなく雲となりぬる君なれば昔の夢の心地こそすれ」（②五二七）も「高唐賦并序」の「去ルトキ辞シテ曰ク、妾ハ巫山ノ陽、高丘ノ岨ニ在リ。旦ニハ朝雲ト為リ、暮ニハ行雨ト為リ、朝々暮々、陽台ノ下ニアリト」をふまえる。実は『源氏物語』葵巻の、葵の上の死を悼んで光源氏と頭中将が歌を交わす場面も「高唐賦并序」ならびに、これをふまえた『劉夢得外集』の「有所嗟」が引用されている。そもそも葵の上も男子（夕霧）を生んで間もなく亡くなっていること、亡くなったときが八月十五日前後であることなど、嬉子の死と酷似している（注6）。巻第二十六の叙述には葵の上の死の描写が色濃く影を落としている。一方、嬉子の葬送は八月十五日であったが、当夜のことを「今宵の月はめでたきものといひ置きたれど、まことに明きはいとありがたうのみありけるに、今宵の月ぞ、まことにかぐや姫の空に上りけんその夜の月かくやと見えたる」（②五二六～五二七）と記している。嬉子の火葬とかぐや姫の昇天とが重ね合わせられている。『源氏物語』御法巻にみえる紫の上の死は八月十四日、葬送は八月十五日であった。幻巻の、光源氏が紫の上の手紙を焼却する場面も含めて、御法巻に『竹取物語』引用を見て取るのはたやすかろう（注7）。巻第二十六の叙述は『竹取物語』引用を回路として御法巻と通底する。嬉子に先立たれた道長の嘆きは、『竹取物語』の翁や帝のそれに、さらには光源氏の惑乱に比すべきものとして描出されている。

以上、巻第五と巻第二十六を例に挙げて、『栄花物語』の出来事の細部の形象に『源氏物語』がどのように与っているのか、検討を加えた。『栄花物語』の歴史の捉え方から個々の叙述に至るまで『源氏物語』の影響は大きく、『源氏物語』の存在抜きには『栄花物語』の達成はあり得なかったと言っても、過言ではなかろう。しかし、かかる説明により『栄花物語』の歴史叙述が『源氏物語』を母胎として誕生したことは少なくとも了解されるだろうが、なぜ『源氏物語』は『栄花物語』を生んだのかという問いに対しては、直接的な解答にはなっていない。そのためにはやはり、『栄花物語』がなぜ仮名文の歴史を案出したのかを、時代背景を含めて『源氏物語』との関係性において問う他はなかろう。それは、とりもなおさず『栄花物語』から『源氏物語』の内質を照射することになるのである。

四

『栄花物語』が仮名文の歴史を発案した要因として官撰史書の途絶が指摘されている。赤染衛門を『栄花物語』正編の作者（編者）と見なした上で、次のような仮説が提出されている。官撰史書は『日本三代実録』を最後に途絶えるが、実は七番目の国史――『新国史』とも『続三代実録』とも――の編纂事業はしばらくの間続けられていた。しかし、未定稿に終わり、奏覧にまで至らなかった。この『新国史』の編纂に撰国史所の別当として代々従事したのが学問の家、大江家であった。大江匡衡と結婚した赤染衛門は大江家の『新国史』編纂という遺志を継いで、仮名文で――赤染衛門が女性だからというのであろう――歴史を書くことを思い立ったというのである（注8）。大江家に集積された史料群を活用し、また部分的には夫、匡衡の助力を得て『栄花物語』の編述が行われたと推測されてもいる。確かに、『栄花物語』の歴史叙述は宇多天皇からはじまり、村上天皇の御代から本格化していて、六国史あるいは未定稿に終わった『新国史』――宇多、醍醐二代の歴史とする説（『拾芥抄』）と宇多、醍醐、朱雀の三代を扱うとする説（『本朝書籍目録』）がある――を継ぐ格好にはなっている。六国史の途絶は私撰国史の編纂を促した。『日本紀略』の第一部（神代〜光孝）が六国史の抄出であるのに対して、第二部は宇多から後一条までを収めている。また藤原通憲が鳥羽法皇の命を蒙って編纂を開始した『本朝世紀』も宇多から堀河までの歴史を書くことを目標に据えていた。官撰国史の欠を補うことが私撰国史の編纂目的であったことは疑いの余地はなかろうが、さりとてそれがそのまま仮名文の歴史を書くことを促した直接的な要因だとは言い切れないだろう。だから、修史の家に嫁した赤染衛門を作者と見なすことによって、六国史の途絶と仮名文の歴史の誕生を説得的に関連づけようとするのでもあろう。しかし、赤染衛門作者説は鎌倉時代、剣阿によって記された「日本紀私抄」にみえる古説であり、さまざまな状況証拠を積み重ねることによって有力視されてはいるけれど、赤染衛門を作者と断じるだけの決定的な証拠に欠ける。だとすれば、六国史の途絶は仮名文の歴史創出の間接的、外的要因にとどめておくべくだろう。

一方、仮名文には個別の出来事の記録である女房日記の伝統――たとえば歌合日記など――があり、仮名文の歴史を生み出す地盤は整えられていた。実際『栄花物語』巻第八、初花が『紫式部日記』を原資料として取用していることはよく知られており、他に巻第十七、音楽、巻第十八、玉の台の原資料として尼たちの法成寺拝観記のようなものが想定されている。この二つにとどまらず数多の女房日記が原資料として集積され活用されたことが、『栄花物語』の歴史叙述に残る原資料取用の痕跡からうかがわれる。『栄花物語』の歴史編述が可能となる状況は確かに用意されていた。しかし、仮名文の記録の積堆がどんなに厚みを増そうとも、それらを用いて歴史を書くこととの距離は大きい。その距離を埋めるべき新たな仮名文の創出をまって、『栄花物語』の歴史叙述の誕生があったと思うのである。この新たな仮名文こそが『源氏物語』に他ならない。

五

『源氏物語』の出現は、それまでの物語概念を一変させるものであったことが同時代資料から知られる。『紫式部日記』に、一条天皇が女房に『源氏物語』を読ませて、その折の感想として「この人は日本紀をこそ読みたるべけれ。まことに才あるべし」（二〇八）と称えるくだりがある。同時代の好文の帝が『源氏物語』を歴史に比肩するものとして高く評価したということであろう。そもそも「いづれの御時にか」という書き出しからして当時の物語読者を驚かせたに相違ない。流布本『伊勢集』の冒頭「いづれの御時にかありけむ」によるとか、逆に『伊勢集』が『源氏物語』に倣ったとかいわれているけれど、それまでの「昔」「今は昔」ではじまる物語とは異質である。「いづれの」と朧化した時間の提示は、不定形と捉えようとも未定形と捉えようとも、これから語られる事柄が現在と隔絶した過去に属することではなく、現在と少なからず関わりのある過去のことであり、したがって享受者にいいかげんに読んだり聞いたりすることを許さぬ緊張感を強いることになる。しかも「御時」である。天皇の治世を語ろうとする。天皇の治世のことを書き記すのは、本来、官撰国史が担うべき役割であったことを思えば、物語が歴史の領分に入り込もうとしているとも解せられる。「いづれの御時にか」という冒頭に衝撃を受けた享受者が身構えて、つづく「女御更衣あまたさぶらひたまひける中に」という情報に接するとき、おそらく天皇の後宮に数多のキサキが入っていた御代を思い浮かべるだろう。桓武か、嵯峨か、醍醐か、村上かと。少なくとも藤原北家の女性によって後宮が独占される以前、すなわち村上天皇以前の御代を享受者は想定することになろう。しかも、キサキが数多入っていることは、その帝が臣下の支持を得てすぐれている――御代の安寧が確保された聖代である――ことの証であるし、執政者たる家筋が固定化されておらず、天皇との外戚関係を築くのに成功した貴族が台頭する可能性のあることを示している。だから天皇と臣下との間に結ばれた多様で複雑な人間関係を秩序化して、それを維持することが御代の安泰にとって不可欠であったにもかかわらず、「いとやむごとなき際にはあらぬが、すぐれて時めきたまふありけり」と、身分のあまり高くない更衣を帝は寵愛し、自らその秩序を乱した。先に述べた後宮の掟破りであった。享受者はここで予想に反して、聖帝のイメージとはほど遠い、帝の人間的な側面を垣間見ることになる。帝といえども人間であるからひとりの女性を偏愛することはあり得ぬことではないと、大方の享受者は思いがけない展開に驚きつつも承認することになろう。このように『源氏物語』は発端から、実際に過去にあり得たかもしれない出来事だと享受者に受けとめられるように仕組んでいる。別言すれば、過去のいついつのこととは特定できないまでも、歴史の節目においてとある要因が加われば、そのような事態も起こりえたという、いわば可能態の歴史を模索しているのだといえよう。

当時の物語概念を一変させた営みの理論的裏付けとなる物語観を開示しているのが、蛍巻の物語論であろう。光源氏の論であるが、『源氏物語』の内質に迫る言説であるといえよう。まず光源氏が物語に没頭する玉鬘にむかって、物語は「そらごと」だと揶揄する。それに対して玉鬘は「まこと」だと応じる。玉鬘の反発に光源氏は前言を翻して、玉鬘の意見に同調し、物語は誇張はあるがこの世の人間の姿を描いていると述べる。光源氏がいとも簡単に最初の発言を撤回するところに、玉鬘の反発を予め予想し、それに乗じて物語は「そらごと」だという物語観を打破しようとする作為を見て取ることができるだろう。あまりにも有名な「日本紀などはただかたそばぞかし。これらにこそ道々しく詳しきことはあらめ」という発言も、〈「歴史」＝「まこと（真実）」↕「物語」＝「そらごと（虚構）」〉という固成された図式、すなわち物語は根も葉もないことを作り出すのに対して、歴史は過去をありのままに再現するという考え方に対する反措定であった。この発言でいわれていることは、歴史も物語もともにこの世の人間の姿を描き、本質的には違いはなく、出来事のどの側面をどのように描くかが異なるということであろうか（注9）、あるいは『源氏物語』が准拠の方法を用いて虚実を織り交ぜて可能態の歴史を書こうとしている点に注目すれば、「歴史的事実というものはまさに虚構の物語の形をとってしか立ち現れはしないこと」（注10）であろうか。いずれにしても、事実は動かし難い客観的な対象物ではなく、書くことによって立ち現れてくるという革新的な事実観の提示であった。

『源氏物語』が虚実を織り交ぜてあり得べき歴史を書いたことが『栄花物語』を誕生させた。『栄花物語』の歴史叙述は実際の歴史を対象とするのであるから、出来事間の客観的関係――出来事の先後関係など――は無視できないであろう。『栄花物語』が編年体の叙述システムを採用するのもそのためである。しかし、なかには出来事間の客観的関係すら無視した組みかえがなされる。たとえば、先述したように、敦康親王の誕生と伊周、隆家の召還を因果関係で結びつけたりする。他史料との比照によってこれを虚構と断じ、虚構の背後に作者（編者）

の意図を詮索する議論がこれまでなされてきたが、それではある出来事に対する『栄花物語』の対象化の偏差を探ったに過ぎないし、出来事を個々分断的に捉えることにもなりかねない。大事なのは『栄花物語』が歴史表象をどのように創造しているかを広い視野から明らかにすることであろう。

先述したように、敦康親王の誕生を伊周、隆家の召還理由とするのは『源氏物語』の光源氏召還の論理によったのであろう。表現に立ち現れてはいないが、光源氏召還の論理を下敷きにしてこれを読めば、敦康親王の後見が必要とされたために伊周、隆家の召還が発議されたことになろう。そうなれば、敦康親王の立太子の可能性や伊周、隆家の復権も予想されてくる。それはあながち見当はずれな読みではなく、敦康親王の誕生を九条流の発展として位置づける道長の発言によって裏付けられる。

同じきものを、いときらきらかにもせさせたまへるかな。筋は絶ゆまじきことにこそありけれとのみぞ。九条殿（師輔）の御族よりほかのことはありなむやと思ふものから、そのなかにもなほこの一筋は心ことなりかし。

（巻第五、浦々の別①二八四〜二八五）

中関白家に対立する道長がかかる言辞を発することは事実と異なるという見解や、娘、彰子の入内も果たしていないこの段階では道長が敦康親王に期待を寄せるところもあったとみて、当時の情勢を的確に把握した書きなしとみる説もある。事実か否かの詮索はさておき、九条流の発展史を書こうとした『栄花物語』が敦康親王の誕生を九条流の繁栄の証として位置づけるのは、敦康親王の立太子の可能性を留保していると判断される。しかし、光源氏召還の眼目であった「後見の必要性」についてこの場面では用意周到に言及を避け、しかも、後述するように、敦康親王のばあい、つねに「後見の不在」が強調され、それが立太子を阻碍する要因となっている。確かに『源氏物語』によって伊周、隆家の召還理由を敦康親王の誕生に求めたが、敦康親王立太子の芽は摘み取り、道長の栄華を書くという『栄花物語』の目標に支障をきたさないような処理がなされているのである。別言すれば、

『栄花物語』は、伊周、隆家が朝政に復帰するものの、もはや政治的には無力であることを浮き彫りにし、伊周、隆家にかわって道長が敦康親王の後見を果たさなければならない現況を照らし出しているのであろう。だからこそ、生母定子の薨後、彰子が敦康親王の母代となり、敦康親王立太子に腐心する有様、さらには敦康親王が頼通の庇護を受け、頼通の正妻、隆姫の妹と結婚することなど、道長庇護下の敦康親王を展叙していくのである。『栄花物語』は『源氏物語』によりながら、実際の歴史の流れに沿った歴史表象に格闘している。

六

さて、『大鏡』についても触れておこう。『大鏡』は道長を起点として藤原北家の発展史を俯瞰する。道長から系譜を過去に遡ることによって藤原北家の主流〈冬嗣―長良―基経―忠平―師輔―兼家―道長〉が認定されている。臣下ではじめて太政大臣となり、人臣摂政の初例を切り開いた良房が主流と見なされず、代わりに極官が権中納言でおわった長良が大臣列伝の原則を破ってまでも伝に立てられ、主流に位置づけられているのは、基経の実父が長良であるからだが、せんじつめれば道長を起点とした主流認定であり、『大鏡』独自の歴史認識の産物であるといえよう。だから、『大鏡』が目指す藤原北家発展史がそのまま私どもが承知している摂関時代史と重なるわけではなく、『大鏡』の企図する〈歴史〉と実際の歴史の展開とのあいだに見られる齟齬をいかに処理するか、それが『大鏡』の課題のひとつであったとおぼしい。

師輔の例でいえば、師輔は、娘、安子を村上天皇の中宮とし、安子が冷泉、円融天皇を生み、天皇との外戚関係を築くのに成功したが、外孫の登極を見ないまま薨じた。師輔は極官が右大臣で、生前、官職において兄、実頼を越えることはなかったし、むろん摂政関白をつとめることもなかった。太政大臣摂政関白となった実頼と比べて官歴において見劣りがする師輔を主流に位置づけることを問題視する向きを想定して、それをかわすために、『大鏡』は、内裏を抱いて立つという師輔の夢見を導入している。吉夢であったが傍らの女房があしざまに夢解きしたために、子孫は繁栄するものの、自身は摂政関白をつとめることがなかったとする。こうして師輔自身の資質や力量は主流たるにふさわしいことを納得させようとする。また、冷泉天皇の暗愚が師輔の唯一の汚点と見なされることについては、大嘗会の御禊に師輔の霊が冷泉天皇を守護していたために儀式がつつがなく遂行されたことに言及し、「げに、うつつにても、いとただ人とは見えさせたまはざりしかば、まして、おはしまさぬあとには、さやうに御まぼりにても添ひまうさせたまひつらむ」（一四五）と、かえって師輔賞讃の文脈を強化している。冷泉天皇の暗愚が外戚の専横を許し、村上聖代からの後退を印象づけることについても、後代、冷泉天皇の御代が先例視され、時代の画期をなすことを指摘するとともに、「その帝（冷泉天皇）の出でおはしましたればこそ、この藤氏の殿ばら、今に栄えおはしませ。『さらざらましかば、このごろわづかにわれらも諸大夫ばかりになり出でて、所々の御前・雑役につられありきなまし』とこそ入道殿（道長）は仰せられければ」（一四四～一四五）と道長の証言を取り込み、冷泉天皇の登極と道長の栄華との直結性を強調して、冷泉天皇の否定的側面の軽減を図ろうとしている。

『大鏡』は各世代、三人の伝を配置することを基本としている。それに応じて三つの伝の論理を用意している。すなわち、①伝に立てられた人が優れた「魂」を持ち、その魂によって自身の繁栄を引き寄せ、子孫も栄える、②伝に立てられた人の「才」がもっぱら強調され、子孫が振るわない、③伝に立てられた人が「悪事」を犯し、そのため子孫が振るわないという三つの論理のうち、①を主流の伝に、②・③を傍流の伝に当てはめている。各伝に配される逸話の多くはその伝の論理を実現すべく選ばれて定着している。類型化された伝の論理の適用は主流と傍流の違いを浮き彫りにするのに有効な方法であったといえよう。しかし、『大鏡』の歴史叙述はかかる単純な営みの繰り返しではなく、師輔の例を引き合いに出して説明を加えたように、伝の論理に収まりきらない実際の歴史や多様な歴史の捉え方にも配慮しつつ、両者の整合を図ろうとする苦心の跡も見受けられるのである。藤原北家主流に位置づけられる忠平に注目することによって、その一端を明らかにしようと思う。

七

忠平伝は、大臣列伝に共通する、伝に立てられた人の父母、官歴、子女について触れるところを除けば、忠平の邸、小一条殿に宗像明神が祀られていることに関する話題と、忠平が南殿（紫宸殿）の北廂で鬼に遭遇したもののの、見事に難を逃れた話題の二つから成る。後者は、怪異現象に遭遇するけれども、臨機応変の対処によって圧伏、退散させ、主流たるにふさわしい胆力（「魂」）を備えていることを明証する、主流の伝に通有の話柄である。それに対して、前者は余談ともいうべき話である。宗像明神は忠平の曾祖父、冬嗣が若い頃、託宣を蒙り、筑前国宗像社から小一条邸内に勧請したのであったが、忠平の代に小一条第を訪れる子供たち（実頼、師輔、師尹）が敬神の意を表して小一条第の東南の隅あるいは西南の隅で下車して徒歩にて南門から邸内に入る用途として、小一条第の南、勘解由小路に一町にわたって石畳が設けられたことをまず語り、ついで当時は小一条第の周囲一町は人々が往来しなかったにもかかわらず、昨今は身分の高下を問わず騎馬、乗車にて行き来していることを語りつつ、世継が時勢の変化を慨嘆している。今日、雲林院の菩提講に詣でるに際して、やむなく小一条第の南の小路を通ったが、はばかって石畳の上は通らなかった、そのため袴の裾がこのように汚れているのだと、一見、歴史語りとは無縁の方向へ世継の語りは展開している。

しかし、この話題は道長の証言に収斂していく。すなわち「『先祖の御物は何もほしけれど、小一条のみなん要にはべらぬ。人は子産み死なむが料にこそ家もほしきに、さやうの折、ほかへ渡らむ所は何にかはせむ。また、おほよそ、常にもたゆみなく恐ろし』とこそ、この入道殿（道長）は仰せらるなれ。ことわりなりや」（八二）とある。出産や死という穢を伴う営みに宗像明神の鎮座する小一条第を使用することのできない使い勝手の悪さが道長の小一条第不要論を生んでいる。しかし、後に道長が伝領することとなった東三条第には角振明神、隼明神が祀られ、寛弘三年（一〇〇六）には両明神に正二位が授けられており、道長の発言としてにわかに信じがたいところがある。しかも、清和天皇が小一条第で、一条天皇が東三条第で誕生し、忠平が小一条第で薨じている事をふまえれば、かならずしも屋敷神にはばかって他所で出産を行い、死を迎えざるを得ないというわけでもなかったといえよう。

それでは、なぜかかる内容の道長の証言がここに導入されるのか。おそらく、冬嗣、良房、忠平によって伝領されてきた小一条第が道長の領有するところとならず、忠平ののち師尹、済時、小一条院へと所有されていく現実がふまえられているのではなかろうか。何らかの紆余曲折があろうとも、本来、藤原北家主流によって伝領され、最終的に道長が所有するところとなるべき邸宅と考えられる小一条第を傍流の小一条流が伝領することとなった現実に対する折り合いをつける必要があったのだろう。後文に「この貞信公（忠平）には、宗像の明神、うつつにものなど申したまひけり」（八二）とあり、明神の示現を受けて忠平――『日本三代実録』によれば良房――が朝廷に願い出て、自身より上位の位になしたとあるように、宗像明神が忠平の繁栄を守護する関係にあったことと抱き合わせるかたちで小一条第に宗像明神が祀られている話が配されている。

八

さて、道長伝に次の一節がある。

この入道殿（道長）の御一つ門よりこそ、太皇太后宮（彰子）・皇太后宮（妍子）・中宮（威子）三所出でおはしましたれば、まことに希有希有の御幸ひなり。皇后宮（娍子）ひとりのみ筋別れたまへりといへども、それそら、貞信公（忠平）の御末におはしませば、これをよそ人と思ひまうすべきことかは。しかれば、ただ世の中は、この殿（道長）の御光ならずといふことなきに、（娍子が）この春こそは亡せたまひにしかば、いとどただ三后のみおはすめり。（二五一～二五二）

道長は嫡妻腹の長女彰子を一条天皇、次女妍子を三条天皇、三女威子を後一条天皇、四女嬉子を東宮敦良親王にそれぞれ入れ、彰子、妍子、威子が后となった。一家より三人の后が出るという前例のない栄華を実現した。娍子は済時の娘で、三条天皇が東宮であったときその後宮に入り、四男二女に恵まれ、天皇の愛情も厚かった。そのため天皇の意向によって娍子の立后が行われ、皇后となった。藤原実資の日記『小右記』長和元年（一〇一二）四月二十七日条によれば、娘、妍子が三条天皇の中宮（后）となっていた道長は娍子の立后には反対であったらしく、娍子の立后の日にあえて妍子の参内を挙行して、立后の儀を妨害した。道長に追従する多くの公卿は妍子参内に奉仕し、娍子の立后に参集した公卿は実資、懐平、隆家、通任の四人であった。『栄花物語』や『大鏡』は道長の反対や妨害について全く触れるところがない。したがって、ここでも娍子は「よそ人と思ひまうすべきことかは」という扱いになっている。そのとき九条流も小一条流も忠平を共通の祖とすることが確認されている。

しかし、四后は漢の哀帝の乱代の例として不吉とされてきた（『権記』長保二年（一〇〇〇）正月二十八日条）。正暦元年（九九〇）、道隆の娘、定子が立后して中宮となるのに伴い、円融天皇の中宮であった遵子が皇后に移り、太皇太后宮昌子内親王、皇太后宮詮子を加えて四后の例が生まれるが、『小右記』正暦元年九月三十日条が記しているように、「往古不聞事也」であった。威子の立后によって再び四后となったわけで、それは、道長の完満の栄華にとっていわば一点の陰りともいうべき事態であった。万寿二年（一〇二五）三月二十五日に娍子が薨じたことによって四后が解消され、〈一家三后〉が名実ともに実現されたといえよう。そのことが、「ただ世の中は、この殿（道長）の御光ならずといふことなきに、（中略）いとどただ三后のみおはすめり」という行文に立ち現れているのではないだろうか。ともあれ、『大鏡』が傍流（小一条流）の后を無視することなく、道長の栄華に包摂するかたちで処理していることに注意すべきだろう。

ところで、娍子の薨去を「この春」としていることから、『大鏡』の語りの現在が万寿二年に設定されていることの内証の一つとなっている。また、『左経記』や『栄花物語』に娍子の亡骸が雲林院の西院に移され、そののち西院の西北に葬られたとあるから、『大鏡』が語りの場として設定した雲林院の菩提講は娍子の供養を目的に中陰中に行われたとし、語りの現在が五月頃とさらに限定されてもいる。『中右記』承徳二年（一〇九八）五月一日条によれば、五月に雲林院の菩提講が行われていることは確かであるから、語りの現在を五月とすることに異論はないけれども、ことさら菩提講と娍子の供養を関係づける必要はないと思われる。

九

さて、『大鏡』は道長の抜群の繁栄を描いているが、それとともに、藤氏物語の掉尾で、世継が禎子内親王の将来の繁栄を確信する自身の夢見を披露することによって、道長の栄華の継承者として禎子内親王を見定めている。禎子内親王は、道長の娘、妍子と三条天皇とのあいだに生まれた皇女で、道長は生前、禎子内親王をかわいがり、東宮敦良親王（のちの後朱雀天皇）に入れたが、道長薨後、道長の子息らが、自らの娘や養女を後朱雀天皇の後宮に入れたために、禎子内親王は不遇を余儀なくされた。禎子内親王は後朱雀天皇の第二皇子、尊仁親王を生み、尊仁親王が践祚して後三条天皇となるのであったが、尊仁親王は道長のあとをついだ頼通と折り合いが悪く、母とともども親王、東宮時代を通じて苦難をあじわった。禎子内親王が女院となり繁栄するのは、尊仁親王の践祚ののちである。それまで一貫して禎子内親王ならびに尊仁親王を支え続けたのが、道長の劣腹の男子、能信であった。能信は、嫡系の頼通と不仲で、道長がなくなってからのち薨ずるまで正二位、権大納言のままで冷遇された。『大鏡』はおそらく尊仁親王の登極を目指す能信を中心とした政治勢力によって、尊仁親王すなわち後三条天皇の正統性を明らかにすべく編述された歴史叙述であったと考えられる。『大鏡』は道長の栄華を起点にして道長にいたる過去の歴史事象に意味づけを与えているが、そこには能信を中心とする政治勢力の立場が反映しているのである。

そのような見方からすると、娍子所生の三条天皇第一皇子、敦明親王が自ら東宮を退き、上皇待遇を受けることになったきっかけを能信が仲介役としてつくり、そののち院の別当として敦明親王（小一条院）に仕えることになったとする、師尹伝において若侍の語る敦明親王東宮退位事件は、藤原北家の傍流である小一条流と摂関家の傍系、能信との新たな関係の始発を記念する出来事として意味づけられているといえよう。『大鏡』の歴史叙述のはしばしに少なからず両者の関係が投影されているのではないかと思われる。小一条流の后、娍子を道長の栄華のなかに取り込み、九条流と小一条流の共通の祖として忠平を見定めていくのも、そうした背景があったと推測するのである。本書は、如上の視座から『大鏡』の歴史叙述に分析を加える。

なお、引用は、とくに断らない限り以下のテクストによった。私に一部訂したところがある。算用数字は巻数、漢数字はページ数を示す。

『栄花物語』　新編日本古典文学全集（小学館）
『大鏡』　日本古典集成（新潮社）
『紫式部日記』　新編日本古典文学全集（小学館）
『源氏物語』　新編日本古典文学全集（小学館）

(1)松村博司『歴史物語』(塙書房、昭和三十六年十一月)
(2)『黒川真頼全集　第六巻』(国書刊行会、明治四十四年十二月)
(3)『芳賀矢一遺著』(冨山房、昭和三年十月)
(4)平田俊春『平安時代の研究』(山一書房、昭和十八年七月)
(5)清水好子『源氏物語論』(塙書房、昭和四十一年十月)
(6)加藤静子「『栄花物語』―源氏物語の影」(『解釈と鑑賞』第五四巻三号、平成元年三月)
(7)河添房江『源氏物語の喩と王権』(有精堂、平成四年十一月)
(8)山中裕『歴史物語成立序説』(東京大学出版会、昭和三十七年八月)、坂本太郎『日本の修史と史学』(至文堂、昭和四十一年十月)
(9)加納重文『歴史物語の思想』(京都女子大学、平成四年十二月)
(10)土方洋一『源氏物語のテクスト生成論』(笠間書院、平成十二年六月)

第Ⅰ部　『栄花物語』の歴史叙述

第一章　『栄花物語』の対象化の方法

――原資料を想定して読むことについて――

一

具体例からはいっていく。

『栄花物語』の巻第八、初花の敦成親王の誕生記事は『紫式部日記』を原資料としている。ところで、初花巻に記された敦成親王の誕生のことが後の皇子皇女の誕生記事において想起され、反芻されている。山中裕氏が巻第十一、莟花の禎子内親王誕生記事に検討を加え、指摘された(注1)。

①そこにて御祈りどもを、大宮（彰子）の御をりのことどもみなせさせたまふ。（②二二）

②されど東宮（敦成親王）の生れたまへりしを、殿の御前（道長）の御初孫にて、栄花の初花と聞えたるに、この御ことをば、つぼみ花とぞ聞えさすべかめる。それはただ今こそ心もとなけれど、時至りて開けさせたまはんほどめでたし。（②二四）

③白い御調度など、大宮の御例なり。（②二四）

④このごろ殿ばら、殿上人の参る有様、三位よりはじめて六位まで、ただ大宮の御時の有様なるべし。（②

二五）

⑤行幸の有様、みな例の作法なれば書きつづくまじ。大宮の東宮（彰子所生、敦成親王）の生れさせたまへりし後の行幸ただそのままの有様なり。（②二八）

というふうに、「大宮の御をり」つまり彰子が敦成親王を生んだときのことが引き合いに出され、規範になっている。それだけではなく、莟花巻の禎子内親王降誕、産養、五十日の儀、三条天皇土御門第行幸と続く叙述の展開および叙述の細部に、初花巻の投影のあることも指摘されている。初花巻の敦成親王降誕の折のことを引き合いに出すのは、同一種類の記事の反覆をさけ省筆に心掛けたためだという先学の指摘もあるが（注2）、それだけではなく、初花巻の敦成親王誕生記事が先例としての意味を担わされ、後出の皇子皇女誕生記事の範型として、その様相を具体的に喚起させるように働いている。

初花巻に、敦良親王誕生記事がある。そこに「すべて何ごとも、ただはじめの例を一つ違へず引かせたまふ。この度は冬にて、浮文、固文、織物、唐綾など、すべていはん方なし。この度は袴をさへ白うしたれば、かくもありぬべかりけりと、白妙の鶴の毛衣めでたう、千年のほど推しはかられたり」（①四四一）とあって、敦成親王誕生が先例視されていることがうかがえる。さらに、「御湯殿の有様など、はじめのにて知りぬべければ、書きつづけず」（①四四一）ともある。「この度」と「はじめの例」という言葉の対比が示すように、敦成親王誕生記事を基本に据えて、敦良親王誕生に関する特殊事情を「この度は……、この度は……」と付加することによって、敦良親王誕生記事は形造られているのである。巻第二十六、楚王の夢の親仁親王降誕記事には、「大宮の御前（彰子）、わが御時、内、東宮の御をり（後一条天皇および東宮敦良親王出産のとき）は、何とも思されざりしかど、世の響こそかやうにいみじかりしを、われはともかくもおぼえざりしに、この御ことを御覧ずるかひありて、いとあはれにめでたう思されて、『今はあなたに心やすく渡りはべりなん』とて、寝殿に帰らせたまふほどなど、いみじうめでたしや」（②五〇〇）とあって、彰子が自らの出産のことを回想する形で、この記事もまた初花巻の皇子誕生記事の磁場に引き寄せられることになる。巻第二十六の皇子誕生記事について注目しておきたいことがさらにひとつある。「これは、何のものの数にもあらぬあやしの賤の男さへ、笑みまげ、うれしげに思ひたるさま、いへばおろかに」（②五〇〇）という記述である。初花巻に「ものの数にもあらぬ上達部の御供の男ども、随身、宮の下部など、ここかしこに群れゐつつうち笑みあへり。あるはそそかしげに急ぎ渡るも、かれが身には何ばかりの喜びかあらん、されどあたらしく出でたまへる、光もさやけくて、御蔭に隠れたてまつるべきなめりと思ふが、うれしうめでたきなるべし」（①四〇六〜四〇七）とあるのに基づくのであろう。初花巻のこの記述は『紫式部日記』の「あやしきしづの男のさへづりありくけしきどもまで、色ふしに立ち顔なり。（中略）うち群れてをる上達部の随身などやうの者どもさへ、おのがじし語らふべかめることは、かかる世の中の光の出でおはしましたることを、かげにいつしかと思ひしも、および顔にこそ、そぞろにうち笑み、心地よげなるや」（一四二）とあるのを取用している。『紫式部日記』においては、目前の儀式を讃仰し、記録する姿勢から儀式の外辺にいる者までが得意の絶頂にあることを追うまなざしが、権勢に盲従する人間の醜さをあばきたてずにはおかなかった。秋山虔氏がいわれるように、「自己を外在世界に移転させ客観化する眼」が確保され、かかる眼が「うらおもて重層する意味をもった下吏たちの挙動の形象を生んでいる」、『紫式部日記』の極めて個性的な表現であった（注3）。『栄花物語』の初花巻も、『紫式部日記』のかかる表現の深さを嗅ぎ分けたのであろう、「かれが身には何ばかりの喜びかあらん」と、うち笑んでいる者たちの心の内側を言いあてている。莟花巻の禎子内親王の誕生記事にも、下部たちを描出した初花巻と同じ記述がみられる。「この土御門殿にいくそたび行幸あり、あまたの后出で入らせたまひぬらんと、世のあえ物に聞えつべき殿なり。これを勝地といふなりけり、これを栄花とはいふにこそあめれと、あやしの者どもの下をかぎれる品どもも、喜び笑み栄えたり」（②三三）とある。莟花、楚王の夢両巻が下部の一途の讃仰を描くのに対して、『紫式部日記』に依拠した初花巻は下部の本音とたてまえとを描き出してはいるけれど、初花巻の原資料から取用した表現が、以後の同種の記事の細部の叙述に参与していることは注目される。初花巻の『紫式部日記』取用は単に素材レヴェルにとどまらず、以後の皇子皇女誕生記事の範型として、それぞれの原資料の操作、取用の在り方を規定している。さらに、以後の皇子皇女誕生記事の細部の叙述に、初花巻が原資料から取用した表現が浸透していることがうかがえる。原資料との出会いは、『栄花物語』の歴史認識や叙述に、作品内部からだけではとうてい理解できない複雑な痕跡をもたらしている。いいかえれば、原資料あるいは原資料の処理レヴェルに還元してはじめて理解できるものを、『栄花物語』の世界は多く含んでいるのである。原資料を想定して読むことが要請されてくるのである。

『栄花物語』の中で原資料が文献として遺存するのは、『紫式部日記』だけである。『紫式部日記』と『栄花物語』の初花巻との叙述を比較することで、『栄花物語』の〈読み〉を深めていくための方法を獲得してきた（注4）。しかし、一定の原則を見極め難いほど両者の関係は複雑な様相を呈している。『栄花物語』の資料性と見聞性という二つの要因を考える立場に立てば、資料性で説明できないところを見聞性という要因でもって理解しようとするが（注5）、むしろ原資料である『紫式部日記』の特異性について考慮しておかなければならないだろう。

たとえば、尼の拝観記的な文献を原資料としたと想定される巻第十七、音楽・巻第十八、玉の台の画一的な叙述とひきくらべてみれば、『紫式部日記』を取用した初花巻の複雑さを感じる。巻第十七、十八両巻は「見れば……」「見ゆ」「聞ゆ」という語が頻用され、尼達の目と耳とを通して外界を描きとることによって進行する。巻第十七に「すべてあさましく目も心もおよばれずめづらかにいみじくありける日の有様を、世の中の例に書きつづくる人多かるべし。そがなかにもけ近く見聞きたる人は、よくおぼえて書くらん。これはものもおぼえぬ尼君たちの、思ひ思ひに語りつつ書かすれば、いかなるひがことかあらんとかたはらいたし」（②二八五）とあるが、それを信じれば、尼の口述記に類するものの存在と『栄花物語』作者がそれを原資料として利用したこと、あるいは『栄花物語』作者の尼達との共同執筆が推測されるのであるが（注6）、そうでなくて、作中人物の目と耳と心とを通して法成寺寺域や供養の場面を表現するために尼達が作品世界に視点人物として内在化されているということであっても、それを描出するのに依拠した原資料の想定は可能であり、原資料に尼の拝観記や巡拝記の類があったことは想像に難くない。あるいはそれは文献ではなく、法成寺の威容やその仏儀のさまを描いた絵画類であったかもしれない。いずれにしても何らかの原資料は想定できる。尼の日記を原資料として想定すると、作者がその取用を明言していることを考えれば、尼の日記に対する依存度が相当高いと予想される。また絵画が原資料であったと想定すると、方法化された尼達の視点の移動に合わせて、仏典類を巧みに引用して自己増殖的に展開していったということになろう。かかる自己増殖の仕方も原資料である絵画に規定されているとすれば、原資料への依存度が高いということになる。

こうみていくと、初花巻の『紫式部日記』への依存度の高さはいうまでもなく、巻第十七、十八両巻のばあいも原資料に大きく依拠しているのではなかろうか。そうすると、巻第八は表現の揺れが数多く確められるのに対して、巻第十七、十八両巻は尼達の目と耳と心とを通して外界を描出することによって予定調和的に進むという両者の違いは、前者が原資料の存在をひたかくしにする一方、後者が原資料の存在を意図的に明示することによるところもあろうが、『栄花物語』の叙述の基本が個々一回的に完了する作者と原資料との対面認識によって進行するものだとすれば（注7）、質的に異なった原資料をそれぞれ加工しながらもその表現や論理に多く依存し、それを『栄花物語』の世界に取り込んだ結果だということになろう。巻第八と巻第十七、十八の違いは原資料の質的差違によるところも大きいのである。『栄花物語』の作者も一筋縄ではいかなかった『紫式部日記』の特異性を考慮しなければならないだろう。

したがって、巻第八と『紫式部日記』との比照によって拾い上げた多くの歴史叙述の方針や方法を『栄花物語』の叙述の一般的在り方として、その他の原資料が遺存しない叙述に無限定に持ち込んでいくことには慎重でなければならない。

ところで、『栄花物語』に先行したり、同時代に存在する物語、女房日記、漢文体史書にそれぞれ特徴的な時間表現の俤を、『栄花物語』の多様な時間表現の中に確認することを糸口にして、『栄花物語』の世界に質的に異なった種々の原資料が混在していることを解き明かした杉本一樹氏の論がある（注8）。氏は、「『栄花物語』の中には、記事に年月日を冠して位置づける方法と、日付を用いず『場』だけを通じて位置づける方法がいわば両極として存在し、その中間に年次記載のない月日、季節等の時間表現を冠する方法が存在する。この孰れの方法に拠っているかが、その記事の原資料を想定する一つの手がかりとなるのではあるまいか」という。それぞれの時間表現の在り方に対応する原資料が、漢文体史書、物語、女房日記である可能性を示された。時間表現あるいは時間の特徴はその作品の内質と連関する筈で重視すべきであるけれども、それぞれの作品に個別に特徴的に現象する時間表現を単純に類別したきらいがある。それはさておき、氏が時間表現に注目して、原資料の異質性を確認し、原資料をさぐる手掛りを示したことは有益であった。

二

原資料が遺存しない現在、原資料を想定して読むことは、具体的にはどういう方途をとらなければならないのだろうか。

松村博司氏の『栄花物語の研究』第二篇第四、五章において、正篇の典拠について、記録類、『源氏物語』、『紫式部日記』、仏典、物語詩文集、『後拾遺和歌集』、『三宝絵詞』、『往生要集』、中国文学との関係が詳しいデータとともに詳説されており、つとに原資料を顧慮する〈読み〉はこまやかに行われていた。その後、原資料を具体的に考える契機になった論考が、山中裕氏『歴史物語成立序説』第三章、第三節「栄花物語の史書としての価値――特に初花巻を中心にして――」(注9)ではなかろうか。氏の論旨は、「紫式部日記のみではまだ明らかでない部分を、何らかの文献によって明らかにし、でき上がったものを記事の正確なものとすることに努力した」として、『栄花物語』の史書としての価値を論じることにあったが、その論証の過程で、『紫式部日記』以外の複数の原資料を具体的に想定し、それらの資料操作の中から『栄花物語』の叙述が生成したと考えている。

さて、原資料を具体的に想定していこうとするとき、それが遺存しない叙述に対してどういう手続きがとられたか。『栄花物語』と同時代の他史料を媒介にすることになる。前掲論文で山中氏は、初花巻の記事に『紫式部日記』の記事を訂正、補加しているところがあるのに注目され、その際、用いられた文献は『御産部類不知記』ではないかといわれた。が、実は、他史料として現在残っている『御産部類不知記』を用いることによって、原資料である『紫式部日記』と『栄花物語』との間にある距離を考えることに重きを置かれ、原資料を具体的に想定することはそれに付随することであった。『御産部類不知記』を想定するにしても「現存の文献のみによって明らかにし得る点から言えば」と条件付きであったし、「栄花物語の執筆の頃には現存の文献以外の数多の文献が存したとも考えられる」といわれるように、それに特定するということではなかった。とまれ、山中氏によって、他史料を媒介にして原資料を想定する読みが切り開かれたのである。

山中氏が扱われたところは、『紫式部日記』を主な原資料とする初花巻の敦成親王誕生記事であったから、他史料を媒介することによる恣意的な読みは回避されたが、原資料がわかっていない叙述に他史料を媒介することは、次のような読みを招来させることになる。他史料の個々の記事に我々自身が解釈を施して、一つの歴史像あるいは事実像を一方に構築し、それを『栄花物語』の世界に対峙させ、『栄花物語』の固有の世界の在り様を承認し、その固有な世界の偏差を計測していくべきであるのに、我々が作りあげた歴史像や事実像を持ち込んで、『栄花物語』の叙述を部分的にしかも合理的に解釈しようとし、そして合理的に解釈できない所を、安易に虚構といって片付けたり、作者の意図へと問題をずらしていく読みである。具体的に先行論文に即して考えてみよう。

川田康夫氏の「『栄花物語』における有国像の定着」という論考がある（注10）。氏は巻第五、浦々の別の、大宰府に流された伊周を、当時の大弐藤原有国が厚遇した記事を捉えて、「史実よりみた有国が『栄花物語』ではどのように変貌しているか」を問い、『栄花物語』における変容の意味を捉えていこうとする。『朝野群載』や『根岸文書』をふまえて、有国の大宰府における苛斂誅求の行政を指摘し、それでもなお中央から更迭されることもなく、任を終えた後には中央官界において優遇されることから、道長との緊密な関係およびその連携を公卿日記を引いて明らかにした。さらに、有国の大宰大弐補任が、伊周の花山院放射事件後で、しかも伊周配流直前にあたることをとらえて、その意味を「道長が伊周を太宰府に配流する為の布石であり、有国は道長の意図に添って大弐を勤めた」と解せられるとした。ここまでの推論は、史料の読みとか解釈において若干異なった有国像が浮びあがってこようが、『栄花物語』の世界の外側で構築されたものとして認められよう。しかし、これを巻第五の当該箇所の解釈に持ち込んで、「道長の意志の反映者の一人であったからこそ、有国は『栄花物語』の中に、有徳の人物として造形されたと考えられる。道長と有国の関係を知っていた当時の人々にとって、有国の徳を描くことは、その後盾であり、直接の支配者でもある、時の一の人、道長を讃美することにもなろう」と、道長讃美へと結論づけることは、作中世界に、我々がつくりあげた歴史像を融通無碍に持ち込んで、我々の歴史像を『栄花物語』の世界の中に確認することに過ぎず、進んで『栄花物語』の世界を読み解くことになっていないと思う。他史料から知られる事実関係にすべてを還元帰一させる読みからは、書かれた世界がすべて作者の意図に直結するというような強引な解釈しかもたらされないだろう。他史料によって事実関係を丹念につくりあげていく作業は、そのできごとに対して共時的に存在する数多の解釈や認識を『栄花物語』の世界と同列に並べ、その相対的関係の中で『栄花物語』の固有性を浮き彫りにすることが多くのばあいは不可能であり、その代替としての意義を持つ。断片的な史料を集積し、それらを脈絡化したものを『栄花物語』に対置し、『栄花物語』の固有性を探る手掛りを得るのである。他史料を媒介することは我々が『栄花物語』の外側で築きあげたものとの整合性を『栄花物語』に求めていくことにあるのではない。『栄花物語』にとって生産的な読みは、我々の歴史認識に『栄花物語』を合致させることでもなければ、また逆に『栄花物語』に我々の歴史認識を合致させることでもない。両者の相違点を知ることを目標としなければならないと思う。

『栄花物語』における有国の取り扱いをみてみる。初出は、巻第三、様々の悦。

①帝（一条天皇）も行幸せさせたまひ、東宮（居貞親王）もおはしまして、殿（兼家）の家司ども皆よろこびしたるなかにも、有国、惟仲を大殿（兼家）いみじきものに思しめしたり。有国は左中弁、惟仲は右中弁にて、世のおぼえ、才なども、人よりことなる人々にて、おのおのこのたびも加階していみじうめでたし。（①一五九）

兼家六十賀の行幸につき、加階の恩恵に、兼家の家司の中で兼家が特に目をかけている有国と惟仲も浴したことが書かれている。ここで注目したいのは、有国と惟仲が兼家の重要な家司としてペアで位置づけられていること、さらには家司だから実名であるのかも知れないが、官位で呼ばれていないことである。

次に、兼家薨後、道隆が有国を憎んだことが書かれる。

②かかるほどに、もとより心よせ、思し思ひきこえさせたりければ、有国は、粟田殿（道兼）の御方にしばしば参りなどしければ、摂政殿（道隆）、心よからぬさまに思しのたまはせけり。さるは入道殿（兼家）の、有国、惟仲をば左右の御まなこと仰せられけるを、きめられたてまつりぬるにやと、いとほしげなり。（巻第三、様々

の悦①一七四）

ここでも、有国と惟仲とがペアで位置づけられている。しかも兼家が両人を「左右の御まなこ」と重要視していたことが記されている。道隆が有国を憎んだいきさつについて『栄花物語』は有国と道兼の緊密な関係をあげるにとどめている。『江談抄』や『古事談』は、道隆が関白職を兼家から受け継いだ時の裏話として、惟仲、国平が次第のままに道隆を推挙したのに対し、有国だけが道兼を推したことを聞き知った道隆が、有国を冷遇することになったとしている。『栄花物語』にはそのあたりの深い事情までは伝わっていなかったと考えられる。

ついで、道隆が有国父子の官職を剥奪することが記される。

③関白殿（道隆）は、入道殿（兼家）うせさせたまひて二年ばかりありて、有国をみな官位もとらせたまひて、押い籠めさせたまひてしを、粟田殿（道兼）も大納言殿（道長）も、心憂きことに思しのたまはす。惟仲をば左大弁にていみじうもてなさせたまへり。そのをりいみじうあはれなることにぞ、世の人も思ひたりし。まだそのままにて、子は丹波守にてありしも取らせたまへりしかば、あさましう心憂し。（巻第四、見果てぬ夢①二〇三）

有国の冷遇と惟仲の厚遇とが並記されている。有国の官位剥奪は、道兼も道長も心憂く思ったとあり、有国と道兼、道長との結びつきが確認されるが、②の道隆が有国を憎む原因が、道兼との結びつきで処理され、関白継承問題が介在していたことを知らなかったのと同様、この記事においても、川田氏が想定するような有国と道長の深い結びつきが『栄花物語』の事実認識の根底にあったとは考えにくい。

④まこと、かの押い籠められし有国、このごろ宰相までなさせたまへれば、あはれにうれし、世はかうこそはと見思ふほどに、このごろ大弐辞書奉りたれば、有国をなさせたまへれば、世の中はかうこそはあれと見えたり。帝（一条天皇）の御乳母の橘三位、北の方にていと猛にて下りぬ。これぞあべいこと、故殿（兼家）の

いとらうたきものにせさせたまひしを、故関白殿（道隆）あさましうしなさせたまひてしかば、めやすきこと、世の人聞え思ひたり。惟仲はただ今左大弁にてゐたり。（巻第四、見果てぬ夢①二二五〜二二六）

有国が復官し、さらに大宰大弐に任ぜられたことが記されているが、ここでも有国と惟仲の現況が並記されている。有国の復官、大弐任命は、道隆から道兼を経て道長政権が確立する政治情勢の変化にともなう異動の一環として位置づけ得るが、『栄花物語』ではそうした見地から記されているのではないことは、「まこと」という思い出したような書き出しによって書かれていることからもうかがえる。川田氏が他史料から推測した有国の大弐補任の事情など作者の全く関知するところではなかったのであろう。

『栄花物語』の有国の取り扱いは惟仲とペアになっていることが基本である。これは、兼家が、二人を有能な家司として「左右の御まなこ」と称したことと深い関係があろうし、④で有国が復官して宰相にまで昇進したにもかかわらず「有国」と呼称されていることは、有国を兼家の家司として認識し、それを有国の取り扱いの基本に据えていることを物語っていよう。

巻第五、浦々の別にみえる有国の伊周厚遇記事の中にもそれはあらわれている。

⑤御消息、わが子の資業して申させたり。「思ひがけぬ方におはしましたるに、京のこともおぼつかなく、驚きながら参るべくさぶらへども、九国の守にてさぶらふ身なれば、さすがに思ひのままにえまかりありかぬになむ、今までさぶらはぬ。何ごともただ仰せごとになむ随ひ仕うまつるべき。世の中に命長くさぶらひけるは、わが殿（兼家）の御末に仕まつるべきとなん思ひたまふる」とて、さまざまの物ども、櫃どもに数知らず参らせたれど、これにつけてもすぞろはしく思されて、聞き過ぐさせたまふ。（①二六六〜二六七）

「わが殿の御末に仕まつるべき」と有国は考えている。今はなき主君、兼家の孫である伊周にお仕えしようというのである。「有国が恥ははしがはしにもあらざりけり」（①二六六）と、伊周の父、道隆の非道な仕打ちなどは、伊周の配流に比べると物の数ではないとまでいっている。有国の思惟の起点は、伊周を兼家の孫と位置づけるところにある。『栄花物語』の有国像は、一貫して兼家の家司であったという事実に重点が置かれて定着している。川田氏が、有国の伊周厚遇記事に道長讃美を読みとることは、『栄花物語』の有国像の定着を考えると『栄花物語』の世界の外側の事実を持ち込んだ恣意的な読みに過ぎないように思われる。確かに、『栄花物語』が道長と有国との結びつきを暗示するような記述がないわけではない。有国の官位剥奪を「栗田殿も大納言殿も、心憂きことに思しのたまはす」とはある。この記事を含めて、②、③、④の解釈に『栄花物語』の外側の事実を持ち込んで、『栄花物語』も道長と有国の緊密な関係を熟知していると見做し、さらにそれに基づき、他史料にみられる大弐有国像と『栄花物語』の伊周を厚遇する有国像との距離を、その場面には一切登場しない道長と有国との緊密な関係でもって説明するという二重の読みの混乱を招いている。『栄花物語』の世界は恣意的に分解され、切り崩されてしまうことになる。また、『栄花物語』に対置すべき事実関係を構築する過程で『栄花物語』の世界の一部をもそれに参加させてしまっている。対置すべき事実関係に『栄花物語』の一部が加えられていたのでは循環論法でしかなく、川田氏のように道長讃美へと安易に結びついていき、『栄花物語』の固有性など浮かびあがってこない。まずは『栄花物語』と無関係に事実関係を構築することが必要であろう。『栄花物語』に一貫して定着している有国像は、川田氏のいわれるように道長と結びつけられる有国像ではなく、兼家の家司として位置づけられる有国像である。

さて、高橋伸幸氏の「『栄華物語』の方法」という論文がある（注11）。氏は、作者の「史実の処理の方法」として「或る一連の事件を記す場合にその事件の中心となる出来事を核にして、連関する事実をその核の近くに集約する方法」を指摘して、これを同類項集約方法と名づけた。そして、「集約されてくる事実の方に年紀のズレが起きている」という。

氏があげられるいくつかの例から、兼家六十賀の記事を考えてみる。

摂政殿（兼家）は今年六十にならせたまへば、この春御賀あるべき御用意ども思しめしつれど、ことどもえしあへさせたまはで、十月にと定めさせたまへり。はかなう月日も過ぎもていきて、東三条院にて御賀あり。御屏風の歌ども、いとさまざまあれど、もの騒がしうて書きとどめずなりにけり。家の子の君達、皆舞人にて、いみじう。帝（一条天皇）も行幸せさせたまひ、東宮（居貞親王）もおはしまして、殿の家司ども皆よろこびしたるなかにも、有国、惟仲を大殿（兼家）いみじきものに思しめしたり。有国は左中弁、惟仲は右中弁にて、世のおぼえ、才なども、人よりことなる人々にて、おのおのこのたびも加階していみじうめでたし。（巻第三、様々の悦①一五九）

この記事について、氏が他史料と比較検討された作業を要約しておく。

(1)兼家六十賀が行われた時期と場所。『栄花物語』は永延二年（九八八）十月、東三条院としているが、史実は、前後四回行われている。第一回目は、同年三月十六日、法性寺において、長寿宝筭を祈念する法会として催された（『小右記』『日本紀略』）。第二回目は、三月二十五日、宮中において一条天皇が主催した（『花鳥余情』所引『小右記』、『日本紀略』）。第三回目は、十一月七日、三条京極第において道隆が主催した（『小右記』『日本紀略』）。第四回目は太政官にて、太政大臣頼忠が催した（『小右記』）。『栄花物語』がいう、春の予定が十月に延期されて催されたことは他史料から裏付け得ない。また東三条院で行われたということも他史料から裏付けられない。但し、東三条院ということに注目すれば、第三回目の賀宴の後宴が三月二十八日に催された（『日本紀略』）。

(2)屏風歌について。屏風歌について触れている他史料は、第三回目の賀のことを記す『小右記』だけで、その他の史料は一切伝えない。但し、賀宴に屏風歌がつきものであることを考えれば、他史料に記されているかいないかは問題視する必要はない。

⑶家の子の君達の舞の事実について。二回目の賀を記す『日本紀略』の「摂政孫児二人奏舞」が、唯一このことを裏付ける史料である。この『日本紀略』記載の御賀の裏話として、『大鏡』道兼伝は、福足君の話をあげている。

⑷帝の行幸、東宮の行啓の事実について他史料からは裏付け得ぬ。

⑸殿の家司の加階について。『栄花物語』は、行幸の勧賞として位置づけるから、⑷と関連する。しかし、家司の加階事実だけを他史料から探ると、家の子、道頼・伊周・道信らの加階が永延二年（九八八）三月二十五日行われた（『摂関伝』『公卿補任』）。宮中で行われた三回目の賀宴の賞である。『栄花物語』では、有国、惟仲の永延二年当時の官職をそれぞれ「左中弁」「右中弁」とするが、それは『公卿補任』から裏付けられる。しかし、両者に対する永延二年中の加階事実は他史料になく、永延三年までまたなければならない。帝の摂関第への行幸による加階事実を探ると、永延元年十月十四日の詩宴の行幸がある。このとき、家の子については道隆、道兼、道綱の三兄弟と道頼、伊周、道信に、家司については有国、惟仲、源経房にそれぞれ臨時の叙位が行われた。

以上、五項目に分けて、氏が行われた微細な他史料との比照結果を整理してみた。氏は続けて、史実との対比によって浮びあがった齟齬を手掛りに、『栄花物語』の兼家六十賀の叙述がどのように形造られたか、その過程を追究する。

まず、賀宴の場として、兼家の邸を使用する事とし、三月廿八日に後宴の行なわれた東三条第を点定した。（中略）その賀宴の主要なる内容として、三月廿五日の童舞を収めた。但し、誰それが舞を奏でたと記すと、場所・時（後述）の虚構がわれてしまうので朧化法を用ゐて、福垂君と中関白道隆との舞のことを暗示させるのみにとどめたと考へられよう。ところで、賀宴の場を東三条第としたところが、厄介な問題が一つ起きてきたのである。それは、三月廿五日の賀は天皇の主催で、しかも宮中で行なはれ、外戚の臣兼家の威益々盛なるものがあり、世間周知の事実であつたから、今、記すにあたって、天皇の臨御がなかったとするわけにはゆかない。（中略）天皇の臨御と言ふ事になると、場を東三条第にしてゐるのであるから、行幸を仰いだ事にする必要がある。ところが、摂関家への行幸となると、年中行事の朝覲行幸のやうに、事実の有無にかゝわらず記すと言ふわけにもゆかないから、永延元年、二年の中での摂政第行幸の史実を借用してこなければならない。そこでとりあげられたのが、前年永延元年十月十四日の詩宴行幸であったと思ふ。勿論、摂政第行幸であるから家司一階昇進は行はれてゐて、問題の在国・惟仲の位は、永延二年と同じになり、官の方も、永延元年十一月には共に昇進して、永延二年現在にいたってゐる。かくして、賀宴の月を、一年前の行幸の十月に重ね合わせ、三月廿五・廿八日の宴をこの時点（全く新しく作りあげた賀宴の時）に集約して、「摂政兼家六十の賀」の一節は完成したのである。

『栄花物語』の叙述は氏が調査された、四回にわたる兼家の六十賀のいずれとも大きく齟齬する。とりわけ東三条第で天皇臨御のもとで行われたとする点は他史料から裏付けることができなかった。そこで、氏は逆に天皇摂関第行幸による加階が行われた事実を捜し出す。前年の東三条第詩宴行幸が浮かび上がってくる。しかも、この詩宴が前年の十月であったことと、『栄花物語』の兼家六十賀の賀宴が十月であることとは偶然の一致にとどまらないとして、『栄花物語』の兼家六十賀は前年の詩宴行幸をふまえて十月に行われたと結論を導いていくのであった。

氏の考証は、『栄花物語』に記載された諸事実についてあらゆる角度から他史料からの裏付けをとることからはじまる。他史料との比照の結果、『栄花物語』が他史料と齟齬するところを合理的に解釈しようとするとき、ある時点に連関する諸事実を集約させる同類項集約方法が歴史叙述の方法としてあったことが浮びあがってくるといわれる。しかし、他史料と齟齬する点や、全く別個の事象の中で『栄花物語』の叙述と一致する点を総合して、『栄花物語』のテキスト前史を合理的な解釈でもってつくりあげていくことは、川田氏の論がそうであったように、すべてを史実に還元帰一させて、『栄花物語』の叙述の複雑な生成過程を外側から一方的に我々の客観的合理主義的な解釈によってとりおさえてしまうことになりはしないか。作者の方法が安易に実体化されたきらいがある（注12）。また、他史料から知り得るものが、事実の全貌ではなく、したがって『栄花物語』が依拠したものが他史料から知られるものとは重ならない可能性があること、つまり他史料と『栄花物語』が依拠した原資料との距離を想定しておく必要があろう。我々が、『栄花物語』の世界に立ち向うときの方途として、他史料が伝える事実関係は有効なのであるが、それがそのまま『栄花物語』の原資料ではないのである。『栄花物語』の作者は我々が他史料を通して知っていることを知らないばあいもあれば、我々が知らないことを知っているばあいもあるだろう。原資料、『栄花物語』の世界、他史料の三者それぞれの距離を我々は絶えず意識化しなければならない。高橋氏はこの点について余りに無警戒ではなかったか。他史料＝原資料として、他史料と『栄花物語』の世界の距離だけを考えておられるようだ。勿論、原資料がほとんど遺存しないのだから、他史料と原資料の距離はもちろん、原資料と『栄花物語』の世界の距離をはっきりと計測できるわけではない。しかし、三者の距離がわからなければ、『栄花物語』が読めないというのでは本末顚倒であろう。『栄花物語』の世界に残された原資料取用の痕跡から可能な限り原資料へと遡及する読みの作業がこれを補完するであろう。他史料から構築された事実関係をもとにして外側から『栄花物語』を照射することと、逆に内側から『栄花物語』の世界をつくりあげるからくりを探りだすこととがかみあっていくところに『栄花物語』研究のあるべき姿をみるのである。（注13）

三

『栄花物語』は原資料に依存する世界であり、異質な原資料がもとの姿を濃厚に持ちつつ、『栄花物語』の世界を形造っている。原資料へと遡源する読みは『栄花物語』が要請するのだ。そのとき他史料から知られる事実関係を媒介するのだが、他史料から知られる事実関係から直線的に原資料を画定してしまうのであった。他史料から知られる事実関係と原資料との距離を考慮することが欠けていた。しかし、我々が原資料へと遡及するときにたちはだかる困難はそれだけではない。原資料と『栄花物語』の世界との距離がある。確かに、『栄花物語』の原資料への依存度が高いことはいえるが、だからといって、『栄花物語』の世界は原資料に基づいて原資料そのままに叙述をなすという単純な過程から生れるのでもあるまい。作者の原資料との対面認識からはじまり、動的な過程を経て叙述が形成されるうちに『栄花物語』の世界は原資料との距離を少なからず生んでいる筈である。したがって、原資料へと遡源することは、『栄花物語』の叙述の動的な形成過程を追跡することである。しかし、今ある『栄花物語』のテキストから原資料へと遡及的に読み解く過程の逆が、必ずしも『栄花物語』の形成過程と一致するわけではないだろう。原資料を想定することじたいが我々の読みの方法なのであって、実際には、原資料に拠らない叙述も『栄花物語』にはある筈だ。また原資料というのも大雑把な言い方である。事実の骨格しか伝えないものもあれば、さまざまに肉付けされて、一個の完結したものになっているものもあろう。とまれ、『栄花物語』の叙述の諸現象は、我々に原資料を想定する読みを要請しているのである。今あるテキストから原資料取用の痕跡として残す表現の揺れを見出し、原資料にさかのぼる作業を通して、『栄花物語』の叙述の形成過程を照し出すことは、我々の一つの『栄花物語』の読みであり、『栄花物語』の対象化の方法なのである。その際、他史料から構築した事実関係は、『栄花物語』の世界の偏差を知る上で重要なのである。他史料との比照は、『栄花物語』の読みにとって必要条件であるが十分条件ではないことを確認しておきたい。

（1）山中裕『平安朝文学の史的研究』（吉川弘文館、昭和四十九年四月）
（2）河北騰『栄花物語論攷』（桜楓社、昭和四十八年四月）
（3）秋山虔『源氏物語の世界』（東京大学出版会、昭和三十九年十二月）
（4）今小路覚瑞『紫式部日記の研究』（有精堂、昭和四十五年六月）、池田尚隆「栄花物語試論――原資料から作品へ向かう方法」『平安時代の歴史と文学　文学編』（吉川弘文館、昭和五十六年一月）など。
（5）加納重文の発言。『栄花物語全注釈　三』（角川書店、昭和四十七年六月）月報、座談会「栄花物語の問題点」。
（6）松村博司『歴史物語』（塙書房、昭和三十六年十一月）など。
（7）第Ⅰ部第三章。
（8）杉本一樹「栄花物語正篇の構造について」『平安時代の歴史と文学　歴史編』（吉川弘文館、昭和五十六年一月）
（9）山中氏の論に対する反論も提出されている。加納重文「栄花物語初花巻をめぐって――資料取用の徴証・態度に関する報告――」（「文学・語学」第五四号、昭和四十四年十二月）。
（10）「中古文学」第二二号、昭和五十三年九月。
（11）「国語国文」第三九巻第一号、昭和四十五年一月。他に「『栄華物語』が描く寛仁四年―文学に現れた史実の追求―」（『国学院雑誌』第七〇巻第一〇号、昭和四十四年十月）、「栄花物語の虚構―史実の文学化をめぐって」『鑑賞日本古典文学第一一巻　栄花物語・紫式部日記』（角川書店、昭和五十一年四月）がある。松村氏が『栄花物語全注釈』で指摘されている先取記事も、高橋氏がいわれる同類項集約法と同じ考え方であろう。
（12）氏のいわれる同類項集約方法が、『栄花物語』の記事の構成方法でなかったといいたいのではない。他史料から知られる事実関係を持ち込んで『栄花物語』の世界を合理的に解釈していくときに、同類項集約方法があったのだと認定する、その認定の仕方に問題があるといいたいのである。他史料を持ち込まなくても、同類項集約方法が、『栄花物語』の記事構成の方法の一つであったことが明証できる例をあげてみよう。天禄元年（九七〇）の記事である。

A　一日になりぬれば、天禄元年といふ。めづらしき御有様にそへて、空のけしきもいと心ことなり。小一条の大臣（師尹）のかはりの大臣には、在衡の大臣なりたまへるを、はかなく悩みたまひて、正月二十七日うせたまひぬ。御年七十八。年のはじめにいとあやしきことなり。さるべき殿ばら御慎みあり。右大臣にて伊尹の大臣おはす。（巻第一、月の宴①七二〜七三）

B　摂政殿（実頼）もあやしう風起りがちにておはしまして、内裏にもたはやすくは参りたまはず。（中略）世こぞりて騒げども、人の御命はずちなきことなりければ、五月十八日にうせたまひぬ。（中略）あはれに悲しき世の有様なり。（①七三〜七四）

C　七月十四日師氏の大納言うせたまひぬ。貞信公の御子、男君四所おはしける、皆うせたまひぬ。御年五十五にぞおはしましける。（①七四）

D　かかるほどに、五月二十日、一条の大臣（伊尹）摂政の宣旨かうぶりたまひて、一天下わが御心におはします。東宮（師貞親王）の御祖父、帝（円融天皇）の御伯父にて、いといとあるべきかぎりの御おぼえにて過ぐさせたまふ。この御有様につけても、九条殿（師輔）の御有様のみぞなほいとめでたかりける。（①七四）

E　左大臣に源氏の兼明と聞ゆる、なりたまひぬ。これも醍醐の帝の御子におはして、姓得て例人にておはしつるなりけり。御手をえもいはず書きたまふ。道風などいひける手をこそは、世にめでたきものにいふめれど、これはいとなまめかしうをかしげに書かせたまへり。（①七四）

F　右大臣には小野宮の大臣（実頼）の御子、頼忠なりたまひぬ。（①七四〜七五）

天禄元年の記事はA〜Fからなっている。Aは在衡の死、Bは実頼の死、Cは師氏の死、Dは伊尹の任摂政、Eは兼明の任左大臣、Fは頼忠の任右大臣がそれぞれ書かれている。A〜Cは薨去記事の集約で、D〜Fは任官記事の集約であるらしいことがうかがえる。時間の流れに注目してみると、確かに同類項を集約していることがうかがえる。A正月二十七日→B五月十八日→C七月十四日と時間が推移してきたのに、CとDの間で、C七月十四日→D五月二十日というふうに時間が逆転している。『栄花物語』は時間の流れによって諸記事が叙述されるのが原則であるのに、CとDの間で時間が逆転していることは、A～Fの諸記事を、薨去記事と任官記事にそれぞれ集約させて叙述した結果だといえる。参考までに他史料と比べてみよう。

A　在衡薨去　十月十日（『日本紀略』）
B　実頼薨去　五月十八日（『日本紀略』）
C　師氏薨去　七月十四日（『日本紀略』）
D　伊尹任摂政　五月二十日（『日本紀略』『公卿補任』）
E　兼明任左大臣　天禄二年（九七一）十一月二日（『日本紀略』『公卿補任』）
F　頼忠任右大臣　天禄二年十一月二日（『日本紀略』『公卿補任』）

このように他史料からも同類項集約方法による記事の構成があったことがうかがえるが、他史料と比照しなくても、天禄元年の記事構成のばあい、同類項集約方法があったといえる。ちなみにAの在衡の死を『栄花物語』は、正月二十七日とするが、実は在衡任右大臣が正月二十七日であった。『栄花物語』は在衡任右大臣の月日を在衡薨去の月日とかんちがいしている。

（13）『栄花物語』には兼家の六十賀のほかに、巻第七、鳥辺野に詮子の四十賀、巻第二十、御賀に倫子の六十賀、巻第三十三、歌合におなじく倫子の七十賀がそれぞれ描かれている。正編に描かれる御賀はいずれも十月、摂関邸で行われた。兼家六十賀、詮子四十賀は天皇の行幸を仰いで行われたが、倫子六十賀は三后ならびに尚侍嬉子、さらには妍子の娘、禎子内親王が参集し、法成寺金堂供養の折の再現であった。家の子の童舞も儀式を構成する要素としていずれにも言及されている。しかも、詮子の四十賀の記事には「さきざきの御賀などはいかがありけん、これはいとめでたし。入道殿（兼家）の六十の賀、院（詮子）の后宮と聞えさせし時せさせたまひしも、いとかくはあらざりきとぞ思されける」（①三四三）と、地の文とも詮子の心中思惟とも判然としないかたちで兼家の六十賀が言及され、倫子の六十賀には『女院（詮子）の御賀、この殿（土御門第）にてせさせたまひしに、この舞（童舞）どもは関白殿（頼通）、東宮大夫殿（頼宗）とぞ舞ひたまひし、明後年、殿（道長）の御賀には内大臣殿（教通）の君達ぞ舞はせたまはん。このたびはまだ小さくおはしませばなめり』とぞ申して、なま老いたる人は涙も落ちける」(②三六九〜三七〇)と、「なま老いたる人」――おそらくは過去を回想し、未来を予見する役割を仮託すべく仮構された人物――を介して詮子四十賀が触れられている。『栄花物語』正編にみられる三つの賀宴は、同種の記事として相互に規制されて叙述として定着している。質的充実からすると倫子の六十賀が範型となっていると見られるが、天皇の行幸という要素を勘案すると、詮子の四十賀あたりが範型であろうか。兼家の六十賀の叙述が先行するが、それを叙述するために参照する原資料はほとんどなかったために、後の詮子の四十賀の原資料が援用された可能性もあるのではなかろうか。

第二章　『栄花物語』の原資料取用態度

――『紫式部日記』と巻第八、初花との比較を通して――

一

『栄花物語』の巻第八、初花が『紫式部日記』を原資料としていることは周知のことであり、初花巻と『紫式部日記』の比較検討が先学によって試みられ、その成果が報告されている。いずれも両者の比較に終わりがちで、したがって外面的な観察にとどまり、両作品の質的差異や、初花巻の編述の在り方についてはいまだ充分に剔抉されているとは言い難い。本稿では、先学の諸研究と重複するかもしれないが、それらを踏まえながら、この点について考察を加えたい。

『紫式部日記』を原資料とする『栄花物語』は、『紫式部日記』をほとんど改変することなくそのまま収用する部分、一部手直しや素材の取捨選択がなされている部分、全く削除、省略されている部分、あるいは『栄花物語』作者（編者）によって新たに辞句が付加されている部分がある。この『栄花物語』の取用態度について、今小路覚瑞氏は「物語としての史的価値を有する事実に関係を持たない事項、又は関係の少ない事項、および日記筆者に関する個人的の動静についての記事、ならびに微細にわたる服飾や女房達の間の些少事、日記筆者の感想等はすべてこれを除外し或いは省略している」と指摘され、また『栄花物語』の加筆は、「断片的な日記の記事の接続或いは潤色のためになされたもの、又は日記の記事に暗示されて書き改めたもの、および素材に対する説明の補加の詞である」と言われる（注1）。『栄花物語』の編述は、基本的には氏の指摘されるような取用の態度、方針に従って行われたと言える。しかし、この『紫式部日記』との比照の結果得られた、原資料と編述との関係、原資料操作の在り方が、『栄花物語』の初花巻の当該箇所以外の、原資料の遺存しないところにそのまま当てはまるとはにわかに言えないであろう。

確かに、『紫式部日記』にはなく『栄花物語』が加筆付加する部分からは、

①「かくて」「かかるほどに」といった時間の流れを表す語句の添加がある。

②人物についての傍注的補足がある。

③限定視点に立ち記録的態度によってなされる叙述の中に、作中人物の心中思惟や限定視点からは把握し難い人物の行動が叙述されているばあい、全知視点ともいうべき視点に立つ『栄花物語』の叙述の在り方が窺われる。

④同一場面が連続的に記述される中に、それと異なる場面が突如、挿入されているばあい、複数の原資料の取用が想定されるが、多くは、それぞれの場面に登場する人物相互の関係性は薄いであろう。だとすれば、逆に、『栄花物語』の叙述の中で前後するそれぞれの場面に登場する人物が、余りにかけ離れた世界の人であれば、原資料の違いを想定できる。

⑤和歌が導入されているばあい、その詠者が前後の場面に登場する人物と関係がないばあいは、その和歌は他資料からの挿入ということがわかる（④に含めてもよいと思われる）。

という、原資料を用いて『栄花物語』の叙述が形造られるメカニズムの一端を窺知することができる。また他に、

⑥ある場面の表現が、同種の内容の事柄の叙述に転用されることがある（山中裕氏が巻第八、初花と巻第十一、莟花との類似、類型表現について指摘している（注2））。
⑦原資料の内容を要約して記述したり、事象と事象、あるいは人物と人物とを対比的に叙することがある。
⑧①の添加によって原資料の内容の省略化がみられることがある。
⑨②の添加には、系図類が参考にされたと想定される。

などが、初花巻と『紫式部日記』との比照から編述のメカニズムの一面として指摘できる。しかし、これらの諸点は、初花巻と『紫式部日記』との比照によるまでもなく、『栄花物語』の叙述の傾向や内部矛盾から、ある程度推測できることなのである。

また、初花巻が取用する『紫式部日記』が特異で個性的な精神の軌跡を形象化した作品であることを考えると、『紫式部日記』との比照の結果を、別の原資料を取用していると想定される他の叙述には当てはめ難いのではないかと思われる。たとえば、『紫式部日記』には「見ず」「見えず」という限定視点による表現が六例散見されるが、それが初花巻にいかに取用されているかを例にとって考えてみたい。

A内裏より御佩刀持てまゐれる頭の中将頼定、けふ伊勢の奉幣使、帰るほど、のぼるまじければ、立ちながらぞ、たひらかにおはします御有様奏せさせたまふ。禄などもたまひける、そのことは見ず。（一三七）
aまことに内より御剣すなはち持てまゐりたり。御使には頼定の中将なり。禄など心ことなりつらんを。（①四〇三）
B右衛門の督（斉信）は御前のこと、沈の懸盤、白銀の御皿など、くはしくは見ず。（一四一）
b右衛門督は御前のもの、沈の懸盤、銀の御皿どもなど、詳しくは見ず。（①四〇五）
C御乳付仕うまつりし橘の三位（徳子）のおくりもの、例の女の装束に、織物の細長そへて、白銀の衣筥、包なども、やがて白きにや。またつつみたるものそへてなどぞ聞きはべりし。くはしくは見はべらず。（一四八

〜一四九）

c御乳付の三位には、女の装束に織物の細長添へて、銀の衣筥にて、包などもやがて白きに、また包ませたまへる物など添へさせたまふ。（①四一〇）

D柱がくれにて、まほにも見えず。（一五七）

d柱隠れにてまほにも見えず。（①四一四）

Eまたのあしたに、内裏の御使、朝霧もはれぬにまゐれり。うちやすみ過ぐして、見ずなりにけり。（一六〇）

eまたの朝に内の御使、朝霧も晴れぬに参れり。（①四一六）

Fそれより東の間の廂の御簾すこしあけて、弁の内侍、中務の命婦、小中将の君など、さべいかぎりぞ、取りつぎつつまゐる。奥にゐて、くはしうは見はべらず。（一六二）

f東の御簾すこし上げて、弁内侍、中務命婦、大輔命婦、中将の君など、さるべきかぎり取りつづきまゐらせたまふ。（①四一八）

大文字が『紫式部日記』、小文字がそれに対応する『栄花物語』の叙述である。両者を比較すると、頼定への禄については見なかったというAに対して、aは「らん」を用いて表現主体が別の場所にいたことを示し、禄のことは型通り行われたであろうと推測している。bは、原資料のBをそのまま採用。cは、Cの「くはしくは見はべらず」という主体の視点の明確さを消去している。dも原資料Dをそのまま取用。Eの「見ずなりにけり」という主体の視点を消して、eは外面的な事実報告の体裁を整えている。Fとfの関係はCとcの関係に同じ。

初花巻において、地の文に「見ず」「見えず」が用いられているのは、bとdの二例である。bもdも『紫式部日記』との取用関係が認められることから逆に、限定視点を示す「見ず」「見えず」といった表現が仮に、他の巻々の地の文に出てくることがあれば、限定的視点に立った記録的日記類を原資料として取用したことの痕跡と認められ、原資料想定の傍証ともなり得ると思われる。しかし、ここで考えなければならないことは、『紫式部日記』の特異性である。『紫式部日記』の行事記録には、漢文日記や歌合日記的女房日記と共通した特徴がみられ、前述の仮定は成り立つとも思われるのだが、篠原昭二氏が言われるように(注3)、『紫式部日記』の文芸的契機が、この女房日記的な記述に、自己を執着凝視することで獲得した視点を媒介させることにより「新しい生命を吹きこんでいる」点にあり、このため、自己との共通性、異質性を見極める鋭い、他の女房日記には類のない対象への視線を持つことになるのであれば、また「見る」ことと「見ない」こととが表裏の関係にあり、積極的な対象への働きかけがあったからこそ「見ない」という断り書きがつけられるのだと考えれば、この「見ず」「見えず」という主体の視点（位置）の確かさは『紫式部日記』独自のものであって、他の女房日記には想定し難いものであると思われる。したがって、『紫式部日記』との比照から導いた前述の想定は、仮定としては成り立つものの、『紫式部日記』とは別の女房日記類を原資料とする『栄花物語』の他の叙述にはおそらくあてはまらないだろう。実際、この種の「見ず」「見えず」は他には見出せないのである。『紫式部日記』との比照から拾い上げた原資料取用の法則性のごときものも、『紫式部日記』が特異な精神の所産であることを考えれば、他の叙述の検討にはそれほど役に立たないだろう。

先学による『紫式部日記』との比照が、大雑把ながら『栄花物語』の叙述の性格を言い当ててはいるけれども、比照の結果を活用することによって、他の巻々の叙述の原資料との関係を解明するのには余り役立たなかった理由の一端はこのあたりの事情によるのではなかろうか。初花巻と『紫式部日記』との比照は、『栄花物語』研究の立場からは、まず初花巻の歴史叙述の解明のために活用されていくべきだと思われる。

二

『紫式部日記』には、表現主体の位置の明確な叙述とあまりはっきりしない叙述とが窺われる。しかも、両者の間の移行は、行きつもどりつ、ごく自然に行われているらしい（注4）。また根来司氏は（注5）、内的視点、外的視点という分析装置を用いて、『紫式部日記』の冒頭の、土御門第の秋の典型的なある日の夕景の叙述に始まり、「たとしへなくよろづ忘らるるも、かつはあやし」（一二三）で結ばれる一段につき検討されている。秋山虔氏が「土御門殿の優艶な雰囲気に陶酔し、われを忘れて中宮を讃歎する自己を、これに対してむっくりと頭もたげてくる重くうれわしい自意識の座標でとらえなおそうとしているということにほかならない」と説かれた（注6）ことを受け、それを外的視点に立った叙述の在り方から敷衍される。外的視点の叙述とは、氏によれば「話主が作中場面にはいりきらず作中世界の外の人となって、自分で自分の姿をながめるような叙述」で、冒頭の一段は、「紫式部日記では話主自身が作中で行動するのを直接に記述するのであるが、作中の話主自身がその行動から離脱し、第二の作中場面の記述をする立場に自身を投影させるとき」生じるのではないかとされる。さらに「これは畢竟第二の自分を設定することによってとらえなおそうとするのであるから、自然その作中場面は消え去ったようになり、叙述が自分で自分をながめることに集中するのであった。したがってこのような叙述はやがて話主がというよりは作者がそのように認定してゆく精神につながり、ここに彼女の精神の姿勢が観じられて当然であろう」といわれる。冒頭の一段では、日記の表現主体が、その場面の背後に沈潜し、その場面に居合わせていた自らをも対象化するのであった。

さて、このような『紫式部日記』の冒頭文をいかに『栄花物語』は収用しているか。『栄花物語』の本文はあげないが、ほぼ詞章、文構造とも『紫式部日記』に依拠する。しかし、『紫式部日記』の「御前にも、近うさぶらふ人々、はかなき物語するを、聞こしめしつつ、……」（一二三）の、紫女の自己凝視へと連接する部分以下は、『栄花物語』では切り捨てられている。今小路氏が言われる、『紫式部日記』の個人的な感懐は切り捨てていく『栄花物語』の姿勢（注7）を窺うことができる。また『栄花物語』がそのまま依拠した部分は、『紫式部日記』の表現主体が、作中場面から離脱し、外から概観する外的視点で貫かれていて、『紫式部日記』においては自己までも客観化するのであるが、それは『紫式部日記』を収用する『栄花物語』の、対象の外側に身を置き、歴史を概観する視点とも通い合うものではなかろうか。が、ことはさほど単純ではなさそうに思われる。

杉山康彦氏は、『紫式部日記』の行事記録部分の進行について、次のように述べられる（注8）。

いうならばここにはいまここに厳密に立つ表現主体と、もっと概括的な表現主体とがあるのだが、この両者はたんに並立しているだけではなく、むしろ後者は前者の背景をなし、前者は後者の前景としてはじめてより一そうきわだっていまここでありうる。この両者の間にはさらに典型的なある日というような両義的な表現もあり、この後者から前者への移行は、すでに少しふれたように、行きつもどりつ、ごく自然に行われる。このためいまここがきわだつと同時に、その背後に空間的な広がりと、時間的な奥行きが交錯して表現される。

氏の言われるように、表現主体の前景化と後景化がスムーズに行われながら、『紫式部日記』の行事記録の叙述が進行するのであれば、それを取用する『栄花物語』も、単純に、『紫式部日記』の私的な面を排し、公的な面を取用し、時間の流れを意識化する叙述を添付していると言うだけでは済まされなく、複雑な原資料取用を余儀なくされるだろう。

尼の拝観記を原資料としたと想定される巻第十七、音楽・巻第十八、玉の台両巻の画一的な叙述と引き比べてみれば、『紫式部日記』を取用する初花巻の複雑さを感じる。

巻第十七、十八では「見れば……」「見ゆ」「聞ゆ」といった語が頻用され、尼達の立場に立った叙述の積み重ねによって両巻は進行する。「すべてあさましく目も心もおよばれずめづらかにいみじくありける日の有様を、世の中の例に書きつづくる人多かるべし。そがなかにもけ近く見聞きたる人は、よくおぼえて書くらん。これはものもおぼえぬ尼君たちの、思ひ思ひに語りつつ書かすれば、いかなるひがことかあらんとかたはらいたし」（②二八五）とあるのを信じれば、尼の口述記に類するものの存在と『栄花物語』作者のそれの利用、あるいは『栄花物語』作者の尼達との共同執筆が推測されるのであるが、そうではなくて、作中人物の目を通して（巻第十七では後一条天皇および尼達、巻第十八では尼達であるが）法成寺の寺域や供養の場面を表現することを方法として選び、そのため尼達が作品世界に内在化されたというのであっても、それを描出するのに依拠した原資料の想定は可能であり、原資料として尼の拝観記や巡拝記の類が利用されたであろうことは想像に難くないだろう。尼の日記の取用を種明かしし、終始一貫して作中人物の目を通して描写する方法によって巻第十七、十八の叙述がなされていることを、巻第八における『紫式部日記』取用の複雑さと比較すると、原資料である尼の日記と『紫式部日記』の表現の質的差違を想像させるのである。

尼の日記は、巡拝記として、この世に浄土を現出させた法成寺の威容と供養に参集した人々を、仏典を駆使しながら描いたものであったろう。しかも、その絵画的描写力は特筆すべきである。法成寺グループの他の巻々にはないものであるから。

このように原資料の質的差違に考えが及ぶのは、『栄花物語』の叙述の原資料への依存度が相当高いと思われるからである。つまり、巻第八と巻第十七、十八との表現の質的差違は、作者の歴史認識の違いや叙述の仕方の違いをあらわしているのではなく、むしろ原資料の違いによるといえよう。作者の原資料を取用する方法に質的変更がないとすれば、『栄花物語』は原資料の表現の方法や論理をそのまま取り込んでいることになろう。

三

さて、『栄花物語』初花巻における表現の在り方は、道長や一条天皇に関する記述を、『紫式部日記』との取用関係から検討することによっても、かなり明らかになると思われる。道長に関する記述から見ていく。『紫式部日記』の表現と『栄花物語』の表現がほとんど合致している箇所は、さしあたり除外してよいと思われる。以下に記す対照は、『紫式部日記』に大幅に手を加えている箇所、『紫式部日記』にはあるが『栄花物語』が取用しなかった箇所、『紫式部日記』にはなく『栄花物語』が加筆した箇所をすべて拾い上げた。

Aわざとの御遊びは、殿（道長）おぼすやうやあらむ、せさせたまはず。（一二七）

a……………………

B……………………

bいとあやしきことに恐ろしう思しめして、いとゆゆしきまで、殿の御前（道長）もの思しつづけさせたまて、ものの紛れに御涙をうち拭ひうち拭ひ、つれなくもてなさせたまふ。（①四〇一）

C殿（道長）のうちそへて、仏念じきこえたまふほどの頼もしく、さりともとは思ひながら、いみじうかなしきに、みな人涙をえおしいれず、「ゆゆしう」「かうな」など、かたみにいひながらぞ、えせきあへざりける。（一三二）

c殿（道長）のうちそへて法華経念じたてまつらせたまふ、何ごとよりも頼もしくめでたし。（①四〇二）

D殿（道長）出でゐたまひて、思すことなき御けしきに、もてはやしたはぶれたまふ。（一四七）

d内の女房たちに、殿あはせたまひて、よろづ思ふことなげなる御気色の、笑の眉開けさせたまへれば、見たてまつる人々、げにげにとあはれに見たてまつる。（①四〇九～四一〇）

E殿（道長）の、夜中にも暁にもまゐりたまひつつ、御乳母のふところをひきさがさせたまふに、

Fうちとけて寝たるときなどは、何心もなくおぼほれておどろくも、いといとほしく見ゆ。
G心もとなき御ほどを、わが心をやりてささげうつくしみたまふも、ことわりにめでたし。（一五〇）
e殿（道長）、夜昼分かずこなたに渡らせたまひつつ、宮（敦成親王）を御乳母の懐よりかき抱きたまひて、
f……………
gえもいはず思したるも、げにげにと見えたまふ。（①四一一）
Hある時は、わりなきわざしかけたてまつりたまへるを、御紐ひきときて、御几帳のうしろにてあぶらせたまふ。「あはれ、この宮の御しとに濡るるは、うれしきわざかな。この濡れたる、あぶるこそ、思ふやうなる心地すれ」と、よろこばせたまふ。（一五〇）
h御尿などに濡れても、うれしげにぞ思されたる。（①四一一）
I……………………
iさきざきのよりも殿の御前（道長）いみじういそぎたち、いつしかとのみ思しいそがせたまふに、やすきいも御殿籠らず、このことのみ御心にしみ思さるるぞ、げにさもありぬべき御ことの有様なるや。（①四一二）
Jあるじの大殿（道長）、「あはれ、さきざきの行幸を、などて面目ありと思ひたまへけむ。かかりけることもはべりけるものを」と、酔ひ泣きしたまふ。
Kさらなることなれど、御みづからも思ししるこそ、いとめでたけれ。（一五九）
jあるじの大殿（道長）、「さきざきの行幸をなどてめでたしと思ひはべりけん。かかることもありけるものを」と、うちひそみたまふを、
kさらなることなりと、殿ばら同じ心に御目拭ひたまふ。（①四一五～四一六）
L権中納言（隆家）、すみの間の柱もとによりて、兵部のおもとひこしろひ、聞きにくきたはぶれ声も、殿（道

長）のたまはす。（一六五）

l……………

M「宮の御前（彰子）、聞こしめすや。仕うまつれり」と、われぼめしたまひて、

N「宮の御父にてまろわろからず、まろがむすめにて宮わろくおはしまさず。母もまた幸ひありと思ひて、笑ひたまふめり。よいをとこは持たりかし、と思ひたんめり」と、たはぶれきこえたまふも、

Oこよなき御酔ひのまぎれなりと見ゆ。

Pさることもなければ、さわがしき心地はしながら、めでたくのみ。

Q聞きゐさせたまふ殿の上（倫子）、聞きにくしとおぼすにや、わたらせたまひぬるけしきなれば、「おくりせずとて、母うらみたまはむものぞ」とて、いそぎて御帳のうちを通らせたまふ。

R「宮なめしと思すらむ。親のあればこそ子もかしこけれ」と、うちつぶやきたまふを、人々笑ひきこゆ。（一六六～一六七）

m……………

n殿の御前（道長）、「宮を女にて持ちたてまつりたる、まろ恥ならず。まろを父にて持ちたまへる、宮わろからず。また母もいと幸ひあり、よき夫持たまへり」など、戯れのたまはするを、

o……………

p……………

q上（倫子）はいとかたはらいたしと思して、あなたに渡らせたまひぬ。（①四二一～四二二）

r……………

S……………

s女房の車軋ろひもありけれど、「例のことなり。聞き入れぬものなり」とのたまはせて、殿（道長）は聞しめし消ちつ。（①四二二）

細かく検討してみたい。bは寛弘五年（一〇〇八）九月十日の記事中に添加されたもので、中宮出産間際の緊迫した状況に、『栄花物語』は『紫式部日記』には描かれない道長を据える。おそらく、これは、『紫式部日記』にあり『栄花物語』が取用する「さるべきおとななどは、しのびて泣きまどふ」（一三一～一三二）から導かれたものと思われる。『栄花物語』は「少しものの心知りたる大人たちは皆泣きあへり」（①四〇一）と書き改めているが、それと対比しながら、道長の行動を書き添えている。これは、場面の外側に立ち、出来事を歴史的文脈のなかでとりおさえられる位置が確保されてはじめて可能になろう。『栄花物語』の表現主体はそういう位置に立っている。一条天皇の行幸を迎える準備に余念のない道長を描くiからもそれは窺える。『栄花物語』が『紫式部日記』よりも簡略化されているのは、C、E・F・G、H、M・N・O・P・Q・Rである。E・F・Gは、敦成親王誕生後の十月十余日頃の記事で、満面に笑みをたたえ、皇子をいつくしむ道長が描かれているのであるが、歴史を概観する立場からすれば、『紫式部日記』の表現主体の感懐を記すFは切り捨てられるのである。M・N・O・P・Q・RのO・Pも、その場に居合わせた紫女の感懐である。F・O・Pのように『紫式部日記』の表現主体が顕在化するところは、『栄花物語』では消去されている。が、複雑な精神の軌跡を象る『紫式部日記』を取用する『栄花物語』は、白井たつ子氏が言われるように、「公的な行事等の有様について記されている部分をその儘借用した勢いで、ついうっかり紫式部個人の思考や行動について述べた言葉まで取り入れてしまっている」（注9）。そのような表現上の痕跡が認められるところも何箇所かある。C・Hが何故、簡略化されているのか説明しにくい。

Cの後半は、「みな人」の一人でありながら、他人事のように、自身を含めた女房達の動静を記す『紫式部日記』

の表現主体は、その場面から離脱して、自身をも見据える外的視点が確保されている。その外的視点に『栄花物語』作者の歴史を概観する視点を重ね合わせるだけでよいのに、なぜか省略して、護持僧さながらに法華経を念誦する道長にのみ焦点をしぼっている。ならば敦成親王をいつくしむ道長の姿を大写しにするHを簡略化する必要はないのではなかろうか。

J・Kで注目すべきは、Jの「酔ひ泣きしたまふ」がjでは「うちひそみたまふを」と書き改められ、少々ちがった印象を与えていることである。Kでは、Jの一条天皇の行幸を仰いだ道長の喜泣に対する『紫式部日記』の表現主体の共感が「めでたけれ」と記されるが、それを、『栄花物語』はkのように「殿ばら同じ心に御目拭ひたまふ」と、「殿ばら」の動きに焼き直す。『紫式部日記』の私的感懐を削除しないで、その場の雰囲気を伝えるために同座の人々の行動に書き改めるという工夫もなされているのである。話は前後するが、Jの「酔ひ泣く」がjの「うちひそむ」に改められたのは、単に言葉の置き換えではなく、さらに積極的な意味も看取される。この「酔ひ泣く」の主語が「道長」であって、次に引用する公季の場合の処理の仕方とは異なるからである。敦成親王御五十日の一光景だが、『紫式部日記』に次の記事がある。

「三位の亮（実成）、かはらけ取れ」などあるに、侍従の宰相（実成）立ちて、内の大臣（公季）のおはすれば、下より出でたるを見て、大臣酔ひ泣きしたまふ。（一六五）

内大臣藤原公季が、子息の侍従宰相実成の父に対する礼儀をわきまえた振舞いに感泣する姿を、「酔ひ泣きしたまふ」と表現する。これを『栄花物語』はそのまま「酔ひ泣きしたまふ」（①四二〇）と取用し、道長のばあいの処理の仕方とはいささか異なるのである。これと同様に、Lの「聞きにくきたはぶれ声も、殿（道長）のたまはす」という同日の道長の乱酔の様を『栄花物語』は記さない。このように、道長の形象には少々配慮がなされているようで、道長の赤裸々で人間的な部分が影をひそめている。ただし、Lのこの部分、解釈上の問題があり、「殿のたまはす」ではなく「殿のたまはず」とし、「(隆家が)聞くに耐えない戯れ歌を謡うのにも、(道長は)何ともおっしゃらない」とも解釈できる(注10)。新編日本古典文学全集等の読みに従うならばという留保条件をつけなければならないが、『栄花物語』はLを一切省略し、かわりに実成の振舞いを選び取り、「内なる人さへあはれに見けり」(①四二〇)と女房たちの賞賛を加え、酔いのあまり醜態をさらす道長の姿を消す操作を加えている。

sの「車軌ろひ」は、おそらく『紫式部日記』の表現主体が馬の中将との同車のことを述べる「つぎに馬の中将と乗りたるを、わろき人と乗りたりと思ひたりしこそ、あなことごとしと、いとどかかる有様、むつかしう思ひはべりしか」(一七二)あたりを受けて、そのように距離を置いた書き方をしたのであろう。「殿(道長)」を持ち出すのは、『栄花物語』の序列やきまりを重んじる道長に対する讃美であろう。dも『紫式部日記』のDをもとに少々潤色を加えているが、『紫式部日記』に拠っていると思われる。ただDは九月十六日のこと、dは翌十七日のこととして位置づけられていて、『栄花物語』の取用の際のミスか、あるいは、内裏女房参賀が十七日の出来事であった可能性もあり、『栄花物語』の作者の見聞ないしは他資料によって改めたかのいずれかであろう。Aは『栄花物語』は取用しない。

以上通覧すると、『紫式部日記』の作者主体が顕在化する部分は消去するか、外面的なその場の説明に焼き直している。また加筆は、出来事を歴史的文脈に取りおさえるためであり、道長讃美の文脈と齟齬をきたさないように配慮されている。簡略化は、道長の当座の赤裸々で人間的な姿を削いで、固成された理想的な道長像との調和をはかるためであった。しかしながら、あくまで傾向であって、『栄花物語』の『紫式部日記』の取用態度の検証から『紫式部日記』の表現主体に対峙するような明確な表現主体を『栄花物語』に想定することはむずかしい。『紫式部日記』の表現構造を根幹から切り崩し、そこから独自に『栄花物語』的世界を造成してはいない。『紫式部日記』によりながら他律的に進行する世界である。ただ道長の人物形象については、『紫式部日記』の表現主体の鋭い視線を断ち切ることに意を用い、様々な工夫がなされていることが知られるのである。

四

一条天皇についてはどうであろうか。『紫式部日記』において、一条天皇に触れる記述は、

Aうへ抱だきうつしたてまつらせたまふほど(一五七)

Bうへ外に出でさせたまひてぞ、(一五七)

Cそぞろ寒きに、うへの御祖ただ二つたてまつりたり。(一五八)

Dうへは入らせたまひて、(一五九)

E御輿寄す」とののしれば、出でさせたまひぬ。(一六〇)

である。いずれも一条天皇の土御門第行幸の場面である。そのうち『栄花物語』が取用するのはD、Eであるが、Dを取用する『栄花物語』は「かくて殿(道長)は入らせたまひ、上(一条天皇)は出でさせたまひて」(①四一六)と、「殿」と「上」の行動が逆になっている。Eは「『御輿寄す』とののしれば、殿(道長)も出でさせたまひぬ。」(①四一六)と書き改められる。『栄花物語』は道長の行動に主眼を置いて記述している。また一条天皇についていえば、『紫式部日記』との取用関係のない、『栄花物語』独自の叙述が四例あり、それらが注目される。

①内にはいといとおぼつかなく、いかなればかと思しめして、年ごろかやうのこともなれ知りたる女房ども、一車にて参れり。(①四〇一)

②かくて若宮(敦成親王)を、いとおぼつかなうゆかしう内に思ひきこえさせたまふによるの行幸なれば、(①四一二)

③上の見たてまつらせたまふ御心地、思ひやりきこえさすべし。これにつけても、一の御子(敦康親王)の生

れたまへりしをり、とみにも見ず聞かざりしはや、なほずちなし、かかる筋にはただ頼もしう思ふ人のあらんこそ、かひがひしうあるべかめれ、いみじき国王の位なりとも、後見もてはやす人なからんは、わりなかるべきわざかなと、思さるるよりも、行く末までの御有様どもの思しつづけられて、まづ人知れずあはれに思しめされけり。（①四一五）

④宮（彰子）と御物語など、よろづ心のどかに聞えさせたまふほどに、（①四一五）

④はBの「うへ外に出でさせたまひて」に引かれての潤色であろう。その他の①・②・③は、『紫式部日記』に依拠する記事は見当たらない。①・②・③は若宮、敦成親王誕生の喜びや若宮に対する帝の「ゆかしさ」を表現し、内容的にほぼ同じである。③は特に、若宮との対面がかなった一条天皇の喜びの気持を発条として、相即的に「一の御子（敦康親王）」の誕生の時のもどかしさに想いをいたし、後見の重要性と敦康親王の将来についての憂慮へと想到する、一条天皇の心中を描き出す。①・②・③は、『紫式部日記』との取用関係がないので『紫式部日記』以外の他資料によったとも考えられるが、『紫式部日記』との取用関係が全くない寛弘六年（一〇〇九）以降の記述にも、同様の一条天皇が描き出されており、むしろ『栄花物語』固有の表現で、『栄花物語』作者が書き加えたものであろう（注11）。

以下それをあげる。

⑤若宮（敦成親王）いみじううつくしう生ひ出でさせたまふを、上（一条天皇）、宮（彰子）の御なかに率て遊ばせたてまつらせたまひては、帝ののたまはする、「なほ思へど、昔内裏に幼き子どもをあらせずして、宮たちのかくうつくしうなどあらんを、五つ七つなどにて御対面とてののしりけんこそ、今の世によろづのことのなかにいと堪へがたかりけることはありけれ。かう見ても見ても飽かぬものを、思いやりつつあらせんはわびしかべいことなりや。この一の宮（敦康親王）をこそいと久しう見ざりしか、有様を人づてに聞きて、

けしからぬまでゆかしかりしこと」など、うち語らひきこえさせたまふもいとめでたし。（①四三〇〜四三一）

⑥内（一条天皇）にはいかにおぼつかなう、このたびは若宮（敦成親王）の御恋しささへ添ひて、いぶせう思し乱れさせたまふ。（①四三三）

⑦内（一条天皇）にも聞しめして、いつしかと御剣あり。（①四四〇〜四四一）

⑧内（一条天皇）には、若宮（敦成親王）の御恋しさも、今（敦良親王）の御ゆかしさも、「なほ疾く入らせたまへ」とのみ聞えさせたまふ。（①四四二）

⑨上（一条天皇）はあはれに人知れぬ私物に思ひきこえさせたまて、よろづに、飽かずあはれなるわざかな、からやは思ひしとのみぞ、うちまもりきこえさせたまへる。御心ざしのあるままにとて、一品にぞなしたてまつらせたまひける。よろづを次第のままに思しめしながら、はかばかしき御後見もなければ、その方にもむげに思し絶えはてぬるにつけても、かへすがへす、口惜しき御宿世にもありけるかなとのみぞ悲しう思しめしける。中宮（彰子）は御気色を見たてまつらせたまひて、ともかくも世におはしまさんをりは、なほいかでかこの宮（敦康親王）の御ことをさもあらせたてまつらばやとのみぞ、心苦しう思しめしける。（①四六〇〜四六一）

⑤は、若宮、敦成親王をいつくしみながら、一条天皇が思いを吐露するくだりである。「五つ七つなどにて御対面とてののしりけんこそ」については、『新儀式』に「内親王七八歳有初謁事」とあり（注12）、かかる慣習が村上天皇のころまではあったと思われる。『栄花物語』には他に二例見出せる。巻第四、見果てぬ夢の、敦明親王誕生記事の済時の心内語と、巻第五、浦々の別の、脩子内親王誕生後、脩子内親王との対面を欲する一条天皇の言葉の中に見られる。この慣習は既にすたれているにもかかわらず、容易に対面できぬ敦康親王に想いをはせる一条天皇の述懐は、③と類似した表現となっている。⑥・⑧は、①・②と同様の帝の心情を表現したものである。

⑦は、『栄花物語』の皇子皇女誕生記事にはつきものの定型的な表現。⑨は、敦康親王の元服の記事に付されたものだが、敦康親王に対する愛情の深さを語り、その不遇を嘆き、いかんともし難い状況に悲嘆する帝の姿を描出する。

このように巻第八における一条天皇の描出には一貫したものがある。『紫式部日記』を取用し加筆するところも、また取用部分以外でも同様の描き方がなされるのである。したがって、『紫式部日記』以外の他資料からの取用というよりはむしろ、『栄花物語』作者の歴史把握および歴史叙述に深く関わる書きなしと認められるのである。道長は、『紫式部日記』に見られる赤裸々な姿が『栄花物語』では消去されているが、原資料に依拠した人物形象の域を出ない。一条天皇のように、原資料に依拠するのでなく、作者の歴史把握からなされた――むしろ逆に、一条天皇の思惟や述懐を通してのみ歴史把握が可能であったのかも知れない――人物造型とは異なるのである。道長はあくまで栄華を具現する作中人物として定位され、作者の歴史把握を荷担する人物ではなかった。それに対して、一条天皇は各々の場面に登場する人物であるとともに、作者の歴史把握を荷担する存在であって、一条天皇造型の二重性を見て取ることができる。

では、一条天皇をめぐる記述がいかなる表現の重みを持つのか。③・⑤・⑨をもとに検討してみたい。⑨はやや異なるが、③・⑤はともに、彰子所生の敦成親王の誕生に対する一条天皇の喜びの心情をまず記し、それが定子所生の敦康親王の不遇へと相即的に続いていく。道長家の栄華を一方に見据え、また一方では既に対象化した中関白家の没落を再対象化することによって、後見の有無が摂関政治においていかなる意味を持つのか、摂関政治の原理を確認するのである。ここに「後見の重要性」を『栄花物語』の作者の史観として拾い上げることもできるであろう。編年的叙述の中に位置づけられている中関白家の没落と道長家の栄華との間にひとつの脈絡を与え、一種の歴史解釈が示されているともいえよう。『栄花物語』研究者の多くは明暗対照法という表現技法として処理解決してしまうのだが、巻第八における敦成、敦良両親王の誕生を詳述する道長家の明と二皇子の誕生によりはかなくも敦康親王立坊という最後の望みをくだかれ、落胆、悶死する伊周周辺の暗とをともに見据える視点人物として、一条天皇を『栄花物語』は獲得したことになる。だから、一種の歴史解釈としての重みをもつことにもなるのである。さらに、⑨の波線部分に見られる、中宮彰子の敦康親王を後見庇護する決意は、敦康親王の不遇を摂関政治の原理の中で理解し嘆息する一条天皇の心境に誘発されるものであるが、それは、この後、立坊の機会ある毎に道長の意向に反して強く敦康親王を推す言動を彰子にとらせることになるのであって（巻第九、岩蔭①四六八〜四六九・巻第十三、木綿四手②一〇八〜一〇九・巻第十四、浅緑②一六〇〜一六二）、未来をも射程におさめていると言える。⑨が巻第八の掉尾を占め、⑨の直後に位置する「このごろとなりては、『いかでいかで疾くおりなばや』と思しのたまはすれば、中宮（彰子）ものを心細う思したり。されどうつくしくさしつづかせたまへる有様をぞ、頼もしうめでたきことに世の人申しける。」（①四六一）と一条天皇の退位志向を語る文、さらには一条天皇の崩御をもっぱら取り扱う巻第九、岩蔭の冒頭文「かくて帝（一条天皇）、いかでおりさせたまひなむとのみ思しのたまはすれど、殿の御前（道長）ゆるしきこえさせたまはぬほどに、例ならず悩ましうおはしまして（後略）」（①四六五）に連接する歴史叙述の流れを見れば、逆に⑨が未来を射程に収めた『栄花物語』の歴史創造の方向性をかたちにしていることが明らかになるのではなかろうか。

道長と一条天皇に関わる記事を拾い上げ、『紫式部日記』との取用関係を検討し、『栄花物語』の歴史叙述における両者の造型の違いを考え、一条天皇の造型が巻第八の歴史叙述にどのように参与しているか、検討を加えた。そして、それが既述された過去を再対象化し、現在を見据えるとともに未来をも射程に収める、そういう重みを持っているのではないか、ということを述べた。

五

道長の栄華を揺るぎないものとした敦成親王の誕生を主に描く初花巻の一端を見てきたのだが、それが『紫式部日記』の栄華の表現となんと異質であることか。『紫式部日記』の表現主体は、主家の栄華の様を記しながら、反転して、栄華に同化できず疎外される自己を凝視する。栄華と苦悩の相即性を描く『源氏物語』と通有するという指摘もある(注13)。『紫式部日記』や『源氏物語』にみられる栄華の表現を『栄花物語』の前に、後ろに『大鏡』のような、陰謀による栄華獲得を描き、また栄華がそれを具現した人物の人間力の証しになる、そういう栄華の表現をそれぞれ見据える時、道長に対する一途な讃仰に終始する『栄花物語』の栄華の表現の単調さ、表現の非構造性を感じる。『源氏物語』や『紫式部日記』の苦悩もないし、『大鏡』の人間力もない。しかし、単調な表現の中に一条天皇のような、栄華と没落を見据え、両者に脈絡を与える人物を『栄花物語』が発見した点に史眼の確かさを認めることができるだろう。

---

(1)　今小路覚瑞『紫式部日記の研究』(有精堂、昭和四十五年六月)。『紫式部日記』と『栄花物語』初花巻の比照は、氏の作成された対照表を参考にした。
(2)　山中裕『平安朝文学の史的研究』(吉川弘文館、昭和四十九年四月)
(3)　篠原昭二「紫式部日記の成立――記録の方法について――」(「国文学」第一四巻第六号、昭和四十五年五月)
(4)　杉山康彦「紫式部日記の表現」(「国語と国文学」第四九巻第三号、昭和四十七年三月)
(5)　根来司「紫式部日記の文体――外的視点――」(「国文学　言語と文芸」第一〇巻第一号、昭和四十三年一月)

（6） 秋山虔『源氏物語の世界』（東京大学出版会、昭和三十九年十月）
（7） 注（1）前掲書。
（8） 注（4）前掲論文。
（9） 白井たつ子「『紫式部日記』と『栄花物語』「はつはな」との比較の問題」（「文芸研究」第五三号、昭和四十一年六月）。『紫式部日記』の構造は、その中から客観的描写の部分だけを抜き取るのを、拒むものであって、そのためおこる『栄花物語』の取用の基準、態度の一貫性のなさについての指摘は参考になる。
（10） 萩谷朴『紫式部日記全注釈　上巻』（角川書店、昭和四十六年十一月）
（11） 松村博司『栄花物語全注釈　二』（角川書店、昭和四十六年五月）。注（10）前掲書にも同様の指摘がある。
（12） 『新儀式』第五。
（13） 深沢三千男『源氏物語の形成』（桜楓社、昭和四十七年九月）

第三章　「今」の表現性

一

『栄花物語』巻第三十、鶴の林の巻末近くに次の記述がある。

次々の有様どもまたまたあるべし。見聞きたまふらむ人も書きつけたまへかし。（③一八三）

従前、この記述は、巻第三十までを正編とし、次の巻第三十一以降は別人によって書き継がれたものだとする捉え方（注1）の論拠のひとつとして重視されてきた。『大鏡』が、夢を回路とする伝統的な予言設定の方法によりながら、禎子内親王の未来の繁栄を予示し、歴史の未来に対する責任を果しているのに対して、『栄花物語』は後人の歴史叙述に歴史の未来を託すことによって『栄花物語』なりの歴史の未来に対する責務を果していると、両作品の差違が論じられたときも（注2）、当該箇所が注目された。『大鏡』が過去を照し出し、それを道長の栄華の由因として現在に収斂させ、さらに、その栄華の行方として未来を透視できたのは、叙述の立脚点すなわち、語りの現在を万寿二年（一〇二五）に仮構したことに依るところが決定的に大きい。一方、『栄花物語』が歴史の未来を後人に託すのは慎重な態度といえるが、では、何故後人に託すことになるのか、あるいは託さざるを得ないのか。おそらく歴史の対象化の在り様と密接に関わってくるのだろう。以下、歴史の対象化の在り様を検討することによって、未来透視がなされ得なかった理由を考えてみる。

二

「今」ということばに注目して、この問題を考えていく。

時間表現に注目して、『栄花物語』の内質を解き明した渡瀬茂氏の論考が既にある。「かくて」「かかるほどに」「かくいふほどに」などの、内的連関に欠ける諸事象を連接する機能をもった時間表現を検討し、『栄花物語』の世界が時間の流れにそって構成され、叙述行為と作品世界の展開とが同時相即的に進行することを指摘している(注3)。本稿では、「今」に着目するのだが、「かくて」以下の語が、『栄花物語』の時間表現の特徴をなし、頻用されるのに比べて、この語の、作品の規模に対する使用頻度は決して高くはない。ただ、その使われ方は、『栄花物語』の叙述行為の別個の内質を開示すると思うのである。

まず、『紫式部日記』と巻第八、初花との取用関係における様相をみよう。

A十一日の暁も、北の御障子、二間はなちて、廂にうつらせたまふ。(中略)院源僧都、きのふ書かせたまひし御願書に、いみじきことども書き加へて、読みあげ続けたる言の葉の、あはれにたふとく、頼もしげなること限りなきに、殿(道長)のうちそへて、仏念じきこえたまふほどの頼もしく、さりともとは思ひながら、いみじうかなしきに、みな人涙をえおしいれず、「ゆゆしう」「かうな」など、かたみにいひながらぞ、えせきあへざりける。人げ多くこみては、いとど御心地も苦しうおはしますらむとて、南、東面に出ださせたまうて、aさるべきかぎり、この二間のもとにはさぶらふ。殿の上(倫子)、讃岐の宰相の君、内蔵の命婦、(中略)bいま一間にゐたる人々、大納言の君、小少将の君、宮の内侍、弁の内侍、中務の君、大輔の命婦、大式部のおもと、殿の宣旨よ。いと年経たる人々のかぎりにて、心をまどはしたるけしきどもの、いとことわりなるに、①まだ見たてまつりなるるほどなけれど、たぐひなくいみじと、心ひとつにおぼゆ。cまた、このうしろのきはに立てたる几帳の外に、尚侍の中務の乳母、姫君の少納言の乳母、いと姫君の小式部の乳母などおし入り来て、（中略）殿の君達、宰相の中将（兼隆）、四位の少将（雅通）などをばさらにもいはず、左の宰相の中将（経房）、宮の大夫（斉信）など、例はけ遠き人々さへ、御几帳のかみより、ともすればのぞきつつ、②はれたる目どもを見ゆるも、よろづの恥忘れたり。いただきには、うちまきを雪のやうに降りかかり、③おししぼみたる衣のいかに見苦しかりけむと、後にぞをかしき。（一三二〜一三四）

A'「同じ屋なれど、所かへさせたまふやうあり」など申し出でて、北の廂に移らせたまふ。**年ごろの大人たち、**皆御前近くさぶらふ。**今は**いかにいかにと、あるかぎりの人心をまどはして、え忍びあへぬたぐひ多かり。法性寺の院源僧都御願書読み、法華経この世に弘まりたまひしことなど、泣く泣く申しつづけたり。**あはれに悲しきものから、いみじう尊くて頼もし。**（①四〇一）

御産間近の九月十一日、早朝の記事である。『紫式部日記』は、a・b・cの表現に窺われるように、空間の系によって構成され、序列に応じた女房達の居場所を描き分けているのに対して、『栄花物語』では、「御前近く」と大雑把に把握され、『紫式部日記』で具体的にその名前が列記された女房達が、「年ごろの大人たち」と概括されている。また①・②・③にみられる、紫女の当座、あるいは回想時の感懐が、『栄花物語』では消去されている。しかも、『栄花物語』の「あはれに悲しきものから、いみじう尊くて頼もし」は、『紫式部日記』では近侍する女房達の感懐として述べられていたのだが、かく感じる主体を消去することによって、『栄花物語』の作者の事象に対する感想として定着している。感想の生々しさからすると、作者自らがその場に伺候していたのではないかと思わせる程の事象への没入が窺知されるのである。

さらにまた、『紫式部日記』における、御産の現場に近侍した者のそれぞれの感懐の微妙な差違を捨象して、概括的に近侍者の心の内側を忖度するとき、『紫式部日記』にはない「今は」ということばが添加されているのが注目される。「今」ということばと作者の事象への没入との関係を重視したい。

「今」は、事象の現在を表し、事象の現場に作者（あるいは語り手）が寄り添っていることを前提とする表現である。執筆時現在と事象現在のあいだに横たわる時間的懸隔をやすやすとのりこえてしまう、作者の事象への没入の徴表が「今」という表現であると考える。

B ⓐ午の刻に、空晴れて、朝日さし出でたる心地す。たひらかにおはしますうれしさの、たぐひもなきに、をとこにさへおはしましけるよろこび、いかがはなのめならむ。ⓑ昨日しをれくらし、今朝のほど、秋霧におぼほれつる女房など、みな立ちあかれつつやすむ。御前には、うちねびたる人々の、かかるをりふしつきづきしきさぶらふ。ⓒ殿（道長）も上（倫子）も、あなたにわたらせたまひて、月ごろ御修法、読経にさぶらひ、昨日今日召しにてまゐりつどひつる僧の布施たまひ、医師、陰陽師など、道々のしるしあらはれたる、禄たまはせ、ⓓうちには、御湯殿の儀式など、かねてまうけさせたまふべし。（一三五～一三六）

B' ⓐ'平らかにせさせたまひて、かきふせたてまつりて後、殿をはじめたてまつりて、そこらの僧俗あはれにうれしくめでたきうちに、男にしさへおはしませば、そのよろこびなのめなるべきにあらず、めでたしともおろかなり。ⓒ'**今は**心やすく殿も上も御方に渡らせたまひて、御祈りの人々、陰陽師、僧などに皆禄たまはせ、ⓑ'そのほどは御前に年ふり、かかる筋の人々皆さぶらひて、もの若き人々はけ遠くて所どころにやすみ臥したり。ⓓ'御湯殿のことなど、儀式いみじうこと整へさせたまふ。（①四〇二～四〇三）

皇子誕生直後の記事である。『紫式部日記』は、記事の順序がⓐ→ⓑ→ⓒ→ⓓの順になっているのに対して、『栄花物語』では、ほぼ同内容を、ⓐ'→ⓒ'→ⓑ'→ⓓ'の順に叙述している。『紫式部日記』のⓑ→ⓒの順が、『栄花物語』ではⓒ'→ⓑ'と逆転している。『紫式部日記』のⓑとⓒは、同じ時間に異なる空間で進行していた事柄である。ⓑは紫女の視線が直接捉えたものであるのに対して、ⓒは紫女にとってあなたなるところで行われた事柄である。それは、「あなたにわたらせたまひて」や文末の「べし」から窺える。『栄花物語』においても、『紫式部日記』のⓑとⓒが同時進行の事柄であることが理解されていて、「そのほど」という書き出しによってⓑ'が書かれ、ⓒ'との時間的関係が提示されている。

この叙述の転倒現象はともかく、なお注意すべきは、ⓒ'を書きはじめるとき、「今は」が添加されていることである。『紫式部日記』では行動が記されるのみだが、『栄花物語』では、道長や倫子の内面を忖度するときに「今は」が加えられている。その上、「今は」の直前に、「そのよろこびなのめなるべきにあらず、めでたしともおろかなり」と事象に対する作者の感想が述べられており、先程のA・A'の比照で認められた、作者の事象への没入と「今」という語の付加との関係がここでも確められる。

C御臍の緒は殿の上（倫子）。御乳付は橘の三位。御乳母、もとよりさぶらひ、むつましう心よいかたとて、大左衛門のおもと仕うまつる。備中の守むねとき（道時か）の朝臣のむすめ、蔵人の弁（広業）の妻。（一三七）

C'かくて、御臍の緒は、殿の上、これは罪得ることと、かねては思しめししかど、**ただ今**のうれしさに何ごともみな思しめし忘れさせたまへり。御乳付には有国の宰相の妻、帝の御乳母の橘三位参りたまへり。（①四〇三）

『紫式部日記』は、当日の各役割を奉仕した人々を記す。これをふまえた『栄花物語』は、倫子の心の細部を拡大的に叙述する。そこに、「ただ今」という語が添加されている。事象に没入し、事象の細部を形象化することと「今」の添加との関係をここでも確認することができる。

C'の「ただ今」は、「かねて」と対応関係にある。皇子誕生直後の「今」に対する「かねて」は皇子誕生以前の漠然とした時を指示していると理解されるが、『栄花物語』のこれまでの叙述の中に、これに相当することは一切触れられていない。むしろ、当座の倫子の喜びの大きさを、かつての決意の翻意に言及することによって表そうとしたというべきだろう。事象の細部を肉付けするために、「かねて」という漠然とした過去が導入されたのである。『源氏物語』における「今」は、時間の流れを断止し、「今」に対応する過去の実態を浮びあがらせ、過去と現在が交響することによって両者に新たな意味を生じさせる表現性を持つが、A'・B'の「今」にはその様相は見られない。事象への作者の没入の徴表であった。C'のように、事象の内部に、過去と現在の照応がみられるばあいも、過去と現在との間に相互作用が誘発されるのではなく、事象の細部を印象的に形象するのに関わるものでしかないのである。

以上、三つの比照の結果から、『栄花物語』には、『紫式部日記』にはなかった、事象現在を表す「今」が付加されているのが窺えるが、それは、作者の事象への没入の徴表であると考えられる。また「今」はそれに対応する過去の実態を浮びあがらせるように機能するのではなく、事象の細部の形象に関わるといえよう。

三

巻第一、月の宴で、地の文において用いられている「今」の用例をいくつかあげてみよう。

①式部卿宮（為平親王）も、**今は**いとようおとなびさせたまひぬれば、里におはしまさまほしう思しめせど、帝（村上天皇）も后（安子）もふりがたきものに思しきこえさせたまふものから、あやしきことは、帝などにはいかがと見たてまつらせたまふことぞ出で来にたる。（①四〇）

②尚侍（登子）の御有様こそ、なほめでたういみじき御ことなれど、**ただ今**あはれなることは、この尚侍の御はらからの高光の少将と聞えつるは（中略）その暁に出でたまひて、法師になりたまひにけり。（①五四〜

五五）

③「式部卿宮（為平親王）の童におはしましをりの御子の日の日、帝（村上天皇）、后（安子）もろともにゐたたせたまひて、出し立てたてまつらせたまひしほど、御馬をさへ召し出でて、御前にて御装ひ置かせなどして、鷹犬飼までの有様を御覧じいれて、弘徽殿のはざまより出でさせたまひし。御供に左近中将重光朝臣（中略）兵部大輔兼家朝臣など、いと多くおはしきや。その君達、あるは后の御兄たち、同じき君達と聞ゆれど、延喜の御子中務宮（代明親王）の御子ぞかし。**今は**皆大人になりておはする殿ばらぞかし。をかしき御狩装束どもにて、さもをかしかりしかな。（中略）」と語りつづくるを聞くも、**今は**をかしうぞ。（①六六）

④**ただ今**、世の中に悲しくいみじき例なり。人のなくなりたまふ、例のことなり、これはいとゆゆしう心憂し。醍醐の帝、いみじうさかしうかしこくおはしまして、聖の帝とさへ申しし帝の御一の御子、源氏になりたまへるぞかし。かかる御有様は、世にあさましく悲しう心憂きことに、世に申しののしる。式部卿宮、「法師にやなりなまし」と思せど、幼き宮たちのうつくしうておはします、大北の方の世をいみじきものに思いたるも、**ただ今は**宮一所の御蔭にかくれたまへれば、えふり捨てさせたまはず。いみじうあはれに悲しとも世の常なり。（①六九〜七〇）

③から検討を加えよう。為平親王の子の日の御遊を語るこの記事には、助動詞「き」が頻用され、過去に確実にあったものとして処理されている。この記事中に、「今は皆大人になりておはする殿ばらぞかし」とある。子の日の御遊に供奉した若君達が、今や大人になっていることを述べたものだが、この「今」は、いつの時点を指しているのだろうか。この記事は、安和元年（九六八）から二年への年がわりを示す表現の直前に位置するから、安和元年と見做すのが自然であろう。さらに「『……船岡の松の緑も色濃く、行く末はるかにめでたかりしことぞや』と語りつづくるを聞くも、**今は**をかしうぞ。」（①六六）ともある。子の日の御遊の思い出話を聞くにつけ、感慨

を催すのである。「をかし」と感じる主体は作者と考えるしかないのだろうが、この「今」も、先程の「今」と同じく、安和元年（九六八）ごろの時点を指し示すのだろう。

作者の事象現在に没入する姿勢と事象現在を指し示す「今」との間には関連があることが、『紫式部日記』との比照結果から窺われるのだが、当該箇所の「今」は、事象現在を表すのではなく、子の日の御遊を回想的に叙述する、その叙述の立脚点を示している。「今はをかし」という事象への意味付与は、叙述の立脚点である安和元年からなされているのである。実は、「今」は叙述の立脚点を表す語でもあった。多くのばあい、叙述の立脚点と事象現在とが時間的に重なっていたため、このことは明瞭ではなかったが、当該箇所のように、叙述の立脚点と事象現在とが乖離しているばあい、「今」と叙述の立脚点との結びつきが確認されるのである。

そうすると、『栄花物語』の歴史叙述の様相が朧げながら浮びあがってくる。つまり、作者が時間軸にそって叙述の立脚点を平行移動させ、事象現在に叙述の立脚点を設定し、事象現在で事象と対面、没入することによって、叙述が行われていくのだといえよう。「今」という時間が時間軸に次々と刻み込まれ、個々一回的に諸事象が叙述がされていく、そういう歴史叙述の在り様が想定されるのである。

②・③・④の例は、叙述の対象たる事象をそれぞれ「あはれなること」「をかしうぞ」「世の中に悲しくいみじき例」と捉え、事象現在において、事象に主情的に没入、対面していることを端的に示す用例である。『栄花物語』の作者は、執筆時現在の自らの位置に必ずしも自覚的ではない。それ自体混沌とした諸事象を総観し、その背後にある歴史の論理や人間の行動の必然を具現すべく、本質的なものと思われるものを選別し、歴史を総体として再現することを可能にする、対象化する歴史が完了した時点に作者は立ってはいる。しかし、その執筆時現在の位置をすべり落ち、諸事象に事象現在で対面、没入するのである。執筆時現在の情況や立場に規定されながらも、全知の視点から完了した歴史を対象化することが可能であったにもかかわらず、諸事象をそれが起きたそ

の時その場に身を置いて観察するのである。そして、その結果、本質的なものと非本質的なものとの選別がなされず、両者が等価なものとして、無限定に作品世界に取り込まれていく。『紫式部日記』との比較検討において、敦成親王誕生の際の倫子の心理を拡大的に描出することと「今」という語との関わりを指摘しておいたが、かかる事象の細部の描出に向かう傾向性も、如上の『栄花物語』の歴史叙述の基本的な在り様に起因するのである。従前言われてきた、雑駁な資料集的性格も、このことと無縁ではないのだろう。

このように、本質的なものと非本質的なものとが、同じ比重で対象化されると、個々の事象が、人間の行為の必然、あるいは諸事実に内在する歴史の論理を具現するように主題的に秩序づけられないまま均質化されてしまい、諸事象が叙述されるべき意味は、一方的に作者の側から決定されることになるであろう。②では、「ただ今あはれなることは」という書き出しによって高光少将の出家が記されている。④では、安和の変で左遷された源高明の一族の悲運が「ただ今、世の中に悲しくいみじき例なり」と慨嘆され、同じ色調の表現が都合、三箇所で用いられている。この「あはれ」、「悲しくいみじ」は、事象のさまだけではなく、作者と事象との対面認識の仕方をも表している。作者がそれぞれを「あはれ」「悲しくいみじ」と捉え、そういう方向で、『栄花物語』に位置づけている。作者の感覚でとらえた意味を事象に直接的に付与することによって、事象に新しい固有の強調を与えているのである。例えば安和の変の記述は、松村博司氏がいわれるように（注4）、「原因の追求や変そのものの記述よりもむしろ流されゆく高明と後に残されるものとの生別の悲しみや荒廃した第宅内の光景などに」叙述の中心が置かれ、悲話としてそれ自体で完結する相貌を持っている。

叙述の均質化のみならず、諸事象に対する意味や強調の付与が作者の側から一方的になされると、諸事象はいよいよ個々独立する傾向を増すことになろう。『栄花物語』の内的連関のない諸記事が時間の流れに支えられて連接しているのは、この結果なのであろう。従前、史学史の立場から、六国史の途絶後、六国史の歴史叙述を乗り越えるものとして、物語文学の達成した方法に依存しながら、個人の行動、性格、心理までを描き出す感性的な歴史認識の方法が『栄花物語』において確立したと指摘されているが（注5）、『栄花物語』の歴史叙述が皮相的な歴史認識にとどまっている原因も、この点にあるのである。野村精一氏が指摘する、「あらゆる書かれたできごとに対して主情的に詠嘆しつづける」（注6）「草子地過多」（注7）の様相が現象しているのである。

『栄花物語』の歴史叙述は、作者が時間軸にそって平行移動してゆき、諸事象と事象現在で対面没入することによって、個々一回的になされる。その結果、叙述の均質化、作者からの一方的な意味付与によって諸事象の独立化傾向が助長されるのである。『栄花物語』の叙述の基本的な在り様とその現象を、このように理解してよいだろう。勿論、『栄花物語』の叙述のすべてをこのように解するのではない。例えば、巻第六、かかやく藤壺・巻第八、初花・巻第十、日蔭の鬘などにおいては、作者の歴史認識を付託する人物を作中世界に求め、その人物の認識を起点にして、明暗対比的な歴史叙述を展開している。そこでは歴史をより有機的により広範に捉えてはいる。しかしながら、付託された認識は、作品世界とは無媒介に、作者の持する史観によって導かれたものであったし、付託された人物がなぜそのように認識するのかは、作者の中で固成された人間像と抵触しないところで、作者の持っている現実感覚で処理されていた。つまり、一回的な事象との対面認識と同様に、作者にとって自明な史観や動かし難い人間像、さらには、作者にとって疑うべくもない、現実の生活感覚に基づいて、作者の側から一方的に意味付与がなされているのである。明暗対比的な歴史認識は、広範な歴史の展望を可能にするが、先述の『栄花物語』の歴史認識の基本的在り様と同質のものだと気づかされるのである（注8）。

四

『栄花物語』の歴史叙述をこのようにふまえたうえで、巻第五、浦々の別に例をとって、『栄花物語』の歴史叙述の実際を検討してみよう。

敦康親王の誕生を記した直後に、次のような道長の発言がある。

大殿（道長）、「同じきものを、いときららかにもせさせたまへるかな。筋は絶ゆまじきことにこそありけれとのみぞ。九条殿（師輔）の御族よりほかのことはありなむやと思ふものから、そのなかにもなほこの一筋は心ことなりかし」などぞのたまはせける。（①二八四〜二八五）

『栄華物語詳解』は、「筋は……」について、

すぢは、筋にて、系統をいふ。藤原氏の中宮、女御等の生み給へる皇子は、必ず皇位につき給へば、藤原氏の系統は、皇統の上にも絶ゆまじき事とのみ、思はるとなり。

と注し、さらに、「九条殿……」について、

されど、藤原氏といへど、其中にも九条師輔公の一族より外は、女御后に立て、皇子を生み給ふやうなる、めでたき事はあらじと思へども、其中にもまた、この東三条兼家の一流は、殊に他の流とかはりて、皇統に縁あつしとなり。定子中宮の御父道隆も師輔の孫にて、兼家の子なれば、しかいへり。

と注す。

敦康親王の誕生が、九条流の中でも、兼家一門の繁栄の存続の証として、道長の口を借りて頌述されている。山中裕氏は、巻第一、月の宴を検討され、外戚関係を媒介とする九条流の発展史として歴史を把握しようとする作者の史観を確認されたが（注9）、この敦康親王誕生に関わる道長の発言にも、この史観や作者の中で固成された道長像が色濃く影をおとしているといえよう。

しかし、当時の政治的状況を考えてみると、道長の認識として、九条流の繁栄、発展の脈絡の上に敦康親王誕生を意味づけることは、特異な歴史認識である。父道隆が病没した後、伊周、隆家の兄弟は花山院放射事件で流

罪の身となり、中宮定子がよるべなく孤愁に耐えながら生んだ（史実は伊周、隆家の召還後のこと）皇子は、とはいえ、一条天皇の第一皇子で、最有力の東宮がねであった。没落に瀕する中関白家にとっては起死回生の切り札的存在であった。それに対して、道長は関白（史実は内覧）の地位にあるものの、娘、彰子は一条天皇の後宮に入内する年齢にはいまだ達していなかった。現在はともかく、将来の安定的繁栄は保証されていない。かかる状況にある道長が敦康親王誕生に危惧を抱いただろうことは、想像に難くない。

が、だからといって、すべてを歴史の現実に還元帰一させ、その中で道長の発言を捉え直し、これを虚構だといってすますのではない。敦康親王誕生に関する同時代の認識で『栄花物語』に対置してみるべきものが存在しないため、その代替として、他史料から伝わってくる断片的な事実に解釈を施し、我々の解釈と『栄花物語』の捉え方とを対峙させ、それが『栄花物語』固有のものであることを認めようと思うのである。そして、その固有の認識の偏差を計測し、『栄花物語』の歴史認識の質を確認しようと思うのである。つまり、我々の客観主義的な考証の手続きを経て得た解釈からすれば奇異にみられる、道長の認識として敦康親王誕生を九条流の発展の上に位置づける『栄花物語』の歴史認識を、『栄花物語』固有のものとして認めることから出発しようと思う。『栄花物語』は、敦康親王誕生が長徳四年（九九八）三月のこと、彰子入内は長保元年（九九九）十一月のこととして叙述するが、史実は、敦康親王誕生は彰子入内のわずか六日後の、長保元年十一月七日のできごとであった。確かに、『栄花物語』に史実との著しい時間的なズレがみられるのであるが、それ以上に、如上の『栄花物語』の歴史認識に注目しておきたい。

ところで、道長の発言には、「いときららかにも」とあるように敦康親王の誕生を寿ぎ敦康親王の立太子をにおわせているところがある。敦康親王の将来の可能性をただよわせている点が『栄花物語』の独自性ではない。この点については当時の人々の認識として『栄花物語』の道長の発言に近いものもあったろう。単に中関白家および高階一族の希望的な思いにとどまるものではあるまい。政治情勢が今後どう展開していくのか、敦康親王の誕生によって混沌としてきた。道長の心にも危機感が生まれ、安閑としておられなくなった。というのも、世間に、敦康親王の誕生を寿ぎ、その将来に期待を寄せる空気があることを敏感に嗅ぎ取ったからに他なるまい。そういう空気は伊周、隆家の召還、より直接的には定子の二度目の懐妊がきっかけとなって譲成されていた。だからこそ道長は彰子の入内、立后を急ぐことにもなるのである。『栄花物語』の道長の発言は、同時代のいくつかの敦康親王誕生に対する認識のひとつと重なっている筈だ。したがって『栄花物語』が、それを道長の言辞として位置づけたこと、さらには九条流の発展として意味づけたことが独自の歴史認識というべきだろう。ところが、その上さらに、現実には危機感を抱いていただろう道長が、『栄花物語』において何故かかる発言をするのかを問うことは、我々の歴史解釈を『栄花物語』に横すべりさせて、我々の歴史解釈との整合性を無理に『栄花物語』に求めていくことに他ならない。したがって、それは解答不可能な問いでしかないのに、敢えて作者の意図に解答を求めていく不毛な論が『栄花物語』研究では多産され続けてきた。

さて、巻第五、浦々の別は、『栄花物語』全体からみると傑出した巻だと評価されている。西郷信綱氏は「『源氏物語』の後光で目がくらみ、歴史ものという新しい考案を生かすことにはなりそうもない。果してこの物語は劇のない平板な風俗史に流れている。伊周、隆家の流謫を描いた『浦々の別』の巻のように緊張をはらんだ部分もあるにはあるけれど（中略）風俗史資料として以外ちょっと救いようのない作になっていると思う」（注10）といわれる。平板な、風俗史資料として以外救いようのない作品と評価される中にあって、巻第五は緊張を孕んだ突出した巻だということだろう。氏による具体的な検討がないので、どの部分がどのように突出しているか明確ではないが、氏の巻第五の評定は示唆的である。また波多郁太郎氏は「浦々の別は、特殊な巻である。一体、栄華は飽くまで道長中心で、主に宮廷貴族間の生活を年を追うて記述してをるに過ぎぬから、長篇の物語として成功を収める事が出来なかつた。処が、此巻は左遷に遭うた伊周一門の動静が主で、其配所への出発から召還までの次第を詳しく述べてゐる。第一文章の調子が張つていて、歌の数も多く、其這入り方が生きている。栄華の中では、内容、形式共に独立性の強い巻で、其渾然とした出来ばえは、或は栄華以前に伊周の悲劇性を描いた物語があつたのでは無いかとさへ思はせる」(注11)といわれる。西郷氏と同趣旨の発言だが、諸事象が緊密に絡まり合って、一個の貴種流離譚を造成している点に『栄花物語』の一般的な叙述との質的差違を見ている。そして、原資料として伊周の悲劇を描いたかなりまとまった物語が存在していたのではないかと想像している。

叙述の均質化、諸事象の独立化の傾向を孕む『栄花物語』の世界を唯一秩序だてるのが編年的枠組である。内的連関のない諸事象は、編年的時間軸の上に、多くのばあい、時間的先後関係によって位置づけられているのである。他史料と比照すると、時間的先後関係が諸事象配列のほとんど唯一の基準であることが窺知される。これは、『栄花物語』における諸事象の構成が、実際の歴史の流れに規制される度合いが高いことを意味し、『栄花物語』の世界の進行と実際の歴史との間に余り距離を認める必要がないことを保証する。この点を捉えて、山中裕氏は、『栄花物語』の史書としての価値をいわれるが(注12)、巻第五は、配流に至る経緯を語るところはともかく、帰還の顚末を述べるところは、もはや史実に還元不可能な、『栄花物語』固有の論理と構成によって造立された世界を開示している。

敦康親王誕生によってもたらされる伊周、隆家の帰京の経緯をたどってみよう。その前に、史実における事実関係を、いわゆる一等史料である『小右記』から確認すると、敦康親王誕生は、長保元年(九九九)十一月七日であった。また、伊周、隆家召還の宣旨は、長徳三年(九九七)四月五日に下され、召還理由は、女院詮子の病悩快癒を念ずる恩詔であった。隆家は、同年四月二十一日に入京、伊周の入京は同年十二月であった。召還は敦康親王誕生より二年前のことであるから、両者の間に何らかの因果関係を求めることさえ不可能である。それに対して

『栄花物語』は、敦康親王誕生を長徳四年三月、伊周、隆家の召還の議がおこるのを同年四月とし、隆家入京は同年五月、伊周入京は同年十二月としている。そして、敦康親王誕生を伊周、隆家の召還理由としている。つまり、敦康親王の誕生を史実より二年ばかり繰り上げ、隆家、伊周の入京を史実より一年繰り下げることによって、両者に因果関係を認めているのである。

さらに、かかる事実の組みかえだけではなく、敦康親王の誕生と二人の召還との間に因果関係を認める『栄花物語』の固有の論理に沿うようにこまかい事実関係までが組みかえられる。高階成忠のばあいがそうである。高階成忠は、『日本紀略』によれば、長徳四年七月二十五日に逝去する。史実は、成忠没後に敦康親王の誕生があった。また成忠の生前に、伊周、隆家二人の帰京が実現していた。成忠と二人の対面がかなっていた筈だ。それを『栄花物語』はどのように描くか。この二点を中心に検討してみよう。

㋑「たびたび夢に召し還さるべきやうに見たまへるに、かく今まで音なくはべるをなむ。なほさるべう思したちて内裏に参らせたまへ。御祈りをいみじう仕うまつりて、寝てはべりし夢にこそ、男宮生れたまはむと思ふ夢見てはべりしかば、このことによりて、なほ疾く参らせたまへと、そそのかし啓せさせむと思ひたまへられてなむ、多くは参りはべりつるなり。御文にては落ち散るやうもやと思ひたまへてなん」などそそのかし、泣きみ笑ひみ夜一夜御物語ありて、暁には帰りたまひぬ。（①二七五〜二七六）

成忠が定子と対面し、しきりに参内を勧めるくだりである。ここには、成忠の夢が導入されている。二つの夢が論理的な脈絡なく併置されている。一つは伊周、隆家の召還の夢で、他の一つは男宮誕生の夢である。成忠の老語りで、論理的に整えられてはいないが、二つの夢の実現は定子参内にかかっているという趣意は読みとれる。この成忠の言辞に、敦康親王誕生およびそれによる伊周、隆家の召還という論理が透き見える。このあと『栄花物語』は、成忠の強い勧めに応じて参内した定子が懐妊したことを語る。

㋺二位（成忠）いとどしき御祈りやすからむやは。（①二八〇）

㋩二位（成忠）かやうの御ことを聞きて、いとどうれしう、夢の験あるべきと思ひて、いとどしき御祈りたゆまず。（①二八〇）

㋺・㋩は、定子懐妊を知った成忠の感動と皇子出産を願ってひたすら祈禱に励む姿を描出する。㋩で、懐妊が「夢の験」と捉えられている点にも注意を向けておきたい。

㊁二位（成忠）は夢をまさしく見なして、「かしらだにかたくおはしまさば、一天下の君にこそはおはしますめれ。よくよく心ことにかしづきたてまつらせたまへ」と、つねに啓せさす。（①二八四）

敦康親王誕生を聞き知った成忠が、育児のことを定子に進言する。敦康親王誕生が夢の実現と理解され、㋑と照応する。『栄花物語』の敦康親王誕生記事は成忠の夢が実現される方向で描かれている。そして、もうひとつの伊周、隆家の召還の夢が、皇子誕生の夢の実現によって現実のものとなる。

成忠の逝去と伊周の入京の関係は、『栄花物語』ではどうなっているか。

㋭二位（成忠）もこのごろ赤瘡にていと不覚にて、ほとほとしく聞ゆれば、あはれに思さる。今は帥殿（伊周）見たてまつりて死なむとぞ、願ひきこゆれど、いかがと見えたり。（①二八九）

㋬かの筑紫には、赤瘡かしこにもいみじければ、帥殿（伊周）急ぎたたせたまへども、大弐（有国）の「このごろ過ごして上らせたまへ。（中略）」など申しければ、げにと思しめして、心もとなく思しながら、立ちどまらせたまひて、世の人すこし病みさかりて上らせたまふ。このほどに二位（成忠）、この瘡にてうせにけり。（①二九二）

赤瘡蔓延の折、成忠は罹病する。最後の望みとして、伊周を一目見ることを念じるが、かないそうにもないことを、㋭は語る。㋬は、召還の宣旨は下ったものの、伊周が有国の忠告に従って、赤瘡が鎮静化するまで帰洛を控えているうちに成忠が病没したことを語る。このように、史実としてはあり得ただろうと推測される成忠と伊周の対面は、『栄花物語』ではなかったこととされている。このように、強固な論理に沿うべく、事実関係の組みかえが行われているのである。

ひるがえって、先の道長の発言に前後する部分の叙述をみておく。敦康親王が、中関白家のみならず、皇子誕生をひたすら切望する一条天皇や詮子の思いをかなえるべく誕生する。まず、前引㈡の成忠の喜びが書かれ、「またの日」のこととして、但馬で誕生を伝え聞いた隆家の喜びが、「いつしか筑紫に聞かせたてまつらばや」（①二八四）という願いとともに記される。さらに、中宮付きの女房の「よくこそほかざまへおもむかずなりにけれ、若宮（敦康親王）の御世にあひぬること」（①二八四）という、時勢に流されやすい立場の人間の感懐が記される。そして、先に引いた道長の発言。その後に、筑紫の伊周の喜びが以下のように記される。

かくいふほどに筑紫に聞きたまひて、あさましうられしくて、物にぞ当らせたまふ。「わが仏の御徳にわれらも召されぬべかめり」と、いみじううれしく思しめされて、この御ことの後よりは、ただ行末のあらましごとのみ思しつづけられて、御心の中にはいと頼もしく思さるべし。（①二八五）

伊周の感懐には、皇子誕生による召還への道筋が明確にあらわれている。はたせるかな、皇子誕生によって召還の議がおこり、召還の宣旨が下るのである。

敦康親王誕生を成忠、隆家、宮の女房、道長、伊周それぞれがどのようにうけとめたかを並記することによって、誕生の意義を多面的に肉付けしている。そして、それらは、道長の発言を除いて、皇子誕生と召還との因果関係を認める『栄花物語』独自の論理とかみ合っている。道長の発言を除いてといったのは、道長の言辞は敦康親王誕生の頌賀であることは間違いなく、その意味では記されるべき理由はあるのだが、九条流の発展という位置づけ方は、巻第五の論理からは出て来ないからである。道長という人物の扱いについては、召還の議がおこっ

たとき、

かかるほどに、今宮（敦康親王）の御ことのいといたはしければ、いとやむごとなく思さるるままに、「いかで今はこの御ことの験に旅人を」とのみ思しめして、常に女院（詮子）と上の御前（一条天皇）と語らひきこえさせたまひて、殿（道長）にもかやうにまねびきこえさせたまへば、「げに御子の御験ははべらむこそはよからめ。今は召しに遣はさせたまへかし」など奏したまへば、（①二八五）

というふうに、一条天皇と詮子の発案を道長は承認し、促進する姿勢を示すのであって、『栄花物語』の論理の埒外にはない。したがって、道長が頌賀を述べることの不自然さは『栄花物語』の内部にはない。九条流の発展という位置づけ方が、『栄花物語』の論理から浮いているのである。

ところで、かかる『栄花物語』の固有の論理に実質的にはどのような意味をになって参与するのか、わからない記事もある。一条天皇女御、藤原元子が懐妊して水を生むという記事である。この一連の記事が巻第五後半のなかにあって浮いている印象は否めない。元子懐妊のうわさを耳にし、女院詮子が「いづれの御方にも、ただ男御子をだに生みたてまつりたまはば」（①二八一）と感懐を吐露しているが、この「いづれの御方」とは、既に懐妊している定子といま新たに懐妊した元子を指す。詮子の皇子誕生を切望する同趣旨の思いは、既に、巻第四、見果てぬ夢の義子入内記事の中で、

女院（詮子）、「誰なりともただ御子の出できたまはん方をこそは思ひきこえめ」とのたまはす。（①二二八）

と記されている。また定子の最初の懐妊に際して、

女院（詮子）には、この宮（定子）のもし男宮生みたてまつりたまへらば、あはれにもあるべきかなと、行末はるかなるべき御有様を思しつづけさせたまふも、（①二五九）

と、皇子誕生に期待を寄せ、皇子が生まれたならば皇太子に立てようなどと遠い将来のことにまで思いをめぐら

す詮子を描いている。このようにみていくと、敦康親王誕生は、詮子の皇子誕生という年来の望みの実現でもあったことが知られる。敦康親王誕生をめぐる巻第五後半は、誕生から召還へという論理と、その基層にある詮子の皇子誕生の念願の実現という二層の文脈に支えられている。元子懐妊とその後日譚としての水を産むことが作品世界に取り込まれるのも、詮子の皇子誕生を望む年来の願いとの結節によってである。史実に還元不可能な事実の組みかえがなされている中で、この元子に焦点をあてる記事のみ史実に即応していることは、詮子の皇子誕生の念願の実現の可能性を秘めたものとして、定子懐妊と同列に扱われて作品世界に取り込まれるものの、敦康親王誕生と召還とを結びつける論理との緊密度が薄いことを物語っているのであろう。

再度、道長の発言にもどろう。道長の言辞は敦康親王誕生に対する称頌である。その意味では『栄花物語』の固有の論理と相反するものではない。しかし、九条流の発展として敦康親王の誕生を捉えることは、『栄花物語』の表現の論理からはうかがえない。二層の文脈が絡まり合う所に位置づけられる敦康親王の誕生が、それとは全く無媒介にしかも一方的に九条流の発展として意味づけられ、相対化される契機を孕むのである。元子懐妊に関する記事が、『栄花物語』の論理との緊密を欠くこととは次元が異なる。敦康親王を九条流の発展として位置づけることによって、それが伊周、隆家の召還理由となっていることと相俟って、敦康親王の立太子、あるいは伊周、隆家の復権の可能性が浮上することになろう。しかし、『源氏物語』明石巻にみえる、朱雀帝が冷泉帝への譲位を思い立ち——おそらく承香殿女御腹の皇子誕生が帝の決意を促した要因であったろう——、光源氏を冷泉帝の後見として召還することになる経緯をふまえながらも（注13）、伊周、隆家は敦康親王のしかるべき後見とはみなされず、後見不在の皇子の誕生として処理されている。道長の言辞にも用意周到に後見のことは排除され、後々の巻でも敦康親王が後見不在によって立太子できないことが言及されていることからも窺えるように、当該箇所において立太子の可能性ははじめから封じ込められているというべきか、『栄花物語』の関心の埒外にあることが知られるのである。称頌として『栄花物語』の論理の中に位置づけられたものが、その論理を相対化する契機を孕むにも拘わらず、道長の言辞として付託されるだけで、『栄花物語』の論理との間で矛盾を孕んだ相互作用を誘発させることができない程硬直化した、一方的な作者の側からの意味付与がなされていると考えられる。

道長の言辞を介して、作品世界になじまない見方が導入されているのである。『栄花物語』ではこのように、作中世界に登場する人物や、不特定多数の実体不明の一般の人々の感懐や思惟として、作者の事象に対する意味付与がなされるのである。諸事象は、内部論理によって意味づけられ、秩序立てられていくのではなく、作者の持する決定的な史観や現実の生活感覚によって個々に意味付与がなされ、時間軸の上に時間的先後関係によって整序だてられているに過ぎないのである。また作者の側から一方的な意味付与がなされるから、絶えず作品世界を分断する要素が入り込んでくるのである。巻第五のように強固な固有の論理に支えられているばあいでさえ、例外ではないのである。

巻第五における道長の言辞には、山中氏が指摘された、九条流の発展として歴史を捉えようとする史観が顕在化している。ただし、史観といっても、歴史叙述の中から紡ぎ出されたものでもなく、また逆に、歴史認識や歴史叙述を方向づけるように作用していくものでもない。歴史叙述の折々に九条流の発展を確認する体である。作者にとって、九条流の発展は動かしがたい事実として先験的にあり、九条流の発展史として歴史を捉えることは自明のことだった。しかも、それが九条流の讃美と等価であるところに、『栄花物語』の作者の実際の歴史をそのままに受け入れる姿勢が顕著にうかがわれる。

九条流讃美でもって、唐突に作者の側から一方的に敦康親王誕生を位置づけることは、先述の『栄花物語』の基本的な歴史叙述に現象した様相に等しい。『栄花物語』の作者が、諸事象と個々一回的に対面同化する歴史叙述の在り様が認められる。かかる歴史叙述の在り様からは、過去を照射することは勿論、未来を透視することがあり得ないのは当然のことだろう。『栄花物語』が歴史の未来を後人の歴史叙述に託さざるを得ない理由はこの点にあるのである。

---

(1) 松村博司『栄花物語の研究』(刀江書院、昭和三十一年十二月)
(2) 関根賢司「歴史物語おぼえがき」『平安後期　物語と歴史物語』(笠間書院、昭和五十七年二月)
(3) 渡瀬茂「『栄花物語』正篇における歴史叙述の時間――「かくて」の機能をめぐって――」(「国語と国文学」第五八巻第九号、昭和五十六年九月)
(4) 松村博司『栄花物語全注釈　一』(角川書店、昭和四十四年八月)
(5) 松本新八郎「歴史物語と史論」『岩波講座日本文学史　第六巻』(岩波書店、昭和三十四年四月)
(6) 野村精一「異文と異訓――源氏物語の表現空間㈢」『源氏物語とその影響　研究と資料』(武蔵野書院、昭和五十三年三月)
(7) 野村精一「虚構、または方法について――散文空間論への途」(「解釈と鑑賞」第四四巻二号、昭和五十四年二月)
(8) 第Ⅰ部第五章。
(9) 山中裕『平安朝文学の史的研究』(吉川弘文館、昭和四十九年四月)
(10) 西郷信綱『日本古代文学史　改稿版』(岩波書店、昭和三十八年四月)
(11) 波多郁太郎「栄華物語の研究」『日本文学講座　第三巻　物語小説篇』(改造社、昭和九年二月)
(12) 山中裕『歴史物語成立序説』(東京大学出版会、昭和三十七年八月)
(13) 注(12)前掲書。

第四章　編年的年次構造

一

『栄花物語』の正篇は、「かくて……年になりぬ」やそのヴァリエーションと見做せる種々の年がわり表現が示すように、編年的年次構造に支えられている（注1）。一回的に完了する作者と事象との対面認識によって『栄花物語』の叙述が進んでいく様相を既にみたが（注2）、諸事象を秩序化するのがこの編年的年次構造であった。諸事象が、年月日を付された形で時間軸の上に位置づけられるばあいも、「かくて」「かかるほどに」「かくいふほどに」などのことばによって連接されるばあいもこの編年的年次構造に支えられている。

ここでいう編年的年次構造は、狭義の編年性を意味する。年がわり表現が、どういう形であれ一応書かれ、年がわりを示し、年単位に叙述が進行している、そういう表現構造をさして編年的年次構造と呼ぶ。

正篇では、はじめに位置する村上朝記事を除いた康保三年（九六六）以降の叙述が編年的年次構造に支えられている。例外的に、天延三年（九七五）、長保元年（九九九）、長保五年、寛弘八年（一〇一一）は、年がわり表現が付されておらず、年がわりは明示されていない（注3）。天延三年は、年がわり表現が何故欠落しているのか不明であるが、長保元年などの三例は、巻と巻との間に（長保元年は、巻第五と巻第六、長保五年は巻第七と巻第八、寛弘八年は巻第九と巻第十）埋没している。この三例は、前からのつながりを考えれば、年がわり表現が欠落しているのだから、前年のことがひきつづき叙述されているように読めるが、後とのつながりを考えれば、それぞれ、長保元年、長保五年、寛弘八年のこととしてよめる。つまり、年がわり表現がなくても、年次構造に支えられているのである。

ところで、巻第一、月の宴の冒頭から村上朝記事の康保二年までは、この年次構造には支えられていない。だが、諸事象は時間的先後関係で位置づけられていて、広義の編年性、つまり時間の流れによって秩序化されている様相を窺うことはできる。たとえば、「かかるほどに年もかへりぬめれば、天暦四年（九五〇）五月二十四日……」（①二五）などの表現がないわけではない。また「かくて」とか「かかるほど」などの、時間の推移を示す接続語によって諸事象が相接している。さらには、村上朝後宮の出来事のひとつである村上天皇と登子の恋愛の顚末が、一連の出来事としてひとまとめにして叙述することもできたであろうが、時間の経過に応じて分断して書かれていくあたりにも、時間の流れによって作品世界を秩序だてようとしていることが看取される。

しかしながら、村上朝の始発は、時間の流れに沿ってのみ進行する世界ではない。憲平親王誕生記事および憲平親王立太子は時間の流れに沿って記されるが、憲平親王誕生記事に触発される形で、村上天皇の皇子皇女の誕生がその母親とともに一括して叙述される。もちろん、それを記す前に「はかなくて年月も過ぎて」（①二七）と時間の流れに沿うように書き出すのだが、そこに記されていることがらは、時間的にかなり拡がりを持ち、時間の流れの上には位置づけ難い内容である。その中には、村上天皇の女十宮、選子内親王の誕生も記されており、後述されるべきものが先取りされている。村上天皇の皇子皇女記事は、時間の流れに沿った叙述の進行を逸脱させてしまっている。これを契機に、「この御なかにも」という書き出しでもって、村上朝の後宮のことがら、つまり広幡御息所の才知や宣耀殿の女御芳子のことが記されるのである。さらに一転して、実頼、師輔、師尹の性格が記される。村上朝の後宮の逸話を語るところからここまでは、記事の連接には「かくて」「かかるほど」「かくいふほどに」といった時間の推移を明示する語句は用いられていない。時間の流れに沿った叙述でないことがわかる。安子の立后へと叙述が進むと時間の流れが意識化されてくるが、その後の、敦敏の早世、『後撰集』の撰集、実頼一族、という一連の記事は、実頼関係の記事で連なっていて、時間の流れに沿うものではない。そこでは人間関係のつながりの中で記事が位置づけられているのである。以後、時間の流れに沿って諸事象は位置づけられていくが、そこでもたゆたうように、時間以外の構成原理によって諸記事が連なっているところもある。時間の流れの他に、記事を構成し、叙述を展開させる諸構成原理として、たとえば系譜とか村上後宮という枠組とかいったものが浮かびあがってくる。

編年的年次構造は、表現の中に年がわり表現として顕在化し、また時間の流れは、記事や場面の承接の機能を果たす「かくて」「かかるほどに」「かくいふほどに」の接続語にあらわれ、時間が『栄花物語』を支える唯一絶対の構成原理のようにみえる。『栄花物語』は比較的単純な世界の進行を示しているが、しかし、時間によってのみ支えられ進行する世界でもあるまい。さまざまな話題の拡がりを支えるためには、顕在化する時間によってみえなくなっているが、時間以外の構成原理が作品の世界の展開を背後で支えている筈である。

村上朝の冒頭は、編年的年次構造に支えられていないところであり、時間のみによって作品世界を秩序立てられているのではないことが知られる。いいかえれば、時間のしめつけが弱いのである。まずは、村上朝のはじめに検討を加え、『栄花物語』の世界を支える諸構成原理の一端を探り出したい。ついで、巻第十五、疑は編年的年次構造から逸脱していく様相が窺えるが、その逸脱を促すものは何か、また年次構造から逸脱した巻第十五を『栄花物語』の世界に位置づける構成原理は何であったかを探ってみたい。これらの考察は『栄花物語』の叙述の機構を理解する試みのひとつである。

二

『栄花物語』は、

世始りて後、この国の帝六十余代にならせたまひにけれど、この次第書きつくすべきにあらず。こちよりてのことをぞしるすべき。（①一七）

の書き出しで始まり、その後、宇多、醍醐、朱雀の三天皇の御世の、ⓐ皇室の系譜→ⓑ藤原氏の系譜→ⓒ藤原北家出身女性所生の皇子の即位、というふうに記される。

冒頭文の「六十余代」は六十八代後一条天皇を指すのが通説であったが、六十代の後半にあたる六十八を「六十余」と表現するかどうかという疑問から、「六十余代」は六十二代村上天皇を指すのではないかと山中裕氏が口頭で教示された。『栄花物語』の叙述は、事象の現在に立脚して進めるのが基本であるが、六十余代＝六十八代とするならば、正篇が叙述の対象とする歴史が既に完了した時点に作者の叙述の現在が据えられていることになり、それは、諸事象を事象現在に立って叙述する叙述の基本を逸脱するので、六十余代＝六十八代とする説には従えない。また一条天皇の崩御に付された、一条天皇を聖帝と讃頌する記事の中に、

四つにて東宮に立たせたまひ、七つにて御位に即かせたまひて後、二十五年にぞならせたまひにければ、今の世の帝のかばかりのどかに保たせたまふやうなし。村上の御事こそは、世にめでたきたとひにて、二十一年おはしましけれ。円融院の上、世にめでたき御心掟、たぐひなき聖の帝と申しけるに、十五年ぞおはしましけるに、かう久しうおはしましつれば、いみじきことに世人申し思へれど、（巻第九、石蔭①四七一～四七二）

とある。「今の世の帝」の中で長く治世を保ったものとして、村上天皇の二十一年、円融天皇の十五年が類例としてあげてあるが、そこでは醍醐天皇の三十三年が切り捨てられていることからもわかるように、「今の世」と限定するとき、作者の視野の中には村上天皇以降しか入ってこなかったのである。この「今」は、一条天皇の御代を起点として村上天皇の御代までを含む、かなりの時間的拡がりをもっており、叙述されるべき事象の内容に即して「今」という時間の幅が伸縮していることが窺えるが、この例からも『栄花物語』の歴史叙述の始発が村上朝であることがいえよう。さらにまた、村上天皇の御代のことがらから『栄花物語』の叙述が詳細になっているうえに、ⓐ'村上帝→ⓑ'太政大臣忠平の子息、実頼・師輔・師尹の子女→ⓒ'村上帝の後宮と叙述が進められるとき、ⓐ'では村上天皇を「**今の上**」（①二〇）と呼び、またⓑの「**そのころの**太政大臣、基経の大臣と聞えけるは」（①一八）に対応する形で、ⓑ'が「**ただ今の**太政大臣にては」（①二一）で始まる。ⓑの「そのころ」とⓑ'の「ただ今」が対応している。村上天皇の御代を「今」として扱い、宇多、醍醐、朱雀の御代を前代と見做している。事象現在に立脚する叙述の基本からすると、『栄花物語』の始発は村上天皇からであって、それまでのⓐ→ⓑ→ⓒは、村上天皇の御代を書きおこすための準備、すなわち村上朝前史と位置づけ得ることを示している。したがって、「こちよりてのこと」は、簡略ながらも、宇多、醍醐、朱雀の三代の御代のことになる。

　ところで、この村上朝前史は、村上朝からの始発の準備に過ぎないからといって、疎略に扱うことはできない。村上朝から書きおこすにあたって最低限記しておかなければならないことが書かれている筈である。村上朝前史がⓐ→ⓑ→ⓒと進むのに対応して、村上朝史は、ⓐ'→ⓑ'→ⓒ'とはじまっていく。内容的には、ⓐ・ⓐ'が天皇、ⓑ・ⓑ'が藤原北家、ⓒ・ⓒ'が天皇と藤原北家の外戚関係であった。しかもⓐ'の村上天皇讃頌部分を除けば、その他はすべて系譜記述である。このような村上朝前史と村上朝史の始発との対応関係は、『栄花物語』の歴史叙述の眼目がどのあたりにあるかを示している。村上朝前史と称すべき部分が、『栄花物語』の志向する歴史叙述の方向性を明らかにしており、しかも村上朝の始発がこれを継承しているのである。

それでは村上朝史の始発をみてみよう。

ⓐ'かくて、今の上（村上天皇）の御心ばへあらまほしく、あるべきかぎりおはしましけり。醍醐の聖帝世にめでたくおはしましけるに、またこの帝、堯の子の堯ならむやうに、おほかたの御心ばへの雄々しう気高くかしこうおはしますものから、御才もかぎりなし。和歌の方にもいみじうしませたまへり。よろづに情あり、物の栄えおはしまし、そこらの女御、御息所参り集りたまへるを、時あるも時なきも、御心ざしのほどこよなけれど、いささか恥がましげに、いとほしげにもてなしなどもせさせたまはず、なのめに情ありて、めでたう思しめしわたして、なだらかに掟てさせたまへれば、この女御、御息所たちの御仲もいとめやすく、便なきこと聞えず、くせぐせしからずなどして、御子生れたまへるは、さる方に重々しくもてなさせたまひ、さらぬはさべう、御物忌などにて、つれづれに思さるる日などは、御前に召し出でて、碁、双六うたせ、偏をつがせ、いしなどりをせさせて御覧じなどまでぞおはしましければ、皆かたみに情かはし、をかしうなんおはしあひける。かく帝の御心のめでたければ、吹く風も枝を鳴らさずなどあればにや、春の花も匂ひのどけく、秋の紅葉も枝にとどまり、いと心のどかなる御有様なり。（①二〇〜二一）

村上天皇の理想性が多面的に言及されている。「堯の子の堯ならむやうに」、醍醐天皇の治世に引き続き、聖代を現出させたという。村上天皇の治者としての能力、資質が讃えられ、ついで、才とか和歌などの個人的資質もすぐれていたとされる。さらに、後宮の理想的宰領者として後宮内における融和を実現していることを力説している。村上天皇の理想性を色濃く印象づけている。官撰史書が御代の始めに据える即位前紀のような叙述になっている（注4）。次にⓑ'では村上朝の台閣の構成を提示する目的も兼ねて忠平一族のことが書かれ、ⓒ'では、ⓒが天皇と藤原北家との関係に限定されていたのに対して、北家以外の女性をも含めて一括して、天皇との外戚関係を示す。ⓒでも藤原北家（忠平、師輔）との関係が他氏との関係よりも重視されていることは、それを最初に記していることからうかがわれるが、天皇と藤原北家の外戚関係に限定しないで、村上朝史の全容を見据え得る対象として後宮を描いていく契機になっている。

ついで、広平親王、憲平親王の誕生が描かれていく。

かかるほどに年もかへりぬめれば、天暦四年（九五〇）五月二十四日に、九条殿（師輔）の女御（安子）、男御子（憲平親王）生みたてまつりたまひつ。内（村上天皇）よりはいつしかと御剣もてまゐり、おほかた御有様心ことにめでたし。世のおぼえことに、騒ぎののしりたり。元方の大納言かくと聞くに、胸ふたがる心地して、物をだにも食はずなりにけり。いといみじく、あさましきことをもし誤ちつべかめるかなと、もの思ひつきぬ胸をやみつつ、病づきぬる心地して、同じくは今はいかで疾く死なんとのみ思ふぞ、けしからぬ心なるや。九条殿には御産屋のほどの儀式有様など、まねびやらん方なし。大臣の御心の中思ひやるに、さばかりめでたきことありなんや。小野宮の大臣（実頼）も、一の御子（広平親王）よりは、これはうれしく思さるべし。帝の御心の中にも、よろづ思ひなく、あひかなはせたまへるさまに、めでたう思されけり。（①二五〜二六）

憲平親王誕生に対する、それぞれ異なった立場に立つ、師輔、元方、実頼、村上天皇の心中や行動が並記されている。事件を取り巻く登場人物の心情や行動を並記することでその事件を多面的に具象化する方法が見られるが、ここで重要なことは、皇子誕生記事を介して、後宮とそれと連動する後宮外の政治の場との緊密な関係を、当事者の感懐や行動によってはじめて具体的に描出したことである。憲平親王の誕生に先立って、広平親王の誕生および安子の懐妊が語られるが、そこには、

（広平親王の誕生後）内（村上天皇）よりも御剣よりはじめて、例の御作法のことどもにて、もてなしきこえたまふ。元方の大納言いみじと思したり。東宮はまだ世におはしまさぬほどなり、何のゆゑにか、わが御子、東宮に

ゐ誤ちたまはんと、頼もしく思されけり。いみじく世の中にののしるほどに、九条殿（師輔）の女御（安子）ただにもおはしまさずといふこと、おのづから世に漏り聞ゆれど、元方の大納言、いで、さりともさきのこともありきなど聞き思ひけり。大臣殿（忠平）も九条殿もいとうれしう思すほどに、上（村上天皇）は、世はともあれかうもあれ、一の御子（広平親王）のおはするを、うれしく頼もしきことに思しめす、ことわりなり。

（①二三～二四）

とある。元方は、広平親王誕生を喜び、東宮がねと期待を寄せ、安子の懐妊を聞いても、おそらく以前もそうであったように今度も皇女誕生に相違ないと楽観する。一方、忠平、師輔は、安子懐妊に皇子誕生の期待を込めてよろこぶ。村上天皇はどうかといえば、安子懐妊よりも既に生まれている第一皇子広平親王に期待し、満足している。作者もそれを「ことわりなり」と是認していた。ところが、憲平親王の誕生を境にして村上天皇の心の変化が描き出されている。作者の歴史事実への無理な整合の結果だろうが、このように村上天皇の心の急変が書かれることは、天皇といえども後宮外の実権勢力の力関係に配慮せざるを得ない厳しい現実を浮かびあがらせている。また、憲平親王誕生を境にして楽観的観測に立った安堵から失意のどん底へとつきおとされる元方に対置して師輔の喜びを描出することは、ひとえに、皇子誕生という後宮内的事件が後宮外の実権勢力に波及する重みを語りかけるものであろう。広平親王、憲平親王誕生記事を通して、「後宮内的なものと後宮外的なものとが相関関係を持つ」（注5）ものとして示され、「後宮を媒体として」後宮外的世界を視野に入れていく『栄花物語』の叙述の在り様が顕化している。後宮内的世界と後宮外的世界とをともに視野に収めることができる後宮という叙述の核を獲得したのである。このあたりの叙述の進行は、先述したように、広平親王誕生、安子懐妊、忠平薨去、憲平親王誕生と時間の流れに沿って叙述されるが、その後は時間の流れとは無関係に、村上天皇の皇子皇女誕生記事、広幡御息所の才知や宣耀殿女御芳子が箏の名手であったことを語る記事、すなわち後宮内のできごとが連接し、それに続いて、後宮外のことがら、つまり師輔、実頼、師尹の性格についての記事、あるいは、少し間を置いて、実頼関係の記事が記されている。このあたりは、村上朝の後宮を中心に据えて叙述が展開されていることが窺知される。ⓐの後半が村上天皇を後宮の理想的宰領者として強調しているところに、かかる叙述の萌芽をみることができる。六国史は即位前紀を書き終えたあと、編年で記事を配置編纂していくのに対して、『栄花物語』も同じく天皇紀を志向するが、後宮を中心に据えて叙述を展開させていくことによって官撰史書の枠組を打ち破り（注6）、歴史を把握するのに有効な視座を獲得したのである。

中村康夫氏は、「官撰史書をうけつぐに十分な表現がなされている村上天皇から、完全に臣下としての道長の世界に抱擁される後一条天皇まで」の天皇の性格、資質に関する記述を細緻に検討され、後宮を叙述の核とすることによって官撰史書的な天皇造型を「ときほぐ」し、『栄花物語』独自の天皇造型を生み出した営為を、官撰史書に対する歴史書きかえの挑戦として評価された（注7）。しかしながら、『栄花物語』の営為を官撰史書に対する挑戦として、両者の関係を直結できるであろうか。すでに『源氏物語』が「聖性を喪失しているだけではなく、身分につきまとう外見性をすっかりはぎとられ、今や女の死を歎き悲しむ一介の凡夫にすぎない」桐壺帝を描いていたし、摂関政治の進展に応じて後宮の女性たちの挑み合いが激烈かつ陰湿になる、その後宮の世界をのっけから対象化し、「そこに生きる人間的諸関係を主題化」（注8）していたことは閑却できないだろう。「栄花は源氏の見出した「摂関政治」なる図式を誤りなく把握し、それでもって三代実録以降の国史を書き進め」（注9）るとき、後宮が叙述の核として見定められ、『栄花物語』的な天皇造型がなされていくのである。『栄花物語』は『源氏物語』によってかたちにされたものを受け継いだというべきで、官撰史書に対する挑戦として位置づけるべきはむしろ『源氏物語』である。中村氏の『栄花物語』評価は差し引いて考えられるべきだろう。

三

村上朝前史が簡略な系譜記述ながら志向するものを継承しつつ村上朝が始発するとき、村上天皇を基軸に位置づけ、村上朝の後宮を叙述の中心に据えたのである。ⓐにおいて理想的な聖帝とイメージづけるが、その理想性の評価基準がもっぱら後宮の宰領者としてすぐれているか否かにあったことは、天皇を基軸にした後宮史への志向を物語っているだろう。そして、後宮史の視座は、連動する後宮内的世界と後宮外的世界をともに照出し、歴史の現実に迫るための有効な方法でもあったのである。康保四年（九六七）以降、編年的年次構造に支えられた世界が展開するが、実は康保四年は村上天皇崩御、冷泉天皇践祚の年であった。池田尚隆氏は、村上朝の部分を異質と見做し、異質性をもたらす原因は「おそらく原資料に恵まれなかった」ためであり、そのため「村上朝においては、〈編年体〉の代替として〈天皇紀〉という仕組みが機能した」（注10）とする。『栄花物語』の叙述を規制するものとして原資料の問題は無視し得ないが、作品外の要因で村上朝の叙述の異質性を捉える前に、〈天皇紀〉＝天皇を基軸とした後宮史から〈編年体〉＝年単位の歴史再現の方法へと転換していかざるを得ないその内実を吟味する必要があろう。

村上朝史は村上天皇を基軸に据えた後宮史への志向が認められるが、同時に、その志向に相反するように、基軸に位置する村上天皇の聖帝としてのイメージ（後宮の理想的宰領者）を相対化する叙述が展開するのである（注11）。

①宮（安子）おはしませば、よろづかぎりなくめでたし。一天下の人、いづれかは宮に靡き仕うまつらぬがあらん。（①三八〜三九）

②「この宮（安子）かくておはしませばこそ、よろづととのほりて、かたへの御方々も心のどかにもてなされておはすれ。もしともかくもおはしまさば、いかにいかに見苦しきこと多からん」と、人々も言ひ思ひ、御方々

もいみじく思し嘆くべし。（①四二）

③御方々には、宮（安子）の御心のあはれなりしことを恋ひしのびきこえたまふに、かかることさへあれば、いと心づきなきことにすげなくそしりそねみ、やすからぬことに聞えたまふ。（①五一）

④小野宮の大臣（実頼）などは、「あはれ、世の例にしたてまつりつる君（村上天皇）の御心の、世の末によしなきことの出で来て、人のそしられの負ひたまふこと」と嘆かしげに申したまふ。（①五二）

⑤登花殿の君（登子）参りたまひては、つとめての御朝寝、昼寝など、あさましきまで世も知らせたまはず御殿籠れば、「何ごとのいかなれば、かく夜は御殿籠らぬにか」と、けしからぬことをぞ、近う仕まつる男女申し思ひためる。（①五二）

⑥おほかたの御心ざま広う、まことのおほやけとおはしまし、かたへの御方々にもいと情あり、おとなおとなしうおはしましをぞ、御方々も恋ひきこえたまふ。（①五四）

①は傑出した人材の喪失として師輔の死への哀悼が述べられたところに後置されたものだが、師輔の死後、人々は安子に靡き従ったことが記され、安子の存在がクローズアップされている。②は安子が懐妊し、産死の危機に瀕した時の、安子の安否を気遣う同輩の女御達の感懐である。村上朝記事のⓐ'で語られた村上天皇の後宮における理想的な宰領は、実は安子の存在に依存するところが大きかったことの証言でもある。村上天皇の相対化をみることができる。次に③・④・⑤を検討する。安子の妹登子への帝寵が厚く、村上天皇は、安子産死の後、年来の思いを実現すべく登子を入内させたが、③は、そのときの他の女御たちの、安子追慕と、登子寵愛のあまり常識を逸脱した行動をとる村上天皇への批判とを描出している。④・⑤は、村上天皇の登子溺愛に対する、実頼や近侍者の批判が描かれる。このあたり『源氏物語』の描く、桐壺帝の桐壺更衣への寵愛が下敷きになっていることは言うまでもない。村上天皇が後宮内外の政治的世俗的縄縛を絶ち切ってひたすら登子を寵遇することに対し

て、村上天皇への批判が高まるという図式は『源氏物語』に等しい。しかし、「男の御心こそなほ憂きものはあれ」（①四九）という男性不信感に根づく強烈な村上天皇批判が地の文で語られる。『栄花物語』の地の文は作者の詞だとみるのは、野村精一氏であるが（注12）、同趣旨の発言が「男の心はいふかひなげなり」（巻第四、見果てぬ夢①二〇〇）や「それも男の御心の憎きなるべし」（巻第十二、玉の村菊②六四）と散見されることを重視すると、『栄花物語』の作者の個性的な批判として認めることができよう。『源氏物語』によって、村上天皇の登子寵愛を英雄の属性である色好みとして印象づけ、付随的にまねく批判は、その英雄性の証だという考え方（注13）はとれない。そもそも『栄花物語』の源氏取りは、叙述しようとするできごとのある側面と『源氏物語』によってかたちにされたものとのあいだに重なるところがあると、それぞれの背景の違いはほとんどがかえりみられないまま部分的、断片的に取り込まれるのである。桐壺帝の更衣への愛情の奔出は、後見不在のか弱い女性への庇護という感じがつきまとうが、『栄花物語』では明らかに状況が異なる。後見には師輔の男子たち、伊尹・兼通・兼家がいる。また、『源氏物語』では帝の愛が更衣に対する周囲の妬視を招来し、その結果、更衣がますます孤立化し、死に向かわざるを得ない愛の葛藤が描出されるが、『栄花物語』では帝の登子寵愛が、理想的な後宮宰領者であった安子に対する追懐という形をとり、村上天皇批判を生んでいくのである。登子への周囲の目は勿論冷淡であるが、帝寵を得たことは、「なほめでたういみじき御こと」（①五四）と評されたりするのであって、登子の孤立化は避けられている。『栄花物語』の『源氏物語』への傾倒は、そうすることによって歴史を見極めていくというのではなかった。できごとの中に『源氏物語』の場面を断片的にみるのである。『栄花物語』の『源氏物語』取りが、個々の事象の細部の形象化にとどまっているのは、そうしたことに起因するのであろう。できごとの細部の形象に『源氏物語』を彷彿とさせるところがみられるが、そこに記された批判は、村上天皇の英雄性へと還元されていくべきものではなく、村上天皇の理想性への相対化を孕む批判であったことは注目しておくべきである。④・⑤は、村上天皇批判じたいが源氏取りの産物でしかなく、批判として機能していないようにもみえるが、③と響き合っている点をおさえれば、村上天皇の理想性を相対化する批判であると見做してよいだろう。⑥は、同僚の女御達の安子追懐である。ここでは、安子のことを「まことのおほやけ」とまで言い切っている。かかる評価を生み出す根拠が「かたへの御方々にもいと情あり、おとなおとなしうおはしましし」であり、村上天皇が後宮の理想的宰領者であると評されたその内実と重なる。後宮の公的性格の喪失、私的世界への転化と捉えられるが、ここにいたって、村上天皇の後宮内に占める地位の相対的下落は決定的である。

『大鏡』も、安子については、「村上の先帝の御時の女御、多くの女御・御息所の中に、すぐれてめでたくおはしましき」（一二五〜一二六）と讃頌を惜しまない。しかも、

おほかたの御心はいとひろく、人のためなどにも思ひやりおはしまし、あたりあたりに、あるべきほどほど過ぐさせたまはず、御かへりみあり。かたへの女御たちの御ためもかつは情あり、御みやびをかはさせたまふに、（中略）おほかた殿上人・女房、さるまじき女官までも、さるべきをりのとぶらひさせたまひ、いかなるおりもかならず見過ぐし聞きはなたせたまはず、御覧じ入れてかへりみさせたまふ。まして御はらからたちをば、さらなりや、御兄をば、親のやうに頼みまうさせたまひ、御弟をば、子のごとくにはぐくみたまひし御心掟ぞや。されば、亡せおはしましたりし、ことわりとはいひながら、田舎世界まで聞きつぎたてまつりてこそは、惜しみ悲しびまうししか。帝（村上天皇）よろづのまつりごとをば聞こえさせ合はせてせさせたまひけるに、人のため嘆きとあるべきことをば直させたまひ、よろこびとなりぬべきことをばそのかしまうさせたまひ、おのづからおほやけきこしめしてあしかりぬべきことなど人の申すをば、御口より出ださせたまはず。（一二八〜一三〇）

と、広量で、後宮を融和的に宰領し、他の朋輩の女御達を心服させ、村上天皇の政治に対してもなるほどと思わ

せるような意見を具申し、村上天皇に一目置かせるそういう理想的な国母としての資質を具有していたとする。『大鏡』は、安子の唯一の欠点である嫉妬心のすさまじさを「そのみちは、心ばへにもよらぬことにやな」（一二九）と、かかる国母としての「心ばへ」とは別問題であることをことわりつつも、むしろ安子の嫉妬深さを形象する方に力を注いでいる。それはともかく、村上朝における安子の存在の大きさを『大鏡』も認めているのである。『大鏡』の安子像の定着をみてもわかるように、安子が村上朝における「まことのおほやけ」的存在であることを伝える事実があったことが想像される。かかる事実や、登子への村上天皇の寵愛を伝える事実との『栄花物語』の出合いが、安子の存在を浮上させると同時に、村上天皇の理想性を相対的に下落させる方向を生み出していく。事実に引きずられることによって、理想的な聖帝としてのイメージづけも、叙述の段階で裏切っていくことになる。村上朝前史に対応する形で村上朝史が始発するとき、型への志向が認められるが、後宮を叙述の核とすることによってもたらされる型を切り崩す要素との出会いが、歴史叙述の在り方を変更させ、型が型として持続していかなかったのである。

村上朝史の始発にもう一度もどろう。あれほど理想的に村上天皇を描いたことは、『栄花物語』における天皇の取り扱いとしては異例である。天皇をすばらしいといって讃仰することだけをとれば、村上天皇の取り扱いだけに限らないが、天皇を天皇の側から独自に位置づけるのは村上天皇だけであり、村上天皇より後の天皇は、天皇に焦点をあわせて描かれるというよりも、天皇の後宮に入った女御達の描写の中の一点景として埋没し、そういう形で描かれていく傾向があるという（注14）。村上天皇への讃仰は、確かに、具体性を欠いた文飾の多い誇張表現によってなされ、村上朝の実質を伝えるものではなかった。しかし、空疎なことばによってではあるが、繰り返し讃仰を重ねる姿勢には村上朝史を語り出そうとする意図を窺わせる。次いで、村上朝の後宮に入った女性の列記、そしてその女性が生んだ子女たちの羅列である。そこでは、多くの女性が後宮に入っていることと多くの子どもを儲けていることが、村上朝の繁栄の証であることをことさら印象づけ、また一方、用意周到に、後宮を叙述の中心に据えて叙述を展開していくための下準備として、系譜、すなわち人間関係を提示しているのである。ここに名前のあがっている女性は後に何らかのかたちで取り上げられ、名前の列挙が以後の個々の具体的な歴史叙述を領導する枠組として機能している。村上朝の歴史叙述において後宮は、叙述の主対象であるだけでなく、歴史叙述の枠組みになっている。繰り返しになるが、村上朝史の始発には、天皇を基軸に据えた後宮史への積極的な志向があったとみるべきである。しかし、後宮の内と外とを視野に収める叙述の核として後宮を見据えたのはよいが、その後宮が、天皇を基軸とする後宮から、後宮外の実権勢力の側から位置づけられる後宮へと、両者が混在しつつも変質していく過程をみることができる。後宮内における安子の浮上と村上天皇の相対的下落はいうまでもなく、後宮外の実権勢力として師輔の存在をも浮上させていくのである。

師輔については、その人柄が実頼、師尹と対比して描かれ、衆望が厚かったことを語っているが、さらに注目しておきたいのは、以下の例である。

⑦それにつけても、大臣（師輔）のおはせましかばと、思しめすこと多かるべし。（①四〇〜四一）

⑧「誰も遅く疾きといふばかりこそあれ、いと昨日今日とは思はざりつることぞかし」と、内（村上天皇）に思しめしたる御気色につけても、なほめでたかりける九条殿（師輔）の御ゆかりかなと見えさせたまふ。（①四七）

⑨これにつけてもなほ九条殿（師輔）をぞふりがたき御さまに聞えさすめる。（①六三）

⑩「九条殿（師輔）、このごろ六十にすこしや余らせたまはまし」と思すにも、おはしまさぬをかうやうのことにつけても口惜しく思さるべし。（①六四〜六五）

⑪この御有様につけても、九条殿（師輔）の御有様のみぞなほいとめでたかりける。（①七四）

このように、回想的に師輔の存在の大きさが言及されている。⑦は、為平親王の、立太子の望みが絶たれたときの慨嘆で、師輔が生きていれば頼りになったであろうと回想する。⑧は、中宮安子葬送の場面で、村上天皇の哀傷を語っているところだが、天皇がかくも悲しむことと安子が師輔の縁者であることとを強引に結びつけ、師輔の存在の大きさを再認させている。⑨は伊尹女、懐子の懐妊、⑩は懐子の師貞親王出産、⑪は伊尹の任摂政に際し、それらを師輔一流の繁栄として位置づけ、師輔が回想される。回想的に師輔の存在が浮上してくるのである。このように、後宮のできごとが、天皇の側よりも、むしろ実権勢力の側から位置づけられていくのである。実は、村上朝の歴史叙述のうち、年・月・日が付されている事象は忠平薨去、憲平親王誕生および立太子、安子立后、師輔出家および薨去、安子薨去および法事、月の宴である。九条流の歴史において重要なできごとに時間表現が与えられ、後宮関係のできごとは実権勢力（九条流）と深く関わる事象に明確な時間表現が伴っているといえる。『栄花物語』が後宮史を志向するのは九条流の発展史を書こうとするねらいと表裏一体をなしていたのであろうが、後宮という視座は欠かせないものの、後宮を歴史叙述の枠組とすることが有効ではなかったことを歴史叙述の始発から示しているというべきだろう。

天皇を基軸として後宮を描いていくことから、実権勢力、特に藤原北家、なかんずく九条流とのかかわりを重視して後宮を描くことへの転折をみることができる。したがって、天皇はその位置を相対的に後退させ、後宮の添景に下落するのである。『栄花物語』の村上朝史の始発における型への志向が、型を切り崩す要素と衝突し挫折を示すことによって、かろうじて型への志向があったことが看取されるのである。型への志向がありながらも、それが、たえず型を切り崩す要素との出会いによって危機にさらされ持続していかないのである。そこに、安定した世界の進行を保証する年単位の歴史叙述が要請されてくる理由がある。『栄花物語』の編年性は官撰史書の形式を受け継いだものだといわれているが、年単位の歴史叙述は決して所与のものではなかったというべきだろう。村上朝史の型への志向とその挫折の中から獲得されていったのだろう。かかる『栄花物語』の始発は、仮に構想があったとしても、歴史事実に作品のよるべき基盤を置く以上、事実に引きずられ、叙述の段階で構想の実現を裏切ってしまう、『栄花物語』の歴史叙述としての宿命を最初から浮き彫りにしているのである。

四

さて、巻第十五、疑について考察を進めよう。疑巻の特異性については、先学の指摘がある。松村博司氏は、『栄花物語』正篇三十巻が、Ⓐ編年体宮廷貴族一般史、Ⓑ道長物語（道長を主人公とするまとまった道長物語を形成しているというのではなく、一般の宮廷貴族の物語の中において特に道長およびその周辺に詳しいという意味）、Ⓒ信仰者としての道長とその創建にかかる法成寺関係記事の三つが、Ⓐの中にⒷが、Ⓑの中にⒸが含まれる入子型の構造をとっているといわれる。そして、疑巻は、道長への仏教的見地からの讃美を企図するⒸ、いわゆる法成寺グループの序説であるとされる。法成寺グループは、巻第十七、音楽・巻第十八、玉の台の両巻にみられる尼の日記をもとにして別途製作されたという仮説に立って、法成寺グループの序説である疑巻については『栄花物語』全体を構成させる時、〈おむがく〉〈たまのうてな〉と切り離して、編年の原則にあうように、巻第十四〈あさみどり〉と巻第十六〈もとのしづく〉の間に挿入したため、この両巻は中断されたままになってしまった。それ故、読む場合には、〈うたがひ〉を特殊な巻として、前後につながる部分とつながらない部分のあることを考慮して置かなければならないのである」といわれる（注15）。『栄花物語』の成立事情に関わる仮説に基づいて、疑巻がなぜ前後の巻との整合性を打ち破る様相を呈しているかを合理的に解決された。しかしながら、疑・音楽・玉の台・巻第二十二、鳥の舞・巻第三十、鶴の林の、いわゆる法成寺グループを形造る巻々は、内容的には、仏教的色彩の強い巻であるという点では共通するが、その巻々の叙述の在り方や叙述の進行は決して同じではない。音楽と玉の台の両巻の、後一条天皇や尼といった視点人物を介して、拝観記あるいは巡拝記的な体裁をとりながら、自己増殖していく世界と、疑巻にみられる、編年的年次構造に支えられているところから逸脱して、道長の仏事供養の類聚へと自転的に展開していく様相とは異質であろう。また、それらは、鶴の林巻のように、道長の臨終を浄土教の臨終行儀の模倣として丹念につくりあげていく世界とも異質であろう。叙述の在り方にとどまらない。思想的にも、河北騰氏が指摘されるように雑宗教的である（注16）。玉の台、音楽両巻の絵画的世界は、浄土教の観想的要素の投影が色濃くみとめられる。鶴の林巻は、『往生要集』の説く別事念仏の一つである臨終行儀への傾倒が顕著である。かかる法成寺グループの巻々を、宗教性が強いという理由でもって一括して捉えることにはいささか躊躇されるのである。疑巻に対する、法成寺グループの序説、あるいは総序だという既存の位置づけを保留して、ここで、もう一度叙述の在り方を検討し、疑巻の編年的年次構造からの逸脱をもたらすものについて、考えてみたいと思う。

疑巻の、編年的年次構造に支えられている部分は、道長の罹病から出家、御堂造営のあたりまでで、道長の信仰生活を総括する部分は年次構造からの逸脱がみられる。特に、『三宝絵詞』の仏事年中行事を下絵にして、それぞれの仏事供養への道長の参加という形で道長の宗教生活を描いていくところは、年次構造から完全に逸脱している。

作者も、年次構造からの逸脱には自覚的で、

年ごろし集めさせたまひつることどもを聞えさするほどに、涌出品の疑ひぞ出で来ぬべき。その故は、殿（道長）の御出家の間いまだ久しからで、し集めさせたまへる仏事、数知らず多かるは、かの品に、成仏を得てよりこの方、四十余年に化度したまへるところの涌出の菩薩はかりもなし、「父若うして子老いたり、世挙りて信ぜず」といふことの譬のやうなり。されども、御代のはじめよりし集めさせたまへることどもを記す

ほどに、かかる疑ひもありぬべし。（②二〇〇～二〇一）

と、出家間もない道長がかかる多くの仏事に関与するのはおかしいという疑念も生じるだろうと述べている。それはまさに当然の疑いであって、執政当初から行ってきた仏事の類聚に他ならないことを作者自らことわっているのであるが、このように自己増殖する仏事の類聚を招来せしめたもの、つまり編年的年次構造からの逸脱を促し許容するものが、巻の前半に胚胎していた筈である。

疑巻は、道長の太政大臣辞意表明、罹病、出家発願、出家へと展開していくが、このとき、出家の現在へと収斂していく形で、道長の過去が照し出される。太政大臣辞意表明のところでも、

殿の御前（道長）、世を知り初めさせたまひて後、帝は三代にならせたまふ。わが御世は二十余年ばかりにならせたまふに、帝若うおはしますほどは、摂政と申し、おとなびさせたまふをりは、関白と申しておはしますに、このごろは摂政をも去年よりわが御一男、ただ今の内大臣殿（頼通）に譲りたてまつらせたまひて、わが御身は太政大臣にておはしますをも、つねにおほやけに返したてまつらせたまひ辞せさせたまへど、おほやけさらに聞しめし入れぬに、たびたびわりなくて過ぐさせたまふ。御心にすさまじく思さるることかぎりなし。（②一七一～一七二）

というふうに、過去の官歴が照し出されている。また、罹病のところでも、

わが御世のはじめ六、七年ばかりありてぞ、すべていみじかりし御悩みありて、かく今までおはしますべくも見えさせたまはざりしかども、いみじき御祈りの験、たぐひなき御願の験にかくておはしませば、このたびもおこたらせたまひなんと、殿の人々は思ひ言ふことどもあり。（②一七二～一七三）

と過去の病歴が言及されている。さらに、以前の大病のときは、陰陽師の進言で転地したことによって病気が快癒したので、この度もしきりに転地が勧められたが、道長は頑なに拒み、出家を志す。以前の大病のことが、否

定的に媒介されて道長出家を決定づける方向で作用している。さらにまた、道長の出家記事の直前には道長の述懐が語られる。

殿の御前（道長）、「さらに命惜しくもはべらず。さきざき世を知りまつりごちたまへる人々多かるなかに、おのればかりすべきことどもしたる例はなくなんある。内（後一条天皇）、東宮（敦良親王）おはします、三所の后（彰子、妍子、威子）、院の女御（寛子）おはす。（頼通は）左大臣にて摂政仕うまつる。次（教通）は内大臣にて左大将かけたり。また（頼宗、能信は）大納言、あるは左衛門督にて、別当かけたり。この男（長家）の位ぞまだいと浅けれど、三位中将にてはべり。皆これ次々のおほやけの御後見仕うまつるべし。みづから太政大臣准三宮の位にて侍り。この二十余年のほど並ぶ人なくて、身一つして、あまたの帝の御後見を仕うまつるに、ことなる難なくて過ぎはべりぬ。おのが先祖の貞信公（忠平）、いみじうおはしたる人、われ太政大臣にて、小野宮の大臣（実頼）左大臣、次郎（師輔）九条右大臣、四郎（師氏）、五郎（師尹）など大納言にてさし並びたまへりけれど、后立ちたまはずなりにけり。近くは九条の大臣（師輔）、わが御身は右大臣にてやみたまひにけれど、大后（安子）の御腹の冷泉、円融院おはしまし、十一人の男子のなかに、五人太政大臣になりたまへり。今にいみじき御幸ひなりかし。されど后三所かく立ちたまひたる例は、この国にはまだなきなり」など、世にめでたき御有様を、言ひつづけさせたまふ。（②一七六～一七七）

一家から三后と院の女御を出し、男子はそろって顕官に列し、自身は三代の後見をつとめてきた、そういう道長の栄華が古今を絶することを、忠平、師輔の繁栄のさまと比較しながら述べている。道長が祖先と自らの繁栄を比べているが、これに関して、佐藤謙三氏は「自分の年齢と位置とを先祖に比べてまさる事を願うのは、平安時代の貴族の風習」（注17）であったといわれる。それはともかく、「さらに命惜しくもはべらず」と、比類のない栄華を実現した上は、この世には未練はないといっている。この長大な述懐を通して、道長の過去が照し出され、それが道長の出家直前の現在へとひきむすばれていき、道長の出家へと方向づけているのである。そしてこの述懐は、道長の出家のときの戒師、院源のことばに流れ込んでいく。

年ごろの間、世の固め、一切衆生の父としてよろづの人をはぐくみ、正法をもて国を治め、非道のまつりごとなくて過ぐさせたまふに、かぎりなき位を去り、めでたき御家を捨てて、出家入道せさせたまふを、三世諸仏たち喜び、現世は御寿命延び、後生は極楽の上品上生に上らせたまふべきなり。三帰五戒を受くる人すら、三十六天の神祇、十億恒河沙の鬼神護るものなり。いはんや、まことの出家をや（②一七八）

現世の繁栄を捨てて、出家する道長を讃え、それ故、現世延寿、後生善所が保証されることを明言している。道長の過去と現在が照らし出され、現世の繁栄を捨棄して出家を果たす道長の未来が予祝されているのである。道長の未来を予示するのはこれだけではない。

まづは先年に長谷寺にある僧の、御祈りをいみじうして寝たりける夢に、大きにいかめしき男の出で来て、「何しにか殿の御ことをばともかくも申したまふ。弘法大師の仏法興隆のために生れたまへる」とこそ見えさせたまひけれ。また天王寺の聖徳太子の御日記に、「皇城より東に仏法弘めん人をわれと知れ」とこそは記し置かせたまふなれ。いづかたにてもおろかならぬ御有様なり。（②一八五〜一八六）

道長は仏法興隆のための弘法大師の生まれかわりだという夢が導入される。出家し、御堂建立に熱意を注ぐ道長の現在によって夢の真実性が確認され、仏法興隆に力を注ぐ道長の未来が予示されている。また聖徳太子の生まれかわりだという巷説が並記されている。「皇城より東」は、おそらく道長の建立する法成寺の位置が念頭に置かれているのだろう。これも「いづかたにてもおろかならぬ御有様なり」といっているように、道長の未来を予言するものだといってよいだろう。

このようにみていくと、道長の過去が引き合いに出されて道長の出家の現在が語られ、さらには未来が予祝されていることが窺える。『栄花物語』は、過去によって規定されながら、現在の行動によって未来を獲得していこうとする人間を描こうとしているのである。時間の流れに沿って平行移動して、諸事象と事象現在で対面している限りにおいては、諸事象を追うことで精一杯となり、かかる人間を描きとることは不可能である。したがって、時間の流れに沿って平行移動することからの逸脱が要請されてくるのである。過去と現在とを往還し、絶えず過去から現在を見据えていくのである。それが、年次構造からの逸脱を招き、叙述の上に痕跡を残すのである。

その痕跡をたどってみよう。道長出家、病気平癒のところでは、「この御悩みは、寛仁三年（一〇一九）三月十七日より悩ませたまひて、同二十一日に出家せさせたまへれば」（②一七九）、さらには道長が宮々に更衣の御衣を差しあげるところでも、「かくて三月晦日に」（②一八〇）と編年的時間表現がみられるが、道長が弘法大師の生まれかわりであるという長谷寺の僧の夢見が語られたあとに記される、道長の東大寺での受戒記事には、「御出家の年の十月に」（②一八六）と出家事実を起点にした時間表現へとかわり、編年的時間の流れが喪失していく経過を確認することができるのである。そのあとの道長の法華経信仰を語る記事や道長の学問奨励を語る記事は、それぞれ「わが御世のはじめより」（②一八七）、「世のはじめよりして、年ごとの五月には」（②一八八）の表現ではじまる。それらは、道長の仏事善業を総括するところにみえる「**御代のはじめより**し集めさせたまへることどもを記すほどに、かかる疑ひもありぬべし」（②二〇一）の表現と照応して、もはや編年的時間の流れに沿って展開するのではないことを示している。『三宝絵詞』の仏事年中行事に依拠するところでは、月次的に道長の仏事への参加が記され、編年から逸脱し自転的に展開している様相をみることができる。

このように、道長の出家の現在が、過去を取り込み、未来を予示するように描き出されるとき、編年的時間の流れが喪失し、自己増殖的に道長の仏事善業が類聚されていく契機になっているのである。こうして疑巻は編年的年次構造から逸脱してしまうのである。『栄花物語』の世界を秩序化するのは、編年的年次構造だけでないことが疑巻からうかがえるのであるが、では、かかる疑巻を『栄花物語』の世界に秩序づけているものは何であろうか。

そこで注目したいのが、巻第三十、鶴の林の道長臨終後に記された次の叙述である。

ⓐ殿の御前（道長）の御有様、世の中にまだ若くておはしまししより、おとなび、人とならせたまひ、おほやけに次々仕うまつらせたまひて、唯一無二におはします、ⓑ出家せさせたまひしところの御こと、終りの御時までを書きつづけきこえさするほどに、ⓒ今の東宮（敦良親王）、帝（後一条天皇）の生れさせたまひしより、ⓓ出家し道を得たまふ、法輪転じ、涅槃の際まで、ⓔ発心のはじめより実繋の終りまで書き記すほどの、かなしうあはれに見えさせたまふ。（③一八一〜一八二）

この記事は、道長の人生史の総括であるとともに、作者の表現行為の軌跡の回顧でもある。それは、「**書き続け**きこえさするほど」あるいは「**書き記す**ほど」とあることからもうかがえるが、さらに「出家せさせたまひしところの御こと」といった表現からもうかがえるだろう。これを富岡本や陽明本は「ころ」とするが、「ところ」に従えば、出家のことを描いた巻、疑巻を指し、「そこに書かれた道長の御こと」という意味になり、作者の表現行為への回顧がうかがえる。そして、文章全体からは、道長の人生史と作者の表現行為とが重なっていることをにおわせている。ⓐは巻第三、様々の悦から巻第十四、浅緑までを示し、ⓑ・ⓓは巻第十五、疑から巻第三十、鶴の林を指定し、ⓒは巻第八、初花以降を指している。道長の人生史の節目が、『栄花物語』の作者の表現行為の節目になり、さらに『栄花物語』の世界の節目にもなっている関係をこの文章からうかがうことができよう。とくに、ⓑ・ⓓ・ⓔと繰り返し巻第十五から巻第三十までが分節化されているところをみると、『栄花物語』の巻第十五から巻第三十までの世界の進行が道長の人生史の展開に相即する度合いが高いことを示しているのではなかろうか。事実、巻第十五以後、道長の人生史の一齣一齣が、それぞれ一巻をあてて対象化される傾向が顕著になる。巻第十七、音楽は法成寺金堂供養、巻第十八、玉の台は法成寺諸堂の建立造営とその威容、巻第十九、御裳着は禎子内親王の裳着、巻第二十、御賀は倫子六十賀、巻第二十一、後悔ゐの大将は教通室の出産、産死、巻第二十二、鳥の舞は法成寺諸堂落成、巻第二十六、楚王の夢は嬉子の死、巻第三十、鶴の林は道長の死という具合である。

たとえば、玉の台巻をみてみよう。尼の日記をもとにしていると松村氏は想定されるが、あるいは尼達を作品世界に内在化させて、その目と耳と心とを通して、絵画的世界を描きとろうとする試みであったかも知れないが、「見れば……、見れば……」と尼達の視点の動きを通して御堂の威容およびその仏事がくまなく描き出されている。仏典や『往生要集』などを引用し、細部が自己増殖的に肥大化していき、ことさら細部にこだわって描き出される。しかし、そこでもやはり編年的年次構造がこの肥大化したものを支え、『栄花物語』の世界に位置づける。巻末に「はかなく、とにかくに世のいそぎにて過ぎもて行くにも、来年は上（倫子）の御賀や、姫宮（禎子内親王）の御裳着やなど、さまざまの御ことどもあるべければ、今よりその御用意あり。はかなく年も暮れぬれば、（中略）正月ついたちには行幸、行啓など、さまざま今めかしうて過ぎもていくに」（②三二三）とあり、それによって編年的時間の流れに位置づけられるのである。道長の人生の一齣が巻単位で肥大化していく巻第十五以降（勿論巻第十五は除く）も編年的年次構造に支えられている。

ここでなお注意しておきたいのは、前引した巻第十八、玉の台の巻末の叙述である。「来年は上の御賀や姫宮の御裳着やなど、さまざまの御ことどもあるべければ、今よりその御用意あり」と、「来年」すなわち治安三年（一〇二三）のできごとが予示されている点である。『栄花物語』では地の文において、あるいは世評という形でしばしば予告が語られている。『栄花物語』の叙述は、基本的に作者が時間の流れの上を平行移動し、事象現在で諸事象と個々一回的に対面認識していくことによってなされる。したがって、『栄花物語』は煩雑で混沌とした世界を開示する。しかし、そこにも整理のあとがないわけではない。それが予告とその実現である。しかし、『栄花物語』の予告とその実現は単線的に結びつき、予告と実現との間には予告を阻碍するものは介入してこない。『栄花物語』の予告は作品世界が結果として実現していくことの予示である。その意味では、作者が歴史をどこまで展望し、何を書こうとしているのかを知る手掛りを得ることができる。「来年は……」と来年のことを予告する叙述が『栄花物語』にみられることは、年単位に歴史を再現することが作者の歴史認識および叙述の方法であったことの証左になろう。表現構造として『栄花物語』の世界を支える編年的年次構造は、年単位で歴史を創造することと密接に関わっているのである。巻第十八の巻末の記事にもどれば、治安三年（一〇二三）のことが構想されるとき、倫子の六十賀および禎子内親王の裳着が叙述の対象として浮かんでくるのである。そしてそれらは、いずれも道長の人生史の一齣であり、前者の叙述のために巻第二十が後者の叙述のために巻第十九が用意された。道長の人生史を辿る方向で治安三年の歴史が再現されていることがうかがえるのである。

巻第十五以降、道長関係の記事が占める割合が増大し、道長の人生の断片断片がそれぞれ肥大化する。道長の人生の一齣一齣が巻単位で対象化され、道長の人生史という括りのなかで整序だてられる。そして、それは編年的年次構造と補完し合う形で巻第十五以降の作品世界を支えているのである。疑巻が編年的年次構造から逸脱しながらもなお作品の中に位置づけられるのは、もう一つの道長の人生史という構成原理によって支えられているからであろう。以上、『栄花物語』の作品世界の展開を支える諸構成原理を拾いあげる作業の一端を示した。

（1）　杉本一樹「栄花物語正篇の構造について」『平安時代の歴史と文学　歴史編』（吉川弘文館、昭和五十六年十一月）、池

田尚隆「栄花物語の方法――その〈編年体〉を中心として――」（「国語と国文学」第六三巻第三号、昭和六十一年三月）

（2）第Ⅰ部第三章。
（3）詳細な検討は注（1）前掲論文参照。
（4）中村康夫『栄花物語の基層』（風間書房、平成十四年十月）。本書第二章から多くの示唆を与えられた。
（5）注（4）前掲書。
（6）注（4）前掲書。
（7）注（4）前掲書。
（8）西郷信綱『源氏物語を読むために』（平凡社、昭和五十八年一月）
（9）清水好子『源氏物語論』（塙書房、昭和四十一年一月）
（10）注（1）池田前掲論文。
（11）注（4）前掲書。
（12）野村精一「異文と異訓――源氏物語の表現空間（三）」『古代文学論叢　第六輯』（武蔵野書院、総和五十三年三月）
（13）注（1）池田前掲論文。
（14）注（4）前掲書。
（15）松村博司『栄花物語全注釈　四』（角川書店、昭和四十九年一月）
（16）河北騰『栄花物語論攷』（桜楓社、昭和四十八年四月）
（17）佐藤謙三『平安時代文学の研究』（角川書店、昭和三十五年十一月）

第五章　明暗対比的な構成

一

諸事象の時間的先後関係が構成原理となり、個々一回的な作（編）者と諸事象との対面認識によって進行する『栄花物語』の叙述の基本的な在り様（注1）に対して、作中人物の心中思惟を起点として展開する叙述がところどころにみられる。

視点人物の導入は、『源氏物語』研究では、既存の世界を相対比し、その世界がかかえ込む矛盾的状況をさらけ出し、物語世界の動的な展開の可能性を孕ませる機制として理解されている（注2）。『栄花物語』では、個々一回的な事象との対面認識を叙述の基本とするなかに視点人物が導入されている。『源氏物語』のように、物語世界が緊張的状況をかかえて、可変的にその世界を豊かにさせていくことに視点人物が関与するのとは異なる。確かに、『栄花物語』が歴史を再現していくとき、的確な視点人物を獲得することは、作（編）者の事象との個々一回的な対面認識よりもさらに広範で有機的な歴史の展望を保証するが、それとて、個々一回的な作者と事象との対面認識の延長上にあるものとして理解される。予めこの点に注意を向けておきたい。従前、明暗対比的な構成が『栄花物語』の歴史叙述の特徴のひとつとして理解されてきたが（注3）、この明暗対比と視点人物の設定との関係を検討し、かつ、この視点人物が栄花物語の世界の進行に一体どのように関与するのかを考えてみたい。

二

巻第六、かかやく藤壺に、定子、一条天皇、伊周、詮子のそれぞれの心の内を並記した一節がある（注4）。

はかなく年もかへりぬれば、「今年は后に立たせたまふべし」といふこと世に申せば、この御前（彰子）の御ことなるべし。中宮（定子）は、宮（脩子内親王、敦康親王）の御ことを思しあつかひなどして、参らせたまふべきことただ今見えさせたまはず。内（一条天皇）には、今宮（敦康親王）をいままで見たてまつらせたまはぬことを、やすからぬ御嘆きに思しめしたり。帥殿（伊周）はそのままに一千日の御斎にて、法師恥づかしき御おこなひにて過ごさせたまふ。今は一の宮（敦康親王）かくておはしますを、一天下の灯火と頼み思さるべし。げにことわりに見えさせたまふ。一の宮の御祈りを、えもいはず思しまどふべし。中宮は朝暮、「われ参らずとも、宮（敦康親王）かくておはしませば、さりとも今は」と心のどかに思しめすべし。女院（詮子）にも、藤壺の御方（彰子）をば、殿の御前（道長）の、院にまかせたてまつると申しそめさせたまひしかば、いとやむごとなくいつかしきものに思ひきこえさせたまふ。中宮をば、心苦しういとほしきものにぞ思ひきこえさせたまひける。（①三〇七〜三〇八）

巻第六は、大雑把ながら、前半と後半に分けることができよう。前半は「かかやく藤壺」という巻名が示すように彰子入内関係の記事でもってほとんどを占め、後半は彰子と定子の動静が対比的に描かれている。今引用した記事は前半と後半との転轍点に位置している。しかも、「はかなく年もかへりぬれば」と年がわり表現の直後に置かれ、彰子立后の世評に誘発される形で叙されている。彰子立后を核とする新たな展開が年紀の交替とともに構想されていることが窺知されるのである。ここでは四者の心中が照らし出されているが、それらは、長保二年（一〇〇〇）年頭という一時点に限定された当座の感懐ではなく、むしろ長保二年を中心に前後数年にわたる時間的射程を持っている。内容を吟味してみると、四者の単なる感懐の並記ではなく、長保二年を中心とする前後数年間の、後宮および後宮外の政治的動向をも含めた情勢が浮かびあがってくる。敦康親王誕生後、定子の参内はなく、したがって一条天皇と敦康親王との対面はいまだ実現されていない。一条天皇は対面を切望している。流謫の地、筑紫から帰還後、伊周は慎しみ深い生活を送っており、敦康親王の立太子に最後の望みを託している。詮子は、定子のおかれた状況に対しては同情的であり、他方、彰子に対しては後見役として面倒をみている、などである。

また、この記事は巻第六の後半の展開と深く関わっている。一条天皇の敦康親王との対面を切望する思いは、後半部において定子参内によって実現される（①三〇八～三一〇）。さらに、女院詮子が、彰子を「やむごとなくいつかしきものに」思い、定子を「心苦しういとほしきものに」思うことは、これまで『栄花物語』に記されてきた、詮子と定子、詮子と彰子の関係からは、何故そのように思わなければならないのか、その必然的理由を探り出すことはむずかしい。むしろ、巻第六の後半に展開する、彰子、定子それぞれの行動を作（編）者がどのようにとらえ位置づけているか、またこの時期における両者の立場、状況を相対的関係の中でどのように認識しているか、といったことと関わっている。この「やむごとなくいつかし」と「心苦しういとほし」との対比は、巻第六後半の明暗対比的な構成（注5）にのみ立ちあらわれるのではなく、作（編）者が彰子と定子の行動の細部を描くとき投げかける、数々の主情的なことばにもみられる。それぞれ一例をあげてみよう。

㋑かく若くおはしますほどは、らうたげにうつくしげにおはしまさんこそ世の常なるべけれ、やむごとなき方さへ添はせたまへる、いみじうめでたし。（①三一四）

㋺この宮たちの御扱ひせさせたまひつつも、かつはわれいつまでとのみ、まづ知るものに思さるるもいみじうぞ。（①三一四）

㋑は、立后後はじめて入内したときの彰子の様子を叙している。㋺は、懐妊のため里邸に退出した定子の暮らしぶりを叙したところである。「めでたし」と「いみじう」という評言の対照は、女院詮子の感懐にあらわれた対比と照応する。

ひるがえって、詮子の感懐が導き出される文脈に注目してみると、道長に彰子の後見を依頼された詮子が、彰子に対して逆に「やむごとなくいつかしきもの」と、距離を置いた見方をしている不自然さに気づくのである。立后後はじめて入内した彰子の様を叙するなかに、先に引用した㋑の記述がある。そこでは、語り手から直接的に「やむごとなき方」が身についてきたと評されている。さらに、その直後の記述に、

上（一条天皇）渡らせたまひて御覧じて、「さきざきは心やすき遊びものに思ひきこえさせしを、このたびはいとやむごとなき御有様なればかたじけなささへ添ひて、ふるまひにくくこそなりにたれ。さても見初めたてまつりしころとこのごろとは、こよなくこそおよすけさせたまひにけれ。はかなきことあらば勘当ありぬべき御気色にこそ」とのたまはすれば、（①三一五〜三一六）

と、入内当初とはうってかわった立后後の彰子の風貌が一条天皇のことばとして示される。ここでも彰子を「やむごとなき御有様」で、「かたじけなささへ添」っていると捉えている。「やむごとなき」存在として彰子が『栄花物語』の中で位置づけられる契機となるのが、その立后であった。そして、語り手および作中人物を通して語られる彰子の有様はあの詮子の感懐と重なり、響きあっている。道長の詮子への後見依頼と詮子の彰子評との接続の不自然さは、詮子の感懐が立后後の彰子像を既に見据えていることに起因している。他方、詮子の定子に対する「心苦しういとほしきもの」という思いは、詮子の定子に対する具体的な行動とはならない。それは語り手

が定子の心中を忖度するときの眼差しに重なっているといえよう。女院詮子の感懐は、巻第六後半の明暗対比的に歴史を展望し、構成する起点になっている。

巻第六は、そもそも道長の栄華の始発として位置づけられる彰子入内、ならびにその後の立后を描き出そうとして始まった。そして、彰子が入内した一条朝後宮の様子が視野に収められ、義子、元子、尊子、定子のことが触れられる。義子、元子、尊子は、「さるべき御子たちも出でおはしまさで、中宮(定子)のみこそは、かくて御子たちあまたおはしますめれ」(①三〇二)と、天皇の御子の有無が基準となって、義子、元子、尊子は作品世界から退き、定子の存在が浮上してくる。彰子入内記事を書く過程で、無視できない存在として定子が浮かびあがり、年がわりに伴って彰子立后に叙述を進めるとき、女院詮子の感懐を介して定子を作品世界に取り込んでいく。詮子の感懐のなかで表現として形にされたものが、巻第六後半の明暗対比的世界を領導するのである。

巻六後半部のはじめに位置するこの記事から、明暗対比的に歴史を展望するとき、その方法的役割を担った人物として、詮子が作品世界の中に措定されていることが窺える。また詮子は、作(編)者の歴史認識と重なるものを感懐として持つのであるから、作(編)者の認識体現者でもある。詮子は、巻第六では、巻末の雑載的な記事群の中の七夕贈答歌の場面でしか登場せず、明暗対比的世界の外側にあることは、作者の歴史認識の方法的役割を担った、認識体現者であることを補強する。『栄花物語』の世界は後宮内的要素と後宮外的要素が絡り合って展開するが、巻第六の彰子入内は純粋に後宮内的出来事として処理される。彰子入内に一家の命運をかけて躍起になって事を進めたであろう道長については一切筆をさかない。道長の喜びのさまさえ描かれない。そこでは華美な調度や服飾に主に筆が費やされている。後半の明暗対比的世界も後宮内という枠内にとどまっている。巻第六後半の後宮内的世界を明暗対比的に認識するときに措定された人物が詮子であったことの意味は重要であり、詮子が一条朝後宮において国母として果したであろう役割を考え合わせると、視点人物の選定の的確さ、作者の歴史認識の確かさを窺わせるのである。

三

次に注目すべきは、巻第八、初花に記されている一条天皇の感懐である。巻第八に記されている寛弘五年（一〇〇八）の敦成親王誕生記事は、『紫式部日記』を原資料としている。『栄花物語』は『紫式部日記』を単に素材として取用するにとどまらない。以後の皇子、皇女の誕生記事において、敦成親王のときのことが、先例として絶えず言及され、確認され、作（編）者の誕生記事への向かい方の範型として以後の歴史叙述の在り様にも影響を及ぼしている。

巻第八の敦成親王誕生記事と『紫式部日記』との取用関係に見られる特徴的のひとつは、道長と一条天皇との人物形象の差違である。道長の人物形象は、『紫式部日記』にみられる、対象への鋭い視線が捉えた赤裸々な姿は消去されているが（注6）、原資料に依拠した人物形象にとどまっている。一方、一条天皇のばあい『紫式部日記』との取用関係が認められない記述がでてくる。しかも、それは、一条天皇の行動ではなく、心中思惟が描出される。この部分については、『紫式部日記』以外の他資料からの取用も考えられるが、一条天皇の心中思惟の内容を吟味してみると、むしろ、巻第六の詮子の感懐と同質のものであることが窺える。また『紫式部日記』からの取用部分とは異なり、前後の文脈から浮きあがってもいる。

Ⓐ殿（道長）、若宮（敦成親王）抱きたてまつらせたまひて、（一条天皇の）御前に率てたてまつらせたまふ。御声いと若し。弁の宰相の君、御剣とりてまゐりたまふ。母屋の中の戸の西に、殿の上（倫子）のおはします方にぞ、若宮はおはしまさせたまふ。上（一条天皇）の見たてまつらせたまふ御心地、思ひやりきこえさすべし。これにつけても、一の御子（敦康親王）の生れたまへりしをり、とみにも見ず聞かざりしはや、なほ

ずちなし、かかる筋にはただ頼もしう思ふ人のあらんこそ、かひがひしうあるべかめれ、いみじき国王の位なりとも、後見もてはやす人なからんは、わりなかるべきわざかなと、思さるるよりも、行末までの御有様どもの思しつづけられて、まづ人知れずあはれに思しめされけり。（①四一四〜四一五）

「殿、若宮抱きたてまつらせたまひて、……若宮はおはしまさせたまふ」は、『紫式部日記』との取用関係がある。「上の見たてまつらせたまふ御心地、思ひやりきこえさすべし」以下、敦成親王との対面がかなった喜びから相即的に、かつて一の皇子敦康親王が誕生したとき容易に対面がかなわなかったもどかしさを想起し、二人の誕生時の状況の違いを思うにつけ、後見の重要性、さらには後見のはかばかしくない敦康親王の将来に対する憂慮へと想到する。一条天皇の感懐は『栄花物語』独自のものである（注7）。同趣旨の一条天皇の感懐は、巻第八に他に二例見られる。

Ⓑかかるほどに年かへりぬ。寛弘六年（一〇〇九）になりぬ。世の有様常のやうなり。若宮（敦成親王）いみじううつくしう生ひ出でさせたまふを、上（一条天皇）、宮（彰子）の御なかに率て遊ばせたてまつらせたまひては、帝（一条天皇）ののたまはする、「なほ思へど、昔内裏に幼き子どもをあらせずして、宮たちのかくうつくしうなどあらんを、五つ七つなどにて御対面とてののしりけんこそ、今の世によろづのことの中にいと堪へがたかりけることはありけれ。かう見ても見ても飽かぬものを、思ひやりつつあらせんはわびしかべいことなりや。この一の宮（敦康親王）をこそいと久しう見ざりしか、有様を人づてに聞きて、けしからぬまでゆかしかりしことと」など、うち語らひきこえさせたまふもいとめでたし。（①四三〇〜四三一）

Ⓒ内の一の宮（一条天皇第一皇子、敦康親王）御元服せさせたまひて、式部卿にと思せど、それは東宮の一の宮（敦明親王）にておはします。中務にても二の宮（敦儀親王）おはすれば、ただ今あきたるままに、今上の一の宮（敦康親王）をば帥宮とぞ聞えける。御才深う、心深うおはしますにつけても、上（一条天皇）はあはれに人知れ

ぬ私物に思ひきこえさせたまて、よろづに、飽かずあはれなるわざかな、かうやは思ひしとのみぞ、うちまもりきこえさせたまへる。御心ざしのあるままにとて、一品にぞなしたてまつらせたまひける。よろづを次第のままに思しめしながら、はかばかしき御後見もなければ、その方にもむげに思し絶えはてぬるにつけても、かへすがへす口惜しき御宿世にもありけるかなとのみぞ、悲しう思しめしける。中宮（彰子）は御気色を見たてまつらせたまひて、ともかくも世におはしまさんをりは、なほいかでかこの宮の御ことをさもあらせたてまつらばやとのみぞ、心苦しう思しめしける。（①四六〇〜四六一）

Ⓑは、年がわり表現の後に位置し、敦成親王をいつくしみながら、長く対面のない敦康親王のことを思う一条天皇が描かれている。Ⓒは、敦康親王の元服記事に付されたものだが、敦康親王に対する一条天皇の愛情の深さが語られ、さらに、その不遇を嘆じ、それが後見の不在に起因する状況であるだけに、敦康親王の立太子を断念せざるを得ないことを痛感する一条天皇の姿が描き出されている。一条天皇の心を占め続けるものは、敦成親王誕生後つねに抱懐されていたものであって、この感懐がもつ時間的射程は大きい。ⒶとⒷとは、敦成親王誕生の喜びが一方にあって、それに誘発される形で敦康親王の不遇に想到する、思惟の展開が等しい。しかも、ⒶとⒸでは、敦康親王の不遇の原因まで言及され、しっかりとした後見の不在が理由とされており、摂関政治の原理に触れるものまでが表面化している。磐石な後見があってこそ敦成親王の誕生が歓迎され、はなやかな誕生儀礼が催されたのであったが、敦成親王誕生記事は、そのめでたさ一色でこまやかに叙述されてゆき、背後でこのめでたさを支えているものに対しては全く無関心であった。ところが、敦成親王に注ぐ愛情と敦康親王を思う気持ちに差違がないという、一条天皇の父親としての自然な心の動きを発条として、敦康親王の不遇およびその原因までが射とめられ、同時に敦成親王の誕生が慶祝される背景まで見据えられたということになる。

巻第一、月の宴の、次のような叙述とひき比べてみると、いま述べたことは一層明瞭になる。師輔女安子所生、憲平親王誕生の前後に村上天皇の心中が描出されているが、憲平親王の誕生を境にして、同一人物とは思えぬほど、村上天皇の心は変化する。誕生前は、周囲（忠平、師輔）の安子腹皇子の降誕への期待とは相反して、「一の御子のおはするを、うれしく頼もしきことに思しめす」（①二四）と、すでに生まれている、元方民部卿女祐姫所生、第一皇子広平親王に後継の期待を寄せる。これを、『栄花物語』の作（編）者も「ことわりなり」と是認する。ところが、誕生後は、「（憲平親王誕生を）よろづ思ひなく、あひかなはせたまへるさまに、めでたう思されけり」（①二六）と、年来の願いが憲平親王誕生によって実現したと村上天皇は喜びをあらわにする。第一皇子より後見のしっかりとした師輔女安子所生の皇子誕生によって、不足のない後継ができたことの満足が記されているのだが、そこには、誕生前は、第一皇子に期待を寄せる村上天皇を描き、それを「ことわりなり」と評したこととの不整合が露呈している。村上天皇の心の急変には、後宮内的問題も後宮外の実権勢力の力関係とは無縁に処理され得ぬという苛酷な歴史の現実を浮かびあがらせて（注8）、元方一族の悲劇性を印象づけ、その結果、元方の悪霊が発動し、冷泉天皇（憲平親王）およびその皇統にたたるという、作（編）者の歴史の読みが秘められているのかもしれない。それはさておき、作（編）者の態度は、歴史の動向に忠実たらんとしている。しかも、それが性急なのである。ここでは、村上天皇という人間存在が、生命のない事物の水準にまで引き下げられている。村上天皇の心の変化は、歴史事実に無理に整合させた結果である。村上天皇という一個の人間を通しては歴史は生きてこないのである。これに比べて、巻第八の一条天皇の感懐は、一条天皇という一人の人間の自然な心の動きから把持されたものであり、一条天皇の認識としてあり得べきものとなっている。

一条天皇という人間存在を通過させることによって、栄華と凋落とをからめとり、ともにとりおさえる視点を獲得している。敦成親王誕生を中心とする道長の繁栄は、平板な展叙に終始するが、一条天皇の感懐を契機にして凋落していく側も視野に収めていくことになる。一条天皇の感懐に示された後見の重要性という認識は、身近な二皇子の境遇さえも後宮外の政治勢力によって支えられていることの確認であって、これを起点として、伊周の落胆という、後宮外的世界まで取り込み、構成する。敦成親王の誕生と道長の栄華を一方に見据え、それに敦康親王の不遇と伊周の落胆、悶死を対置する歴史認識は一条天皇の造型を起点にしているのである。

一条天皇という人間の中で、栄華と凋落が交差し合い、したがって一条天皇を起点として明暗対比的世界が構成されていく機制をみることができるが、だからといって、この二つながらの世界が、一条天皇という一個の人間の運命の中で、動的に対立するものとして構築されているわけではない。一条天皇の社会的位境は、栄華と凋落を結びつけるには好都合であった。そういう中間的立場の人間として一条天皇を造型した作（編）者の卓越した史眼を認めなければならないが、一条天皇のまわりで葛藤が交錯する動的な世界は展開しない。栄華はそのいみじさにおいて一貫し独立する。凋落はそのいみじさにおいてこれまた一貫し独立する。相互を媒介する視点をそれぞれが内包しない。さらに、巻第八における一条天皇の扱いは、『紫式部日記』からそのまま取用したところもみられ、そこでは道長の栄華の中に取り込まれていて、中間的存在としての社会的位境が首尾一貫しているわけではない。それなのに一条天皇がなぜ、ここでかかる感懐を吐露しなければならないのか、父親としての愛情という平均的な人間の普遍的な感情で処理されようとするが、その必然性は、それまでの作品世界の進行からは窺うことができない。明暗対比的に歴史を構成する展開が後見の重要性という認識を基底に据えていることを重視すれば、後見の重要性という、作（編）者の歴史認識の根幹にある史観（注9）ともいうべきものが、作品世界の進行とは無関係に、一条天皇の敦成親王との対面という事象を対象化するにあたって、作中人物、一条天皇に付託されるのだと考えられる。

作品世界の進行とは無縁に、作（編）者が重要だと考える摂関政治の原理を事象と結びつけるところに一条天皇の内面の形象がある。それが明暗対比的認識の起点となり、より広範な歴史の展望をもたらしたものの、それとて、事象との対面、作（編）者の側からの一方的な意味付与によって個々一回的に進む『栄花物語』の基本的な歴史叙述の延長上にあることが窺知されるのである。

作（編）者の史観ともいうべき、後見の重要性という認識は、敦明親王の辞退によって空白になった東宮に、敦康親王を一条天皇の遺志をかなえるべく推す大宮彰子の意見に対する、道長の反論の拠りどころとなっている。

大殿（道長）「げにいとありがたくあはれに思さるることなれど、故院（一条院）も、ことごとならず、ただ御後見なきにより、思しめしたえにしことなり。賢うおはすれど、かやうの御有様はただ御後見からなり。帥中納言（隆家）だに京になきこそ」など、なほあるまじきことに思し定めつ。（②一〇八〜一〇九）

巻第八、前掲Ⓒの「中宮は御気色を見たてまつらせたまひて、ともかくも世におはしまさんをりは、なほいかでかこの宮の御ことをさもあらせたてまつらばやとのみぞ、心苦しう思しめしける」の記述や、勿論、ⒶやⒸの一条天皇の感懐とも照応し、後見の重要性が歴史認識の梃子になっていることがうかがえ、作（編）者にとっては歴史の必然を明らかにするための重要な史観のひとつであったことが知られる。

四

次に、巻第十、日蔭の鬘の、娍子立后に際しての道長の発言が注目される。

さて（娍子が）四月二十八日（史実は二十七日）后にゐさせたまひぬ。皇后宮と聞えさす。大夫などには望む人もことになきにや、さやうの気色や聞しめしけん、故関白殿の出雲の中納言（隆家）なりたまひぬ。宮司など競ひ望む人なく、ものはなやかになどこそなけれ、よろづただ同じことなり。これにつけても「あなめでたや、女の御幸ひの例には、この宮（娍子）をこそしたてまつらめ」など、聞きにくきまで世には申す。まづは大殿（道長）も、「まことにいみじかりける人の御有様なり。女の幸ひの本には、この宮をなんしたてまつるべき。親などにも後れたまひて、わが御身一つにて、年ごろになりたまひぬるに、またけしからずびんなきことし出でたまはず。まづはここら多くおはする宮たちの御なかに、しれ者のまじらぬにてきはめつかし。いみじき村上の先帝と申ししかど、かの大将（済時）の妹の宣耀殿女御（芳子）の生みたまへりし八の宮（永平親王）こそは、世のしれ者のいみじき例よ。それにこの宮たち（娍子所生皇子女）五、六人おはするに、すべてしれかたくなしきがなきなり」などこそは申させたまふに、まいて世の人は聞きにくきまでぞ申しける。今は小一条いかで造りたてんと思しめす。帝（三条天皇）も今ぞ御本意とげたる御心地せさせたまふらんかし。（①五〇八～五一〇）

「女の御幸ひの例には、この宮をこそしたてまつらめ」「女の幸ひの本には、この宮をなんしたてまつるべき」と、娍子立后に対する同趣旨の評価が、世評と道長の発言という形でもってそれぞれ記されている。道長の発言の中には、「親などにも後れたまひて、御身一つにて」と、後見を失っていながらも立后したことが、女の幸いの手本として称賛されているが、後見がないにもかかわらずという言い回しのなかに、摂関政治の原理に触れる後見の重要性が照らし出されている。

その上、道長の娍子立后の称賛と相反する、娍子立后に際して皇后大夫になり手がいなく、やむなく中納言隆家がその任にあたることになる経緯にはまったく配慮することなく娍子立后記事は叙されていく。『御堂関白記』『小右記』からは、道長が娍子立后を快く思っていなかったことが知られる。立后当日には、対抗手段として妍子の内裏参入が計画され、藤原実資、藤原隆家、藤原懐平、藤原通任の四人を除いて、多くの公卿は妍子参内に動員され、それに供奉した。『御堂関白記』の当日条には、賜禄の例外的な大盤振舞が書かれ、しかも、供奉した公卿と、供奉すべく指名したにもかかわらず供奉しなかった公卿の名前が列挙され、道長の娍子立后を牽制する姿勢を彷彿させる。かかる他史料をふまえて考えれば、皇后大夫になり手がいない状況は、暗黙裡に道長の意向を察し、追従する公卿達の動向をうかがわせるが、『栄花物語』はかかる状況の由因を不問にし、「ものはなやかになどこそなけれ、よろづただ同じことなり」と現実肯定的に処理する。その上で道長の娍子称賛が矛盾なく相接する。

しかしながら、『栄花物語』はつづけて、

①かくよろづにめでたき御有様なれども、皇后宮（娍子）には、ただおぼつかなさをのみこそは、尽せぬことに思しめすらめ。同じ御心にや思しめしけむ、内（三条天皇）より、

うちはへておぼつかなさを世とともにおぼめく身ともなりぬべきかな

とある御返しに、

露ばかりあはれを知らん人もがなおぼつかなさをさてもいかにと

よろづのなかにも、姫宮（当子内親王）の御ゆかしさをぞ思しめしける。（①五一〇）

と記す。娍子立后を女の幸の手本と位置づけたことを受け、「かくよろづにめでたき御有様なれども」と記すが、三条天皇も娍子も「おぼつかなさ」を払拭できない情況を照らし出す。「おぼつかなさ」の実態を、加藤静子氏は、「道長の安定した強大な力に比べ、娍子の後盾はないに等しく、ゆえに皇子があっても不安であり、天皇も力を発揮することはできない。（中略）娍子に対しても道長という存在を憚って思いのたけ自由にはふるまえないもどかしさ、天皇という最高の地位にありながら軽んじられる恥ずかしさ、子どもたちを含めて将来への不安など、この「おぼつかなさ」には種々のニュアンスがこめられていると言えよう」と説明され、つづけて、「贈答歌という生の形で、栄花物語が詳しく語りかけたくない部分を代弁させ」ているといわれる（注10）。道長の娍子立后に対する圧力を二人の贈答歌は顕在化させ、『栄花物語』が表面化させることを回避しようとした道長と三条天皇との対立葛藤をはしなくも垣間見させている。

さて、「おぼつかなさ」を二人が和歌贈答によって共有する記事が他に、

さて世の中には、今日明日、后に立たせたまふべしとのみ言ふは、督の殿（妍子）にや、又宣耀殿（娍子）にやとも申すめり（①五〇〇）

と立后の噂を記した記事の直後に位置する。

②かかるほどに、宣耀殿（娍子）に、内（三条天皇）より、

春霞野辺に立つらんと思へどもおぼつかなさを隔てつるかな

と聞えさせたまへれば、御返し、

霞むめる空のけしきはそれながらわが身一つのあらずもあるかな

と聞えさせたまへれば、あはれと思しめさる。（①五〇一）

①と②は「おぼつかなさ」を共通語とする。①の三条天皇の歌における「うちはへて」の語の響きは、②の和歌贈答記事を喚起するのである。②と①の記事に縁取られる格好で娍子立后記事が記されているといえよう。女の幸いの手本として称賛される娍子立后記事の背後に、二人が「おぼつかなさ」をかこち合う情況が潜流していた。そして、かかる情況は娍子立后によっても打開されることはなかったのである。娍子立后は「女の幸ひ」の手本となる出来事であったのではなかったのか。にもかかわらず、現実を打破する力を持ち得なかったことは、逆に道長の権勢の強大さをうかがわせるのであるが、他方「女の幸ひの本」という評価の内実をも問題化させることになろう。

「女の幸ひの本」と讃頌する理由を検討してみよう。まず、後見の不在にもかかわらず、三条天皇の後宮に確乎たる位置を確保していること。ついで、「けしからずびんなきことし出でたまは」ぬこと。かつて兼家女、綏子（東宮居貞親王女御）が源頼定と密通事件をおこしたことなどが想起されているのであろうが、娍子はかかる不

祥事を一切おこさず、身持ちのよかったこと。さらに娍子所生皇子皇女には、村上天皇女御芳子所生、永平親王のような痴者がいないこと。以上三つの理由のうち、「女の幸ひの本」という称賛に直結するのは、最初の、後見の不在にもかかわらず三条天皇の後宮に確乎たる位置を占め、立后したことであろう。「女の幸ひの本」という称賛は、娍子の置かれた情況を勘案した上で出てきたものではなく、むしろ、後見の重要性という、いわば作者の史観に基づいた一方的な評定であったことが窺知されるのである。贈答歌に込められた「おぼつかなさ」の思いが、「おぼつかなさ」をもたらした二人の置かれた当時の情況を付随的に照らし出し、「女の幸ひの本」と評される娍子立后の内実をあばき出す勢いを伏在させ、その評価を相対化する契機を孕むが、しかしながら、①にみられるように、「よろづにめでたき御有様」と「ただおぼつかなさをのみこそは、尽きせぬことに思しめす」とが、単に逆接の接続助詞「ども」を介在することによって相接し、さらには贈答歌が内包する「よろづ」の「おぼつかなさ」を不意に一方的に「姫宮」当子内親王に対するものに特定化することによって、加藤氏が指摘された種々のニュアンスを消去している。矛盾する両者が交互作用を誘発させることなく、むしろ、三条天皇の年来の望みであった娍子立后が達成され、次に二人が直面する困難な事態、すなわち前斎宮当子内親王と藤原道雅との密通事件を予示するものとして位置づけられているといえよう。すると、②の三条天皇の歌の「立つらん」に娍子立后が含意されているという先学の解釈（注11）が生きてこよう。②は娍子立后記事の導入としての機能を荷担するのである。②、①の和歌贈答記事は娍子立后記事を縁取る枠組として位置づけられた。しかし、材料として和歌を用いたため、和歌に内包された、生々しい「おぼつかなさ」の思いが、『栄花物語』の意味付与とのズレを生じさせ、逆に『栄花物語』の位置づけ（和歌解釈）の牽強付会さを印象づける結果になったというべきか。

ところで、『栄花物語』では娍子立后は、道長への配慮から道長に切り出せずに逡巡する三条天皇の意向を道長が斟酌し、道長から逆に娍子立后を三条天皇に奏聞したことになっている。奏聞を受けた三条天皇が、娍子の出自に触れ、近ごろ納言階層の娘で立后した例がないという、立后条件の不備を問題にするのに対して、道長が父済時の贈官位を提言した。そこではじめて三条天皇は道長の奏聞を快諾するのであった。三条天皇が娍子の出自を問題にすることが、反転して、後見の不在にもかかわらず娍子が立后したことに対する道長の賞賛へと展開する理路がうかがえる。他史料と比照してみて、『栄花物語』が語る娍子立后の経緯の中で、他史料と齟齬しないのは、済時の贈官位である。そうしてみると、済時の贈官位を核として、それに後見の重要性という史観が結合することによって娍子立后記事の叙述がなされ、道長の先引の発言を含めた人物形象は、それに沿うところで行われていったのであろう。そして、作者の顧慮はむしろ、巻第三、様々の悦から登場し、巻第三十、鶴の林まで一貫して変わることのない道長の人間像に対する訂正を回避するところに払われ、「大殿（道長）の御心、何ごともあさましきまで人の心の中をくませたまふにより」（①五〇七）と、道長の変わらぬ性格に娍子立后の端緒を求めている。他方、娍子は立后に関する世評に対して無関心をつらぬき、後世を念じていた。かかる娍子の態度を女房達は、「いかにいかに御前（娍子）に思しおはしますらん。あさましき世の中にはべりや。これはさべきことかは」「さこそあれ、御心のひがませたまへれば、もののあはれ、有様をも知らせたまはぬ」（①五〇六）などと、さかしらぶって批判するのであった。『栄花物語』は、娍子立后をさまたげる要因を三条天皇と娍子の側にみている。『栄花物語』固有の理解といえよう。三条天皇の逡巡を道長が促し、娍子の無関心を批判する女房を導入することによって、娍子立后を逆に必然化するのであった。その意味で道長と女房たちは娍子立后記事の中にあって、同じ役割を担っているといえよう。

また、娘の尚侍妍子の立后を三条天皇から頻りに懇請されても、「年ごろにもならせたまひぬ、宮たちもあまたおはします宣耀殿（娍子）こそ、まづさやうにはおはしまさめ。尚侍の御こと（妍子の立后）は、おのづから心のどかに」（①五〇三）と、娍子立后を優先させることを進言し、謙譲の態度をとる道長は、「何ごともあさまし

きまで人の心の中をくませたまふ」あの道長像と変更がない。『栄花物語』は、巻第三ではじめて登場する道長の性格を、

五郎君（道長）、三位中将にて、御かたちよりはじめ、御心ざまなど、兄君たちをいかに見たてまつり思すにかあらん、ひきたがへ、さまざまいみじうらうらうじう雄々しう、道心もおはし、わが御方に心よせある人などを、心ことに思し顧み、はぐくませたまへり。御心ざますべてなべてならず、あべきかぎりの御心ざまなり。（①一四四）

と記し、正篇三十巻の歴史叙述をおえてはじめてたちあらわれる道長の性格、資質を、はじめから示していく。人間の生き様を辿りながら可変的にその人物像をふくらませていく地点に作（編）者が立っていないことを裏付ける。作（編）者にとって決定的でしかも絶対的な道長像が固成している。それが、作（編）者の『栄花物語』執筆の主要因になっていても、作品世界の中では硬直化し、諸事象と一方的な関係しか結び得ないのである。娍子立后記事の道長の発言は、作（編）者の中で固定化した決定的な道長像を補強こそすれ、変更させる必要がないからこそ、道長の認識として、後見の重要性という史観を具現化することができたのだと言いかえ得よう。

さて、道長の発言は、既に述べたように、娍子所生の皇子皇女に痴者がまじっていないことに言及し、村上天皇第八皇子永平親王のためしと引きくらべられる。村上天皇の第八皇子は、済時の妹、宣耀殿女御芳子所生の皇子であって、芳子は娍子からすればおばにあたる。永平親王がひきあいに出されてくる機制には当然系譜が介在しているはずであり（注12）、系譜によって過去が照らし出されている。しかも、巻第一、月の宴の巻末に位置する永平親王暗愚譚と微妙に照応する格好になっている。これと内容的に重なる記事が、済時の贈官位を記した記事の直後に、故済時の末裔の繁栄のさまを世間の風評とも、地の文ともはっきりしない形で叙されている。

よき御子持たまひて、故大将（済時）のかく栄ゆきたまふをぞ、世の人めでたきことに申しける。かの御妹

の宣耀殿女御（芳子）、村上の先帝の、いみじきものに思ひきこえさせたまひけれど、女御にてやみたまひにき。男宮一人（永平親王）生みたまへりしかども、その宮かしこき御仲より出でたまへるとも見えたまはず、いみじきしれ者にてやませたまひにけり。その小一条の大臣（師尹）の御孫にて、この宮（娍子）のからおはしますこと、世にめでたきことに申し思へり。（①五〇八）

この記事の存在は大きい（注13）。この記事と同じ内容があの道長の発言の中にとり込まれている。私の『栄花物語』読みの基本姿勢は、安易に原資料からの取用という結論を導くことによって原資料レヴェルへ『栄花物語』を解体していくことを、『栄花物語』の今ある書かれたものを細緻に検討することによって拒否し、『栄花物語』の独自の達成をできるかぎりみていくことにある。この道長の発言が原資料からの取用だという見解に反論する論拠を、道長の発言中に触れられたものがその直前に世評または地の文として書かれていることが与えてくれるであろう。道長の発言は、原資料の取用を想定する必要はなく、系譜にもとづく過去と現在との往還によってもたらされる広い時間的視野に立った作（編）者の書きなしだといえる。摂関政治の原理に触れたところ（道長の娍子立后に対する称賛）を含めて、作（編）者の歴史理解が道長の認識として示されているのである。

すでに述べたように、娍子立后を女の幸いの手本だと認識する点において、道長の発言は世評と重なり、それを具体化したものである。さらに、今みたように、道長の発言の一部は、その直前に、世評あるいは地の文として織り込められていた。作（編）者の認識と道長の認識と世評との間にはズレがないことがわかる。『栄花物語』は叙述の折々に頻繁に世評を記しとどめている。しかも、各事象を叙述しおえたところに記されている世評が作（編）者の折々の歴史認識と等価なものであることが、当該箇所の叙述からも窺えるのである。個々の事象との対面認識を、作中世界に帰属しつつも、そこに描出される事象や人間と最もかけ離れた外辺にいる不特定多数の一般の人々の認識に個々一回的に重ね合わせていくことは、作中世界から少なからず規制を受ける作中人物に作者の認識を体現させていくよりも、事象との対面認識を作者の側からより一方的に自由にしかも即物的に行えるだろう。それに対して、作中人物の視点に寄りそって叙述を進めることは、事象との一回的な対面認識より広い歴史展望をもたらし、そのため事象と作者の歴史展望との間に相互作用を誘発させることになる。明暗対比的な歴史叙述はそういうところにたちあらわれる。

娍子立后記事は、妍子立后記事の後に併置されていることからもわかるように、妍子と娍子とを対比的に捉えていくなかに位置づけられている。この両者の捉え方は、巻第六にみられる、彰子と定子の対置された歴史把握の仕方と重なっている。はじめにもどるが、道長の発言にみえる摂関政治の原理に触れる部分は、後見に支えられて獲得される妍子の幸いと他の要因（『栄花物語』によれば、身持ちのよさと子宝にめぐまれたこと）によって得られる娍子の幸福とを対置して認識することと関わる。妍子立后記事と娍子立后記事との対比的構成は、道長の発言に仮託された作（編）者の歴史認識をかたちにしたものである。

五

対比的に歴史を捉え、その認識を体現する人物を作中世界に定位し、そして、体現する人物の認識が明暗対比的な叙述の構成の起点になり、明暗対比的叙述としてかたちになる様相を三つの具体例に即して検討してみた。それぞれ歴史認識の体現者が、詮子、一条天皇、道長と変わっている。作（編）者が定立した視点人物はその都度、歴史を捉えるのに有効であったが、その場限りであって、一人の視点人物で貫き通すことが不可能であることは言うまでもない。視点人物が持続しないことは、裏をかえせば、作（編）者の歴史認識の展望がたえず変化することであって、作（編）者の特権としてある、過去歴史を全知する立場を喪失していることになる。歴史認識の体現者を作中人物に求めていくこと、いいかえれば、作中人物の心中思惟や発言に重ねて歴史を捉え叙述することは、全知の立場をすべり落ち、作（編）者が描く人物たちの水準まで下落することであり、したがって作（編）者も個々の登場人物がそのつど知っているだけのことしか知らないことになるのである。また、作品世界の進行とは無媒介に作（編）者の史観が視点人物の認識の根底をつくり、視点人物の選定は、作（編）者の持する決定的な人物像に抵触しないところで行われていたし、視点人物がなぜそのように認識するのか、それについては作（編）者の持っている平均的な現実感覚で処理されていた。それは個々一回的な事象との対面、意味付与の積み重ねによって展開する『栄花物語』の基本的な歴史叙述と変わらないのである。繰り返しになるが、明暗対比的な歴史認識は、視点人物を媒介することによって、広い視野から歴史を展望することを可能にしたけれど、作者と諸事象との一回的な対面で完了する歴史認識と基本的にかわりはないのである。

（1）第Ⅰ部第三章。
（2）例えば、高橋亨『源氏物語の対位法』（東京大学出版会、昭和五十七年五月）
（3）例えば、松村博司『栄花物語全注釈　二』（角川書店、昭和四十六年五月）、河北騰『栄花物語論攷』（桜楓社、昭和四十八年四月）
（4）この一節に着目して巻第六の展開を論じたものに、佐藤宗子「〈巻〉を考える――巻六「かゞやく藤壺」の場合――」『栄花物語研究　第一集』（国書刊行会、昭和六十年九月）、池田尚隆「栄花物語の方法――その〈編年体〉を中心として――」（「国語と国文学」第六三巻第三号、昭和六十一年三月）がある。
（5）注（3）松村前掲書、注（4）佐藤前掲論文。
（6）渋谷孝「「紫式部日記」の行事的記録部分の一特色」（「日本文学」第一四巻第一二号、昭和四十年十二月）
（7）池田尚隆「栄花物語試論――原資料から作品へ向かう方法――」『平安時代の歴史と文学　文学編』（吉川弘文館、昭和五十六年十一月）は、「ここのポイントは、帝がこう思ったではなく、帝がこう思ったにある。一条天皇の心中思惟が栄花の論理を支えているわけで、天皇自体はいわば傀儡である。作中の実在人物の心中表現という形で歴史を幻視し組み立てる方法が栄花の中には存在するようである」と論じている。示唆に富む。

（8）第Ⅰ部第四章。

（9）山中裕『平安人物志』（東京大学出版会、昭和四十九年十一月）

（10）加藤静子「栄花物語における確執――三条帝と道長――」（「国文学　言語と文芸」第八二号、昭和五十一年七月）

（11）和田英松・佐藤球『栄花物語詳解』（明治書院、明治四十五年）、松村博司・山中裕『日本古典文学大系　栄花物語　上』（岩波書店、昭和三十九年十一月）

（12）『栄花物語』の系譜を論じたものとしては、渡瀬茂「系譜記述の問題――『栄花物語』の考察（六）――」（「研究と資料」第七輯、昭和五十七年七月）がある。

（13）池田尚隆氏のご教示による。

第六章　歴史叙述と系譜——永平親王暗愚譚の位置づけ——

一

『栄花物語』の歴史叙述と系譜の問題を考えるにあたって、まず『大鏡』のそれを検討しておこう。

一般に歴史を意味する「世継」という語がもともと系譜を意味していたことに注目し、歴史叙述の骨格（本質）に系譜を見据えたのは折口信夫であった（注1）。『大鏡』の歴史叙述は、系譜を骨格とし、それに逸話を肉付けする格好になっている。松本治久氏の詳細な研究によれば（注2）、大臣列伝において伝が立てられたり、伝は立てられないが伝の立てられた人物の子孫として言及されたりする大臣は、天皇紀および大臣列伝が叙述の対象とする嘉祥三年（八五〇）から万寿二年（一〇二五）までの百七十六年間に大臣となった人すべてではなく、冬嗣を祖とする藤原北家の系脈に位置する人々に限られている。かかる系譜の限定が『大鏡』の歴史叙述を藤原北家閥族史として性格づけている。

大臣列伝の骨格は系譜であるが、その系譜は父性原理に基づくものであった。しかしながら、各伝においてはそれを補完するように伝として特立された人物の母方の系譜や子供を産んだ妻の系譜が記される。天皇紀における母方の系譜記述は、天皇紀の母后に関する系譜記述と大臣列伝の娘たちに関する系譜記述とを結び合わせれば、藤原北家の発展をもたらした天皇家との外戚関係が自ずと明らかになるように導入されている。そういう面からみれば、『大鏡』は藤原北家の閥族史であると同時に摂関政治史でもあったことがうかがえる。他方、大臣列伝においても母方の系譜は記されるが、それは歴史叙述とどのように関わるのであろうか。

これも松本治久氏が指摘されている事例である（注3）。時平伝は「菅原道真左遷と、道真の怨みをうけた時平一族の早世を骨子として一段がまとめられている」が、「しかし道真の怨みを云々するのは「時平伝」に限られており、時平の血をうけたもので、それが不幸になったとしても、「時平伝」以外で述べた人についてはその不幸を道真の怨みによるものとしてはいない」といわれる。例として、実頼の子、敦敏と頼忠をあげられる。両者はそれぞれ実頼伝、頼忠伝で言及されるが、二人の母は時平の娘であった。敦敏は実頼伝にその早世が記される。しかしながら、時平の血を承けた者に対する道真の怨みによるとは処理されてはおらず、早世を嘆く父実頼の哀切な歌が記され、実頼の和歌の才を際立たせる逸話に仕立てあげられている。頼忠については、その娘、遵子は円融天皇の中宮、諟子は花山天皇の女御となったが、二人とも皇子を儲けず、頼忠は一条天皇の即位にともなって関白を辞すことになり、外戚政治の失敗者として位置づけられてはいるものの、それを時平の血を承けた者に対する道真の祟りと因果関係で結びつけてはいない。敦敏と頼忠は時平の血脈を受けつぐけれども、菅公の怨念によって早世の運命を担わされた時平一族として扱われてはいない。それに対して、時平女、仁善子と保明親王との間に生まれた慶頼王は五歳で薨じ、短命であったことが時平伝に語られる。慶頼王は時平一族の運命に左右された人物として扱われている。敦敏、頼忠も慶頼王も時平にとって外孫であり、特に敦敏と慶頼王は早世であったにもかかわらず、取り扱いにかかる違いがあるのはどういうことなのだろうか。

各大臣列伝において、伝に立てられた大臣の娘が産んだ親王、内親王およびその子女（王、女王、賜姓源氏）について触れるのが『大鏡』の原則であるから、慶頼王が時平伝で扱われ、したがってその早世は菅公の怨念によるという時平伝を貫く論理によって処理されるのは当然というべきで、問題は、敦敏、頼忠が母方の系譜からみれば時平につながるものの、二人に関わる諸事象は時平伝の論理の埒外にあるということである。それは、おそらく、大臣列伝の伝の立て方が父性原理に基づく系譜に依拠し、しかも各伝がそれぞれ一家の命運を具現する固有の論理で形造られていることによるものであろう。つまり、敦敏、頼忠は実頼の一族とされ、実頼伝ならびに頼忠伝の伝の論理に基づいて二人に関する出来事は処理されることになるのである。『大鏡』の大臣列伝には母方の系譜が記されてはいるが、諸事象に対する意味付与という点では父方の系譜が重要であった。

『大鏡』の歴史叙述と系譜の問題で確認しておかなければならないことがあと一つある。大臣列伝の配列は、藤原北家の系譜に沿うものであるが、兄弟間においては藤原北家の主流に位置すべきものを最後におき、兄から弟へという系図作成の一般的な原則を逸脱することによって道長へとつづく主流たるべきことを明示する構成になっていることである。系譜は本来、みずからの家柄の証明として現在から過去に向かって遡源的に形造られるものであるならば、系譜作成者の現在の立場や事情がその作成に投影されることは避けがたく、『大鏡』的偏差は特異なことではなく、むしろ当然の現象であろう。問題は、だからこそ、系譜を骨格とする歴史叙述が、過去から現在に向かって流れる時間の方向と逆向きの方向性をも内在する系譜に規制されて、時間的先後関係による因果の論理とは別個の〈今の論理〉をも孕むということである。『大鏡』の語り手が聴衆に対して道長の栄華の卓絶性を説き、ついでそれを明証するために過去に遡り、道長に至る閥族史を展開することは、系譜を過去に向かって遡源的に造りあげ、そしてそれを逆に過去から現在へと辿り直す営みに他ならない。過去から現在へと辿ることは、系譜を外枠として叙述を展開することであり、現在から過去へと系譜を造りあげることは、歴史の論理の認定を道長の栄華の現在からなすということである。後の章で論じるので詳述は控えるが（注4）、『大鏡』は、系譜を辿るという時間的視点によって摂関政治史（北家閥族史）を目指す運動と、道長の栄華の現在から歴史の本質を見極めていこうとする超時間的視点によって〈道長の栄華物語〉を志向する運動とが絡まり合って、その叙述を形成しているといえる。『大鏡』は大臣列伝においては道長から系譜を逆に辿って藤原北家発展の基礎を築いた冬嗣を始源と設定した。いわゆる藤氏物語ではさらに遡って鎌足を始源としている。昔物語は基経を始源に据える。歴史叙述において本来、始祖こそが子孫に対して根源的な統一性を与える存在であり、その根源性に基づいて諸事象は意味づけられる。このように『大鏡』が始源を一つに特定し得ないのは、系譜の末に位置する道長がむしろその根源性を担い、諸事象に対する意味付与の起点になっているからではなかろうか。冬嗣にしても、鎌足にしても始祖と設定されたのは、道長の栄華の多面的な内実を部分的に実現したものとして認定されたということなのだろう。

『大鏡』について系譜の限定と歴史叙述の性格、父系原理に基づく伝の形成、系譜の組み替えに現象する道長の栄華の現在から諸事象を意味づける歴史の論理の認定について考えてみた。『大鏡』の系譜と歴史叙述の問題を考察するなかから、『栄花物語』における系譜と歴史叙述の問題を考えるさいの指針を得ることができるだろう。確かに、『栄花物語』は『大鏡』のように系譜が歴史叙述の骨格にはなっていない。『栄花物語』は、編年的時間枠が歴史叙述を支え、諸事象がゆるやかに時間的先後関係に基づいて配列されている。しかしながら、渡瀬茂氏が述べられたように（注5）、顕在的にも潜在的にも系譜が『栄花物語』の世界を支えているのも確かである。

『大鏡』にみられるように、系譜（記述）は必要な人間関係の情報を提供する役割を担うだけの、歴史叙述にとっては非本質的な部分ではなく、系譜（記述）そのものに、歴史をどのように対象化し、認識するか、すなわち歴史認識の構図があらわれているといえよう。また、ある事象を記すさいに、出来事に関与した人々の人間関係が示されなければ、その事象を正しく理解できないはずで、当該事象においてはじめて紹介される人物については、既述の系譜とのつながりが示されることになる。だから、系譜は事象の内容に応じて要請される側面があるが、他方、既述の系譜との連絡のつけ方に、作者が当該事象をどういう歴史認識の構図の中で意味づけようとしているのかが、少なからずあらわれてくると思われる。

『栄花物語』巻第一、月の宴は、系譜記述からはじまる。始発を占める系譜記述は、後述するように、宇多天皇から朱雀天皇までの御代を村上朝前史として詳細を省いて概観するために導入されたのであろうが、そこには『栄花物語』の企図する歴史叙述の根幹がのっけから開示されていると理解される。今述べた観点から、巻第一の系譜記述に検討を加え、それをふまえて、巻末におかれている長大な永平親王暗愚譚がいかなる意味で『栄花物語』の世界に導入されたかを論じてみたい。

二

『栄花物語』は宇多天皇・基経の時代から書きおこされる。宇多、醍醐、朱雀天皇の御代の歴史は、ほとんど系譜記述によって形造られていて、本格的に歴史叙述が開始される村上朝の前史としての役割を担わされている。村上朝前史は、Ⓐ皇室の系譜（宇多、醍醐）、Ⓑ藤原北家の系譜（基経およびその子息）、Ⓒ基経女、穏子が生んだ醍醐天皇の皇子、寛明親王（朱雀天皇）・成明親王（村上天皇）の即位のことが順に記される。この村上朝前史は、村上朝の歴史叙述の始発部分と対応関係がある。村上朝の始発部分はまず、Ⓐ'村上天皇の治者としての資性が讃えられ、和歌や漢才の面においても優れていたことが記されるが、ことさら強調されているのは、後宮の理想的宰領者であったことである。ついでⒷ'村上朝の柱石たる忠平の一族のことが記される。さらにⒸ'村上天皇の後宮に入った女性たちのことが記される。Ⓒでは藤原北家基経の娘、穏子に限られていたが、北家出身以外の女性たちをも含め一括して、その出自とともに記され、村上朝の後宮が概括的に照し出されている。Ⓑ'・Ⓒ'も系譜記述というにふさわしく、『栄花物語』の歴史叙述は系譜によって切り開かれているといって構わないであろう。『栄花物語』がいかなる人間関係に照準をあてて歴史叙述を開始しているのかが、Ⓐと(A)'、ⒷとⒷ'、ⒸとⒸ'との対応関係から浮かびあがってくるであろうし、『栄花物語』が企図する歴史叙述が透きみえてもくるであろう。天皇との外戚関係に基づく藤原北家の発展史を後宮を中心に描こうとしているとみて間違いないだろう。

Ⓑ'を詳しくみると、忠平の子息、すなわち長男実頼・次男師輔・三男師保・四男師氏・五男師尹のことがまず書かれ、次に、師輔、実頼、師尹の順で、それぞれの子供たちのことが言及されている。ここで注意しておきたいのは、忠平の五人の男子のうち、実頼、師輔、師尹の三兄弟が重視されており、しかも、その子女の話になると、実頼よりも師輔の方が先に記され、師輔が子宝に恵まれていたことを強調していることである。

この三兄弟については、後に、

①この殿ばらの御心ざまども、同じ御はらからなれど、さまざま心々にぞおはしける。小野宮の大臣（実頼）は、歌をいみじく詠ませたまふ。すきずきしきものから、奥深くわづらはしき御心にぞおはしける。九条の大臣（師輔）は、おいらかに、知る知らぬわかず心ひろくなどして、月ごろありて参りたる人をも、ただ今ありつるやうに、けにくくもてなさせたまはずなどして、いと心やすげに思し掟てためれば、大殿（忠平）の人々、多くはこの九条殿にぞ集りける。小一条の師尹の大臣は、知る知らぬほどの疎さ睦まじさも、思し思さぬほどのけぢめけざやかになどして、くせぐせしうぞ思し掟てたりける。そのほどさまざまをかしうなんありける。（①二九～三〇）

と、それぞれの性格が記される。ここでも、兄弟順には並記されてはいるが、やはり師輔の人心掌握術の卓抜性が強調され、忠平に名簿を差し上げていた人々の多くはその死後、師輔のところに身を寄せたことが記されている。忠平のあとを継ぐ者として師輔の政治的力量を際立たせている。また、その直後に、

②東宮〈憲平親王〉、やうやうおよすけさせたまふままに、いみじくうつくしうおはしますにつけても、九条殿〈師輔〉の御おぼえいみじうめでたし。また四、五の宮〈為平、守平親王〉さへおはしますぞめでたきや。（①三〇）

と、東宮〈憲平親王〉および四、五の宮〈為平、守平親王〉の外祖父として師輔が村上天皇の信望を蒙っていることが記される。さらに、そのあと、

③かかるほどに、天徳二年〈九五八〉七月二十七日にぞ、九条殿〈師輔〉の女御、后に立たせたまふ。藤原安子と申して、今は中宮と聞えさす。〈中略〉九条殿の御気色、世にあるかひありてめでたし。小野宮の大臣〈実頼〉、女御〈述子〉の御事を口惜しく思したり。（①三〇〜三一）

と、師輔女、安子の立后が記される。実頼も娘、述子を村上天皇の後宮に入れたが、入内後間もなく薨じたため、実頼は外戚関係を築き得なかったのである。ここでは、実頼との対比で外戚関係を築くことに成功した師輔の好運を浮かび上がらせている。②・③は、師輔が天皇との強固な外戚関係を築き、村上天皇の信望の厚いことを記している。このように、師輔の政治的力量のみならず、権力を掌握し、実際に政治を執行していく上で欠かせない権力基盤である天皇家との外戚関係の構築に成功したことをいうことによって、九条流の発展の必然性を明らかにしている。

ところで、忠平が憲平親王の誕生を見届けないまま薨去したことを叙したところに、

④世の中のことを、実頼の左大臣仕うまつりたまふ。九条殿〈師輔〉二の人にておはすれど、なほ九条殿をぞ、一くるしき二に、人思ひきこえさせためる。（①二五）

とあった。右大臣であった師輔は官職の点では左大臣実頼には劣っていたが、世間の人々は師輔を「一くるしき二」と評したのであった。なぜ世人が師輔をこのように評するのか、そのいわば解答が①〜③に示されているのだと解することができよう。もちろん、憲平親王の誕生記事の直前に位置する世評であり、世評が記された後、直ち

に憲平親王の誕生が記されていく展開に留意するならば、師輔が天皇との外戚関係を築くことに成功したことも含意された、「一くるしき二」という評価であったとみるべきだろう。予め④の世評という形で師輔の政治的能力は実頼より上であることを記し、憲平親王の誕生およびその立太子の記述を承けて、①〜③において具体的にどういう点ですぐれているのかを明らかにしているのである。このような叙述の進め方によって、師輔の個人的資性はもちろんのこと、憲平親王の誕生が九条流の発展をもたらした大きな要因であることをも示している。

さて、そのあと師輔の薨去が語られ（①三八〜三九）、早い死が惜しまれたとある。師輔に身を寄せていた人々は、中宮安子に靡き従ったとあり、大黒柱を失った九条流を支えたのが他でもない中宮安子であったことが確認される。また村上天皇は、東宮および四、五の宮の後見として期待していた師輔の死に接し、譲位の考えを抱くのであった（①四〇）。何にもまして師輔の死が大きく影響したのが、為平親王の立太子である。

⑤式部卿宮（為平親王）も、今はいとようおとなびさせたまひぬれば、里におはしまさまほしう思しめせど、帝も后もふりがたきものに思しきこえさせたまふものから、あやしきことは、帝などにはいかがと、見たてまつらせたまふことぞ出で来にたる。されば五の宮（守平親王）をぞ、さやうにおはしますべきにやとぞ。まだそれはいと幼うおはします、それにつけても、大臣（師輔）のおはせましかばと、思しめすこと多かるべし。（①四〇〜四一）

為平親王は村上天皇および安子にたいそうかわいがられていた。源高明女との結婚も、親王でありながら東宮、天皇に準じた形をとり、破格な婚儀であった。『栄花物語』はそれを、

例の宮たちは、わが里におはし初むることこそ常のことなれ、これは女御、更衣のやうに、やがて内裏におはしますに参らせたてまつりたまふべき定めあれば、例の女御、更衣の参りはさることなり、これはいとめづらかにさま変り今めかしうて、御元服の夜やがて参りたまふ。帝、后の御よめ扱ひのほど、いとをかしく

なん見えさせたまひける。（①三七）

と記している。

師輔存命中の破格な結婚であること、および⑤の「大臣のおはせましかば」という村上天皇の感慨をも勘案すると、為平親王と高明女の結婚は師輔の意向に沿うものであったと『栄花物語』はみている。ここに村上天皇、師輔、高明の三者の姻戚関係に基づく強固な紐帯をみてとることはたやすいことだ。三者はいずれも為平親王の立太子は当然のことと考えていた。⑤に示された村上天皇の慨嘆ぶりから村上天皇の為平親王立太子に対する期待が窺えるが、その中の「大臣のおはせましかば」に着目すれば、村上天皇の個人的な判断に過ぎないのかも知れないが、師輔も為平親王を東宮にと考えていたとみられる。高明も、後に、為平親王の立太子が実現困難となり、その落胆ぶりが記されているが（①六一）、そこからいかに為平親王の立太子への期待が大きかったかが窺知されるのである。しかし、実際には師輔の死によって為平親王立太子の可能性は閉ざされた。師輔の死によって実権勢力の力関係が変化したからである。英明な帝であればあるほど、誰を東宮に据えるかを天皇個人の意思によってのみ決定することはできない。実権勢力の力関係を無視して、単に帝の愛情の深さに基づいて選ぶことはできないのである。Ⓐで村上天皇が後宮の理想的宰領者であることが強調されているが、それは、あまた入内した女性たちの出自や実権勢力の力関係に応じて、それぞれに対する愛情の分配がなされていたからに他ならないだろう。以前述べたことの繰り返しになるが（注6）、村上天皇は憲平親王が誕生する以前は、「上は、世はともあれかうもあれ、一の御子（広平親王）のおはするを、うれしく頼もしきことに思しめす、ことわりなり」（①二四）とあるように、懐妊中の安子が皇子を生むか皇女を生むか、あれこれと世人が取り沙汰するのに対して、元方民部卿の娘、祐姫所生の第一皇子広平親王に期待を寄せ、落着いた態度を示していた。しかるに、安子所生の第二皇子憲平親王が誕生するや否や、「帝の御心の中にも、よろづ思ひなく、あひかなはせたまへるさまに、めでたう思されけり」（①二六）とあるように、憲平親王の誕生を喜び、憲平親王を東宮に据えることを決断するのであった。かかる村上天皇の心の急変にこそ実権勢力の力関係を抜きには政治的判断を下し得ない村上天皇の政治姿勢が如実に示されている。そういう帝であるからこそ、師輔の死がもたらす実権勢力の力関係の変化に応じて、やむなく為平親王の立太子を断念せざるを得なかったのである。

山中裕氏は、村上天皇、師輔、源高明の三者の協力による合同政治を村上天皇自身が目指したが、師輔の死によってその一角が崩れたために、実現できなくなったことが、為平親王が帝や中宮のこの上ない愛情に支えられながらも、師輔の死によって立太子できなかった経緯を記すなかに、はしなくもあらわれていることを、『栄花物語』の表現を丹念に追い、さらには『栄花物語』以外の諸史料を駆使して説得的に述べられた（注7）。為平親王が立太子できなかったことを単に安和の変の遠因として捉えるのではなく、しかも従来の、藤氏対源氏という対立の図式からの理解を相対化して、藤原北家の人々の政治的立場の相違や対立葛藤を明らかにするとともに、村上天皇に合同政治実現の理想があったことを指摘する点に氏の論のユニークさがある。山中氏の論を援用すれば、村上天皇の「大臣（師輔）のおはせましかば」（①四〇）の感慨の中には、単に為平親王立太子を断念せざるを得なくなったことだけではなく、為平親王立太子に集約される天皇、藤原北家（九条流）、源氏の三者による合同政治の途が断たれたことに対する無念を読みとることができよう。と同時に、それほど師輔の存在が大きかったことが確認されるのである。

次に、師輔死後九条流を守り立てていく責任を負わされた中宮安子の懐妊、重態、出産、薨去、葬送、法事が記されていく。葬送の場面においても、

⑥夏の夜もはかなくて明けぬれば、この御はらからの君達（安子の兄弟たち）、僧も俗も皆うち群れて、木幡へ詣でたまふほどなど、「誰も遅く疾きといふばかりこそあれ、いと昨日今日とは思はざりつることぞかし」と、

内（村上天皇）に思しめしたる御気色につけても、なほめでたかりける九条殿（師輔）の御ゆかりかなと見えさせたまふ。（①四七）

とあって、村上天皇にかくも哀惜されるのは、安子が師輔の「ゆかり」であることによると記されている。さらには、後の記述であるが、伊尹（師輔男）の娘、懐子が冷泉天皇の後宮に入内し、懐妊したことを記すところでも、

⑦これにつけてもなほ九条殿（師輔）をぞふりがたき御さまに聞えさすめる。（①六三）

とあって、懐子の懐妊を世人は師輔の徳望と関連づけ、懐子が師貞親王を生んだところでは、

⑧祖父の大納言（伊尹）の御気色いみじうめでたし。「九条殿（師輔）、このころ六十にすこしや余らせたまはまし」と思すにも、おはしまさぬをかうやうのことにつけても口惜しく思さるべし。（①六四〜六五）

とある。家の繁栄の節目において祖先の遺徳を讃える記述は、何も師輔に限らない。安子が憲平親王を生み、憲平親王が生まれて三箇月目に東宮に立ったことを記すところでも、

九条殿（師輔）は、太政大臣（忠平）うせたまひにしをかへすがへす口惜しく思されて、え忌みあへずしほたれたまひぬ。（①二七）

とあり、忠平の死が惜しまれている。しかし、忠平のばあいはここ一箇所で、師輔のように後々までもその存在の大きさが回顧されることはなかった。師輔のばあい、巻第五、浦々の別で敦康親王の誕生が記されるが、敦康親王誕生を九条流の発展として位置づけることによってその存在の大きさが再確認されてもいるのである。さて、さらに、長年、太政大臣・摂政関白の任にあった実頼が病にたおれ、薨去した後を承けて、伊尹が摂政となったところでも、

⑨東宮（師貞親王）の御祖父、帝（円融天皇）の御伯父にて、いといとあるべきかぎりの御おぼえにて過させたまふ。

この御有様につけても、九条殿（師輔）の御有様のみぞなほいとめでたかりける。（①七四）

と、九条流の発展として伊尹の任摂政が位置づけられている。

以上、巻第一にみえる⑤～⑨の例を検討した結果、歴史（九条流の発展史）の節目に位置する諸事象を師輔の遺徳として意味づけ、師輔の存在の大きさを印象づけていることが窺える。別言すれば、師輔という人間存在が諸事象に対する意味付与の根拠になっているのである。と同時に、諸事象は歴史叙述の始源として位置づけられた師輔へと収斂し、ますます師輔の存在の大きさをクローズアップさせる仕組みになっている。もちろん⑤～⑨の諸事象はそれぞれ前後の諸事象と時間的先後関係や因果の関係で連結しているのではあるが、意味付与という点では歴史叙述の始源に位置する師輔との関わりでなされる。そして、かかる意味付与を可能にする回路としての役割を担っているのが、『栄花物語』に敷設された系譜であったと考えられるのである。だとすれば、『栄花物語』の始発に位置する系譜記述は、『栄花物語』の歴史叙述が目指す方向性を示すと同時に、諸事象に対する意味付与の回路にもなっているとみてよいだろう。

Ⓑ'に再度注目しよう。そこでは師輔、実頼、師尹の系譜が記されていた。師輔の系譜と対比的に敷設されていた実頼、師尹の系譜も同様に意味付与の回路として機能しているのであろうか。

小野宮流へのまなざしは、①～③の記述の直後に、実頼関係の諸記事が一括して配置されていることによっても窺える。すなわち、小学館『新編日本古典文学全集　栄花物語①』のテキストの標題に従えば、ⓐ敦敏の早世、ⓑ『後撰集』の撰集、ⓒ実頼の一族と続く一群の諸記事である（①三一～三三）。ⓐおよびⓒは、Ⓑ'の「小野宮の左大臣殿（実頼）は、男君三人ばかりぞおはしける」（①二二）を具体的に詳述したものとみることができる。ⓑは、ⓐ・ⓒと内容的には異質ではあるが、ⓐが実頼の哀傷歌を核とするいわば歌物語的色彩を帯びていて、それに誘発される格好で展開したと考えられる。

ところで、実頼関係の諸記事は、安子立后を記した③の最後に、「九条殿（師輔）の御気色、世にあるかひありてめでたし。小野宮の大臣（実頼）、女御（述子）の御事を口惜しく思したり」（①三一）とあるのを承ける形で展開していくのである。天皇との外戚関係を築くのに成功した師輔とそれに失敗した実頼との対比の構図のもとに実頼関係の諸記事が連接していく。だから、ⓐ・ⓒに記されていた、長男敦敏の早世も、若くして上達部になった（『栄花物語』にはそのように記されているが、史実と異なる）三男斉敏の死も、斉敏の三男、実資を養子とし、実資に期待を寄せざるを得ない状況もすべて小野宮流の衰運を示す事象として読むことができる。と同時に、師輔の子女の栄達、幸運については自明のことであるが故に、一括して詳述されることはなかったが、その叙述の空白を、対比の構図のもとに記された実頼の子女の記事ⓐ・ⓒが補っているのである。師輔のように実頼は意味付与の根拠になることはなく、したがって小野宮流の系譜だけでは意味付与の回路として機能しない。しかし、ⓐが実頼の歌人としての才能を際立たせる単なる歌物語に終わらないで、ⓒとともに小野宮流の衰退を象徴する意味をも担っているとすれば、九条流の系譜と対比されることによってはじめて小野宮流の系譜が意味付与の回路となり得ていることになろう。

では、小一条流の系譜を意味付与の回路とする事象がみられるだろうか。康保三年（九六六）八月十五日夜、清涼殿において月の宴が催された。そのとき前栽合が行われ、左の頭には絵所別当蔵人少将済時、右の頭には造物所別当右近少将為光が任じられた。『栄花物語』には次のように記される。

⑩左の頭には、絵所別当蔵人少将済時とあるは、小一条の師尹の大臣の御子、今の宣耀殿女御（芳子）の御兄なり。右の頭には、造物所別当右近少将為光、これは九条殿（師輔）の九郎君なり。（①五六）

『栄花物語』を読むさいに、『栄花物語』が依拠した原資料に還元するというより、原資料を想定するといった方が正しいが、かかる手続きをへることは不可欠である（注8）。康保三年の前栽合については、幸いに『栄花物語』

とは別にそれを伝える資料があり、原資料の輪郭もある程度わかってくる。それは、『古今著聞集』にある記事だが、萩谷朴氏は、『古今著聞集』の記事は漢文日記の抄出直訳で、『栄花物語』は仮名日記の転用があるかに見うけられるといわれている（注9）。もしそうだとすれば、『栄花物語』が依拠したとされる仮名日記も、以後の歌合の規範となった天徳四年（九六〇）の内裏歌合の仮名日記の形式と内容を踏襲していると想定して、『栄花物語』の当該箇所と天徳四年の内裏歌合の仮名日記とを比較してみると、傍線箇所は仮名日記にはみられない『栄花物語』の書きなしだとみられる。済時については、既に、宣耀殿女御芳子に対する村上天皇の寵愛を記すところで、「女御（芳子）の御はらからの済時の少将」（①二九）と紹介されていた。だから、人物紹介ということならどうしてもなくてはならないというものでもない。「小一条の師尹の大臣の御子」と「九条殿（師輔）の九郎君」との対比に着目すれば、「今の宣耀殿女御の御兄なり」は付け足しとみてよいのだろう。もちろん、為光はここではじめて登場するのだから人物紹介の役割も担っているのだが、小一条流の系譜と九条流の系譜とが対比的に提示されているところから、ここに系譜を回路として付与された意味、すなわち九条流と小一条流がそれぞれの威信をかけて競い合いながら月の宴の前栽合を演出しただろうことが読みとれよう。九条流と小一条流とを対比しながら歴史を捉えようとする姿勢をみることができる。もちろん、

これにつけても、宮（安子）のおはしましししをりに、いみじく、ことの栄えありて、をかしかりしはやと、上（村上天皇）よりはじめたてまつりて、上達部たち恋ひきこえ、目拭ひたまふ。花蝶につけても、今はただ、おりゐなばやとのみぞ思されける。（①五七）

とあって、当該事象を故中宮安子を追懐する文脈や村上天皇の退位の志向の文脈に位置づけ、意味づけているが、それとは別に系譜を回路とする意味付与が認められるのである。

九条流の系譜が、歴史の節目に位置する諸事象に対する意味付与の回路として機能していたが、Ⓑ'で九条流の

系譜と対比的に示されていた小野宮流および小一条流の系譜は、それぞれ単独では意味付与の回路としては閉じられていて、九条流の系譜と対比的に絡み合ったときはじめて開かれてくるのである。そのばあいも意味付与の起点は九条流の始祖、師輔であって、実頼、師尹は諸事象に意味を付与する起点にはなり得ないのである。九条流の系譜と絡み合わないところでは、仮に事象に小野宮流や小一条流の系譜が付されていても、その事象が小野宮流や小一条流の歴史の一齣を伝えていることを示すだけなのである。『栄花物語』は、九条流の歴史のみならず、小野宮、小一条流の歴史にも少なからず関心を寄せているが、結局のところ九条流の発展史として捉えられるのは、九条流の系譜が唯一、単独で意味付与の回路として機能し、始祖、師輔が意味付与の起点になっていることによるところが大きいと思われる。

さて、系譜について今一つ考えておきたいことがある。諸事象に系譜記述が付されるばあい、『栄花物語』の歴史叙述の冒頭に示された系譜記述（主にⒷおよびⒸ）のいずれに基づいて切り出されているのかという問題である。Ⓑには九条流、小野宮流、小一条流の系譜が記されていたし、Ⓒには村上天皇の後宮に入った女性たちがその出自とともに記されていた。そのうえⒸに登載された女性たちは、村上天皇の後宮に入った女性のすべてではなく、「さても、この御方々、皆御子生れたまへるどもなり。御子生れたまはぬ御息所たちもあまたさぶらひたまふ」（①二三）とあるように、村上天皇の皇子皇女を生んだ女性に限られていた。Ⓒのあと、第一皇子広平親王の誕生、第二皇子憲平親王の誕生を記した後、今度は、Ⓒで紹介された女性たちの生んだ皇子皇女が列挙される（Ⓒ″）。そのあと、広幡御息所（計子）の才知や村上天皇の宣耀殿女御（芳子）寵愛のこと、すなわち後宮内的出来事が続く。このように村上天皇の後宮内的出来事が語られるとき、たとえば、按察御息所（正妃）の娘が帝の御前で琴を弾いたことを記すところに、「按察の更衣の御腹の女三の宮」（①五二）と、話題の人物の紹介を目的として系譜が記されている。これはⒸおよびⒸ″に示された系譜記述を承けているのは明らかであって、かかる系譜の切り出し方によって、逆に依拠したⒸ'およびⒸ"の系譜記述に我々は想到し、そこで当該事象を後宮内的出来事として読むことになるのである。つまり、系譜記述がⒷ'およびⒸ'のいずれの系譜に基づいてなされているか、すなわち系譜の切り出し方が事象をどのように捉えればよいのかを示す指標にもなるのである。これも意味付与とはいえるが、このばあい、系譜そのものが意味付与の起点になる。しかも、Ⓑ'およびⒸ'に提示された系譜は、大別すれば、九条流、小野宮流、小一条流、村上天皇後宮の四つであって、それぞれに基づいて切り出される系譜説明を付加する事象は、それぞれ九条流の歴史、小野宮流の歴史、小一条流の歴史、後宮史の一齣としておさえられる。意味付与としては極めて大雑把なものである。

三

前節で『栄花物語』の歴史叙述と系譜について考察したことをふまえて、永平親王暗愚譚を読んでみたいと思う。巻末に位置し、前後の諸事象と内的連関が欠け、しかも『栄花物語』に導入されている他の説話に比べて異例な長さを持ち、内容的にもそれ自体で完結している。従前さまざまな読みが示されたが、その多くは、作者の意図に還元してこの暗愚譚を位置づけるものであった。たとえば、九条流を高く印象づけるためだといった読みもあったが、歴史叙述の表現とは無縁に、安易に作者の意図が詮索されていた。私の立場を予め示せば、作者がなぜ長大で生彩に富む説話を巻第一の巻末に置いたのか、という作者の意図に還元する読みはむしろ放棄して、当該事象の表現、特に系譜記述にこだわることによって永平親王暗愚譚がどう読めるかに論点を据えたい。ただ、編纂過程につき、考えておかなければならないことがあるので、その点について述べることからはじめよう。

斎藤浩二氏は、永平親王暗愚譚の中に、本来説話には見られない要素（氏は、それを非説話的要素といわれる）として、暗愚譚の途中に入っている「天禄三年（九七二）になりぬ」という年がわり表現と、冒頭に示されている系譜記述に注目された（注10）。年がわり表現が本来、説話とは無縁のものであることは容易に察せられるが、系譜記述はもともと説話にはないものかどうか定かではない。それはともかく、斎藤氏が非説話的要素として指摘された二つは、いずれも原資料の説話にはなかったもので、永平親王暗愚譚を導入する際の『栄花物語』的加工とみて差し支えないと思われる。以下、その理由を示しながら私見を述べたい。

『栄花物語』の正篇の歴史叙述は、編年的年次構造に個々の事象が位置づけられ、展開していく。編年的年次構造は歴史を対象化し、編述していくための外枠の機能を担うが、諸事象を盛るための器としてはじめから用意されているというのでもない。たとえば、既に池田尚隆氏が考察されている永観元年（九八三）の歴史叙述（注11）。永観元年の記事は「永観元年の出来事として書かれる必然性は持たず」、既述されたことの繰り返しやそれからの連想によって構成されている。原資料の空白をそのように歴史幻視することによって埋めようとしているといわれるが、そこには編年性の維持に対する作者のこだわりを窺知することができよう。編年的年次構造は歴史編述によって造りだされ、確保されていく側面もある。かく考えれば、永平親王暗愚譚にみられる「天禄三年になりぬ」という年がわり表現も、『栄花物語』の編年性維持のこだわりのあらわれとして捉えることができよう。

永平親王暗愚譚が位置するのは巻末である。巻末は時間の推移を示す雑記事によって構成される傾向がある。たとえば、巻第六、かかやく藤壺の巻末は、新編全集の標題を列挙していけば、五月五日、宮中の有様→一条帝と女御元子→里邸の定子→相撲の準備→彰子と詮子の七夕の贈答歌→相撲節会→定子の嘆きとなる。巻第七、鳥辺野に記される定子崩御への展開を準備しながら、年中行事的記事を配し、時間の連続への配慮が窺える。かかる例から推せば、巻第一の巻末も、時間の連続、いいかえれば編年性の維持のために、二年間にまたがる内容を持つ永平親王暗愚譚を導入し、「天禄三年になりぬ」という年がわり表現を付加したとも考えられるのである。

ただし、斎藤氏が詳述されているように、永平親王は「十二ばかりにぞなりたまひにける」（①七八）とあるが、『日本紀略』や『尊卑分脈』によれば、没年は永延二年（九八八）、没年齢は二十四歳であるから、逆算すると天禄二年（九七一）当時七歳であって、「十二ばかり」という年齢記述と齟齬する。また、幼い永平親王が済時の最愛の娘、娍子に恋慕したとあるが、『小右記』によれば、娍子は万寿二年（一〇二五）に没し、そのとき五十四歳であったから、逆算すると天禄三年誕生ということになり、天禄二年にはまだ生まれていないことになって、これも他史料が示す事実と齟齬をきたす。また、『栄花物語』巻第四、見果てぬ夢に、正暦二年（九九一）に娍子が「十九ばかり」（①一八五）で東宮居貞親王に入内したとあるから、逆算すると天延元年（九七三）誕生となり、これまた天禄二年にはまだ生まれていないことになり、『栄花物語』の内部においても相互矛盾がある。このような事実との齟齬や内部矛盾をかかえている点を考えると、編年性を維持するためとは確実にはいえないが、今は、かかる齟齬や矛盾を犯してまでも編年性維持へのこだわりがあったことを重視したいと思う。

さて、本題に入り、系譜記述に注目して考察を進めよう。以下に示す傍線箇所の部分が相当する。

かかるほどに、㋑かの村上の先帝の御男八の宮（永平親王）、宣耀殿女御（芳子）の御腹の御子におはします、いとうつくしくおはしませど、あやしう、御心ばへぞ心得ぬさまに生ひ出でたまふめる。㋺御叔父の済時の君、今は宰相にておはするぞ、よろづにあつかひきこえたまひて、小一条の寝殿におはするに、この宰相は枇杷の大納言延光の女にぞ住みたまひける。母は中納言敦忠の御女なり。えもいはずうつくしき姫君（娍子）捧げ物にしてかしづきたまふ。かの八の宮は、母女御もうせたまひにしかば、この小一条の宰相のみぞよろづにあつかひきこえたまふに、まだ幼きほどにおはすれど、この八の宮いとわづらはしきほどに思ひきこえたまへれば、ゆゆしうてあへて見せたてまつりたまはずなりにたり。幼きほどはうつくしき御心ならで、うたてひがひがしく痴ればみて、またさすがにかやうの御心さへおはするを、いと心づきなしと思しけり。㋩宰相の御甥の実方の侍従も、この宰相を親にしたてまつりたまふ。この姫君の御兄にて、男君（相任）は

長命君といひておはす。大北の方（延光室）とりはなちて、枇杷殿にてぞ養ひたてまつりたまひける。（①七七〜七八）

㋑は、すでに検討した、按察御息所の娘が村上天皇の御前で琴をひいたことを記す記事にみられる系譜の切り出し方と同じであって、永平親王暗愚譚も村上天皇の後宮内的出来事として捉えることができよう。岩野祐吉氏は「この八宮物語は頗る生彩に富むが、村上聖帝の裏面暴露史的傾向が強い」といわれた（注12）。さて㋺であるが、㋺もまた『栄花物語』的な系譜記述の特色を示している。渡瀬茂氏がいわれるように、『栄花物語』においては、「歴史の時間の流れにそっての世代の継承を記すことが主な目的になっている」「男系を専一とする系譜」よりも、「女系を通じての系譜」が重んじられている（注13）。母方の祖父や曾祖父、さらには伯（叔）父まで言及されることもある。ここも済時からみれば母方の祖父、敦忠（時平男）まで遡って記されている。㋩では、済時の兄、定方の子息である実方を済時が養子としたこと、さらには済時の子息、長命君は祖母にあたる延光室が引き取って、枇杷殿で養育していることが記される。系譜の範囲が済時を中心にして、甥や子息にまで広げられていることがわかる。済時を軸に系譜を辿って甥の実方および子息、長命君に言及していく展開は、実は、後の歴史叙述にもみられる。すなわち、巻第四において済時女、娍子の東宮参りのことを語ったあと、あいだに東宮元服の添臥として参入した兼家女、綏子と入内したばかりの娍子の後宮の風儀を比較対照する記事を挟んで、長命君および実方について次のように触れられている。

御兄（為任か）、このごろ内蔵頭にてぞものしたまふ。父大臣（済時、ただし済時は当時、大納言・左大将）にも似たまはず、いとおいらかにぞ、人思ひきこえたる。長命君とて侍従にておはせし（相任）は、出家したまひてしをぞ、父殿は、今にこれがありて、かれがなきこそ口惜しけれ、かやうの御交らひのほどに、いかにかひあらましとぞ、つねに思し出でける。大将の御甥の実方の中将、世のすきものに恥づかしう言ひ思はれたまへる、その君をぞ、この女御（娍子）、おほかたのよろづのものの栄えにものしたまふ。ただ今はまたかぎりなき御有様にてさぶらはせたまへば、いとかひありて見えたり。（①一八七）

㋩に示された系譜が後の歴史叙述をある程度方向づけている、あるいは、それが小一条流のことを書こうとするとき絶えず顧られる人間関係であったといえよう。したがって㋩も原資料にあった系譜記述とするよりも、『栄花物語』が付加したものとみるべきであろう。㋑・㋺・㋩いずれも『栄花物語』の書きなしとみてよかろう。

㋑・㋺・㋩の系譜記述を総合していくと、系譜記述の中心に位置するのは済時であることがわかる。すると、永平親王暗愚譚は小一条流の歴史の一齣として読むことができよう。ただし、済時は㋑の系譜記述を承けて、宣耀殿女御の兄（永平親王の伯父）と説明されていくのであるから、巻第一、冒頭に示されたⒸ'・Ⓒ"の系譜記述をふまえている。⑩における「小一条の師尹の大臣の御子」という、冒頭のⒷ'の系譜記述に遡り得る切り出し方とはやはり異なる。済時を中心とする系譜記述ということであるから、小一条流の歴史の一齣としてこの暗愚譚を大雑把に位置づけることはできても、そこには⑩にみられた、九条流と対比して小一条流を見据えるまなざしはないといえよう。岩野祐吉氏は「芳子所生の八宮愚鈍物語を長々と書き続けたのは、事実を公平に描いたとみるより、安子、大きく言えば九条家を高く印象づけるためであろう」といわれているが（注14）、系譜の切り出し方から判断する限り、九条流と対比し、九条流を高める意図はみえないのである。

では、岩野氏が指摘された村上聖帝の裏面暴露史という位置づけはどうか。村上天皇が聖帝とされる所以は、その資性によるところも大きいが、後宮の理想的宰領者であった点に求められていた。『栄花物語』は天皇像を造型するにさいして、後宮を重視していた。㋑の系譜の切り出し方からすれば、既に述べたように後宮史の一齣として捉えることも可能である永平親王暗愚譚は、村上天皇の理想性を相対化する話柄とみて差し支えないとはいえる。

しかしながら、Ⓒ'・Ⓒ"に基づき、済時を芳子の兄とする系譜記述に注目するならば、別の捉え方も成り立つ。済時は『栄花物語』の中では宣耀殿の女御の兄という位置づけが定着していて、⑩にみられる師尹の子という位置づけはむしろ例外とみてよいのである。村上天皇の宣耀殿女御に対する寵愛ぶりを記すところでも、

⑪帝（村上天皇）、箏の御琴をぞいみじう遊ばしける。この宣耀殿女御（芳子）に習はさせたまひければ、いとうつくしう弾きとりたまへりけるを、女御の御はらからの済時の少将、つねに御前に出でつつ、さりげなう聞きけるほどに、いみじうよく弾きとりたまへりければ、上（村上天皇）、いみじう興ぜさせたまひて、召し出しつつ教へさせたまひて、後々は御遊びのをりをりはまづ召し出でて、いみじき上手にてぞものしたまひける。（①二九）

と、済時は紹介されていたし、一門の命運を背負って娍子が東宮に入内することを記すところでも、巻第一の⑪の記事を承けて、

⑫はかなき御物の具どもは、先帝（村上天皇）の御時、この大将（済時）の御妹の宣耀殿女御（芳子）、村上いみじう思ひきこえさせたまひて、よろづの物の具をしたてまつらせたまへりし御具ども、御櫛の筥よりはじめ、屏風などまで、いとめでたくて持たせたまへれば、さやうのこと思し営むべきにもあらず、ただ御装束、女房の装束ばかりをぞいそがせたまふ。（中略）また先帝の、御箏の琴を宣耀殿女御にも教へたてまつらせたまひ、この大将にも教へさせたまひけるを、この姫君（娍子）に殿（済時）教へきこえたまへりければ、さざまに今すこし今めかしさ添ひて弾かせたまふ、いみじうめでたし。今の世には、かやうのことことに聞えねど、これはいみじう弾かせたまふ。（①一八五）

とある。⑫の前半部分は、実は、巻第八、初花に道長女、妍子の東宮参りのことが記されているが、妍子が持参する調度類が当世風であるのに対して、娍子のそれは古風であることが述べられているところと重なっている。

そこでは、

⑬宣耀殿（娍子）に、故村上の帝の、かの昔の宣耀殿女御（芳子）にしたてまつらせたまへけるには、蒔絵の御櫛の筥一双は伝はりて、今の宣耀殿女御（娍子）の御方にさぶらふを、その中をいみじう御覧じ興ぜさせたまひしを、これ（娍子の持参した調度類）に御覧じ合するに、かれはことのほかにこたいなりけり。（①四四四）

とある。⑫の前半部分は、娍子入内の調度品は村上天皇が芳子のために造らせたものを用いたことを記し、村上天皇の芳子に対する寵愛を再確認させると同時に、⑬との照応関係を考えれば、家の風儀そのものが古風であったことを語ろうとしていることが窺える。そのように読んではじめて、⑫の後半部分の音楽の伝授の話題とスムーズに連接していく。村上天皇から芳子、芳子から済時、済時から娍子への箏の奏法の伝授は、調度品の移動とまさに同じ経路を辿る。そして琴の伝授が「いみじうめでたし」と称賛される一方、「今の世には、かやうのことに聞えねど」とあるように、昔風のことだといわれているのである。⑫は、小一条流の家風、風儀を述べたものと捉えることができる。かかる小一条家の風儀が堅持されていくのは、娍子が敦明親王を生んだとき東宮が皇子との対面を切望するのに対して、「げにいかで疾く御覧ぜさせばや」と前向きになるものの、「昔の宮たちは五つ七つにてこそ御対面はありけれ」（①二〇四）と思って、呑気に構えるところにあらわれる、済時の姿勢（『栄花物語』は「こたい」と評している）によるところが大きかったと思われるのであるが、この小一条家の風儀は、済時の妹、芳子が村上天皇の後宮に入り、天皇の寵愛を蒙ったことに関わって形造られたことを、⑫の記事は示していると考えられる。だとすれば、芳子の存在を抜きにしては小一条流の歴史は語れない、そういう歴史認識が『栄花物語』にはあるということになろう。先には、済時を「小一条の師尹の大臣の御子」とし、「今の宣耀殿の女御の御兄」とも説明する⑩について、芳子の兄とする位置づけを単なる付け足しとみたが、実は両者あわせて小一条流の位相をあらわす言述となっているのである。かかる歴史認識に基づいて芳子および芳子の兄として済時が紹介されていくのであれば、この暗愚譚を後宮裏面史として読まなければならないということにはならないだろう。むしろ、永平親王暗愚譚は小一条流の歴史の一齣として読まれるべきだと思われる。

四

さて、永平親王の暗愚は、巻第十、日蔭の鬘で再対象化される。娍子立后に対する道長の発言と世評の中にみられる。

⑭さて四月二十八日后にゐさせたまひぬ。皇后宮と聞えさす。大夫などには望む人もことになきにや、さやうの気色や聞しめしけん、故関白殿（道隆）の出雲の中納言（隆家）なりたまひぬ。宮司など競ひ望む人なく、ものはなやかになどこそなけれ、よろづただ同じことなり。これにつけても「あなめでたや、女の御幸ひの例には、この宮（娍子）をこそしたてまつらめ」など、聞きにくきまで世には申す。まづは大殿（道長）も、「まことにいみじかりける人の御有様なり。女の幸ひの本には、この宮をなんしたてまつるべき。親などにも後れたまひて、わが御身一つにて、年ごろになりたまひぬるに、またけしからずびんなきことし出でたまはず。まづはここら多くおはする宮たちの御なかに、しれ者のまじらぬにてきはめつかし。いみじき村上の先帝と申ししかど、かの大将（済時）の妹の宣耀殿女御（芳子）の生みたまへりし八の宮（永平親王）こそは、世のしれ者のいみじき例よ。それにこの宮たち五六人おはするに、すべてしれかたくなしきがなきなり」などこそは申させたまふに、まいて世の人は聞きにくきまでぞ申しける。今は小一条いかで造りたてんと思しめす。帝（三条天皇）も今ぞ御本意とげたる御心地せさせたまふらんかし。（①五〇八〜五一〇）

三条天皇は、娍子を立后させたいものの、道長に対する遠慮と、近ごろ納言クラスの娘で立后した例がないという娍子の出自の問題から、それを逡巡していた。道長に対する遠慮は、道長が三条天皇の気持ちを汲んで、娍子立后を奏聞することによって解消され、出自の問題は済時に対する贈官位によって解決された。済時の贈官位のことを記した後、すなわち⑭の直前に、世評とも地の文ともみられる渾融した形で、

⑮よき御子持たまひて、故大将（済時）のかく栄ゆきたまふをぞ、世の人めでたきことに申しける。かの御妹の宣耀殿女御（芳子）、村上の先帝の、いみじきものに思ひきこえさせたまひけれど、女御にてやみたまひにき、男宮一人（永平親王）生みたまへりしかども、その宮かしこき御仲より出でたまへるとも見えたまはず、いみじきしれ者にてやませたまひにけり、その小一条の大臣（師尹）の御孫にて、この宮のかうおはしますこと、世にめでたきことに申し思へり。（①五〇八）

と、ここでも永平親王の暗愚が触れられている。⑭・⑮の二箇所で永平親王暗愚譚が再対象化され、しかも、⑮は暗愚譚を介して「その小一条の大臣の御孫にて」と娍子を位置づける文脈を形成している。それは系譜を媒介にした作者の書きなしであろう。したがって⑭・⑮に原資料を想定する必要はないだろう。

従前、娍子立后記事において永平親王の暗愚が再対象化されるのは、いかに「女の幸ひの本」と称賛されようとも、娍子は親族に痴者がいる血筋の人間であることを強調することによって、娍子より後に三条天皇の後宮に入り、娍子より先に立后した道長の娘、妍子の幸いを高めようとする『栄花物語』のはからいであると捉えられてきた。それは『栄花物語』を九条流の道長に対する讃美の物語と捉える、読みの図式に拘束された理解であった。

娍子が「女の幸ひの本」と讃頌される理由は、まず、後見の不在にもかかわらず、三条天皇の後宮に確固たる位置を占めていること。二つめは、「けしからずびんなきことし出でたまは」ぬこと。三条天皇の東宮時代、元服の添臥として参上した兼家女、綏子が源頼定と密通事件を引き起こしたことが想起され、かかる評定を生み出しているのだといえる。三つめに、娍子所生の皇子皇女には、おばにあたる芳子所生の永平親王のような痴者が一人もいなかったこと、である。三番目は、最初の理由と不可分の関係にある。というのも、娍子が三条天皇の

後宮において確固たる位置を築きえたのは、四人の皇子と二人の皇女を儲けたことが決定的に大きかった。『栄花物語』においても、三条天皇の娍子立后の要請を固辞し、道長が、娍子立后を先行させるべきことを逆に奏請した理由は、娍子が六人の皇子皇女を生んでいることだとされているし、娍子立后を実現したいと念じながら、道長に遠慮してなかなか打ち明けることのできない三条天皇の心中を察して、道長の方から逆に娍子立后を奏聞したのも、六人の皇子皇女を生んでいることによるとあった。子宝に恵まれていることがはかばかしい後見のない娍子の立場を支えていたのであった。娍子所生の皇子皇女に痴者がいないことは、結局、一番目の理由と少なからず重なっているといえよう。

一方、三条天皇が娍子の出自（父済時の極官が大納言であった）を立后の障害として問題視することが、後見の不在にもかかわらず娍子が立后したことに対する道長の称賛へと展開してもいる。したがって「女の幸ひの本」という称讃の理由づけは、後見の不在にもかかわらず、子宝に恵まれたことによって立后したということになろう。ここに、『栄花物語』が立后条件として皇子を生んでいることとしっかりとした後見があることを重視していることを窺知することができよう。娍子が子宝に恵まれていることを対比的に強調しようとするとき、おばにあたる芳子が暗愚な皇子を生んだことが導入され、後見の不在がいわれるとき、しっかりとした後見に支えられた妍子の繁栄が対比的に浮上してくるのである。

既に述べたことがあるので詳細は省くが、実は、⑭に見られる道長の発言は作者の歴史認識と重なっていた（注15）。『栄花物語』は、明暗対比的に歴史を対象化しようとするとき、明暗両方の事象に関与する中間的立場の人間に作者の歴史認識を付託させていた。巻第六において道長の娘、彰子と中関白家の定子とを対比的に捉えるとき、一条天皇の母后、詮子の心中思惟のかたちをとって作者の歴史認識の構図を示し、それが明暗対比的な歴史叙述を展開させる起点になっていたし、巻第八では、一条天皇の心中思惟に、第一皇子、敦康親王（定子所生）

と第二皇子、敦成親王（彰子所生）とを取り巻く、実権勢力の凋落と栄華とを対比的に構成していく歴史認識があらわれていた。巻第十の道長の発言も、妍子の立后と娍子の立后とを対比的に捉える歴史認識の構図の顕現とみられる。道長の発言にあらわされた歴史認識の基底には作者の摂関時代史を対象化するときの史観ともいうべき、後見の重要性という見方が横たわっていたことは忘れてはならないが、それとともに、作者の歴史認識が付託された人物、道長は、巻第六や巻第八のばあいとは異なって、中間的立場の人間とはいい難く、事実としては妍子立后に躍起となり、娍子立后を牽制する行動をとった一方の当事者であったことに注意すべきであろう。道長の三条天皇との反目や三条天皇に対する圧力を一切書こうとしない『栄花物語』は、道長の性格を「大殿の御心、何ごともあさましきまで人の心の中をくませたまふ」（①五〇七）とし、娘、妍子の立后を後回しにしてまで娍子立后を推進しようとする姿を描いている。かかる道長像の定着化とともに作者の歴史認識の道長への付託がなされているのである。道長が歴史叙述の主対象であると同時に、その心と行動を通して歴史が対象化されることになる。これは道長の栄華が不動なものになった状況に即応する歴史叙述の変化であろうが、道長の栄華が即自的に描かれている。したがって、妍子と娍子は対比的に描かれているというよりむしろ、娍子は妍子の栄華を補完的に照射する――妍子が道長という強力な後見に支えられていることを逆照射する――ものとして描かれているといった方が正確なのかも知れない。

しかしながら、なおかつ、娍子と妍子とが対比的に描かれていると読めるのは、別個の対比の構図と絡み合っているからである。妍子の立后記事の中に、「大宮（彰子）は十二にて参らせたまひて、十三にてこそ后にゐさせたまひけれ。されどこの御前（妍子）は、すこしおとなびさせたまひにけり」（①五〇五）とあって、妍子立后に際して彰子の立后の折のことが引き合いに出され、両者の対比がなされているのである。かかる対比は、当該事象に限らず、巻第八の妍子の東宮参りのところにも見え、「はかなき御具どもも、中宮（彰子）の参らせたまひしをりこそ、かかやく藤壺と世の人申しけれ、この御参りまねぶべきかたなし。そのをりよりこなた十年ばかりになりぬれば、いくそのことどもかは変りたる」（①四四三）とある。このように、彰子対妍子という系譜を媒介にした対比の図式がある。一方、娍子は、既にみたように、おばにあたる芳子との対比がみられる。九条流と小一条流のそれぞれの系譜に基づくこの二つの対比の図式が、娍子を、妍子を補完する位置から相互対比的関係を担うものへとせりあげているのである。

さて、⑮にみられるように、永平親王暗愚譚は娍子を師尹の孫と位置づける系譜記述を派生させていた。この系譜説明は、娍子を済時の娘、宣耀殿女御、芳子の姪と位置づける、それまでの系譜の切り出し方とは異なって、冒頭のⒷ'の系譜を想起させる装置として機能しているのである。これは、巻第一の巻末における永平親王暗愚譚に対する捉え方とは異なった、別個の意味付与が永平親王の暗愚という事象に対してなされていることを示すものである。既に述べた三つの対比の構図の中に永平親王暗愚譚は導入され、再対象化されることによって娍子を師尹の孫とする系譜を紡ぎ出したのであった。冒頭のⒷ'の系譜に基づく系譜の切り出し方がなされるのは、Ⓑ'に顕在化していた九条流対小一条流という歴史認識の構図と巻第十の三つの対比の構図が等価であったからだといえよう。ここにおいてはじめて、再対象化された永平親王暗愚譚は、単に娍子を照し出す機能を担うものとしてではなく、永平親王が小一条流の浮沈を左右する存在であったにもかかわらず、暗愚であったために小一条家は九条流の上昇に対して下降を余儀なくされたことを示す事象として捉えることができよう。巻第十において永平親王暗愚譚は巻第一とは異なった相貌を持つことになるが、それは、娍子を師尹の孫と位置づける系譜の切り出し方に顕現する、九条流対小一条流という歴史認識の構図に支えられているからなのである。

五

以上、『栄花物語』を系譜記述を手掛かりにして読んでみた。『栄花物語』が九条流の発展史として捉えられるのは、九条流の系譜が唯一、意味付与の回路として機能し、始祖、師輔の存在によって歴史の節目に位置する諸事象に意味付与がなされていることによることをまず明らかにした。ついで、『栄花物語』の冒頭に、九条流、小野宮流、小一条流の系譜が対比的に記述されている部分（Ⓑ'）と、村上朝の後宮に入った女性たちを出自とともに記している部分（Ⓒ'）があるが、両者が以後、歴史叙述の折々に挿入される系譜記述の原点となり、いずれの系譜に基づいて折々の系譜説明がなされるのか、すなわち系譜の切り出し方によって、その系譜説明を含む事象の捉え方に差異が生じるであろうことに注目して、巻第一巻末にある永平親王暗愚譚に検討を加えた。巻第一巻末の永平親王暗愚譚の系譜の切り出し方から判断する限り、そこには九条流対小一条流の歴史認識の構図をみることはできなかったが、それが再対象化される巻第十は、その対比の構図に支えられていて、同一事象でありながら、巻第一と巻第十とではその相貌を異にすることを確かめた。

ところで、『栄花物語』における小一条流に対するまなざしは、九条流との対比の構図で捉えられるばあい――巻第一、月の宴の前栽合・巻第十、娍子立后――と、村上朝の文化を相承し、古風な風儀を形造っている家とみるばあい――巻第一、永平親王暗愚譚、巻第四、娍子東宮参りなど――とがあった。系譜の切り出し方に注目すれば、前者はⒷ'に、後者はⒸ'に基づいている。小一条流の歴史をどのように対象化するか、その対象化の違いが系譜の切り出し方にあらわれているのであった。九条流と小一条流が対立し、互いに命運をかけて競い合っていたことは数々の歴史事実が教えるところであり（注16）、九条流対小一条流の歴史認識の構図は、適確な見方であったと思われるが、後者は、他史料からは余りうかがえない『栄花物語』固有のまなざしであったといえよう。

（1）『折口信夫全集　第十二巻』（中央公論社、昭和五十一年四月）
（2）松本治久『大鏡の構成』（桜楓社、昭和四十四年九月）
（3）松本治久「『大鏡』が語る「怨霊」」（『中古文学』第四四号、平成二年一月）
（4）第Ⅱ部第一章。
（5）渡瀬茂「系譜記述の問題――『栄花物語』の考察（六）――」（「研究と資料」第七輯、昭和五十七年七月）
（6）第Ⅰ部第四章。
（7）山中裕「栄花物語巻一再検討―村上天皇親政と九条家発展の真相をみる―」『栄花物語研究　第二集』（高科書店、昭和六十三年五月）
（8）第Ⅰ部第一章。
（9）萩谷朴『平安朝歌合大成　二』（同朋舎、昭和五十四年八月）
（10）斎藤浩二「村上天皇八の宮永平親王暗愚譚――栄花物語における一つの説話に関する小考――」（『平安朝文学』第二巻第二号、昭和四十一年五月）
（11）池田尚隆「栄花物語試論――原資料から作品へ向かう方法――」『平安時代の歴史と文学　文学編』（吉川弘文館、昭和五十六年十一月）
（12）岩野祐吉『栄花物語詳解補註』（クレス出版、平成十一年四月）
（13）注（5）前掲論文。
（14）岩野祐吉「摂関政治と『栄花物語』」『摂関時代史の研究』（吉川弘文館、昭和四十年六月）
（15）第Ⅰ部第五章。
（16）たとえば、娍子が敦明親王を懐妊したとき、師輔の怨霊がその出産を妨げようとしていることを観修僧都が実資に告げている（『小右記』正暦四年（九九三）閏十月十四日条）。

第七章　歴史叙述と系譜・再論

一

時間的先後関係を諸事象配列の基本原理とする『栄花物語』の歴史叙述にとって、系譜はそれを補完する役割を担っている。連続する事象が系譜に基づいて配されていたり、時間的にかけ離れていて表面的には相互関係が明確に見出されない複数の事象が実は系譜によって潜在的につながっていたりする。また系譜は当該事象にとって不可欠な人間関係を提示するために導入されるから、系譜記述がどのような人間関係を提示しているか、それを検討すれば、おのずとどのような歴史事象が対象化されているか知られてくる。さらにまた、系譜の切り出され方によってその事象をどのような角度から、あるいはどのような歴史認識の構図から捉え、意味づけているのかが窺知されるのである。かかる観点から『栄花物語』の歴史叙述と系譜の関係の具体相について前章で論じたが、前章を補いつつ、新たに系譜そのものの記され方、すなわち誰を中心に、あるいは誰を起点にして系譜記述がなされているのかを主に検討することによって、『栄花物語』の歴史叙述の変化の相を照し出してみたいと思う。

二

巻第四、見果てぬ夢に、藤原道兼が昭平親王女を養女とし、それに藤原公任を婿取ることが記されている。

ⓐかくて粟田殿（道兼）の北の方（遠量女）の親しき御有様にや、ⓑ村上の先帝の九の宮（昭平親王）、入道して石蔵にぞおはします、ⓒまた兵部卿宮と聞えさする、御同じはらからに三の宮と聞えさせし（致平親王）、それも入道して同じ所におはします。兵部卿宮、この左大臣殿（雅信）の外腹の女に住みたてまつりたまひて、男宮たち二人おはしましけるを、一所（成信）は、この大納言殿（道長）の御子にしたてまつらせたまひて、少将と聞えしおはす。今一所（永円）は、小さうより法師になしたてまつりて、宮（致平親王）のおはします同じ所にぞおはしましける。ⓓ九の宮は、九条殿（師輔）の御子、入道の少将多武峰の君と聞えし、童名はまちをさと聞えし（高光）が御女に住みたまへりける、いとうつくしき姫宮出でおはしましたりけるを、いと見捨てがたう思しけれど、世の中はかなかりければ、思し捨ててけるなりけり。ⓔこの姫宮いみじううつくしうおはするを、粟田殿聞しめして、この宮を迎へたてまつりて、子にしたてまつりてかしづききこえたまふほどに、さるべき人々おとづれきこえたまふ人多かりけれど、聞き入れたまはぬほどに、故三条の大殿（頼忠）の権中将（公任）せちに聞えたまふ。はかなき御文がきも人よりはをかしう思されければ、思したちて取りたてまつりたまふ。二条殿の東の対をいみじうしつらひて、恥なきほどの女房十人、童女二人、下仕二人して、あるべきほどにめやすくしたてておはしそめさせたまふ。姫君の御有様いみじううつくしければ、いとかひありて思ひきこえたまへり。さてしばしありきたまひて、なほかかる有様つつましとて、四条宮の西の対をいみじうしつらひて、迎へきこえたまひつ。宮（遵子）も女御殿（諟子）も、いとうれしき御仲らひに思して、御対面などあり。いとあらまほしきさまなれば、粟田殿いと思すさまに聞え交したまふ。（①

二〇五〜二〇六)

道兼の養女となった昭平親王女と公任の結婚を述べるのがこの記事の眼目であるが、記そうとする事象の背景をなす人間関係を明示するために本来は付随的に記される系譜記述が本叙述の過半を占めている現象は異例というべきであろう。

文脈を整理すると、傍線箇所ⓐは、ⓑ・ⓒ・ⓓの箇所を越えて、傍線箇所ⓔの「この宮を迎へたてまつりて、子にしたてまつりてかしづききこえたまふ」に係る。本記述の眼目は、ⓐ→ⓔと辿ることによって理解され、ⓑ・ⓒ・ⓓの箇所は昭平親王女に関わる系譜記述の挿入ということになる。ⓐの「粟田殿の北の方の親しき御有様にや」は、岩波日本古典文学大系『栄花物語』の頭注が指摘するように、道兼の北方（遠量女）と昭平親王の北方（高光女）が従姉妹（遠量、高光はともに師輔男）であることをいっているのであろう。かかる関係によって道兼が昭平親王女を養女にしたのだろうと『栄花物語』が推測し、その点を明らかにするために系譜記述が導入されたとするならば、師輔を起点にした系譜説明が最も要領を得たものとなろう。にもかかわらず、昭平親王の説明から入り、村上天皇を起点にした系譜説明の仕方が採られる。確かに、道兼の遠量女との結婚を記したところで、

（道兼は）北の方には、宮内卿なりける人（遠量）の、女多かりけるをぞ、一人ものしたまひける。宮内卿は九条殿（師輔）の御子にぞおはしける。（巻第三、様々の悦①一四三〜一四四）

と既に述べられていた系譜説明と、ⓑ・ⓓとをつなげていけば、結果として、道兼室と昭平親王室が従姉妹であるという関係が浮かびあがってくるにはくるが、いかにも迂遠な説明であるという印象は拭えない。しかもⓒは、昭平親王の同母兄、致平親王が源雅信の外腹の娘に通い、二人の男子をもうけたが、一人は道長の養子となり、もう一人は幼くして法師にしたことを述べ、昭平親王女とは直接的には関わりのない説明となっている。つまり、本記事にとって不可欠な系譜説明といえるⓑ・ⓓの間に、本記事と無関係なⓒが挿入された格好になっている。

村上天皇を起点とする系譜説明が選ばれた結果、本記事にとっては不要な系譜説明までも取り込んだということなのだろうか。いや、そうではないだろう。

村上天皇を起点とする系譜説明は『栄花物語』の随所にみられ、村上天皇の皇子皇女、皇孫にあたる人物に限らず、たとえば、伊周が源重光の娘と結婚したことを記すなかに、

小千代君（伊周）は、六条の中務宮（具平親王）と聞ゆるは、村上の先帝の御七の宮におはしましけり、御母、麗景殿女御（荘子女王）の御兄、源中納言重光と聞ゆるが御婿になりたまひぬ。（①一六五～一六六）

と付加されている傍線箇所の系譜説明のように、村上天皇→その七の宮、具平親王→その母、麗景殿女御→その兄、源重光と系図が辿られ、重光女の系譜が村上天皇を起点にしてかくまでもまわりくどく説明されてもいるのである。『栄花物語』の歴史叙述の始発は系譜説明で占められていることについては既に前章で触れたが、その系譜説明は、ひとつは、村上天皇の後宮に入った女性たちが生んだ皇子皇女について、もうひとつは、藤原北家の忠平の三人の男、実頼・師輔・師尹の子女についてであり、そこに天皇家との外戚関係に基づく藤原北家（特に九条流）の発展史を後宮を中心に描こうとする『栄花物語』の歴史叙述の方向性がうかがえるのであった。そして、『栄花物語』の歴史叙述の折々に挿入される系譜説明は、これらの系譜説明のいずれかを起点にして行われるのである。だから、昭平親王女の系譜説明が村上天皇を起点にすることじたい、異例なことではなく、むしろ問題は、村上天皇を起点として昭平親王女へとむかう系譜説明が自己増殖的に膨らんでいくこと、あるいは増殖の仕方にある。つまり、系譜記述そのものが、当該記事に不可欠な人間関係の提示という本来の役割を越えて独自な意義を荷担しようとしている点に注目すべきだと思うのである。

ところで、ⓒと同内容の系譜説明が巻第五、浦々の別にみえる。但馬に流されていた隆家が赦されて上京し、妻である源兼資女の家にまず身を寄せたが、道長の養子、成信も兼資の別の娘の婿になっていたので、道長に対

する遠慮から兼資は隆家の到着を快く思わなかったことが記されているところである。

さて（隆家は）上らせたまふ。五月三、四日のほどにぞ京に着きたまへる。兼資朝臣の家に中納言（隆家）上りたまへれど、大殿の源中将（道長の養子、成信）おはすとて、この殿（隆家）のおはしたるを、父はさらによからぬことに思ひて、いみじう忍びてぞおはしける。殿の源中将と聞ゆるは、村上帝の三の宮に兵部卿宮と聞えし（致平親王）が、入道して石蔵におはしけるが、御男子二人おはすなる、一所は法師にて三井寺におはす、今一所は殿の上（倫子）の、御子にしたてまつらせたまふなりけり、それこの兼資が婿にておはしけり。されば、この中納言（隆家）には今一人の女に親にも知られで通ひたまひたりけるが、かかることさへ出で来て、いとどうたてげに親どもさへ言ひければ、今に忍びたまふなりけり。この源中将の母、大殿の上（倫子）の御異はらからの御子なりければ、御甥にて、御子にしたてまつらせたまふなりけり。（①二八六～二八八）

とある。道長（倫子）と成信との養子縁組が道長室倫子と成信の母とが異母姉妹である縁によって成立したことは、道長と雅信の娘、倫子との結婚記事（巻第三、様々の悦①一五〇～一五二）と©の「兵部卿宮（致平親王）、この左大臣殿（雅信）の外腹の女に住みたてまつり」という説明とを結び合わせればおのずと了解される格好になっていたが、それを巻第五の系譜記述は波線部分において明示している。©の増殖部分は、おそらく致平親王の二人の男子の境遇を付随的に記したのではなく、巻第五の同内容の系譜叙述にみえるように、成信が倫子の甥であることから道長の養子になったこと、すなわち成信が道長圏の人物であることを敢えて示そうとするものであったのではなかろうか。「この左大臣殿」、「この大納言」と、雅信、道長をともに近称の連体詞でもって前後の脈絡とは無関係に突然、呼称するのも、道長を起点とする人間関係の認定であることが知られる。もちろん、成信が読者に対してことさらその血筋を説明しておくべき重要人物であることを意味するのではない。成信は後年出家し、三井寺に住していた。公任が出家した折には公任と和歌を贈答したことが巻第二十七、衣の珠に記され、巻第三十、鶴の林には道長の臨終に助念をつとめ、道長の往生を証す夢をみる人物としても登場する。成信はたしかに道長の人生の終焉における証言者として重要ではあったが、そのことをふまえて本記事においてわざわざ成信にも触れたということではおそらくあるまい。村上天皇を起点にして昭平親王女へと系図を辿るとき、道長とのつながりから派生的に成信の存在が浮上し、成信の系譜説明へと折れ曲がっていったのではなかろうか。『栄花物語』の始発に位置する系譜叙述を起点にして、つまり村上天皇および実頼（小野宮流の祖）、師輔（九条流の祖）、師尹（小一条流の祖）を起点にして系図を辿ることによってなされるこれまでの系譜説明にはみられなかった、道長とのつながりという観点がこのとき入り込んだために、当該箇所の系譜説明が、ある出来事に登場する人物の出自を明らかにするという補助的な役割を脱して、歴史をどのような角度から捉えているかということをあらわす言説になっている。

道長とのつながりという観点は、実は巻第三、様々の悦以降『栄花物語』がどのような事象を歴史叙述の主対象として選ぶかという選択の基準のひとつでもあった。九条流の発展史として始発した『栄花物語』の歴史叙述は、巻第三において、九条流の繁栄を継承発展させる者として道長が見定められ、〈道長の栄華物語〉として据え直されていることがうかがえる（注1）。かかる傾向の中で、倫子と道長との結婚によって道長と姻戚関係を結んだ雅信一族の動向も歴史叙述の対象としてすくいとられることにもなる。巻第三には倫子の結婚、出産記事に付随して、

〇この大臣（雅信）は、腹々に男君達いとあまたさまざまにておはしけり。女君達もおはすべし。この御腹（穆子腹）には女君二所、男三人なんおはしける。弁や少将などにておはせし、法師になりたまひにけり。またおはするも、世の中をいとはかなきものに思して、ともすればあくがれたまふを、いとうしろめたきことに（雅信は）

思されけり。（①一五〇〜一五一）

○かの土御門殿には（雅信の家においては）、少将にておはしける君、このごろまた出家したまへれば、殿（雅信）、いとあやしうあさましきことなり、この男どもの、この姫君（倫子、中の君）の御後見どもを仕うまつらで、かくのみ皆なり果てぬると、思し嘆きて、尋ねとりたまひて、「帰りたまへ、帰りたまへ」とせめきこえたまへるも、いとわりなきことなりや。外腹の男君達、なかなかいとさまざまになり出でておはしけり。（①一五四）

と雅信の子女のことが触れられ、巻第四以降においても、雅信の薨去（巻第四、見果てぬ夢①二〇二）、道綱室（雅信二女）の卒去（巻第七、鳥辺野①三三五〜三三七）、穆子（倫子母）と禎子内親王との対面（巻第十一、莟花②四二〜四四）、穆子の病悩・逝去・葬送（巻第十二、玉の村菊②七五〜七九・②八一〜八三）等の記事が見られる。このように道長の外戚にまで言及していく姿勢は、今検討した道長を起点とする系譜記述の在り様に等しいのである。巻第三以降、〈道長の栄華物語〉が志向され、道長を中心に歴史が展叙されていくことが本記事における系譜記述の在り方にたちあらわれているのである。

人間関係は系譜記述のみによって示されるのではなく、結婚記事や出産、誕生記事などによっても示される。九条流の発展としてその子孫が他の門流の者と婚姻関係を結び、子女をもうけることを記すことじたいが人間関係を示すものであった。したがって、九条流の血脈のひろがりは、ことさら系譜記述でもって示される必要はなく、個々の記事の積み重ねによっても明らかにされる。しかし、九条流の発展の様をもっぱら叙述する『栄花物語』の歴史叙述からは九条流以外の他の門流の血脈は抜け落ちてしまうことになる。歴史叙述の対象となる九条流の女子は天皇の後宮に入るのが一般的で、天皇の交替、天皇の皇子皇女のことを記すことによって皇統譜が示されているから、九条流の女子が婚姻関係を結ぶ相手方の血脈はことさら示す必要はないが、九条流の男子が他の門流の女性と婚姻関係を結び、子女をもうけるばあい、歴史叙述から抜け落ちる他の門流の血脈を補わなければならなくなり、そのため系譜叙述が要請されるのである。したがって、九条流の子女にとって補われるべきはその母方の系譜であり、折々挿入される系譜記述は母方の出自を溯源的に記していくことになる。もちろん、九条流の子女に限らず他の門流の子女においても母方の系譜が要請されるが、それは『栄花物語』が対象とする歴史事象が基本的に男系による結びつきに支えられた世界であることを証すものであろう。

例外的に中関白家と外戚関係を結んだ高階一族については系譜記述にとどまらないで、中関白道隆の政治に影響力を及ぼしたり、道隆の死後、中関白家の繁栄を維持しようと腐心したりする様を描くが、これは、中関白家に一家の命運をかける高階家の特異な位相を照し出すためであった。それは、高階家へのまなざしが巻第三、巻第四、巻第五、巻第七、巻第八と中関白家の栄華と没落を描く巻々に限定されているのをみてもわかる。それに対して、巻第三以降、道長の外戚である源雅信の家の動向まで持続的に視野に収めていくのは異例であるといえよう。これは、繰り返しになるが、〈道長の栄華物語〉へと歴史叙述の方向性を据え直したことによるのである。

三

さて、巻第二、花山たづぬる中納言の後半に花山天皇の後宮につづけざまに貴顕の娘が入内したことが記される。『栄花物語』は諟子（頼忠女）、婉子女王（為平親王女）、姫子（朝光女）、忯子（為光女）の順でそれぞれの入内を記すが、史実は忯子、姫子、諟子、婉子女王の順であったことが『日本紀略』『小右記』によって知られる。史実との齟齬については今は措くとして、注目すべきは、諟子を除いて、婉子女王、姫子、忯子の入内記事には系譜記述が付加されていることである。

○故村上のいみじきものに思ひきこえたまひし四の宮（為平親王）の、源帥（源高明）の御女の腹に生ませたま

へる姫宮にて、御仲らひ（為平親王と高明女との夫婦関係）もあてにめでたうて、（婉子女王入内、①一二〇）
○この大将殿（朝光）は、堀河殿（兼通）の三郎、あるがなかにめでたきおぼえおはしき。今に世に捨てられたまはず。母上は、九条殿（師輔）の御女、登花殿尚侍（登子）の御腹に、延喜の帝の御子の重明の式部卿の御女におはします、（姫子は）その姫君にて、よにをかしげなる御おぼえおはす。（姫子入内、①一二一）
○この姫君は、小野宮の大臣清慎公（実頼）の御太郎、敦敏の少将の御女の腹に、男君、女君とおはしけるなり、手書の佐理の兵部卿の御妹の君の御腹なりけり。父殿は九条殿（師輔）の九郎君、為光と聞ゆ。いづれも劣り勝ると聞ゆべきにもあらず、誰かはそのけぢめのこよなかりける。（忯子入内、①一二六）

頼忠女、諟子の入内記事に系譜説明が略されているのにまず注目される。頼忠は円融朝において従兄弟の兼通と兼家の兄弟争いの結果、兼通薨後、関白となり、また円融天皇を間にはさんで兼家と娘の立后争いを演じた一方の当事者であり、これまで『栄花物語』の歴史叙述において絶えず言及されてきた。花山朝においても、花山天皇との外戚関係はなかったものの、引き続き関白の地位にあり、関白の権威によって娘、諟子の入内を実現した。したがって、諟子の入内に際してことさらその出自は説明される必要がなく、これまでの歴史叙述の流れをふまえて、「太政大臣（頼忠）この御代（花山朝）にもやがて関白せさせたまひ、中姫君（諟子）十月に参らせたまふ」（①一一九）と表現することで十分通じるということであろう。ただ諟子の母方の系譜は一切記されてはいない。それに対して婉子、姫子、忯子の入内記事には系譜記述が付随することは、逆にそれぞれの父、朝光（兼通男）・為平親王（安子所生皇子）・為光（師輔男）がいずれも九条流に位置する人物ではありながら、歴史の本流からはずれた人々であったことを示すのではなかろうか。

巻第三、様々の悦は、一条天皇の即位によって帝の外祖父、兼家が摂政となり、兼家一族の我が世の春を謳歌するところからはじまる。兼家の任摂政、一条天皇の生母である詮子の立后、兼家の子息、道隆・道兼・道長の

昇進が書かれる中にあって、為光の任右大臣のことが、

右大臣には、（兼家の）御はらからの一条の大納言と聞えつる（為光）、なりたまひぬ。（①一三九）

と記され、また朝光の任東宮大夫にも触れて、

閑院の左大将（朝光）は、東宮大夫になしたてまつりたまへり。これにつけてもことごとならず、（朝光は）かの父大臣（兼通）の御心ざま（兼家に対する仕打）を思し出づるなるべし。世の中にいふ譬のやうに（兼家は）思すにやと、（朝光にしてみれば）あいならうこそ恥づかしけれ。（①一四〇）

とある。為光も朝光も、兼家が政治の実権を掌握した後も世に捨てられないで重用されたことを記す。また同じく巻第三に、永祚元年（九八九）当時の九条流の人々の有様を記すところにも、

九条殿（師輔）の御男君達十一人、女君達六所おはしましける御なかに、后（安子）の御末今まで帝におはしますめり。（中略）堀河の左大将（朝光）、ただ今は昔も今もいとなほやむごとなき御有様なり。（中略）このただ今の大殿（兼家）は、三郎にこそはおはしましけるに、ただ今はこの殿こそ、今行末はるかげなる御有様に、頼もしう見えさせたまふめれ。一条の右大臣殿（為光）は、九郎にぞおはしける、かくいみじき御なかにも、なほすぐれたまへるはことなるわざになん。（①一六三〜一六四）

と、朝光、為光が兼家一族の繁栄のなかにあって昔にかわらず殊遇を受けていることが述べられている。この記事は、九条流の繁栄を確認しつつ、このあとに兼家の子息、道長が衆望を負っていることを記す行文に窺われるように、九条流の繁栄の継承者として道長を見定め、〈道長の栄華物語〉へと歴史叙述の方向性を据え直すという巻第三の位相を示している（注2）。このように朝光、為光については、九条流の繁栄を担い、それを明証する人物として『栄花物語』の叙述のなかでは捉えられているといえよう。だから、花山天皇の後宮に彼らの娘を入内させることは、九条流の発展のひとつとして数え上げられるべきことであった。たとえば、伊尹の娘、懐子が

冷泉天皇の女御となり、皇子、師貞親王を生んだところで、

祖父の大納言（伊尹）の御気色いみじうめでたし。「九条殿（師輔）、このごろ六十にすこしや余らせたまはまし」と思すにも、おはしまさぬをかうやうのことにつけても口惜しく思さるべし。（巻第一、月の宴①六四～六五）

と、今は亡き師輔を追懐する文脈を形成することによって九条流の発展の道程に位置する重要な出来事として意味付けていくのと同じ処理である。特に忯子入内記事に付された系譜記述には「父殿は九条殿の九郎君、為光と聞ゆ」と、為光が師輔の男であることが明示されている。姫子の父、朝光についてはことさら九条流の子孫であることは示されないが、「堀河殿の三郎、あるがなかにめでたきおぼえおはしき。今に世に捨てられたまはず」とあり、父存命中の勢いさかんであった過去と比較しながら現在照らし出すことによって、巻第二前半の既に書かれた歴史叙述を喚起させる。兼通が伊尹の後を継いで摂政に任じられたことを述べる記事に、

かくて摂政には、またこの大臣（伊尹）の御さしつぎの九条殿（師輔）の御二郎、内大臣兼通の大臣なりたまひぬ。（①八九）

とあったから、かかる叙述と結び合せていけば、おのずと九条流の子孫であることが理解される格好になっている。また、婉子女王の父為平親王も、師輔の孫ではあるが、系譜記述には示されてはいない。しかし、「故村上のいみじきものに思ひきこえたまひし四の宮」という表現でもって、読者を既述の世界にいざなう。つまり、巻第一、月の宴において、村上天皇及び母后安子の愛情を受け、東宮がねとして期待されていたが、高明の娘と結婚したため、師輔の死後、実権勢力に配慮した村上天皇が為平親王の立太子を断念したことが記され、為平立太子にとって師輔の後見が不可欠であったことが示されていた。かかる記述と照応させることによって、為平親王も九条流の血脈を継ぐものとして浮かびあがってくるのである。とすれば、諟子の入内記事にことさら系譜記述が付されないのは、諟子が小野宮流の者として位置づけられているからであり、したがって、系譜記述そのもの

が、九条流の繁栄として当該事象を確認し、意味づけるものとして機能していることを示している。(注3)

以上みてきたように、入内記事に系譜記述が付されるのは、歴史の本流からはずれていった人物の娘の入内であるからだが、また同時に系譜記述が、師輔を祖とする血脈であることをことさら印象づけることによって、九条流の発展を確認させる役割を荷担しているのである。入内記事に付される系譜記述のもつ、今述べた性格は、花山朝の後宮に入った女性たちにのみ特徴的に現象するのではなく、次の一条朝の入内記事にもうかがえる。一条天皇の後宮に入った女性たちは、『栄花物語』が記す順に列挙すれば、定子、元子、義子、尊子、彰子、道隆四女である。義子、元子、尊子については入内の年時が史実と著しく齟齬するが、その点についての考察も今は措く。入内記事に系譜記述が付されるのは、元子(顕光女)、義子(公季女)、尊子(道兼女)であって、定子、彰子、道隆四女には付されていない。歴史の本流からはずれた人物の娘の入内記事に系譜記述が付されていることが一条朝のばあいも確かめられる。

元子、義子、尊子の入内記事に付された系譜記述の部分を引用しておこう。

○広幡の中納言と聞ゆる(顕光)は、堀河殿(兼通)の御太郎なり。それ年ごろの北の方には、村上の帝の広幡の御息所の腹の女五の宮(盛子)をぞ持ちたてまつりたまへる、その御腹に女君二所、男一人ぞおはするを、(中略)この姫君(元子)内に参らせたてまつりたまふ。(元子入内、巻第四、見果てぬ夢①二二六)

○またただ今の侍従中納言といふは、九条殿(師輔)の十一郎公季と聞ゆる、これも宮腹の女(有明親王女)を北の方にて、姫君一人、男君二人もてかしづきて持たまへりけれど、(中略)同じうは内にと思したつも、げにと見えたることとなり。(義子入内、巻第四①二二六〜二二七)

○このごろ内裏には、藤三位といふ人(繁子)の腹に粟田殿(道兼)の御女おはすれど、殿(道兼)の、姫君おはせぬをいみじきことに思いたりしかど、この御ことをばことに知りあつかはせたまはざりしに、むげにおとなびたまふめれば、三位思ひたちて内に参らせたてまりたまふ。三位は九条殿（師輔）の御女といはれたまふめれば、この殿ばら（師輔の子孫にあたる方々）もやむごとなきものに思したれば、かやうに思したちまゐらせたまふにも、にくからぬことにて、はかなきことなども左大臣殿（道長）用意しきこえたまへり。（尊子入内、巻第四①二三二）

元子の父、顕光は先に触れた永祚元年（九八九）当時の師輔の子孫の有様を述べたところでは「広幡の中納言（顕光）はことなる御おぼえも見えたまはず」（①一六四）と貶められていたが、九条流の人間として位置づけられてはいた。公季については、永祚元年の記事中には触れられてはいないが、ここでは「九条殿の十一郎君」と示される。尊子の父、道兼は、歴史の本流を生きた人であって、ことさらここで系譜記述が必要とも思われないが、尊子の入内は道兼薨後、母の藤三位が道長の援助を仰いで実現にこぎつけたという特別な事情をふまえて系譜記述が導入されたのであろう。ここも藤三位が師輔の娘であり、九条流の人々（特に道長）の支援によって尊子入内が実現したことが明らかにされている。九条流の人々の強固な紐帯を印象づけ、九条流の発展の一齣としてこの記事を位置づけている。

三条朝の後宮に入内した女性のばあい、済時の女、娀子の東宮入内記事では、

（娀子ノ）母上は枇杷の大納言延光と聞えしが女におはしければ、（①一八五）

と母方の系譜に言及するだけであるが、実は娀子は花山朝の後宮に入ることを懇請されたが、父済時の判断でことわったいきさつがあり、かかる巻第二に記された記述と照応する格好でこの入内記事が書かれていることを考えれば、この程度の系譜説明でもかまわないということであろうか。あるいは、巻第一、巻末に位置する永平親王暗愚譚のなかに、

この宰相（済時）は枇杷の大納言延光の女にぞ住みたまひける。（延光女の）母は中納言敦忠の御女なり、え

もいはずうつくしき姫君捧げ物にしてかしづきたまふ。（①七七）

と済時の室および女子に触れる記述があり、「えもいはずうつくしき姫君」は娍子を指していると捉えるならば（注4）、娍子の父方および母方の系譜について入内記事のなかでことさら述べる必要がなかったのかもしれない。いずれにしても、娍子およびその父、済時は歴史の本流には属さない人であったということである。兼家女、綏子は、三条天皇の東宮時代、元服の夜の副臥として参り、そのまま東宮の後宮に入った。歴史の本流に属す兼家の娘であるから、系譜記述は不要とも思われるが、母親の出自が低かったためか、

大殿（兼家）の御女（綏子）、対の御方（国章女、近江）といふ人の腹におはするをぞ、尚侍になしたてまつりたまひて、やがて御副臥にと思し掟てさせたまひて、（中略）対の御方は、いとやんごとなき人ならねど、大弐なりける人（国章）の、女をいみじうかしづき、めでたうてあらせけるほどに、（巻第三、様々の悦①一四一～一四二）

と、母方の系譜がわずかに言及されている。ところが、道隆女原子、道長女妍子については入内記事に系譜記述が付されることはない。道隆、道長が歴史の本流に属していたため、折々の叙述のなかでその子女たちの一人として言及されていたからである。

次の後一条朝の後宮には道長の娘、威子が入った。東宮である敦良親王（後の後朱雀天皇）の後宮には道長の娘、嬉子が入り、嬉子が亡くなった後、道長の孫に当たる三条天皇の皇女、禎子内親王が入った。このように天皇、東宮の後宮は道長の娘、あるいは孫娘によって独占され、他の家々の娘は、後宮から排除され、后となった道長の娘の女房として出仕するか、道長の子息と結婚するか、の道を選択せざるを得なくなる。かかる時代の変化を『栄花物語』は如実に反映しており（注5）、後一条朝以後、入内記事に系譜記述が付されることは一切なくなり、道長の子息が他家の娘と結婚する記事に系譜記述が付されるようになる。たとえば道長男、長家と行成女の結婚

にみられるように、

侍従中納言（行成）の御むかひ腹の姫君（大姫君）十二ばかりなるを、またなう思ひかしづきたまひ、生れたまひけるより、心ことに思しわきてありけるを、（中略）にはかにいそぎたちたまふ。（中略）この大姫君、男君達などの御母、この今の北の方の姉にものしたまひしを、女君二人（大姫君、中の君）、男君は民部大輔実経、尾張権守良経の君なん。中の君は今は近江守経頼の北の方、大姫君はさやうにほのめかしきこゆる人々あれど、中納言、これは思ふ心ありと惜しみきこえたまふほどに、いたう盛り過ぎゆくに、この児のやうにおはする君（長家室）の御ことをもて騒げば、故北の方の御物の怪出できて、この姫君（長家室）をあらせたてまつるべくもあらず、ゆゆしくつねに言ひおどすめれば、静心なう思されける。（巻第十四、浅緑②一四八～一五二）

と、行成の子女や妻室のことが触れられている。また、公任の娘と道長男、教通との結婚を記すところでも、長大な系譜記述が付加される。

かかるほどに、大殿（道長）の左衛門督（教通）を、女おはする殿ばら気色だちたまへど、思し定めぬほどに、四条の大納言（公任）の御女二所を、中姫君は四条の宮（遵子）に、生れたまひけるよりとりはなちきこえたまひて、姫宮とてかしづききこえたまふ、大君をぞ大納言世になきものとかしづききこえたまふ。母上は、村上の先帝の九の宮（昭平親王）、まちをさの入道少将高光の御女の御腹に、女宮のいみじうめでたしといはれたまひしを、粟田殿（道兼）取りたてまつりて、この大納言を婿取りたてまつりたまへりしなりければ、母上さばかりものきよくおはします。されど年ごろ尼にておはしませば、大納言殿はやまめのやうにておはすれど、ほか心もおはせねば、ただこの姫君をいみじきものに思ひきこえさせたまへるに、この左衛門督の君をと思ひきこえさせたまひて、（中略）思したちていそがせたまふ。（巻第十、日蔭の鬘①五二五～五二六）

先引の、巻第四に記されていた、公任と道兼の養女となった昭平親王女との結婚記事の内容が再対象化されている。個々に結ばれた人間関係が結婚記事を介して道長を中心とした人間関係の網目に組み込まれ、整理されているのである。歴史の本流からはずれた人の娘が天皇、東宮の後宮に入るとき付されていた系譜記述が、歴史の本流からはずれた貴顕が自分の娘に道長の子息を婿取るときに付されるようになる。後宮が道長によって独占され、天皇も道長の栄華の中に包摂されてしまったため、系譜記述の役割が道長と他の門流との人間関係の提示という一点に絞られていくのである。道長が歴史叙述の中核に据えられているということである。

四

かかる現象から逆に花山朝の後宮に入った女性たちに関する系譜記述の付加を捉えると、別角度からの考察も可能になってこよう。

忯子入内記事に関わる系譜記述の後に「いづれも劣り勝ると聞ゆべきにもあらず、誰かはそのけぢめのこよなかりける」（①一二六）とあり、花山朝の後宮に入った女性たちの出自に優劣をつけ難いことが付言されているのに注目される。系譜記述が後宮に入るのにふさわしいそれぞれの出自の高さを明らかにするために導入されていることを示すと同時に、一連の系譜記述が花山朝の後宮という枠組の中で天皇を中心として編成される人間関係を提示しようとするものであることを明確にしている。花山朝を支える外戚臣は天皇のおじにあたる、藤原伊尹男、義懐であった。実は義懐を中心として花山朝を実質的に支える実権勢力が形成されていた。義懐は藤原為光の長女と結婚しており、その縁で為光女、忯子が入内した（①一二五）。一方、朝光女、姫子の入内は「急にのたまはすれば」（①一二〇）とあるように、突然の入内要請であった。朝光は逡巡するも、姫子を入内させたとある。済時にも天皇の内意が伝えられたが、済時は姫子に対する帝の寵愛がにわかに衰える現実を目の当たりにして、娘、娍子の入内を思いとどまった。姫子の入内と娍子の入内断念の両記事のあいだに、朝光が源延光室の婿となっていることが記されている。唐突の感は否めないが、済時は延光女（母は敦忠女）と結婚しており、朝光は延光薨後、嫡妻と別居して延光室（敦忠女）の婿におさまっているという姻戚関係によって、朝光を介して済時に娘の入内要請があったことを推測させる。ことほどさように、花山朝は貴顕の娘の入内を積極的に働きかけることによって天皇を支える実権勢力の拡充に余念がなかった。『栄花物語』は、後述するように、天皇の色好みで処理しようとしているが、君臣関係の再編を企てる政治的意図を認めることもできよう。

村上天皇の後宮と対比して、花山朝の後宮が次のように評されている。

村上などは、十、二十人の女御、御息所おはせしかど、時あるも時なきも、なのめに情ありて、けざやかならずもてなさせたまひしかばこそありしか、これはいとことのほかなる御有様なれば、思し絶えぬるなるべし。（巻第二、花山たづぬる中納言①一二五）

村上天皇の後宮と花山天皇の後宮との対比が、済時が娘、娍子の花山朝後宮への入内を断念する文脈へとつながっていっている。花山天皇の偏執狂的性格がわざわいしてか、朝光の娘、姫子に対する異常な寵遇が急速に衰えたことと対比的に、村上天皇が実権勢力の力関係に応じた愛情の分配によって後宮を理想的に宰領したこと（実はこれは既に巻第一、月の宴の村上朝の始発部分に記されていたことであった）がここで反芻されるのである。

村上朝の歴史叙述は『栄花物語』の中にあって突出しており、始発部分に六国史の讃に相当する天皇に対する讃称が記され、天皇が後宮の理想的宰領者であることがことさら強調されていた。ここに天皇を基軸とし、後宮を叙述の主対象とする歴史叙述の志向をみることができる。しかし、九条流の発展を天皇と外戚関係を結ぶことによって実現していく過程として捉え、後宮を叙述の主対象とするとともに叙述の枠組（方法）としたが、後宮外的世界を十全に対象化できず、天皇を基軸とする御代単位の歴史叙述のシステムを放棄することになるのであった。そして、それに代わるものとして年単位の歴史叙述のシステムが採られることになる。何らかの年がわり表現が記され、年単位の歴史叙述が確立するのが村上天皇の退位の年、康保四年（九六七）以降であるという現象は、如上の村上朝の歴史叙述のシステムの特異性を浮び上がらせると同時に、村上朝の歴史叙述はそれがうまく機能しなくなり破綻していく過程であったことを示す（注6）。

ところが、花山朝の歴史叙述において、その後宮が村上天皇の後宮と対比されている点を重視するならば、放棄された歴史叙述のシステムがここで再度浮上してきたと捉えることはできないだろうか。実際、花山朝の歴史叙述は後宮内的世界で一貫する。後宮外的世界と連動し、それに左右される、他の帝の後宮とは明らかに異質である。花山天皇の色好みが、

今の帝の御年などもおとなびさせたまひ、御心掟もいみじう色におはしまして、いつしかとさべき人々の御女どもを気色だちのたまはす。（①二九）

と記され、色好みという一点から花山天皇あるいは花山朝の後宮を性格づけて、花山朝の歴史叙述を形造る。姫子や忯子に対する偏愛や異常な寵幸の記述が『源氏物語』に描かれる桐壺帝の桐壺更衣に対する寵遇を下敷にしていることは先学によって指摘されているが（注7）、桐壺帝の反通念的行動（政治的行動）が花山天皇の色好みを肉付けるものとして活用されている。かかる特異な花山朝の歴史叙述を現出させた要因は、九条流の発展史を〈師輔―兼家―道長〉と辿る歴史叙述の営みのなかで、花山朝がその展開からはずれているからであろう（注8）。事実、兼家は花山天皇との外戚関係がなかったし、また東宮懐仁親王の即位を熱望する兼家は奸策を用いて、花山天皇を出家退位に追いこむのであった。九条流の血脈に位置する女性が花山朝の後宮に入るとき、それを九条流の発展として意味づけるために系譜が記されているところから窺えるように、九条流の発展史の流れの上に花山朝を位置づけようとはしているが、花山朝が『栄花物語』の構想する九条流の発展史と余り関わらないために、花山

朝の歴史叙述は後宮内的世界のみを描き、放棄された天皇を基軸とする歴史叙述のシステムが再浮上したということになろう。だとすれば、花山朝の後宮に入った女性たちの系譜記述は、村上朝の始発部分に位置する、村上天皇の後宮に入った女性がその出自とともに列記されていた系譜記述と同じ位相にあることになる。つまり、花山朝の後宮の全容を見据える営みの一環として、別言すれば、天皇を中心とする人間関係の提示として、後宮に入った女性たちの出自が捉えられているということになる。

以上、様々な角度から入内記事に付随する系譜記述を考えてみた。系譜記述は単に登場人物の人間関係を示す補助的な役割を担うのではなく、多義的に読解されるべき歴史叙述そのものであることを明らかにした。

(1)　第Ⅰ部第八章。
(2)　第Ⅰ部第八章。
(3)　第Ⅰ部第六章。
(4)　『小右記』によれば娍子は万寿二年（一〇二五）に五十四歳で没しているから、逆算すると天禄三年（九七二）誕生。永平親王暗愚譚が位置する天禄二年にはまだ生れていない。「姫君」を娍子ととるならば、『栄花物語』のこの部分は事実と齟齬することになる。
(5)　本来ならば天皇の後宮に入内するはずであった貴顕の娘が道長の娘の女房として出仕することになったが、その事例として『栄花物語』は、巻第八には伊周の中の君が彰子に、巻第十四には道兼の娘が威子にそれぞれ出仕したことを記す。
(6)　第Ⅰ部第四章。
(7)　河北騰『栄花物語研究』（桜楓社、昭和四十三年一月）
(8)　第Ⅰ部第八章。

第八章　「花山たづぬる中納言」巻について

一

巻第二、花山たづぬる中納言は、円融朝および花山朝を叙述の対象とし、兼家の雌伏時代を描くことに主眼が置かれている。

巻第二は伊尹の薨去から書き始められ、まず最初に兼通時代を描くが、もっぱら兼通と兼家の不和および兼通の兼家に対する不当な処遇に叙述は費されている。次いで、兼通薨後、関白となった頼忠と兼家とが、両者のバランスをとることに腐心する円融天皇を間にはさんで、円融朝の後宮をめぐって対立葛藤する様を展叙する。円融天皇の第一皇子、懐仁親王を擁する詮子（兼家女）の立后が当然であるにもかかわらず、一の人、頼忠への配慮から円融天皇は頼忠女遵子を立后させる。またしても隠忍を余儀なくされた兼家は無言の示威で応じたが、円融天皇が譲位に際して第一皇子を東宮に据えることを確約するに及んで、天皇と和解するのであった。次の花山朝の記述の中には兼家およびその一族は一切登場しない。花山天皇との外戚関係がなかったことがその大きな理由のひとつであろうが、書かれていないことが逆に東宮懐仁親王の即位を待望する兼家一族の動きを窺わせはする。しかしながら、『大鏡』などにみられる、懐妊中なくなった寵妃忯子を哀惜する花山天皇の悲傷に乗じて、ことば巧みに帝を出家退位に追い込んだ兼家の策謀を表面化させないために、敢えて叙述の対象として排除したというのではないだろう。

『栄花物語』には九条流の発展史を描こうとする歴史叙述の方向性がみえ（注1）、それと後宮を歴史叙述の核として描いていくことが緊密に絡まり合って展開していく。後宮は後宮内的世界と後宮外的世界、すなわち連動する天皇と実権勢力の動きをともにとりおさえる叙述の核であった。ところが、花山朝の叙述は主にその後宮を描いているにもかかわらず、実権勢力の動きは具体性に乏しく、花山天皇の色好みという性格によって特色づけられて進行するのである。

具体的にみていこう。「今の帝（花山天皇）の御年などもおとなびさせたまひ、御心掟もいみじう色におはしまして、いつしかとさべき人々の御女どもを気色だちのたまはす」（①一一九）と、新帝花山天皇の性格を色好みという一点でとりおさえ、帝の要請に応じて、諟子、婉子、姫子、忯子が順次入内したことが記される（史実は、忯子、姫子、諟子、婉子の順であった）。姫子については、帝の異常な寵遇と突然の愛情の冷却が語られ、次いで忯子に対するこれまた常軌を逸した寵愛ぶりが描かれる。先学によって既に指摘されているところだが、このあたりの叙述は『源氏物語』桐壺巻の表現によりながら形造られている（注2）。桐壺帝が世俗的縄縛をたちきって桐壺更衣に対する純愛に生きようとすることが、逆に更衣に対する周囲の嫉妬や迫害を招き、更衣を死へと追いつめていく愛のディレンマを『源氏物語』は描いている。桐壺帝が自らの反通念的な意志を貫こうとすればする程、その反動として世俗の論理や秩序が重圧となってのしかかっていくのであった（注3）。かかる葛藤を描くのに参与していた表現が花山天皇の色好みの内実を肉付けしていくのであるが、そこでは帝の特異な個性、いわば偏執狂的な性格を際立たせる文脈にとり込まれる。そのため、『源氏物語』が桐壺帝の行動を世俗の通念に対する主体性回復のあらがいとして描いていたのに対して、『栄花物語』は世俗の通念や判断の枠を逸脱した花山天皇の行動の異常性を印象づけている。そして、それが花山天皇の突然の退位出家をもたらした最大の要因であったと『栄花物語』はみなしているのであろう。花山朝の後宮は花山天皇という一個の特異な人間に照準を合わせて描かれている。娘をその後宮に入れた臣下は、はた目には異常と思われる帝の偏愛ぶりをかたじけなく思う一方、その対応にとまどうのであった。帝の特異で積極的な行動に受け身に立たされ苦慮している実権勢力の姿がここでは描かれているに過ぎない。『栄花物語』において後宮は、天皇と実権勢力とが相互に依存し、支え合う関係にある摂関政治の本質を具現するための叙述の核であり、実権勢力の力関係がほぼそのまま反映され、実権勢力の側から位置づけられている。ところが、花山朝のばあい、実権勢力の動きは書かれていないに等しい。その点で花山朝の後宮の描かれ方、つまりは花山朝の歴史叙述は突出している。かかる突出を促した要因は何であろうか。

ところで、懐妊したまま亡くなった寵妃、忯子の後世をとむらうために花山天皇が退位出家したことを語った後、巻第二の巻末に「あさましきことども次々の巻にあるべし」（①一三六）と記していることに注目される。これは、読者の興味や期待をつなぎとめながら物語を一応終えるための常套的な形式であるという（注4）。かかる言辞が介在することは、花山朝の歴史叙述と巻第三の冒頭との非連続性を示し、既述の花山朝の歴史は「あさましきことども」の連続として捉えられ、しかもそれが一応の完結性をもっていることを示している。巻第三、様々の悦は、外孫、懐仁親王の即位によってわが世の春を謳歌する兼家一族の様子を描くことから始発する。懐仁親王の即位は花山天皇の突然の退位によってもたらされるのであるから、巻第三と花山朝の歴史叙述との承接関係は認められる。しかしながら、兼家一族の繁栄を決定づけるのは懐仁親王の立太子であるから、巻第三は花山朝の歴史叙述を越えて、その前の円融天皇の退位と深いつながりを持つ。いいかえれば、花山朝の歴史叙述は、編年体の後宮史を目指す『栄花物語』に欠かせないが、九条流の発展史を書こうとする営みの中では挿話的な位置づけに後退していくということだろう。九条流の発展史を書こうとすることとの緊密度が薄いために、花山朝の歴史叙述は、事象の細部の具象化に向い、そのため独立的傾向を孕み、結果として自己完結性を示すことになったのである。かかる展開に大きく作用したのが、花山天皇の奇矯な言動を伝える原資料であったのではないかと推測するのである。

花山朝において兼家一族の動きが一切記されていないことを、花山天皇の退位を謀る兼家の奸策を隠蔽しようとする作者の意図と直結させて捉えるのではなく、九条流の発展史を描いていこうとする営みのなかで花山朝がいかに位置づけられているか、花山朝の歴史叙述がいかに紡ぎ出されているかという問いかけを糸口にして、その歴史叙述について検討を加えた。花山朝の歴史叙述が独立的傾向を示すのは、九条流の発展史との緊密度の低さによるのではないか。換言すれば、花山朝の歴史叙述の独立的傾向性から逆に、『栄花物語』の歴史叙述は九条流の発展を辿ることを志向する一面のあったことが知られる。

二

巻第二は、既にみたように、その内容から判断すると、兼家の雌伏時代が描かれている。それは、兼家の子供たちの動きを頻繁に書き記していることによっても窺知することができる。

①東三条の治部卿（兼家）は、御門閉ぢて、あさましういみじき世の中をねたうわりなく思しむせびたり。家の子の君達出でまじらひたまはず、世をあさましきものに思されたり。（①九六～九七）

②東三条の女御（詮子）は梅壺に住ませたまふ。御有様、愛敬づき気近くうつくしうおはします。御はらからの君達このごろぞつつましげなうありきたまふめる。（①九九～一〇〇）

③御はらからの君達、年ごろの御心地むつかしうむすぼほれたまへりける、紐とき、いみじき御心地どもせさ

せたまふ。（①一〇四）

④かかることども漏り聞えて、右大臣（兼家）内裏に参らせたまふこと難し。女御（詮子）の御はらからの君達などもまいてさし出でさせたまはず。（①一〇七）

⑤（兼家は）女御の御事（超子頓死）ののち、いとど御門さしがちにて、男君達すべてさべきことどもにも出でまじらはせたまはず。（①一一二）

⑥この家の子の君達、いみじうえもいはぬ御気色どもなり。さて相撲などにも、この君達参りたまふ。（①一一八）

①は兼家が兼通によって治部卿に降格されたことを語る記事に付されている。②は兼家女詮子の入内記事に付されたもの。③は詮子が円融天皇の第一皇子懐仁親王を出産したことを語る記事に付されたもの。④は円融天皇の内意に従って頼忠が密かに娘、遵子の立后の準備をすすめていることが漏れたときの兼家側の反応である。⑤は遵子立后に対する兼家の不平を記す記事に付されたもの。⑥は懐仁親王の立太子の決定を記す記事に付されたものである。

河北騰氏は、「兼家の事を述べると必ず次の世代の人の事を記さずに居られない態度は」巻第二に特徴的な現象だといわれた。そして、それは「今、現に話題になっている時期のその次の時代に活躍する人を念頭に置きながら、文を進める努力をしている事」（注5）のあらわれだといわれる。氏のいわれるように、確かにそういう面もあろうが、①〜⑥が付された事象はいずれも兼家の雌伏時代の政治的に重要な出来事であり、それぞれの状況に対して兼家一族がいかなる対応をしたか逐一書きとどめていること、さらに、反応の仕方が、事態が好転すれば世間に出で交わり、悪化すれば閉門して世間との交渉を断つというふうにパターン化していることを重視すれば、①〜⑥の表現は兼家の浮沈の徴標とみることができる。巻第二に特徴的な①〜⑥が兼家の浮沈の徴標だとすれば、かかる表現からも巻第二が兼家の雌伏時代を描こうとしていることが知られるのである。

三

巻第二は九条流の発展を荷担するひとりである兼家の雌伏時代を対象化しているとおさえたうえで、巻第二における兼家の描かれ方と、同じく九条流の発展を担う師輔、道長の描かれ方との違い、および共通性を検討することを通して、『栄花物語』の歴史叙述の内質に迫ってみたい。

『大鏡』は道長の栄華を招来させた直接的契機を師輔に見定めていた。そして、それが道長と師輔との人物造型の類同性となってあらわれている。『大鏡』は人間力、胆力を重視する。兼家も、藤原北家の主流に位置する人間であったから、道長や師輔と同様に、怪異現象を体験し、怪異をそれぞれに異なった手段を用いながら退散、圧服させる胆力を備えた人物として描かれている（注6）。しかし、師輔、道長がともに摂関政治の原理に触れることばを発し、政治的意欲をあらわにすることによって宿運を呼び込む人間として描かれ、それが栄華を招来させた由因のひとつとするのに対して、兼家は、「なほただ人にならせたまひぬれば、御果報のおよばせたまはぬにや。さやうの御身持ちに、久しうは保たせたまはぬとも、定めまうすめりき」（一九二）と、前世の果報がたりないから人臣に生まれたにもかかわらず、身分をわきまえず帝威をはばからない、そのおごりが、批判の対象となり、執政の期間が意外に短かった理由とされている。また兼家は、法興院の物怪をおそれる周囲の諫止を無視して法興院にしばしば渡り、いったんは法興院の怪を圧服するのであるが、結局そこで亡くなったと記す。兼家の勢威は一時的に怪異を圧服させるものの、それが永続きしなかったことを記し、それがいまだ帝威に比肩するレベルまで達していなかったことを明らかにし、かつ、それに自覚的でなかった兼家の、おごりと表裏の関係にある軽率さを浮彫りにしていた。このように、兼家の造型が師輔や道長とやや異なったものになっているのは、兼家の実像によるところがあったかもしれない。しかし、実像そのものであったというのでもあるまい。『大鏡』は、道長という人間にこだわりながら、道長の栄華から逆に歴史の流れの必然、歴史の本質をみていこうとする視点が確保されているために、〈師輔—兼家—道長〉という歴史の流れの自明性を打破し得た（注7）。その結果、師輔の繁栄の中に道長の栄華との同質性を発見し、兼家の造型の、道長、師輔のそれとのズレという現象となってたちあらわれているのだとも考えられよう。

『栄花物語』は、渡瀬茂氏によれば（注8）、『大鏡』とは逆に、状況にあらがい、政治的意欲をあらわしていくのは、兼通、道隆、伊周、高階一族、顕光であり、栄華を掌中におさめながら持続させることができなかったり、九条流の繁栄のかげで政治的敗者として辛酸をなめたりした人々であった。九条流の発展を担う、師輔、兼家、道長は、むしろ運命を甘受する姿勢を示すといわれる。かかる現象は、『栄花物語』が「政治的意志を肯定する論理を持ち合わせていない」からであり、「敗者の政治的意志は、否定的に扱えば良いのであるから、描くことは可能だが、勝者の政治的意志を描くことは論理的に肯定できないものを肯定的に描くという矛盾した課題を負うことになる」から不可能なのだといわれる。「政治的意志」は、それが否定されるところにかろうじてあらわれているということなのだろう。しかし、いかなる状況下の、いかなる行動の中に『栄花物語』は「政治的意志」を表現しているのか、それを確認する読みは微妙である。

たとえば、定子立后に際して道長が中宮大夫に任じられる記事について検討してみよう。

摂政殿（道隆）、御気色たまはりて、まづこの女御（定子）、后に据ゑたてまつらんの騒ぎをせさせたまふ。われ一の人にならせたまひぬれば、よろづ今は御心なるを、この人々（外戚、高階家の人々）のそそのかしにより、六月一日后に立たせたまひぬ。世の人、いとかかるをり（兼家病悩の折）を過ぐさせたまはぬをぞ申すめる。中宮大夫には、右衛門督殿（道長）をなしきこえさせたまへれど、こはなぞ、あなすさまじと思いて、

参りにだに参りつきたまはぬほどの御心ざまもたけしかし。（巻第三、様々の悦①一七三）

任中宮大夫に対して道長は、「こなはぞ、あなすさまじと思いて、参りにだに参りつきたまはぬ」という反応を示し、それを評して『栄花物語』は「御心ざまもたけしかし」と記している。定子立后は、『小右記』やその他の史料によれば、正暦元年（九九〇）十月五日であって、兼家が薨じて三ヶ月後のことであった。ところが、『栄花物語』では兼家病悩中とされ、「世の人、いとかかるをりを過ぐさせたまはぬをぞ申すめる」と、世間の批難を蒙ったことが記されている。道長も世評と同じく兼家病悩中に立后を強行した道隆の強引なやり方に対する不満が根底にあって、中宮大夫という顕官に就くことを敢えて拒んだのだろうと読める。そう読むばあい、世評と道長の反発は重なり合っている。あるいは、道隆が自分に好意を寄せない道長を、中宮大夫という中関白家の繁栄を左右するような要職に敢えて任命することによって取り込もうとすることに対する、道長の反発とも読める。このばあい、道長の、野望に基づいたしたたかな計算、道隆に対する対抗心を読んでいくことになる。いずれにしても道長の反発は「たけしかし」と評されているように果敢で徹底したものであった。巻第三で「さまざまいみじうらうらうじう雄々しう」（①一四四）と述べられている性格と通底するものが表面化しているのであって、道長が『栄花物語』に本格的に登場してくるところでなされている性格規定（後述）と食い違っていない。しかしながら、道長がかかる激越な感情をあらわにするのは『栄花物語』においては他にないのである。

道長の反発が、彼の政治的野望をはばむことになりかねない定子立后そのものに向かっているというより、むしろ道隆の強引なやり方に対するものであるとすれば、『栄花物語』は道隆の強引さを印象づけることによって道隆の「政治的意志」を表立たせてはいるが、やり方の強引さを批判する道長には「政治的意志」は皆無であるとはいえまい。また逆に、道長の反発が前者、すなわち立后そのものに対するものだとすれば、道長の「政治的意志」を読むことになるであろう。勝者の「政治的意志」は描かれないが、敗者のそれは否定的に描かれるという渡瀬氏が示された図式は当該箇所にはあてはまらない。ことほど左様に「政治的意志」の有無、また、それが否定されているか否かの判断は容易ではないのである。

それにしても道長の激しい反発を描いていることはどういうことか。『栄花物語』は「御心ざまもたけしかし」と評し、少なくとも道長の態度を否定的には描いていない。また、反発する道長の心底には、時宜をわきまえない道隆の強引なやり方を批判する世評と重なり、世評が『栄花物語』においては作者の事象に対する間接的な意味付与の役割を果たしていることを考え合わせると、道長の反発はむしろ定子立后——立后そのものではなく、立后の時期ややり方——に対する作者の批判を代弁するものであることがうかがえる。地の文に「われ一の人にならせたまひぬれば、よろづ今は御心なるを、この人々のそのかしにより、六月一日后に立たせたまひぬ」とあるが、そこに込められた批判的な眼差しと響き合っている。「この人々」すなわち道隆の外戚にあたる高階一族の思い通りに事が運ばれていることを言い添えることによって、道隆が「一の人」としての力量に欠けることを暗に示しているのである。敢えて繰り返すが、かかる批判によって道隆の「政治的意志」が否定されているのではなく、道隆が兼家を継いで九条流の繁栄を担いうる資性を兼ねそなえていないことの言表なのではないか。中宮大夫に道長を任命することは、要職に就けることによって我が意に沿わない道長を取り込もうという道隆の深謀遠慮によるのかも知れないが、反発の理由はともかく結果として道長の反発を招くことになったわけで、「人情の機微を考えない拙策」(注9)であったと『栄花物語』は印象づけている。人事の失当は道隆の「一の人」としての政治的資質の欠如を示すもので、『栄花物語』はそれを道長の激しい反発を描くことによってことさら強く印象づけているのである。立后は、外戚政治において自家の発展の鍵をにぎる重要なできごとであったが、定子立后記事はその後の外戚中関白家の発展を予示するどころか、逆に、外戚道隆の政治的資質の欠如を示し、中関白家の発展に疑問を投げかけているのである。

定子立后は道長不遇時代のことであった。道長と同様に兼家もその不遇時代に生々しい不平悲憤の情をあらわにする。遵子立后に対してである。

かかるほどに、今年は天元五年（九八二）になりぬ。三月十一日中宮立ちたまはんとて、太政大臣（頼忠）いそぎ騒がせたまふ。これにつけても右大臣（兼家）あさましうのみよろづ聞しめさるるほどに、后立たせたまひぬ。いへばおろかにめでたし。ⓐ太政大臣のしたまふもことわりなり。ⓑ帝（円融天皇）の御心掟を、世人も目もあやにあさましきことに申し思へり。一の御子（懐仁親王）おはする女御（詮子）を措きながら、かく御子もおはせぬ女御（遵子）の后にゐたまひぬること、やすからぬことに世の人なやみ申して、素腹の后とぞつけたてまつりたりける。ⓒされどかくてゐさせたまひぬるのみこそめでたけれ。東三条の大臣（兼家）、命あらばとは思しながら、なほ飽かずあさましきことに思しめす。院の女御の御こと（兼家女超子の頓死）を思し嘆くに、また、この御ことを世人も見思ふらんことと、なべての世さへめづらかに思しめして、ⓓかの堀河の大臣（兼通）の御しわざはなにかはありける、こたみの帝の御心掟は、ゆゆしう心憂く思ひきこえさせたまふもおろかなり。ⓔかばかりの人笑はれにて、世にあらでもあらばやと、思しながら、さりともかうて止むやうあらじ、人の有様をば、われこそは見果てめと強う思して、女御の御こと（超子の頓死）ののち、いとど御門さしがちにて、男君達すべてさべきことどもにも出でまじらはせたまはず。内の御使、女御殿（詮子）に日々に参れど、二、三度がなかに御返りは一度などぞ聞えさせたまひける。一品宮（資子内親王）もいと心憂きことに思し申させたまふ。（巻第二、花山たづぬる中納言・①一一一～一一二）

円融天皇が皇子を生んでいない遵子を、第一皇子を擁する詮子に先んじて立后させた背景には、「帝（＝円融天皇）、太政大臣（頼忠）の御心に違はせたまはじと思しめして」（①一〇六）とあるように、頼忠の意向を汲みそれに違うまいとする頼忠への配慮があった。しかし、遵子立后の内意を帝から聞かされた頼忠さえもにわかに応じない

で、

なまつつましうて、一の御子生れたまへる梅壺（詮子）を置きてこの女御（遵子）のゐたまはんを、世人いかにかは言ひ思ふべからんと、人敵はとらぬこそよけれなど、思しつつ過ぐしたまへば、……（①一〇六～一〇七）

と、一度は辞退する。勿論、

（詮子の懐妊に対して）関白殿（頼忠）、いと世の中をむすぼほれ、すずろはしく思さるべし。さはれ、ともかかりとも、わがあらば女御をば后にも据ゑたてまつりてんと思しめすべし。（①一〇二～一〇三）

とあるように、頼忠に娘、遵子を立后させたいという願いがなかったわけではない。たとえ皇子を生んでいなくとも関白の威光で遵子の立后を実現できると頼忠は思っていた。しかし、敢えて遵子を立后させれば、世間の批判、および兼家の反発を招くことになることが予想されるため、頼忠は帝の内意を伺っても素直にはよろこべなかったということになろう。それほど皇子を生んでいることが立后するための欠くべからざる要件であったと『栄花物語』はいおうとしているのだろう。頼忠が最初、辞退した理由と同じものがⓑに世人の批難として示されている。世評が作者の歴史把握を代弁しているとすれば、はかばかしい後見の有無と同様に（注10）皇子の有無が立后の要件であるという認識を『栄花物語』は持っていたということになろう。ところが、ⓐやⓒにみられるように頼忠の行動は決して批判の対象になっていない。娘の立后を推し進めることは実権勢力の当然の行動として是認されている。「帝の御心掟を、世人も目もあやにあさましきことに申し思へり」とあるように、批判は、頼忠への配慮から皇子のいない遵子を、皇子を擁する詮子をさしおいて立后させることにした円融天皇に向けられていることに注目させられるのである。しっかりとした後見があり、しかも皇子を擁している、つまり立后要件二つを具備する詮子を后に据えるという穏当な判断を示し得なかった円融天皇の優柔不断が批判されているのである。兼家の不満もまさにその点にあって、ⓓにみえるように、その不満をもたらした円融天皇の判断の不当性は、かつて兼通が兼家に対してとった仕打ちを相対化する程甚しいものであると兼家自身思っている。その結果、「世にあらでもあらばや」と俗世からの出離を願望する一方、かかる恥辱を晴らさんとばかり、「さりともかうて止むやうあらじ、人の有様をば、われこそは見果てめ」と思い、気をとりなおすのである。

ところで、兼家は不遇な状況下でいかなる行動をとってきたか。渡瀬氏が詳細に辿っておられるので（注11）、それに従いながら整理してみよう。兼家が詮子を円融天皇の後宮に入れようとしたとき、既に娘、媓子を入れていた兼通は嫌悪の情をあらわにする。それに対して兼家は「いとわづらはしく思し絶えて、さりともおのづからと思しけり」（①九三）と機会の到来を待つ。また兼通が兼家を治部卿に降格させたときも、ただ「あさましう嘆」（①九七）くのであった。兼家は不遇な状況に反発するのではなくて、それに耐え、事態が好転するのを待った。ただ、渡瀬氏も指摘されているように、兼通薨後、兼通女、中宮媓子の存在に遠慮して遵子の入内を逡巡する頼忠とは対照的に、兼通の非道な処遇に対する反発もあって、兼家は「中宮をかくつつましからず、ないがしろにもてなしきこえたま」（①九九）いて、詮子を入内させるのであったが、そこには兼家の積極的な政治行動を認めることができよう。そして作者も、「昔の御情なさを思ひたまふにこそはと、ことわりに思さる」と、兼家の果断な行動を支持していた。兼家にしては異例で積極的な行動をとらしめたのは、兼通の非道な仕打ちであったと『栄花物語』は記している。ところが、遵子立后の不当性は兼通の仕打ちの不当性に比べて物の数ではないといっているのだから、その結果、兼家が選択した行動は、詮子入内にみせた兼家の行動以上に積極的な姿勢を認めないわけにはいかないだろう。ⓔの「さりともかうて止むやうあらじ」は、渡瀬氏がいわれる「ひたすら未来を信じ、待つ」というのではないだろう。不当性がこのまま容認される筈はないという確信に満ちた積極的な姿勢というべきだろう。

兼家も道長も、『栄花物語』に記されるその生き様は、歴史の流れにあらがうのではなく、苦境にあるときは時機の到来を待ち、繁栄は歴史の流れの必然として享受するのであった。ところが、歴史の流れに沿って、歴史の必然の具現として彼らの行動、生き様が象られているといってよいだろう。ところが、いまみたように、兼家も道長もそれぞれ一度、極めて激しい反発を示すのであった。それを書き記す『栄花物語』は二人の反発を否定的に捉えていない。彼らの反発を記すところには必ず世評が記されていて、彼らの反発と世人の批難に重なり合う部分のあることが窺知されるのであった。世評が作者の見方とは完全に一致しないまでも少なからずその代弁の機能を持っているとすれば、彼らの反発は作者によって是認されているといってよいだろう。しかも、彼らが反発を示すのは、ともに、立后という外戚政治の成否を決定する重大事に対してであった。歴史の流れの節目に二人の反発が記されていることは重視してよいだろう。道長の反発は、道隆が栄華を担うべき資性に欠けることを明らかにし、その後に展開する道隆の外戚政治の行方と見合うものであった。一方、兼家の反発は、頼忠に向かうのではなく、円融天皇に向けられていた。頼忠に向かわないことは、頼忠の栄華へと歴史が展開していく可能性が閉ざされているととることもできるし、兼家の栄華の実現の障碍になるのが、頼忠ではなくて、頼忠に配慮する円融天皇であるとする、『栄花物語』独自の歴史認識が示されているととることもできよう。その後の叙述が兼家と円融天皇の関係を軸に展開していくことを考えれば、兼家の反発を歴史の流れの具現として『栄花物語』は位置づけていることになろう。二人の反発は、当座の状況に対する個人的な政治的意欲のあらわれとして描かれているのではなく、歴史の流れを具現する方向でなされている。反発も、まさに歴史の必然を具現し、それに相即する行為として描かれているのである。反発という異例な反応の仕方が逆に歴史の流れの節目であることを示しているのに他ならないだろう。道長も兼家も歴史の流れを相即的に具現することによって栄華を担い得た、そういう描き方を『栄花物語』はしている。一方、詳細は省くが、道隆や伊周はその「政治的意志」が否定されているというのではなく、歴史の流れへのあらがい、歴史の流れとの非相即性が批判の対象となっている。ともに「政治的意志」を秘めた行動が、兼家、道長のばあいは歴史の流れとの相即性故に是認され、他方、道隆、伊周は非相即性故に批難されているのである。これは、〈師輔―兼家―道長〉とうけつがれていく九条流の繁栄が『栄花物語』の歴史叙述においていて動かし難い前提になっており、諸事象をかかる前提から意味づけることによる現象であろう。つまり、『栄花物語』は〈師輔―兼家―道長〉という九条流の発展を歴史の流れとして唯一絶対、その他にはあり得ぬものとして、すなわち自明のものとして歴史叙述を展開しているということなのだろう。

四

次に、兼家が九条流の発展史のなかでどのように位置づけられているかを確認していこう。

巻第五、浦々の別に敦康親王の誕生が叙されている。そこに女院詮子、高階成忠、道長、伊周ら四者の誕生に対するそれぞれの感懐、発言が並記されている。道長の発言を引用しよう。

大殿（道長）、「同じきものを、いときららかにもせさせたまへるかな。筋は絶ゆまじきことにこそありけれとのみぞ。九条殿の御族よりほかのことはありなむやと思ふものから、そのなかにもなほこの一筋は心ことなりかし」などぞのたまはせける。（①二八四〜二八五）

「この一筋」を『栄華物語詳解』は兼家一流と捉える。娘に一条天皇の皇子出産を望めない状況にある道長の、敦康親王を身内として扱う発言ととれば、中関白家と政治的に鋭く対立してきた道長が、中関白家の浮上の期待を一身に負うことになる敦康親王の誕生を讃頌することは不自然ではないと思われる。この道長の発言は、敦康親王誕生によって伊周、隆家の召還がもたらされるという、『栄花物語』においては異例なほどに緻密に展開しているところに顕現する表現の論理とは一切交わらない（注12）。この発言は敦康親王の誕生を寿ぐものであるから、敦康親王誕生記事に付随的に記される理由はある。しかし、道長の発言が持つ内容の射程は当該記事を越えている。しかも、巻第五後半の表現の論理を相対化するような面も持ち合わせている。九条流の発展という側面から歴史をみる、作者にとっては自明の固成された史観ともいうべきものがそのまたちあらわれたとみるべきである。道長の発言は当該箇所を支える表現の論理と何ら交互作用を誘発させないような一方的な作者の側からの事象に対する意味付与であった。だからこそ、道長の発言の中に諸事象を九条流の発展の顕現として捉える史観が生のまま提示されていると見ることができる。そこでは、兼家を師輔から道長へという歴史の展開のなかで、無視し得ない存在として特立しているのに注目される。

次の例をみよう。巻第三、様々の悦の、師輔の子孫について語っているところである。

九条殿の御男君達十一人、女君達六所おはしましける御なかに、后（安子）の御末今まで帝におはしますめり。尚侍（登子）、六の女御（忯子）など聞えし、御なごりも見え聞えたまはぬに、男君達は、太郎、一条の摂政と聞えし（伊尹）、その御後ことにはかばかしうも見え聞えたまはず。花山院もかの御孫におはしますぞかし。それかくておはしますめり。男君達入道の中納言（義懐）こそはかくておはしましつるもあさましうこそ。女君も、九の君までおはせし、その御方のみこそは残りたまふめれ。堀河の左大将（朝光）、ただ今は昔も今もいとなほやむごとなき御有様なり。広幡の中納言（顕光）はことなる御おぼえも見えたまはず。こと君達、まだいと御位も浅うおはすめり。このただ今の大殿（兼家）は、三郎にこそおはしましけるに、ただ今はこの殿こそ、今行く末はるかげなる御有様に、頼もしう見えさせたまふめれ。一条の右大臣殿（為光）は、九郎にぞおはしける、かくいみじき御なかにも、なほ勝れたまへるはことなるわざになん。かやうにこそはおはしまさふめるに、ただ今御位もあるがなかにいと浅く、御年などもよろづの御弟におはすれど、いかなるふしをか見たてまつるらん、世の人、この三位殿（道長）をやむごとなきものにぞ、同じ家の子の御なか

にも人ごとに申し思ひたる。(①一六三〜一六四)

この記事の前に「かくて年号かはりて、永祚元年(九八九)といひて、」(①一六二)とあって、永祚元年の時点で生存している師輔の子孫の名があげられているが、単なる名の羅列ではないだろう。花山院やその舅、義懐については、「かくておはしますめり」「かくておはしましつるもあさましうこそ」と述べ、そのいずれの「かくて」も既に巻第二のおわりに語られた出家を指し示し、明らかに既述部分との照応関係がある。「后の御末今まで帝におはしますめり」と、安子所生の冷泉天皇と円融天皇および両天皇の皇子がいわば両統迭立の形で皇統譜を形成してきたこと(それは既述されたことであるが)を再確認している。この師輔の子孫の有様を述べる記述は、既述された過去の事象を永祚元年という時点に引きよせ、それらの事象に九条流の発展を証すものとしての位置づけを与えている。

九条流が安子と兼家とによって受けつがれ、発展してきたと述べ、兼家はもちろんのこと、安子が九条流の発展の上で不可欠の存在としているところに注意したい。これは、巻第一、月の宴にみえる「(安子は)おほかたの御心ざま広う、まことのおほやけとおはしまし、かたへの御方々にもいと情あり、おとなおとなしうおはしましをぞ、御方々も恋ひきこえたまふ」(①五四)などといった記述と響き合い、村上天皇の後宮において安子が「まことのおほやけ」として国母的役割を果たしたことが、九条流の発展の礎石になったことを再確認させる。九条流の発展史と後宮史が不可分の関係にあることも窺知されるのである。

さて、「ただ今はこの殿こそ、今行く末はるかげなる御有様に、頼もしう見えさせたまふめれ」とあって、九条流の繁栄が兼家によってうけつがれていることが述べられ、しかも、兼家の子息の中で道長が、末弟でありながら、「やむごとなきもの」として衆望をあつめ、九条流の発展の継承者として位置づけられているのである。『栄花物語』は、巻第三の当該箇所で、道長の繁栄を予示し、九条流の発展を継承する〈道長の栄華物語〉を敷設しているのである。巻第三十、鶴の林に道長の人生史を総括する記事（③一八一〜一八二）がある。既に言及したことがあるので（注13）詳しいことは省略するが、この記事は同時に、作者の表現行為の軌跡の回顧でもあった。その中で巻第三を道長の人生史の始発と位置づけ、また、道長の人生史に即応する歴史叙述の始発としていた。巻第三の師輔の子孫に関する記述は、巻第三十の記事によって裏付けられるように、九条流の発展史から道長の人生史に即応する〈道長の栄華物語〉への変質をも示すものでなかろうか。巻第一、巻第二では、九条流の発展を証す事象が記されるごとに、それが確認されていた。たとえば、伊尹の任摂政を記すところでは、「この御有様につけても、九条殿の御有様のみぞなほいとめでたかりける」（①七四）とあったし、兼通が関白太政大臣になったことを語るところでも「ただ九条殿の御事をのみ世に聞えさす」（①九一）とあった。ところが、巻第三以降、巻第三の当該箇所と、先述の巻第五の敦康親王誕生記事の他は、語られる事象の内容に即して九条流の発展がその都度確認されることはないのである。（巻第五の場合、その唐突さから固成し、硬直化した史観としてたちあらわれている）。それは、九条流の発展史の〈道長の栄華物語〉への転折を示すものととれないだろうか。さらに、巻第三では、兼家の子息、道隆・道兼・道長三者の外貌や性格などが並記され、その中で、道長を「五郎君、三位中将にて、御かたちよりはじめ、御心ざまなど、兄君たちをいかに見たてまつり思すにかあらん、ひきたがへ、さまざまいみじうらうらうじう雄々しう、道心もおはし、わが御方に心よせある人などを、心ことに思し顧み、はぐくませたまへり。御心ざますべてなべてならず、あべきかぎりの御心ざまなり」（①一四四）と記し、道長のすばらしい人間性を称揚することによって、道長が繁栄を獲得する資性を兼ねそなえていることを示している。これは、巻第一で、実頼、師輔、師尹の性格を並記し、「九条の大臣は、おいらかに、知る知らぬわかず心ひろくなどして、月ごろありて参りたる人をも、ただ今ありつるやうに、けにくくもてなさせたまはずなどして、いと心やすげに思し掟てためれば、大殿の人々（兼家に仕えていた人々）、多くはこの九条殿にぞ集りける」（①二九

〜三〇）と、師輔を栄華を担うべき人として特定していくやり方に等しい。かかる人物評が巻第一および巻第三にみえ、巻第一が九条流の発展史の始発に位置する巻であるが故に三者を並記比較し、師輔を特立する性格規定が要請されたのであるとすれば、巻第三が新たな展開を志向しているというふうに考えられるのではなかろうか。巻第三は、九条流の発展史を受け継ぎ、道長の人生史に即応する格好の歴史叙述に据え直しがはかられているということになろう。兼家のばあい、その性格、資質が伊尹、兼通とともに並記され、その優越性が明示されてはいなかった。それは、同じく九条流の発展を担う師輔、道長のばあいと異なるが、『栄花物語』の構想の問題と緊密にかかわっているからなのだろう。

五

巻第二の記述をもとに、第一、二節では花山朝の歴史叙述、第三節では道長と兼家の描き方の共通性から『栄花物語』の歴史叙述は、〈師輔—兼家—道長〉という九条流の発展を自明のものとしていること、第四節では巻第三で九条流の発展史を受けつぎつつ、その据え直しが行われていることを明らかにした。『栄花物語』が九条流の発展史を目指していることは夙に山中裕氏が指摘されたことであった。氏は主に巻第一、月の宴の叙述を精緻に検討され、かかる結論を提示された（注14）。氏の指摘に基づき、九条流の発展史という見方から『栄花物語』を対象化するときみえてくる諸相を点綴してみたのである。

（1）　山中裕『平安朝文学の史的研究』（吉川弘文館、昭和四十九年四月）

(2) 島津久基『対訳　源氏物語講話　巻一』(名著普及会、昭和五十八年五月)他。
(3) 秋山虔「桐壺帝と桐壺更衣」『講座　源氏物語の世界　第一集』(有斐閣、昭和五十五年九月)
(4) 河北騰『栄花物語の研究』(桜楓社、昭和四十三年一月)
(5) 注(4)前掲書。
(6) 塚原鉄雄「大鏡構成と怪異現象」(『人文研究』第三十六巻、昭和五十九年十二月)
(7) 第Ⅱ部第一章。
(8) 渡瀬茂「政治的意志の否定について――『栄花物語』の考察(九)――」(『研究と資料』第十五輯、昭和六十一年七月)
(9) 岩波日本古典文学大系『栄花物語』上、補注一九八。
(10) 巻第十、日蔭の鬘に娍子の立后が記されているが、しっかりした後見がないにもかかわらず娍子が立后したことが道長によって称賛されている。
(11) 注(8)前掲論文。
(12) 第Ⅰ部第三章。
(13) 第Ⅰ部第四章。
(14) 注(1)前掲書。

第九章　法成寺グループの諸相

一

娘、威子の入内、立后を果たした道長が、敦康親王の早世（寛仁元年（一〇一七）十二月十七日のこと）に接し、世の無常を感じて、出家を思い立ったことを、『栄花物語』巻第十四、浅緑は次のように記す。

A世のはかなさにつけても、殿（道長）はなほ、いかで本意とげなんと、督の殿（嬉子）東宮に参らすることをせばやと、世をあやふく思しめす。（②一六三）

嬉子の東宮参りが唯一、道長の出家のほだしであったことも付記されている。道長は寛仁二年四月ごろから「胸病」を煩い、同年十月からは眼病も併発し、嬉子の東宮参りを果たせぬまま、翌寛仁三年三月二十一日に出家した。道長の病悩から出家にいたる経緯を記すなかに、

B年ごろの御本意、ただ出家せさせたまひて、この京極殿（土御門第）の東に御堂建てて、そこにおはしまさんとのみ思さるるに、（巻第十五、疑②一七四）

とあり、『栄花物語』はここではじめて道長の法成寺造営の企図に言及している。さらに、出家の功徳によって

病が平癒した後、その企ては具体性を帯び、

Cこの御悩みは、寛仁三年（一〇一九）三月十七日より悩ませたまひて、同二十一日に出家せさせたまへれば、日長に思さるるままに、さるべき僧たち、殿ばらなどと御物語せさせたまひて、御心地こよなくおはします。今はただ、いつしかこの東に御堂建てて、ささしう住むわざせん、となん造るべき、かうなん建つべきといふ御心企みいみじ。（中略）殿（道長）は、御堂いつしかとのみ思しめす。この世のことは、今はただかの御堂のことをのみ思しめさるれば、摂政殿（頼通）もいみじう御心に入れて、掟てまうさせたまふ。（巻第十五、疑②一七九〜一八〇）

とある。

道長の出家および寺院造立の思いは年来のものであったと、『栄花物語』は記しているけれど、実は、寺院造立については『小右記』に記されているところといささかズレがある。『小右記』寛仁三年七月十七日条に、

D入道殿（道長）忽発願、被奉造丈六金色阿弥陀仏十（「九」ノ誤リカ）体・四天王、彼殿東地〈京極東辺〉、造十一間堂、可被安置、以受領一人充一間、可被造云々、従昨始木作、摂政（頼通）不甘心云々、

とある。受領一人にそれぞれ阿弥陀堂の一間の造立を担わせるやり方は、土御門第再建の際にとられた方式の踏襲であったが、それについて頼通が批判的であったとする『小右記』に対して、『栄花物語』は頼通の全面的な協力を描出している違いもさることながら、道長の新堂発願が『小右記』では「忽」とされていることに注目される。道長の病悩は『栄花物語』が記すように出家後ただちに平癒したのではなく、『小右記』には六月ごろまで道長の病悩に関する記事が散見される。小康を得たものの、いつ重態になるとも限らない、そのような状況のなかで、おそらく『小右記』のいうように俄に、亡くなったのち極楽往生することを切実に念ずる思いから、道長は九体の阿弥陀仏の造像ならびにそれらを安置する新堂の造立を思い立ったのであろう。法成寺は、諸堂のな

かで阿弥陀堂が最初に建立され、阿弥陀堂に因んで無量寿院と呼ばれたが、治安二年（一〇二二）七月、金堂が完成するに及んで、法成寺と改定された（『左経記』七月十一日条等）。かかる寺号の改称からも、新堂造立の当座の目的はひたすら後世善所のためであり、阿弥陀堂を中心に金堂、五大堂、薬師堂等の追加的配置によって、まさにこの世に荘厳化された浄土を現出させる長大かつ綿密な計画性もなかったであろうし、ましてやはじめから金堂を中心とする壮大な伽藍配置の寺院が構想されていたとは考えにくいであろう。

ところが、『栄花物語』は、先に引いたB、Cを含めて、後の完成されたかたちの法成寺造営計画が当初からあったかのごとく記している。「御堂」造営の有様を記すところには、

E御心地今は例ざまになり果てさせたまひぬれば、御堂のこと思しいそがせたまふ。（中略）殿の御前（道長）も、「このたび生きたるはことごとならず、わが願のかなふべきなり」とのたまはせて、ことごとなくただ御堂におはします。方四町を廻りて大垣して、瓦葺きたり。さまざまに思し掟ていそがせたまへば、夜の明くるも心もとなく、日の暮るるも口惜しく思されて、よもすがらは、山を畳むべきやう、池を掘るべきさま、植木を植ゑ並めさせ、さるべき御堂御堂さまざま方々造りつづけ、仏はなべてのさまにやはおはします、丈六金色の仏を数も知らず造り並め、そなたをば北南と馬道をあけ、道を調へ造らせたまひて、廊、渡殿数多く造らせたまふに、鶏の鳴くも久しく、宵暁の御おこなひも怠らず、安き寝も御殿籠らず、ただこの御堂のことのみ深く御心に知らせたまへり。（巻第十五、疑②一八二～一八三）

とある。「御堂御堂さまざま方々造りつづけ」という表現は、阿弥陀堂にとどまらない諸堂の建立計画があって、そのための工事が着実に進行している様を伝えている。

『栄花物語』において「御堂」はもっぱら法成寺もしくはその中心に位置する金堂を指して用いられ、「御堂御堂」は法成寺の諸堂を表現するのに使用されている。Eにみえる二例の「御堂」も法成寺のことをいっている。逆に、

金堂は「御堂」とも「大御堂」とも呼称され、阿弥陀堂は「阿弥陀堂」と呼称されるものの、「御堂」と呼称される例は皆無である。「そなた」は、道長の法成寺内の住房（寝殿）から見た表現で、おそらく阿弥陀堂を指すのであろう。「北南と馬道をあけ」とあるのは、母屋九間の周囲に一間の廂を設け、東廂の東側にあった南北十一間の通路のことであろう。ここでも造営中の阿弥陀堂が「御堂」と呼称されていないことが確認される。

阿弥陀堂に安置される九体の阿弥陀仏が寺内で造像されていたかのような叙述が見られるけれども、『小右記』寛仁三年（一〇一九）七月十六日、十二月四日条、『左経記』寛仁三年十一月三十日、四年二月二十七日条によれば、造仏は道長の小南邸で行われ、寛仁三年十一月三十日に終わり、阿弥陀堂の落慶供養が催される翌年三月までしばらく小南邸に安置することになり、落慶供養の直前の二月二十七日に遷仏の儀が執り行われた。このように他史料と比べると、細部に齟齬が見られるけれど、さりとて『栄花物語』は法成寺に最初に建てられた堂宇が阿弥陀堂であったことを知らなかったわけではない。

実は、阿弥陀堂落慶供養のことは巻第十六、本の雫に簡単に触れられている。

F入道殿（道長）は、御堂の西によりて阿弥陀堂建てさせたまひて、九体の阿弥陀仏造りたてさせたまひて、この三月（寛仁四年三月）に供養せさせたまふべしと、いみじういそぎののしりて、宮々などもおはしますべければ、柳、桜、藤、山吹などいふ綾織物どもをし騒がせたまふ。（②二二三）

と、まず予定が記された後、

Gめでたき御堂の会とののしれども、世の人ただ今は、この裳瘡に何ごともおぼえぬさまなり。（②二二四）

と、盛儀が裳瘡流行に埋没してしまったことを述べ、供養の詳細は省略されている。巻第十七、音楽一巻をあてて金堂の落慶供養を詳述しているのとは対照的な処理であった。巻第十四、浅緑に、威子の立后によって一家から三后が立つ、類例のない栄華の極みにいたった道長の、その栄華と勢威を誇示すべき機会として三后の参集す

る盛儀を催そうとする企てが、

Hかくて后三人（太皇太后彰子、皇太后妍子、中宮威子）おはしますことを、世にめづらしきことにて、殿（道長）の御幸ひ、この世はことに見えさせたまふ。この御前たち（彰子ら）のおはしまし集まらせたまへるをりは、ただ今もの見知り、古のことおぼえたらん人に、ものの狭間よりかいばませたてまつらばやとまでぞ、思されける。（②一五六）

とみえる。かかる企てが道長の思い描く趣向そのままに実現されるのは、実は金堂供養であった。確かに阿弥陀堂供養の三后参集は、金堂供養の折には三后に加えて後一条天皇、東宮敦良親王の行幸啓があったのに比べれば見劣りはするものの、かかる企てを実現する絶好の機会であったにもかかわらず、重視されていない。巻第十七の記述の途中に、

Iすべてあさましく目も心もおよばれずめづらかにいみじくありける日の有様を、世の中の例に書きつづくる人多かるべし。そがなかにもけ近く見聞きたる人は、よくおぼえて書くらん。これはものもおぼえぬ尼君たちの、思ひ思ひに語りつつ書かすれば、いかなるひがごとかあらんと、かたはらいたし。（②二八五）

と、この盛儀がそれを実見した尼たちの語ったことを記しとどめた供養記――巻第十八、玉の台が尼たちの諸堂巡拝記の体裁をとっているので、あるいは巡拝記――に基づいてなされていることが種明かしされる。「ものもおぼえぬ」と謙辞が用いられているが、この尼たちの素性がより詳しく記されている巻第十八の記述によれば、阿弥陀堂で夕刻に行われる念仏や後夜の懺法に日々参り、後世極楽往生を誓い合った同志ともいうべき関係で、そのうちの一人「花の尼」は、念仏の折の散華の花を奉仕するのでかく呼ばれるのであったが、かつて宮仕えの経歴を持ち、「老いたれど、みやびかなるさましたり」（②三一五）とある。Hに記される「ただ今もの見知り、古のことおぼえたらん人」そのものであった。

この点からも、『栄花物語』が金堂を重視する姿勢がうかがわれ、法成寺の諸堂宇のなかで金堂を中心と考え、金堂の完成によって一応、道長の私寺としての体裁が整ったと見なしていると思われる。阿弥陀堂の位置について「御堂の西によりて」とFで説明され、道長の妻、倫子の発願に成る西北院の位置が「御堂の戌亥の方にへだてて」（巻第十六、本の雫②二四七）と述べられているのも、金堂を中心とした完成された法成寺の伽藍配置を前提にした表現であろう。

道長が建立した阿弥陀堂は、東向きの正面十一間、側面四間の、九体の阿弥陀仏を安置するにふさわしい平面構造を持つ。法華三昧堂や常行三昧堂の影響を受けて、方五間、方三間が阿弥陀堂の平面形式の主流であった当時（注1）――西北院も方五間か（巻第十六に「三間四面の檜皮葺の御堂」とある（②二四七））、安置仏像は阿弥陀五尊（『小右記』治安三年十二月三日条）――、いわゆる九体阿弥陀堂をはじめて建立したのが道長である。そののち五十年あまりが経った白河、鳥羽院政期に上皇による九体阿弥陀堂造立の事例等が数例確認されるが、発願者の権勢と財力の裏付けがあって可能となる造営であった（注2）。道長の私寺造営は父祖のそれに倣ったことは確かであろうが、阿弥陀浄土への傾倒を示す堂宇が取り入れられのは、藤原師輔（道長祖父）の楞厳院、為光（師輔男）の法住寺で、藤原忠平（道長曾祖父）の造営した法性寺には同じ浄土でも薬師浄土が華麗に描かれた六角堂があるのみだという（注3）。密教的要素を多分に残しつつも、末法の到来を鋭く意識した道長によって発案、導入された九体阿弥陀堂の偉容は世人の注目の的であったと想像される。確かに巻第十八において尼たちの目を通して視覚的に阿弥陀堂の壮麗な有様を描出している。また法成寺は金堂と池とを結ぶ南北線を軸にしてシンメトリーに伽藍配置がなされていたと推定されているが、阿弥陀堂と対称の位置関係をなす五大堂の供養は金堂供養と同じ日に行われたにもかかわらず（『諸寺供養類記』一、堂供養記）、『栄花物語』はそれについては全く言及せず、巻第十八でわずかに五大堂の安置仏像のことが記されているのみである（②三一八）。五大堂を一付属堂宇とする位置づけと引き比べると、阿弥陀堂は金堂と対をなす扱いにまでせり上がっているけれども、如上のように『栄花物語』の格付けとして金堂の優位は揺るがないだろう。

二

『栄花物語』巻第十五、疑は、道長の病悩・出家、道長の法成寺建立発願と造営工事の盛観、道長の信仰の総括のおおよそ三部からなる。『栄花物語』の歴史叙述の基本は諸記事を編年的時間軸に据えることによって進行するが、道長の信仰を総括するところは、明らかに編年的時間秩序から逸脱している（注4）。

J年ごろし集めさせたまひつることどもを聞えさするほどに、涌出品の疑ひぞ出で来ぬべき。その故は、殿（道長）の御出家の間いまだ久しからで、し集めさせたまへる仏事、数知らず多かるは、かの品に、成仏を得てよりこの方、四十余年に化度したまへるところの涌出の菩薩はかりもなし、「父若うして子老いたり、世挙りて信ぜず」といふことの譬のやうなり。されども、御代のはじめよりし集めさせたまへることどもを記すほどに、かかる疑ひもありぬべし。（②二〇〇～二〇一）

道長は出家して間もないにもかかわらず、こうして道長が行った数々の善業を挙げていくと、読者あるいは聞き手の反応として「涌出品の疑ひ」が生じるのはもっともなことであるが、道長が執政者となってからの善業を総収しているからであると、道長を釈迦になぞらえながらことわっている。『栄花物語』はこの部分に関して編年的時間秩序からの逸脱を自覚的に行っている。

道長を弘法大師、聖徳太子の生まれ変わりと位置づける記事を境に、道長を仏法興隆の担い手と見定め、道長の法華経信仰、道長の教学奨励、道長による木幡浄妙寺建立・供養、毎月の仏事年中行事への道長の参加、道長の四天王寺・高野山参詣、道長の造仏・写経などの数々の善業を記している。木幡浄妙寺供養は寛弘二年（一〇〇五）

十月十九日のことで、道長が出家した寛仁三年（一〇一九）からすると過去に属する。ただし『栄花物語』は「寛仁三年十月十九日より」（②一九三）と年時を誤っている。道長の毎月の仏事年中行事への参加を記すところは、『三宝絵』を下敷きにしている。さまざまな仏事善業に道長が積極的に関与していたことを印象づけるために導入されたとおぼしく、道長の信仰の実態をそのままに示しているとはいえないであろう。道長および道長一家の法華経信仰――法華八講、法華三十講、法華経写経、法華経読誦などは――、『栄花物語』においてこれまで言及されていたし、この後の巻々でも触れられる。それらを除く善業については巻第十六以降に記述され、Jでは道長が執政者となってから出家直後までのこととことわっているけれど、今後展開される歴史叙述の内容を予め示す役割をも担っている。その多くは巻第十七、音楽、巻第十八、玉の台、巻第二十二、鳥の舞のいわゆる法成寺グループの巻々――巻第十五、疑、道長の薨去を描く巻第三十、鶴の林をあわせて、これら宗教的色彩がとりわけ強い巻々を「法成寺グループ」と称している――に記されているが、他に巻第十六、本の雫に阿弥陀堂供養、巻第二十、御賀に道長の四天王寺・高野山参詣（②三七三）、巻第二十九、玉の飾に十斎仏遷座（③一一二）・百体釈迦如来像遷座（③一一八）・釈迦堂供養（③一二五～一二六）が記されている。

かかる道長の信仰の総括が据えられている巻第十五を法成寺グループの総序と位置づけるのは故なしとし得ないけれど、その記述がもつ射程は巻第二十九までと思量される。それを証すべく、道長の造仏、写経を総括する記事に検討を加えよう。

Kおほかたこのことのみかは、わが御寺、わが御殿の内にせさせたまふことどもまねびつくすべきかたなし。ある時は六観音を造らせたまひ、あるをりは七仏薬師を造らせたまひ、ある時は八相成道をかかせたまふ。ある時は九体の阿弥陀仏を造らせたまふ。または十斎の仏を等身に造らせたまひ、ある時には百体の釈迦を造り、ある時は千手観音を造り、ある時は一万体の不動を造り、ある時は金泥の一切経を書き、供養せさせたまふ。ある時は同じく大威徳をかき、供養せさせたまふ。また、八万部の法華経を申し上げさせたまふ。これらみな、滅罪生善のためと思しめす。これに添へて、懺法の営みおこたらず。御堂の勤め、ひねもすよもすがらおこたらせたまはず。年月を経て、しつくさせたまふこと、仏の御ことにあらずといふことなし。（②一九八〜一九九）

道長の造仏、写経の営みを時系列に沿って記してはいない。「六観音」「七仏薬師」「八相成道」「九体の阿弥陀仏」「十斎の仏」「百体の釈迦」「千手観音」「一万体の不動」「一切経」「八万部の法華経」というふうに、漸増法的に列挙されている。かかる善業が具体的にどこに記されているかをまとめると、以下のようになる。ただし、「一切経」は、道長が生前、供養を志していたが、かなわぬまま薨じ、その遺志を継いで道長の一周忌に若干の巻を写経し、供養したことが知られる（『小右記』長元元年（一〇二八）十一月四日条）。「大威徳」は、仏像については五大堂に安置されていることが巻第十八、玉の台に見えるが、仏画のことは『栄花物語』はもちろん他史料からも知られない。「八万部の法華経」の供養は、「八万」は、「八万四千」の略で、多数の意を表し、道長の法華経書写、供養は絶えず行われていて、いついつのことと特定できない。

○六観音――薬師堂――遷仏の儀（万寿元年（一〇二四）三月、『小右記』は前年の十二月）・薬師堂供養（万寿元年六月）――巻第二十一、鳥の舞
○七仏薬師――薬師堂――遷仏の儀（万寿元年三月、『小右記』は前年の十二月）・薬師堂供養（万寿元年六月）――巻第二十一、鳥の舞
○八相成道――金堂――金堂供養（治安二年（一〇二二）七月）――巻第十七、音楽
○九体の阿弥陀仏――阿弥陀堂――阿弥陀堂供養（寛仁四年（一〇二〇）三月）――巻第十六、本の雫
○十斎の仏――十斎堂――遷仏の儀（万寿四年（一〇二七）五月、『小右記』は同年二月）――巻第二十九、玉

の飾

○百体の釈迦――釈迦堂――遷仏の儀（万寿四年六月）――巻第二十九、玉の飾

○千手観音――薬師堂――遷仏の儀（万寿元年三月、『小右記』は前年の十二月）・薬師堂供養（万寿元年六月）
――巻第二十二、鳥の舞

○一万体の不動（『小右記』は「百体」）――妍子三十五日の法事（万寿四年十月）――巻第二十九、玉の飾

この一覧表を見て、巻第十五に総収されている道長の造仏、写経に関する善業が巻第二十九までに記され、それぞれが編年的時間軸の上に据え直されていることに気づく。巻第十五は法成寺グループの総序的性格を一面もっているけれども、『栄花物語』正編の掉尾に位置し、法成寺グループの最終巻とされる巻第三十、鶴の林までは、その射程に収められていないことの証左となろう。同じ法成寺グループに属するとはいえ、それほど巻第三十と他の四巻とは性格を異にするのであろう。

『栄花物語』は道長の人生史に相即するかたちで歴史が分節化され、歴史が構成されている（注5）。巻第三十のおしまいに道長の人生史を概観するくだりがある。

L殿の御前（道長）の御有様、（a）世の中にまだ若くておはしましより、おとなび、人とならせたまひ、公に次々仕まつらせたまひて、唯一無二におはします、（b）出家せさせたまひしところの御こと、終りの御時までを書きつづけきこえさするほどに、（c）今の東宮（敦良親王）、帝（後一条天皇）の生れさせたまひしより、（d）出家し道を得たまふ、法輪転じ、涅槃の際まで、（e）発心の始めより実繋の終りまで書き記すほどの、かなしうあはれに見えさせたまふ。（③一八一～一八二）

「書きつづけきこえさする」「書き記す」とあるように、道長の人生史の総括であると同時に、道長の人生史に即して構想され、展開されてきた歴史叙述の営為が振り返られている。（a）は巻第三、様々の悦から巻第十四、

浅緑まで、（b）（d）（e）は巻第十五、疑から巻第三十、鶴の林まで、（e）は巻第八、初花以降をそれぞれ指している。とくに（b）（d）（e）と巻第十五から巻第三十までが繰り返し分節化されているのに注目すると、巻第三十も道長出家後の生き様のなかに位置づけることもできるだろう。しかし、巻第二十九までは道長存生中のことを記し、巻第三十は道長の薨去を対象化する。両者のあいだに断絶を認め、その断絶の意味を問うことは、『栄花物語』が道長の薨去をどのように描き、正編の歴史叙述を閉じているかを検討することに他ならない。この点について議論を進める前に、万寿二年（一〇二五）、阿弥陀堂が当初の位置より西に新たに造られ、九体の阿弥陀仏が新造の阿弥陀堂に移されたことについて述べておこう。

三

M（資平ガ）又云、廿七日九体阿弥陀仏欲奉移新造西堂云々、而依重日不可被奉移申（由カ）、禅閤（道長）被命、（『小右記』万寿二年三月十八日条）

N宰相（資平）云、明旦法成寺阿弥陀堂九体阿弥陀仏奉移新造西堂、本堂可移立両（西カ）大門南腋之（云々カ）、（『小右記』万寿二年十月二十四日条）

O両宰相（経通・資平）来云、巳時奉遷九体阿弥陀仏于北当（西堂カ）、午時可壊本堂者、（『小右記』万寿二年十月二十五日条）

P今日供養法成寺阿弥陀堂、重而被供養也、（『日本紀略』万寿三年三月二十日条）

如上の史料を総合すると、新造阿弥陀堂の木作・礎石・立柱等、造営工事の進捗状況は不明であるが、万寿二年三月には新造阿弥陀堂はできあがっていたようである。道長は同年三月二十七日に阿弥陀仏を新造阿弥陀堂に移そうとしたが、重日により断念した。阿弥陀仏は同年十月二十五日に新造阿弥陀堂に移された。元の阿弥陀堂は西大門の南側に移築することも考えられたが、結局壊されることとなった。翌万寿三年三月二十日に再度、阿弥陀堂供養が行われた。

ところが、『栄花物語』は新造阿弥陀堂のことに全く触れない。万寿二年八月五日に亡くなった嬉子の四十九日の法事が九月二十一日、阿弥陀堂で行われたが（巻第二十七、衣の珠③三二）、その前後に阿弥陀堂の移転を示す記事は見られなく、『栄花物語』はどうも阿弥陀堂移築のことを知らなかったようである。

万寿二年は、道長にとって不幸がうち続いた。七月九日、娘、寛子（小一条院女御）に、八月五日、同じく嬉子（東宮敦良親王妃）に先立たれた。とくに嬉子の薨去は道長に相当こたえたらしく、

Q殿の御前（道長）は、世の中を深く憂きものに思しめして、「今は里住みさらにさらにふよう、山に住まん」とのたまはせて、まことの道心起させたまへり。（巻第二十六、楚王の夢②五一九）

とあるように、隠棲を思い立った。また、道長出家の戒師、天台座主院源が、

R「（前略）今はこの御女一所（嬉子）をこそ、かつはいみじかりけるわが亡者かな、ここらの年月の念仏やいたづらになりぬらんと、心憂く思しめし、またおし返しては、これいみじかりける善知識かな、楽しみありて苦しみはなしとのみ知りたりつるを、悲しみも苦しみもともに知らせつることと、よろづに方々に思し得て、真心に念仏せさせたまはばこそ、わが御ための善知識ともなり、亡者の御ため菩提のたよりともならめ。年ごろ権者とこそ見たてまつりはべれど、あさましうはかなうおはしけり」と、（院源が）世間の理を申しつくしたまへば、（道長が）「いかがは。さ思ひとりてはべりや。されどそれがただ恋しきなり」とのたまはするままにも、御目より水精を貫きたるやうにつづきたる御涙いみじうて、山の座主（院源）も泣きたまひぬ。

（②五二九）

とあるように、悲しみに暮れる道長を、道理をつくして諭すのであった。権者さながらに念仏と阿弥陀懺法を行

い、ひたすら後世善所を念ずる道長の堅固な道心も、愛娘の薨去に揺らいだ。

新造阿弥陀堂の建立、すなわち五大堂と対称をなす当初の阿弥陀堂を西に新たに建立することは、万寿元年（一〇二四）六月に落慶供養が行われた薬師堂（五大堂の東に建立）と対をなすべく配置せんとして、おそらく計画されたのであろう。西方阿弥陀浄土と東方薬師浄土をともに欣求する姿勢のあらわれと見ることもできよう。阿弥陀堂をさらに西に新造することによって西方浄土への往生を強く希求する願いをかたちにしたのだともいえるだろう。いずれにしても、道長の極楽往生を強く念ずる思いが法成寺の伽藍配置の見直しをもたらした。それは万寿元年、二年のことであったと推測される。一方、『栄花物語』はそのあたりの事情を承知していないが、身内に起こるうち続く不幸を乗り越え、揺らぎかけた道長の道心がさらに堅固なものとなっていく時期と見ているのではなかろうか。

四

道長の薨去は万寿四年十二月四日のことであった。薨去の直前、九月十四日に娘、妍子の崩御にあっている。巻第二十九、玉の飾によると、ありとあらゆる手がつくされたけれども、それをとどめることはかなわなかった。道長の悲しみは病身には耐え難いものであったと想像される。『栄花物語』も、

S（妍子が）うせもておはするままに、殿の御前（道長）、「あな悲しや。老いたる父母を置きて、いづちとておはしますぞや。御供に率ておはしませ」と、声をたてて泣かせたまふに、（③一三一）

と記している。

さて、『栄花物語』は、道長の薨去を巻第三十、鶴の林一巻をあてて描く。道長は死に臨んで、除病の祈りや修法を拒み、

Tさらにさらに。おのれをあはれと思はん人は、このたびの心地に祈りせんはなかなか恨みんとす。おのれをば悪道に堕ちよとこそはあらめ。ただ念仏をのみぞ聞くべき。この君達、さらにさらにな寄りいませそ。（③一五〇）

と、念仏をとなえ、弥陀迎接の相を観ずる臨終念仏に専心したいという。『往生要集』に示された臨終行儀をふまえて、道長の臨終を描こうとしていることが知られる。「この君達、さらにさらにな寄りいませそ」とあるように、身内との対面を峻拒して、「高き屛風をひき廻して立てさせたまひ、人参るまじく構へさせたまへり」（③一五五）という有様であった。「殿ばら」すなわち道長の男子はいうまでもなく、彰子や威子が道長との対面を願っても、なかなか聞き入れられないばかりか、対面を許しても短時間で切り上げてしまう。『小右記』は、彰子や威子が心ゆくまで別れを惜しむことのできなかった理由は、道長の病の汚穢を忌避したためだとするが（万寿四年十一月二十一日条）、『栄花物語』は臨終念仏に専心する道長が無関心であったとする。『栄花物語』は『小右記』が伝える道長の無惨な末期的病状は一切描かないで、現世に心残りなく、ひたすら念仏に専念する道長を描いている。

Uただ今はすべてこの世に心とまるべく見えさせたまはず。この立てたる御屛風の西面をあけさせたまひて、九体の阿弥陀仏をまもらへさせたてまつらせたまへり。（中略）すべて臨終念仏思しつづけさせたまふ。仏の相好にあらずよりほかの色を見むと思しめさず、仏法の声にあらずよりほかの余の声を聞かんと思しめさず、後生のことよりほかのことを思しめさず、御目には弥陀如来の相好を見たてまつらせたまひ、御耳にはかう尊き念仏を聞しめし、御心には極楽を思しめしやりて、御手には弥陀如来の御手の糸をひかへさせたまひて、北枕に西向きに臥させたまへり。よろづにこの相ども見たてまつるに、なほ権者におはしましけりと見えさせたまふ。（③一六二〜一六三）

『往生要集』に示される臨終行儀の模範的実践であった。さらにつづいて、

Vついたち四日、巳の時ばかりにぞ、うせさせたまひぬるやうなる。されど御胸より上は、まだ同じやうに温かにおはします。なほ御口動かせたまふは、御念仏せさせたまふと見えたり。そこらの僧涙を流して、御念仏の声惜しまず仕うまつりたまふ。「臨終のをりは、風火まづ去る。かるが故に、動熱して苦多かり。善根の人は地水まづ去るが故に、緩慢して苦しみなし」とこそはあんめれ。されば善根者と見えさせたまふ。（③一六五〜一六六）

と善根者にふさわしい臨終の瞬間（異相往生）が動的に描き出されている。『栄花物語』の描く道長の臨終は、『往生要集』が別時念仏のひとつとして挙げる臨終行儀そのものであった。『栄花物語』がこれまで語ってきた道長の数々の功徳と相俟って、理想的な臨終の迎え方は、道長の往生を保証することになる。それを『栄花物語』は、葬送の折の院源のことばに託している。

Wこの世界につゆの心とまらず、仏の御教のごとくにて、最後の御念仏乱させたまはざりつ。頼もしきかな。今は極楽の上品上生の御位と頼みたてまつる。（③一七〇）

さらにまた、威子、道長の臨終に際して助念をつとめた成信、融碩、これら三人の夢見を導入して道長の往生を証している。夢は、異界との回路の機能を担い、往生伝において往生者の往生を保証するものとして付記されている。威子、成信が見た夢は道長の下品下生を、融碩の夢見は上品上生を示している。何故、道長の往生のランクに食い違いのある三人の夢見が導入されたのか、検討課題ではあるけれど、ともかく道長は往生したことだけは確実視されることになる。『栄花物語』は巻第三十、一巻をあてて、道長の往生を証す往生伝を作ろうとしているのである。それは、

X往生の記などには、人の終りの有様、夢などこそは聞きおきて、往生と定めたれ。往生せさせたまへりと見

えたり。「まづうせたまひし有様、御腰より上は温まらせたまひて、御念仏極まりなくせさせたまひしに、功徳の相しるく見えさせたまひにきかし」などのたまひ定めさせたまふ。法華経をいみじく帰依したてまつらせたまひければ、現世安穏、後生善所と見えさせたまふぞ、世になくめでたきや。（③一七六）

と述べているところからも知られる。道長が『往生要集』に説かれている臨終行儀を実践し、しかも法華経を信奉していたために往生したとし、それを異相往生と三人の夢見によって裏付け、道長の往生伝が完成するのである。

『栄花物語』は『源氏物語』の圧倒的影響のもとに成立した。光源氏に倣って『栄花物語』は道長の栄華を描き出している面が少なからず見られるが、『源氏物語』は光源氏の臨終場面は描かなかった。したがって『栄花物語』は独自に道長の臨終場面を形作らなければならなかった。そのとき『栄花物語』が依拠したのが、他ならぬ『往生要集』であり、往生を証す数々の表現の装置を備える往生伝であった。死の場面の描き方から見ると、巻第二十九までの残された者の悲しみに重点を置いたそれと巻第三十の道長の臨終は異なっている。道長の子供たちは道長の死を悲しむこともなく、ただひたすら往生を確信し、道長下品下生の夢を見た威子などは、上品上生でなかったことを不審がってもいる。つまり、道長の往生にひたすら関心が向かっているのである。

どうやら巻第三十は巻第二十九までの道長の信仰を描くところとズレがうかがわれる。阿弥陀堂の位置づけも、巻第三十は道長の理想的な臨終行儀の実践の場であるのに対して、巻第十六や巻第十八から窺われる阿弥陀堂は、道長の欣求西方浄土への志向を具体的にかたちにしたものであったけれど、法成寺の中核となる堂宇は密教の教主、大日如来を本尊とする金堂であり、それに比肩する格を『栄花物語』は与えていなかった。それは道長の信仰がなお加持祈禱によって現世利益を求める密教的傾向が強いと理解されていることになろう。だからこそ、原資料の問題もあろうが、『栄花物語』は道長の浄土教への傾斜を示す万寿二年（一〇二五）の阿弥陀堂の移転に無関心であったのであろう。阿弥陀堂の位置づけが、そのまま巻第二十九までの道長の信仰生活を描くくだりと巻第三十との違いとなって立ち現れていると思われるのである。

（1）濵島正士「浄土信仰と法華経信仰」『図説　日本の仏教　三　浄土教』（新潮社、平成元年七月）
（2）工藤圭章「阿弥陀堂の成立」『原色日本の美術　第6巻　阿弥陀堂と藤原彫刻』（小学館、昭和四十四年四月）
（3）注（2）前掲論文。
（4）第Ⅰ部第四章。
（5）第Ⅰ部第四章。

第十章　『栄花物語』の描く万寿二年

一

『大鏡』が歴史語りの時間を万寿二年（一〇二五）五月に設定しているのは、道長の完満の栄華を描くためである。同年七月に小一条院女御となっていた寛子、八月には東宮（敦良親王）女御、嬉子の二人の娘に先立たれ、さすがの道長の栄華にも蔭りが見えはじめるのであった。『大鏡』が万寿二年よりも後に成立したことを指し示す数々の内証が指摘されており、また道長の栄華の継承者として禎子内親王が見定められていることを重視して『大鏡』の歴史叙述の細部に再検討を加えれば、禎子内親王を支えつづけた御堂流傍流の能信およびその周辺の人々が『大鏡』の編述に関与したことが想定され、したがって『大鏡』の成立時（執筆時）と語りの時点が重ならないことは今日、定説となっているけれど、それでは『大鏡』は何故、語りの時間をあえて万寿二年五月に設定するのであろうか。それは、ただ単に道長にとっての不幸を避けることが意図されているのではないであろう。藤原北家の主流に位置する人々と比較しても道長が卓絶した栄華を実現したことを明らかにするためであると同時に、道長の達成した比類のない栄華の内実――それは、天皇の外戚となり天皇を強力に「後見」する関係を基盤とする

――が道長に至る藤原北家発展の歴史を展望するときのひとつの指標になっているからでもある。ことは道長の栄華の卓抜性にこだわる『大鏡』の姿勢にあるだろう。

道長は、倫子と明子の二人の妻がいたが、倫子腹の子女と明子腹の子女を処遇面で明らかに差別していた（注1）。天皇あるいは東宮の後宮に入るのは倫子腹の娘たちであった。すなわち、倫子腹の娘たちの入内によって天皇との外戚関係が築かれる。だから、道長にとって嬉子（母は倫子）の死が寛子（母は明子）のそれより痛手であったことは想像に難くなく、それは『栄花物語』巻第二十六、楚王の夢からも窺われる。嬉子は親仁親王（後の後冷泉天皇）を生んで間もなく亡くなった。道長は嬉子の死と引きかえに将来、天皇となる外孫を手に入れた。嬉子に先立たれた道長の悲傷は深かったものの、嬉子の薨去によって道長の繁栄が揺らぐことはなかったろう。嬉子の薨後、万寿三年（一〇二六）十二月、後一条天皇中宮、威子が章子内親王を生み、期待された皇嗣を得られなかった道長は、翌年三月、孫にあたる三条天皇皇女、禎子内親王を東宮敦良親王に入れ、将来の皇統を思い描いて万全の策を怠りなく講じるのである。『大鏡』は万寿二年五月を語りの時点に設定することによって嬉子の薨去と禎子内親王の東宮参入との因果関係を伏せ、禎子内親王が嬉子の後釜に座る負のイメージを払拭している。他方、藤氏物語の掉尾に世継の夢見を導入して、詮子、彰子、禎子内親王と続く女院繁栄の系脈に禎子内親王を組み込み、将来、国母となることを予言するとともに、禎子内親王を道長の栄華の継承者として位置づけて禎子内親王所生の後三条天皇（後朱雀天皇第二皇子、尊仁親王）の正統性を強化しようとしている。そのため『大鏡』は、『栄花物語』巻第二十九、玉の飾に嬉子の霊が東宮の禎子内親王寵遇を怨んで禎子内親王の母、妍子に崇ったことを記しているが、幽明境を異にするとはいえ身内が崇りをなすという、このようなおぞましい出来事を巧妙に隠蔽することもできた。仮に禎子内親王が国母となる第一歩というべき東宮参入を見届けられる時点を語りの時間として設定したならば、嬉子の薨去とそれを代償にして親仁親王の誕生したことに触れざるを得ず、道長の栄華が完満であることを担保することもかなわず、親仁親王の存在が後三条天皇の正統性の根拠を薄弱にし、禎子内親王が将来、国母となり繁栄することを予示することとの折り合いがつかなくなってしまうだろう。『大鏡』の歴史叙述の目的と万寿二年という語りの時間の設定とは緊密に関係づけられている。

ところで、『栄花物語』が『大鏡』の原資料のひとつであることは、つとに平田俊春氏によって指摘されているけれど（注2）、『大鏡』の語りの時間の設定に『栄花物語』の歴史叙述がどのように関わっているか、あるいは『大鏡』と対照的に『栄花物語』は万寿二年をどのように位置付けているか、それらを『栄花物語』の叙述を通して明らかにするのが本章の目標である。

二

『栄花物語』は巻第二十四、若生から巻第二十七、衣の珠のはじめの三分の一までをあてて万寿二年を描いている。『栄花物語』のなかにあって量的に突出した一年ということになる。巻第二十四は頼通男、通房の誕生と妍子主催の大饗を、巻第二十五、嶺の月は娍子（済時女、三条天皇皇后）と寛子（道長女、小一条院女御）の薨去を、巻第二十六は嬉子の薨去を、巻第二十七のはじめ三分の一では長家室である斉信女の死を、それぞれもっぱら扱っている。巻第二十四を除いて、如上の人々のみならず小左衛門（嬉子の女房）、小式部内侍（和泉式部の娘、公成の妾）、顕基室（実成女）の死も記されている。『栄花物語』が万寿二年を総括して、

あさましういみじう、えさらぬ人々を置きて別れたまふ人多かる年の有様、いはん方なく心憂しや。誰もよそよそなればこそおろかにもあれ、おのおの御家には、これに似たることなしとのみ思しまどふぞ、げにいみじうあはれに見えたまひける。かへすがへす世語にもしつべき年の有様にこそ、情けなう心憂けれ。（③四〇）

と述べているように、「世語」にもすべき哀切極まりない一年であった。

「えさらぬ人々を置きて別れたまふ人多かる年の有様」とあるが、「えさらぬ人々」を和田英松・佐藤球『栄華物語詳解』（注3）がいうように「別れてのこしおきがたき人にて、をさなき児などのたぐひにて」と解せば、それは親仁親王を残して亡くなった嬉子や「この年ごろ、滋野井の頭中将（公成）の子生みてうせにけり」（③三八）と記されている小式部内侍などを念頭に置いた表現となる。万寿二年（一〇二五）は赤裳瘡の流行によって懐妊中にそれを患い、弱った体力に出産の負担が重なって多くの女性が命を落とし、残された身内の人々に深い心の痛手を負わせ、傷心を抱かせた。しかし、子供を生み残して亡くなった具体的事例として実際『栄花物語』が言及するのは、嬉子と小式部内侍の二例であって、『栄華物語詳解』が「この顕基朝臣の北方も、児などとどめて、うせたるなるべし」と指摘するも、死と出産との因果関係が不明な顕基室や、懐妊中に赤裳瘡に罹っていたことが確認され（②四九二、②五三九、③二〇）、死胎を生んだ斉信女を含めても四例に過ぎず、「多かる」という表現は事実に即さないであろう。したがって、むしろ「えさらぬ人々」を「をさなき児」に限定しないで、子、夫、親などを指すと捉え、万寿二年に主に出産に伴って亡くなった女性の死の多くは残された人々の悲傷を深め、幼子はともかく、親や夫によって重く受けとめられる体のものであったという意味に解したいと思う。実際、万寿二年は、それぞれの死の場面よりもそれぞれの死に関わって先立たれた人々の心の内側を照らし出すことに力が注がれ、それを梃子にして歴史の流れの中に万寿二年という年の位置づけを図ろうとしているのである。とりわけ妻を亡くした小一条院、娘を亡くした道長、斉信が注目される。

三

小一条院は、万寿二年三月二十五日に母、娍子の崩御にあい、その後、七月九日に妻、寛子に先立たれた。娍子の崩御は転地療養、臨終、葬送、哀傷など、これまで繰り返されてきた判で押したような死亡記事となっており、最期を見取る小一条院の心のありようには関心が払われていない。それに対して、寛子の死亡記事は、逝去、葬送の場面も欠かさず描かれているけれど、残された夫、小一条院の思いを描くことに力点が置かれ、小一条院の心を通して寛子の逝去が、寛子との結婚をはじめとする既述の関連事象を再対象化しながら意味づけられる。

道長が山井第を訪れ、危篤の寛子と対面する場面に、

殿（道長）、「さてもいかが思さるる」と申させたまへば、（寛子が）「何ごとをかともかくも思ひはべらん。ただつらしと思ひきこえさすることは、この院（小一条院）の御ことを、かからではべらばやと思ひはべりしことをせさせたまひて、身のいたづらになりはべりぬることとなんある」とのたまはせて、泣かせたまへるさまなれど、涙も出でさせたまはず。（②四八一）

とあり、寛子と小一条院の結婚によって院の愛情を奪われた小一条院女御、延子およびその父、顕光は怨みを抱き、死後、物の怪となって祟りをなすのであったが、寛子は、小一条院との結婚が自らの死を招くことになる最大の理由と捉え、後悔するのであった。寛子逝去の場面では、

さてもあさましかりける堀河の大臣の女御（延子）の御有様かなと、殿（道長）も院（小一条院）も思しめせど、「後の悔」といふことのやうになん。をりしも中将殿の上（源師房室、寛子の同腹の妹である尊子）も御物の怪にいみじく悩ませたまへば、これをいと恐ろしきことに殿の御前（道長）思さる。それもこの同じ御物の怪の思ひのあまりなるべし。（②四八二〜四八三）

と、道長も小一条院も、小一条院と寛子の結婚がもたらした現実を目の当たりにするにつけて、顕光父子の怨念の深さを再認識している。さらに臨月を迎えた嬉子にも、

御物の怪ども数知らず出で来てののしり騒ぐ。おのおの駆り移して、僧どもあづかりあづかりに加持しのの

しれど、かしがましくのみありて、つれなくおはします。（中略）堀河の大臣（顕光）、女御（延子）、さしつづきてののしりたまふさま、いとうたて恐ろしうあやにくなり。（②四九三）

とあるように、顕光父子の霊が祟っている。それを仄聞した小一条院のいたたまれない思いや苦衷が、

院（小一条院）にはこのことども聞しめして、堀河の大臣（顕光）、女御（延子）やとさしつづき、いと恐ろしきけはひにおはすらんを、かへすがへすかたはらいたく苦しう思しやらせたまふ。「このわたりにはさやうにおはしまさん、ことわりなり。この御をり（嬉子出産）かかれば、殿（道長）、いかにわれをも心づきなく思すらん」と思しめすも、ただなるよりはむつかしう思しめさるるにも、ことごとならず、この姫宮（儇子内親王）、若宮（敦元親王）などを思ふにこそ、かく苦しけれなどぞ、思しめされける。（②四九四〜四九五）

と記され、寛子とのあいだに生まれた子女の将来を考えて、自身と深く関わる顕光父子に祟られて嬉子が亡くなることにより道長の不快を買うことを恐れる小一条院の心中が象られている。

小一条院の道長に対するかかる気遣いは、実は寛子の葬送の場面にも触れられていた。小一条院は自らの立場をわきまえないで、母、娍子および妻、寛子の葬送に供奉した。すなわち巻第二十五に、

院（小一条院）は、故宮（娍子）の御供にも、この女御（寛子）の御送りもひたたけて歩ませたまふこと、またなきことになんおはしましける。（②四八六）

とある。上皇が葬送に徒歩で供奉することが「ひたたけて」と、節度を欠いた行為として批判されながら、寛子の折には、

それにつけても、（小一条院が）「やむごとなき身ならましかば、宮の御供（娍子葬送供奉）にもこの御をり（寛子葬送）もおぼつかなさをぞ思ひやりきこえまし。そが中にも、このたびは、心ざしのかぎりは見えたてまつりぬめり」とのたまはすれば、この殿ばら（寛子の同腹の男兄弟）も、また仕うまつる人も、「女の幸ひと

はこれをこそはいはめ。一生いくばくもあらぬに、世の中のめでたきことには、太上天皇とこそは申すめるに、かくおりたちてあつかひきこえさせたまふに、いといみじくかたじけなくめでたき御ことなりや。（中略）」など申し思ふほどに、夜もはかなく明け、事も果てぬれば帰らせたまひぬ。（②四八六～四八七）

と、天皇ほどではないが制約のある身でありながら葬送に供奉し、小一条院が最後に寛子に対する志の限りを示したことが、寛子にとって「女の幸ひ」とされている。また小一条院は、亡くなった寛子のことを思い起こして悲嘆にくれる毎日であったが、

宮（小一条院）は、殿（道長）の、行末もはるかになべてならぬ御心掟も、ただ一所（寛子）の御ゆかりにこそはありつれ、今はいかがはなど、夜はつゆ御殿籠られぬままに、よろづを思しつづけて起き明し暮させたまふ。（②四八八）

とあるように、寛子が亡くなったのち道長の自身に対する遇し方が変わるのではないかと不安を覚えていた。それに対して、小一条院の葬送供奉に示された、寛子に対する嘘偽りのない愛情に感じ入った道長は、寛子存生中にもまして院を手厚く世話したとある（②四八九）。小一条院の寛子葬送供奉は、寛子亡きあと、残された子供の将来を考えて道長の変わらぬ庇護を得るべく、道長との関係の維持に腐心する院のしたたかな計算に裏打ちされていると読みとることもできよう。しかし、後述するように、ことは小一条院に限らず、上層貴族の多くは道長家との姻戚関係を確保することによって自家の発展や子孫の繁栄を希求した。行成しかり、公任しかり、斉信しかりである。賢人右府と称され、道長をはじめとする九条流の人々に批判的であった、あの実資でさえ、実現しなかったものの、娘、千古と斉信女に先立たれた長家との結婚話を応諾するのであった。妻に先立たれた小一条院の悲しみはともかく、その不安の内実は小一条院の特殊事情ではなかった。当時の上層貴族の価値観が小一条院の思いを通して普遍化されているのである。その意味で小一条院は歴史叙述の対象となるべき人物の位相を離

れて、『栄花物語』の歴史認識の体現者の位置にせり出そうとしている。

四

さて、嫄子の薨去後、小一条院が亡き妻、寛子の四十九日の法事の準備に関わって「殿ばら」とのあいだで交わす世間話が、巻第二十六に長々と記されている（②五三一～五三七）。その話題を大雑把に整理すると、

A　寛子の四十九日の法事の準備
B　寛子に先立たれた小一条院の述懐
C　禎子内親王の東宮（敦良親王）参り
D　教通女、生子の東宮（敦良親王）参り
E　教通の禔子内親王との結婚
F　教通の頼通養女、嫄子女王との結婚

となる。

この「殿ばら」についてはすでに論じたこともあるので（注4）、結論のみを示せば、当該記事が「何ごとにか、御堂（道長）に召しければとて、うちつづき出でたまひぬ」（②五三七）で終わっているから、「殿ばら」は複数と想定される。Fに関して小一条院が「殿ばら」に対して「またある説には、御女の君（嫄子女王）をなんかの大臣（教通）にも、とのたまふと聞ゆるは」（②五三七）と話題を切り出しているので、そのなかには頼通が含まれていたと見てよいであろう。すなわち、この「殿ばら」は小一条院院司である頼宗、能信（小一条院女御であった寛子の同腹の兄弟）および執政者である関白頼通と考えられるのである。

しかも巻第二十八、若水に書かれているように、頼通が実際、禎子内親王の東宮参入の折、道長の意向を受けて、

わが娘のように親身になって奉仕していることが見え（③一〇〇）、当該箇所においてはCの話題について小一条院の質問に「されども、殿（道長）、いかでなほこの御こと（禎子内親王の東宮参りのこと）をしたてんと深く思したり。誰も、世のどまりはべりなば、ともかくもはべりなん」（②五三五）と、Cに関わるDの話題についても「殿（道長）はいづれとも（禎子内親王のことも生子のことも）思しすつべきことかは。げにさるべきことにはべれど、ことのついでごとには、今はただ姫宮の御こと（禎子内親王の東宮参り）をのみなん思ふとこそはべめれ。（中略）今は理当りたることにてこそは」（②五三五）と答え、「殿ばら」が禎子内親王の処遇に関して道長の考えによく通じていることが知られる。院別当として頻繁に小一条院のもとを訪れる機会のあったと思しい頼宗や能信からは得がたい情報であるが故に話題にされているとすれば、「殿ばら」のなかに執政者、頼通がおり、もっぱら小一条院の質問に対する回答者としての役割を当該箇所で担わされていると見られる。

ところで、前述のように、小一条院は寛子の死に際して、寛子との結婚が顕光父子の怨霊化を促し、寛子を死に至らしめることになった過去からの因果の連鎖を痛切に感じ取っていたが、「殿ばら」との世間話においても過去と関わらせて現在が見据えられている。Cに関して小一条院が、

あはれに、故院（三条院）のいみじうしたてまつらせたまはんと思したりしものを。おはしまさましかば、さりともこよなからまし。さやうに参りたまひて、思ふさまにおはせば、いかにうれしからん。あさましう院の御なごりなき、いとほしきに、人のすることにもあらず、わが心とかくてあるとは思ひながら、いとものの狂ほしきことぞかし。（②五三四～五三五）

と述べ、自身の自発的東宮退位が浅慮であったことを吐露している。小一条院の東宮退位を押しとどめようとする道長の諫言、たとえば、巻第十三、木綿四手に記されていた「いとあるまじき御ことなり。さは、故院（三条院）の御継なくてやませたまふべきか」（②一〇六）や「この一品宮（禎子内親王）の御ためを思うたまふれば、心

のどかに世をも思し保たせたまひておはしまさんこそ、頼もしうれしうさぶらふべけれ」(②一〇七)が反芻されているのであろう。小一条院(東宮敦明親王)の東宮退位と禎子内親王の東宮参りを関連づけ、前者によって途絶えることになった冷泉系を本流の円融系に回収するという、皇統の論理でもって後者を説明しようとしている(注5)。それは、

帝の御女かかる御有様は、故朱雀院の御女(昌子内親王)の冷泉院に参らせたまひしこそは、かかるたぐひなめれ。それはいたう奥寄りたるうちに、帝(冷泉天皇)も例におはしまさずなどありしかば、いと思ふさまにも見えずぞありし。この御有様はいとめでたしや。(③一〇二)

という、禎子内親王の東宮参りの先例として、冷泉天皇の中宮となった昌子内親王(朱雀天皇皇女)を挙げる巻第二十八の記事から逆に窺える。朱雀天皇の御子は昌子内親王のみで、そのため皇位は弟の村上天皇の血を受けた者が継承していく。昌子内親王の冷泉天皇(村上天皇第一皇子)への入内が皇女の入内の事例にとどまらず途絶える皇統を本流に回収する意味を担っており、むしろ、その意味において禎子内親王の東宮参りの先例と見なされるのである。富岡本には冷泉天皇皇女で、斎院となった後、円融天皇に入った尊子内親王の事例も禎子内親王の東宮参りの先例に加えられているけれども、それはおそらく富岡本のさかしらであって、「奥寄りたるうちに」とことわりながら昌子内親王の事例にのみこだわる梅沢本の真意が理解されていないのであろう。この世間話は嬉子薨去の記事の直後に置かれていて、執政者、頼通と思しき「殿ばら」の回答に禎子内親王を東宮に入れる予定であるという道長の意向も示されており、亡くなった嬉子に代わる女性の東宮入内を必然化する脈絡を形成している。候補者として禎子内親王と生子が話題になっており、巻第二十七に生子の裳着にともなってその東宮参りの噂が再度、触れられて、当座当座の状況が踏まえられているけれど、最終的には巻第二十八に記される禎子内親王の東宮参りで決着を見ることになる、その展開を予示しつつ、かたやそれを必然化する論理を小一条院と

いう当事者を据えることによって『栄花物語』はかたちにしているのである。

世間話の話題のひとつである教通と禔子内親王の結婚も万寿三年（一〇二六）三月五日――『日本紀略』は二月五日とする――に実現した。巻第二十七に記されている。小一条院と「殿ばら」との世間話を起点にしてその後の歴史叙述の展開が用意されているのである。話題のFはEに付随する内容であるが、禎子内親王、生子、嫄子女王と話題の主に注目すれば、実はいずれも後朱雀天皇の後宮に入ることになる。そうするとこの世間話の持つ時間的射程は、禎子内親王の東宮参りまでを収めるのではなく、はるか先の後朱雀朝の後宮をも見据えていることになろう。この世間話は、既述された過去を踏まえて現在を照らし出し、さらには未来までも射程を収め、『栄花物語』の歴史展望の一端を具現化するものとなっている。その意味で世間話をする「殿ばら」とともに小一条院は作者の歴史認識の体現者であるといえるだろう。

五

さて、嬉子は万寿二年八月三日、親仁親王を生み、八月五日、親仁親王の三日夜の産養の当日、逝去した。「殿の御前（道長）御帳の内に、児をするやうにつと添ひ臥したまひて、泣く泣くかかへたてまつらせたまへり」（②五〇六）という嬉子薨去直前の道長の行動をはじめとして、「殿の御前（道長）は、やがてさし退いて、あさましくて臥させたまひぬ」（②五〇七）、「かくいふほどに戌の時ばかりになりぬれば、殿（道長）も生き出でさせたまひて、おほかたただ今は御涙だに出でやらず、あるにもあらずおはします」（②五〇八）などと、臨終の瞬間、入棺および葬送の日時勘申、入棺、亡骸の法興院への移送の各場面でたえず道長の様子が言及されている。嬉子の逝去がどれほどの心身の痛手を道長にもたらしたかを克明に追っている。後文に、嬉子の死が長患いの末に亡くなった寛子の死や庚申の夜、頓死した超子（道長の姉、冷泉院女御）と比較されている。そのなかに、これ（嬉子）は、月ごろいみじう数かぎりなき御祈りいみじかりつるに、恐ろしかりつる御悩みもおこたらせたまひて、めでたき男御子（親仁親王）生れたまへるほどなどは、かくあさましかるべしとは誰かは思しかけつる。（②五一七）

と記され、赤裳瘡を克服して無事に親仁親王を生んで、周囲の人々が男御子の誕生の喜び、安堵を覚えていたさなか、あっけなく亡くなってしまったことが、かえって人々を深い悲しみにおとしいれたのだという。道長の甚だしい愁傷や惑乱のわけは、嬉子の予想だにしない突然の死にあった、別言すれば、親仁親王誕生の喜びと嬉子薨去の悲しみとの落差にあったということになろう。そして悲しみに暮れる道長はとうとう隠棲を思い立つのであった（②五一九・②五三八）。『小右記』万寿二年（一〇二五）八月九日条にも、法興院に参った藤原資平が、参会の上達部から道長が隠棲の決意を吐露したことを伝え聞いたと実資に報告している。資平は、道長の決意は悲しみのあまりふと口をついてでたもので、本心ではないのではないか、あるいは周囲の人間の推測ではないかと疑っている。同じく道長の隠棲の決意を記す『栄花物語』と『小右記』とではその真意の受け止め方に微妙な温度差が感得されるけれど、それはともかく、嬉子の薨去は、かくも道長を悲傷させるのであった。このように、残された人――ここでは道長――の思いや行動を絶えず言及することによって道長一個人に対する嬉子の死がもたらす衝撃の大きさが語られている。

悲しみに暮れる道長を源俊賢が慰め、天台座主、院源が世間の道理でもって諫め諭したことにも『栄花物語』は触れている。源俊賢の諫言は『小右記』万寿二年八月八日条にも見え、嬉子が赤裳瘡を患っているにもかかわらず加持祈祷を行ったことを後悔し、三宝を恨む道長を俊賢が道理をもって諫めたと記されているが、それに対して『栄花物語』は隠棲を思い立つほどに一途に嬉子の死を嘆く道長に、気持ちを楽にするようにと促したとする。両書の伝える俊賢の諫言の趣旨は異なるものの、ともに道長に与えた嬉子の死の打撃を和らげようとする意図に発する。それほどに道長の悲嘆と動揺は大きかったのだろう。一方、院源の諭しについては諸史料の裏付けをとることができない。実は院源は道長の出家の戒師をつとめ（②一七七〜一七八）、道長の葬送の折には導師をつとめている（③一六八〜一七一）。巻第十五、疑に見える、道長出家の折の院源の言葉は、直前に位置する、自身が俗世において祖先と引き比べても卓越した栄達を遂げたことを語る道長の述懐と響きあって、道長が世俗の栄華を捨てて出家することの意義を説き、現世において寿命が延び、後世は上品上生に往生することを約する内容になっている。巻第三十、鶴の林の葬送場面を記す際に導入された院源の言葉は、臨終直前の道長の様子を記すところ――道長の理想的な臨終行儀の実践――を踏まえて、道長が上品上生の位に往生することを期待するものである。院源は道長の道心の始めと終わりを縁取る役割を担わされて、その言葉によって道長の在俗中と出家後の人生の営みがそれぞれに総括されている。その院源が当該箇所にも登場していることは、道長の道心の揺ぎをもたらすほどに嬉子の死が重く衝撃的であったことをおのずから明かす体になっているのである。

この世に、御幸ひも御心掟も、殿（道長）の御やうに、思しめし掟つることにことたがはせたまはず、あひかなはせたまふ人はおはしましなんや。この三十年のほどはさらに思しむすぼほるることなくて過ぐさせたまひつるに、いかでかかることまじらせたまはざらん。この娑婆世界は、苦楽ともなる所とは知らせたまひつらんものを。仏だに凡夫におはせし時、堪へがたきことを堪へ、忍びがたきことをよく忍びたまひてこそ、仏ともなりたまひ、衆生をも済したまへ。今はこの御女一所（嬉子）をこそ、かつはいみじかりけるわが亡者かな、ここらの年月の念仏やいたづらになりぬらんと、心憂く思しめし、またおし返しては、これいみじかりける善知識かな、楽しみありて苦しみはなしとのみ知りたりつるを、悲しみも苦しみもともに知らせつることと、よろづに方々に思し得て、真心に念仏せさせたまはばこそ、わが御ための善知識ともなり、亡者の御ため菩提のたよりともならめ。（②五二八〜五二九）

これを要約すれば、嬉子の死を苦しみとして直視し、それを乗り越えるべく念仏に専心することが道長本人の往生の助けともなり、嬉子の後世を弔うことにもなるという、院源の説諭である。「この三十年のほど」は道長が執政者となってから万寿二年（一〇二五）までの歳月を指し、この間かなわぬことがひとつとしてなかったことが強調され、おのずと道長のかかる期間の人生史の総括になっている。また「ここらの年月」は出家してから仏道に専心してきた期間をあらわす。巻第二十九に記されているが、道長はこの後、万寿四年九月に嬉子と同じく倫子腹の娘、妍子の崩御にあい、その愁傷が道長の亡くなる直接の引き金になっている。巻第二十九および巻第三十から巻第二十六に記されている嬉子の死を捉え直せば、それは、院源の説諭の内容と相俟って、道長の薨去へと向かう節目として位置づけられているといえよう。これまで何度か述べたこともあるので詳述は控えるけれど（注5）、『栄花物語』正編は巻第十五以降、道長の人生史の一齣一齣に即しながら歴史叙述を展開させる傾向が顕著になる。かかる歴史叙述の展開を支えるべく、歴史の節目すなわち道長の人生史の節目に導入される視点人物とでもいうべき役割を担わされているのが院源であったのである。

六

さて、万寿二年八月二十九日、懐妊中に赤裳瘡に罹った斉信女（長家室）が死胎を生み、亡くなった。斉信女が赤裳瘡を患っていたためはじめは加持祈祷を控えていたが、物の怪に苦しめられる様を放置しかねて加持祈祷を開始した。二十六日、男子が誕生したけれど、まもなく亡くなった。子供の死を知らされないまま、子供のためにと前向きに生きようとする斉信女であったが、子供の後を追うように亡くなった。斉信室は娘の亡くなる直前、出家したが仏のご加護は得られなかった。斉信、斉信室、夫の長家の悲嘆ははかりしれなかった。以上が『栄花物語』の描く斉信女の死の場面である。『小右記』から知られる事実とほぼ重なり、斉信女を苦しめた物の怪の正体が斉信の兄、誠信の霊であること、斉信女は七ヶ月の早産であったこと、斉信女の男子出産は二十七日のことであったこと、斉信女が邪気に祟られ気絶したため、すぐさま尼にしたところ蘇生したこと、斉信が一生、魚鳥を食さないという誓願を立て、斉信室が尼となったところ娘が蘇生したこと、招かれた医師は医術を施しても致し方なく、神仏に祈るように勧めたこと、斉信が邪気の言葉に従って大納言を辞せんとしたことなどが『小右記』にのみ見られる出来事の細部である。

『栄花物語』では、斉信女の出産に奉仕した僧の、死を目の当たりにしたときの所感が、嬉子の折と比較されて、

僧などの、さいつころ督の殿（嬉子）の御折に参りたりしなどは、これを世にいみじきことに思ひしに、いといみじうあさまし。（③二三〜二四）

と付言され、斉信女逝去の訃報に接して、

御堂（道長）にはかくと聞かせたまひて、あはれに悲しく、わが御有様を思しあはせて、大納言殿（斉信）いかに思ひたまふらんと、いみじう思されて、御斎まゐらせたれど、きこしめさず、うち泣きておはします。（③二四）

と、嬉子の薨去を思い合わせて斉信の心中を推し量る道長の様子を描き、斉信女の出産に伴う死を、嬉子のそれと同様に、残された身内、なかんずく父の悲しみを前景化する方向で処理している。

しかし、斉信にとって娘の死の意味と道長にとってのそれとの違いがすぐさま浮き彫りにされる。すなわち、

大納言殿（斉信）には、また二つ取り替へある御有様にもあらず、ただこの上一所（長家室）こそおはしましつれ、かかれば、殿（斉信）も北の方（斉信室）も、いかがものおぼえたまはん。（中略）（大納言が）「（中略）子亡くなしたるたぐひ多かれど、それは取り替へもあり、残りをも見て慰むらん。わがやうにあさましうゆゆしきことはあらじかし。（中略）児君をだに、平らかに得させてぞうせたまはまし。なににつけてか、しばしも

思ひ慰めむとすらん。（中略）」と惑はせたまふ。（②二四〜二五）

と、長家室が血を分けた唯一の子女で、しかも子孫を残さないまま亡くなったことが斉信を絶望の淵におとしいれるのである。長家室の葬送記事においても斉信の悲しみが地の文で繰り返されている。

大納言殿（斉信）、かへすがへすも思しまどはれたり。四条の大納言の姫君（公任二女）、一年失ひて嘆きたまひしかど、内の大殿の上（教通室、公任長女）によろづ思ひ慰めたまひしに、またその上うせたまひにしはいみじきことぞかし。されどそれは、かの上（教通室）のあまたの君達御かはりにおはす。また右大弁の君（定頼）あり。また侍従大納言（行成）の、むかひ腹（行成室、源泰清女）の姫君達、男君達などあまたもちたまへり。北の方（行成室、源泰清女。行成は嫡妻が亡くなったのち、その妹を後添いとして迎えた）ぞいみじう思すべけれど、少将の君（行経）持たまへり。かやうなれば慰めこよなし。この大納言（斉信）は、この御なかどもに、さきざきいとあまた失ひたまひて、ただこの上（長家室）一所えりとどまりたまひておはしつるを、少々にてあまたあらんはなにかはせんとのみおぼえつるに、あさましく心憂しともおろかにぞ。（③三四〜三五）

ここでは、斉信の嘆きの深さを明かすために公任や行成の例が引き合いに出されている。公任は鍾愛の娘に打ち続き先立たれるけれど、教通室となった長女があまたの子女を残し、娘を亡くした悲しみを癒すよすがにもなるし、また家督を継ぐべき長子、定頼がいて、家の将来も安泰であることが付言されている。行成は先妻とのあいだに長女、二女、実経、良経など多くの子女を儲け、また当腹（後添い）の娘に道長男、長家を婿取ったけれど、その娘に先立たれ、当妻の悲しみは深かったろうが、それを慰める男子、行経がいるというのである。それに対して、斉信は多くの子女を得たが、他は早世し、長家室が唯一の存生する子供であったことが強調されている。斉信には、長家室がなくなった後、追い討ちをかけるように身内の不幸が続き、万寿三年（一〇二六）正月に斉信の弟で、斉信の養子となっていた公信の室（正光女）が、同年五月には公信も亡くなり（③六五〜六六、③

六九）、そのため公信の遺児、「姫君」「童なる君」を自邸に引き取り、婿の長家ともども斉信が世話をしている（③七四）ことが後文で触れられている。『小右記』万寿二年十二月三日条によれば、長家は同年十一月末に養母、倫子とともに土御門第に住していることが知られるので、万寿三年五月に催された公信の四十九日の法事のころにはすでに斉信邸を去っている。斉信が公信の遺児を引き取ったことを記すくだりに、道長が妻亡き後も妻の家に寄住することは見苦しいことだとするのに対して、「おのが命を断たせたまふなり。かかることを聞かせたまへば、この中納言（公信）のおはせん方へ、今はおのれもまからん」という斉信の重大な決意を聞かされて、さすがに道長も折れざるを得なかったと付記されているのは（③七四）、おそらく『栄花物語』の書きなしであろう。かくも斉信が長家との舅・婿の関係が切れることを忌避するのは、長家が今は亡きわが愛娘を思い起こすよすがになるからでもあろうが、斉信にとって長家を婿とすることが道長とのつながりを確保して自家の発展を実現するためのおそらく唯一の方策と考えられていたからに他ならない。というのも、当該箇所で斉信の比較対象として挙げられていた公任も行成も娘に、それぞれ道長男、教通・長家を婿取り、あるは多くの子女を儲け、あるは子をなさなかったという違いはあるものの、娘が夫に先んじて亡くなった点で斉信のばあいと共通するも、しかしながら長家室のほかに実子がいなく、その長家室も死胎を生んでなくなり、しかも養子とした弟、公信も間もなく亡くなってしまう斉信にとって自家の発展の手立てが何一つとして残されていない、かかる公任や行成とは異なる状況をも用意周到に浮き彫りにしながら斉信女の死を意味付けるコンテクストが形成されているからである。

さて、万寿二年年末に長谷に籠り、翌年正月に出家を遂げ、そのまま長谷に隠棲する公任のもとを早速、斉信が訪れ、ともに娘に先立たれた父親の悲しみを吐露しあうくだりが注目される。引用が長くなるが、あえて引こう。

大納言（斉信）「去年の有様は、あさましくめづらかなることども多かり。京の中にも、なにがしばかりいみじき人ははべらず。かかる人のたぐひ世にあまたはべるなかに、なほいと心憂き身になんはべる。入道殿（道長）の、院の女御（小一条院女御、寛子）、尚侍（嬉子）と、月ならびに失ひたてまつりたまへりし、いみじけれど、宮々あまたおはしまし、さるべき君達などもものしたまふ。すべてその御有様聞ゆべきにあらず。右衛門督（実成）、頭中将の北の方（顕基室）いみじけれど、中宮権大夫の北の方（能信室）ものしたまふ。また頭中将（公成）いとめでたき子なり。侍従の大納言（行成）の、姫君のことこそありしかど、こと女子も男子も持たまへり。閣下（公任）の御事こそ、姫宮（公任二女）の御をりにいみじかりしかど、また故上（公任長女）の御こと、いみじとあればおろかなり。されども、それは思しも慰めぬべし。内の大殿（教通）の君達七、八人おはす。御匣殿（教通女、生子）など、今日明日の女御、后と思ひきこえさせたり。また左大弁（定頼）いと頼もしうものしたまふといへば、よろづに思し慰めつべう頼もしきに、おのれはまた二なき人の、ただ明暮、二なきものとかしづきぐさにこれ一人を思ひて、うち見うち見よろづを思ひ慰めて明し暮ししほどに、やがて火をうちけちたるやうにてうせはべりにし後、はかなき栗一つを食ふにつけてもやすく入りはべらず、胸にのみなんはべる、いかがはせん。児をだに留め置きてはべらましかば、命をかけ心を慰めてもはべりなまし。それさへあさましうはべりしかば、すべてさるべき昔の世の果報にこそはと思ひたまへれば、今まで世にかくてはべる、いみじきことなり。されど思さるるように、しばし心をのどめむなど思ひて、月日を過ぐしはべるほどに、先ぜられたてまつりはべりぬれば、今は二の舞にて、人の御まねをするになりぬべきが、いと口惜しきなり。（中略）」と、言ひつづけたまふ。（③五三～五六）

この場面でも、斉信が自身の心中を公任に向かって語りかけるかたちで、先に引いた長家室の葬送場面では地の文で記されていたことがほぼそのまま再言されている。先には比較の対象が公任、行成の二人にとどめられていたが、ここでは道長と実成が加えられている。万寿二年（一〇二五）という時点に限定しないで、斉信を含めて道長、実成、行成、公任と、娘に先立たれて悲嘆にくれる父親の事例を集めている。直近の道長、実成の事例から触れられるのは、斉信の長谷訪問が公任出家直後の万寿三年年頭に据えられている、その当座性の反映であろう。万寿二年に起こったもっとも重大な出来事であった道長の事例がまず引き合いに出されるのは理由なしとはし得ないであろう。それはともかく、実成の例が新たに加わり、言及されているのが注意される。実成二女は源顕基と結婚していたが、万寿二年十二月一日に亡くなった。『栄花物語』は万寿二年を総括する記事の直前にこの出来事を据えている。実成二女（顕基室）の死の理由は、「日ごろ悩みたまひければ」（③三九）とあるばかりで、はっきりしない。出産や赤裳瘡を原因とする女性の死を類聚する万寿二年の方針からすると、顕基室の逝去をとりたてて記述する理由は見あたらない。顕基室の葬儀に奉仕する道長男、能信の様子が付言されているのが気になる程度である。ところが、当該箇所で、顕基室を亡くした実成を例に挙げ、娘に先立たれた実成の悲しみは斉信と同じであろうが、実成には能信に娶せた長女が存生しており、また家を継ぐべき男子、公成がいて、将来に期待が寄せられる、その点が絶望的な斉信との違いであるとされている。かかる斉信の述懐によって万寿二年に記された顕基室の死の意味が逆照射されることになる。顕基室の死に関わって貴顕と道長の姻戚関係を浮かび上がらせることに『栄花物語』はこだわっていることが知られる。実成は道長男、頼通の養子となっている顕基を介した道長との関係は途絶えるものの、能信を通じて自家の発展に欠かせない道長との姻戚関係はなお維持されていることを確認すべく、顕基室の葬儀に奉仕する能信の姿が点描されていたのである。万寿二年に記される女性の死は、親子あるいは夫婦の情愛のみでは説明しきれない、道長とのつながりによって自家をもり立てていくことに腐心する貴顕の悲哀を浮き彫りにしている。この場面の斉信の述懐は、斉信女の葬送記事において地の文に記されていた内容とほぼ重なっている点を重視すれば、斉信の心中に寄り添うかたちで、『栄花物語』は万寿二年のみならず過去の同様の事例を再対象化して、万寿三年年頭の現況を照らし出そうとしているといえよう。斉信の述懐が何故、公任に向けてなされたのか、そのことについて『栄花物語』は「この大納言殿（斉信）、入道殿（公任）とは一家にて、睦まじき御仲ぞかし」（③五七）と説明するだけで、その理由は判然としない。これまで『栄花物語』が公任と斉信の親しい関係を描いていたわけでもなく、両者の関係を裏付ける他史料もない。そもそも斉信の長谷訪問の事実は他史料からは確認できないのである。したがって、それはおそらく斉信室（敦敏女）が公任（頼忠男。敦敏と頼忠は兄弟）といとこの関係にあったことを踏まえた『栄花物語』の書きなしであろう。斉信も『栄花物語』の歴史把握のための格好の人物として造型されているのである。

七

『栄花物語』は万寿二年（一〇二五）を、道長の薨去へと歴史の流れが大きく回転しはじめる年として位置づけている。そのとき、万寿二年に記されている出来事に関わって、過去をふりかえり現在ならびに未来を見据える当事者の存在が歴史叙述にせり出してくる。それが小一条院であり、道長（院源）であり、斉信であったのである。三者は重なりつつも独自の役割を担っているといえよう。道長は時代の変化を体現し、変化の大枠を示す役割を担わされ、斉信は、道長の姻族として四納言のひとりとしてその栄華を支えてきただけに、時代の変化の渦中にあって生き残りをかける貴顕の動きを明らかにする役割を荷担し、小一条院は道長の栄華の蔭の部分を照らし出し、道長亡き後を見据える役割が与えられている。こうして三者三様の視点人物の造型によって『栄花物語』は万寿二年という年を的確にかつ複眼的に捉えることができたのである。とくに斉信の悲しみの内実は、すでに前稿で触れたので省略するが（注7）、『小右記』に詳述されている、斉信女に先立たれた長家の再婚をめぐって実資と長家とがつばぜり合いを繰り広げる動きとも重なり、その造型によって時代の流れを鋭く察知して、それに対応しようとする貴顕の動向を浮び上がらせている。『栄花物語』がかく描いた万寿二年を『大鏡』はなぜ描こうとしないのか、『大鏡』の歴史叙述の目的と深く関わることははじめに述べたが、『栄花物語』との関係については章を改めて検討しようと思う（注8）。

（1）梅村恵子「摂関家の正妻」『日本古代の政治と文化』（吉川弘文館、昭和六十二年二月）、拙稿「藤原道長の栄華と結婚」（「日本文藝研究」第五一巻第四号、平成十一年三月）
（2）『日本古典の成立の研究』（日本書院、昭和三十四年十月）
（3）和田英松・佐藤球『栄華物語詳解』（明治書院、明治三十二年～四十年）
（4）拙稿「『栄花物語』注釈余滴――「世語」について――」（愛知県立大学文学部論集」第四五号、平成八年三月）
（5）第Ⅰ部第十二章。
（6）第Ⅰ部第四章。
（7）注（1）前掲拙稿。
（8）第Ⅰ部第十三章。

第十一章　『栄花物語』続編について

一

『栄花物語』研究は全般に低調ではあるけれど、その中にあって続編はほとんど手付かずの状態にある。ここ三十年の研究史をひもといてみても、加藤静子氏「栄花物語続篇成立に関する一試論」(注1)、「『栄花物語』謌合の巻をめぐって――続篇第一部と一品宮章子周辺（一）」(注2)、「栄花物語続篇第一部と一品宮章子周辺（二）――『暮まつほし』と『根あはせ』の巻」(注3)、池田尚隆氏「栄花物語続篇の構成――原資料と成立をめぐって――」(注4)、岩野祐吉氏「栄花物語続編新考　一～十一」(注5)、加納重文氏「続編の構成」(注6)等、論文数は二十に満たない。

続編の研究は近世以来、ほとんど成立、作者の問題に終始してきた。続編は一人の作者によって書かれたものか、あるいは書き継がれて複数の作者によって成立したものか、そしてそれぞれの作者に誰を当てるのがふさわしいかといった議論である。加藤氏「栄花物語続篇成立に関する一試論」および加納氏の前掲論文はその再検討であった。加藤氏は、通説が続編を巻第三十七、煙の後以前と巻第三十八、松の下枝以降とに分けるのに対して、さまざまな証拠を挙げながら、巻第三十六、根合と巻第三十七、煙の後の間で分けたほうが続編の本質にかなうことを説述している。一方、加納氏は巻第三十六と巻第三十七との間で分けなければならない決定的な理由に欠けるとして通説を支持している。池田氏は、続編は正編に比べてしっかりとした年立構造に欠け、ある程度まとまった原資料の寄せ集めとして形作られていることを指摘する。

これら三本の論文がとりわけ印象深く、それぞれに続編研究の指標とすべき有意義な論点や、そのために欠かすことのできない貴重な材料が提供されているが、続編の歴史叙述の内質に迫りえているかどうかという点ではいささか物足りなさを感じるのである。やはり、もう一度原点に立ち戻って続編を精緻に読み解くことに専心すべきかと考える。そして、その読みの作業から見えてくるものを丁寧に論理化することを目指したいと思う。

二

正編の巻末近くに、

次々の有様どももまたまたあるべし。見聞きたまふらむ人も書きつけたまへかし。（巻第三十、鶴の林③一八三）

とある。正編作者の歴史の未来に対する責務を果たすべく、後人に歴史叙述の継続を委ねている（注7）。この言葉に促されて続編が書き継がれていくのであった。

続編の最初の巻、巻第三十一、殿上の花見は、道長薨後の一族の動静から書き始める。

入道殿（道長）うせさせたまひにしかども、関白殿（頼通）、内大臣殿（教通）、女院（彰子）、中宮（威子）、あまたの殿ばらおはしませば、いとめでたし。督の殿（嬉子）、皇太后宮（妍子）のおはしまさぬこそは、口惜しきことなれど、いかでかはさのみ思ふさまにはおはしまさん。光源氏隠れたまひて、名残もかくやとぞ、さすがにおぼえける。めでたきながらも、あはれにおぼえさせたまふ。后宮（明石中宮）、右大臣殿（夕霧）、

薫大将などばかりものしたまふほどのおぼえさせたまふなり。さすが末になりたる心地してあはれなり。（③一八七）

正編との間に約三年の空白がある。『源氏物語』の匂兵部卿巻が幻巻との間に八年の歳月を置くのに倣った格好になっている。それのみならず、道長の薨去が光源氏のそれに擬えられていることに注目すべきであろう。頼通をはじめとする、道長の栄華を継承する子女はいるけれども、『源氏物語』匂兵部卿巻の書き出しに「光隠れたまひにし後、かの御影にたちつぎたまふべき人、そこらの御末々にありがたかりけり」（⑤一七）とあるのと同じように、正編における道長のような、歴史叙述の核になる人物の不在を暗に示してもいる。

実際、頼通に関わる話題は、巻第三十一、殿上の花見にはほとんど見られない。選子内親王が長元四年（一〇三一）九月二十二日、斎院を退下したが、その記事に付随するかたちで、まだ在任中のこととして、頼通らが連れ立って郊外に花見に出かけたことが記されているぐらいである。その折、交わされた斉信と頼通の和歌贈答が次のように記されている。

民部卿（斉信）、関白殿（頼通）に、

いにしへの花見し人は尋ねしを老いは春にも忘られにけり

入道殿（道長）などまづ誘ひきこえさせたまひけるを思しけるなるべし。これは法住寺の大臣（為光）の二郎なり。殿（頼通）の御返し、

尋ねんと思ふ心もいにしへの春にはあらぬ心地こそすれ

と聞えさせたまひけり。（③二〇一～二〇二）

高齢の斉信は、頼通に誘われなかったのである。斉信は道長在世中、四納言の一人として道長を支えたが、頼通執政時代になるとほとんど顧みられなくなってしまった。斉信は、その疎外感を隔世の思いとともに歌に詠み込

んでいる。それに対する頼通の返歌は、風雅な営みひとつをとっても道長在世中の華やかさには及ばぬことを嘆く内容となっている。ちなみに、本話題が巻第三十一の巻名の由来となっている。道長薨後、名実ともに執政者としての地位を確かなものにした頼通ではあったが、続編の歴史叙述においては道長時代との違いを際立たせる役割を担わされてはいるものの、叙述の核には据えられていないようである。

確かに、教通（頼通の同母弟）が娘、生子を後一条天皇に入内させようとしていたこと、あるいは頼宗（頼通の異母弟）が娘、延子を後一条天皇の後宮にと志していたことに対抗して、頼通が敦康親王の娘、嫄子女王を養女に迎え、後一条天皇の後宮に入れようとしていたことが記されてはいる。これら一連の動きは道長在世中には予想だにされなかったこととされ、後一条天皇の中宮、威子の苦悩の原因とみなされている。結果的には、威子に対する遠慮があって、頼通ら三兄弟のそれぞれの企ては断念されることになったが、これまた道長在世中との違いを浮き彫りにしている。

ところで、生子、延子、嫄子女王は、いずれも次の後朱雀天皇の御代にその後宮に入り、帝寵を競い合うことになるのであった（巻第三十四、暮待星）。だとすれば、これらの記事は、道長在世中との違いや威子の苦悩を照らし出すためというよりも、次の御代を想定した周到な準備と捉えられる。また、頼通が源（藤原とも）祇子との間に多くの子女を儲けていることにも触れられている。頼通の後継となる師実や後冷泉天皇の皇后となる寛子の生母が祇子であることを考えれば、将来を見据えた布置と見ることもできよう。

将来を見据えた布置といえば、藤原実成の子女に言及し、娘の一人が藤原能信（道長男。母は源明子。頼通の異母弟）の室となり、公成（実成男）の娘、茂子を養女としたことが語られている。言うまでもなかろうが、後に茂子は能信を後見として東宮、尊仁親王（後の後三条天皇）に入り、貞仁親王（後の白河天皇）を生んでいる（巻第三十六、根合）。これまた、かなり後までを射程に収めた布石と見られる。

続編は、正編とは異なり、道長のような歴史叙述の核となる人物を見出してはいないけれども、道長薨後の頼通時代を対象化していくために必要な最小限の情報を提示し、ある程度、歴史の展開の筋道を予示している。しかし、かかる歴史叙述の胎動を覆い隠すがごとく、女院彰子、中宮威子、威子所生の二人の内親王すなわち章子内親王と馨子内親王に関する記事群が巻第三十一の歴史叙述のかなりの部分を占めている。それは、おそらく依拠した原資料や続編の作者と深く関わっていると思量されるのである。

三

さて、巻第三十二、歌合は、長元六年（一〇三三）十一月二十八日、高陽院で催された道長室、倫子の七十賀の記事から始まる。中宮威子の行啓があり、威子あるいはその女房の衣装に多くの紙筆が費やされている。その翌日には、章子内親王に見せるべく、御賀の舞楽が清涼殿において再演された。ここでも威子ならびに章子内親王の衣装を詳細に描写している。長元七年正月、女院彰子のもとに後一条天皇ならびに東宮、敦良親王の朝覲の行幸啓があったことを記す。さらに続けて、正月二十日ごろの出来事として内宴が記される。内宴は宮中で催される私宴で、文人も召されて献題による作文が行われる。しかし、当該記事における関心は、天皇の陪膳役をつとめた馨子内親王の乳母、中納言の典侍や供膳に奉仕した女蔵人のことであった。同年三月に行われた殿上の賭弓のことを記すところでも、章子内親王の別当であった藤原長家と源顕基、馨子内親王の別当であった源師房と藤原公成が射手として参加したが、両内親王に仕える女房たちが、贔屓に従ってその勝利を念じる様子をもっぱら描いている。綴られる記事の内容をいちいち追うことは控えるが、巻第三十二に描かれる諸行事は、高陽院水閣歌合を除いて、巻第三十一と同様に女院彰子、中宮威子、章子内親王、馨子内親王の側から捉えられていることが窺知されるのである。

その中にあって、教通の、娘生子を後一条天皇に入内させたいという願いを記すところ、頼通、教通、頼宗のそれぞれの男子について触れるところ、頼通男、通房の元服を記すところ、通房が春日祭使となったことを叙して頼通の後継として位置づけているところ、親仁親王（東宮敦良親王の第一皇子、母は嬉子、次の東宮候補）との結婚を前提にした章子内親王の裳着の準備を語るところ、さらには頼宗男、俊家が藤原経任に代わって蔵人頭となったことを記すところなどは、明らかに巻第三十三以降に展開する歴史叙述が視野に収められている。

彰子や威子に仕える女房の残した日記などによりながら巻第三十一、三十二はもっぱら形作られていると思われるが、それだけでは歴史叙述は停滞してしまうであろう。歴史の展開を見据えて、「いま―ここ」に書かれるべきことも遺漏なく記されているのである。後者が歴史叙述の骨格として機能し、前者がそれを肉付けしていると、言えばいえるであろう。しかし、両者が有機的に絡まっているとは思われない。

続編の歴史叙述、とりわけ巻第三十六までは展望に欠けることは否めない。余り広がりのない出来事の積堆のなかで見えにくくなっているのである。正編のように編年的時間構造に支えられ整序だてられた世界だとも言い難い。だからといって、続編を、たとえば巻第三十六、根合の掉尾に位置する跋文と思しきものなどによって外形的に捉えることはしばしば控えたい。歴史叙述の方向性を指し示す言説に注目して続編に一貫する歴史の論理を見定めたいと思う。

四

巻第三十二の掉尾に後一条天皇の譲位の思いや御悩が記されている。これを受けて、巻第三十三、着るはわびしと嘆く女房は後一条天皇の崩御のことから書き始める。続編の特徴の一つとして、天皇の崩御記事から始まる巻が目につく。巻第三十六、根合も、前巻が後朱雀天皇の「にきみ」を患っていることを記して閉じているのを受けて、後朱雀天皇の不予、女御、生子の嘆き、後朱雀天皇が凶夢を見、後世を念じていること、後冷泉天皇への譲位、後朱雀天皇の崩御といった一連の記事群が冒頭に据えられている。正編においては、巻の途中に記される御代がわりはともかく、巻第三や巻第十の冒頭に見られるように、前巻に退位や崩御を記し、御代がわりとともに新たな展開を用意している。御代の区切りをどこに入れるかという基本的な考え方が正編と続編とでは異なっている。

『左経記』長元九年（一〇三六）四月十七日条によれば、後一条天皇の崩御は、関白頼通が譲位の詔を奉じて東宮に参っている間のことであり、譲位の儀は実際、行われることはなかった。後朱雀天皇は、寛徳二年（一〇四五）正月十六日に譲位し（『栄花物語』巻第三十六、『一代要記』）、二日後に崩じている（『栄花物語』巻第三十六、『百錬抄』）。両天皇とも譲位と崩御がほぼ同時であり、そのため崩御をもって御世がわりとする続編の理解を生んだのかもしれない。

しかし、ことは天皇に限らない。巻第三十五、蜘蛛の振舞は、頼通の後継と目されていた通房の薨去が冒頭に位置している。この巻は通房の薨去に関する記事群で短くまとめられている。巻第三十九、布引の滝も頼通の薨逝から書き始めている。同巻には彰子の崩御、頼通の後、関白となった教通の薨去、さらには教通に代わって師実が関白の宣旨を蒙ったことも記されている。巻第三十九は頼通時代の終焉を印象づける記事群で構成される一方、白河天皇の中宮賢子（源顕房女、藤原師実の養女）寵愛を梃子にして、後三条朝には一時的に沈滞を余儀なくされた摂関家が昔日の勢威を回復していく様子が、賢子が天皇の殊寵を蒙り、次々と皇子皇女を生んでいく一連の記事群や、師実の子女に言及する記事、師実男、師通が春日使をつとめたことを記す記事、師通男、忠実の誕生記事などを配置することによって鮮やかに描き出されている。巻第三十九は、冒頭に頼通の薨去を据え、掉尾には賢子所生の善仁親王（後の堀河天皇）が賀茂祭とその還立を見物する記事を置く。掉尾の記事には白河朝の天皇と摂関家との良好な関係を寿ぐ次のような言葉も付されている。

殿（師実）の御有様、常よりもいとめでたく見えさせたまふに、宮（善仁親王）のさしならばせたまへることをぞ、行末はるかに光添ひ出でさせたまへる御有様と、祭の帰さよりも心ことに御車のあたりを、めでたく世の人めでまうさぬなくなんありしとぞ申し伝へたる。（③五〇六〜五〇七）

このように首尾の照応は巻第三十九の歴史叙述の内実をあらわしている。

実は、巻第四十、紫野も、死の記事で始められていると言える。確かに師実夫婦が寛子とともに天王寺に詣でる記事が巻の最初に位置しているけれども、次に中宮賢子の崩御が置かれている。天王寺詣での記事の最後には「宮（賢子）の御心地重くおはしますとて、（師実らは）十七日に急ぎ帰らせたまひぬ」（③五一二）とみえ、賢子崩御記事との連接が配慮されていて、一連の記事として処理されていることが窺える。巻第四十の歴史叙述の流れを詳述することは控えるが、ほぼ以下のような展開であったと思しい。賢子の崩御は摂関家にとって痛手ではあったが、白河天皇の賢子に対する愛情はかたちを変えて賢子所生の皇子皇女、とりわけ媞子内親王に注がれ、そのため天皇と摂関家との良好な関係は賢子の生前同様、維持された。巻第四十は、かかる方向で歴史の流れが捉えられ、次代の摂関家を背負って立つ忠実の源俊房女、任子との結婚、さらには忠実が春日祭の上卿をつとめたことを記して閉じられる。そこでは、若々しい忠実の姿を描き、最後に「行末もいとど栄えぞまさるべき春日の山の松の梢は」（③五二九）という歌を据えて、摂関家の繁栄が弥増さんことを寿いでいる。

このように、続編においては天皇や摂関家の人々の死をもって歴史の節目とみなし、それを歴史を構成するための重要な出来事と捉えているのである。

そう考えれば、巻第三十八、松の下枝は後三条天皇の在位中における源基子寵愛に始まりその退位後の崩御で終わり、後三条天皇一人に焦点を絞って記述しているが、本来ならば、その即位あるいは践祚の記事から書き始めてもよさそうなものであるけれど、それが欠ける一方、同帝の退位ではなく、その崩御を巻の掉尾に据えていることも、重要人物の死に重きをおく続編の基本姿勢のあらわれと理解されるのである。逆に重要人物の死に注視していけば、続編の歴史叙述の骨格や歴史分節化の機制が透き見えてくることになろう。

五

続編のもう一つの特徴は、天皇の性格や治世に言及する言説が散見されることである。巻第三十三が後一条天皇の崩御の記事から始発することは、すでに述べた。しかし、御代がわりのことはしばらく脇に置かれて、後一条天皇の葬送や天皇を追懐する記事などで構成されている。次いで同年に崩じた後一条天皇の中宮、威子のことに触れられ、御代がわりの諸儀式、すなわち御禊や大嘗会のことは巻末に置かれている。後朱雀天皇の御代のことが本格的に語られていくのは巻第三十四、暮待星からである。巻第三十四は頼通の養女嫄子女王の入内、禎子内親王と嫄子女王の立后、後朱雀天皇の第一皇子、親仁親王の立太子、章子内親王の裳着と東宮、親仁親王への参入、嫄子女王の出産(祐子内親王と禖子内親王を生んだ)、嫄子の崩御、教通女、生子の入内と後朱雀天皇の生子寵愛、頼宗女、延子の入内といった天皇、東宮の後宮にかかわる諸記事で形作られている。かかる記事群のなかに、

A内(後朱雀天皇)の御心、いとめでたくあるべかしく、すくすくしうさへありて、制も厳しくなどぞおはしましける。御かたちいとめでたくおはします。一品宮(章子内親王)をいと心苦しう思ひきこえさせたまひて、雨風の荒き音なひにつけても、御使奉らせたまひ、故院(後一条天皇)の申しおかせたまひしをも思しめせば、かたじけなくあはれに思ひまうさせたまへり。(③二九八)

B後一条院の御時は、ただ中宮(威子)一所おはしまして、ただ人のやうにおはしましを、この御時(後朱雀天皇の御代)はさまざま御方々おはします。さるは御心はうるはしく、あだならずぞおはしましける。殿(頼通)

などにも、故院（後一条天皇）はまかせられたてまつらせたまひて、よろづも知らぬやうにて、あてに気高くおはしましける。これ（後朱雀天皇）はいとうるはしく、御かたちもいときよげに、才おはしまいて、よき帝におはしましけり。後一条院の御かたちもいとめでたくおはしまいて、世の人偲びまゐらせぬなし。一品宮（章子内親王）、斎院（馨子内親王）に、つゆの御こともおはしませば、上達部、殿上人いみじう参り、殿、内の大殿（教通）よりはじめたてまつりて参らせたまへば、「めでたうおはします帝の御名残はかくこそはおはしましけれ」とぞ人申しける。この内（後朱雀天皇）、いみじうあるべかしうおはしまいて、この宮（章子内親王）にも故院の御ことを思しめいて、東宮（親仁親王）にもかく参らせたてまつらせたまふ。さるべきをりをり、風の荒く吹くにも、御使など奉らせたまふ。女院（後朱雀天皇の母、彰子）の御有様のいとめでたくおはしませば、同じき帝と申せど、かくめでたくおはしますなりけり。御かたちも御心ばへも軽々しからず、あるべきかぎりめでたくおはします。（③三一七〜三一八）

といった、天皇の資質や治世に触れる記事が見られる。

正編では、巻第一、月の宴に村上天皇の資質が述べられ、後宮の理想的な宰領者であることが強調されている。巻第二、花山たづぬる中納言には、関白頼忠に遠慮して円融天皇の唯一の皇子、懐仁親王を生んだ女御詮子（兼家女）の立后を渋る円融天皇の優柔不断さが、「帝の御心いとうるはしうめでたうおはしませど、雄々しき方やおはしまさざらんとぞ、世の人申し思ひたる」（①一〇五）と批判されていたり、花山天皇の色好みに触れて「御心掟もいみじう色におはしまして」（①一一九）と述べられてはいる。しかし、天皇の資質に関わらせて歴史を捉えようとする姿勢が顕著に見えるのは、巻第一の村上天皇の御代を対象化するところだけである。正編の歴史叙述は村上朝から本格化するけれども、いまだ年単位の歴史叙述は確立されておらず、御代単位の歴史が志向されている。天皇が歴史叙述の基軸に据えられて、後宮内の出来事と後宮外の出来事（実権勢力の動向）が描かれている。村上天皇の次の帝、冷泉天皇以降は実権勢力の動向を描くことに力点が移され、そのため天皇の後宮を対象化するばあいも実権勢力の側から描かれて天皇の姿は後景化し、天皇の資質が正面から取り上げられることはなくなっていくのである（注8）。円融天皇や花山天皇については、捉え方が一面的であり、偏向も見られる。円融天皇は、別のところでは「円融院の上、世にめでたき御心掟、たぐひなき聖の帝と申しけるに」（巻第九、岩蔭、①四七二）と讃仰されている。巻第二における評価との落差を見落としてはならないであろう。巻第二の円融天皇に対する批判は、天皇の優柔不断さが〈師輔―兼家―道長〉という九条流の発展の流れを阻碍する要因として働いているからである。花山天皇評は、天皇と兼家との間に外戚関係がなく、九条流の発展史との緊密度の欠ける花山朝の歴史叙述が、偏執狂的性格をもつ花山天皇の色好みに収斂する格好で形作られていることを示している（注9）。両者はいずれも九条流の発展史を書こうとするときに出てきた天皇評といえる。また、一条天皇の崩御の記事に付随して、六国史の即位前紀にみられる、次のような叙述もある。

四つにて東宮に立たせたまひ、七つにて御位に即かせたまひて後、二十五年にぞならせたまひにければ、今の世の帝のかばかりのどかに保たせたまふやうなし。村上の御事こそは、世にめでたきたとひにて、二十一年おはしましけれ。円融院の上、世にめでたき御心掟、たぐひなき聖の帝と申しけるに、十五年ぞおはしましけるに、から久しうおはしましつれば、（後略）（①四七一～四七二）

しかし、続編は正編のように天皇の資質に触れるのみならず、それがそのまま天皇の治世の有り様とも関わるものとして記されている。また前朝の治世との違いも眼目となっている。AとBは内容的に重なっていて、Aに記されていることはBに取り込まれている。後朱雀天皇は実直で、きまりを厳格に適用する生真面目さと、後一条天皇とは異なり関白に政治を任せきりにしない主体性を備えていると評価している。後朱雀天皇を支える後見は後一条天皇の御代と変わらなかったが、天皇と後見との関係性は異なり、その大きな理由が後朱雀天皇の性格に帰されているのである。

A、Bとも後一条天皇の遺児、章子内親王と馨子内親王に対する後朱雀天皇の配慮についても付言している。それは後一条天皇の遺言によることがAには記されているが、内容的に見れば、天皇の性格や治世について述べる文脈と必ずしも重なってはいない。それはおそらく、続編の作者が巻第三十一から巻第三十六まで彰子、威子、章子内親王、馨子内親王の動向を一貫して追いつづけることと無縁ではなく、それとの折り合いがつけられているのであろう。A、Bに見られるように、天皇の性格や御代の有り様に注目して歴史を整理しようとしていることは見落としてはならないであろう。続編は御代という括りの中で歴史を捉えようとしている。

Bに関連して注目すべきは、巻第三十六の、後朱雀天皇の東宮親仁親王（後冷泉天皇）への譲位を語る記事に見える次のような叙述である。

C（東宮親仁親王が）いみじう泣かせたまへば、（後朱雀天皇が）「かくな泣きたまうそ。上東門院（彰子）によく仕うまつりたまへ。二の宮（尊仁親王）思ひ隔てず思せ」など申させたまへば、御顔に袖を押しあてておはします。（中略）（後朱雀天皇が）斎宮（良子内親王、後朱雀天皇第一皇女、母は禎子内親王）の御ことをなんいみじう申させたまひける。「二の宮いかにせんずらん」とぞ、内々にも仰せられける。故院（後一条天皇）と女院（彰子）も関白殿（頼通）も同じことにおはしまししだに、われどちこそよかりしか、末々の人々はよからぬことを言ひ出で、おのづからなることもありしに、ましてこれは御腹もかはらせたまひ、御後見もかはらせたまへれば、いかにと思しめすなるべし。（③三三五～三三六）

後冷泉天皇の践祚と尊仁親王の立太子はともに寛徳二年（一〇四五）正月十六日のことであった。しかし、立太子については『今鏡』司召、『愚管抄』四、『古事談』一によれば、後朱雀天皇は頼通の意向を聞き入れて後に決定しようとした。頼通は禎子内親王を生母とする尊仁親王の立太子には難色を示していたようである。そのとき後朱雀天皇に尊仁親王の立太子を積極的に働きかけたのが、禎子内親王を後援する能信であった。能信は、尊仁親王の立太子に伴って大夫となり、尊仁親王を支えていくのであった。『栄花物語』はかかる事情を一切書かない。Cに見えるように、尊仁親王の将来について憂慮して、後冷泉天皇に、二の宮に目をかけるようにと遺言する後朱雀天皇の姿を描くことによって間接的に表現しているのである。注目すべきは、後一条天皇の御代も後朱雀天皇の御代も後見は変わらず、両天皇が同腹の兄弟であっても（両天皇ともに生母は彰子、ともに頼通が関白として後見をつとめた）、譲位に際してもめごとがあった、ましてや、後冷泉天皇と尊仁親王は異腹なので当然、後見も変わるであろうから、兄弟間の譲位がすんなりとは実現しないだろうことを後朱雀天皇が危惧していることを、語り手が忖度するくだりである。後見を含めて現天皇を支える実権勢力と次の天皇を取り巻く実権勢力との力関係によって御代がわりに少なからず混乱が生じる危険性を洞察する、続編作者の鋭い歴史認識が垣間見られる。ここにはおそらく、後の後冷泉天皇から後三条天皇（東宮尊仁親王）への譲位のことが見据えられているのであろう。後冷泉天皇から後三条天皇への譲位は続編には書かれていない。それに代わるものとして、巻第三十七の掉尾に次のような記事を据えている。

D世のかはるほどのことどももなく、にはかに宇治の人（頼通）思しめすことのみ出で来たるこそあやしけれ。後冷泉院の末の世には、宇治殿入りゐさせたまひて、世の沙汰もせさせたまはず、東宮と御仲あしうおはしましければ、そのほどの御ことども書きにくうわづらはしくて、え作らざりけるなめりとぞ人申しし。東宮とは、後三条院の御ことなり。（③四二〇～四二一）

後冷泉天皇を支える頼通と次の天皇と目される東宮尊仁親王（後三条天皇）との確執が頼通の宇治への隠棲によって決着したことを語っているのであろう。作者（語り手）としては対象化しにくかったのだろう、扱うに際して細心の配慮がなされていることは、「あやしけれ」「人申しし」などといった表現から窺える。ともあれ、この記事を置くことによって御代がわりを書くという責務は果たしたというべきであろう。この記事にも、Cに見られる歴史に対する深い洞察が反映されているのである。

六

さて、天皇の資質や治世について述べている記事をいますこし列挙しておこう。

E内（後冷泉天皇）の御心いとをかしうなよびかにおはしまし、人をすさめさせたまはず、めでたくおはします。をりをりには御遊び、月の夜、花のをり過ぐさせたまはず、をかしき御時なり。（③三七四）

F内の上（後冷泉天皇）も、いとたをやかにをかしくおはします。東宮（尊仁親王）は、うるはしく厳しきやうにおはしませど、才おはしまし、歌の上手におはします。（③三八三）

G後冷泉院は、何ごともただ殿（頼通）にまかせまうさせたまへりき。（頼通は）後の世にこそ宇治にも籠りゐさせたまひて、「世も知らじ。ものなども奏せじ」とて、世を捨てたるやうにておはしましかし、されど除目あらんとては、まづ何ごとも申させたまひ、奏せさせたまはねど、かの殿の人に、受領にてもただの司にても、よきところはなさせたまひき。同じ関白と申せど二十余より八十までせさせたまふ。世の人靡きまうし怖ぢきこえさせたる、ことわりなり。この内（後三条天皇）の御心いとすくよかに、世の中の乱れたらんことを直させたまはんと思しめし、制なども厳しく、末の世の帝には余りてめでたくおはしますと申しけり。人に従はせたまふべくもおはしまさず、御才などいみじくおはします。後朱雀院をすくよかにおはしますと思ひ申ししに、これはこよなくまさりたてまつらせたまへり。世人怖ぢ申したる、ことわりなり。おほかたの御もてなし、いと気高くおはしましけり。女院（禎子内親王、後三条天皇の生母）の申させたまふことをも、さるまじきことをばさらに聞かせたまはず。（③四三三〜四三四）

Ｅは後冷泉天皇の資質を語るくだりである。後冷泉朝のはなやかな諸行事は天皇の性格によるところが大きいことを述べている。詳細は省くが、これは巻第三十六および巻第三十七に点綴される風流韻事がそのまま後冷泉天皇の御代の繁栄の証として意味づけられていることと通底する。Ｆは後冷泉天皇と東宮尊仁親王との性格の違いを浮き彫りにしている。両者の性格の違いは源俊房の前斎宮娟子内親王（尊仁親王の同腹の姉妹）との密通事件に対する対応にはっきりと現れている。東宮は天皇に、俊房に対する処罰を要求しているし、母、禎子内親王にも娟子内親王と連絡をとることを禁じたのであった（巻第三十七、煙の後）。

Ｇも後冷泉天皇と後三条天皇との比較である。両者の対比の構図は、そのまま後一条天皇と後朱雀天皇とのそれに当てはまる。形容語に注目すれば、後三条天皇は後朱雀天皇の性格を引き継ぎ、後冷泉天皇は後一条天皇のそれを引き継いでいると言えよう。後見との関係も、後一条天皇も後冷泉天皇も関白頼通に政治を委ねたのに対して、後朱雀天皇は政治を頼通に任せきりにするのではなく、主体性を確保したのであったが、後三条天皇は頼通と対立し、登極後は自らの判断で政治を仕切ったとあり、著しい対照を見せている。詳細は省かざるをえないけれども、実は後朱雀天皇、後三条天皇を支えた公卿は、大雑把に言えば、小野宮流の人々であり、摂関家の人でいえば、傍流にあたる能信、さらには能信と姻戚関係のある公季流の人々、藤原隆家の子孫にあたる人々であった。一方、後一条、後冷泉の両天皇を支えたのが、頼通をはじめとする摂関家本流の人々であり、頼通と姻戚関係で結ばれた人々であった。『栄花物語』はかかる公卿層の動向を見据えた叙述をなしているわけではないけれども、道長薨後の後一条天皇の御代から後三条天皇の御代に至るまでの流れをかなりの正確さで言い当てていることが知られてくるのである。

かく考えていくと、続編は、一筆か、二筆かあるいは三筆かという成立、作者の問題はさておき、天皇の御代に着目して歴史が組み立てられていることが知られてくるのである。正編のように、すべてが即位と退位によって縁取られているわけでもない。たとえば、巻第三十八には後三条天皇の退位は記されているけれども、次の白河天皇の即位には触れない。そこには、巻の冒頭に据えられていた後三条天皇が源基子を寵愛する記事群を受けて、基子の生んだ後三条天皇第二皇子、実仁親王の立太子のみを記している。それは、先述したように、巻第三十八が後三条天皇に焦点を合わせて構成されていることによる。しかし、次の白河天皇の御代をまったく見据えていないわけではなかったのである。巻第三十八の中途に、師実の養女、賢子の東宮貞仁親王（白河天皇）への参入を記し、東宮が賢子を余りに寵愛して、同じく東宮の後宮に入っていた藤原能長女、道子を顧みることがなかったために、後三条天皇が東宮に対して訓戒をたれたとある。これは言うまでもなく、摂関家の勢威の回復を危惧する後三条天皇の深謀遠慮に発する発言であったとおぼしいが、同時に巻第三十九、巻第四十において白河天皇の賢子寵遇をとらえて摂関家が以前の勢威を回復する様を展叙することと連関している。

続編は原資料がそのままに取り入れられ、正編のように出来事と出来事を時間的前後関係によって組み立て、その営みの中から時間構造が作り出されていく様相とは明らかに異なる。しかも、作者の問題かあるいは何かまとまった原資料が用いられているためか、彰子、威子、章子内親王、馨子内親王、寛子に関する記事群が歴史叙述の大部分を占めるという偏向が見られる。しかし、整理の跡がないわけではなく、これまで述べてきたように、天皇の御代によって組み立てられているのである。まだまだ細緻な検討が必要であろうけれども、大雑把に続編を捉えれば、巻第三十一〜巻第三十三、巻第三十四〜巻第三十五、巻第三十六〜巻第三十七、巻第三十八、巻第三十九〜巻第四十と、その歴史叙述に筋目を入れることができよう。

（1）「国文学　言語と文芸」第七二号、昭和四十五年九月。
（2）「国文学　言語と文芸」第八六号、昭和五十三年六月。
（3）「国文学　言語と文芸」第八七号、昭和五十四年三月。
（4）『栄花物語研究　第一集』（国書刊行会、昭和六十年九月）
（5）「平安文学研究」第六四～八〇輯、昭和五十九年十二月～昭和六十三年十月。
（6）『歴史物語の思想』（京都女子大学、平成四年十二月）
（7）関根賢司「歴史物語おぼえがき」『平安後期　物語と歴史物語』（笠間書院、昭和五十七年二月）
（8）第Ⅰ部第四章。
（9）第Ⅰ部第八章。

第十二章　『栄花物語』から『源氏物語』を読む

一

藤原穏子が六十代醍醐天皇の皇后となり、令外のキサキである女御から皇后に立てられる新例が切り開かれた。令制以前から皇后の出自は皇族（内親王）に限ることが伝統となっており、磐之媛、藤原安宿媛、藤原乙牟漏、橘嘉智子を除いて長い間その慣行が守られてきたが、穏子立后の後、天皇と身内関係を代々強固に作り上げ、皇権を〈後見〉する藤原北家出身の女性が多く皇后となり、皇族出身の皇后は、七十一代後三条天皇までに限れば、冷泉天皇皇后昌子内親王、後朱雀天皇中宮（皇后）禎子内親王、後冷泉天皇中宮章子内親王、後三条天皇中宮馨子内親王のわずか四人を数えるのみである。このうち『源氏物語』成立以前の例としては昌子内親王の立后（皇后に立つ意で用いる。以下同じ）のみである。ところが、『源氏物語』は三代にわたって皇族から后が立つという物語を作り上げている。藤壺立后は、円融天皇の唯一の皇子（懐仁親王、一条天皇）を儲けた藤原兼家女、詮子をさしおいて、関白藤原頼忠に遠慮するあまり、頼忠女、遵子を立后させた円融天皇の判断を彷彿させるところがある。遵子立后は、皇后すなわち嫡妻の生んだ皇子が皇位につくという伝統に対する違反として非難され、遵子は

「素腹の后」と揶揄されたのであった。遵子と異なり、藤壺は桐壺帝の皇子を擁していた。しかし、弘徽殿女御は、桐壺帝の後宮に最初に入り、所生の第一皇子が東宮に立てられ、第一の女御として遇されていた。一方、藤壺は桐壺帝の殊寵を蒙ってはいても、弘徽殿女御につぐ格付けであったとおぼしい。藤壺への敵愾心を剥き出しにする弘徽殿女御の不満を、東宮が即位したならば、皇太后になることが確約されていることを理由にしてなだめる桐壺帝を描き、貴族層の内部にも藤壺立后に対する疑問や反発があったことを語っている。弘徽殿女御をさしおいて藤壺の立后を強行する桐壺帝の意図はさまざまに議論されているが、藤壺入内と絡めて論じられることはほとんどなかったと思われる（注1）。物語は、桐壺帝が寵妃、桐壺更衣に対する追慕の思いを癒しがたく、更衣に似た藤壺の存在を知るにいたって入内を要請することになったとするが、藤壺入内の理由はそれのみではなく、『源氏物語』成立前後、のちに立后することになる内親王の入内が、後述するように、皇位の安定的継承を図る手段であったことに注目するならば、藤壺立后の可能性も藤壺入内のときにすでに考慮されていたと思われる。藤壺は先帝の后腹の四宮で、桐壺帝の皇后となり、所生皇子、冷泉帝が即位する。藤壺のような血筋と経歴を持つ人物は、篠原昭二氏がすでに指摘されているように（注2）、欽明天皇の皇后となった石姫皇女のほかに『源氏物語』成立以前にはその先蹤を見出せない。『源氏物語』後の例として、三条天皇皇女、禎子内親王（母は藤原道長女、妍子。後朱雀天皇后。後三条天皇の生母）を挙げることができるが、道長のような、天皇家と濃密な身内関係を築き、それを背景にして抜きん出た権力を掌中に収めた人物の出現が前提となる特殊な事例である。藤原北家のなかで摂関職を代々継いでいく家筋（御堂流）が確定し、摂関家（御堂流）の皇親化あるいは天皇家と摂関家（御堂流）の同族化がすすんでいくなかでの入内、立后であった。禎子内親王は母、妍子とほとんど行動をともにし、道長の嫡妻腹（倫子）の娘、彰子・妍子・威子・嬉子と同様の扱いを受け、内親王というよりむしろ道長鍾愛の孫娘であった。道長、頼通父子は、東宮妃嬉子の薨後、禎子内親王の東宮敦良親王への参入を積極的に推し進め、ほとんど摂関家の娘の参入とみまごうばかりであった。藤壺の置かれた〈後見〉の環境とは歴然とした違いがある。『源氏物語』はなぜ先例のほとんどない血筋と経歴を藤壺に付与したのであろうか。解明すべき課題の一つである。

次の朱雀帝には皇后は立てられなかった。その次の冷泉帝には、光源氏が後見する前斎宮、梅壺女御が立てられた。少女巻の当該箇所には、「源氏のうちしきり后にゐたまはんこと、世の人ゆるしきこえず」（③三〇～三一）と記され、藤壺の遺言をたてに光源氏は梅壺女御の立后を強力に主張するけれども、藤壺に引き続いて皇族出身の女性が立后することは、容易に賛同が得られなかった。今上帝には光源氏の娘、明石女御が立てられた。藤壺や梅壺女御の立后のように対抗馬はなく、帝寵あつく第一皇子ほかを擁し、しかも第一皇子が立太子しているなかで、明石女御の立后は確実視されていた。それでもすんなりとはいかない事情があったことを、「源氏のうちつづき后にゐたまふべきことを、世人飽かず思へるにつけても」（若菜下④一六六）といった記述からうかがえる。

『源氏物語』は、后は皇族の範囲に限るという古くからの慣例にこだわり、あえて三代にわたって皇族が立后する、その成立前後の歴史に照らして著しく〈事実離れ〉した世界を作り上げている。『源氏物語』は延喜、天暦聖代を時代準拠としていることが定説となっているが、醍醐、村上両天皇の皇后はそれぞれ藤原基経女穏子、藤原師輔女安子で、ともに藤原氏出身であり、こと皇族の立后については時代準拠の枠組みを食い破っている。だからこそ〈源氏の物語〉なのだといってみたところで、『源氏物語』の内実を明らかにしたことにはなるまい。結論を先取りすれば、それはおそらく『源氏物語』に敷設された皇統譜と密接に関わる現象として理解されるのであるが、まずは『源氏物語』成立前後における内親王立后の事例について検討を加えることからはじめよう。

二

『栄花物語』巻第一、月の宴に、穏子所生の醍醐天皇皇子、寛明親王・成明親王が即位し、それぞれ六十一代朱雀天皇、六十二代村上天皇となったことを記した後に、それに付随するかたちで昌子内親王のことが触れられている。

朱雀院は御子たちおはしまさざりけり。ただ王女御（保明親王女、熙子女王）と聞えける御腹に、えもいはずうつくしき女御子一所ぞおはしましける、母女御も御子三つにてうせたまひにしかば、帝、われ一所心苦しきものに養ひたてまつりたまひける。いかで后に据ゑたてまつらんと思しけれど、例なきことにて、口惜しくてぞ過ぐさせたまひける。昌子内親王とぞ聞えさせける。（①一九）

朱雀天皇は女御、熙子女王とのあいだに唯一の御子を儲けていた。それが昌子内親王である。朱雀天皇は、昌子内親王を将来、皇后に据えたいと念じていたが、内親王の立后例が淳和天皇の皇后となった嵯峨天皇皇女、正子内親王ののち久しくなかったこともあって、思いとどまったと記されている。ところが、村上天皇の第二皇子、東宮憲平親王の元服の儀が執り行われた応和三年（九六三）二月二十八日の夜、昌子内親王は東宮妃として入った。昌子内親王の東宮参りは、一時は断念された朱雀天皇の「本意」をかなえるためであった（①三五）。そして、康保四年（九六七）五月二十五日、憲平親王が践祚したのち、間もなく立后することとなった。『栄花物語』は「朱雀院の御心掟を、本意かなはせたまへるもいとめでたし」（①六一）と記している。

『栄花物語』は昌子内親王の立后を朱雀天皇の「本意」の実現とみなしているが、なぜ朱雀天皇は皇女の立后にかくもこだわるのであろうか。『栄花物語』は、昌子内親王の立后を、父帝の愛情による愛娘に対する優遇策とみているようであるが、それだけではあるまい。実は、皇位は、朱雀天皇の同腹の弟である村上天皇の子孫に継承されていく。それは朱雀天皇に皇子が誕生しなかったことによる。皇統譜から立ち消えることになる朱雀天皇の血を昌子内親王を介して村上天皇の子孫のうちにとどめ、かつまた兄に代って嫡系となった弟の皇統の正統性を保証するために、朱雀天皇の皇女、昌子内親王が村上天皇の後を継いで登極した冷泉天皇の皇后となった。もちろん昌子内親王には冷泉天皇の皇子出産が期待され、皇后すなわち天皇の嫡妻の生んだ皇子の立太子が思い描かれていた。皇后所生の皇子が皇位を継承するという古くからの慣例がまだ生きていた。

立后に関する直近の例として藤原基経女、穏子の立后があるが、穏子はまず皇太子、保明親王（母は穏子）が薨じて一月後の延長元年（九二三）四月二十六日、中宮となった。この中宮は、皇太夫人の別称とされている。聖武天皇の生母、藤原宮子が皇太夫人となり、その職司として中宮職が置かれたのを初例として、桓武天皇が即位後、生母、高野新笠を皇太夫人とした例や、その後、藤原順子、藤原明子、藤原高子、班子女王が所生皇子の即位に伴って皇太夫人となった例、あるいは醍醐天皇の養母、藤原温子が醍醐天皇の登極後、皇太夫人となった先例の積み重ねを逆手にとって、保明親王は東宮在位中に病没しなければ、皇位を継いだはずであるとみなして、親王の生母、穏子を皇太夫人とし、逆に皇太夫人の所生皇子、保明親王は「天皇」とみなされるから、その御子、慶頼王は「天皇」の御子とみなすことができ、皇位につくべきだとする理屈を案出し、醍醐天皇の皇子で有力な皇位継承候補者を排して、醍醐天皇の孫王である慶頼王を立太子させたのである。藤原北家にとって危機的な状況の中、それを打開するための方策として穏子の中宮冊立が強行された。しかし、その甲斐もなく慶頼王は夭折したが、強運にも穏子は保明親王を生んで二十一年後、慶頼王の立太子と同じ年に寛明親王を出産した。そして寛明親王を三歳で東宮に立てることになるが、その後まもなく穏子は皇后に立てられたといわれている。寛明親王がわずか三歳で立太子したのも、穏子が長年にわたって皇太夫人であった経歴が大きくものをいった（注3）。令の規定では中宮は三后の総称とされているが、それは三后に付置される職司が中宮職であったことに因む呼称であった。その中宮職が皇太夫人に設けられることじたい、天皇の生母に対する優遇であり（注4）、皇后は皇族から立てられるという慣行や皇后の生んだ皇子が皇位を継承するという伝統との兼ね合いもあって、皇后としては処遇されないけれども、皇太夫人も皇后に匹敵する扱いであったといえるであろう。ただ、延長元年（九二三）の穏子中宮冊立を、皇太夫人ではなく皇后になったとする史料もあり、穏子の立后の時期がはっきりとしない（注5）。もし後者であるとすれば、藤原安宿媛所生、皇太子基王が亡くなり、県犬養広刀自所生皇子、安積親王の立太子を阻むために、安宿媛の聖武天皇皇子出産への期待を込めて、事前の処置として安宿媛の立后が図られた（注6）、その先例が鋭く意識されて、穏子の立后が行われたのであろう。いずれにしても、皇后に立つことあるいは皇太夫人となることと、その所生皇子の立太子（即位）とは、切っても切れない関係にあることは間違いない。

穏子立后の記憶がまだ鮮明に残っていた時期に、昌子内親王立后が企図された。先に述べたように、朱雀天皇の血を受けたものが皇位を継承することがかなわぬ事態に対する対応策であった。しかも、それは朱雀天皇の個人的な意向にとどまらず、貴族層においても早い段階からある程度の合意形成がなされていたことをうかがわせ、冷泉天皇の践祚後、既定方針がすみやかに実行されたようである。実は、『中右記』嘉承二年（一一〇七）閏十月九日条に、昌子内親王立后が即位以前の帝妻立后の事例とされ、それを「頗不許」とする「小一条左大臣家記」（藤原師尹の日記）も引かれている。昌子内親王が立后した康保四年（九六七）九月四日、まさに同じ日に藤原伊尹女、懐子が入内し、女御となっている。おそらく、懐子入内の準備がなされていることに危機感を募らせて、先手を打って昌子内親王を皇后とすることによって、冷泉天皇のキサキのなかでその地位を不動のものとし、同時に皇后所生皇子の誕生、その立太子まで見越して、皇統の安定的継承が目論まれたということであろう。また昌子内親王立后の三日前の九月一日、守平親王の立太子が行われている。守平親王の立太子は、為平親王の立太子を断念する村上天皇の遺命に従って行われた（『栄花物語』巻第一）。『栄花物語』巻第一は村上天皇の遺命の内容は立太子に関することであったとするが、昌子内親王立后のことが抱き合わせになっていたかもしれない。村上天皇の遺命をただ一人承ったときの執政者、藤原実頼は、冷泉天皇ならびに東宮守平親王の外戚臣、藤原伊尹や藤原兼家（ともに藤原師輔男）と協力して守平親王の立太子にはあたったが、昌子内親王立后については、台頭する外戚臣に警戒感を抱きつつ、村上天皇の生前の意向を受けてそれを忠実に履行することに躍起になっていたのではなかろうか。即位式以前に昌子内親王の立后が早められたのは、おそらく娘の入内を実現しようとする外戚臣に対抗するためであった。藤原北家内部においても、外戚臣に専横を許し、「揚名関白」と嘆く実頼、外戚臣、伊尹・兼家、さらには左大臣を望み、左大臣源高明の追い落としを目論む師尹——伊尹・兼家兄弟も一枚岩ではなかったし、兼家と師尹との対立もあった——のそれぞれの政治的思惑が複雑に絡む安和の変前夜の政治情勢のなかで昌子内親王の立后が行われた。外戚臣が冷泉天皇に娘を入れ、天皇との身内関係を築き、権力基盤を強化しようとするのとは異なる、皇位の安定的継承を図る方法すなわち皇統形成の論理でもって昌子内親王の立后が行われたことが、立后当座の情勢から逆に透き見えてもくる。

ところで、冷泉天皇にとり憑く霊を恐れた昌子内親王は里がちで、しかも冷泉天皇の在位期間が二年間と短かったこともあって、期待通りに皇子を儲けることはなかった。一方、懐子は安和元年（九六八）十月二十六日、第一皇子、師貞親王を生み、安和元年十月十四日に入内し、同年十二月七日に女御となった藤原兼家女、超子が、冷泉天皇の退位後、貞元元年（九七六）に第二皇子、居貞親王を生んでいる。そして、この二人の皇子が、それぞれ六十五代花山天皇、六十七代三条天皇となり、冷泉天皇の皇統を継いでいくことになるのである。

三

六十三代冷泉天皇のあと弟の円融天皇が皇位を継ぎ、その後、冷泉系（六十五代花山天皇、六十七代三条天皇）と円融系（六十六代一条天皇、六十八代後一条天皇）が交互に皇位につく、いわゆる両統迭立の状況が続く。それが解消されたのが、後一条天皇の御代、寛仁元年（一〇一七）八月九日のことであった。三条天皇の第一皇子で、東宮であった敦明親王が突如、東宮を退き、その代わりに上皇待遇を受けたい旨を当時の実質的執政者、道長に申し入れ、認められた。道長は孫にあたる敦良親王（一条天皇第三皇子。母は道長女、彰子）を敦明親王の代わりに東宮に立て、上皇となった敦明親王（小一条院）に娘、寛子を院女御として入れた。

ところで、治安元年（一〇二一）二月一日、東宮敦良親王に道長女、嬉子が入った。嬉子は、万寿二年（一〇二五）八月三日、東宮の御子、親仁親王を生み、二日後に薨じた。『栄花物語』巻第二十六、楚王の夢は嬉子の出産、薨去をもっぱら記しているが、そのなかに、嬉子薨後、小一条院と「殿ばら」（道長男、頼通であろう）とのあいだで交わされる長文の会話が記されている。小一条院が、嬉子の亡くなった後、禎子内親王の東宮参入を世間で取沙汰していることを話題にのぼせる。それに対して、「殿ばら」が、すべて道長の一存で決まるけれども、ただ今、嬉子に先立たれた悲しみに道長が打ちひしがれていて、何も決まっていない旨を返答する。さらに、禎子内親王の成長振りを話題にしたのち、

あはれに、故院（三条上皇）のいみじうしたてまつらせたまはんと思したりしものを。おはしまさましかば、さりともこよなからまし。さやうに参りたまひて、思ふさまにおはせば、いかにうれしからん。あさましう院の御なごりなき、いとほしきに、人のすることにもあらず、わが心とかくてあるとは思ひながら、いとものの狂ほしきことぞかし。（②五三四～五三五）

と述懐し、小一条院は、東宮を自らの意思で退いたとはいえ、そのため冷泉天皇の皇統が途絶えてしまう結果を招き、浅慮であったと後悔するとともに、禎子内親王の東宮参りに期待をのぞかせている。この小一条院の言葉に、明確なかたちではないものの、途絶える冷泉系の皇統を禎子内親王を介して円融系の皇統に接合しようとす

る、昌子内親王の東宮憲平親王への参入を必然化した皇統形成の論理と同じものが窺われる。

禎子内親王は、万寿四年三月二十三日、東宮、敦良親王に参入した。道長の意向に沿って、東宮参りが実現した。関白頼通は熱心にこれに奉仕したが、内大臣教通は、娘、生子の東宮参入を願っていたために、落胆の色を隠せなかった。また道長室、倫子は、嬉子の薨後、忽ちにして禎子内親王の東宮参りが企てられ、実行に移されたことを深く嘆いた（『小右記』万寿四年三月六日条）。『栄花物語』巻第二十八、若水には、

帝の御女かかる御有様は、故朱雀院の御女（昌子内親王）の冷泉院に参らせたまひしこそは、かかるたぐひなめれ。それはいたう奥寄りたるうちに、帝も例におはしまさずなどありしかば、いと思ふさまにも見えずぞありし。この御有様いといとめでたしや。（③一〇二）

とある。「帝の御女かかる御有様」とは、皇女の入内あるいは東宮参入をさす。禎子内親王の東宮参入の先例として昌子内親王の東宮参りが引き合いに出されている。「奥寄りたる」と記されているように、遠い過去のことに属し、先例とするには少々無理があることも付言されている。また狂疾の東宮に入った昌子内親王は期待はずれであったのに対して、禎子内親王は「いといとめでたしや」と称賛されている。昌子内親王と禎子内親王の東宮参入の違いを浮き彫りにしつつ、前者を後者の先例とする考え方は堅持されている。当該箇所については梅沢本（新編全集の底本）と富岡本には異同が見え、富岡本は、禎子内親王の東宮参りの直近の先例として、冷泉天皇皇女、尊子内親王が円融天皇に入った例も加えている。その事例も加えると、昌子内親王および禎子内親王の東宮参りが皇統形成の論理に基づいていることが見えにくくなり、梅沢本の本文を是とすべきであろう。

禎子内親王は、六十九代後朱雀天皇の即位後、長暦元年（一〇三七）二月十三日、立后して、中宮と称された。ついで、頼通養女、嫄子女王の立后に伴って、三月一日、皇后となった。禎子内親王は長元七年（一〇三四）七月十八日、尊仁親王（後三条天皇）を生んでいる。禎子内親王は、道長薨後、伯叔父の頼通、教通、頼宗が娘や

養女を競うように後朱雀天皇に入れたため、以前とはうって変わってもの寂しく里居を続けた。しかし、後朱雀天皇の皇嗣を儲け、立后し、先述したように、冷泉系と円融系の接合に一定の役割を果したのであった。

さて、後一条天皇に入った女性は、道長女、威子のみであった。天皇と威子の関係は、まるで臣下の夫婦のようであると、『栄花物語』巻第三十一、殿上の花見に評されている。道長が卓絶した繁栄を実現し、その権勢にはばかって他の臣下は娘を天皇の後宮に入れることを思いとどまった。そのためか、皮肉なことに、後一条天皇は皇嗣に恵まれなかった。威子は、二人の皇女を儲けた。章子内親王と馨子内親王である。皇位は、弟、後朱雀天皇の子孫が継ぐことになった。そこで娘を介して後一条天皇の血を後朱雀天皇の皇統に回収することが図られ、章子内親王が東宮親仁親王（七十代後冷泉天皇）、馨子内親王が東宮尊仁親王（七十一代後三条天皇）にそれぞれ入り、両東宮の即位に伴って立后し、中宮と称された。しかしいずれも皇嗣は得られなかった。

章子内親王、馨子内親王の入内、立后も、先述した昌子内親王や禎子内親王と同じ意味を持つ。先述したように、禎子内親王は道長鍾愛の孫娘であった。章子内親王、馨子内親王はともに、両親に先立たれたのち、父方の祖母、母方の伯母にあたる女院彰子のもとで愛育された。だからこの三人の内親王の東宮参りは、道長や彰子の意向に従って摂関家が全力をあげて推し進めた。しかし、一方では、禎子内親王の入った後朱雀天皇には、嫄子女王（頼通養女）、生子（教通女）、延子（頼宗女）が入り、章子内親王の参った後冷泉天皇には、寛子（頼通女）、歓子（教通女）が参入し、馨子内親王が入った後三条天皇には、昭子（頼宗女）、茂子（能信養女）が入っており、娘を後宮に入れ、天皇との身内関係をつくり、それを権力基盤とする摂関家の伝統的やり方は踏襲されている。摂関家の身内とおぼしき三人の内親王との競合を避ける配慮はなかったといえる。だからこそ、逆に、摂関家の権力保持の論理とは相容れない内親王入内、立后が担う、途絶える系脈の血を嫡系に回収するという皇統形成の論理が根強く観念されていることが知られるのである。

『源氏物語』成立前後すなわち醍醐天皇から後三条天皇までの皇統譜を見ていてまず気づくことは、冷泉系と円融系が交互に立つ両統迭立の時代を除くと、皇位が兄弟で継承されていることである。兄弟が同腹で、兄弟継承されても両天皇を支える後見勢力に変更がないことが、それを促す大きな要因であったと思われる。両統迭立も皇位の兄弟継承に端を発している。たまたま両統に適当な皇嗣がいて、数代にわたって両統から天皇を交互に出すことができただけのことである。臣下は冷泉系あるいは円融系のどちらかに肩入れして、天皇との身内関係を作り上げれば、天皇の交替に伴って営々として築いてきたものを一挙に失いかねない。だから藤原北家主流は、権力保持に腐心して、基本的に娘を冷泉系、円融系の両方に入れ、御代の交替による実権勢力の力関係の劇的な変化のリスクを軽減しようとした。この時期の皇位の兄弟継承は、天皇と藤原北家主流との持続的な身内関係の形成が前提となる一時的な現象であったともいえる。しかし、兄弟継承は、両統迭立の危険性をはらみ、それを避けようとするならば、どちらかの皇統が途絶え、一方に収束していく他はないだろう。そのとき皇女を介して途絶える系脈を、新たに嫡流と見定められた系脈に接合して、皇位の安定的継承を図る方法が作り上げられた。

後朱雀天皇皇子、親仁親王と尊仁親王とは、後見勢力が異なっていた。親仁親王の生母は、道長女、嬉子であり、親仁親王すなわち後冷泉天皇の御代を支えたのは、摂関家主流の頼通、教通であった。一方、尊仁親王の生母は禎子内親王であったが、后禎子内親王の大夫としてあるいは東宮尊仁親王の大夫として両者を支えたのは頼通の異母兄弟、能信であり、能信と姻戚関係を築いてきた閑院流の人々であった。後一条天皇の系脈を後朱雀天皇の系脈に接合するために章子内親王、馨子内親王の二人は、それぞれ後冷泉天皇、後三条天皇の中宮となるが、後冷泉天皇と後三条天皇は異腹の兄弟であるために後見勢力が異なり、後三条天皇の登極によって摂関家の勢威の下落を招いた。皇位の兄弟継承を前提にした内親王の立后が馨子内親王の例を最後に途絶えるのも、天皇と摂関家の持続する身内関係に基づく良好な後見関係が失われていくのと軌を一にしている。

以上、大雑把ながら、昌子内親王、禎子内親王、章子内親王、馨子内親王の立后が皇位の安定的継承を実現するために行われたものであったことを明らかにした。

醍醐天皇の御代、まず穏子所生、保明親王が東宮に立ち、保明親王が亡くなったのち、その御子、慶頼王が東宮に立ったけれども、その慶頼王も亡くなり、そのあと穏子所生、寛明親王が三歳で立太子し、藤原北家主流は危機的状況を乗り越えることができたことについては先に触れたが、その寛明親王すなわち朱雀天皇に保明親王女、熙子女王が入内した事例も、四人の内親王立后に準じて考えることもできるだろう。慶頼王の立太子を実現した論拠は、保明親王を即位したとみなすことであった。そして、その途絶える血を皇統に回収するために保明親王女、熙子女王が朱雀天皇に入内することになったと考えられる。

熙子女王は「王女御」と呼ばれ、皇后には立っていない。なぜ立后しなかったのかは定かではないけれど、朱雀天皇には他に藤原実頼女、慶子しか入っておらず、慶子は御子を生んでいないから、あえて立后しなければならないほどの競争的環境には置かれていなかったことにもよろうが、熙子女王が皇子を儲けなかったことが決定的に大きいと思われる。

それはさておき、皇統の基本原理が直系主義にあることは、河内祥輔氏などによって明かにされている（注7）。しかし、直系主義を徹底化するとかえって皇位継承者が先細りしていくのは避けられず、直系皇統の断絶といった混乱をもたらした。父子継承を基本に兄弟継承を加味するのが現実的であった。平安時代のはじめ、桓武、平城、嵯峨、淳和の四代は、兄弟継承を採り入れた。桓武天皇は、即位に尽力した功臣の娘、藤原乙牟漏（良継女）・藤原旅子（百川女）の生んだ皇子、すなわち安殿親王（五十一代平城天皇）・神野親王（五十二代嵯峨天皇）・大伴親王（五十三代淳和天皇）を異母兄妹婚によって皇位継承者として選別する一方、淳和天皇をのぞいて内親王ではなく臣下の娘が皇后に立てられた（注8）。一見すると、内親王立后の伝統が廃れかかっているかの様相を呈するけれども、淳和天皇には嵯峨天皇皇女、正子内親王が入り皇后に立てられ、所生皇子、恒貞親王が五十四代仁明天皇（嵯峨天皇皇子）の即位とともに立太子している。平城天皇をのぞいて、皇后が皇族出身か臣下の出であるかを問わず、皇后所生の皇子が皇位を継承する原則は守られている。また正子内親王ののち醍醐天皇の御代、穏子が立后するまでのあいだ、天皇の生母は、宇多天皇の生母、班子女王をのぞいて他はすべて藤原氏出身であるが、いずれも皇太夫人となり皇后になっていない事実は重く、内親王であることが立后条件としてなお重視されていたことの証左となろう。

桓武天皇以下の新皇統は、皇位の安定的継承のために試行錯誤を繰り返しながら譲位制や即位式以前の立太子といった制度を整備してきた（注9）。これらに比べれば、内親王立后は制度的に定着しているとはいえないものの、如上の考察のように、兄弟継承を前提にした皇位の安定継承に補助的な役割を果していて、その伝統は『源氏物語』成立前後の時代にもなお脈々と生きつづけていることを確認した。これを踏まえて、『源氏物語』における三代にわたる「源氏」立后の問題について以下、考えてみる。

四

『源氏物語』は四代にわたる天皇の御代を描く皇代記の性格を持っている。四代とは、桐壺、朱雀、冷泉、今上の治世である。即位の可能性があった前坊を加えた皇統譜からうかがえる『源氏物語』の皇位継承のあり方は、基本は父子継承で、兄弟継承がそれを補完するかたちになっている。緩やかな直系主義がとられている。また、御代そのものは描かれないが、桐壺前史の帝として「一院」と「先帝」が知られる。「一院」は紅葉賀巻から桐壺帝の父であることが推測されるが、藤壺の父「先帝」と桐壺帝あるいは「一院」との関係は明示されていない。桐壺前史をふくめて『源氏物語』に敷設された皇統譜をどのように想定するか、『源氏物語』の読みの問題としてさまざまに議論されている。「一院」を新皇統とし、「一院」と「先帝」とのあいだに断絶があるとする見方や(注10)、「一院」系と「先帝」系の皇位をめぐる暗闘があって、「一院」主導のもと、桐壺帝は左大臣、右大臣の支援を得て、「先帝」系を排除したとする桐壺前史を想定する説(注11)や、桐壺前史の政治状況とは関連付けないで、「先帝」と桐壺帝の年齢にもっぱら注目して、「先帝」を「一院」の弟とみる説や、桐壺帝の兄とする説などがある(注12)。最も重要な議論の手がかりは、「先帝」の后腹の皇子、藤壺の兄が兵部卿宮とされていることである。兵部卿宮は皇位継承から外れているという官職イメージを持つ(注13)。「一院」系が皇位を継承していくのに対して、「先帝」系は皇位継承から外れたことを示している。それぞれの年齢、世代から推すと、「先帝」は「一院」の弟、あるいは桐壺帝の兄とみられるが、後者であるとすれば、「先帝」に有力な後継者がいたにもかかわらず、「先帝」のつぎに登極した桐壺帝はそれを阻止して、同腹の弟すなわち前坊を皇太子に立てたということになろう。前坊が亡くなったのち、再び立太子問題が浮上してきたとき、「先帝」の皇子、兵部卿宮もその候補者になっただろう。しかし、そのとき「先帝」は亡くなっており、桐壺帝は「先帝」に配慮することなく、「一院」の同意のもと桐壺帝の皇子の中から皇太子を決定することが可能となったのではなかろうか。そういう書かれざる桐壺前史が想定されてくる。前者であるとすれば、「先帝」は一代限りの中継ぎとして帝位についたことになり、その皇子が兵部卿宮に任じられている設定は違和感なく受けとめられる。いずれにしても「先帝」系は皇位継承から外れる。だから「先帝」系を、嫡系となった桐壺系と接合するために藤壺の入内が要請されてくるのではなかろうか。『源氏物語』成立前後の史上の内親王入内、立后と同様の意義が藤壺のそれにも当てはまるとみるのである(注14)。ただ、先に検討した史上の四人の内親王は、いずれも東宮妃として参入し、東宮の践祚ののちまもなく立后している点で共通する。また兄にあたる系脈が皇統譜から消え、弟の系脈が皇位を継承していくとき、兄の系脈に位置する内親王が弟の系脈の天皇の皇后となる点も一致している。兄の系脈から弟の系脈へ皇統が移るとき､弟の系脈に新たな嫡系としての正統性を付与するためであった。前者すなわち「先帝」が「一院」の弟だとすれば、弟の系脈から皇位を継承する兄の系脈に娘を差し出すことになるから、正統性の付与というより、一代限りで終わった「先帝」の血を藤壺を介して皇統に回復せんとする「先帝」側の宿願が強調されることになる。東宮候補として嘱望されながら、源高明の婿となったために立太子できなくなった、村上天皇第四皇子、為平親王（母は藤原師輔女、安子）が、後に花山天皇（冷泉天皇第二皇子）に娘、婉子女王を入れ、自身実現できなかった帝位につくことを子孫によってかなえようと企てたのと同じ、敗者復活劇と見られる。『源氏物語』は藤壺の入内を、桐壺更衣に先立たれた桐壺帝の喪失感を癒すためであったとするが、書かれてはいないけれども、皇位継承にかかわる問題が伏在していたらしい。後者すなわち「先帝」が桐壺帝の兄であれば､立太子問題における「先帝」系排除が、桐壺巻のはじめにただよう桐壺帝の御代の不安定要因のひとつとして考えられもし、それを解消していくために桐壺帝は藤壺入内をすすめたのではないだろうか。血の回収が完全なかたちで行われるためには、藤壺は桐壺帝の皇子を生み、その皇子の皇位継承を必然化する藤壺の立后が欠かせない。だとすれば藤壺の立后は入内当初から想定されるから、桐壺帝の御代を支え、しかも第一皇子（東宮）を擁する右大臣ならびに弘徽殿女御は藤壺に対する敵愾心を募らせることにもなるのであろう。一方、藤壺入内は、右大臣に対する対抗勢力として期待される左大臣の位置付けを明確化する（注15）。藤壺の入内と光源氏を臣下に下し「朝廷の御後見」（桐壺①四二）の役割を担わせようとする桐壺帝の決断は一体不可分のものであって､光源氏においてかなえられなかった無念を晴らすために藤壺所生皇子の即位を強く望む桐壺帝は、その念願達成にむけて、光源氏と藤壺、さらには左大臣を加えて、三者のあいだに、いわば運命共同体ともいうべき強固な紐帯を築く。藤壺所生皇子（冷泉帝）を得た桐壺帝は、藤壺の立后、光源氏の任参議によって地ならしをしたうえで、譲位と引き換えに冷泉帝の立太子を実現する。

先に述べたように、藤壺立后は円融天皇が遵子立后を決めた経緯を彷彿させる。藤壺の立后に異を唱える貴族層の反応は、遵子の立后を図った円融天皇批判と重なっている。藤壺の置かれた状況は遵子のそれに似通っている。右大臣が兼家、弘徽殿女御が詮子になぞらえられる。弘徽殿女御は朱雀帝登極後、皇太后になるから、所生皇子、懐仁親王（一条天皇）の践祚ののち皇太后となる詮子に重なる。ところが、冷泉帝即位後、藤壺が国母として女院待遇を受けるのは、史上の詮子に重ねられる。つまり、その立后に関しては遵子に、国母となってからは詮子に重ね合わせられ、両者の事跡が藤壺の造型に奉仕させられている。冷泉帝即位を契機に藤壺の状況、立場が劇的に変化する、その実態を描くために、かかる準拠の方法が有効に機能している。

また、藤壺の立后のような、所生皇子の立太子の前にその実現を確実に導くために生母の立后を先行させる事例は、史上の穏子の立后がそれに当てはまり、さらにさかのぼれば、正子内親王、井上皇后、藤原安宿媛の事例が相当する。

さて、前坊の娘、前斎宮が冷泉帝に入り、立后するのは、弟の系脈の血を兄の系脈に潜り込ませることであるから、明らかに史上のあの四人の内親王の立后とは血を回収する側とされる側が逆になっている。前斎宮は為平親王女、婉子女王が花山天皇に入る事例にあたる。六条御息所の出自は大臣の家であった。六条御息所は大臣家の期待を一身に背負って前坊に入ったが、前坊は即位しないまま病没した。六条御息所に託された家繁栄のシナリオは果されないままに終わってしまった。光源氏の正妻、葵上の出産の折、六条大臣や六条御息所が物の怪となって葵上に祟りをなしていると風聞が立つのも、左大臣家との政争を含めた暗い家の歴史を想起させる。六条大臣家のかなえられなかった宿願を六条御息所のかわりに実現する役割が前斎宮に担わされているのである。

前斎宮が入る先は、冷泉帝よりはむしろ朱雀帝の方がふさわしいであろう。朱雀帝は桐壺帝の嫡系であるから、冷泉帝の御代が桐壺聖代の継承を標榜しようとも、朱雀帝が冷泉帝より正統性はまさっていよう。ところが、前斎宮は朱雀帝の御代において斎宮に選ばれ、伊勢に下向していた。斎宮の退下は御代の交替か身内の死によるから、六条御息所の薨去にでも遇わないかぎり、朱雀帝在位中は帰京が許されない状況を作り出し、前斎宮が冷泉帝に入ることが方向づけられている。前斎宮の冷泉帝入内は冷泉帝に正統性を付与するためでもあった。

前斎宮が藤壺の母代として幼帝、冷泉帝を後見することが、前斎宮の入内を正当化する理由であった。『源氏物語』成立後のことであるが、堀河天皇の姉にあたる媞子内親王が堀河天皇との配偶関係がないにもかかわらず立后する例をはじめとして鎌倉時代の末まで十一例を数える、准母立后（注16）の先取りとも考えられる。あるいは院政期以降の准母立后は、藤原温子（藤原基経女、宇多天皇女御）が醍醐天皇の養母として皇太夫人になったことを先例とするから（注17）、母代の役目を課せられた前斎宮の準拠は温子であったかもしれない。

さて、明石女御の立后である。皇位継承の可能性のあった光源氏が、臣下に下り皇統から排除されたけれども、冷泉帝の御代を実現することによって一旦は皇統簒奪をかなえたかに見えたが、しかし冷泉帝は皇嗣に恵まれず、再び光源氏の血は皇統譜から消えようとしていた。そのとき娘の明石女御を介して、かたちをかえてそれをかなえようとする。為平親王の事跡に重なる。冷泉帝は光源氏に准太上天皇の地位を与え、実父でありながら実父であることを装わせて、〈桐壺帝―冷泉帝〉とつながる皇統のあいだに光源氏の名をとどめ、光源氏を天皇に仕立て、あたかも〈桐壺帝―光源氏―冷泉帝〉という直系皇統があったかのように演出して見せた。その直後に行われた、桐壺聖代を想起させずにおかない、六条院への冷泉帝の行幸および朱雀院の御幸における、冷泉帝、朱雀院、光源氏（六条院）の同座は、その直系皇統を幻視させる絶好の場面であった。光源氏の皇統復帰はこうして果されたが、その血を皇統にとどめることは、冷泉帝が皇嗣を得られないまま退位したため実現しなかった。それを明石女御を介して達成するための展開が用意されていくとおぼしい（若菜下④一六六）。

『源氏物語』は体制から排除されたり、没落を余儀なくされたりした人や家の復活、再興の物語を幾重にも有機的に重ね合わせ、しかも皇統の問題と絡めて長編的世界を作り上げている。『源氏物語』に敷設された皇統譜はその骨格をなしている。父子継承に兄弟継承を加味して皇統譜を再生産することによって皇統から消えていく系脈が何らかのかたちで嫡系の皇統と関わる物語――兄の系脈が皇位を継ぎ、弟の系脈がとだえる基本型をとりながら直系主義を貫き、弟の系脈が皇統への接近を志向する――を繰り返し産出している。だから史上の内親王立后を踏まえつつも、それが本来的に持つ皇統形成の論理に収まらぬそれを描き、『源氏物語』を生み出した時代の状況とは異なる、三代にわたる「源氏」立后の物語となったのである。

（1）今井久代『源氏物語構造論――作中人物の動態をめぐって』（風間書房、平成十三年六月）
（2）篠原昭二『源氏物語の論理』（東京大学出版会、平成四年五月）
（3）瀧浪貞子「女御・中宮・女院――後宮の再編成――」『平安文学の視覚――女性――　論集平安文学3』（勉誠社、平成七年十月）
（4）橋本義彦『平安貴族社会の研究』（吉川弘文館、昭和五十一年九月）
（5）注（3）前掲論文。
（6）瀧浪貞子『日本古代宮廷社会の研究』（思文閣出版、平成三年十一月）
（7）河内祥輔『古代政治史における天皇制の論理』（吉川弘文館、昭和六十一年四月）
（8）注（7）前掲書。
（9）注（3）前掲論文。
（10）日向一雅『源氏物語の準拠と話型』（至文堂、平成十一年三月）
（11）注（1）前掲書。

（12）藤本勝義『源氏物語の想像力』（笠間書院、平成六年四月）
（13）注（12）前掲書。
（14）注（1）前掲書。
（15）注（1）前掲書。
（16）注（4）前掲書。
（17）『中右記』嘉保三年（一〇九六）八月十六日条。

第十三章　『栄花物語』『大鏡』の時代区分意識

一

官撰国史（六国史）が途絶した後、その流れを汲んだ私撰国史が作られた。『日本紀略』『本朝世紀』がそれである。『日本紀略』は神代より五十八代光孝天皇までは六国史を抄出し、五十九代宇多天皇から六十八代後一条天皇までは『新国史』――七番目の官撰国史で、朱雀天皇の承平六年（九三六）から冷泉天皇の安和二年（九六九）まで三十四年間、編纂事業は行われたが、未定稿に終わった。『本朝書籍目録』によれば、宇多、醍醐二代の歴史ということになるが、『拾芥抄』によれば、『続三代実録』とも称され、宇多、醍醐、朱雀の三代の歴史と推定される――や外記日記や貴族の私日記などを参取して、簡略な記事でもって構成している。『本朝世紀』は藤原通憲が鳥羽法皇の下命をうけて、宇多天皇から七十三代堀河天皇までの歴史を記すべく編修を開始したが、できあがったのは宇多天皇一代のみであった。

一方、官撰国史の途絶は仮名文の歴史を生み出す要因ともなった。いわゆる歴史物語の嚆矢とされる『栄花物語』が宇多天皇から起筆するのも、清和、陽成、光孝の三代を扱う『日本三代実録』を継ぐ姿勢を示している。大江朝綱、維時が撰国史所の別当に任じられて『新国史』の編纂事業に携わり、学問の家として菅家と併称される大江家にとって、『新国史』が未完成に終わったことは不名誉なことであり、その名誉回復のために『新国史』に代わるなんらかの歴史編修を行うことが家の遺志として代々受け継がれたことは想像に難くなく、大江匡衡の妻となった赤染衛門がかかる家の遺志を実現すべく、歴史編修のために大江家に蓄積されていた史料を活用して、夫匡衡の協力を得ながら『栄花物語』を編述したとする仮説も提出されている（注1）。しかし、赤染衛門が『栄花物語』の作者（編者）として最有力であることは今日、広く支持されているけれども、赤染衛門作者説は鎌倉時代、剣阿の著した「日本紀私抄」にみられる古説でありながら、それより前の文献には全く見られないだけではなく、官撰国史を継ぐべき企図に発する大事業であったにもかかわらず、そのことがいずれの文献にも記しとどめられていないことは、如上の仮説の信憑性を疑わせることになろう。むしろ、『紫式部日記』が道長の要請によって著述された敦成親王誕生の記録であり、『栄花物語』巻第八、初花がもっぱらその『紫式部日記』を取用していることに注目すれば、あるいは巻第十七、音楽・巻第十八、玉の台の両巻は尼の拝観記を原資料として用いているが、その尼たちと赤染衛門との交友が想定されるのであれば（注2）、道長の妻、倫子および娘、彰子に仕えた赤染衛門を中心とする女房たちによる道長家内部の私的な営みとして『栄花物語』の歴史編述が行われたのではないかと推測されもする。だからこそ、仮名文による歴史編述であり、仮名文（物語）の伝統として作者（編者）の署名はなく、歴史として享受される傾向が生じ定着してはじめて、たとえば「日本紀私抄」にみられるように作者（編者）が詮索されることになったのであろう。このように『栄花物語』正編は冒頭において官撰国史を継ごうとする志向を示しつつ、原資料を用いて行われる編述作業を裏付ける内部徴証からは道長の栄華の有様を描くことを主眼に据えた後宮史が志向されていることが窺えるのである。両者の志向をどのように統一すれば、『栄花物語』の誕生という歴史的出来事や『栄花物語』の歴史叙述の内質に迫る議論が可能になるのであろうか。

そもそも『栄花物語』正編は宇多天皇からはじまり道長の薨去で終わっている。続編は道長薨去後のことから書き起こし、掉尾に藤原忠実が春日祭の上卿をつとめた記事を据え、御堂流（摂関家）の弥栄を予祝して筆を擱いている。続編は後三条天皇の登極によって御堂流（摂関家）の勢威が相対的に下落する一時期があったものの、総じて道長薨後も繁栄が維持されていく有様を描き、一貫した歴史叙述の体をなしている。正編が後一条天皇の御代のおしまいまで対象化しないで、道長の薨去でもって擱筆して、正編の起筆と首尾一貫しないことが問題なのである。

正編が宇多天皇から書き起こすのは、中国の史書の影響を受けながら、天皇の治世を中心にして歴史を編年体――即位前紀を一代のはじめに据え、一代の最後に論賛を置いて、紀伝体の本紀あるいは実録の性格も取り入れ、御代ごとに区切りをつけており、純粋な編年体ではない――で書き記す官撰国史の伝統を踏まえて、一代ごとに区切って歴代の天皇の皇位継承をたどることが歴史の流れを整序立てるための最も有効な手だてであったからかもしれない。『栄花物語』も天皇の代ごとに基本的な事項をまとめた年代記の伝統に深く根を下ろしているのだとすれば、宇多天皇起筆を歴史叙述のはじまりとしてさほど重視する必要はなかろう。官撰国史の途絶したのちに私撰国史が六国史を継いで宇多天皇以降の歴史を補うために編修されたのと同様の現象として理解され、『栄花物語』の宇多天皇起筆は外的要因によるものであって、歴史をどのように分節化して対象化するかという『栄花物語』の歴史叙述の固有の問題ではなくなってくる。しかも『栄花物語』は宇多、醍醐、朱雀の三代についてては天皇と藤原北家の簡略な系譜および両者の外戚関係について触れるのみで、各御代の君臣の事跡をはじめとする主要事項は省略され、皇帝年代記の内実を備えていない。それらは『新国史』に譲り、村上天皇から歴史叙述を開始するために必要不可欠な系譜に関する情報のみを提供しているという見方も成り立つ。『栄花物語』は六国史ではなく、『拾芥抄』にみえる宇多、醍醐、朱雀三代を扱う『新国史』を継ごうとしており、『栄花物語』の歴史編述を促す要因に『新国史』が未定稿に終わったことが関わっていることの証左ともなろう。

『栄花物語』は次の冒頭の一文で始まる。

世始りて後、この国の帝六十余代にならせたまひにけれど、この次第書きつくすべきにあらず。こちよりてのことをぞしるすべき。（①一七）

通説は「六十余代」を六十八代後一条天皇と捉え、『栄花物語』の執筆時を表すとするが、『栄花物語』は六十二代村上天皇から歴史叙述が本格的に開始され、しかも『栄花物語』は叙述の立脚点を事象現在に据え、外的時間軸に沿ってそれを絶えず移動させていくのであるから（注3）、「六十余代」は歴史叙述の始発にあたる第六十二代村上天皇とみなすべきであり、宇多、醍醐、朱雀の三代は村上前史として位置づけられ、「こちよりてのこと」とは、ほとんど実質を伴わないものの、この三代のことに他ならない。冒頭の一文は村上前史を書き起こすために村上天皇の時点に立脚して用意されたものである。村上前史にみられる次の叙述、

その基経の大臣の御女の女御（穏子）の御腹に、醍醐の宮たちあまたおはしましける、十一の御子寛明親王と申しける、帝にゐさせたまひて、十六年おはしまして後におりさせたまひておはしましけるをぞ、朱雀院の帝とは申しける。その次、同じはらから、同じ女御の御腹の十四の御子、成明親王と申しける、さしつづきて帝にゐさせたまひにけり。天慶九年（九四六）四月十三日にぞゐさせたまひける。（①一九）

などは、村上天皇の父母に言及し、六国史の即位前紀の一部をなす内容を含んでいる。『栄花物語』は確かに宇多天皇から起筆しているが、歴史叙述は村上天皇から開始する。

村上朝の始発部分を引用しよう。

かくて、今の上（村上天皇）の御心ばへあらまほしく、あるべきかぎりおはしましけり。醍醐の聖帝世にめでたくおはしましけるに、またこの帝、堯の子の堯ならむやうに、おほかたの御心ばへの雄々しう気高くか

しこうおはしますものから、御才もかぎりなし。和歌の方にもいみじうしませたまへり。よろづに情あり、物の栄えおはしまし、そこらの女御、御息所参り集りたまへるを、時あるも時なきも、御心ざしのほどこよなけれど、いささか恥がましげに、いとほしげにもてなしなどもせさせたまはず、なのめに情ありて、めでたう思しめしわたして、なだらかに掟てさせたまへれば、この女御、御息所たちの御仲もいとめやすく、便なきこと聞えず、くせぐせしからずなどして、御子生れたまへるは、さる方に重々しくもてなさせたまひ、さらぬはさべう、御物忌などにて、つれづれに思さるる日などは、御前に召し出でて、碁、双六うたせ、偏をつがせ、いしなどりをせさせて御覧じなどまでぞおはしましければ、皆かたみに情かはし、をかしうなんおはしあひける。かく帝の御心のめでたければ、吹く風も枝を鳴らさずなどあればにや、春の花も匂ひのどけく、秋の紅葉も枝にとどまり、いと心のどかなる御有様なり。（①二〇～二一）

天皇の資質に触れるとともに、聖帝として位置づけて治世に対する評価も含んでいる。六国史の即位前紀と論賛を併せた記述となっている。しかし、後宮の理想的な宰領者の側面が強調され、そのことによって御代の安泰がもたらされたとするところに、六国史的天皇造型からのズレを見て取ることができよう。聖帝としての評価と後宮の理想的宰領者であったこととが明確に論理化されてはいないけれど、『栄花物語』の目指す歴史が後宮史であったことは知られる。それは村上前史における藤原北家の天皇との外戚関係への言及にすでに立ち現れていた。天皇との外戚関係に基づく藤原北家の発展史を記すためには、外戚政治の舞台となる後宮がおのずと歴史叙述の主要対象となってくるのである。そのとき、編年体を基本としながら一代ごとに区切りを入れて御代単位でまとめる六国史的な歴史叙述の形式が求められたと思われる。基経女、穏子が醍醐天皇に入り、朱雀、村上両天皇を生んだことのみを記す村上前史を受けて開始される村上朝の歴史叙述は、皇子皇女を生んだすべての女性の名を列挙して、後宮の全容を見据えている。詳細は先の章に譲るが（注4）、後宮は歴史叙述の主要な対象であると同時に、純粋に後宮内的な出来事とともに後宮と連動する実権勢力の動向までも視野に収めるための歴史叙述の枠組みとして機能している。『栄花物語』は後宮史を目指して村上天皇から開始した。目下の課題は、『栄花物語』正編が村上天皇から後一条天皇までの後宮史として捉えることができようが、だとすれば、なぜ道長の薨去でもって筆を擱くのか、そもそもなぜ村上天皇から開始するのか、その問題と関連して、村上朝のみがまがりなりにも御代単位の歴史叙述となっているけれども、次の冷泉天皇からはそれが放棄され、なんらかの年がわり表現が記され年単位の歴史叙述へ移行し、それに伴って天皇が歴史叙述の基軸から後退するのはなぜか、それらを『栄花物語』の内実に即して考究することである。まずは、『栄花物語』が村上天皇から歴史叙述を開始していることを示す内証となりうる若干の記事に検討を加える。

二

巻第九、岩蔭に、一条院の崩御が次のように記されている。

さりともいとかばかりの御有様を背かせたまひぬれば、さりともと頼もしうのみ誰も思しめしたるに、四つにて東宮に立たせたまひ、七つにて御位につかせたまひて後、二十五年にぞならせたまひにければ、今の世の帝のかばかりのどかに保たせたまふやうなし。村上の御ことこそは、世にめでたきたとひにて、二十一年おはしましけれ。円融院の上、世にめでたき御心掟、たぐひなき聖の帝と申しけるに、十五年ぞおはしましけるに、から久しうおはしましつれば、いみじきことに世人申し思へれど、御心地のなほいみじく重らせたまひて、寛弘八年（一〇一〇）六月二十二日の昼つ方、あさましうならせたまひぬ。（①四七一～四七二）

一条天皇が帝位を捨てて出家し、在位の長さによって証し立てられる宿運にも恵まれていたにもかかわらず、あえなく崩御されたことを世人が惜しむ文脈の中で、歴代の天皇と比較して在位期間の長かったことが「世人」によって賞賛されている。一条天皇の閲歴も辿られ、六国史の即位前紀、論賛の名残をとどめている。検討すべきことは、「今の世の帝」とあるが、「今の世」とされる歴代の範囲である。

当該箇所に「世にめでたきたとひにて」とある村上天皇は、村上朝史において「堯の子の堯ならむやうに」（①二〇）と、聖帝と評されていた。一方、円融天皇は、関白藤原頼忠に対する遠慮から唯一の皇子を儲けている兼家女、詮子を差し置いて、頼忠女、遵子を立后させるべきか悩み、立后問題に決着をつけかねていた折、その優柔不断な対応が天皇の外舅、藤原兼家の不信感を買い、

帝（円融天皇）の御心いとうるはしうめでたうおはしませど、雄々しき方やおはしまさざらんとぞ、世の人申し思ひたる。東三条の大臣（兼家）、世の中を御心のうちにしそして思すべかめれど、なほうちとけぬさまに御心用ゐぞ見えさせたまふ。帝の御心強からず、いかにぞやおはしますを見たてまつらせたまへればなるべし。（①一〇五）

と記されていたが、当該箇所では評価が一変して「たぐひなき聖の帝と申しけるに」とある。一条天皇の比較対象として扱うための作為を窺わせる。歴代の天皇のなかで在位期間の長い天皇を聖帝と見なすことによって、さらに長い在位を誇る一条天皇を聖帝と評価する論理がつくられている。そうであるならば、村上前史において、

（宇多天皇の）一の御子敦仁親王と申しけるぞ、位につかせたまひけるこそは、醍醐の聖帝と申して、世の中に天の下めでたき例にひきたてまつるなれ。位につかせたまひて、三十三年を保たせたまひけるに、（①一七）

と記される醍醐天皇を比較対象としてなぜあげないのであろうか。醍醐天皇をあげることによってむしろ、聖帝と評される醍醐天皇の在位年数に匹敵する一条天皇を賞賛することになるのではなかろうか。あるいは在位年数で一条天皇が劣るために醍醐天皇を比較対象とするのは控えられたのであろうか。閲歴に関して過去の事例と引

き比べるとき、当該人物より同等もしくは劣る事例を引き合いに出すのが習いであったか。醍醐天皇をあげないのは語られる事象の内容によるものと考えられ、当該箇所において村上天皇は引き合いに出されているが醍醐天皇は比較の対象から除かれていることをもって、「今の世」が村上天皇から一条天皇までの歴代をさしていると捉えるのは早計であろう。というのも、村上前史は村上朝史を展開させる前提であり、村上前史に記されている延喜聖代観は村上天皇の御代が聖代であることを強調するものとして作用している。また村上前史は、基経女、穏子の醍醐天皇への入内および穏子所生皇子、寛明・成明両親王の登極によって築かれた天皇との外戚関係を、藤原北家の発展の礎としてとりわけ重視している。醍醐天皇のときに強化された、藤原北家と天皇との外戚関係の維持、発展こそが藤原北家九条流、道長の繁栄の拠り所であったからに他ならない。正編は村上天皇から始発するが、村上朝と醍醐朝とのあいだに明らかな時代区分意識は認めがたい。

ところで、安和の変を記すところでは、同様の藤原氏による他氏排斥が想起され、

昔菅原の大臣（菅原道真）の流されたまへるをこそ、世の物語に聞しめししか、これ（源高明の左遷）はあさましういみじき目を見て、あきれまどひて、皆泣き騒ぎたまふも悲し。（①六八）

と、醍醐天皇の治世のはじめに起きた菅原道真左遷事件が言及されている。さらにこの記述と連動する形で、

醍醐の帝、いみじうさかしうかしこくおはしまして、聖の帝とさへ申しし帝の第一の御子、源氏になりたまへるぞかし。かかる御有様は、世にあさましく悲しう心憂きことに、世に申しののしる。（①六九）

と、高明が醍醐天皇の一世源氏であることが付言されている。延喜聖代観というより高明が醍醐天皇の一世源氏であることが高明の不遇を印象づけるものとしてここでは導入されている。

しかし、村上朝においてはじめて高明が登場するのは、師輔女、安子の立后記事においてであり、安子立后に伴って高明が中宮大夫に任じられたことを次のように記す。

中宮大夫には、帝（村上天皇）の御はらからの高明親王と聞えさせし、今は源氏にて、例人になりておはするぞ、なりたまひにける。（①三〇〜三一）

安子立后記事では、高明は村上天皇の兄弟とされている。高明が源氏でありながら中宮安子の大夫をつとめるのは異例の人事であることを暗に示し、この人事の背景に師輔と高明の政治的協力関係を見て取ることも可能であろうし、源氏と藤氏の政治的協力体制を村上天皇が容認あるいは主導していることが、高明の系譜説明から見えてくる。詳細は先の章に譲るが（注5）、『栄花物語』は安和の変を、村上天皇、師輔、高明が血縁、姻戚関係に基づいて目指した源・藤の合同政治が師輔の薨去、村上天皇の崩御によってあえなく潰えた結果として意味づけている。安和の変と安子立后とでは高明の位置づけが相違しており、それは『栄花物語』の時代区分意識の反映とも見られるが、語られる出来事の内容やその出来事に対する意味づけに応じて比較の対象となる過去の事象は選ばれることもあり、いちがいに時代区分意識に還元することはできないであろう。

三

さて、『栄花物語』の時代区分意識を探るにつけ注目されるのが、巻第十五、疑にみえる、道長が出家に際して在俗時の自身の昇進や子孫の繁栄を祖先と比較して確認するくだりである。藤原忠実も出家を前に、高祖父道長、曾祖父頼通、祖父師実と比較して自らの昇進がひとつとして劣ることがなかったことを振り返っている（注6）。祖先より長生きし、出世することを願うのは当時の貴族の風習であったらしい（注7）。かかる習俗を背景にしてこの述懐はなされているのだろう。

殿の御前（道長）、「さらに命惜しくもはべらず。さきざき世を知りまつりごちたまへる人々多かるなかに、おのればかりすべきことどもしたる例はなくなんある。内（後一条天皇）、東宮（敦良親王）おはします、三所の后（太皇太后彰子、皇太后妍子、中宮威子）、院の女御（小一条院女御寛子）おはす。（頼通は）左大臣にて摂政仕うまつる。次（教通）は内大臣にて左大将かけたり。また（頼宗は）大納言あるは左衛門督にて、別当かけたり。この男（長家）の位ぞまだいと浅けれど、三位中将にてはべり。みなこれ次々の公の御後見仕うまつるべし。みづから太政大臣、准三宮の位にてはべり。この二十余年のほど並ぶ人なくて、身ひとつして、あまたの帝の御後見を仕うまつるに、ことなる難なくて過ぎはべりぬ。おのが先祖の貞信公（忠平）、いみじうおはしたる人、われ太政大臣にて、小野宮の大臣（実頼）、左大臣、次郎（師輔）、九条の右大臣、四郎（師氏）、五郎（師尹）など大納言にてさし並びたまへりけれど、后立ちたまはずなりにけり。近くは九条の大臣（師輔）、わが身は右大臣にてやみたまひにけれど、大后（安子）の御腹の冷泉、円融院おはしまし、十一人の男子のなかに、五人（伊尹、兼通、兼家、為光、公季）太政大臣になりたまへり。今にいみじき御幸ひなりかし。されど后三所かく立ちたまひたる例は、この国にはまだなきなり」など、世にめでたき御有様を言ひつづけさせたまふ。（②一七六〜一七七）

とある。道長の述懐ではあるが、巻第十五の冒頭の地の文に、この述懐に似た記述が、殿の御前（道長）、世を知り初めさせたまひて後、帝は三代にならせたまふ。わが御世は二十余年ばかりにならせたまふに、帝若うおはしますほどは、摂政と申し、おとなびさせたまふをりは、関白と申しておはしますに、このごろは摂政をも去年よりわが御一男（頼通）、ただ今の内大臣殿に譲りたてまつらせたまひて、わが御身は太政大臣にておはしますをも、（②一七一）

とあり、作者の書きなしと見てよかろう。昇進ならびに子孫の繁栄について道長と比較されるのが忠平、師輔に限られ、基経、兼家が比較の対象としてあげられていない。道長の出家前の地位、太政大臣・准三宮――『公卿補任』によれば、道長は出家の前年に太政大臣を辞し、出家直前は前太政大臣・准三宮であった――にこだわれば、兼家も出家前は同じ地位にあった。立后した娘は兼家は詮子のみであるのに対して、道長は三人であり、子孫の繁栄の面で両者に優劣をつけることもできるだろう。しかし、兼家は除かれている。太政大臣の地位に注目すれば、兼家の他に基経も比較されてしかるべきであろう。同じく極官が太政大臣であった忠平には基経のように娘の立后はなかったにもかかわらず、比較の対象として言及されている。師輔は、極官が右大臣で、太政大臣を基準にすると比較の対象にはならないが、男子十一人のうち五人までも太政大臣となったことによるのであろうか、とりあげられている。また忠平は醍醐・朱雀・村上、三代の執政であったが、忠平が太政大臣、実頼が左大臣、師輔が右大臣であったのは天暦元年（九四七）から三年までの間であった。その間、師氏は参議で、師尹は参議から権中納言に昇進しており、『栄花物語』の記述に誤りがある。それはともかく、ここに記される忠平およびその男子の官職は極官ではなく、特定の時点における官職である。その時点は村上天皇の御代のはじめであろう。

そのころの太政大臣、基経の大臣と聞えけるは、宇多の帝の御時にうせたまひにけり。（①一八）

と、村上前史に記され、宇多朝の執政であった基経は比較の対象からはずれ、師輔より近い祖先の例である兼家も除かれている。『栄花物語』は道長の繁栄を証し立てるために、忠平、師輔と、村上朝の事例を引き合いに出していることが知られ、道長の栄華が村上朝史と直結していることをはしなくも示している。

事実、道長が歴史の舞台に固有名で登場する巻第三、様々の悦に、九条流の繁栄を確認し、九条流の発展が道長によって受け継がれることを予示するくだりがある。

九条殿（師輔）の御男君達十一人、女君達六所おはしましける御なかに、后（安子）の御末今まで帝におはしますめり。尚侍（登子）、六の女御（怤子）など聞えし、御なごりも見え聞えたまはぬに、男君達は、太郎（伊尹）、一条の摂政と聞えし、その御後ことにはかばかしうも見え聞えたまはず。花山院もかの御孫におはしますぞかし。それかくておはしますめり。男君達、入道の中納言（義懐）こそはかくておはしましつるもあさましうこそ。女君も、九の君までおはせし、その御方のみこそは残りたまふめれ。堀河の左大将（朝光）、ただ今は昔も今もいとなほやむごとなき御有様なり。広幡の中納言（顕光）はことなる御おぼえも見えたまはず。こと君達、まだいと御位も浅うおはすめり。このただ今の大殿（兼家）は、三郎にこそはおはしましけるに、ただ今はこの殿こそ、今行末はるかげなる御有様に、頼もしう見えさせたまふめれ。一条の右大臣殿（為光）は、九郎にぞおはしける、かくいみじき御なかにも、なほ勝れたまへるはことなるわざになん。かやうにこそはおはしまさふめるに、ただ今御位もあるがなかにいと浅く、御年などもよろづの御弟におはすれど、いかなるふしをか見たてまつるらん、世の人、この三位殿（道長）をやむごとなきものにぞ、同じ家の子の御なかにも、人ごとに申し思ひたる。（①一六三〜一六四）

永祚元年（九八九）当時の九条流の人々の様子を一括して記している。師輔の男子で太政大臣になった五人のうち、このとき存生しているのは、兼家、為光、公季の三人である。公季について触れない理由は不明である。兼家は「今行末はるかげなる御有様」とされ、師輔の子孫なかで兼家流の繁栄が続いていくことが示されている。注目すべきは、兼家の五男、道長が衆望を担っていることを記し、九条流の繁栄の継承者として道長が見定められていることである。『栄花物語』正編は、師輔、兼家、道長と九条流の発展を辿り、九条流の発展の帰結として道長の栄華を捉えている。その九条流の発展の契機となった出来事を過去に遡って求めれば、冷泉天皇の誕生あるいは安子の入内が浮上してくるだろう。また九条流の繁栄を支える拠り所は何かと探れば、持続的に維持される天皇との外戚関係に想到するであろう。『栄花物語』が村上朝から後宮史を目指して始発する理由はこの点にあるのである。後宮内の出来事を記し、併せて後宮と連動する実権勢力の動向までも視野に収めていくには、天皇を基軸とする歴史叙述のスタイル、すなわち一代ごとに区切りを入れて編年体で記す六国史の史体がふさわしく、村上天皇の御代の歴史叙述はかかる史体が採用されている。しかし、九条流の発展史を書くことは、後宮史の外延に位置する出来事に重きを置くことになる。すなわち実権勢力の動向に力点が置かれると後宮という叙述の枠組みが機能し得なくなり、天皇を基軸とする六国史的な歴史叙述のスタイルは放棄されることになるだろう。『栄花物語』において年単位の歴史叙述が村上天皇の最晩年にあたる康保四年(九六七)から開始されるのはその経緯を物語っているだろう。それは『栄花物語』の天皇造型の変化をも伴う。歴史叙述の基軸の位置を滑り落ちた天皇はもはや歴史叙述の中心ではあり得なく、天皇の事跡は他の事象と同列に扱われるのみならず、実権勢力の視点から描かれていくことになる。ましてや六国史的な即位前紀や論賛に類する記述は姿を消していくことになる。また『栄花物語』が描く後宮も変質を免れない。冷泉朝以降は純粋に後宮内的出来事はほとんど見られなくなるのであった。巻第一において村上天皇の御代が聖代であることを示すために用いられていた「吹く風も枝を鳴らさず」(①二一)という、『西京雑記』や『兼盛集』による表現が、巻第十五では「風も動きなくして、枝を鳴らさねば」(②二〇一)と道長の栄華を寿ぐために使われているように、『栄花物語』の歴史叙述の内質が九条流の発展史から〈道長の栄華物語〉へと変化している。正編が道長の薨去でもって閉じられるのは、かかる理由による。そして、その結果『栄花物語』正編の歴史分節化は首尾照応しないのである。

四

さて、『大鏡』についても簡単に触れておこう。『大鏡』は序、天皇紀、大臣列伝、藤氏物語、昔物語の五部構成になっている。天皇紀は五十五代文徳天皇から後一条天皇まで、大臣列伝は冬嗣から道長まで、藤氏物語は鎌足から道長まで、昔物語は五十八代光孝天皇から後一条天皇までをそれぞれ扱う。天皇紀と大臣列伝は一体のものと見なすことができ、藤原北家主流の発展が天皇との外戚関係(後見関係)によってもたらされたことが明確になるように工夫されている。大臣列伝が冬嗣から始まるのは、冬嗣が藤原北家発展の礎を築いたことにもよるけれど、道長が後一条天皇の外祖父であったことを踏まえて、過去に遡って同様の関係を求めたときに射止められたのが、文徳天皇と冬嗣であったと思われる。『大鏡』は異なるはじまりを持つ、少なくとも三つの歴史叙述の集合体と考えられる。異なる立場によってなされた歴史叙述の寄せ集めであり、『大鏡』の歴史叙述の全体を覆う時代区分意識などはそもそもないのではないかとも思われる。しかし、それぞれの対象化する歴史のおしまいが一応、後一条天皇の万寿二年(一〇二五)に揃えられている。万寿二年は、言うまでもなく、道長の栄華の頂点にあたり、『大鏡』の〈語りの時間〉でもある。『栄花物語』が冒頭において歴史叙述を開始する御代を始源から位置づけていたのに対して、『大鏡』は、

この世始まりて後、帝はまづ神の世七代をおきたてまつりて、神武天皇を始めたてまつりて、当代まで六十八代にぞならせたまひにける。(二〇)

と、「当代」すなわち仮構された〈語りの時間〉を意味づけているのは注意されるべきだろう。序に、語り手世継の年齢が万寿二年当時、百九十歳として設定されている。一方、同じく序に、世継の生まれた年が清和天皇の退位の年、貞観十八年(八七六)とされている。誕生の年により計算すると、世継は万寿二年には百五十歳となる。両者に矛盾があることになる。年齢に関して四十年の差のある異なる情報を意図的に提示することは、語り手世継によって語られざる歴史があることを暗示しているのではなかろうか。語られざる歴史の範囲は特定されていないけれど、そのはじまりが万寿二年であったからこそ、万寿二年を『栄花物語』と同じく始源から位置づける必要があったのではないだろうか。道長の栄華が頂点に達した万寿二年は、超高齢の老人が自らの体験として積堆する過去の記憶を想起して、道長の栄華の来歴と道長の栄華の卓抜性を語るのにふさわしい時間であると同時に、語られざる空白の歴史のはじまりでもあった。万寿二年は『大鏡』固有の時代区分であった。『大鏡』は藤

氏物語の掉尾に世継の夢告を記し、禎子内親王の繁栄を予言している。禎子内親王が詮子、彰子と同様に女院になることであった。それはとりもなおさず、禎子内親王所生の後三条天皇の登極を予示するものである。後三条天皇は摂関家との外戚関係がなく、そのため頼通と折り合いが悪く、廃太子の憂き目にあわないとも限らなかった。不遇の禎子内親王、後三条天皇を支え続けたのが御堂流傍流の藤原能信（頼通の異母弟）であった。能信は後三条天皇の登極を見届けないまま治暦元年（一〇六五）に薨じたが、数々の困難を克服して後三条天皇の即位を実現することが宿願であった。そのため生前、後三条天皇の正統性を明らかにすべく『大鏡』の編述に着手していたのではないかと思われる。語りの現在を万寿二年（一〇二五）に据えたのは、その年が道長の栄華の頂点であったことが決定的に大きい。『大鏡』は後三条天皇の正統性を明らかにするために道長の栄華の継承者として禎子内親王を見定めているのである。『大鏡』の成立の背景として、御堂流嫡流の頼通に対抗する政治勢力が御堂流傍流の能信を中心として着実に形成されつつあったことを無視できない。それは六十七代三条天皇の御代に萌芽がみられ、六十九代後朱雀天皇の御代に拡大し、七十一代後三条天皇の御代にかたちをなし、天皇の治世を支えるのであった。かかる政治勢力の形成については別の機会に跡づけてみたい。『大鏡』は『栄花物語』正編が扱った歴史を再対象化しつつ、正編を継ぐ語られざる歴史をも内包する歴史叙述である。

（１）　山中裕『歴史物語成立序説』（東京大学出版会、昭和三十七年八月）、坂本太郎『日本の修史と史学』（至文堂、昭和四十一年十一月）

（２）　田中恭子「定基僧都の母」（「国語と国文学」第六四巻第三号、昭和六十二年三月）

（３）　第Ⅰ部第三章。

（4）拙稿「『栄花物語』」『時代別日本文学史事典　中古編』（有精堂、平成七年一月）
（5）第Ⅰ部第六章。
（6）『中外抄』上・三二、『古事談』二・一八。
（7）佐藤謙三『平安時代文学の研究』（角川書店、昭和三十五年十一月）

第十四章　『栄花物語』続編と『大鏡』

一

『栄花物語』正編は五十九代宇多天皇から起筆し、藤原道長の薨去までを叙述の対象としている。六十二代村上天皇から叙述が本格化するが、村上朝は天皇紀的な色彩が強い。確かに、天皇と外戚関係を結んで藤原北家、とりわけ九条流が繁栄していく有様を書こうとする歴史叙述の方向性は見えるけれども、村上朝は天皇を核に据えて叙述を展開させている。ところが、正編は、道長の薨去でもって閉じられている。道長の薨去は六十八代後一条天皇の万寿四年（一〇二七）のことであった。正編が後一条天皇の御代のおしまいまで書き記して擱筆するのであれば、外形的に首尾呼応する歴史叙述と認められるのであるが、そのようにはなっていない。それは、『栄花物語』が道長の栄華の物語たる所以であろうが、天皇紀を志向して始発した『栄花物語』正編の歴史叙述が変質していったことをも示している（注1）。

一方、『大鏡』は、天皇紀は五十五代文徳天皇から六十八代後一条天皇まで、大臣列伝は冬嗣から道長までを扱う。『大鏡』は、『栄花物語』正編が九条流の発展ならびに道長の栄華の諸相を編年体で書き記したが、編年体を採っために平板で表層的な歴史の再現にとどまり、道長の栄華の本質が闡明にはなっていないことに物足りなさを感じ、対象化する時代を多少ずらした。すなわち、道長が後一条天皇の外祖父となりその栄華が名実ともに実現したこととを強く押し出し、過去にかかる事例を求めて、冬嗣が文徳天皇の外祖父となったことを発見することによって『大鏡』の歴史叙述のはじまりとおしまいが確定したのである。しかも、『栄花物語』正編が道長の薨去をもってとじめとしたのに対して、『大鏡』は道長の栄華の頂点にあたる万寿二年までを対象化する。歴史の分節化に立ち現れる歴史の捉え方は『大鏡』のほうがはっきりしている。冬嗣から道長に至る藤原北家の主流の認定が道長を起点にして系譜を遡ることによってなされるのも、同様に明確な歴史の捉え方に基づく現象と理解される（注2）。かつて、平田俊春氏が、『栄花物語』正編と『大鏡』を比較対照して、『大鏡』が『栄花物語』正編を原資料のひとつとし、『栄花物語』に見られる誤りをそのまま継承している一方、『栄花物語』の誤りに訂正を加え、たとえば敦明親王の東宮退位事件に対する『栄花物語』の表面的理解に飽き足らず、事件の真相を明らかにしていることを指摘されたように（注3）、『大鏡』は『栄花物語』が扱った歴史の再対象化であった。

敦明親王東宮退位事件では道長男、能信が重要な役割を果たしている。また、道長の子息のなかで『大鏡』が最も注目するのは、道長の栄華を継承して関白となった頼通ではなく、能信である（注4）。能信の経歴について簡単に触れると、母は道長の妾妻、明子（源高明女）で、嫡妻、倫子（源雅信女）を母とする頼通らと異腹の兄弟になる。道長は嫡妻腹の子女と妾妻腹のそれとを明らかに差別した（注5）。道長存生中はともかく、道長薨後、能信は正二位、権大納言のままで昇進から見放され、執政者頼通と政治的に対抗関係にあった。後朱雀天皇の御代は二后並立であったが、中宮となったのは、頼通の養女、嫄子女王（敦康親王女）である。皇后となった禎子内親王（三条天皇皇女、母は道長女、妍子）を大夫として支えたのが能信であった。また、後朱雀天皇の譲位の折、禎子内親王所生の尊仁親王の立太子に尽力し、東宮大夫として仕えたのが能信であったし、頼通による尊仁親王廃太子の危機を回避して尊仁親王を守りつづけたのも能信であった。能信は後三条天皇の登極を見ぬまま治暦元年（一〇六五）二月九日に薨じたが、後日、後三条天皇の登極によって摂関家傍流に位置する能信の積年の願いがかなった。

『大鏡』藤氏物語の掉尾に、世継が禎子内親王の誕生の折の夢告を語るくだりがある。

（禎子内親王が）生れおはしまさむとて、いとかしこき夢想見たまへしなり。さおぼえはべりしことは、故女院（詮子）・この大宮（彰子）など、孕まれさせたまはむとて見えし、ただ同じさまなる夢に侍りしなり。それにて、よろづ推し量られさせたまふ御有様なり。（二九六）

これは、禎子内親王が詮子、彰子と同様に女院となることを予示するものに他ならない。詮子、彰子は出家したため、それぞれ皇太后、太皇太后の后位を去り、それらに代わるものとして女院となり、上皇待遇を受けることになるが、経済的優遇措置等の実質は后位と変わるところはなかった。女院制は数々の変遷を遂げていく（注6）。第三代女院、禎子内親王は詮子、彰子とは異なり、出家はしていない。しかし、第三代までは天皇の母后であることが、女院となるための条件であった。第四代は、白河天皇が寵愛する女御、藤原賢子（藤原師実養女、源顕房女）を中宮としようとしたが、このとき四后はいずれも埋まっていて空きがなかったために、四后のうち太皇太后であった章子内親王が女院となった。四后のなかから誰を女院にするかについては議論が分かれ、白河天皇の継母であった後三条天皇の中宮、馨子内親王も候補にあがったことが『栄花物語』巻第三十九、布引の滝にみえる（③四六八〜四六九）。それは、おそらく、女院となるための条件として天皇の母后であるということが重視されてきた先例によるものと思われる。『大鏡』が、禎子内親王を詮子、彰子と同列に扱っているのは、尊仁親王が即位して、その母后ということで禎子内親王が女院となった事実が見据えられていることは間違いないだろう。『大鏡』は、能信、禎子内親王、後三条天皇のゆかりの人物によって、それらの人々の立場に立って道長の栄華の諸相を捉えている。だから、ただ単に『栄花物語』の歴史叙述を飽き足りなく思い、事件の真相を明らかにせんがために『大鏡』が執筆されたという説明では十分ではなかろう。

ところで、『大鏡』の成立年時については、作者の議論と相俟って諸説があって定説を見ないものの、近年、道長男、能信周辺作者説が有力になってきている。筆者も能信周辺作者説にたって『大鏡』の歴史叙述のなかにその名が記される端役の人物に着目し、能信あるいは能信が支援した禎子内親王との関係を洗い出し、『大鏡』の作者たちである可能性が高いことを明らかにしてきた（注7）。『大鏡』の編述に藤原資国、源政成、源資綱、藤原惟経、藤原兼安、藤原実任らの何らかの関与が知られるけれど、それらの人々の生没年は、公卿に名を連ねた資綱——永保二年（一〇八二）に六十三歳で薨じた——を除いて明らかではなく、したがって『大鏡』の成立年時も確定しがたい憾みがあるが、現在のところ、さまざまな内部徴証を勘案して、後三条天皇の治暦四年（一〇六八）から白河天皇の承保二年（一〇七五）までのあいだに成立したと考えている。遅くとも白河天皇の治世のはじめ頃までに成立したと考えるのは、白河天皇の賢子寵遇によってまがりなりにも摂関家本流がかつての勢威を回復していくからである。『大鏡』は摂関家本流と外戚関係を持たない後三条天皇の登極によって摂関家本流の発言力が低下していく時代の産物と考えられる。藤氏物語掉尾の禎子内親王の未来を予示する世継の歴史語りは、禎子内親王を道長の栄華の継承者と見定めている。それは、そのまま禎子内親王所生、後三条天皇の正統性の根拠にもなっている。摂関家本流からは疎まれつづけた後三条天皇の正統性を明らかにすべく、さらには後三条天皇の登極に尽力した能信の功績を顕彰せんがために『大鏡』は編述されたといってよかろう。

二

『栄花物語』続編は、正編の掉尾に、

次々の有様どもまたまたあるべし。見聞きたまふらむ人も書きつけたまへかし。（③一八三）

と、後人に歴史の未来に対する責務を託することばが記されているが、そのことばに促されて、道長薨後の歴史が書き継がれていく。続編は正編のように叙述に統一感がなく、二筆あるいは三筆の可能性が指摘されているが（注8）、今は予断を排して、続編も一人の作者の手になるものと考えて議論を進めてゆきたい。続編は道長薨去後の頼通をはじめとする摂関家の人々の動静から書き起こされる。それは、『源氏物語』が匂兵部卿巻を、幻巻とのあいだに八年の空白を置いて光源氏薨後のことから書き起こしていくのに倣ったものであろう。年時がはっきりしている続編最初の記事は、長元三年（一〇三〇）十二月の章子内親王の着袴である。続編の最後の巻、紫野が寛治六年（一〇九二）二月の、藤原忠実が春日祭の上卿をつとめて帰洛する記事で終わっているから、続編は、後一条、後朱雀、後三条、白河、堀河天皇の五代、六十三年を書き記している。続編が一人の手になるものとすれば、続編の成立は堀河天皇の寛治六年（一〇九二）以降ということになる。

続編の最初の巻、巻第三十一、殿上の花見は、次のように書き出されている。

入道殿（道長）うせさせたまひにしかども、関白殿（頼通）、内大臣殿（教通）、女院（彰子）、中宮（威子）、あまたの殿ばらおはしませば、いとめでたし。（中略）さすが末になりたる心地してあはれなり。（③一八七）

道長が薨じても頼通、彰子をはじめとする子女が健在で、道長の栄華が子女達によって継承されていることをまずは寿ぐ一文によって開始する。たしかに、「さすが末になりたる心地して」とは付言されているけれど、それは道長の存在の大きさを再確認することに他ならない。先述したように、忠実が春日祭の上卿をつとめたことを記す記事である。記事の最後に「古めかしき人」の詠んだ、

行末もいとど栄えぞまさるべき春日の山の松の梢は（③五二九）

という歌を据えて、藤原氏の繁栄が若いこの忠実によって担われていくことを予示しながら筆を擱いている。続

編は首尾呼応し、頼通、師実、師通、忠実と続く摂関家本流の動静を中心に、各天皇の後宮の有様を絡めて歴史叙述を展開させている。

しかし、巻第三十七、煙の後の最後に、

世のかはるほどのことどももなく、にはかに宇治の人（頼通）思しめすことのみ出で来たるこそあやしけれ。後冷泉院の末の世には、宇治殿入りゐさせたまひて、世の沙汰もせさせたまはず、東宮（尊仁親王）と御仲あしうおはしましければ、そのほどの御ことども書きにくうわづらはしくて、え作らざりけるなめりとぞ人申しし。東宮とは、後三条院の御事なり。（③四二〇〜四二一）。

と、後冷泉天皇の末年には東宮尊仁親王（後三条天皇）との不和によって頼通が宇治に引き籠り、政治に関与しなくなったことが記されている。摂関家本流が天皇との良好な関係を維持、発展させることの困難な時代の到来を見据えている。頼通が宇治に籠るのは、病気を理由に治暦三年（一〇六七）十二月五日に関白を辞した後のことであった。頼通は関白として朝儀に参加することは免除されたが、「政巨細悉可諮詢」という勅命を蒙った。治暦四年四月十六（七）日、頼通はこの「諮詢」の任をも辞退し、弟、教通が関白に任じられた。後冷泉天皇はその三（二）日後に崩御した（『公卿補任』治暦三年、四年）。「諮詢」は関白の中心的職責であったから（注8）、頼通は後冷泉天皇の治世までは執政者の地位にあったといえよう。

『栄花物語』巻第三十七に、

関白殿（頼通）は、宇治に御堂めでたく造らせたまひて、籠りおはします。網代の罪によりてにや、宇治に御八講せまほしく思しめす。「宇治にては例なし」など申せど、思しめしたちにければせさせたまふ。（③四一四）

と、頼通が宇治に籠ったことがはじめて記される。このあたりの記事の年時に少なからず混乱が見られるけれど、直前に治暦元年（一〇六五）二月三日の頼宗薨去の記事が、直後に同年九月二十五日から四日間行われた高陽院内裏の法華八講の記事がそれぞれ据えられているので、治暦元年のこととして『栄花物語』続編は頼通の宇治隠棲を位置づけているのだろう。また、巻第三十八、松の下枝にも、

後冷泉院は、何ごともただ殿（頼通）にまかせまうさせたまへりき。後の世にこそ宇治にも籠りゐさせたまひて、「世も知らじ。ものなども奏せじ」とて、世を捨てたるやうにておはしまししか、されど除目あらんとては、まづ何ごとも申させたまひ、奏せさせたまはねど、かの殿の人に、受領にてもただの司にても、よきところはなさせたまひき。同じ関白と申せど二十余より八十までせさせたまふ。世の人靡きまうし、怖ぢきこえさせたる、ことわりなり。（③四三三～四三四）

とあり、後冷泉天皇の末年に頼通が宇治に籠り、政治に関与することはなくなったけれども、天皇は頼通に配慮して除目を行ったことが記され、頼通の勢威に蔭りは見えなかったともある。頼通の宇治隠棲は、晩年、外戚関係のない後三条天皇の登極を間近に控え、健康状態がすぐれないことと相俟って、政治的意欲を喪失したことによるか、あるいは『古事談』巻二の六十二話にみえる、関白を頼通から教通へ兄弟相承するようにという道長の遺命を、後三条天皇の登極を目前に控えて実行すべき頃合いだと頼通が判断したためだとも考えられる。確かに、頼通は東宮尊仁親王とは疎遠で、その登極後、影響力を行使していくことは容易ではない状況にあったが、必ずしも、巻第三十七のおしまいにいわれているように、頼通と東宮尊仁親王との確執が顕在化して、そのため頼通は苦悩を深め、政治の第一線から身を引く決断をしたというのではなかっただろう。

巻第三十八は、巻第三十七とのあいだに三年間の空白を置いている。しかも後冷泉天皇の崩御、後三条天皇の践祚、即位などといった本来書かれるべき記事が欠落し、後三条天皇の御代、延久二年（一〇七〇）の源基子の懐妊のことから唐突に書き始められる。巻第三十七の掉尾に位置する文章に見える「そのほどの御ことども」は、

後冷泉天皇治世末年における頼通の不執政のみならず、後冷泉天皇から後三条天皇への御代がわりの一連の諸行事や後三条天皇の治世そのものも含まれているのだろう。「そのほどの御ことども書きにくうわづらはしくて、え作らざりけるなめりとぞ人申しし」と、編者（作者）は書き記されたものによっていることを明言して自己を韜晦しつつ、書かれるべき対象との距離を巧みに取り、頼通と後三条天皇との不和によるさまざまな政治的軋轢をふくむ政治問題には言及しない旨を予め伝えて、巻第三十七は閉じられる。巻第三十八は後三条天皇の源基子の寵愛に始まり、後三条院の崩御でもって閉じられ、ほぼ後三条天皇一人に焦点を当てた歴史叙述が展開しているが、巻第三十七の掉尾の文章は後三条天皇時代をどのように対象化するか、その方針の提示であったといえよう。後三条天皇の御代は続編の作者にとって対象化しにくかったのだろう。さりとて歴史の空白をもたらすことは歴史家の責務を放棄することに他ならないだろう。後三条天皇の御代と向き合うためには、巻第三十七のおしまいに記されている前提を設ける必要があったのだろう。巻第三十八が、御代がわりの譲位、践祚、即位、御禊、大嘗会など本来書くべきことは一切触れないで、いきなり後三条天皇の源基子寵愛からはじめていくのも、その前提に沿って後三条天皇の御代を位置付けんとする格闘の結果なのだろう。

従前、かかる両巻のあいだの不連続や不整合を捉えて、巻第三十八の編者（作者）は巻第三十七までのそれとは異なるとされてきたが、後三条天皇の治世に対して距離をおく編者（作者）の姿勢ならびに立場がそこに立ち現れていると考えられる。すなわち成立の議論には還元せずに、続編の編者（作者）は一人と見て、編者がさまざまな歴史事象をどのような立場からどのように捉えているかを問うべきだと思うのである。以下、巻第三十八の叙述に検討を加え、続編の編者（作者）の歴史対象化の立場、方法を明らかにしたい。

三

後三条天皇の寵遇を蒙った源基子は、基平（小一条院男）の娘で、母は藤原良頼女である。後三条天皇皇女、聡子内親王に出仕し、天皇の殊遇を得た。まもなく基子は懐妊し、藤原経平邸に退出し、第二皇子、実仁親王を生んだ。巻第三十八の叙述の過半は、かかる一連の記事によって占められている。後三条天皇のお手つきの女房に過ぎなかった基子が懐妊して、皇子を生み、女御、後に准三宮として遇され、さらにまた生まれた皇子が立太子すること等、異例ずくめであった。懐妊がわかってまもなく「帝の御母になりたまふべき」宿曜の勘申があり、基子も夢に紫雲が立つ様をみた、と記されている（③四二五～四二六）。基子所生の後三条天皇の皇子が即位し、基子が皇太后になるという予言であった。事実は後三条院の崩御と実仁親王の夭折によって実現されなかったけれども、かなわぬことではないという印象を与えるほどの異例な帝の寵愛ぶりから書き起こされていく。

かかる異例を明らかにするために、過去の事例が歴史叙述のところどころにひかれている。たとえば、基子が藤原経平邸に出産のために退出するくだりに、次のように記されている。

①（基子の）母北の方も良頼の中納言の女にものしたまへば、仲らひいとあてやかに、昔物語の心地す。御息所、更衣などに、皆中将、少将の女、受領のも皆参りけるを、この近き世には、おぼろけの人は参りたまはぬものに慣ひたるに、いとあさましきなり。入道殿（道長）に后、帝はおはしますものと思ふに、この関白殿（教通）、右の大殿（頼宗）だに、大臣にてこそ参らせさせたまひしか、昔に返りて、かく人の宿世も定めあるべきことかはとなるべし。（③四二六～四二七）

①は、源基子の出自の低さが問題となっている。後文には、

②（後三条天皇が基子を）かくもてなさせたまふも、人の御ほど、御位こそ浅くものしたまひしか、侍従宰相（源基平）、この斎院（斉子女王）の御せうと、小一条院の御子、堀河の右の大殿（頼宗）の御姫君の御腹、などてかわろからんと（後三条天皇が）思しめすなるべし。（③四三〇）

とある。父の源基平は、賜姓源氏となり、極官は参議であった。母方の祖父、良頼は権中納言どまりであった。血筋はともかく、父親の官位の低さは、道長、頼通執政時代、天皇の後宮に入った女性たちのそれと比較して覆うべくもなかった。かつては、そこに付言されているように、伊予介藤原連永女、鮮子が醍醐天皇の後宮に入り更衣となった例をはじめとして、出自の低い女性が入内することはあったけれど、藤原北家の繁栄に伴って後宮の寡占状況が生じ、とりわけ道長、頼通執政期は執政者の娘もしくは大臣の娘の入内が常態化していた。教通が生子を後朱雀天皇の後宮に入れたとき、教通は内大臣であったし、歓子を後冷泉天皇に入内させたときは右大臣であった。頼宗が延子を後朱雀天皇の後宮に入れた当時、実は権大納言であって、大臣ではなかったが、極官が右大臣であったので、かく述べているのだろう。治暦二年（一〇六六）、頼宗女、昭子が東宮尊仁親王の後宮に入内したのは、頼宗薨去後のことであったが、右大臣の女ということで実現したのであろう。ところで、治安元年（一〇二一）、道長女、嬉子が東宮敦良親王に参入した時には、頼通の養女となっている。道長はこのときすでに致仕していたため、関白・内大臣、頼通の娘として入内させたのであった。また道長女、威子が立后したときも、同様の処置がとられた（②二二一）。しかし、後三条天皇は地位や身分（父親の官位）ではなくて、血筋を重視したというよりも、血筋を持ち出すことによって摂関家の人々をはじめとする公卿層の反発を抑えようとしたのであろう。『栄花物語』続編の作者（語り手）は、そのように忖度している。

参議の娘の入内はこの当時、異例であり、しかも、その女性を後三条天皇が、中宮馨子内親王（後一条天皇皇女。母は道長女、威子）、女御昭子を差し置いて寵遇することは、天皇と摂関家との間で築いてきた身内関係に基づく相互依存関係の否定に他ならなし、摂関家との軋轢を生じさせることにもなるだろう。摂関家出身の女性を生母としない後三条天皇であったからこそできたわけだが、そのあたりの事情を次のように記している。

③（基子の）御幸ひのめでたかるべければ、制しまうす人もなく、はばからせたまひ、わづらはしかるべきこと

もおはしまさぬほどにしも、かく（実仁親王の誕生）おはしますにぞ。東宮（貞仁親王、後の白河天皇）よりほかに皇子もおはしまさずなどあるほどにて、誰も誰もおろかに思ひ申させたまふべきならねど、後冷泉院にかやうのこと（召人が皇子を生むこと）おはしまさましかば、また皇子おはしまさずとも、うけばりてかくはもてなさせたまはざらまし。人知れず、「さる人おはしますなり」などばかりこそは聞かせたまはましか。宇治の関白殿（頼通）にはばかりまうさせたまはではありなましや。御剣遣はし、上達部、殿上人参り集ひなどはえしたまはざらまし。御乳母などもかく競ひ参ることはなからまし。なかなか東宮には、えもてなさせたまの許して立てなどはしもやしたてまつらせたまふまじ。かく心のままに世を響かしては、えもてなさせたまはざらまし。（中略）後冷泉院は、何ごともただ殿（頼通）にまかせ申させたまへりき。（中略）同じ関白と申せど、二十余より八十までせさせたまふ。世の人靡きまうし、怖ぢきこえさせたる、ことわりなり。この内（後三条天皇）の御心いとすくよかに、世の中の乱れたらんことを直させたまはんと思しめし、制なども厳しく、末の世の帝には余りてめでたくおはしますと申しけり。人に従はせたまふべくもおはしまさず、御才などいみじくおはします。後朱雀院（後三条天皇の父帝）をすくよかにおはしますと思ひまうししに、これ（後三条天皇）はこよなくまさりたてまつらせたまへり。世人怖ぢまうしたる、ことわりなり。おほかたの御もてなし、いと気高くおはしましけり。女院（禎子内親王、後三条天皇の生母）の申させたまふことをも、さるまじきことをばさらに聞かせたまはず。（③四三一～四三四）

後三条天皇の治世を後冷泉天皇のそれと比較しながら述べている。特に前半は、反実仮想の表現を用いながら、後冷泉天皇の寵遇を蒙った召人が皇子を生んだばあい想定される結末と現実の後三条天皇の基子寵遇の有様とを引き比べて、後朱雀天皇と摂関家、後三条天皇と摂関家の関係をそれぞれに浮き彫りにしている。すなわち、後冷泉天皇は、皇位を継ぐべき皇子が他にいなくても、頼通に遠慮して、召人に生ませた皇子を表立って処遇することはなかっただろうというのである。ましてやその皇子を皇太子に据えることはありえぬことであったろうと続ける。こうして逆に、後三条天皇が実仁親王を立太子させることが現実のものとなることが織り込まれていく。また後三条天皇が皇嗣の決定権を掌中におさめていたことが知られる行文となっている。

後冷泉天皇の後宮には、まず教通女、歓子が、ついで後一条天皇皇女、章子内親王が、最後に満を持して頼通女、寛子が入った。しかし、歓子は永承四年（一〇四九）皇子を生むものの、皇子は「即刻」夭折してしまった（『扶桑略記』三月十四日）。章子内親王、寛子は皇子皇女を生むことはなく、その結果、後冷泉天皇の皇統は途絶えてしまうことになった。天皇ならびに摂関家にとってかかる危機的な状況にあっても、頼通の意向を優先して、摂関家との摩擦を避けることに腐心する天皇像が後冷泉天皇に与えられている。ここで仮定の話として触れられていること、すなわち後冷泉天皇が女官に皇子を生ませることが、実は現実にあったらしい。角田文衞氏は、「後冷泉天皇の皇子」という論文の中で、高階為行が後冷泉天皇のご落胤である可能性を指摘し、摂関家との悶着や波瀾を避けるために、天皇は為行の出生を公にせずに、秘密裏に高階為家に与えたといわれている（注9）。『栄花物語』続編は、角田氏が指摘された事実を踏まえつつ敢えて仮定の話として持ち出しているわけではなかろうが、歴代の天皇のなかには女官に手をつけて皇子皇女を生ませることがしばしばあって、それが秘密裏に処理されるか否かに天皇の治世の在り様を見据えるようとする、確かな歴史に対する眼差しを窺知することはできよう。

後三条天皇は、東宮時代、美濃守経国の娘、侍従内侍に皇子を生ませ、藤原顕綱の養子とした（『尊卑分脈』）。また藤原実経の娘に男御子を生ませたが、四、五歳で夭折した（『栄花物語』巻第三十六）。『栄花物語』巻三十六の当該箇所にも、後冷泉天皇と東宮尊仁親王（後の後三条天皇）の性格が比較されていて、そのなかで付随的に後三条天皇の好色ぶりが記されている。すなわち、

④内の上（後冷泉天皇）も、いとたをやかにをかしくおはします。東宮（尊仁親王）は、うるはしく厳しきやう

におはしませど、才おはしまし、歌の上手におはします。女房なども御覧じはなたず。近江守実経の君の女さぶらひけるも、男御子生みたてまつりたりける、四、五にてうせたまひにき。伊勢が心地ぞしける。（③三八三）

とある。③の後半に記される後冷泉天皇と後三条天皇の性格を対比しているところと重なっている。後冷泉天皇の性格に関しては、巻第三十七の別のところに、

⑤内（後冷泉天皇）の御心いとをかしうなよびかにおはしまし、人をすさめさせたまはず、めでたくおはします。をりをりには御遊び、月の夜、花のをり過ぐさせたまはず、をかしき御時なり。弁の乳母（藤原賢子、紫式部女）をかしうおはする人にて、おほしたて慣はしまうしたまへりけるにや。（③三七四）

とある。後冷泉天皇の性格が弁の乳母の養育によって形成されたことを述べるとともに、後冷泉朝の華やかな風流韻事の数々は天皇のその性格の反映であることを指摘している。また巻第三十六、三十七の歴史叙述が、天皇の性格に収斂されるかたちで展開していることにも注意すべきだろう。つまり、続編における天皇の性格に関わる言及は、その御代の対象化の方向性を示すといえる。後三条天皇の御代を対象化する巻第三十八に唐突に書き始められている源基子寵遇も、③、④に記されている後三条天皇の好色や「うるはし」「すくよか」と形容される性格によって引き起こされた事態に他ならなかった。そして、この剛直な性格が、巻第三十七のおしまいに「東宮と御仲あしうおはしましければ」と記されているように、摂関家、とりわけ頼通との不和、軋轢を生んだけれども、頼通や教通がそれを諫止したり掣肘を加えたりする余力を持ち合わせていなかった、天皇と摂関家の前代とは異なる力関係を炙り出してもいる。『栄花物語』続編は、後三条天皇の源基子寵遇という、その御代の位相を明らかにする格好の事象を見出したというべきだろう。

後三条天皇に対する『栄花物語』続編の評価は、決して低くはない。③においても「末の世の帝には余りてめ

でたくおはしますと申しけり」という世間の人々の評価を導入している。また、実仁親王の乳母の選任を記すくだりにも、「かく君達の妻などの参ることはまたなかりつることなり」（③四四一）「この世にはかく末勝りにぞ」（③四四二）と、道長時代に引き比べても、乳母の格は勝っていると述べている。しかし、実仁親王誕生を記すところでは、「いときららかなる男にておはしませば」（③四二八）とあり、また基子と実仁親王が内裏に参入して後三条天皇と対面するくだりに、「いつしかときたなきわざをしかけたてまつらせたまへれば、御衣奉りかふるほどもめでたし」（③四三〇〜四三一）とあり、明らかに道長女、彰子が敦成親王を生んだことを記す巻第八、初花の表現が用いられているけれど、巻第八において若宮の御尿に濡れて喜ぶのは、若宮の外祖父、道長であった。巻第三十八では若宮の父帝、後三条天皇に置き換えられている。そこにはしなくも外戚の不在が印象づけられる。しかも、基子が経平邸で出産を迎えんとするとき、邸の周辺、四五町は、上達部、殿上人をはじめとして多くの人々が参集して、「道もさりあへず」と記されている、その直後に、「一の人の御女の后宮の生ませたまはんもかくこそはあらめ、思ひしより過ぎたる御有様なり」（③四二八）という一文が据えられている。摂政関白の娘で、しかも中宮（皇后）の地位にある女性が天皇の皇子を出産するときの有様に劣らないとある。ここも彰子の敦成親王出産のことが引き合いに出されているのだろう。「思ひしより過ぎたる」という物言いには、摂関家が娘を天皇の後宮に入れ、后とし、その娘が皇子を生み、その皇子が即位するという、道長がそのままに実現し、道長の子息達が目指した、まさに摂関家の伝統的なやり方が当てはまらない後三条天皇の御代の実態があらわれていることを示している。と同時に、かかるやり方によって摂関家が営々として築き上げてきた権力基盤が崩壊の危機に瀕しているこる。そして、摂関家の論理が当てはまらない後三条天皇の治世の在り様を垣間見させる表現をとおして、『栄花物語』続編の作者の位置や立場が透き見えてくるのである。

四

　さて、巻第三十八、松の下枝は、後三条天皇に焦点をあてて、もっぱらその御代のことを語ることに主眼が置かれているけれども、次の白河天皇の治世も実は見据えられていたのであった。それは、「またも世にはめでたきことのあるべきにや」（③四三五）という一文によって語り始められる、藤原師実の養女、賢子（父は源顕房。顕房の同腹の姉妹、麗子が師実室となっている縁によって麗子、師実の養女となった）が東宮、貞仁親王（白河天皇）に参入する記事に窺われる。後三条天皇の源基子寵愛に対して「またも」と使われているから、賢子の東宮参入は巻第三十八に記されるべきもう一つの重要な出来事として位置づけられていることになる。

　東宮の賢子に対する愛情は厚く、「この今女御殿（賢子）を、片時見たてまつらではえおはしまさず、夜昼こなたにのみおはしまして、かつ見るともかかるをやと見えさせたまへり」（③四三八）と記されている。東宮には、賢子の入内の二年前、藤原能長女、道子が入っていたが、賢子を愛するが余り道子を顧みない東宮に対して、後三条天皇が「この女御たち、なだらかにあまねく思しめせ」（③四三八）と訓戒をたれたともある。

　ところで、この訓戒は、東宮貞仁親王の賢子寵愛を梃子にして摂関家がかつての勢威を回復すること危惧する後三条天皇の深謀遠慮から発せられたものであろう。また後三条天皇は摂関家に掣肘を加えるべく、譲位に際して、基子所生の実仁親王を立太子させた。『栄花物語』続編は必ずしも両者を後三条天皇の企図に即して切り結んではいないけれども、歴史叙述の展開からそのように捉えることもできよう。しかし、後三条天皇の崩御の後、後三条天皇の遺志を裏切る方向に事態は進んでいくのであった。賢子はやがて白河天皇の登極に伴い、中宮となり、敦文親王や善仁親王をはじめとする、三皇子、三皇女を生んだ。敦文親王の誕生は巻第三十九、布引の滝に記されているが、「後一条院の御産屋に紫式部のいひつづけたる、同じことなり」（③四七七）と述べているように、巻第八、初花あるいは巻第八が依拠した原資料『紫式部日記』に記された儀式有様と同じであるため、省筆にしたがうとある。また「かかる御仲らひに男御子の生れさせたまへるは久しくなかりけるに、いとめでたし」（③四七七）「三つの事さしあひて、かくしもおはしましけんこそ、あさましくめでたけれ」（③四七八）とある。后が皇子を生むことは、彰子が敦成、敦良両親王を生んで以来のことだというのである。また「三つの事」とは、立后すること、天皇の皇子を生むこと、帝寵を蒙ることをさす。これら三つのことが一つに重なって賢子が幸いの極みにあることが、何とも驚き入るほかはないというのである。この記述に巻第八が言及されるのも、敦文親王の誕生を、摂関家の伝統的な後宮政策の成功とみなしているからであろう。ここに至って、摂関家の勢威も旧に復した感があった。ことは『栄花物語』続編が捉えるように単純ではなく、教通の次の関白職をめぐる師実と教通、信長父子の摂関家内部の争いがあり、後三条天皇は白河天皇の後、皇位を実仁親王、輔仁親王に継がせようと考えたものの、実仁親王の早世によって白河天皇がそれを反故にする過程の中で、摂関家（御堂嫡流）と白河天皇との賢子を媒介にして良好な関係が築き上げられていったわけであるが、『栄花物語』続編は皇子誕生記事を追うなかでかかる歴史の推移を射止めたのである。巻第三十八の実仁親王誕生記事と巻第三十九の敦文親王誕生記事はともに巻第八の敦成親王の誕生記事をふまえることによって摂関家本流の危機と復活を見事に対照的に描いているといえよう。

さて、『栄花物語』続編は、『大鏡』とは異なり、藤原能信を重視しない。巻第三十一に、能信室が藤原実成の女、茂子を養女に迎えたことことを記すのみである。能信は治暦元年（一〇六五）二月九日に薨じるが、そのことにも触れない。実は、能信の同腹の兄弟である、長家は能信の薨去の前年、頼宗はその六日前にそれぞれ薨じるが、長家と頼宗の薨去は巻第三十七に記しているのである。かかる点に顕著に見られるように、能信に対する軽い扱いは『大鏡』と対照的だといえる。また、後三条天皇は長元七年（一〇三四）七月十八日の誕生であるが、続編はこれも書き落としている。確かに、巻第三十七には東宮時代のことをそれなりに記してはいるが、これもまた軽い扱いといわざるを得ない。禎子内親王に至っては、後朱雀天皇の御代のことを記すところに登場するけれど、正編に頻繁に登場するその扱いと著しく異なる。かかる現象を踏まえれば、『栄花物語』続編は『大鏡』と異なって、能信、禎子内親王、後三条天皇と政治的に対抗関係にあった摂関家本流あるいはその周辺に身を置く人の手になる歴史叙述であることがおおよそ知られてくるのである。だからこそ、如上のように後三条天皇の御代を対象化する際に前後の巻々とはことなる対象化の方法を編み出す必要があったのである。

『大鏡』は道長の栄華の頂点にあたる万寿二年（一〇二五）までを叙述の対象とし、その後の歴史は、書こうとすれば書けたにもかかわらず、あえて対象化しなかった。一方、『栄花物語』続編は道長の薨去までを扱う正編を継いで道長薨後から書き始めた。ともに『栄花物語』正編を鋭く意識しながらも、対照的な歴史叙述の姿勢を示している。『大鏡』が万寿二年から執筆時までの歴史を書かなかったことと『栄花物語』続編が後三条天皇の治世を対象化するのに苦慮していることが端的に示すように、両歴史叙述は摂関家傍流と摂関家本流という二つの政治勢力がしのぎを削る政治情勢を背景としてそれぞれの政治的立場に基づいて書かれたのではないだろうか。『大鏡』が『栄花物語』正編が扱う歴史を再対象するのも、かかる理由によるのだろう。

（1）第Ⅰ部第十三章。
（2）第Ⅱ部第一章。
（3）『日本古典の成立の研究』（日本書院、昭和三十四年十月）
（4）橘健二・加藤静子『新編日本古典文学全集　大鏡』（小学館、平成八年六月）解説。

（5）梅村恵子「摂関家の正妻」『日本古代の政治と文化』（吉川弘文館、昭和六十二年二月）、拙稿「藤原道長の栄華と結婚」（「日本文芸研究」第五一巻第四号、平成十二年三月）
（6）龍粛『平安時代』（春秋社、昭和三十七年七月）
（7）第Ⅱ部第五、六章。
（8）坂本賞三『藤原頼通の時代』（平凡社、平成三年五月）
（9）『王朝の明暗』（東京堂出版、昭和五十二年三月）

第Ⅱ部　『大鏡』の歴史叙述

第一章　系譜と逸話

一

世継の「昔物語」は、天皇紀は文徳天皇から後一条天皇まで、大臣列伝は藤原北家隆昌の祖、冬嗣から摂関政治史上空前の栄華を現出させた道長までを対象とする。天皇紀と大臣列伝における対象範囲の限定は、相互に関連づけられていて、冬嗣が文徳天皇の外祖父として藤原北家の発展の礎石を据え、道長が後一条天皇の外祖父として藤原北家の繁栄の頂点をきわめたという、藤原北家の発展史の始発と到達に照応している。大臣列伝に伝として特立されたり、伝としては立てられないが、伝が立てられた人物の子孫として言及されたりする大臣は、『大鏡』が歴史叙述の対象とした嘉祥三年（八五〇）から万寿二年（一〇二五）の間に大臣となった人々のすべてではなく、冬嗣を祖とする北家の系譜に位置する大臣たちに限られる（注1）。だから『大鏡』は摂関政治史の全貌を微細に語るのではなかったが、天皇との外戚関係に裏付けられた政治が冬嗣を祖とする北家の系脈に位置する人々によって担われ、展開するところに歴史の本質を見定めている点では、『大鏡』の語る藤原北家の発展史は、『大鏡』的な摂関政治史でもあった。

世継の「昔物語」は、系譜記述を欠かさない。天皇紀は父帝および母后に関する系譜に言及するのが基本である。各大臣列伝も父母、子女に関する系譜が必ず記され、冬嗣、良相、長良伝などは系譜記述がほとんどを占めるほどである。世継の名を背負った老翁の語りの骨格が系譜である事実は、世継（歴史）即系図とみる折口信夫の卓抜な見解（注2）を想起させるが、系譜記述の『大鏡』的特徴を検討するなかから、世継の「昔物語」の在り様がおのずと明らかになるであろう。

『大鏡』の系譜記述の特質は、天皇紀の母后に関する系譜記述と大臣列伝の娘たちに関する系譜記述が響き合う関係になっている点、および大臣列伝において必ず子孫の繁栄の有無に言及している点にあるとみてよいだろう。系譜記述とそれを肉付けする逸話を切り離しては考えられないのだが、我々は系譜記述のみを辿ることによっても、天皇との外戚関係に基づく権力の移動を了解することができる。系譜に沿って進行する世継の「昔物語」は、語りの対象範囲の限定をも考慮に入れると、摂関政治史を企図していたことが窺知されるのである（注3）。

ところが、大臣列伝の配列をみると、純粋に系譜に沿ったものにはなっていないのに気づく。系譜に沿うのであれば、親から子へ、兄から弟へという原則になろう。しかしながら、長良、師輔、兼家、道長は、この原則から逸脱し、兄弟間の最後に位置づけられる（注4）。最後に位置づけられた人物を辿ると、〈冬嗣―長良―基経―忠平―師輔―兼家―道長〉という系譜が浮上する。これを『大鏡』は藤原北家の主流と認定しているのだが、摂関政治史の展開に枢要な位置を占めた人々の系譜と完全には一致しない。長良が問題である。摂関政治史という観点からすれば、〈冬嗣―良房―基経〉となるべきではないか。世継も「この殿（良房）ぞ、藤氏のはじめて太政大臣・摂政したまふ。めでたき御有様なり」（良房・五八）と語っていたし、内容的にも良房伝の方が数段充実している。そもそも長良の極官は権中納言であったのに、なぜ伝として特立されるのか。確かに、太政大臣を死後追贈されるが、大臣列伝を開始する直前で「やがてこの殿（良房）よりして、今の閑院の大臣（公季）まで、太政大臣十一人つづきたまへり」(五三)と語るとき、そのなかには数えられてはいなかった。にもかかわらず、なぜ長良なのか。世継は次のように語る。

かくいみじき幸ひ人(良房)の、子のおはしまさぬこそ口惜しけれ。御兄の長良の中納言、ことのほかに越えられたまひけむ折、いかばかり辛う思され、また世人もことのほかに申しけめども、その御末こそ今に栄えおはしますめれ。行末は、ことのほかにまさりたまひけるものを。(良房・五九)

子孫(特に子息基経)の繁栄故に、長良が北家の主流に位置すべきことをいう。さらに、長良の弟、良相の子孫がふるわなかった理由を、

かくばかり末栄えたまひける中納言殿(長良)を、やへやへの御弟にて、(良相が)越えたてまつりたまひける御あやまちにや、とこそおぼえはべれ。(良相・六〇)

と、子孫が繁栄した長良を弟の良相が追い越した点に求めている。ここに『大鏡』の歴史の捉え方の一面がうかがえる。子孫の繁栄という結果によって当該人物の位置づけが決定する、そういう歴史の捉え方に立った、いささか強引な因果の認定がある。その上、子孫の繁栄に対する讃頌は長良に限らず、北家の主流に位置する基経(六三)、忠平(八〇〜八一)、師輔(一三〇、一三四、一三八、一四三)、兼家(兼通・一七八)、道長(二五一)にもみられる。子孫に言及することは族譜を語る際の不可欠な要素であるが、子孫の繁栄がその人物の宿運のすばらしさを明らかにする方向でなされている点も見逃せないのである。長良は基経の繁栄によって、道長の栄華に至る系譜上に位置づけられ、基経は忠平の栄華によって主流に位置づけられる。以下同様にせんじつめていけば、結局、道長の栄華を起点にし、それによって逆に規定された史的系脈を北家の主流として辿ろうとしていることになる。

冬嗣・文徳天皇を起点にし、系譜に沿って進行する『大鏡』の歴史叙述には、藤原北家の発展史、摂関政治史

への志向をうかがうことができるが、一方、大臣列伝の配列に現象する系譜の組みかえからは、道長を起点にし、道長に帰着する、道長至上主義の歴史が目指されていることを窺知するのである。前者が歴史叙述の過去から現在へと進行する方向性を指し示すとすれば、後者は歴史叙述の方向と逆行する歴史の論理の認定の在り方を示しているといえよう。歴史叙述の進行の方向と歴史の論理の認定の方向が逆の関係になっているのが、『大鏡』の歴史叙述の特徴と見做せる。

二

『大鏡』の主題は明確だ。「まめやかに世継が申さむと思ふことは、ことごとかは。ただ今の入道殿下（道長）の御有様の、世にすぐれておはしますことを、道俗男女の御前にて申さむと思ふ」（序・一九）と世継は語っていた。そして、道長の卓絶した栄華を語るために、「あまたの帝・后、また大臣・公卿の御上をつづ」（序・一九）けるという。その結果、「幸人におはしますこの（道長の栄華の）御有様を申さむと思ふほどに、世の中のことのかくれなくあらはるべきなり」（序・一九）ということになる。力量と運勢に恵まれた個人を歴史叙述の中核に据えることによって歴史のトータルを描き得るという自覚と自信が表明されている。

一方、注意しておきたいのは、「年ごろ、昔の人に対面して、いかで世の中の見聞くことどもを聞えあはせむ、このただ今の入道殿下（道長）の御有様をも申しあはせばやと思ふに、あはれにうれしくも会ひまうしたるかな」（序・一三）と述べているところである。「世の中の見聞くこと」とは、別のところで「いで、さうざうしきに、いざたまへ。昔物語して、このおはさふ人々に、さは、いにしへは、世はかくこそ侍りけれと、聞かせたてまつらむ」（序・一八）と述べているなかにみえる「昔物語」に相当する。二人の老翁の直接、間接の史的体験として語られる「昔物語」は、ここでは、〈道長の栄華物語〉に奉仕、従属する関係ではなく、〈道長の栄華物語〉と対等同列のものとして並記されている。『栄花物語』と『大鏡』とは、享受史上「世継」という同一の呼称を得たが、前者が道長の栄華を記す作品の内質と関連する呼称を獲得したのに対して、後者は、序においてあれほど明確に道長の栄華の有様を語ると述べているにもかかわらず、一度として呼称に「栄花」という語が冠せられることはなかった。「大鏡」という呼称は、世継の「昔物語」が歴史を明らかに写し出していることへの讃辞であって、内容や方法にかかわる命名ではなかったが、それはともかく、「栄花」という語が呼称に入り込まなかったことは重視されるべきであろう。道長の栄華を語るという主題設定が表面化しているために背後に後退している感はあるが、「帝王の御つづき」や「大臣のつづき」（四七）を語る「昔物語」は、〈道長の栄華物語〉と重なりながら、摂関政治史への独自な志向を持っている。

明確な主題表明の割には、その方法についてはあまり明らかではない。方法について述べられているといわれている叙述が大臣列伝の直前にある（注5）。

この十一人の太政大臣たちの御次第、有様、始終申しはべらむと思ふなり。ⓐ流れを汲みて、源を尋ねてこそは、よく侍るべきを、ⓑ大織冠（鎌足）よりはじめたてまつりて申すべけれど、それはあまりあがりて、この聞かせたまはむ人々も、あなづりごとには侍れど、なにごととも思さざらむものから、言多くて講師おはしなば、こと醒めはべりなば、口惜し。されば、帝王の御ことも、文徳の御時より申して侍れば、その帝の御祖父の、鎌足のおとどより第六にあたりたまふ、世の人は、ふぢさしとこそ申すめれ、ⓑその冬嗣の大臣より申しはべらむ。ⓒその中に、思ふに、ただ今の入道殿（道長）、世にすぐれさせたまへり。（五四）

ⓐを、たとえば、橘純一氏の『大鏡新講』は、「（いったい物事は、）その末流を汲み上げて、然る後、その由って起る源を尋ね求めてこそ、はじめて事の真相がよく分かるのでございましょう」と口語訳を施し（注6）、道長の栄華の由因、真相を理解するためには、道長の栄華の現在をふまえて、過去に遡源してその歴史を追尋していか

なければならないという、『大鏡』の歴史対象化の方法に関する言説と捉えている。大方の注釈書は橘氏の解釈と大同小異で、「流れを汲む」を、道長の栄華の現在をふまえると解し、「源を尋ぬ」を、過去へさかのぼると捉えた。ⓐについての従前の解釈の当否は後に検討するが、ⓐは諸注が指摘するように『摩訶止観』の「把流尋源、聞香討根」を典拠とする。『摩訶止観』は、劈頭「止観明静、前代未聞」と述べ、時間的な限定を越えた、超越的な教えだという、称揚のことばではじまる。智顗の説く教えが、彼の禅定体験において仏と対面したとき体得された仏の真説なのだということだろう。一方、「行人若聞付蔵法、即識宗元」以下、釈尊から智顗に至るまでの付蔵法の史的経緯が述べられ、智顗の教えを史的系脈の上におさえる。超時間的な視点と時間的な視点が交わるところで智顗の教えがとりおさえられている。これは、『大鏡』が歴史の本質に直接的に迫るかのように道長の卓絶した栄華を一方的に語りかけるとともに、他方、道長に至る史的展開を語る姿勢に等しい。『大鏡』と『摩訶止観』との関係は、単なる辞句の引用のレヴェルにとどまらず、『大鏡』の歴史叙述にみえる二方向の運動に影響を及ぼしているのかもしれない。

さて、『摩訶止観』の「把流尋源」の意味をふまえ、ⓐの解釈に再検討を加えてみよう。『摩訶止観』には、

雖楽説不窮、譏至見境、法輪停転、後分弗宣、然把流尋源、聞香討根（注7）

とある。「雖……」が条件句を構成し、「然……」の方にいわんとするところが示される。智顗は、第七章、十境の第七の諸見境でもって説法を中断した。智顗の教えは未完結であった。しかしながら、既に説かれたなかに教えの本質は十分言いつくされており、しかも、像末の世に説かれた智顗の教えから宗祖釈尊の教えの本質を斟酌し得る、信ずべき教説だという意が「把流尋源」には込められていると思われる。「把流尋源」は、智顗の教えのなかには仏の教えの根本があると解することができ、冒頭の「止観明静、前代未聞」とも響き合うのである。「把流尋源」もやはり、現在から過去へという時間的視点と現象から本質へという超時間的視点とが交差するところ

で射止められた表現であった。

かかる表現を『大鏡』がいかに受容したかが次に問題となる。従前の解釈は、時間的視点あるいは方法による歴史把握の表明として限定的に捉えた。しかしながら、ⓑ'に示されているように、冬嗣から「大臣のつづき」を系譜に沿いながら、すなわち時間的視点から語っていく一方、ⓒのように、「思ふに」とやや控えめであるが、道長の栄華の超絶性を大臣列伝を語る前に示し、歴史的方法を採ることによって明らかにし得る結果を最初に提示しているのである。これは、『大鏡』にふんだんに導入される逸話の意味付与が、その逸話のかたりはじめにおいて語り手から一方的に、あるときには極めて牽強付会な因果の認定に基づいてなされる現象と軌を一にするが、時間的視点とは別個の、現前する道長の栄華から直ちに歴史の本質を見極めようとする視点の介在を我々に窺知させるのである。

先に『大鏡』の主題について考察を加えた際、部分的に引用した箇所だが、当該箇所とほぼ同じ趣旨の、酷似する表現がある。再び引用しよう。

まめやかに世継が申さむと思ふことは、ことごとかは。Ⓐただ今の入道殿下（道長）の御有様の、世にすぐれておはしますことを、道俗男女の御前にて申さむと思ふが、Ⓑいとこと多くなりて、あまたの帝王・后、また大臣・公卿の御上をつづくべきなり。Ⓒその中に幸ひ人におはします。（序・一九）

ⓑ・ⓑ'がⒷと、ⓒがⒸと対応するのは明らかだが、かかる類比からⓐとⒶとの対応関係が想定される。ⓐは、『摩訶止観』との引用関係およびⒶとの対応関係をふまえると、従前の解釈とはむしろ逆に、超時間的視点からの歴史の把握が表明されているところと解せられる。ⓑ・ⓑ'に示される系譜に沿って過去から現在までを辿るという時間的視点とⓐに示された超時間的視点、この二つの視点が相補的に重なりあって、『大鏡』の歴史叙述の展開を支えていくのである。そこでは「法華経一部を説きたてまつらむとてこそ、まづ余教をば説きたまひけれ」（一九

～二〇）と、道長の栄華の有様を語ることと、帝王および大臣のつづきを語ることとを、法華経一部を説くために余教が説かれる関係になぞらえていたが、この両者を区別しようとする『大鏡』のこだわりは、単に『大鏡』の歴史叙述の二つの志向、すなわち〈摂関政治史〉と〈道長の栄華物語〉を示唆するだけではなく、その志向を実現していくそれぞれの方法の差違をも示している。

さて、この二つの方向の運動がいかに絡まりあって『大鏡』の歴史叙述を展開させるのか。『大鏡』全体の中で、過去に遡及して道長までの歴史を跡づける運動が、天皇紀、大臣列伝、藤氏物語、昔物語と、少なくとも四回繰り返される。昔物語を除いて、それぞれの直前に道長の栄華は比類のないことが明示されている。大臣列伝のばあいは既に検討したが、天皇紀の直前にも、

世間の摂政・関白と申し、大臣・公卿と聞ゆる、古今の、みな、この入道殿（道長）の御有様のやうにこそおはしますらめとぞ今様の児どもは思ふらむかし。されども、それさもあらぬことなり。（序・二〇）

とあったし、道長伝において道長の宿運のすばらしさをいくつかの逸話を配して語ったあとに、つまり、いわゆる藤氏物語の直前にも、

それもまた、さるべくあるやうあることを、みな世はかかるなんめりとぞ人々思しめすとて、有様を少しまた申すべきなり。（道長・二六六）

とある。道長の強大な宿運によってもたらされる栄華をごく普通の現象と受けとめる聴衆を予想し、比類のないものであることをより説得的に語るべく、今度は、藤原氏の始祖、鎌足にさかのぼって道長に至る十三代の系譜、外戚列伝を語り、ついで北家主流の人々、基経・忠平・師輔・道長の寺建立の逸話を語るのである。このように道長の超絶した栄華を聴衆に説得的に語りかけるために、帝王、大臣のつづき、すなわち系譜に沿った歴史叙述を展開させるのだとはいえる。が、一方、道長の栄華は帝王、大臣のつづきを構成し、それに包含されるひとつ

の歴史事象でもあった。だから『大鏡』は〈道長の栄華物語〉と〈摂関政治史〉という二つながらの相貌をもつ。道長の栄華の有様を明らかにするためには、帝王、大臣のつづきを語ることが不可欠なのだが、その系譜に沿う展開は〈摂関政治史〉を志向し、必ずしも道長の栄華の有様を明らかにすることとは相即しないのである。系譜は歴史叙述の外枠として機能する一方、歴史叙述を拡散化、均質化させる契機を孕む。それを回避させ、道長の栄華へと叙述を収斂させていく別個の動因、すなわち現前する道長の栄華から歴史をとりおさえる超時間的視点が介在してはじめて、系譜を辿りつつ道長の栄華の超絶性があかされるのである。

系譜に沿う歴史叙述が志向するのは、〈摂関政治史＝藤原北家発展史〉であった。道長に至る権力の推移は確かにわかるものの、それだけでは道長の栄華が突出していることやその由因は解明され得ない。『栄花物語』の歴史叙述もまさにそのレヴェルにとどまっていた。そこからの超脱が、『栄花物語』が対象化した歴史を、ややその範囲をずらしながら再対象化する『大鏡』の創作を促す要因のひとつであった。そのために道長の栄華という現象そのものから歴史に迫る超時間的視点が要請されるのだが、それは逸話を駆使した人物形象によって果たされる。人物に備わった人間力や人物を背後で支える宿運によって歴史の方向が決定されている。逸話を駆使して栄華を担うべき人物の人間力や宿運を明証し、歴史の必然を探りあてている。そのときの歴史の論理の認定が、まさに道長を基準にし、道長に帰還する方向でなされているのである。既に系譜の組みかえについて検討したところで述べたように、歴史叙述の進行方向と歴史の論理の認定の方向が逆の関係になっている点に『大鏡』の歴史叙述の独自性を認めることができるのである。

三

師輔の人物形象を例にとって今すこし具体的に考えてみよう。

師輔・冷泉天皇の時代は道長の栄華に直結する、摂関政治史上の重要な転換点として重視されている。道長の栄華への直結性という点では、祖父師輔が父兼家よりもはるかに重要視されている。それは、兼家伝よりも師輔伝が質量ともに充実している点にあらわれているが、さらに子孫の繁栄に対する讃頌の仕方の違いにもみられる。師輔は「今行末も九条殿（師輔）の御末のみこそ、とにかくにつけて、ひろごり栄えさせたまはめ」（師輔・一四三）などの讃辞が師輔伝中あわせて四例見出せるのに対して、兼家のばあい、兼家伝には一切なく、兼通伝に「かばかり末絶えず栄えおはしましける東三条殿（兼家）を、ゆゑなきことにより、御官位を取りたてまつりたまへりし、いかに悪事なりしかは」（一七八）と、直接的な讃辞ではなく、子孫が繁栄することによって逆にあかされる強大な宿運に支えられた兼家の官職を理由なく剥奪した兼通の仕打ちを、天の意志、すなわち歴史の必然にあらがう行為として指弾するとき、道長に直接する栄華を現出させた兼家の位置づけがはしなくもあらわれる程度であった。兼家のばあい兼通伝において間接的に表出されているのに対して、師輔は師輔伝において直接的にしかも繰り返し述べられている。これは、道長の栄華が師輔の存在抜きには語られないことを示している。

しかも、師輔・冷泉天皇の時代が摂関政治史上の大きな変り目に位置することが語られている。世継が、栄華を極めた師輔の唯一の汚点が外孫にあたる冷泉天皇の狂疾であるというのに対して、若侍が、「されど、ことの例には、まづその御時をこそは引かるめれ」（二四四）と異見をはさむのであった。冷泉天皇の狂疾を問題視する見方を排除するかのように、新たな政治の展開によって冷泉天皇の御代が後代から先例視される、画期的な時代だというのである。世継も一応、若侍の見解を是認して、「それは、いかでかはさらでは侍らむ。その帝の出でおはしましたればこそ、この藤氏の殿ばら、今に栄えおはしませ」（二四四〜二四五）という。冷泉天皇の即位が九条流の発展の礎になったといっているのである。一方、世継は昔物語の中で、

かやうにもののはえ、うべうべしきことどもも、天暦の御時までなり。冷泉院の御代になりてこそ、さはい

へども、世は暮れふたがりたる心地せしものかな。世のおとろふることも、その御時よりなり。小野宮殿（実頼）も一の人と申せど、よそ人にならせたまひて、若くはなやかなる御舅たちにまかせたてまつらせたまひ、また帝は申すべきならず。（三二一）

と嗟嘆している。折ふしの催事がはえばえしく、格式があったのは村上朝までで、冷泉朝になると、実頼のような諸芸に通暁した人が、摂政関白とはいえ、外戚関係がないため政治の中心から退き、冷泉天皇の外舅たちに政治は壟断され、綱紀が著しくゆるんできたというのである。王権の変質が儀式の変容をもたらしたと理解されている。昔物語における発言と師輔伝の先程の発言とを勘案すると、朝廷の綱紀の紊乱が九条流の上昇と即応関係にあるということを世継は看取していたことになる。世継は、冷泉朝の、延喜・天暦の聖代からの後退という否定的側面を見逃さず、聖代からの後退故に朝儀の変質がもたらされ、したがって後代から先例視される歴史の皮肉に自覚的であったことになろう（注8）。しかし、若侍はそこまで見抜いていなかったのではないか。若侍は、冷泉天皇の暗愚を師輔の汚点とみなすのに異論をとなえ、冷泉朝が後代の規範となる画期的時代であったと評定していた。両者の認識にはかなりのズレがあった。にもかかわらず、対話によってそのズレを埋める方向で師輔・冷泉天皇を史的に位置づけていくのでもなかった。むしろ世継は、自らの認識を前面に出すのを避け、若侍の発言にのって、聖代からの後退を王権の再生というふうに捉え直すことによって九条流の発展の始発にあたることを力説した。あわせて、冷泉天皇の狂疾がもつ師輔の栄華を相対化する側面を軽減し、それが歴史の変転に大きく作用したことを隠蔽し得たのである。

さらに注目すべきは、冷泉天皇の即位が九条流の発展の直接的契機になることを世継が語るとき、「さらざらましかば、このごろわづかにわれらも諸大夫ばかりになり出でて、所々の御前・雑役につられありきなまし」（一四五）という道長の証言を導入していることである。道長の発言は、卓絶した栄華に到達した時点の所懐であって、万寿二年（一〇二五）ごろの道長の現況をふまえて、それをもたらした直接的契機を過去の歴史事象のなかに射とめている。ここでは道長の現在の栄華との関係性によって歴史事象が位置づけられている。諸事象が時間的先後関係に伏在する因果の論理によって結びつけられるのではなく、道長の栄華が実現されている現在から、道長の栄華との関係性、直結性という基準にしたがって位置づけられているのである。

このように、『大鏡』においては道長が生きた時代の事象には道長が登場し、道長が生きた時代からはるかにさかのぼる事象には道長の証言が取り込まれている。紀伝体は人間本位の歴史を解明していく上で極めて有効に機能するといわれている。時間的制約を越えて、出来事に関与する人物を出来事とともにからめとり、描き出す。各大臣列伝の各事象のなかにも、道長の様々な人間的側面が照し出されている。本来、道長の栄華を書くというのであれば、道長伝の質量が他の大臣列伝に比べて抜群の充実度を示していてよいはずだが、純粋な道長伝は道隆伝とほぼ同じ分量を占める（注9）。それというのも、各伝の各人物形象を逸話を用いて行うにあたって、その人物や事件と道長が何らかの形で触れ合うところがあれば、道長が登場し、そのため分散化するからである。逆の言い方をすれば、各人物の逸話が、道長と何らかの形で連関する格好で定着していることになろう。勿論、その逸話の話題性が道長との関わりを断ち切り、それ故に、その逸話の独立的傾向が助長されていく面もあるが、その逸話の話題性に引きずられる形で道長像が可塑的に結像していく点に注目したい。いいかえれば、道長像が道長個人の実像をふまえて、『大鏡』的なアクセントをつけて固定的に造りあげられていくのではなく、道長を取り巻く、その時代に生きた人間のトータルとして、つまり『大鏡』が描く摂関時代のすべてを象徴し、すべてを担う人間像として可塑的に造型されていくのである。各大臣列伝の逸話に道長が登場したり、道長の証言が導入されたりすることを、道長像の造型という面から見れば、このように理解されるのである。

さて、次に、師輔像の造型がその人間力を証しだてる方向でなされていることを確認しておこう。先学によって指摘されていることだが、人物の胆力や宿運などを明らかにする逸話が語られるのは、実は藤原北家の主流に位置する人々である。彼らの胆力や宿運のすばらしさが最も鮮烈に描き出されるのは、怪異現象との遭遇の場面である。塚原鉄雄氏が『大鏡』の怪異現象について詳細に論じておられる（注10）。氏によれば、怪異現象を体験する人々は、藤原北家の主流に位置する人々と傍流天皇であった。北家の主流の人々のばあいは怪異体験を通過することによって主流に位置するに値する胆力が具備されていることがあかされ、傍流天皇の場合は王威を担う資性の欠如をあかしだてるものとして怪異体験が作用するという。かかる類型的な描出のなかにも、怪異との力関係による三次の展開があった。時平、忠平は王威によりかかることによって難を逃れる。師輔、兼家は怪異と力関係が均衡し、道長に至っては怪異に対する優位性を確保するという。伊周の政治的敗北による怨念は、死後、霊となって発動し得るほどに深まっていたが、道長の勢威に圧倒されて発動することがなかったと『大鏡』には語られていた。未然に霊の発動を封じ込めるほどに、いいかえれば、まさに王威と比肩するほどに道長の勢威は強大なものであった。人間力の証明をめざす人物形象はとかく類型的ではあったが、藤原北家主流に位置する人物の間に差違もあった。その差違を示すことによって道長の栄華の卓絶性があかされているのである。

人物の胆力（「魂」）を示す逸話は、藤原北家主流に位置する人物に限られていた。「魂」に対立する概念「才」を具有する人物は、道真、実頼、伊尹、伊周であって、藤原北家主流の人との政争に敗北したり、短命に終わって栄華を持続させ得なかったり、天皇との外戚関係を築き得なかった人々であった。道長は「才」「魂」の両方を備える稀有な存在であった。怪異現象と同様に、かなりはっきりとした意識的な描き分けがあった。師輔について、庚申の夜、元方らと攤を打つ逸話を語る。師輔の政治的対抗者を元方とするところが『大鏡』独自の書きなしである。史実に即して考えると、師輔は兄実頼に終生、官職の点では劣っていた。師輔のライバルはむしろ、兄の実頼であったはずだ。ただ実頼は、娘、述子を村上天皇即位後すぐにその後宮に入れたが、翌年には没してしまい、村上天皇とのパイプ役を果たすべき存在を失っていた。それに対して、師輔は、官位の面では兄に劣るものの、村上後宮の宰領者として、さらには村上天皇の政治の相談相手として国母的役割を果たす娘、安子の協力によって、政治的地歩を固めつつあった。かかる状況下において、師輔の政敵を実頼ではなく、第一皇子広平親王を擁する元方と見定める『大鏡』の捉え方は、外戚関係を重視するものであって、それなりに肯ける。醍醐天皇の外祖父は藤原南家の高藤であったし、昔物語に「朱雀院生れおはしまさずは、藤氏の御栄え、いとかくしも侍らざらまし」（三〇四）と語られているように、朱雀天皇の即位によって、天皇と藤原北家との恒常的な外戚関係がはじまるのだが、いまだ確たるものとして定着はしていない時期と考えられ、元方が浮上する可能性は残されていた。ただ『大鏡』は、藤原北家主流の族内対立に注意を払わず、ことさら北家の師輔と南家の元方との対立を際立たせている。それは、村上天皇即位後しばらくは東宮位は空白であったにもかかわらず、『大鏡』は広平親王が「儲の君にておはするころ」（二四一）と設定している点にあらわれている。広平親王が東宮位にあって、それを排除すべく憲平親王が立太子するのであれば、広平廃太子という極めて重大な政治的事件が予想されてくるのだが、『大鏡』はそのあたりまで顧慮することはなかった。『大鏡』が師輔の劣勢をことさら印象づけるのは、それを克服することによってあかされる胆力、宿運をきわだたせるためであった。劣勢をはねのけ、政治的願望をあらわにし、それを実現すべく運勢を切り開く行為が、庚申の夜の出来事として語られている。渡辺実氏が指摘されるように、ここに反王朝的な人間像の形象がみられるが（注11）、さらに注意すべきは、「この孕まれたまへる御子、男におはしますべくは、調六出で来」（二四二）といって、政治的意欲をあらわにする人間を描いていることである。胆力をあかしだてる逸話でもってその人物を造型するのは、藤原北家主流に位置する人々に共通する。しかし、摂関政治の原理にふれる政治的意欲をあらわにし、その結果、政治的対抗者を圧服し、その実現のために宿運を呼び込む、そういう胆力を形象化するのは、師輔と道長だけである。道長伝には、道隆第、南院における伊周と道長との競射事件が記されている。そのときの状況も、「世間の光にておはします殿（道長）の、一年ばかり、ものをやすからず思しめしたりしよ、いかに天道御覧じけむ」（二六〇）と語られている。正暦五年（九九四）、伊周は二十一歳で年長の道長を越えて内大臣となり、翌長徳元年には、道隆病脳の間という条件つきながら、内覧の宣旨を蒙った。その間、道長は伊周の下位に甘んじ、不遇の時を過ごすのであったが、南院の競射事件はその頃のこととしている。道長も師輔もともに劣勢に立たされていた。また道長も、「道長が家より帝・后たちたまふべきものならば、この矢あたれ」「摂政・関白すべきものならば、この矢あたれ」（二六一）といって、政治的意欲をあらわにして弓を二度射るのであった。両度とも矢は的の真中にあたり、道長を支える宿運のすばらしさがあかされるのである。

このように道長と師輔の形象には共通性が窺えるが、それは、道長の栄華と師輔のそれとの直結性を示すとともに、『大鏡』が道長の中に発見した、彼の栄華を招来させた人間力と同質のものを師輔の中に確認する方向で師輔造型がなされていることを示しているだろう。道長造型における、伊周に対して道長が劣位にある状況は、史実に即応するが、他方、広平親王が立坊し、師輔が元方に対して劣勢であるという状況設定は史実と異なり、しかも『大鏡』がその後に語る憲平親王立太子という事態との不整合を露呈していた。にもかかわらず、道長のばあいと相似た状況をあえて設定することは、単に宿運をきわだたせるためではなく、道長の栄華への道程に規制されて、それと等しく、師輔の政治的勝利の過程が形造られているためだとも考えられる。叙述は、師輔の人間力の証明の方が先行するが、師輔の人間力をあかしだてる人物形象は、逆に、道長像が原型としてあって、それに規定されていると考えられるのである。

昔物語は、諸芸風流譚を素材にし、ほぼ天皇の即位順に従って配列構成されている（注12）。昔物語において冷泉朝をくだれる御代と評定するのは、昔物語の性格と不可分な関係にある。政務と儀式とが別ものではなかった当時、儀式を格式あるものになしあげる資性そのものが政治能力とみられていたが、かかる能力に恵まれていた実頼が、天皇との外戚関係がないために、政治の中枢から退かざるをえず、そのため、若き、天皇の外舅たちによって政治が恣になされてしまうことによって、くだれる御代と評定されるのであった。これは、師輔伝の、冷泉朝を道長の時代につながる画期となる御代だとする見方を相対化するものであった。冷泉天皇の狂疾に乗じて政治を壟断していった天皇の外舅たちに対する痛烈な批判性を孕み、師輔伝の中で隠蔽されていたものを露呈させているのである。このように、昔物語が大臣列伝とは対照的にかなり自在な歴史批判の場となりえているのも、道長という人間存在あるいは道長の栄華の現象から歴史の本質を見極めていこうとする見方に規制される度合が低いためであろう。冷泉朝に対する師輔伝と昔物語の正反対の評価は、師輔像と道長像との類似、あるいは道長の証言の導入からもうかがわれるように、師輔伝においては、道長の栄華との直結性によって、いいかえれば道長の栄華に規定されて歴史叙述がなされていることを浮彫りにするのである。

四

師輔伝には、道長の栄華との直結性を重視して、冷泉朝を摂関時代史の転換点とする考えが示されていた。他方、昔物語において、八幡臨時祭の起源を語るところで、朱雀朝を転換点とする見解が、師輔伝のばあいと同じく世継によって示される。

八幡の臨時の祭、朱雀院の御時よりぞかし。朱雀院生れたまひて三年は、おはします殿の御格子も参らず、夜昼火をともして、御帳の内にておほしたてたてまつらせたまふ、北野に怖ぢまうさせたまひて。天暦の帝（村上天皇）は、いとさも護りたてまつらせたまはず。いみじき折節に生れおはしましたりしぞかし。朱雀院生れおはしまさずは、藤氏の御栄え、いとかくしも侍らざらまし。さて位につかせたまひて、将門が乱れ出

できて、その御願にてとぞうけたまはりし。（三〇四～三〇五）

傍線箇所を、師輔伝の「その帝の出でおはしましたればこそ、この藤氏の殿ばら、今に栄えおはしませ」（一四四～一四五）と比べてみると、表現が酷似しており、摂関政治史上の変り目を示すものと捉えてよいだろう。朱雀天皇の生母は基経女、穏子であった。朱雀天皇の即位と同時に、穏子の弟、忠平は幼帝にかわって天皇大権を行使する摂政となり、天皇元服後、天皇を補佐する関白となった。歴史学の研究成果によると、摂政、関白が制度的に定着するのが忠平の時代である。さらに忠平の時代は朝廷儀礼の標準型の形成期にあたり、また摂関政治を支える貴族連合体制の成立期でもあった。以上の三点から、橋本義彦氏は、忠平の時代を摂関体制の成立期とみるのであるが（注13）、『大鏡』は、今日の歴史学の研究成果に等しいすぐれた歴史認識を示している。

このように冷泉天皇の御代を転換点とみる見方と朱雀天皇の御代を転換点とみる見解とが相互無媒介に記されている。『大鏡』は、摂関政治史上の変り目が二度あったとみているのではないだろう。そうだとすれば、村上天皇の御代を間にはさんで、著しい変化を想定しなければならなくなるが、『大鏡』のなかにはかかる変化は記されていないからである。むしろ、二つの異なった見解が示されているのは、それを支える二つの歴史の捉え方の顕在化と考えるべきだろう。

冷泉天皇の御代は、道長の栄華との直結性によって転換点として位置づけられていた。朱雀天皇のばあいはどうであろうか。村上天皇紀に東宮保明親王が病没した同じ年——延長元年（九二三）——に自身は后となり、寛明親王（朱雀天皇）を生んだことに触れて、両親王の生母、藤原穏子の悲喜交々の複雑な心情を語り手、世継が忖度するくだりが見えるが、穏子立后が孫の慶頼王の立太子を実現するための秘策であったことを考慮に入れると、そこに藤原氏嫡流が天皇との外戚関係の保持に腐心する様子やその危機的状況を彷彿させはするけれど、かかる村上天皇紀から推測される朱雀天皇の誕生の意味が当該箇所で再確認されているのではおそらくないだろう。八幡臨時祭という新たな行事の創設が、平将門の乱平定のための立願によるものであることが示され、また朱雀天皇が生まれたのは、菅公の怨霊に祟られ、社会不安が極度にたかまっていたころだとされる。朱雀天皇は、大事件がうちつづく激動の世に生をうけた。かかる時代の混乱に対応しつつ、王威を護持していくために（注14）立て直しを図る朱雀朝の在り様を八幡臨時祭創設に象徴的に表そうと『大鏡』はしているのだろう。というのも、昔物語は光孝、宇多天皇にはじまる新皇統の正統性を明らかにすべく王権神授説話の性格をもつ賀茂臨時祭創設説話を導入し、それと併置して、八幡神が王権を護持する契約関係の証として石清水八幡臨時祭の創始を語ろうとしているからである。昔物語の歴史語りは王権と行事儀式の関係に照準を当てているのである。そして、それに尽力した忠平を摂関政治史上のふし目に位置する人物として定立したのであった。それは、同じく昔物語において繁木が高麗人の観相を語るなかで、忠平のことを「日本国の固め」といっているところにあらわれている。

貞信公（忠平）をば、「あはれ、日本国の固めや。ながく世をつぎ門ひらくこと、ただこの殿」と（相人が）申したれば、「われを、あるが中に（三人の兄弟の中で）、才なく心諂曲なりと、かくいふ、はづかしきこと」と仰せられけるは。されど、その儀にたがはせたまはず、門をひらき、栄花をひらかせたまへば、なほいみじかりけりと思ひはべりて、（三四〇～三四一）

「日本国のかため」として王権を護持していく関係、つまり、天皇と藤原北家との外戚関係を媒介にした相互依存関係を基盤にして、忠平およびその子孫の繁栄がもたらされたことが示されている。しかも、それを語るのが世継ではなく繁木であったことは注目される。夏山繁木という名前は藤原氏の繁栄の象徴であるといわれているが（注15）、その命名者が実は繁木が小舎人童として仕えた忠平であったのである。そこに『大鏡』の作者の周到な配慮を看取することができるだろう。繁木が忠平に対する特別な感情を込めてその一門の繁栄を語るなかに、藤原北家の栄華の実質的な始発を忠平にみる『大鏡』の作者の見方があらわれ、その見方の拠り所となったであろう、『大鏡』の作者の捉えた摂関政治の本質も透き見えてくるのである。冷泉天皇のばあいとは異なって、むしろ、摂関政治史全体のなかで摂関政治の本質にふれ合う視角から朱雀朝を歴史の転換点とみなしていることが窺知されるのである。摂関政治史的な見方から朱雀朝を転換点としているととらえることができる有力な徴証は他にはないのであるが、既にみてきたように、『大鏡』は、系譜を辿るという時間的視点によって〈摂関政治史〉を目指す運動と、道長の栄華の現象から歴史の本質を見極めていこうとする超時間的視点によって〈道長の栄華物語〉を志向する運動とが絡まりあって、その歴史叙述を形造っている。冷泉天皇を転換点とする見方は後者によって支えられていることは明らかだが、後者とは全く連関のない、朱雀天皇を転換点とする見方を支えるものとして前者が想定されてくるのである。かかる二つの方向軸を持った歴史叙述の運動がそれぞれに射とめた歴史のふし目が朱雀朝であり、冷泉朝であったと考えたいのである。なお昔物語が朱雀朝を歴史のふし目と捉えることについては、昔物語の位相と絡めて後章で再度論じる。

五

『大鏡』に先行して、『大鏡』とほぼ同時代を対象化していたのが『栄花物語』である。『栄花物語』の歴史叙述は、編年軸に沿って叙述の立脚点を平行移動させ、事象現在で個々一回的に諸事象と対面し、それに意味を付与していく営みの連続に支えられている。諸事象は、個々一回的に意味付与がなされるために、それぞれに独立的傾向を示すことになる。と同時に、細部の肥大化傾向がもたらされる。つまり『栄花物語』の歴史叙述は、編年軸に沿う方向と、事象の細部へと向う二方向の運動に支えられて展開する（注16）。『栄花物語』の編年軸がその世界を支える外枠として機能するが、『大鏡』においてそれと同じ役割を担うのが系譜であった。系譜という骨格に人物に関する逸話が肉付けされているのである。勿論、逸話はそれぞれ固有の話題性をもち、それ故に独立性を保持している。しかしながら、『大鏡』のばあい道長の栄華を起点とする論理の認定が強くその逸話を規制するのであった。強引という印象を受けるような論理の認定がなされている。『大鏡』は、かかる論理の認定によって『栄花物語』的平板さを脱却したのであったが、それとさしちがえに、論理の認定の強引さ故に、極めて単純化された歴史の再現に終わったのである。

（1）松本治久『大鏡の構成』（桜楓社、昭和四十四年九月）
（2）『折口信夫全集　第十二巻』（中央公論社、昭和五十一年三月）
（3）益田勝実「虚構〈同時代史〉の語り手――『大鏡』作者のおもかげ――」（「国文学」第一一巻第二号、昭和四十一年一月）、「大鏡――物語の鬼子としての――」（「国文学」第三一巻第一三号、昭和六十一年十一月）は、世継や繁木の超現実的年齢が「摂関政治の年齢」に他ならないことを強調し、摂関政治史を「ふたりの翁に、自分たちの生きていた同時代の歴史、〈現代史〉として語らせようとするところに、作者のねらいがある」という。
（4）注（1）前掲書。
（5）阿部秋生「歴史物語」（「日本歴史」一九四号、昭和三十九年七月）
（6）橘純一『大鏡新講』（武蔵野書院、昭和二十九年五月）
（7）『大正新脩大蔵経』に拠るが、愛知県立大学の佐野公治教授の御教示により訓みを改めた。
（8）篠原昭二「大鏡の文体」（「国文学」第二五巻第三号、昭和五十五年三月）
（9）注（1）前掲書。
（10）塚原鉄雄「大鏡構成と怪異現象」（「人文研究」三六巻、昭和五十九年十二月）
（11）渡辺実『平安朝文章史』（東京大学出版会、昭和五十六年七月）

（12）安西廸夫『歴史物語の史実と虚構——円融院の周辺——』（桜楓社、昭和六十二年三月）、保坂弘司『大鏡研究序説』（講談社、昭和五十年十月）、松村博司『栄花物語・大鏡の成立』（桜楓社、昭和五十九年五月）。保坂、松村両氏の論には、昔物語の特殊相について示唆に富んだ見解が提示されている。
（13）橋本義彦『平安貴族』（平凡社、昭和六十一年八月）
（14）王威の問題を絡めて当該箇所を論じなければならない（山中裕氏の口頭による御教示）のだが、今後の課題としたい。
（15）注（1）前掲書。
（16）第Ⅰ部第三章。

第二章　類型化された伝の論理——系譜と逸話・再論——

一

鏡物は『大鏡』を範型とする一群の、作品としての歴史叙述を指し示す呼称である。一方、近代になって鏡物を含めた作品群の呼称として歴史物語という名称が創出された（注1）。歴史物語に所属する作品については論者によって出入りがあり確定されるまでには至っていないが、鏡物と歴史物語とを区別する一つの指標は、『大鏡』に先行する『栄花物語』に対する取扱いの違いである。すなわち『栄花物語』は歴史物語の嚆矢として扱われるが、鏡物のなかには入らない。それは、いうまでもなく、鏡物として一括される作品群に通有する歴史叙述の基本スタイルを『大鏡』が創始したからであるが、『大鏡』のあとの『今鏡』『水鏡』『増鏡』は一面においては『栄花物語』的な歴史叙述の在り方をも踏襲している。例えば『増鏡』は、『大鏡』がいわゆる紀伝体という史体をとり、系譜に基づいて歴史叙述を展開するのに対して、『栄花物語』と同様、時間軸に沿って出来事を継起的に秩序づける、いわゆる編年体——数年間にわたる同一事件は分解しないでまとめて記しているところもあるが——をとり、巻々には典雅な巻名が付されてもいるのである。歴史叙述のスタイルからすれば、語りの場の仮構を除けば、『増鏡』は『大鏡』よりはむしろ『栄花物語』の系譜を引くといえる。また歴史物語に所属する一連の作品を鏡物としてさらに括ることを可能にする共通の特徴は、書名にみられるように歴史を鑑とみる思想をいずれもが持っているといった点も考えられるが、実際、明確に見出だされるのは『大鏡』『今鏡』『水鏡』であって、これも通有する性格とは認め難く、結局、筆録された歴史が古老や修行僧によって語られたものであることを明示する伝承の場そのものを作品内に設定し、それが歴史叙述を縁取る格好になっている点に求められよう。しかし、これとても微細にみれば、『大鏡』には冒頭のみならず、絶えず語りの場を意識化させる装置が張りめぐらされているのに対して、『今鏡』以下は冒頭と掉尾あるいは冒頭に顕化するのみで、語りの場の設定が単に『大鏡』のスタイルを形式的に踏襲したに過ぎなく、語りの場の設定あるいはその性格が歴史叙述を規定する度合が作品によって異なっているのに気づく。鏡物の性格はそれに属する作品の共通項として浮かびあがってくるのではなく、あくまで『大鏡』の性格がそのまま鏡物の性格だといえよう。『今鏡』『水鏡』『増鏡』と、鏡物として一括される作品が書き継がれていくが、『大鏡』はその範型として位置づけることができる。したがって、さらには論の拡散化を防ぐ意味でも鑑物に属する各作品と説話との個々の関係に言及することは避け、もっぱら『大鏡』と説話との関係に絞って論じていくことにしたい。

二

『大鏡』が豊かな説話的地盤に根づきながら、その独特な歴史語りを展開していることは、従前、多くの論者によって指摘されている。説話集や先行作品とのかなりの数の共通話が既に指摘されているが、書承の説話のみならず、口承の説話も相当数『大鏡』の歴史叙述に採り入れられていることは想像に難くない。実際、序で世継が、

①年ごろ、昔の人に対面して、いかで世の中の見聞くことどもを聞えあはせむ。この、ただ今の入道殿下（道長）

の御有様をも申しあはせばやと思ふに、あはれにうれしくも会ひまうしたるかな。（一三）

と語り、また昔物語においても、

②まことは、世の中にいくそばく、あはれにもめでたくも、興ありてうけたまはり、見たまへ集めたることの、数知らず積りて侍る翁どもとか、人々思しめす。やむごとなくも、また下りても、間近き御簾・簾垂の内ばかりや、おぼつかなさ残りて侍らむ。それなりとも、おのおの、宮・殿ばら・次々の人の御あたりに、人のうち聞くばかりのことは、女房・童女、申し伝へぬやうやははべる。されば、それも、不意に伝へうけたまはらずしもさぶらはず。されど、それをば、何とか語りまうさむずる。ただ世にとりて、人の御耳とどめさせたまひぬべかりし昔のことばかりを、かく語りまうすだに、いとをこがましげに御覧じおこする人もおはすめり。（三三五〜三三六）

と語る。いずれも超高齢の老人の直接、間接の体験史として『大鏡』の歴史叙述がなされていることを示すものである。しかも世継の妻の年齢を世継より「ひとめぐり」年上とする（昔物語・三一七）ことによって、世継が直接見聞することのできないことも知り得るように周到な配慮がなされてもいる。特に②においては女性方の世界は不明な点が多いが、人がふと耳にする程度のことは女房や童女を介して聞き伝えているといっている。世継が男性であるが故に、あるいはその身分上の制約で直接体験することができないことについては伝聞による情報に頼らざるを得ないことを表明しているのである。実際、禎子内親王の裳着の折、そのために道長が整えた裳、唐衣の拝領に預からなかった女房の憤死を世継が語るくだりでは、語りの場に居合わせた筆録者とおぼしき人物が「いかでかくよろづのこと、御簾の内まで聞くらむとおそろしく」と舌を巻いている（昔物語・三四五〜三四六）ように、女房たちのなかで語りぐさとなった話柄も取り込まれている。これを捉えて、『大鏡』の原資料が書承資料のばあいは世継の直接体験として定着し、口承資料であれば間接体験（伝聞）として扱われているなどというつもりは勿論なく、『大鏡』が口承説話と実際どのように交渉しているかを実証するすべはないのだから、語り手のいうところを一応信じるしかないだろう。『大鏡』が二人の老翁を語り手として番わせる設定をしながら、実際は世継の一人語りになっていて、作者の位置と語り手、世継の位置とが接近している——もちろん、具体的人間像を付与された語り手、世継は、そのために作者にとっては可能な全知の立場には立ち得ないのだが——ことをふまえるならば、世継の表明ではありながら、作者の歴史叙述の際の情報蒐集経路の一端が示されていると解されなくもないということなのである。『大鏡』の歴史叙述には口承の説話類が少なからず取り入れられているとみてよいだろう。

さて、従前、『大鏡』の説話についてどのように考察がなされてきたのであろうか。基本的な手続きとして、『大鏡』とほぼ同内容を伝える説話集や先行作品等と比照し、関連する内容を含む諸資料を勘案しながら『大鏡』の歴史叙述の特性を浮び上がらせるやり方が採られてきた。かかる方面の研究成果として、たとえば、「くだくだしい解説を全く省いて、享受者の知識を前提にした表現の在り方」から『大鏡』の豊かな説話的地盤を透視した加藤静子氏の論があるが（注2）、氏の論がそうであるように、歴史の断面を、説話を駆使して生々と切り取った作者の史眼の確かさを確認するところに多くは収斂していくのであった。『大鏡』の歴史叙述の部分に注目し、原資料とおぼしきいくつかの説話が『大鏡』の歴史叙述によってどのように解体、再生されたかを確認するのだから、『大鏡』を断片的に読むことになるであろうし、作者の史眼の確かさを確認する方向でなされるのであるから、事実であるか否かの穿鑿となりがちになる。

一方、『大鏡』の中に類似の説話が存在することについては従来、指摘されてきたが、それを一歩進めて、類似の説話で造型がなされる人物には自ずと一つの系脈が認められ、そこに『大鏡』の歴史叙述の根幹があらわれているとみなす考察もなされている。先の研究の在り方は他の文献との比照が重視されるのに対して、このばあいは、類似の事象を『大鏡』がどのように処理するか、他の説話集と比べて、その処理の仕方の独自性を確認する方向もあり得ようが、系譜を構成の原理とする『大鏡』の歴史叙述のシステムを説話を通して考察するところに重点が置かれる。その先駆的な業績として、塚原鉄雄氏の論考（注3）がある。氏は『大鏡』にしばしば描かれる怪異現象との遭遇の場面に注目され、怪異現象を体験する人としない人とを類別すると、体験者は藤原北家の主流に位置する人々と傍流の天皇であることに気づくといわれた。そして、前者は怪異現象に遭遇し、それを圧服することによって主流に位置するに値する胆力（人間力）の証明となるのに対して、後者は王権を担うだけの資性の欠如を明らかにするといわれる。雷神となった菅公の霊を王威を楯に一時的に鎮めた時平を藤原北家の主流としてあるいはそれに準じるものとして扱われていることにはいささか疑問も残るが、『大鏡』が怪異現象を描くことによって藤原北家の主流の系脈を浮き彫りにしようとしていることは確かであろう。怪異現象に遭遇する傍流天皇は、いわゆる冷泉系の帝であって、藤原北家の主流が円融系と外戚関係を切り結び、栄華の地盤を固めていったことを思い合わせれば、これも、傍流天皇を否定的に媒介することによって藤原北家の主流を確認させることになるであろう。かつて、安西廸夫氏が、天皇紀・大臣列伝は「人脈的興味」「人間的興味」に従って逸話を位置づけるのに対して、昔物語は「断片的事項的興味」「断片的事件的興味」から逸話を捉えていくといわれたが（注4）、天皇紀・大臣列伝における説話は単に当該人物の人間像を浮彫りにするだけではなく、その人物を何らかの史的系脈の中に位置づけることを目指しているといえよう。本稿は如上の後者の観点から『大鏡』の説話について考えてみようと思う。

三

大臣列伝の伝の配列は基本的には藤原北家の系譜に基づく。各伝は系譜説明、略歴、本人・妻・子女・孫に関する逸話でもって構成されているが、系譜説明および略歴は簡略なものであるから、各伝はもっぱら逸話によって構成されているといってよかろう。伝の配列が系譜に基づき、各伝が逸話によって構成されているから、『大鏡』の歴史叙述は系譜を骨格とし、それに逸話を肉付けする格好で展開している。伝の配列が系譜に沿うというのであれば、配列の原則は親から子、兄から弟という順になるであろう。しかし、長良、師輔、兼家の各伝はかかる原則からはずれ、兄弟間の最後に置かれている。兄弟間の最後に置かれている伝――兄弟のなかで一人しか伝が立てられていないばあいも含めて――を辿っていくと、〈冬嗣―長良―基経―忠平―師輔―兼家―道長〉という藤原北家の主流の系譜が浮びあがってくるように伝の配列がなされているのである。系譜そのものが過去から現在という方向で、すなわち世代順かつ兄弟順に作成されたならば、たとえば『尊卑分脈』のように実に膨大なものとなり、系譜作成の本来の目的、すなわち自らの家柄の証明からすれば不要な部分を相当含むことになろう。したがって、系譜は自らが生きる現在から過去へ遡源する形で作成されるのが基本であろう。だから、『大鏡』の伝の配列に顕在化する系譜を特別視する必要はないのであるが、『大鏡』の歴史叙述の骨格の役割を果す系譜は道長を起点にして形造られていることは重視されなければならない。これは『大鏡』が道長を起点に摂関時代史を通観することと重なってくるであろう。

ところで、道長を起点にした系譜に基づく伝の配列という原則からすれば、頼忠伝の特立は傍系への逸脱とも考えられる。しかし、頼忠伝は実頼伝と師尹伝との間に位置し、実頼伝に付随する格好で置かれていて、伝としては自立しているとはいい難い面がある。また、後述するように、伝には伝を貫く一貫した論理があり、その論理に従って各逸話は導入され、意味付与がなされているが、実頼伝は実頼およびその一族の「才」を際立たせる方向で展開し、頼忠伝もかかる方向性が維持されている。したがって、伝の論理という点からみても頼忠伝は自立していないといえる。しかるに、何故、伝として特立させられるのであろうか。大臣列伝序説に立ち戻って考えてみよう。

四

大臣列伝序説において太政大臣重視の姿勢が打ち出されている。

③世はじりて後、今に至るまで、左大臣三十人、右大臣五十七人、内大臣十二人なり。太政大臣は、いにしへの帝の御代にたはやすく置かせたまはざりけり。あるいは帝の御祖父、あるいは御舅ぞなりたまひける。また、しかのごとく、帝王の御祖父・舅などにて御後見したまふ大臣・納言、数多くおはす。亡せたまひて後、贈太政大臣などになりたまへるたぐひ、あまたおはすめり。さやうのたぐひ、七人ばかりやおはすらむ。わざとの太政大臣はなりがたく、少なくぞおはする。（五一～五二）

④文徳天皇の末の年、斉衡四年（八五七）丁丑二月十九日、帝の御舅、左大臣従一位藤原良房の大臣こそは、はじめて摂政もしたまへれ。やがてこの殿よりして、今の閑院の大臣（公季）まで、太政大臣十一人続きたまへり。ただし、これより先の大友皇子・高市皇子加えて、十三人の太政大臣なり。太政大臣になりたまひぬる人は、亡せたまひて後、必ず諡号と申すものあり。しかれども、大友皇子、やがて帝になりたまふ。高市皇子の御諡号おぼつかなし。また太政大臣といへど、出家しつれば、諡号なし。されば、この十一人つづかせたまへる太政大臣、二所は出家したまへれば、諡号おはせず。この十一人の太政大臣たちの御次第、有様、はじめをはり申しはべらむと思ふなり。（五三～五四）

④に「この十一人の太政大臣たちの御次第、有様、はじめをはり申しはべらむと思ふなり」とあるように、大臣列伝は太政大臣列伝と称することもできよう。また③においては、太政大臣が則闕の官であることがいわれ、太政大臣に任命される資格として天皇との外戚関係が重視されている。「しかのごとく」を「太政大臣ではなくと

納言は太政大臣に準ずる、あるいは、それと同等の扱いがなされていることになる。太政大臣重視の立場から摂関時代史を捉えようとする姿勢と、天皇との外戚関係を重んじ、かかる角度から摂関政治の帰趨を把捉しようとする姿勢とが複合して、大臣列伝は形成されていることが窺知される（注6）。『大鏡』では、「後見」という語はもっぱら摂関政治の権力基盤となる天皇との外戚関係を表すのに用いられ、しかも過半は、道長およびその子男が後一条朝を後見し、御代の安泰がもたらされている、あるいは後見の不在によって敦康親王が立太子できなかったというふうに用いられ、道長の栄華の根幹をなすものとして後見が重視されているのである。したがって、外戚関係すわなち後見関係を重視する姿勢から摂関時代史を捉えることは、道長の栄華の本質から逆に摂関時代を通観することになろう。

一方、太政大臣重視の立場は、『大鏡』が歴史叙述の対象とする嘉祥三年（八五〇）から万寿二年（一〇二五）までの百七十六年間に太政大臣になった人々を必ず伝として特立している点に顕著にみられる。ただ、道長至上主義の歴史把握から藤原北家の主流と認定された人々が実はことごとく太政大臣になっているのではなかった。左大臣どまりであった冬嗣、権中納言が極官で大臣にすらなっていない長良は贈太政大臣扱いになっているから、主流認定においても太政大臣重視の姿勢が堅持されているかに見受けられる。右大臣で没した師輔については、子孫は繁栄するが、自らは関白にまで至らなかった理由を明らかにする逸話がことさら配され、主流と認定することを疑問視する見方を用意周到に封じ込めてはいるが、主流に位置づけられながらも、完全な栄華――それを実現したのは道長であった――からすると欠けるものとして関白にならなかったことが取り上げられていることは、逆に北家主流の認定には摂関になったか否かということの方が重要な条件であったことを示すことになろう。太政大臣にならなかったことには触れられないで、関白にならなかったことが問題にされているのである。

摂関と太政大臣とが一体不可分のものとみなされているのなら問題ないのだが、実は、良房以来、基本的には太政大臣＝摂関であったが、兼家が一条天皇の即位とともに摂政となり、次いで右大臣を辞し、太政官制の序列から離脱することによって、太政大臣から分離独立した摂関の権威を高め、頼忠の薨後、兼家じしん外孫、一条天皇の元服の加冠をつとめるべく太政大臣にはなるものの、太政大臣の名誉職化を招くことになるのであった（注7）。太政大臣重視の立場が顕著な『大鏡』にもそのあたりの経緯はわかっていたらしく、大臣列伝の略歴を記す際、公卿であった年数、大臣在任年数、摂関であった期間に言及するのが通例であるが、太政大臣を歴任した大臣の中で兼家だけが太政大臣在任年数についても触れられているのである（注8）。すなわち、

公卿にて二十年、大臣の位にて十二年、摂政にて五年、太政大臣にて二年、世を知らせたまふこと、栄えて五年ぞおはします。（一九一）

とある。これは太政大臣の沿革において画期をなす兼家政権を見据えたうえでの処理だと考えることもできるだろう。「摂政にて五年」と「世を知らせたまふこと、栄えて五年」との年数の一致は、兼家の繁栄が兼家の任摂政によってもたらされたことを示し、太政大臣になったことと任摂関とは一応区別されていることが窺知される。

また師輔伝には、子息に触れて、

おほかた、御腹異なれど、男君達、五人は太政大臣、三人は摂政したまへり。（一四六）

とあるように、伊尹、兼通、兼家の三人は太政大臣と摂関を兼任し、為光、公季は太政大臣にはなるが、摂関の地位に就けなかったことをいい、兼家以後の、太政大臣と摂関の分離化を前提にした記述となっている。『大鏡』が太政大臣重視を打ち出す背景には、人臣で始めて太政大臣になった良房の伝の「この殿ぞ、藤氏のはじめて太政大臣・摂政したまふ」（五八）という並記にみられるように、太政大臣と摂関とを同一のものと見做す考え方が認められるが、太政大臣が摂関と分離し、名誉職化するに至っても、なお貫かれてお

り、それは為光、公季を伝として特立している点にうかがえるのである。

師輔伝において師輔が関白に至らず薨じたことにこだわるのは、師輔を藤原北家主流に位置づけるからに他ならず、道長の完満の栄華が規準になっていた。『大鏡』は藤原北家の主流として位置づけるためのひとつの要件として太政大臣を重視していたとはいえよう。しかるに、太政大臣の名誉職化という変質が視野に入るとき、太政大臣重視に代わるものとして、あるいはそれを補完するものとして、天皇との外戚関係、後見関係に基づく権力構造――その象徴的政権が道長政権であったが――から摂関時代史を把捉する見方――これが道長を起点に歴史を捉えることと重なってくるのだが――がせりだしてくるのであった。かかる複合した摂関時代史の捉え方が大臣列伝序説③の記述になってあらわれていると思うのである。

さて、伝として自立していない様相を呈する頼忠伝が何故、伝として特立されるのか、その問題について論を進めていこう。大臣列伝において伝に立てられるのは、嘉祥三年（八五〇）から万寿二年（一〇二五）までに大臣となったすべての人々ではなかった（注9）。冬嗣および冬嗣と美都子との間に生まれた長良、良房、良相であり、長良の子孫たちであった。長良の子孫たちの中にも、大臣になりながら伝として立てられない人々がいる。時平男顕忠、実頼の孫（養子）実資、兼通男顕光、道隆男伊周であり、道長男頼通、教通であった。頼通、教通が立伝されないのは、道長の栄華の来歴と卓抜性を明らかにしようとするために大臣列伝は道長伝で締括らなければならなかったからであるが、その他は、いずれも藤原北家の主流からはずれている点で共通する。伝に立てられた傍流大臣の子孫が大臣になっても伝には立てられないのである。頼忠は傍流大臣の子孫でありながら伝に立てられるという例外的処理がなされるのは何故であろうか。その理由として、既に触れた、大臣列伝を貫徹する太政大臣重視ということがあげられるのではないだろうか。実際、頼忠は、兼通と兼家の兄弟間の不和故に、兼通から関白、太政大臣を譲られ、円融、花山朝において執政となるのであった。

頼忠と同様に太政大臣重視の立場から立伝された人物として他に為光と公季とをあげることができよう。為光、公季については、主流に位置する師輔の子息でしかも大臣になっているから、伝として立てられたとも考えられる。主流大臣の子息で大臣になっていながら伝として特立されていない事例は一例しかないから、かかる考え方を全く排することはできない。しかし逆に、冬嗣の八男、良世は、良房、良相、長良——いずれも美都子所生——と異母兄弟ではあるが、左大臣になっているにもかかわらず伝に立てられていないという、その一例を重視するならば、為光、公季にのみ共通する、伝に特立されるべき資格として太政大臣が浮上してくるだろう。既に述べたように太政大臣重視の立場が大臣列伝において一貫し、さらにまた、既に触れたところであるが、師輔伝の最後に「おほかた、御腹異なれど、男君達、五人は太政大臣、三人は摂政したまへり」とあり、これが、単に師輔の子孫の栄達を示すことによって師輔の栄華を際立たせる記述に終わらないで、五人の男子はそれぞれ伝として立てられていくのだから、この後の歴史叙述の展開を予示するものだと捉えるならば、為光、公季は太政大臣を歴任したが故に伝として立てられたのだと考えることができよう。

実際、両伝は伝として立てられなければならない内容的必然性を具備していない。為光伝は、大臣列伝の叙述の型にのっとって、為光の系譜、略歴は記されるが、本人の逸話は全く語られない。為光伝にみられる逸話は誠信、斉信兄弟の昇進争いのみで、かかる内容しか持ち合わせない為光伝が伝として特立されなければならない理由を認めがたい。

伝に立てられた人物の逸話が伝全体の中で占める割合が減少するのは、実頼伝以降の現象であって、実頼伝のばあい、孫にあたる佐理や実資に関する逸話が伝の大半を占めるし、師尹伝では、これまた孫にあたる小一条院の東宮退位事件の顛末を語る部分が分量的に突出し、さらに伊尹伝では、孫の行成や花山院の逸話が伝の過半を占めるというように、伝に立てられた人物の子孫に関する逸話が増える傾向がみえる。佐理、実資、行成、花山院、小一条院いずれも道長と同時代に生きた人々で、道長の栄華と何らかの形で深く関わった人々であった（注10）。とするならば、伝に立てられた人物の子孫の生き様を描き、一族の消長を語る目的で逸話は導入され、したがって伝の論理に従って意味づけられるのではあるが、子孫のうち誰に関する逸話を選ぶのか、その選択基準は道長の栄華との関わりが重視されていることになる。ここにも道長至上主義の縛りが窺えるのである。

為光伝のばあい、為光本人の逸話が皆無であるのは、異例としかいいようがないが、実頼伝以降の傾向があらわれているとも理解される。子孫に関する唯一の逸話——誠信と斉信の昇進争い——に道長が登場しており、道長至上主義の縛りが見受けられもする。斉信は道長執政時代の四納言の一人として活躍した経歴からすれば、頼忠伝の公任、伊尹伝の行成同様、斉信に関する逸話でもって為光伝が膨んでいってよさそうなものであるが、実際はそのようになっていないのである。伝の最後に、

　この大臣、いとやむごとなくおはしましかど、行末細くぞ。（一八二）

と子孫が先細りしたことがいわれているように、斉信の栄達は『大鏡』の作者の眼中にはなかったということなのだろうか（注11）。あるいは、子孫繁栄が主流認定の一つの基準となっていたことを思えば、斉信の出世をあえて無視し、為光が傍流に位置することを確認させることがねらいであったのであろうか。いずれにしても、為光伝は内容的に伝として特立されなければならない必然的な理由に欠けるのである。

公季伝はどうであろうか。大臣列伝の記述は、本人および子孫の逸話を措けば、本人の系譜、略歴、子女および孫に言及するのが基本であるが、公季伝のばあい略歴の記述が欠けている。大臣列伝に立てられた人物のうち、語りの現在である万寿二年（一〇二五）に生存していたのは公季と道長である。だから、公季伝は「この大臣、ただ今の閑院の大臣におはします」（一八二）とあるだけで、官歴については一切触れられないのかも知れない。しかし、道長のばあい、公卿、大臣、摂関であった年数を示すという他の大臣列伝に共通する格好にはなってい

ないけれども、その代わりに万寿二年（一〇二五）に至るまでの詳細な官職がところどころに示されているから、公季伝はやはり異例である。大臣列伝の叙述の基本型を部分的に備えていない公季伝もまた伝として自立していない面がある。内容的には公季の逸話で構成され、子孫に関わる逸話は見られない。為光伝とは対照的な現象であるが、公季の方が為光よりも道長の人生と重なる期間が長いことに起因するのであろう。つまり、公季自身が道長時代を生きたということなのであろう。母が内親王で禁中で育ったということ、年を取って孫の公成を溺愛し、東宮敦良親王に目をかけてくれるように訴えたという話、あるいは顕基男、資綱——顕基の室は公季の孫であるから公季の曾孫になる——の五十日の祝いにおいて公季の気真面目な発言がまわりの失笑を買ったことが記され、政治の表舞台とは無縁の、全く私的な逸話でもって構成されている。これは、子孫に触れて、その総括として記された「この太政大臣の御有様、かくなり。帝・后立たせたまはず」（一八三）の言辞に見合う処理であるともいえよう。既に触れたように、実頼伝以後の伝は本人の逸話は一乃至二で、子孫に関する逸話が伝の過半を占める傾向がある。それは道長時代の群像を明らかにし、道長の栄華を肉付けする意図に発するものであったと考えられる。公季も確かに道長時代を生きた人物であったが、道長の栄華の時期には老成した風貌の、もはや一時代前の人というイメージであったと思われる。『大鏡』の公季伝にもそれが投影しているのであろう。かかる公季像も道長時代の一群像として描かれるべき理由はあるが、さりとて伝に立ててまで叙述されるべき内容とも思われない。

　為光伝、公季伝は伝として立てられるべき実質を兼ね備えていないのである。にもかかわらず伝として立てられる理由は、先に述べたように、二人がともに太政大臣になったからであって、太政大臣重視の立場をとる『大鏡』は二人を立伝したということになろう。

五

さて、太政大臣重視の立場から伝として特立されたとおぼしき頼忠伝、為光伝、公季伝を除くと、一つのおもしろい事実に気づく。すなわち同じ世代で一人のみ伝として立てられている冬嗣、基経を措けば、良房・良相・長良、時平・仲平・忠平、実頼・師尹・師輔、伊尹・兼通・兼家、道隆・道兼・道長と必ず各世代、兄弟三人が伝として立てられていることである。

基経伝に、

御男子四人おはしましき。太郎、左大臣時平、二郎、左大臣仲平、四郎、太政大臣忠平。（中略）この三人の大臣たちを世の人「三平」と申しき。（六四〜六五）

とあり、世間の人々が時平、仲平、忠平を「三平」と称したことが記されており、また兼家伝には、

女院（詮子）の御母、北の方（時姫）の御腹の君達三所の御有様、申しはべらむ。昭宣公の御君達、「三平」と聞えさすめりしに、この三所をば、「三道」とや世の人申しけむ。えこそうけたまはらずなりにしか。（二〇一）

とある。「三平」とは世人がつけた呼称であるといっているが、道隆、道兼、道長についてはそれに倣って、「三道」とでも世の人が申したかも知れないが、その確証はないといっている。「三道」は『大鏡』作者が創出した呼称であったかも知れない。「三平」「三道」と称される兄弟は、いずれも同腹の兄弟で、しかも名前にそれぞれ「平」「道」がつくということから、ことさらかかる呼称でもって呼ばれているのであるが、『大鏡』には各世代三人の兄弟を歴史叙述の対象として見据える基本姿勢があって、それにいま述べた条件が重なって「三平」「三道」という呼称になってあらわれたと考えることもできよう。いうまでもなく、立伝された三人の兄弟は同腹である必要はない。実頼、師尹、師輔は同腹の兄弟ではなかった。だとすれば、冬嗣の八男、良世が伝として立てられていな

いことが再び問題になってくる。良世が伝として特立されないで、『大鏡』の歴史叙述から排除されている点から、『大鏡』の歴史認識あるいは歴史叙述の基本数〈三〉が透視されてくるのである。

各世代三人の兄弟を歴史叙述の対象として見据えることは、『大鏡』の歴史叙述あるいは歴史認識とどのように関わっているのであろうか。『大鏡』の大臣列伝は、伝の論理という点からみれば、三つに類型化できる（注12）。すなわち、ⓐ伝に立てられた人物およびその一族の人々の学問、教養、和歌的能力等のすばらしさ、つまり、どちらかといえば政治能力あるいは摂関政治において政治的勝利を導くのに不可欠と『大鏡』が見做している資性とは無関係なものが強調されている伝（良房、仲平、実頼、伊尹、道隆）、ⓑ伝に立てられた人物が政治的陰謀等の「悪事」を犯（冒）し、そのため子孫がふるわなかったとする伝（良相、時平、師尹、兼通、道兼）、ⓒ伝に立てられた人物が「魂」の点で優れ、怪異現象に遭遇してもそれを圧服する胆力を備え、それ故、一族の繁栄がもたらされたとする伝（長良、忠平、師輔、兼家、道長）となる。ⓐ・ⓑの二類型が傍流大臣伝の造型の仕方であり、ⓒが主流大臣伝のパターンである。主流、傍流の区別は『大鏡』の大臣列伝の構成の根幹となるものであって、既に述べたように、伝に立てられた傍流大臣の子孫が大臣になったとしても伝として特立されることはなく、主流大臣の子孫で大臣になった者のみが伝として立てられる点に顕著にあらわれているが、その区別はもっぱら子孫の繁栄の有無によって決定されるのであった。だから、ⓐ・ⓑ・ⓒの類型化された論理は、主流大臣のばあいは子孫が繁栄し、傍流大臣のばあいは子孫がふるわないことを理由づけるものとして立ちあらわれてくるのである。長良の世代では、良房伝がⓐ、良相伝がⓑ、長良伝がⓒ、時平の世代では、仲平伝がⓐ、時平伝がⓑ、忠平伝がⓒ、実頼の世代では、実頼伝がⓐ、師尹伝がⓑ、師輔伝がⓒ、伊尹の世代では、伊尹伝がⓐ、兼通伝がⓑ、兼家伝がⓒ、道隆の世代では、道隆伝がⓐ、道兼伝がⓑ、道長伝がⓒの論理でもって処理されている。各世代三つの伝が立てられていることは、その三つの伝が三つの類型化された論理で処理されていることと深く関わっていたのである。

六

各大臣列伝は、基本的にはⓐ・ⓑ・ⓒのいずれかの論理に沿う形で逸話を駆使して、伝に立てられた本人およびその子孫の人物像を結晶させていくのであるが、その人物像は必ずしも完全に論理と合致するのではなく、逸話そのものの話題性がせり出し、その結果、各伝が伝の論理を逸脱した異彩を放つ話柄を収めることにもなるのである。

道隆伝を例にとって考察してみよう。道隆伝はⓐの論理で処理されているとみなされるが、伝に立てられた道隆本人の人物像としては、酒豪で美貌の持ち主であったことが浮彫りにされ、ⓐのパターンに通有する、学問、教養等の点で優れているといった称讃はない。しかし、嫡男、伊周らの母、高内侍（高階貴子）は、「まことしき文者」（二〇八）であるといい、「女のあまりに才かしこきは、ものあしきと人の申すなるに、この内侍、後にはいといみじう堕落せられしも、その故とこそはおぼえはべりしか」（二〇八）といっている。女だてらにという限定が加えられているが、「才」と中関白家の没落との因果関係を認めている。また、「二位の新発（高階成忠、貴子の父）の御流にて、この御族は、女も皆、才のおはしたり」（二〇七）といっているように、道隆の子女はいずれも「才」の点で優れていたことが強調され、それを例示する逸話が導入されてもいる。さらにまた、伊周の配流を語るところでは、

されど、げに、必ずかやうのこと、わが怠りにて流されたまふにしもあらず。よろづのこと身に余りぬる人の、唐土にもこの国にもあるわざにぞ侍なる。昔は北野の御ことぞかし、など（世継が）言ひて、洟うちかむほどもあはれに見ゆ。この殿（伊周）も、御才日本には余らせたまへりしかば、かかることもおはしますにこそ侍りしか。（二一〇）

とあり、身に余る「才」が禍して、中関白家の没落を決定づける伊周の配流が引き起こされたとしている。そし

て、伝の掉尾において子孫がふるわなかったことを総括して次のようにいっている。

故関白殿（道隆）の御心掟いとうるはしく、あてにおはししかど、御末あやしく、御命も短くおはしますめり。（二二七）

「あて」については道隆の美貌を浮彫りにする逸話の中で「なほいとかはらかに、あてにおはせしかば」（二〇五）と評されていたのと照応し、道隆像の形容としてふさわしいと思われるが、「御心掟いとうるはしく」については唐突に持ち出された感があり、しかも、既に語られた道隆に関する逸話に描かれていた人物像と齟齬する面もある。すなわち、摂関賀茂詣のとき、通例は社前にて三杯御酒を飲むのであったが、道隆は下社において大土器にて七、八杯にも及び、下社から上社に至る道中、深酒のせいで眠り込んでしまい、上社に到着後、道長によっておこされる始末であったと語られていた。道隆のかかる失態を『大鏡』は、「御櫛・笄具したまへりける、取り出でて、つくろひなどして、降りさせたまひけるに、いささかさりげなくて、清らかにてぞおはしましし。されば、さばかり酔ひなむ人は、その夜は起き上るべきかは。それに、この殿の御上戸は、よくおはしましける」（二〇四）といって、批判的には扱っていないが、しかし、実頼を「御心うるはし」と評し、それを例示するために、稲荷神社の杉が自邸からみえるので、南面に髻を放ったままでは出ない生活ぶりを描いているところと比較するならば、「御心掟うるはし」という評言にはそぐわない道隆の行動であるといえよう。では何故、唐突に、しかも既述の内容と齟齬をきたすような評言が付け加えられているのであろうか。

『大鏡』における「うるはし」の用語例に即して考えていこう。「うるはし」は十九例用いられているが、そのうち人物の性格、資性を表すのに用いられているのは六例である。仲平、実頼、冷泉天皇、源雅信に対して用いられている。冷泉天皇については、その狂疾は元方、桓算供奉が物怪としてとりついているためであって、本当は「御心いとうるはしくて」（一四六）、政治を立派にとることができる資質の持ち主であったという文脈の中で用いられている。狂疾に対して「心うるはし」と用いられているのであるが、「心うるはし」が天皇の治世能力の一つと見做されてもいよう。一方、「心うるはし」は、誠実であるがきちんとしていて、融通がきかない、堅苦しいといった意味合いで用いられてもいる。雅信の性格について語るところの用例もその顕著な使用例である。すなわち、

兄殿（雅信）は、いと余りうるはしく、公事より外のこと、他分には申させたまはで、ゆるきたるところのおはしまさざりしなり。弟殿（重信）は、みそかごとは無才にぞおはしましましかど、若らかに愛敬づき、なつかしき方はまさらせたまひしかばなめりとぞ、人申しし。（三一二）

とある。村上天皇は雅信、重信兄弟を重用したが、どちらかといえば弟重信を寵遇したその理由づけを性格の面から行っている。当該例は「余り」という副詞が付されているから断定はできないけれども、「うるはし」と評される資性は実務処理能力としては高く評価されているものの、「ゆるきたるところ」がなく、堅苦しいというマイナスイメージが伴っているといえないだろうか。

時平、仲平、忠平に対する高麗人の観相を語るところにも、

時平の大臣をば、御かたちすぐれ、心魂すぐれかしこうて、日本には余らせたまへり。日本の固めと用ゐむに余らせたまへりと相しまうししは。枇杷殿（仲平）をば、あまり御心うるはしくすなほにて、へつらひ飾りたる小国には、負はぬ御相なりと申す。貞信公（忠平）をば、あはれ、日本国の固めや、永く世をつぎ門ひらくこと、ただこの殿と申したれば、我をあるが中に才なく、心諂曲なりとかく言ふ、はづかしきことと仰せられけるは。（三四〇〜三四一）

とある。いわゆる昔物語の一節であるが、大臣列伝の三人の伝とそれぞれ照応する観相内容となっている。時平の「心魂すぐれかしこうて」は、時平伝の

あさましき悪事を申し行ひたまへりし罪により、この大臣（時平）の御末はおはせぬなり。さるは、大和魂などはいみじくおはしましたるものを。（七六）

という評言や、大和魂（心魂）のすばらしさを証す逸話の導入と響き合う。仲平の「あまり御心うるはしくすなほにて」は、仲平伝の

この殿の御心まことにうるはしくおはしましける。皆人聞き、知ろしめしたることなり。申さじ。（八〇）

と照応し、忠平の「永く世をつぎ門ひらくこと」も忠平伝の子孫の栄達に触れるところで発せられた讃辞、「いみじかりし御栄花ぞかし」（八一）といった表現と呼応している。このように、昔物語において、一門の栄華を導いた忠平と対比して仲平の性格が「心うるはし」であるといわれている点に注目すれば、仲平のかかる性格が子孫の繁栄を阻碍する要因であったと『大鏡』がみているということになろうか。そのばあい「心うるはし」には否定的な響きが伴っているということになる。ところが、「心うるはし」という仲平の性格に対する評価じたいには、観相とはいえ、「へつらひ飾りたる小国には、負はぬ御相なり」といっているのであるから、マイナスイメージはない。「心うるはし」であるけれども、かかる資性が発揮される場が現実にはないことをいうことで、忠平との対比もあって子孫が繁栄しなかったことを含意させる処理方法であったというべきか。昔物語と仲平伝との照応関係を認めるならば、仲平伝の掉尾の「御心まことにうるはしく」は、単なる人物評ではなく、仲平一門が繁栄しなかった理由の提示として読め、その直前に示されている「御子持たせたまはず」（七九）と一門の不振を語っている――事実は、良相の長男、常行が大納言・右大将まで昇り、四十歳で薨じている――のと相俟って、先に述べたⓐの論理の顕在化と捉えることができよう。仲平の性格を「心うるはし」と規定することと仲平の歌才を明らかにする逸話でもって伝を形造ることは、実はともにⓐの論理の顕化であったのである。実頼の性格も「何ごとにも有識に、御心うるはしくおはします」（八四）と評され、仲平伝同様、実頼伝が学問、教養、

その他諸々の才能を際立たせる逸話でもって構成されていることと不可分の関係になっている。だとすれば、道隆伝の掉尾において道隆に対して「御心掟いとうるはしく」という人物評が道隆の人物造型と齟齬をきたす格好で唐突に付加されているのも、仲平伝や実頼伝同様、ⓐの論理の顕在化とみることができよう。このばあいも、「御心掟いとうるはしく」という積極的評価が、逆接関係で子孫の不振、自身の短命という結果と連接している文脈に注意したい。逆接関係から「心掟いとうるはし」ければ、子孫の繁栄、自身の長寿が保証されるという理屈が透き見えてくる。しかし、かかる理屈通りには実際の歴史が展開しないのを「あやしく」と簡単に認め、現実肯定的に処理するだけで、「心掟いとうるはし」という評価の再吟味や理屈じたいの検証に立ち戻ってはいかないところから逆に、「心掟いとうるはし」と評価することが、動かし難い藤原北家主流の繁栄という事実をふまえた、パターン化された歴史認識の型通りの適用であったことを窺知するのである。「心うるはし」は、治者能力の一面として評価する際に用いられる一方、子孫が繁栄しないことの理由づけにも用いられる、『大鏡』のパターン化された歴史認識の一端を示す鍵語であるといえよう。

以上みてきたように、道隆伝の掉尾で道隆の人物造型と齟齬するような「心掟いとうるはし」という人物評がことさらなされていたのは、道隆の子孫がふるわなかったことを理由づけるための付加であり、道隆伝を基底で支える論理の顕化であったのである。また、各伝に導入される本人および子孫の逸話は基本的にはパターン化された伝の論理を顕現させる内容を持つが、道隆伝における道隆造型は、伝の論理と齟齬する側面を孕んだ逸話でもってなされ、そのためかえって型にはまらない生々とした人物形象が可能になってもいた。引用は控えるが、隆家の「魂」を印象づける逸話を用いた人物形象も道隆伝の論理からは逸脱し、個性的な光彩を放っている。そのうちのひとつには道長が登場し、俊賢が立ち会っており、道長至上主義の縛りも見受けられる。道長至上主義の縛りといえば、道長に圧倒されるいくつかの逸話を導入してなされる伊周の人物形象にも見られるのである。

七

さて、如上のように、三つの類型化された論理は子孫の繁栄の有無を理由づけるものとしてせり出し、主流、非主流を決定づけるのであった。したがって、これら三つの論理は、大臣列伝の配列を支える系譜とともに道長に至る藤原北家の主流の系脈を明らかにするものといえよう。『大鏡』の太政大臣重視の姿勢は固有の摂関時代史観のあらわれとして注目されるが、その太政大臣重視の立場から特立されたと思しき頼忠伝、為光伝、公季伝を除くならば、各世代三人の兄弟を伝として立てていることになる。このこととそれら三つの類型化された伝の論理とは偶然の数字的一致などではおそらくなく、両者表裏の関係にあり、『大鏡』の類型的な歴史叙述をもたらしたとみられる。別言すれば、『大鏡』は、かかる類型的な歴史叙述をとることによって、道長に至る藤原北家の主流の系脈を明らかにすることができたのである。だから各伝に導入される逸話は基本的には伝の論理に従って意味付けされるのであるが、中には伝の論理から逸脱し、独自な光彩を放つものもある。また、道長を当事者として登場させたり、あるいは道長の証言を導き入れたりすることによって逸話を道長至上主義から意味づけるばあいもあるのである。このように、逸話に対する意味付与がいかなる角度からなされているか、その一つ一つを検証していくことが、『大鏡』の歴史叙述の本質を解き明かすことになるのであるが、各伝の逸話に対する意味付与の在り様についての詳細な検討は、今後の課題としたい。

(1)　芳賀矢一『歴史物語』(冨山房、昭和三年十月)

（2）加藤静子『王朝歴史物語の生成と方法』（風間書房、平成十五年十一月）
（3）「大鏡構成と怪異現象」（「人文研究」三六巻、昭和五十九年十二月）
（4）『歴史物語の史実と虚構――円融院の周辺――』（桜楓社、昭和六十二年三月）
（5）橘健二『日本古典文学全集　大鏡』（小学館、昭和四十九年十二月）
（6）福田景道「『大鏡』構想の二重性をめぐって」（「文芸研究」第一一六集、昭和六十二年九月）は、摂関の志向と太政大臣の志向とが併存するとし、構想の問題として処理している。
（7）橋本義彦『平安貴族』（平凡社、昭和六十一年八月）、山中裕『平安人物志』（東京大学出版会、昭和四十九年十一月）
（8）良房伝には、太政大臣在任年数という形ではなく、良房が太政大臣になったことが記されているが、これは良房が人臣ではじめて太政大臣になったため特記されたものと考えられる。福田氏は注（5）前掲論文において任太政大臣と任摂政とが併記されていることを捉え、両者の志向が表面化したものと考えている。
（9）伝にたてられた人物についての考察については、松本治久『大鏡の構成』（桜楓社、昭和四十四年九月）の精緻な考証から多大な恩恵を受けている。
（10）松本治久『大鏡の構成』、同『大鏡の主題と構想』（笠間書院、昭和五十四年十一月）
（11）昔物語には、源雅信、重信兄弟のように公事に精通した有識の人が「このごろ」（一条朝～後一条朝）いないわけではないといって、斉信、公任、行成、俊賢をあげている。昔物語では斉信は注目されている。天皇紀・大臣列伝と昔物語の歴史の捉え方の差違をここにみることができるか。
（12）第Ⅱ部第四章。西比呂子「『大鏡』大臣列伝の物語構造」（「名古屋大学国語国文学」六一号、昭和六十二年十二月）においても詳細な検討がなされている。

第三章　藤氏物語の位相

——光孝・宇多天皇の位置づけ——

一

『大鏡』は藤原道長の栄華の頂点である後一条天皇の御代、万寿二年（一〇二五）に語りの時点を設定し、語り手たちの体験史として道長に至る過去の歴史を遡及的に再構成する。すなわち道長の栄華によって過去の出来事が濾過され、意味づけられていく。序において語り手の大宅世継が道長の栄華の卓絶性を明らかにすることを語りの眼目のひとつにあげているように、その語りを通して再構成される歴史は、道長に至る様々な出来事のあいだに横たわる因果の連鎖やその背後に潜流する歴史の必然を闡明することをはじめから放棄している。確かに、天皇紀は第五十五代文徳天皇から第六十八代後一条天皇まで即位順に構成され、大臣列伝も冬嗣から道長まで、おおむね藤原北家主流の系譜をたどる形で配列されて、叙述は過去から現在という方向でなされ、両者を相補的に結び合わせれば、藤原北家発展史の様相を呈するけれども、実のところ、道長の栄華の由因の最たるもの、天皇の外祖父、外舅となること、すなわち後見、外戚関係が天皇と藤原北家主流とのあいだで代々築かれてきたことを確認することに主眼が置かれていた。『大鏡』は道長に至る藤原北家発展史というよりは、それを支える歴史的コンテクストを前面に押し出している。

天皇紀が文徳天皇（母は冬嗣女、順子）から、大臣列伝が冬嗣から始まるのも、道長が後一条天皇の外祖父であったが、それと同じ関係を、過去に遡って冬嗣と文徳天皇のあいだに見出したからである。第五十二代嵯峨天皇の信任を得て、台閣の首班にのぼり、藤原北家発展の基礎を築いた冬嗣を大臣列伝の始発に据えることは理由なしとし得ないが、藤氏ではじめて太政大臣に任じられ、人臣摂政の初例となった良房、あるいははじめて関白の地位に就いた基経から大臣列伝を始めることもあり得たであろう。大臣列伝が太政大臣列伝の性格を持っていること（注1）を考えれば、大臣列伝の最初に据えられるのは良房がふさわしい。しかし、『大鏡』は良房ではなくて、極官が権中納言で大臣にものぼっていない、良房の兄にあたる長良を藤原北家主流に位置づけ、しかも基経はもっぱら第五十八代光孝天皇即位の功労者として評価する。一方、天皇紀のはじめに据えられた文徳天皇紀は、天皇の資性や治世を描き出すことはほとんどなく、そこに記される情報の数々は、その掉尾に母、順子に関わって付随的に記される、『伊勢物語』五段に取材したとおぼしい逸話を除けば、『大鏡』天皇紀・大臣列伝の歴史叙述のコンテクストを形作る基本要素であった。また文徳天皇が即位したときには冬嗣はすでに亡くなっており、道長のように外孫の治世を主導することもなかった。冬嗣伝で強調されるのは、冬嗣が文徳天皇の外祖父であることの一点につきるといってもよかろう。そもそも藤原北家主流の認定そのものが、道長を起点にして系譜を過去に遡ることによってなされ、藤原北家発展に功績のあった人物が必ずしも主流に位置づけられていないのである（注2）。『大鏡』の天皇紀・大臣列伝が曲がりなりにも藤原北家発展史と見なせるのは、『大鏡』にとって自明の前提であった道長の栄華の卓絶性とその由因を、道長を起点として遡源的に設定される史的系脈（『大鏡』の認定する藤原北家主流）のなかで、他の主流に位置する人物との比較をとおして確認しようとするからである。

二

『大鏡』は天皇紀余談（大臣列伝序説）に、

大織冠（鎌足）より始めたてまつりて申すべけれど、それは余りあがりて、この聞かせたまはむ人々も、あなづりごとにははべれど、何ごとも思さざらむものから、言多くて、講師おはしなば、こと醒めはべりなば、口惜し。されば、帝王の御ことも、文徳の御時より申して侍れば、その帝の御祖父の、鎌足の大臣より第六にあたりたまふ、世の人は藤左子とこそ申すめれ、その冬嗣の大臣より申しはべらむ。（五四）

と、大臣列伝を冬嗣から語り始める理由を予め示している。その理由は天皇紀が文徳天皇から始めたのに合わせるということであった。序において天皇紀も神武天皇から始める構想があったことを示していた。ただそれも、『栄花物語』の冒頭の表現によっているとも見られ、歴史叙述の始発に際して用いられる定型的表現のバリエーションのひとつと見なせば、そういう構想があったと推定する根拠にはならないかもしれない。それはともかく、大臣列伝も藤氏の始祖、鎌足から始めるのも選択肢のひとつであったことがここにはしなくも示されている。それが後に企てられて、かたちとなったのが藤氏物語である。

道長伝において道長の強運を証し立てる逸話群を語り終えた後、

それ（道長の強運）もまたさるべく、あるやうあることを、みな世はかかるなんめりとぞ人々思しめすとて、有様を少しまた申すべきなり。（二六六）

と、突然、過去に遡って、鎌足から頼通に至る十三代の藤氏主流の系脈〈鎌足―不比等―房前―真楯―内麿―冬嗣―長良―基経―忠平―師輔―兼家―道長―頼通〉が簡単に辿られる。

この四家より、あまたの、さまざまの国王・大臣・公卿多く出でたまひて栄えおはします。しかあれど、北家の末、今に枝ひろごりたまへり。その御つづきを、また一筋に申すべきなり。絶えにたる方をば申さじ。人ならぬほどの者どもは、その御末にもや侍らむ。この鎌足の大臣よりの次々、今の関白殿（頼通）まで十三代にやならせたまひぬらむ。その次第を聞しめせ。藤氏と申せば、ただ藤原をばさ言ふなりとぞ人は思さるらむ。さはあれど、本末知ることは、いとありがたきことなり。（二七一）

とその歴史語りの方針が示され、これと首尾呼応する格好で、それを語り終えたところに据えられている、

この四家の君たち、昔も今もあまたおはしますなかに、（北家が）道絶えずすぐれたまへるはかくなり。（二七五）

の発言から窺知されるように、不比等の死後、藤氏は四家に分かれるが、そのなかで北家が繁栄することを明らかにしようとする。この藤氏主流の系脈のなかで冬嗣は、頼通を除いて他が簡略な記事であるのに対して、

この殿（冬嗣）より次、さまざま明したれば、こまかに申さじ。鎌足の御代より栄えひろごりたまへる御末々、やうやう亡せたまひて、この冬嗣のほどは、むげに心細くなりたまへりし。その時は、源氏のみぞさまざま大臣・公卿にておはせし。それに、この大臣（冬嗣）なむ南円堂を建てて、丈六不空羂索観音を据ゑたてまつりたまふ。（二七三）

と付言されているように、藤氏中興の祖、北家発展の祖と位置づけられ、重視されている。頼通に関して待望の男子、通房が誕生したことを寿ぐ逸話を配し、北家が将来にわたって繁栄することを予示している（二七四〜二七五）のと照応している。しかも、冬嗣の藤氏再興と南円堂建立とが関連づけられ、藤氏物語において後に展開される北家主流による寺院建立の歴史——鎌足の多武峰、不比等の山階寺、基経の極楽寺、忠平の法性寺、師輔の楞厳院、道長の浄妙寺ならびに法成寺——を先取りして、その一部を成している。流布本系は先引の記事に続けて、次の文章を増補して、冬嗣が藤氏中興の祖であること、「仏経の力」によって藤原北家が「帝の御後見」たる地位を保証されて、子々孫々繁栄を保っていくことをいっそう明確にしている。

さて、やがて不空羂索経一千巻供養じたまへり。今にその経ありつつ、藤氏の人々とりて護りにしあひたまへり。その仏経の力にこそ侍るめれ、また栄えて、帝の御後見今に絶えず、末々せさせたまふめるは。その供養の日ぞかし、異姓の上達部あまた日のうちに亡せたまひにければ、まことにや、人々申すめり。（注3）

このように藤氏物語は大臣列伝が語らなかった藤氏の歴史、正確に言えば、冬嗣前史を補完するとともに、冬嗣を藤氏中興の祖、藤原北家発展の祖とすることによって大臣列伝が冬嗣から始められたことの理由を事後的に補足説明しているといえよう。しかし、藤氏物語は大臣列伝の補完機能を担うだけではなく、多様な歴史叙述への志向が窺える。藤氏物語は整序された歴史叙述には程遠く、その位相を明らかにすることは困難を伴うけれど、如上のような鎌足から始まる藤原（北家）発展史の他に、次節で扱う后妃・外祖父列伝や北家主流による寺院建立の歴史などが混在している。それらは天皇紀・大臣列伝が構想される段階ではその中に取り込まれるべく用意されていたけれども、天皇紀・大臣列伝に一貫する歴史の据え方や歴史叙述のシステムが優先されたために排除されたものか、あるいは別角度から歴史を再対象化すべく新たに着想されたものか、意見の分かれるところであろう。

保坂弘司氏は、大臣列伝を語り終えたところで、大臣列伝を充実させるために藤氏物語が、天皇紀を補完するために昔物語がそれぞれ新たに構想されたとし（注4）、後者の考え方をとる。保坂氏の論を受けて、松村博司氏は、『桑華書志』の「古蹟歌書目録」に「大鏡五巻又二帖」とあるのをふまえて、『大鏡』の原型は序・天皇紀・大臣列伝から成る五巻とし、その第五巻（東松本「太政大臣道長上」のうち藤氏物語を除く部分にほぼ相当する）が改作され、藤氏物語が加わって新たな第五巻となり、さらに昔物語が新作増補され第六巻（東松本「太政大臣道長下」）となったと推考した（注5）。両氏の決定的な違いは、保坂氏が藤氏物語も昔物語も作者は天皇紀・大臣列伝のそれと同人とするのに対して、松村氏は別人による改作、増補とする点であるが、両氏とも成立、構想の問題として理解されている。

しかし、藤氏物語、昔物語は天皇紀・大臣列伝の付け足し（増補）などではなく、天皇紀・大臣列伝と一体のものと考えられる。序において雲林院の菩提講という舞台を用意し、そこに語り手たちを登場させて始まる歴史語りは、語り手たちの退場をもって終われば、首尾呼応する完結した歴史叙述となろう。その結末が昔物語のおしまいに置かれている。菩提講の開始によって世継らの歴史語りは終わり、菩提講の途中、突如、騒動が起こり、説教は中止され、世継ら語り手の姿は見失われる。禎子内親王に近侍する聴衆の一人――筆録者あるいは菩提講における古老の語りを忠実に再現する語り手とおぼしい――は、最大の関心事である禎子内親王の将来に関する詳細を聞くことができなかったという。また歴史の未来に対する歴史家の責任の取り方として藤氏物語の掉尾に禎子内親王の繁栄を予言する世継の夢見が据えられているとすれば（注6）、藤氏物語も『大鏡』の歴史叙述の完成度を高めるために大きな役割を担っている。だとすれば、藤氏物語や昔物語で繰り返される道長に至る歴史叙述も、新たな構想の下になされたというより、天皇紀・大臣列伝に多様な歴史再現の可能性が内在していたが、天皇紀や大臣列伝の方針に規制されてかたちにならないままに終わってしまったものがおのずと分泌されたと捉える方が、『大鏡』の内実にかなうのではなかろうか。

三

藤氏物語の中途に藤氏主流による寺院建立の歴史に割り込むように、

同じことのやうなれども、またつづきを申すべきなり。后宮の御父・帝の御祖父となりたまへるたぐひをこそは明し申さめ。（二七七）

と切り出されて、三后（贈后を含む）の父でしかも天皇の外祖父となった藤氏の人々が列挙されている。鎌足、不比等、冬嗣、長良、総継、高藤、基経、師輔、伊尹、兼家、道長が、三后となった娘、帝位についた外孫の名とともに記された、后妃・外祖父列伝のための構想メモのようなものである。以下概略を示す。

鎌足――氷上娘、五百重娘――帝、東宮立たず
不比等――宮子娘、安宿媛――聖武天皇、孝謙（称徳）天皇（宮子娘を「光明皇后」とするは誤り。安宿娘は「皇后」が正しく、「贈后」とするは誤り）
冬嗣――順子――文徳天皇
良房――明子――清和天皇
長良――高子――陽成天皇
総継――沢子――光孝天皇
高藤――胤子――醍醐天皇
基経――穏子――朱雀天皇、村上天皇
師輔――安子――冷泉天皇、円融天皇
伊尹――懐子――花山天皇
兼家――詮子、超子――一条天皇、三条天皇
道長――彰子、妍子、威子、嬉子――後一条天皇、東宮敦良親王

後見、外戚関係は外舅が除かれ外祖父に特化されていることが注目される。外祖父に限定するのは、大臣列伝が冬嗣から始まるのと同様に、おそらく後一条天皇の即位が外祖父、道長の栄華の主たる由因と捉える理解によるのであろう。しかも、鎌足は、

一、内大臣鎌足の大臣の御女二人、やがて皆、天武天皇に奉りたまへりけり。男・女親王たちおはしましけ

れど、帝・東宮立たせたまはざめり。（二七八）

と、天皇との外戚関係を築くことには成功しなかったとするが、なお藤氏の始祖の資格でその名が挙げられているとおぼしい。その意味では、藤氏物語の歴史叙述の枠組が堅持されている。しかし、鎌足から頼通に至る十三代の藤原北家の主流の系脈と比べてみると、房前、真楯、内麿が抜け落ちているし、大臣列伝、藤氏物語がともに対象化する冬嗣以後は、良房、総継、高藤、伊尹が加わっている。良房、伊尹はともかく、総継、高藤は藤原北家の末流で、大臣列伝が認定する藤原北家の主流からはずれていたし、そもそも伝に立てられていない。総継は没後、高藤は存世中というう違いはあるものの、天皇の外戚とはなるが、外戚の権の帰趨には関わっていない。総継女、沢子が第五十八代光孝天皇を、高藤女、胤子が第六十代醍醐天皇をそれぞれ生んだことを重視する処理であった。大臣列伝で北家主流に位置づけられている忠平が抜け落ちていることがとりわけ注目される。忠平は娘、貴子を東宮保明親王妃としたが、保明親王は病没し、忠平は天皇の外祖父にはならなかった。また一方、藤氏物語の枠組は出自が皇族、他氏族、藤氏も四家分立以後の北家以外の他家の后妃を排除するために、その母后から生まれた天皇は結果的に抜け落ちてしまうことになる。房前以後の北家沈滞期の天皇はもとより、冬嗣以降でいえば、第五十九代宇多天皇（母后は仲野親王女、班子女王）がそれである。それでは天皇紀で曲がりなりにも実現されている天皇を基軸にした歴史叙述の伝統とも折り合いがつかなくなってしまう。天皇紀と大臣列伝は、両者の相補性——たとえば天皇紀の母后の系譜記述と大臣列伝の娘たちに関する系譜記述が響き合う関係、あるいは天皇紀が文徳天皇から始発するのに合わせて、大臣列伝は冬嗣から始めることなど——を配慮しつつ、それぞれの完結性も担保されている。天皇紀・大臣列伝は、藤氏物語から逆照射すると、藤氏物語にその痕跡をとどめる后妃・外祖父列伝の構想を具現しつつも、かなり整序された歴史叙述となっていることが知られる。

ところで、班子女王といえば、語り手、大宅世継が召使として仕えていた（序・一四）。昔物語によれば、世継は幼少の頃、宇多天皇の父、光孝天皇（時康親王）が即位する以前、式部卿であった折、親王御所（小松御所）の傍らに住んでいたために、常に御所に参り遊んでいたという。また宇多天皇（定省王）の鷹狩りに――その折に王は賀茂の託宣を受け、即位後、賀茂の臨時祭が始まった――世継は供奉している。世継と班子女王、光孝天皇、宇多天皇との深いつながりが知られる。歴史語りにおいて語り手の素性を予め明示することは、その後に展開する語りの内容と密接に関連し、歴史叙述のコンテクストを形造る。ところが、世継に番わされるもう一人の語り手、夏山繁木――繁木は忠平が蔵人少将であったとき、小舎人童として仕えていた（序・一四）――も含めて、語り手の素性と天皇紀・大臣列伝における歴史語りの内容との相関がぼやけてしまっている。それは、天皇紀・大臣列伝がもっぱら世継の一人語りとなっていて、繁木は、忠平に関わる話題については感傷に浸る言動が点描されているが、世継の聞き役に徹していたからである。むしろ、世継、繁木に関する人物の輪郭や二人が歴史語りに果たす役割が具体性をともなって明確になってくるのは、昔物語においてである。

とはいえ、天皇紀・大臣列伝が構想されるとき、おそらく班子女王に仕えた語り手、世継に課せられる固有の役割は想定されていたであろう。世継に付与されたもう一つの経歴、すなわち清和天皇の退位の年、貞観十八年（八七六）に生まれ、第五十六代清和天皇から第六十八代後一条天皇までの十三代の御代に会ったことのほうが余程、語り手の体験史として歴史を再現するという歴史叙述の方針にかない、有効に働いている。しかも世継の生年を貞観十八年とすれば、すくなくとも文徳天皇、清和天皇の二代は体験史の埒外となる。それを解決すべく、語りの現在時（万寿二年（一〇二五））、世継は百五十歳であるにもかかわらず、百九十歳と設定され、かえって生年と語りの現在時の年齢とのあいだに矛盾をきたしていた。このように語り手の人物像が歴史語りの内容との整合性に配慮して可変的に造型されていることを念頭に置けば、世継が班子女王ゆかりの人物である設定は天皇紀・大臣列伝では十全に発揮されなかったが、かかる設定をふまえた歴史語りの志向があったことが逆に明らかになってくる。

四

序に記される、繁木が自身と世継の素性を語るくだりを見よう。

おのれは、故太政大臣貞信公（忠平）、蔵人少将と申しし折の小舎人童、大犬丸ぞかし。ぬしは、その御時の母后宮（班子女王）の御方の召使、高名の大宅世継と言ひはべりしかしな。（一四）

忠平が蔵人少将であった官歴および時期は不明であるが、少将は正五位下あるいは従五位上、下に叙された後、おおよそ一、二年を経ずして任官されるのが当時の通例であったことが『公卿補任』の尻付から知られるので、忠平が蔵人少将であったとすれば、五位の蔵人ということになるし、忠平が正五位下となった寛平七年（八九五）八月十一日（注7）からほどなくのことであろう。つまり、宇多天皇の御代の終わりから醍醐天皇の御代のはじめのころの地位ということになる（注8）。「その御時」を宇多天皇の御代とすれば、「母后宮」は班子女王のことを指す。しかし班子女王が「后宮」と称されるにふさわしい地位（皇太后）となるのは、醍醐天皇（班子女王は醍醐天皇の祖母）の践祚を待たなければならなかった。宇多天皇の践祚に伴って皇太夫人となり、中宮と称されるが、それまでは后ではなかった。所生の皇子が即位し、天皇の生母として皇太夫人となった藤原順子（冬嗣女、文徳天皇母）や藤原高子（長良女、陽成天皇母）も、文徳天皇紀、陽成天皇紀において「后に立った」とされているので、班子女王も皇太夫人となったことをもって皇后と見做しているのであろう。宇多天皇の御代に照準を合わせて、語り手の素性が示されている。

大宅世継、夏山繁木という語り手たちに対する命名からも、世継の役割がもっぱら朝廷の歴史を語ることであり、繁木に課せられた役割は藤氏の繁栄を語ることであったことが容易に想像される。二人がそれぞれ皇族出身の班子女王、北家主流に位置する忠平に仕えていたという経歴に関する設定と見合っている。班子女王と忠平とのあいだには、一見したところ、関係がないかのように思われるが、しかし両者のあいだに宇多天皇を置くことによって、両者の関係が具体性を帯びてくる。班子女王は宇多天皇の生母であり、忠平が執政者となった背景には宇多上皇の信任があった。語り手たちは宇多天皇の周辺に求められていることが知られる。

何故、宇多天皇周辺に求められるのか。それを解く鍵は基経伝にある。基経伝は、基経女、穏子が醍醐天皇の中宮となり、第六十一代朱雀天皇、第六十二代村上天皇を生んだことを確認し、基経を藤原北家の主流の系脈に位置づけるとともに、基経の母、乙春と光孝天皇の母、沢子が姉妹である関係（ともに総継女）によって、陽成天皇を廃した基経が次の天皇に光孝天皇を推戴したことを語り、

帝（光孝天皇）の御末もはるかに伝はり、大臣（基経）の末もともに伝はりつつ、後見まうしたまふ。さるべく契りおかせたまへる御仲にやとぞ、おぼえはべる。（六三）

と結んでいる。基経が、冬嗣以来〈文徳―清和―陽成〉の直系皇統と築いてきた後見、外戚関係を、光孝天皇に始まる新皇統と新たに切り結んでいく契機になることが強調されている。実は、光孝天皇は中継として登極した。自身も一代限りであることを恩人、基経に示すべく、即位後、斎宮、斎院とすべき内親王を除き、すべての皇子女を臣籍に下した。光孝天皇は在位四年で崩御するが、臨終の間際、皇位を子息の源定省に譲りたいという天皇の希望を基経が受け入れて、源定省の親王宣下、立太子、受禅をわずか二日で執り行った。こうして光孝天皇は一代限りの傍系天皇から新たな直系皇統の始発に位置することになる。宇多天皇紀において世継が、

この帝（宇多天皇）の、ただ人になりたまふほどなど、おぼつかなし。よくもおぼえはべらず。（二九）

と語り、『大鏡』が如上の事情にはあえて触れようとはしないのは、宇多天皇の皇位継承者としての正統性に直結するからであろう。その直後には「この帝の、源氏にならせたまふこと、よく知らぬにや」（二九）とある。「よ

く知らぬ」の主語は前文とのつながりからすれば世継ととる他はなく、その後に語られる、源定省が陽成天皇の神社行幸において舞人として奉仕したという話題を含めて後人の補筆となろう。定省の生母、班子女王に仕えていたという世継の素性との齟齬が露わになるために、ことさら触れまいとする『大鏡』の姿勢を理解しない後人のさかしらというべきだろう。また続けて、

位に即かせたまひて後、陽成院を通りて行幸ありけるに、（陽成院が）「当代（宇多天皇）は家人にあらずや」とぞ仰せられける。さばかりの家人持たせたまへる帝もありがたきことぞかし。（二九〜三〇）

とある。これも宇多天皇の正統性を問うことになりかねない話題であり、「さばかりの家人持たせたまへる帝もありがたきことぞかし」と、それを表面化させないように取り繕っている。実は、陽成天皇の次の帝を決定する陣定で源融が「近き皇胤をたづねば、融らも侍るは」（六二）と自薦したのに対して、基経が臣籍に下った者が皇位についた先例がないことを理由に拒否したことを語る、基経伝にみえる逸話も、宇多天皇の正統性をゆるがす勢いを伏在させている。そのため宇多天皇は正統性を強化すべく、皇権の伸長を図り、とりわけ阿衡事件を境にして基経に対する反発を強め、藤氏の勢威を抑制するための方策を講じるとともに、菅原道真を登用して藤氏に対抗した。『大鏡』はそれについては語ることはない。しかし、その結果、時平による菅公左遷を招くことになるが、時平伝の過半を占めて詳述される菅公左遷は、かかる歴史的コンテクストをふまえれば、宇多天皇の正統性の問題の根深さを証しているともいえる。

先述のように、藤氏物語に見える后妃・外祖父列伝には天皇紀で扱われる天皇のうち、唯一、宇多天皇が抜け落ちていたけれど、それは宇多天皇の生母が皇族出身であることによるが、皇族出身者を母とする宇多天皇をどのように扱うかの問題とともに、如上のような宇多天皇の正統性に関わる問題と天皇紀・大臣列伝は向き合わなければならなかった。宇多天皇を抜きにして天皇紀を形造ることはあり得ないとすれば、それをどのように解決

するか、『大鏡』に突きつけられた大きな課題であった。そのとき案出されたのが班子女王に仕える語り手、世継であり、忠平に仕える繁木であったとおぼしい。二人の語り手にとって、とりわけ世継にとって宇多天皇即位は主家の慶事として一途に讃仰すべき出来事であって、母が藤氏出身でないことは問題にもならないし、宇多天皇の正統性に疑問を差し挟むことはあり得ないからである。こうして宇多天皇は天皇紀・大臣列伝に相応に位置づけられた。藤氏物語の后妃・外祖父列伝において北家主流では忠平が、天皇では宇多天皇が抜け落ちていたのと、二人の語り手がそれぞれ忠平、宇多天皇ゆかりの人物であることは単なる偶合とは思えないのである。

五

昔物語は光孝天皇践祚の想い出から語り起こされている。天皇紀が文徳天皇から書き始めるのとは異なっている。昔物語はおおよそ御代ごとに諸芸風流譚を布置して構成されている。諸芸風流がそれが行われたそれぞれの天皇の御代に対する評価基準として用いられている。この点でも昔物語は藤原北家との外戚関係を重視する姿勢で貫かれている天皇紀と相貌を異にする。また、先述したように、序において班子女王に仕えていたとされていた世継が、実は班子女王の夫である光孝天皇ならびに班子女王所生の宇多天皇とも、世継の家が小松御所の傍らにあった縁で主従関係を結んでいたことが示される。読者に違和感を覚えさせない程度に語り手像に肉付けがなされている。光孝天皇践祚の想い出に続けて、宇多天皇が鷹狩りに出かけた際、賀茂の託宣を受けて、登極後、天皇が賀茂臨時祭を創始したことを語り、天皇紀・大臣列伝ではあえて触れようとしなかった宇多天皇の正統性を賀茂の明神の神意によって根拠づける。それと併記されるかたちで石清水八幡臨時祭が朱雀天皇の御代に始められる起源譚を配置し、

朱雀院生まれおはしまさずは、藤氏の御栄え、いとかくしもはべらざらまし。（三〇四）

と、ことさら朱雀天皇誕生と藤氏（北家）繁栄とを結びつける言辞を付け加えているのは、朱雀天皇の御代を執政として支えた忠平の存在を浮上させる語り口に他ならなく、このくだりを語るのは世継であったが、繁木が忠平に仕えていたと設定されている作品内コンテクストが機能していると見て誤りなかろう。昔物語は、二人の語り手の素性を介して浮上する宇多天皇——光孝天皇を含めてもよかろう——と忠平の関係を顕化させる方向でその歴史叙述が開始される。

しかも、昔物語のおしまいに、語り手たちの退場を語った後、朝覲行幸の際、鳳輦を階下に寄せることの由来を語る。

まことまこと、帝の、母后の御もとに行幸せさせたまひて、御輿寄することは、深草（仁明天皇）の御時よりありけることこそ。それが先は降りて乗らせたまひけるが、后宮（仁明天皇母、橘嘉智子）、「行幸の有様見たてまつらむ。ただ寄せて奉れ」と申させたまひければ、その度さておはしましけるより、今は寄せて乗らせたまふとぞ。（三四七）

この記事について『新編日本古典文学全集　大鏡』は、次のような頭注を付している。

この末尾の段は、『大鏡』本来の記事ではなく、後世何かの事情で付加されたと考えられてきた。ただし、つくり物語の「…とぞ」という聞き書きの手法を模倣して閉じたとも考えられる。その場合、光孝天皇践祚の話から始まり、父仁明天皇にもどし、かつ天皇と母后の話（それは一品宮禎子と後三条との関係に移し変られる）を加えて閉じたと解せよう。

この記事が後人の付加か、据わりが悪いけれどももともと『大鏡』にあったものか、判断を保留しているが、校注者はおそらく後者の立場を支持しているとおぼしい。後者とするならば、俄然、昔物語の位相が明確になってくる。すなわち、光孝天皇の父、仁明天皇まで遡って、〈仁明天皇—光孝天皇—宇多天皇〉という皇統譜を確認させることをとおして、光孝天皇に始まる新皇統の正統性を明らかにするのが昔物語の目指すところであったと知られる。天皇紀・大臣列伝が問うことを回避した宇多天皇の正統性の問題に対して一定の回答を与えている。ただし、当該記事が天皇と母后の話であるから、一品宮禎子内親王と後三条天皇の関係に移し換えられるという指摘は、にわかには賛同しかねる。

歴史的コンテクストを参照すれば、藤氏物語や昔物語の歴史叙述の内質をふまえる必要があろう。後三条天皇は宇多天皇と同じく、皇族出身の女性を母とする。後三条天皇は執政、頼通と折り合いが悪く、二十年以上にわたって東宮にとどまり、廃太子の危機すらあったといわれている。後三条天皇の生母、禎子内親王は、道長の孫に当たり（母は道長女、妍子）、道長の存世中は道長をはじめ伯叔父の手厚い庇護を受けたが、道長薨後、禎子内親王の入った後朱雀天皇後宮に伯叔父の頼通、教通、頼宗が養女や娘を入内させ、そのため不遇をかこつことになるが、その不遇時代を乗り越えて、後三条天皇の登極後、女院となった。藤氏物語に禎子内親王の繁栄が予言されているが、それは世継の夢見として語られていた。世継は、禎子内親王が誕生する直前に見た夢が、かつて詮子、彰子誕生の際に見た夢と同様の内容であったことを根拠とする。詮子、彰子ともに女院になっており、禎子内親王は詮子、彰子につぐ第三の女院であった。『大鏡』の作者はおそらく禎子内親王が女院となったことを見届けたうえで、かく禎子内親王の繁栄を予言するのだろう。『大鏡』の成立事情や成立時期を判断する有力な材料であった。執政、頼通をはじめとする公卿層の総意は後三条天皇の登極を容認するものではなかっただけに、後三条天皇を東宮時代から母、禎子内親王ともども支え続けた藤原能信（道長男）をはじめとする政治勢力にとって、摂関家（頼通・師実）に対抗する上で後三条天皇の正統性を担保することが、避けて通れない問題としてあった。

先学の指摘にもあるように（注9）、宇多天皇も後三条天皇も生母がともに皇族出身である点で共通し、両天皇が藤原北家主流あるいは摂関家の勢威を削ぐことに腐心したことなども似通っている。藤氏物語の掉尾に据えられた予言記事とその後に続く昔物語を接合すれば、予言記事はもとより、昔物語の歴史叙述も宇多天皇の正統性を明らかにしつつ、実は宇多天皇と同様の状況に置かれていた後三条天皇の正統性を根拠づける営みであったことが判明する。『大鏡』が道長の栄華の卓絶性を明らかにすることは、その栄華の継承者に禎子内親王に引き据えて、後三条天皇の正統性を証すためであった。別言すれば、『大鏡』は後三条天皇を支持する政治勢力の立場が反映した歴史叙述であった。道長の栄華の現在から射止められたのが、天皇紀の始発に据えられた文徳天皇であったのに対して、光孝、宇多天皇から始まる新皇統は、『大鏡』の歴史叙述の担い手の政治的立場と結びつくことによって記憶し物語るべき始源となった。

六

その意味で注目されるのが、師尹伝に記される敦明親王東宮退位事件である。そこに展開する世継の語りは、敦明親王の自発的退位であった。道長の圧力の介在を認めないその語りは『栄花物語』巻第十三、木綿四手をふまえてなされている。一方、世継の一人語りの様相を呈する天皇紀・大臣列伝では異例にも若侍の異見が対置されている。若侍の語りは、『小右記』や『御堂関白記』に記されている事件の顛末と重なるところが多いことが指摘されているが(注10)、能信の活躍、功績を確認することに主眼を置いている。従前の研究は、若侍の語りが世継の語りにおいては隠蔽されていた道長の圧力を表面化させていると捉えて、そこに道長に対する批判精神の発現を認めた。しかし、道長の圧力があったことを窺わせるのは、「かく責めおろしたてまつりたまひては」(二一七)という表現のみである。若侍が具体的に事件の経緯を語るところでは、能信の活躍を強調すべく詳述しているが、道長の圧力は全くなかったとする。むしろ敦明親王が能信との対面を望み、東宮退位を道長に申し入れようとする場面では、道長が東宮の真意をはかりかね、当惑している有様を描出する。敦明親王の東宮退位は冷泉系と円融系が交互に帝に立つ両統迭立状況を解消し、道長の外孫、敦良親王が代わって東宮に立ち、道長の栄華をいっそう盤石なものにする、皇統に関わる政治的事件であった。その最大の功労者が能信であったとするのである。さらに能信と姻戚関係でつながる源俊賢（源俊賢の姉妹、明子は道長の妾妻であり、俊賢男、顕基の妻は能信の妻と姉妹の関係になる）の適切な判断と能信に対する的確な助言を印象づけているけれども、それは当事者、道長の日記『御堂関白記』にも、道長から直接伝え聞いたことを忠実に記しとどめている藤原実資の日記『小右記』にもみえない、『大鏡』の独自の書きなしであった。俊賢は藤氏の繁栄の帰趨を決する重要な場面に立ち会っていることが既に指摘されているが（注11）、かかる俊賢造型がこの場面にも持ち込まれている。

敦明親王は東宮退位後、上皇待遇を受けるとともに、道長女、寛子の婿として迎えられ、道長家の一員として処遇される。敦明親王が上皇となるのに伴って、能信は院の別当となったことを『大鏡』は記し、その後長らく続く能信と小一条院との関係の始発を記念する出来事としても敦明親王東宮退位事件を位置づけている。能信と小一条院の関係をことさら強調する背景には、後三条天皇皇女、聡子内親王に仕えた源基子（小一条院孫、源基平女）が後三条天皇の寵幸を得て、実仁、輔仁親王を儲け、さらに実仁親王が立太子して皇嗣と見定められたことと何らかの関わりがあるのかも知れない。

禎子内親王や後三条天皇の不遇時代、二人を大夫として献身的に支えたのが能信であった。後三条天皇を支持する政治勢力の筆頭が能信であった。能信は後三条天皇の登極を見届けないまま、治暦元年（一〇六五）に薨ずるが、能信と政治的行動をともにした人々――多くは能信の下僚であろう――が能信の遺徳をしのび、道長の栄華を盤石にすることとなった事件において果たしたその功績を顕彰しようとして若侍の語りが導入されたと考えられるのである（注12）。如上のように『大鏡』の歴史叙述は後三条天皇の正統性を明らかにしつつ、能信の功績をたたえるために企図されたと思われる。

（1）第Ⅱ部、第一章。
（2）第Ⅱ部、第一章。
（3）引用は、橘健二『日本古典文学全集　大鏡』（小学館、昭和四十九年十二月）の本文による。漢数字はページ数を表す。
（4）『大鏡研究序説』（講談社、昭和五十年十月）
（5）『栄花物語・大鏡の成立』（桜楓社、昭和五十九年五月）。松村氏の「大鏡五巻又二帖」の捉え方に対しては異見提出されている。加藤静子『王朝歴史物語の生成と方法』（風間書房、平成十五年十一月）参照。
（6）関根賢司「歴史物語おぼえがき」『論集中古文学　四　平安後期　物語と歴史物語』（笠間書院、昭和五十二年二月）
（7）『公卿補任』昌泰三年（八九〇）。
（8）橘健二・加藤静子『新編日本古典文学全集　大鏡』（小学館、平成八年六月）頭注。
（9）加納重文『歴史物語の思想』（京都女子大学、平成四年十二月）
（10）加藤静子『王朝歴史物語の生成と方法』（風間書房、平成十五年十一月）
（11）原岡文子「大鏡と説話」『歴史物語講座　第三巻　大鏡』（風間書房、平成九年二月）
（12）石川徹『新潮日本古典集成　大鏡』（新潮社、平成元年六月）解説。

第四章　昔物語の位相

一

『大鏡』は序、天皇紀、大臣列伝、藤氏物語、昔物語の五部構成になっている。昔物語を論者によっては雑々物語と称しているが、本論の目標は、この昔物語あるいは雑々物語といわれている歴史叙述の天皇紀・大臣列伝との位相差を明らかにすることにある。

『大鏡』は、大宅世継と夏山繁木という旧知の間柄であった二人の老人が雲林院の菩提講に詣で、そこで偶然出会う場面から始まる。

年ごろ、昔の人に対面して、いかで世の中の見聞くことどもを聞えあはせむ。このただ今の入道殿下（道長）の御有様をも申しあはせばやと思ふに、あはれにうれしくも会ひまうしたるかな。（一三）

世継は「世の中の見聞くことども」や「このただ今の入道殿下の御有様」を語り合う格好の相手を得たことを喜ぶ。「このただ今の入道殿下の御有様」とは〈藤原道長の栄華〉についてである。「この」という言葉が冠せられていて、語り手の関心がそこにあることが示されているけれども、注意すべきは、「も」という助詞が付されていることである。世継の語りたいことは、まずは「世の中の見聞くことども」であって、〈藤原道長の栄華〉を語ることは、それと同列の位置にとどめられている。

「世の中の見聞くことども」とは何か。字義どおりには、世継らが見聞した「世の中のことども」である。講師の登場を待つ間の退屈を紛らわすために、世継が繁木に向かって、

いざたまへ、昔物語して、このおはさふ人々に、さは、いにしへは世はかくこそ侍りけれと聞かせたてまつらむ。(一八)

と呼びかけているが、そこにみえる、「いにしへは世はかくこそ侍りけれ」と伝えるための「昔物語」である。「いにしへの世」の出来事、しかも世継たちにとってみれば直接見聞したことを語ろうというのである。

もちろん、とりとめもない過去の体験を語ろうというのではなかろう。

昔、さかしき帝の御政の折は、国の内に、年老いたる翁・嫗やあると召し尋ねて、いにしへの掟の有様を問はせたまひてこそ、奏することを聞こしめしあはせて、世の政を行はせたまひけれ。(一九)

と世継が述べているように、治世に資するような過去の事柄すなわち〈歴史〉を語ることであった。後文に、

今日の講師の説法は、菩提のためと思し、翁らが説くことをば、日本紀(六国史)聞くと思すばかりぞかし。(四九)

と、世継は自らの「昔物語」を「日本紀」に比肩するものとして称揚している。世継たちの目指すところは歴史語りであった。

ところで、『大鏡』は古老の体験として〈歴史〉を語ることに相当のこだわりを見せている。世継らが「いにしへの世」の有様を熟知していて〈歴史〉を語るにふさわしいことを自負を込めて述べている、次の言葉からも窺える。

世にあることをば、何ごとをか見残し、聞き残しはべらむ。この世継が申すことどもはしも、知りたまはぬ人々多くおはすらむとなむ思ひはべる。（五一）

あるいは、若侍に「もののおぼえはじめ」を尋ねられて、世継が「六、七歳より見聞きはべりしことは、いとよくおぼえはべれど、そのこととなきは、証のなければ、用ゐる人もさぶらはじ。九つに侍りし時の大事を申しはべらむ」（三〇一）といって、光孝天皇の突然の践祚から語り始めることによって昔物語は始発するが、そこからも窺えるように、歴史語りの真実性を保証するために、まずは語り手たちが直接見聞したことを語る建前になっている。それはまた世継と繁木の年齢にことさら言及することにも窺われる。以下、『大鏡』の語り手たちの年齢に関する矛盾が見られる世継の発言に考察を加え、その矛盾がそのまま、語り手たちの体験史として語ることに対するこだわりであると同時に、歴史の分節化の問題であることを明らかにしたい。

二

序に聴衆の一人、若侍が世継に年齢を問うくだりがある。その問いかけに応じて、世継が次のように返答している。

さらにもあらず。一百九十歳にぞ今年はなりはべりぬる。されば、繁木は百八十に及びてこそさぶらふらめど、やさしく申すなり。おのれは、水尾の帝（清和天皇）のおりおはします年の正月の望の日生まれて侍れば、十三代に会ひたてまつりて侍るなり。けしうはさぶらはぬ年なりな。（一五）

語りの場の時間として設定されている万寿二年（一〇二五）当時、世継は百九十歳、繁木は百八十歳であるという。また世継は、清和天皇の譲位の年、貞観十八年（八七六）正月十五日に生まれたとも述べている。それを信じれば、万寿二年に世継は百五十歳、繁木は百四十歳ということになり、明らかに年齢に関する世継の発言は矛盾を抱えている。異本系統の披雲閣本や流布本はこの矛盾を解消するためにそれぞれ百五十歳、百四十歳に改めているが、当該箇所の本文の改変によっても他の箇所——藤氏物語や昔物語の記述——との矛盾は未解決のまま残るし、かえって矛盾を増幅させてもいる。作品の輪郭を提示する序にかかる矛盾の見えることは、単純な作者のミスとはやはり考えにくく、矛盾を意図した書きなしであると思われる。

この年齢問題に関して問題の所在を明確にしたのが、松村博司氏であった（注1）。次いで、松村氏の指摘をふまえて、森下純昭氏が語り手たちの年齢矛盾を、昔物語にみえる若侍が繁木の年齢を計算するところ（三三九〜三四〇）を除いて、整合的に理解する卓見を提出した（注2）。すなわち、

この矛盾を解決するには、序文における世継の年齢についてのことばには、年齢計算上の二つの基準が混在していると見るより他なく、一つは「貞観十八年生」による計算であり、一つは貞観十八年生で百九十歳になる年「一〇六五年」を逆算の起点とする形である。

という。語り手たちは万寿二年に身を置き、今、目の当たりにしている道長の栄華の卓絶性を語ろうとしているにもかかわらず、語り手たち——世継の妻もふくめて——の年齢にかかわる具体的な情報は、昔物語の一箇所を除外すれば、四十年後の康平八年（一〇六五）——改元して治暦元年——の時点の年齢であったり、その時点から起算されたものであることを、氏は指摘した。しかも『大鏡』にとって康平八年は重要な意味をもつ。『大鏡』の作者については様々に議論されてきたが、数々の内証から最も有力視される作者説に藤原能信、あるいは、能信説からの発展であるけれど、能信周辺作者説がある。実は、この能信の薨じたのが康平八年であった。語り手たちの年齢情報には『大鏡』成立時の時間面の視点が介在している。

さて、森下氏の論を受けて、石川徹氏は、この年齢の問題と成立の問題とを結びつけてより実体的に論を展開させた（注3）。両氏の議論の根本的に異なる点は、語りの場として設定されている雲林院の菩提講がいつ行われ

たかという点である。森下氏が万寿二年（一〇二五）とするのに対して、石川氏は康平八年（一〇六五）とする。石川説は、康平八年が語りの現在となるので、語り手たちの年齢の問題はほぼ解消することになる。しかし、かく解すれば、新たな疑問が生じてくる。『大鏡』の語り手たちは何故、万寿二年以降のことを語らないのかということである。また、世継の発言のなかに、語りの現在が明らかに万寿二年であることを示す「この、ただ今の入道殿下の御有様」（一三）などといった表現が散見されるが、それとも辻褄が合わなくなってしまう。石川氏は次のように述べている。

いろいろ考えられるが、一つは、世次や重木が半ばボケ老人で、道長薨後三十八年（筆者注——道長は万寿四年（一〇二七）に薨じた）という事を忘れ、まだ道長が栄花の絶頂にあった万寿二年ごろのまま、時間が静止したかのように錯覚しているのか、または、道長のもうこの世にいない現実に目をそむけて、昨今の三十八年間を見ないように強いてつとめているのかどちらかであろう。

世継らが「半ばボケ老人」だとか「時間が静止したかのように錯覚している」だとかの説明には無理があろう。この点において石川説は肯じ得ないのであるが、『大鏡』が語ろうとはしなかった道長薨後の空白の歴史があることは確認しておくべきだろう。

ところで、森下氏は世継の年齢計算に二つの基準が混在することを指摘していたが、両基準とも生年は貞観十八年（八七六）のこととしている。確かに生年は動かしがたく、恣意的に改めることは控えるべきであろうと思われる。しかも世継は、

父が生学生に使はれたいまつりて、「下臈なれども、都ほとり」といふことはべれば、目を見たまへて、産衣に書き置きて侍りける、いまだはべり。丙申の年（貞観十八年）に侍り。（一五～一六）

と、証拠の品があることを表明している。しかし、万寿二年当時、百九十歳だといっていることを重視すれば、

世継の誕生は承和二年（八三五）と見るほかはないであろう。年齢計算に二つの基準が認められ、世継についていえば、二つの生年―貞観十八年と承和二年―が設定されていることになる。では何故、あえて異なる二つの生年を設定しているのか。

三

天皇紀は文徳天皇から語り始められる。それに先立って世継は次のように語る。

この世始まりて後、帝はまづ神の代七代をおきたてまつりて、神武天皇を始めたてまつりて、当代（後一条天皇）まで六十八代にぞならせたまひにける。すべからくは、神武天皇を始めたてまつりて、次々の帝の御次第をおぼえまうすべきなり。しかりといへども、それはいと聞き耳遠ければ、ただ近きほどより申さむと思ふに侍り。文徳天皇と申す帝おはしましき。その帝よりこなた、今の帝まで十四代にぞならせたまひにける。代をかぞへはべれば、その帝、位に即かせたまふ嘉祥三年庚午の年（八五〇）より今年までは、一百七十六年ばかりにやなりぬらむ。かけまくもかしこき君の御名を申すは、かたじけなくさぶらへども。（二〇～二一）

なぜ文徳天皇から語り始めるのか、『大鏡』は明確な理由を示さない。『栄花物語』の書き出し「世始まりて後、この国の帝六十余代にならせたまひけれど、この次第書きつくすべきにあらず。こちよりてのことをぞしるすべき」（①一七）がふまえられていることは明らかである。『栄花物語』が宇多天皇から書き起こし、村上天皇から本格的に歴史叙述を開始する――六国史あるいは『新国史』を継ぐ姿勢のあらわれであるとされる――のに対して、『大鏡』は文徳天皇から語り始めることを宣言し、先行する『栄花物語』との違いを際立たせてはいるけれど、文徳天皇から語り始めることの理由ははっきりしない。

一方、大臣列伝は冬嗣から道長までを対象とする。大臣列伝を始めるにあたって世継は次のように述べる。

流れを汲みて源を尋ねてこそは、よく侍るべきを、大織冠（鎌足）より始めたてまつりて申すべけれど、それは余りあがりて、この聞かせたまはむ人々も、あなづりごとには侍れど、何ごとども思さざらむものから、言多くて、講師おはしなば、こと醒めはべりなば、口惜し。されば、帝王の御ことも、文徳の御時より申して侍れば、その帝の御祖父の、鎌足の大臣より第六にあたりたまふ、世の人は藤左子とこそ申すめれ、その冬嗣の大臣より申しはべらむ。その中に、思ふに、ただ今の入道殿（道長）、世にすぐれさせたまへり。（五四）

天皇紀、大臣列伝はそれぞれ神武天皇――あるいは『栄花物語』に倣って宇多天皇または村上天皇――、藤原鎌足――あるいは同じく『栄花物語』に倣って基経または忠平――から歴史叙述を開始することもありえた。しかし、それでは天皇紀と大臣列伝の関連性が希薄になってしまう。天皇紀との関係を考慮して、文徳天皇、後一条天皇の外祖父がそれぞれ冬嗣、道長であるから、大臣列伝は冬嗣から道長までを対象化するというのであろう。道長の栄華の基盤が天皇との外戚関係にあることを喝破した『大鏡』が、道長的栄華の原型を過去に遡及して見出したのが、文徳天皇と冬嗣の関係であった。大臣列伝は〈外祖父列伝〉あるいは〈外戚列伝〉の性格を有する。天皇紀と大臣列伝は相互に深く連関する一体の歴史叙述とみなすことができよう。

四

ところで、『大鏡』は語り手に様々な属性を付与している。その属性が語り手の歴史語りをなにほどか規制し、『大鏡』の歴史叙述の内質と少なからず関連している。序にみえる繁木の発言に、

おのれ（繁木）は、故太政大臣貞信公（忠平）、蔵人の少将と申しし折の小舎人童、大犬丸ぞかし。ぬし（世継）は、その御時の母后宮の御方（班子女王）の召使、高名の大宅世継とぞ言ひはべりしかしな。されば、ぬしの御年は、おのれにはこよなくまさりたまへらむかし。みづからが小童にてありし時、ぬしは二十五、六ばかりの男に

てこそはいませしか。(一四)

とあり、別のところでは、「十三にてぞ、太政大臣殿(忠平)には参りはべりし」(一六〜一七)と繁木は語っている。世継は仲野親王女、班子女王に仕えた召使と設定されている。一方、繁木は蔵人少将であった藤原忠平に仕えた小舎人童であることが明らかにされている。繁木が忠平に初出仕したのは十三歳のときであったが、そのとき世継は二十五、六歳であったという。寛平、宇多天皇の御代のころのことである。かかる二人の経歴からすれば、世継が貞観十八年(八七六)生まれであるほうがふさわしい。

『大鏡』は、世継たちの「昔物語」を聴衆の一人として聞きそれを語った、あるいは筆録した人物に禎子内親王の近侍者をあて、藤氏物語のとじめに禎子内親王の繁栄を予言する世継の夢見の記事を配している。『大鏡』の歴史叙述は禎子内親王の存在を抜きには考えられないのである。禎子内親王は三条天皇の皇女で、母は道長女、妍子である。叔母の嬉子(道長女、東宮敦良親王妃)が亡くなってほどなく東宮敦良親王(後の後朱雀天皇)の後宮に入った。敦良親王の践祚に伴い中宮となったが、まもなく頼通の養女、嫄子女王が入内して中宮となり、転上して皇后となった。道長薨後の頼通執政時代、禎子内親王は不遇を余儀なくされたけれども、その禎子内親王を大夫として支え続けたのが、他ならぬ頼通の異母弟、能信——母は源明子——であった。頼通と能信は諸史料によれば不仲であったらしい。能信は頼通執政時代、正二位、権大納言のままで、昇進はなく、冷遇され続けた。能信は頼通と表立って対立することはなかったけれども、次代を見据えて用意を怠らなかった。禎子内親王所生の後朱雀天皇皇子、尊仁親王(後三条天皇)の立太子も能信の働きによるところが大きい。さらに能信は、妻の姪にあたる茂子(藤原公成女)を東宮尊仁親王の後宮に入れた。能信薨後のことであるけれど、摂関家との外戚関係を持たない後三条天皇が即位し、摂関家の勢威の相対的下落を招くことになった。禎子内親王の繁栄の予言は、後三条天皇が帝位につき、それに伴って母后の禎子内親王が女院となった事実がふまえられている。かかる頼通執政時代から後三条天皇の御代に至る政治状況が『大鏡』の成立の背景にある。『大鏡』が禎子内親王の繁栄を寿ぎ、能信の遺徳を偲ぶために能信周辺で編述されたとする仮説（注４）は、『大鏡』の歴史叙述の実態や成立事情をうまく説明し得ている。

実は、世継の仕えた班子女王は、宇多天皇の母后として強力な発言力を持ち、藤原北家の時平に対抗した。班子女王も禎子内親王も、天皇の母后として藤原北家出身の女性がその名を連ねる時代にあって皇族の出である点で共通する。詳細は省くが、禎子内親王の境遇は班子女王のそれと重なるところが多いのである。班子女王に仕えたという世継の経歴は、かかる『大鏡』の成立事情をふまえて案出されたとおぼしい。このように、世継の経歴ひとつをとっても周到に考え出され、しかも世継の生年、貞観十八年（八七六）とも齟齬することのないように計算されているのである。序にみえる世継百九十歳、繁木百八十歳という年齢設定と世継の生年――貞観十八年――との矛盾もやはり単なる不注意によるミスとは考えにくく、むしろ矛盾を承知の上で、『大鏡』の歴史叙述にとって意味あるものとして百九十、百八十の数字は選び取られているのである。

天皇紀は文徳天皇から後一条天皇まで、大臣列伝は冬嗣から道長までを対象化しているから、文徳天皇即位の嘉祥三年（八五〇）から万寿二年（一〇二五）までの百七十六年の歴史を世継らの体験史として語らせるためには、世継、繁木は万寿二年にそれぞれ百九十、百八十歳でなければならなかった。そこに語り手の体験として歴史を語ることへの強いこだわりが窺知される。序に示される世継らの年齢は、天皇紀・大臣列伝の歴史叙述が扱う対象範囲に見合う設定であった。つまり歴史の分節化の徴表である。歴史をどのように分節化するかということが歴史をどのように捉えるかということと重なるとすれば、世継らの年齢には『大鏡』――天皇紀と大臣列伝といったほうが正確であろう――の歴史認識が立ち現れているのである。

天皇紀と大臣列伝は世継による一人語りで、繁木は聞き役に徹している。繁木も積極的に発言するようになるのは昔物語においてである。昔物語には繁木が仕えた忠平に関する話題も豊富に取られている。昔物語は、若侍の次のような求めに応じて開始される。

いといと興あることをもうけたまはるかな。さても、もののおぼえはじめは、何ごとぞや。それこそまづ聞かまほしけれ。語られよ。（三〇一）

それに対して、世継は、九歳であった、元慶八年（八八四）の出来事、光孝天皇の践祚の思い出を語る。次いで、宇多天皇——当時は式部卿宮——の鷹狩の際の賀茂明神の神託を語る。序に示されていた語り手世継の、生年が貞観十八年で班子女王に仕えていたという経歴がふまえられ、さらには光孝天皇の住まいである小松御所が世継の家の向かいに位置することや、宇多天皇が親王であった時に召し使われていたことなどが語り手世継の属性として加えられ、天皇紀・大臣列伝とは異なった新たな歴史叙述が目指されていることが窺知されるのである。世継の生年を貞観十八年とする設定は天皇紀や大臣列伝においては有効に機能していない。むしろ昔物語においてその歴史叙述の性格を規制している。

『大鏡』は外形的に見れば、天皇紀（文徳天皇〜後一条天皇）、大臣列伝（冬嗣〜道長）、藤氏物語（鎌足〜道長）、昔物語（光孝天皇〜後一条天皇）と少なくとも四度にわたって道長に至る歴史を対象化している。それぞれに独自の歴史の分節化が試みられているのである。このように考えていくと、世継らの年齢に関する矛盾をもたらす二つの年齢基準の混在は、まさに繰り返される複数の歴史叙述の混在の反映であるといえよう。つまり、万寿二年に百九十歳、百八十歳とする年齢設定は、天皇紀・大臣列伝を規制し、天皇紀では文徳天皇から清和天皇、大臣列伝では冬嗣から良房（長良）をも語り手の体験史として語ることを可能にし、藤氏物語や昔物語にみられる康平八年（一〇六五）を逆算の基準年とする年齢は、語られざる四十年の歴史——主に道長薨後の頼通執政時代——を『大鏡』が内在化していることを示している。昔物語の位相を探ることは、この内在化された歴史を透視することに尽きる。

『大鏡』の原初の構想は、天皇紀と大臣列伝の二本立てであったが、大臣列伝を語りおえたところで、大臣列伝を充実する意図から、始祖鎌足まで遡って道長まで語る藤氏物語を構想し、次いで、天皇紀を補完しようとして昔物語が構想されたとする、保坂弘司氏の論考がある（注5）。保坂氏の論に強く刺激されて、松村博司氏は、主に書誌学的見地から最古本とみなされる古本系六巻本『大鏡』の段階的成立論を提出した（注6）。序、天皇紀、大臣列伝を内容とする五巻構成を『大鏡』の原型とみ、そのうち第五巻（太政大臣道長上の、藤氏物語を除く部分にほぼ相当）が改作され、藤氏物語が加わって新たに第五巻となり、さらに昔物語が新作増補されて第六巻となったと推定した。保坂氏は藤氏物語、昔物語が同一作者による構想の変更の産物とするのに対して、松村氏は原型『大鏡』の作者とは別人物の手によって増補、追加されたとみる違いはあるものの、両氏とも構想あるいは成立の点で藤氏物語、昔物語が序・天皇紀・大臣列伝と位相を異にすることを明らかにしている。また如上のように、康平八年（一〇六五）を語り手の年齢逆算の基準年とするのは、藤氏物語、昔物語であった。だとすれば、昔物語の位相のみを考察の対象に据えるのではなく、藤氏物語、昔物語、両方を考察の対象とすべきであろう。しかし、以下に示す諸点に両者の位相差が窺知され、しかも藤氏物語は天皇紀・大臣列伝との共通項も少なからずみられるので、もっぱら昔物語の他との位相差を検討していくことにする。

五

まず、語りの場の変質という点があげられる。『大鏡』は世継と繁木という二人の老翁に若侍を配し、二人または三人の対話を通して歴史を再現する体裁を整えているが、実際は世継の一人語りであって、繁木は単に世継の語りにあどうつ存在に過ぎない。しかるに、昔物語においては、昔物語を構成する内容のひとつ、風流才芸譚を語るにふさわしい風流人、とりわけ和歌方面に通じた人物と規定されているためか、繁木は俄然その存在感を発揮し、多弁になるのである。確かに、藤氏物語においてもそれまでとは異なって、世継に対して異見をはさんだり、今はなき主人、忠平を追慕する思いを吐露してはいるが、藤氏物語の展開を領導するまでには至っていない。昔物語では世継と同等の役割を担っているのである。その点において昔物語は天皇紀・大臣列伝、藤氏物語と異なる。

また、間接的には語りの場の変質と連関するのであろうが、むしろ語り手自身の変貌というべきかもしれない、そういう事例もある。すなわち、連関し重なり合う事象でありながら、世継が、天皇紀においては記憶にないこととし、他方、昔物語では鮮明で印象的な出来事として語るのである。

天皇紀において、

この帝（宇多天皇）の、ただ人になりたまふほどなど、おぼつかなし。よくもおぼえはべらず。（二九）

と世継は語る。定省親王（後の宇多天皇）が臣籍降下したのは、元慶八年（八八四）のことであった。定省親王の父、光孝天皇は基経の推戴によって帝位についたが、中継的役割を荷わされた、傍系からの一代限りの登極であったためか、あるいは光孝天皇が恩人である基経の外孫（貞辰親王）の即位に配慮したためか、即位の二ヶ月後、斎院、斎宮とすべき内親王を除き、すべての皇子女を臣籍に下した。かかる深い事情を含めて、定省親王の臣籍降下についは記憶がないと世継はいっているのであろう。

ところが、昔物語では、光孝天皇践祚を語るところで、

おのが親のさぶらひし所、大炊の御門より北、町尻よりは西にぞ侍りし。されば、宮（時康親王）の傍にて、常に参りて遊びはべりしかば、いと閑散にてこそおはしましか。（三〇一～三〇二）

と、時康親王（後の光孝天皇）の邸宅の、小路をはさんだ西隣に世継が住んでいたことが示され、また宇多天皇

鷹狩の際の賀茂明神の託宣を語るところでは、

寛平の天皇、常に狩を好ませおはしまして、霜月の二十余日のほどにや、鷹狩に式部卿宮より出でおはしましし御供に走りまゐりて侍りし。（三〇三）

とある。世継は、時康親王と隣家の縁によるのであろうか、時康親王家に仕える下部であったと考えられる。既に、序のところで世継は光孝天皇の女御、宇多天皇の母后である班子女王に仕えていたことが示されていたが、おそらく、昔物語における世継の経歴の肉付けは序の延長線上になされたものであろう。しかし、そのために天皇紀との間に少なからず齟齬が生じてくるのであった。昔物語において、光孝天皇の践祚を九歳のときの想い出として語り、賀茂の臨時祭の起源を七歳のときの体験に基づいて語り得るほど光孝、宇多両天皇に近侍し、しかも「六七歳より、見聞きはべりしことは、いとよくおぼえはべれど」（三〇一）と抜群の記憶力を誇る世継と、たとえ光孝天皇践祚と定省親王臣籍降下が一連の政治的出来事であることまで深くは知り得なかったとしても、天皇紀において定省親王臣籍降下を全く記憶にないこととしている世継を同一人物とは見做し難く、ここに天皇紀と昔物語との齟齬を認めることができるであろう。

序、天皇紀・大臣列伝において、世継や繁木の身分は示されてはいたが、それは、世継や繁木が語る内容が、彼らの直接、間接の体験に根ざす真実であることを保証する程度にとどまっていた。それに対して、昔物語においては彼らに新たに付与された経歴、立場がその歴史語りと緊密に連関するだろうと予想されるのである。

六

第二に、『大鏡』は、天皇紀、大臣列伝、藤氏物語、昔物語と四回、過去に遡り道長に至るまでの歴史を跡づける運動を繰り返すが、昔物語を除くいずれのばあいも道長の栄華の由因とその卓絶性を明らかにするという目的が予め明示されるのに対して、昔物語のみが、語り手の記憶に鮮明に残る、直接見聞した出来事を自在に語り合うという格好で始発し、展開する。すなわち、若侍の、

いといと興あることをもうけたまはるかな。さても、もののおぼえはじめは、何ごとぞや。それこそまづ聞かまほしけれ。語られよ。(三〇一)

という問いかけに応じて、世継が、

六七歳より、見聞きはべりしことは、いとよくおぼえはべれど、そのこととなきは、証のなければ、用ゐる人もさぶらはじ。九つに侍りし時の大事を申しはべらむ。(三〇一)

といって、光孝天皇践祚の想い出から語りはじめる。また繁木も、

この翁も、あのぬし(世継)の申されつるがごとく、くだくだしきことは申さじ。同じことのやうなれど、寛平・延喜などの御譲位のほどのことなどは、いとかしこく忘れずおぼえはべるをや。(三〇五)

と語り出すのであった。世継と繁木に超高齢が与えられたのは、語り手の直接、間接の体験史として摂関時代史を再現しようとする趣向によるものであり、昔物語のかかる現象を特異視することもないのであるが、昔物語は語り手の体験に基づく対話が徹底化され、語り手の関心の赴くまま不意に、あるときは身辺雑話を介在させながら別個の話題へと転換したりしている。その点でやはり、天皇紀・大臣列伝、藤氏物語とは異なるといえよう。

安西廸夫氏は、天皇紀・大臣列伝と昔物語とでは諸事象を位置づけるさいの観点が異なり、前者が「人脈的興味」「人間的興味」であるのに対して、後者は「断片的事項的興味」「断片的事件的興味」であるという(注7)。天皇紀・大臣列伝は系譜が歴史叙述の外枠として機能し、系譜を辿りながら歴史叙述が進行するが、その系譜にも組みかえがなされ、道長に収斂する藤原北家の系脈を顕現させていた。さらに、骨格たる系譜を肉付けする逸話を駆使して、ⓐ才の点で傑出した人物・家柄(仲平、実頼・頼忠、伊尹、道隆・伊周)、ⓑ政治的陰謀の首謀者、加担者であっ

たため、子孫が繁栄しなかった人物・家柄（時平、師尹、兼通、道兼）、ⓒ魂の点で優れ、怪異現象に遭遇してもそれを圧服する胆力を備え、一族の繁栄をもたらした人物（忠平、師輔、兼家、道長）というふうに類型化された人物造型を行い、しかもⓐ・ⓑ系列を非主流、ⓒ系列を主流とした（注8）。安西氏のいう「人脈的興味」「人間的興味」は、結局、藤原北家の主流を浮かびあがらせ、そのなかで道長の超絶性を明らかにしようとすることと不可分の関係にある。一方、昔物語は、かかる道長至上主義の縛りから語り手たちが解放され、その結果、諸事象は個々独立する傾向が強く、個々の話題性がせり出してくることになる。そして、内容的にも天皇、后妃、法皇などの皇室関係の諸芸風流譚が中心であるためか、御代単位に御代の順序にしたがってほぼ配列されることになるのであった。

七

昔物語と天皇紀・大臣列伝、藤氏物語との間にみられる、歴史対象化のシステムの差違や諸事象に対する意味付与の在り方の違いは、そのまま摂関時代史の捉え方の違いとなってもあらわれている。

昔物語において、光孝天皇の践祚、賀茂の臨時祭および八幡の臨時祭の起源を語った後、世継は、

朱雀院生まれおはしまさずは、藤氏の御栄え、いとかくしも侍らざらまし。（三〇四）

と述べ、天皇紀・大臣列伝には見られなかった摂関時代史に対する別角度からの捉え方が示される。さらにまた繁木によって宇多、醍醐、朱雀、村上の御代の諸芸風流が称揚され、それを受けて、世継が、

かやうに、ものの栄え、うべうべしきことどもも、天暦の御時（村上天皇）までなり。冷泉院の御代になりてこそ、さはいへども、世は暮れふたがりたる心地せしものかな。世のおとろふることも、その御時よりなり。小野宮殿（実頼）も一の人と申せど、よそ人にならせたまひて、若くはなやかなる御舅たちに任せたてまつらせ

たまひ、また帝は申すべきならず。（三二一）

と述べ、師輔伝に示された冷泉朝に対する位置づけが相対化されている。師輔伝においては冷泉朝はどのように位置づけられていたか。冷泉天皇の狂気を師輔の唯一の汚点とする世継に対して、若侍は冷泉朝は様々な面で後代から先例視されることになる時代の転換点であることを説く。若侍の異見に呼応する格好で、世継は、

その帝（冷泉天皇）の出でおはしましたればこそ、この藤氏の殿ばら、今に栄えおはしませ。「さらざらましかば、このごろわづかにわれらも諸大夫ばかりになり出でて、所々の御前・雑役につられありきなまし」とこそ入道殿（道長）は仰せられければ、（中略）かかれば、公私、その御時のことは例とさせたまふ、ことわりなり。

（一四四〜一四五）

と、道長の証言を導入し、若侍の見解を追認するのであった。若侍の発言は、政治と儀式が不可分の関係にあった時代であるから、狂疾の帝の登極による新たな政治の展開に即応して、後の世から先例視される新たな儀式の在り様が確立されたことを指摘しているのであろうが、世継はむしろ、冷泉天皇の即位によって九条流の繁栄がもたらされ、その結果、道長の現在の栄華があるのだといおうとしている。道長の栄華との直結性に力点を置くのである。両者の力点の置き方の微妙なズレが交互作用を誘発していかないで、ただそれぞれの見解が並置されていることから窺われるように、両者の捉え方のズレは対立するのではなく相補う関係にある。すなわち新たな政治の展開が一方においては新たな行事儀式を生み、他方、道長の栄華を導き、支える基盤をつくり出したということなのだろう。

先の章で述べたので詳細は省くが、師輔伝にみられる師輔の人物造型は、道長伝における道長のそれと共通するところがある。それは、道長の栄華と師輔の栄華との直結性を示し、『大鏡』が道長の中に発見した、彼の栄

華を招来させた人間力と同質のものを師輔の中に確認する方向で師輔の造型がなされていることのあらわれであるといえる。『大鏡』大臣列伝に現象する、歴史叙述の外枠である系譜の組みかえも、道長へ至る系脈を明らかにするためになされているのであるが、これも同様に道長の栄華を起点にした歴史の論理の認定であった。天皇紀・大臣列伝は道長の栄華から摂関時代史を捉える傾向が顕著なのである（注９）。

それでは、道長の栄華の実態を天皇紀・大臣列伝、藤氏物語はどのように捉えているのであろうか。まず天皇紀からあげてみよう。後一条天皇紀のおしまいに、

同じ帝王と申せども、御後見多く頼もしくおはします。御祖父にて、ただ今の入道殿下（道長）、出家せさせたまへれど、世の親、一切衆生を一子のごとくはぐくみ思しめす。第一の御舅（頼通）、ただ今の関白左大臣、一天下をまつりごちておはします。次の御舅（教通）、内大臣左近大将にておはします。次々の御舅と申すは、大納言東宮大夫・中宮権大夫（頼宗・能信）・中納言（長家）など、さまざまにておはします。かやうにおはしませば、御後見多くおはします。昔も今も帝かしこしと申せど、臣下のあまたして傾けたてまつる時は、傾きたまふものなり。されば、ただ一天下は我が御後見の限りにておはしませば、いと頼もしくめでたきことなり。昔、一条院の御悩みの折、仰せられけるは、「一の親王（敦康親王）をなむ東宮とすべけれども、後見まうすべき人のなきにより思ひかけず。されば、二の宮（敦成親王）をば立てたてまつるなり」と仰せられけるぞ、この当代（後一条天皇）の御ことよ。げにさることぞかし。（四六～四七）

とある。大臣列伝において道長の「御幸ひ」として言及されるのは、

㋑この殿（道長）の君達、男、女合わせたてまつりて十二人、数のままにておはします。男も女も、御官位こそ心に任せたまへらめ、御心ばへ・人柄どもさへ、いささかかたほにて、もどかれさせたまふべきもおはしまさず、とりどりに、有識にめでたくおはしまさふも、ただことごとならず、入道殿（道長）の御幸ひの言

ふかぎりなくおはしますなめり。（二五〇）

と、道長の子女がいずれも優秀であったことと、

㋺この入道殿下（道長）の御一つ門よりこそ、太皇太后宮（彰子）・皇太后宮（妍子）・中宮（威子）三所出でおはしましたれば、まことに希有希有の御幸ひなり。（二五一）

と、三人の娘が立后したことである。藤氏物語には、藤氏と皇室との関係の深さを羅列的に語るところの最後に、

一、太政大臣道長の大臣は、太皇太后彰子・皇太后妍子・中宮威子・東宮の御息所（嬉子）の御父、当代（後一条天皇）ならびに東宮（敦良親王）の御祖父におはします。ここらの御中に、后三人並べ据ゑて見奉らせたまふことは、入道殿下より他に聞えさせたまはざんめり。関白左大臣（頼通）・内大臣（教通）・大納言二人（頼宗・能信）・中納言（長家）の御親にておはします。さりや、聞しめし集めよ。日本国には、唯一無二におはします。（二八〇）

とある。後一条天皇紀に、天皇の御世の安泰にはしっかりとした後見の存在が不可欠であることがいわれ、道長および後一条朝の台閣を構成するその子息たちが、天皇との身内関係に基づいて後見するから、「いと頼もしくめでたきことなり」と語られている。かかる後見という語でもって示される天皇と道長一族との関係を逆方向から捉えれば、大臣列伝の㋺や藤氏物語にみえる、道長一門の繁栄（の基盤）は道長が天皇および東宮の外祖父であり、三人の娘が立后したことによるといういい方になる。天皇と藤原北家の相互依存関係が、天皇紀と大臣列伝との、向きが逆関係になる説明を照合することによって浮かびあがってくる、そういう相補性こそ『大鏡』の歴史叙述の特徴であって、それは、天皇紀の母后に関する系譜記述と大臣列伝の娘たちに関する系譜記述が響き合う関係になっている点にもみられるのである（注10）。

ところで、後一条天皇紀に繰り返し出てくる後見という語は、『源氏物語』等の物語文学においては、世話、

養育といった、血縁関係に基づかない付託関係を表す用例が圧倒的に多く、『源氏物語』のばあい、摂関政治の権力基盤となる天皇との外戚関係を示す用例は全体の二割だという倉本一宏氏の報告がある（注11）。氏は、『栄花物語』や『大鏡』についても調査され、『栄花物語』は全用例とも後者で、『大鏡』は十一例（流布本系本文によれば十二例）中八例（同じく九例）までが後者の用例だという。『栄花物語』『大鏡』は、後見という語の持つ一般的語義を限定化することによって、摂関政治の原理をこの語によって表そうとしていたことが窺える。しかも注意すべきは、『大鏡』のばあい、次のことを語るのに十一例中六例（流布本系本文によれば十二例中六例）が用いられているのである。すなわち一条天皇の第一皇子、敦康親王が立太子できなかった理由説明として、はかばかしい後見の不在をいい、他方、第二皇子敦成親王（後の後一条天皇）は道長以下の多くの人々の後見があったために立坊し、御代の安泰が得られたのだという。このように敦康親王と敦成親王の置かれた境遇を対照的に描くことによって、後見の重要性は強調され、道長の栄華を導いた権力基盤としてせり出してくるのである。かかる後見の語の偏在は、この語が『大鏡』の射とめた道長の栄華の本質を表す語であることを示しているといえよう。

天皇との外戚関係を表す後見の用例は、他に、天皇紀と大臣列伝との間に位置するいわゆる天皇紀余談（大臣列伝序説とも）、基経伝、藤氏物語（流布本系固有本文）にもみられる。

○世始まりて後、大臣みなおはしけり。（中略）太政大臣は、いにしへの帝の御代にたはやすく置かせたまはざりけり。あるいは帝の御祖父、あるいは御舅ぞなりたまひける。また、しかのごとく、帝王の御祖父・舅などにて御後見したまふ大臣・納言、数多くおはす。（天皇紀余談・五一）

○この大臣（基経）の定めによりて、小松の帝（光孝天皇）は位に即かせたまへるなり。帝の御末も遥かに伝はり、大臣の末もともに伝はりつつ、後見まうしたまふ。さるべく契り置かせたまへる御仲にやとぞ、おぼえはべる。（基経伝・六三）

○その仏経の力にこそ侍るめれ、また栄えて、帝の御後見今に絶えず、末々せさせたまふめるは。（藤氏物語・小学館『日本古典文学全集　大鏡』三四六）

藤氏物語の用例は、流布本系固有本文にみられ、古本系にはないのではっきりしたことはいえないが、藤氏物語の藤原氏発展の軌跡は、道長伝に顕現していた後見の論理によって捉えられているとみてよさそうである。

それに対して、天皇紀余談の用例は微妙である。『大鏡』の太政大臣重視が窺われるところであるが、「あるいは（あるばあいは）帝の御祖父、あるいは（あるばあいは）御舅ぞなりたまひける」といういい方には天皇との外戚関係がないにもかかわらず太政大臣となった実頼、頼忠、為光、公季の事例も含意されていると考えられ、任太政大臣の条件として天皇との外戚関係が必須のものとは認められていない。次の「しかのごとく」を「太政大臣でなくともそれと同様の資格で」（注12）の意と捉えるならば、天皇との外戚関係に基づいて、太政大臣と同様に天皇を支え政治を担った大臣・納言も沢山いたということになる。権大納言で内覧（『大鏡』は関白とする）の宣旨を蒙って執政となり、まもなく右大臣、左大臣に昇り、一条、三条天皇の御代を内覧、左大臣として領導し、外孫、後一条天皇の登極によって摂政となるも、翌年、左大臣を辞し、摂政を子息の頼通に譲り、政治の第一線から身を引いたのち、後一条天皇の元服にさいして太政大臣となった道長をはじめ、花山朝の治世を実質的に支えた天皇の外舅、権中納言義懐などが念頭に置かれているのであろう。ここには太政大臣重視の立場と外戚関係を重んずる立場とが見える。

『大鏡』のいう太政大臣は、単に帝の師範訓導にかかわる名誉職ではなく、万機総摂をもその任とするとみてよいだろう。歴史学の成果によれば、良房の任太政大臣が、幼帝清和の即位にともなって、幼主保輔、大政摂行を任とする摂政の性格を太政大臣に生み、太政大臣と摂政とを同一視する観念が形成されるが、他方、太政大臣と摂政との分離も同時に進行し、一条天皇の即位によって摂政に任じられた兼家が右大臣を辞することによって分離が決定的になり、太政大臣は万機総摂の性格を失い、師範訓導に与る名誉職となるのであった（注13）。太政大臣に任じられる条件のひとつとして天皇との外戚関係が重要ではあるが、『大鏡』においては、それは絶対条件ではなく、天皇紀余談では太政大臣の沿革として大友皇子や高市皇子のように外戚関係に基づかない任命の例を示し、また「職員令」を引いて「太政大臣には、おぼろけの人はなすべからず。その人なくは、ただにおかるべし」（五三）と語っているように、むしろかかる律令的太政大臣の理念こそ優先されるべきだという考えが示されているのであろう。しかし同時に、太政大臣の性格の変質を決定づけた兼家政権を含めて摂関時代史を通観するならば、外戚関係に根拠づけられた権力構造も『大鏡』には見えてくるのであった。そして、かかる権力構造に支えられた象徴的政権が道長政権であったということなのだろう。だとすれば、一方では律令的な太政大臣の理念に基づく摂関政治史対象化の姿勢がみえるが、他方、道長の栄華を導き支えた後見の論理によって摂関時代史が対象化されているといえよう。

さて、基経伝の用例だが、母親同士が姉妹（ともに藤原総継女）である関係から、光孝天皇は基経の推戴によって帝位につき、天皇と藤原北家との新たな血縁関係が切り結ばれた、摂関時代史の節目にあたる時代（昔物語は光孝天皇から起筆されるのであって、かかる点からみても、時代の節目と見做せる。後述）であるとする文脈の中で用いられている。そして、その新たな関係性を後見の語で表しているのである。勿論、光孝天皇と基経との間には外戚関係はなく、両者の子孫たちの関係を指し示すのであり、後見という観点から摂関時代史の展開を捉えていることが窺知される用例として重視したい。

以上、天皇紀・大臣列伝、藤氏物語は後見の論理によって道長の栄華の基盤がとりおさえられ、摂関時代史が対象化されているといえよう。これも、すでに師輔伝を考察したところで触れたが、歴史の論理の認定が道長を起点としてなされている道長至上主義の歴史叙述の在り様のひとつとして理解できるのである。

八

さて、話をもとにもどして、師輔伝と昔物語の冷泉朝に対する正反対の評価について考えていこう。師輔伝においては、冷泉朝は道長時代に直結する転換点とみなされ、昔物語で正反対の評価の理由としてあげられる、冷泉天皇の狂疾に乗じて天皇の外舅たちが政治を壟断していったことも、天皇紀・大臣列伝に貫徹する後見の論理からすると、むしろ逆に、狂疾の帝を外舅たちが後見として支え、冷泉朝の治世に対するマイナス評価を軽減したという理屈になるだろう。先に引用した師輔伝の記事の直後に、大嘗会の御禊の折には、物怪にとりつかれた天皇も「いとうるはしく渡らせたま」うたが、それというのも師輔の亡霊が冷泉天皇を守護していたからだと語っている（一四五）ように、実際、生者のみならず死者までもが後見することによってはじめて冷泉朝の安寧が確保されたとみているようだ。

一方、昔物語が冷泉朝をくだれる御代と評定するのは、諸芸風流譚を中心に、それを御代単位で語っていく昔物語の性格と関わり、風流な催事や格式の整った儀式がとり行われたか否かが御代に対する評価の基準になっているからである。政治と儀式とが一体不可分のものであった当時、儀式を先例にしたがって格式あるものになしあげる資性そのものが政治能力と考えられていたが、かかる資性に恵まれた実頼が、摂関の地位にありながら、天皇との外戚関係がないために、発言力を失い、政治が天皇の外舅たちに恣にされてしまったとするのである。次いで、実頼、源雅信・重信が、「物の栄え」のあった村上天皇の御代のことを偲んで落涙したことが記されるが、九条流とライバル関係にあった実頼はともかく、なぜ源雅信、重信がここに導入されてくるのか。『大鏡』が依拠した原資料に二人が登場していたからだといえばそれまでのこととなるが、二人が導入されるわけを、昔物語の論理から考えてみることも必要だろう。この記事の後、世継の語りは方向転換して、藤氏の御ことをのみ申しはべるに、源氏の御こともめづらしう申しはべらむ。この一条殿、六条の左大臣殿たち（雅信、重信）は、六条の一品式部卿宮（敦実親王）の御子どもにおはしまさふ。寛平（宇多天皇）の御孫なりとばかりは申しながら、人の御有様、有識におはしまして、いづれをも村上の帝時めかしまうさせたまひしに、今少し六条殿をば愛しまうさせたまへりけり。（三三二）

と、源氏のことを語っていく。かかる展開に配慮して、村上天皇の御代を偲ぶ場面に帝寵の厚かった二人が登場するということなのかもしれないが、なお注意すべきは、「寛平の御孫」と二人の系譜が説明されている点である。昔物語が光孝、宇多の御代から始発し、また語り手世継を、光孝の親王時代の邸宅の西隣に住み、親王に仕え、後には光孝天皇の女御、宇多天皇の母后である班子女王にも仕えた者と肉付けしていたことと、この系譜説明は響き合う関係にある。光孝、宇多天皇を起点にして歴史を捉えていこうとしている。そうすると、冷泉朝をくだれる御代と評することは、単に諸芸風流や儀式といった側面からなされたのではなくて、それをも含んだ昔物語に通底する摂関時代史の捉え方に基づくものであろう。昔物語において、朱雀天皇の御代を、「朱雀院生まれおはしまさずは、藤氏の御栄え、いとかくしも侍らざらまし」（三〇四）と、転換点とみていたことや、もう一人の語り手繁木が朱雀朝の柱石である忠平に仕える人物であったとしていたことと合わせ考えることによって、昔物語の摂関時代史観の一端を探りあてていかなくてはならない。

九

二点に絞って考えていこう。ひとつは天皇と藤原北家との関係性である。天皇紀・大臣列伝は両者の相互依存関係を「後見」という語で表していた。ところが、昔物語においては「後見」は、一般的語義である「世話」の意で二例用いられているが、外戚関係を示す用例はない。この点から昔物語は道長至上主義の歴史の縛りから解き放たれているともいえるが、昔物語固有の摂関時代史観において天皇家と藤原北家の関係性はどのように捉えられているのだろうか。その唯一の徴証が、高麗人の観相を語る繁木の発言にみられる。

それぞかし（その高麗人ですよ）、時平の大臣をば、「御かたちすぐれ、心魂すぐれかしこうて、日本には余らせたまへり。日本の固めと用ゐむに余らせたまへり」と相しまうししは。枇杷殿（仲平）をば、「あまり御心うるはしくすなほにて、へつらひ飾りたる小国には、負はぬ御相なり」と申す。貞信公（忠平）をば、「あはれ、日本国の固めや。永く世をつぎ門ひらくこと、ただこの殿」と申したれば、「われを、あるが中に、才なく、心諂曲なりとかく言ふ、はづかしきこと」と仰せられけるは。されど、その儀にたがはせたまはず、門をひらき、栄花をひらかせたまへば、「なほいみじかりけり」と思ひはべりて、またまかりたりしに、小野宮殿（実頼）おはしましかば、え申さずなりにき。（三四〇〜三四一）

基経伝には、「帝（光孝）の御末もはるかに伝はり、大臣（基経）の末もともに伝はりつつ後見まうしたまふ」とあるから、天皇紀・大臣列伝では、忠平と朱雀、村上両天皇との関係は「後見」という語で示される関係であったことになる。それに対して、昔物語では「日本国の固め」という関係だとされている。「後見」に対して「固め」と別語が用いられているのに注目される。相人のことばだから「固め」が用いられたといった、言語位相の問題も絡んでくるのであろうが、今はそれには触れない。『源氏物語』においては、「おほやけの」や「世の」をそれぞれ冠した「おほやけの後見」と「おほやけの（世の）固め」はほとんど同じ意味で用いられていて差違がない。すでに述べたように、後見という語が血縁関係に基づかない委託関係を示し、政治的基盤となる関係性を表すばあいにも血縁関係が必ずしも不可欠の条件となっていない、そういう『源氏物語』の用例に対して、『大鏡』は外戚関係を示す語義に特化しようとしている。すると、『源氏物語』の「おほやけの後見」が、たとえば外戚関係はなく、遺言による付託によって政治を輔佐することを表すばあいなど、「おほやけの固め」の語義との境界が曖昧化するが、『大鏡』は外戚関係に後見の語義を限定しようとしているため、『源氏物語』に比べて「後見」と「固め」の違いが明瞭になってくるといえよう。

昔物語は、朱雀朝を転換点とみ、転換期の政治を摂政・関白の任にあって領導する忠平を「日本国の固め」と捉えていた。一方、師輔伝においては冷泉朝を道長時代に直結する転換点とみ、時代の転換を促したのが道長の栄華の政治的基盤となった後見の関係であると把捉していた。いずれの御代を転換点としているか、その違いもさることながら、転換点をいかなる角度から認定しているか、すなわち天皇と藤原北家主流との関係性をどのように認定しているか、その違いも見逃してはならないだろう。天皇紀・大臣列伝、藤氏物語の「後見」に対して、「日本国の固め」が昔物語における天皇と藤原北家の関係性を示すものとして浮上してくるのである。勿論、昔物語には「日本国の固め」という関係性の実態を明らかにする材料はほとんどなく、忠平時代を、摂政・関白が制度的に定着化し、朝廷儀礼の標準型が形成されつつあり、摂関政治を支える貴族連合体制が成立した時期とみる歴史学の成果(注14)を考え合わせて、その関係性の内実を明らかにする作業が必要で、それからでなくては精確なことはいえないのであるが、昔物語が諸芸風流譚を御代単位に配していくのは、諸芸風流がそれを宰領する天皇の御代が聖代か否かを示す指標になることをふまえて、天皇権威の消長を語ろうとするものであって、大臣列伝と相互補完し合うことによって摂関時代史を語ろうとする天皇紀とは明らかに異なった歴史叙述の志向が窺われるとは少なくともいえるだろう。皇権に対する藤原北家主流の立場を「日本国の固め」と昔物語が位置づけるのも、かかる歴史叙述の在り様と軌を一つにするものと理解されるのである。先に引用した高麗人の観相に再度、注目しよう。基経男、時平・仲平・忠平のみならず、実頼も後年――忠平一門の繁栄を確認した後のこととされている――、高麗人のもとを訪れた折に繁木もたまたま居合わせたという。実頼は「あやしき」風体で「下﨟の中に遠くゐさせたまへりしを」、相人が指さして「貴臣」と申したというのである(三四一)。実頼がまだ若かりしころのことだとされているが、実頼が忠平の後を継いで執政者となることを予言しているのだろう。先述したように、実頼は宇多源氏の雅信、重信ともども冷泉天皇の御代を下れる御代と慨嘆した廷臣であった。雅信は「親王たちの親王にて、世の案内も知らず、たづきなかりしかば、さるべき公事の折は、人より先に参り、こと果てても、いとするにまかり出でなどして見習ひしなり」（三二三）と自ら述べているように、故実の習得に余念がなく、重信は、修理大夫をつとめていたとき、父、敦実親王のもとを訪れる際の行き帰りに内裏の破損箇所を点検して修理を行ったことに触れて、ともに政務に精励していたことが繁木によって語られている。雅信、重信を中心に宇多源氏の有様を語る、そのおしまいに据えられている世継の言葉「おほかたそのほどには、かたがたにつけつついみじき人々のおはしまししものをや」（三二五）が示すように、実頼、雅信、重信のような廷臣を擁する村上天皇の御代が聖代であったことをいわんとしているのだろう。それは、「このごろもさようの人はおはしまさずやはある」（三二六）という若侍の言葉を受けて、世継が「この四人の大納言たちよな。斉信・公任・行成・俊賢など申す君達はまたさらなり」と、道長の栄華をブレーンあるいは行事の上卿として支えた四納言に言及するところからも逆照射されて、村上聖代を浮き彫りにしている。昔物語は下れる御代と評定された冷泉天皇や、大臣列伝において俊賢が「冷泉院の狂ひよりは花山院の狂ひこそ術なきものなれ」（一六五）と、その常軌を逸した性格、振る舞いを証言している花山天皇の御代の逸話を用意周到に排除している。この点に注目しても、昔物語は、従来、流布本系において天皇紀と昔物語に同一事象が見られることなどをとらえていわれてきたように、天皇紀の補完などではなく、明らかに独自の歴史に対する眼差しが窺えるのである。

昔物語は、若侍の「もののおぼえはじめは、何ごとぞや」（三〇一）という問いかけに応じて、世継がまず光孝、宇多、朱雀天皇の践祚について賀茂臨時祭や石清水臨時祭の創始と絡めて語り、光孝、宇多天皇にはじまるいわば新皇統に対する讃頌をはじめに据える。次いで、この翁（繁木）も、あのぬしの申されつるがごとく、くだくだしきことは申さじ。同じことのやうなれど、寛平（宇多天皇）・延喜（醍醐天皇）などの御譲位のほどのことなどはいとかしこく忘れずおぼえはべるをや。（三〇五）

とあるように、繁木に宇多、醍醐天皇の譲位のことを語らせている。昔物語は天皇の在位中の治世にまつわることはもとより、宇多上皇、円融上皇の退位後の風流韻事を語ることも歴史叙述の眼目のひとつになっている。世継が践祚を話題とするのに対して、繁木は譲位を語る役目が担わされている。繁木は「寛平・延喜などの御譲位のほどのこと」といっているけれど、実際語られるのは宇多天皇の譲位であって、醍醐天皇のそれは語られることはなかった。それは醍醐天皇は譲位の後まもなく崩御されたからに他ならなく、それに代えて朱雀天皇の譲位のいきさつが語られている。昔物語が譲位に関心を示し、宇多天皇、朱雀天皇、円融天皇の退位に至るいきさつや退位後の風雅な営みを語ることを、どのようにとらえればよいのであろうか。朱雀天皇については早い譲位を後悔し、復位をのぞんだことを繁木が言及しているように、また宇多、円融上皇は院政を志したことがいわれているように、昔物語が語る譲位は上皇の何らかの政治への関与の問題と切り離しては考えられないのである。

ところで、繁木は宇多天皇の譲位の折、弘徽殿の壁に残された伊勢の歌「別るれどあひも思はぬ百敷を見ざらむことやなにかかなしき」と、それに対する宇多上皇の返歌「身ひとつのあらぬばかりをおしなべてゆきかへりてもなどか見ざらむ」を紹介している。この伊勢の歌は、実は『栄花物語』巻第三十八、松の下枝の後三条天皇の譲位を語るくだりにも引用されている。すなわち、

帝（後三条天皇）は、いつしかおりゐさせたまひなんとのみ思しめして、この四月にも大極殿の修理などせさせたまふに、「新しく造らせたまひて、はじめに世の替はる気色のあらんは便なかるべしと思しめして」などぞ、世人申しし、まことにや。この十二月の八日おりさせたまふ。この近くなりては重くわづらはせたまひておりさせたまふに、いとあはれなり。「あひも思はぬ」など、弘徽殿の壁に伊勢が書きつけけんなど

思ひ出でられて、何ごとにも目のみとまる。（③四四四〜四四五）

とある。本内裏での譲位にこだわった三条天皇が度重なる内裏焼亡にあい、結局、枇杷第で譲位をせざるをえなくなった事例が顧みられ、大極殿の修理をおえてしばらくたって後三条天皇は譲位を決行したという。さらに天皇の御不予が理由となる最近の例とは異なる譲位であることが触れられ、その先例として宇多天皇の譲位が鋭く意識されていることを証すがごとく、伊勢の歌が導入されている。作品は異なるとはいえ、伊勢の歌の引用を媒介にして、『大鏡』昔物語の磁場に後三条天皇の譲位が手繰り寄せられているといえるであろう。後三条天皇は、譲位後、天王寺詣を行っている。『栄花物語』は巻第三十一、殿上の花見に記される彰子の天王寺詣を下敷きにしてその華やかな御幸の有様を詳述しているが、これも『大鏡』昔物語が宇多上皇の大井河、河尻、鳥飼院への御幸に触れる姿勢と重なっていよう。昔物語の歴史叙述の背景に後三条天皇の譲位を含めた御代の動向や後三条天皇の政治的行動が色濃く投射されている。

さて次に、語り手の立場から昔物語の摂関時代史観をみていこう。世継は光孝天皇の女御、宇多天皇の母后にあたる班子女王に仕え、繁木は忠平に仕えた。従来、大宅世継、夏山繁木という命名から、世継は皇室の立場に立って朝廷の歴史を語ることを担わされた語り手、一方、繁木は藤氏の繁栄を語るべく設定された語り手というふうに役割分担を想定し、かかる役割、立場から逸脱する実際の歴史語りをいかに整合的に読むかが『大鏡』研究の課題のひとつとみなされてきたが、天皇紀・大臣列伝、藤氏物語は実際、世継の一人語りであって、語り手の立場性が反映した歴史語りにはなっていない。昔物語では二人の対話によって構成されていて、語り手の立場がそれぞれの歴史語りを規制する度合が高まると予想されるが、実際は、立場の相違によって対立的見解が提示されるのではなく、それぞれの語りが相互に承認される格好で進行するのである。だとすれば、一方が皇室、他方が藤氏という二項対立的な見方に縛られるのではなく、班子女王に仕える世継と忠平に仕える繁木が対話の相手として番わされていることから透き見えてくる、班子女王、光孝、宇多と忠平との結びつきを考えてみる必要がある。

ところが、この両者の結びつきを示す明証は昔物語には皆無なのである。歴史学の成果は、忠平が執政の地位にのぼることができた背景には妹、穏子の力添えとともに宇多法皇の厚い信任があったことを明らかにしているが、しかし、事実に還元し、裏付けをとるだけでは昔物語固有の摂関時代史観は見えてこないだろう。そこで、藤氏物語の掉尾に位置する禎子内親王誕生の際の夢告記事から両者の結びつきを解き明かしてみよう。これは、昔物語と藤氏物語の位相差を強調する余り閑却していた藤氏物語との連続面から昔物語の摂関時代史観を浮び上がらせようとする試みである。

この一品宮（禎子内親王）の御有様のゆかしくおぼえさせたまふにこそ、また命惜しく侍れ。その故は、生まれおはしまさむとて、いとかしこき夢想見たまへしなり。さおぼえはべりしことは、故女院（詮子）・この大宮（彰子）など、孕まれさせたまはむとて見えし、ただ同じさまなる夢に侍りしなり。それにて、よろづ推し量られさせたまふ御有様なり。（二九六）

と世継が語る。詮子も彰子も国母として藤原北家、九条流の発展に貢献し、出家して院号を賜った。禎子内親王の誕生の折に見た夢告が詮子や彰子のときと同じで、しかも詮子や彰子の、夢告通りの繁栄を目の当たりにしたことを拠り所にして、禎子内親王の繁栄を予祝するのである。後年、禎子内親王は後朱雀天皇の中宮、皇后となり、尊仁親王（後の後三条天皇）を生み、尊仁親王の即位にともなって国母となり、女院号を賜わり陽明門院となるのであったが、かかる経歴は詮子、彰子が辿ったコースと同じであり、これを根拠に藤氏物語を含めた『大鏡』の成立は禎子内親王が陽明門院となった治暦五年（一〇六九）以降のことだとされてきた。成立の論議は今は措き、道長の栄華の継承、あるいは余光として何故、禎子内親王の繁栄がとりあげられるのか追尋しよう。道長の孫に当たる禎子内親王が詮子、彰子と同一の経歴を辿るからと一応、説明できるが、そうだとしても禎子内親王が詮子や彰子とは異なって、藤原北家の出身ではないという問題が残る。この問題を解く安西廸夫氏の卓説がある（注15）。班子女王は天皇紀中に記される母后の中で唯一、王家の娘で、藤氏と全く関係がなく、したがって、宇多天皇は藤氏を外戚としない帝であった。禎子内親王所生の後三条天皇も同様に藤氏と直接的関係がなく、しかも両天皇とも藤原氏の力を排除しようと努めたことが知られ、「陽明門院――後三条の関係は、まったく班子――宇多という関係に似ている」といわれる。氏がいわれるように、世継を班子女王周辺に仕える者と設定することは、陽明門院の繁栄を予言することと密接に関わることであった。では、忠平はどうか。〈班子女王――宇多――醍醐――朱雀〉と〈陽明門院――後三条――白河――堀河〉との対応関係を認めるならば、忠平は、妹穏子所生の朱雀天皇の御代の執政だから、堀河天皇を産んだ賢子の養父師実か、実父顕房に相当すると考えられているが（注16）、私見は教通が相当すると思量する。教通は、兄、頼通と異なり、後三条天皇の東宮時代の傅をつとめるなど天皇との関係も比較的良好で、その治世を関白、太政大臣として支えたのに対して、頼通の男、師房は、頼通の宇治籠居にともない従来の政治的発言力を失っていたからであるし、何よりも白河天皇の治世において師実、師房と政治的に対抗する勢力の中核を担った禎子内親王を宇多天皇の母后、班子女王に重ね合わせていたことと齟齬をきたすことにもなるからである。二人の語り手がそれぞれ仕える、光孝、宇多、班子女王と忠平との間に結びつきは表立っては窺い得ないが、後三条天皇治世下および白河天皇の御代のはじめ頃の皇室と藤氏との血縁的結びつきとほぼ対応している。二人の語り手が変貌し、その立場性が顕化してくる昔物語は（藤氏物語も含めてよいかと思う）、天皇紀・大臣列伝とは異なり、院政期前夜の政治状況に基づく摂関時代史観が窺え、既に述べたように、昔物語において天皇と藤氏との関係を「日本国の固め」という点から捉えるのも、天皇権威の回復に即応して藤氏の権勢が相対的に下降する政治情勢の反映とみられるのである。

歴史は連綿と間断なく展開する。歴史叙述はそれを分節化することなしには歴史を対象化することはできない。だから、歴史叙述にとって、どこから書き始め、どこで筆を擱くかという、対象化する時代範囲の限定はその性格を規定することになる。『大鏡』の天皇紀・大臣列伝は文徳天皇、冬嗣の時代から起筆し、後一条天皇、道長の時代までを対象化する。藤氏物語は大臣列伝を補足し、鎌足から道長までを書き記す。ところが、昔物語は光孝天皇から起筆し、後一条天皇の御代の出来事が下限になっている。対象化する時代の範囲のズレも、昔物語が道長至上主義の歴史から自由であり、昔物語固有の歴史観に基づく歴史叙述が目指されていることの明証のひとつである。

以上、様々な角度から、昔物語は無定見な、単に天皇紀を補完する歴史叙述ではなく、固有の歴史観に裏打ちされた、したがって、天皇紀・大臣列伝、藤氏物語とは異なった志向をみせる歴史叙述であることを明らかにした。

（1）『歴史物語考その他』（右文書院、昭和五十四年十一月）
（2）「『大鏡』巻五・六「藤氏物語」「昔物語」の作者をめぐって」（「岐阜大学国語国文学」一七号、昭和六十年三月）
（3）『新潮日本古典集成　大鏡』（新潮社、平成元年六月）解説。
（4）注（3）前掲書解説。
（5）『大鏡研究序説』（講談社、昭和五十四年十月）
（6）『栄花物語・大鏡の成立』（桜楓社、昭和五十九年五月）
（7）『歴史物語の史実と虚構――円融院の周辺――』（桜楓社、昭和六十二年三月）
（8）第Ⅱ部第一、二章。

（9）第Ⅱ部第一章。
（10）第Ⅱ部第一章。
（11）『栄花物語』における「後見」について」『栄花物語研究　第一集』（高科書店、昭和六十三年五月）
（12）橘健二『日本古典文学全集　大鏡』（小学館、昭和四十九年十二月）訳。
（13）橋本義彦『平安貴族』（平凡社、昭和六十一年八月）、山中裕『平安人物志』（東京大学出版会、昭和四十九年十一月）
（14）橋本義彦注（13）前掲書、黒板伸夫『摂関時代史論集』（吉川弘文館、昭和五十五年十月）
（15）安西廸夫注（7）前掲書、加納重文『歴史物語の思想』（京都女子大学、平成四年十二月）
（16）注（15）加納重文前掲論文。

第五章　『大鏡』の作者——能信説の再検討——

一

『大鏡』の大臣列伝のなかにあって師尹伝の充実は注目に値する。それはまず叙述の分量の多さが証している。量的充実がそのまま、『大鏡』の摂関時代史あるいは道長の栄華に至る九条流発展史において小一条流の存在が重視されていることをあらわしているとはいえないが、道長伝を除けば分量の最も多い道隆伝より分量がわずかに少なく、道長の栄華と直結する師輔およびその一族を描く師輔伝よりやや多いことはやはり無視することができないであろう。その量的充実の一因は、敦明親王（師尹の孫にあたる）の東宮退位事件を詳細に語っているからである。この事件が、小一条流の歴史にとってはその浮沈を決定づけ、道長の栄華をも左右する重大事であったため、おのずと力を込めて叙することを促したのであろう。また、世継の一人語りでもっぱら展開する『大鏡』の歴史叙述にあってはめずらしく、世継の大雑把な事件の説明に対して若侍が異論をさしはさみ、歴史の裏面を剔抉し、真相を明らかにしようとする、おそらくは『大鏡』が当初、目論んでいたであろう語り手たちの対話による歴史の再現がまがりなりにも実現されていることも量的充実をもたらした理由となろう。

増補本系では若侍の発言は兼通伝にもみられるが、古本系では師輔伝にわずかに異見をはさむところがあり、それを除けば、若侍が存在感を発揮する場面は唯一この師尹伝の東宮退位事件を語るところである。『大鏡』が提示する若侍の人物像は余り明確ではなく、序に「年三十ばかりなる侍めきたる者」（一五）、「そこらの人多かりしかど、ものはかばかしく耳とどむるもあらめど、人目にあらはれて、この侍ぞ、よく聞かむと、あどうつめりし」（一八）と説明され、世継らの「昔語り」に興味関心を持っているといった程度のことしか浮かびあがってこない。しかし、昔物語（雑々物語とも）には、「何ごとも、聞き知り見分く人のあるはかひあり、なきはいと口惜しきわざなり。今日かかることども申すも、わ殿（若侍）の聞き分かせたまへば、いとど今少しも申さまほしきなり」（三二二）と、世継らの「昔語り」の聞き役が一般聴衆の中でもとりわけ若侍に限定されている。世継が自らの「昔語り」を日本紀に比肩すると称揚していたことと重ねると、『大鏡』の歴史叙述が学識ある者の関心にも堪えうる内容であること、いいかえれば若侍の存在が『大鏡』の歴史叙述の指標となっていることをあらわしているのであろう。若侍の学識に見合う話題へと『大鏡』の歴史叙述が傾斜していく様相を窺知することもできよう。また、世継が若侍の学才を讃え、「古き御日記などを御覧ずるならむかしと心にくく」（三三七）といっているところは、若侍の身分、立場を暗示するものとして注目される。若侍が貴人の日記を見る機会に恵まれる環境が前提としてあってはじめて成り立ち得る讃辞であるからだ。日記は本来、記主およびその子孫という限られた範囲内で先例故実を知るために披見された。日記の他見を許さない状況下では若侍ふぜいが貴人の日記を見ることは不可能であろう。既に論じたことがあるので、要点のみ記せば、家柄による身分の固定化に加えて、主家（たとえば摂関家）との主従関係が代を重ねて形成されたことと相俟って、譜代の家司が主人の日記を補完する目的で同一の事柄を記し置いたり、主人の談ずる故実などを書きとどめたりする、いわば日記の二重性の時代の家司層が若侍の身分として想定されるのである（注1）。それは、大雑把な言い方になるが、院政期になって立ち現れる日記をとりまく環境であった。

『大鏡』の段階的成立論に従えば、昔物語は序、天皇紀、大臣列伝の本体（原型）が成立した後、増補されたらしく、本体と成立時期が多少ずれ、作者までもが異なっているらしい（注2）。だとすれば、昔物語から推定される若侍の身分や作品の成立時期がそのまま本体にはあてはまらないことになろう。したがって、師尹伝の若侍を摂関家をはじめとする貴顕に仕える家司としてみることには慎重でなければならない。ただし、昔物語における若侍に対する肉付けは師尹伝における若侍の活躍をふまえてなされていることは間違いなかろう。昔物語の作者による、彼の師尹伝の読みが投射された、昔物語成立時の日記をとりまく環境にもとづく若侍の実体化であったということになろうか。

一方、この若侍に道長男、能信を比定する見方がある。能信を『大鏡』の作者とみる議論の中から浮上してきた。予めことわっておくが、若侍に能信を擬したり、能信を作者とみる説は、どちらかといえば、諸条件から帰納的に証されるのではなく、逆に、能信を作者とみれば最もうまく諸現象が説明できるという論じ方になっている。作者確定の確実な証拠が実はないからであって、本稿もかかる論法によるしかないのである。能信作者説は古くは鎌倉時代に成った「日本紀私抄」にみえ、明治になっては井上通泰氏（注3）らが一説として触れ、昭和になっては西岡虎之助氏（注4）によって積極的に提唱された。近くは松村博司（注5）、山中裕（注6）、石川徹（注7）氏が能信の『大鏡』の作者としての可能性を認めながら、やや幅を広げて能信周辺に作者を求めている。確かに能信作者説を支持するいくつかの内部徴証を指摘することができるのである。

その一は、藤氏物語のおしまいに一品宮禎子内親王誕生の際の夢告のことが語られているが、そのとき世継が聴衆に向かって次のようにいう。「皇太后宮（妍子、禎子内親王母）にいかで（夢告のことを）啓せしめむと思ひはべれど、その宮のほとりの人にえ会ひはべらぬが口惜しさに、ここら集まりたまへる中に、もしおはしましやすらむと思うたまへて、かつは、かく申しはべるぞ。行末にも、よく言ひけるものかなと思し合はすることも侍りなむ」（二九六〜二九七）。その場に居合わせていた筆録者（作者）が「ここにあり」（二九七）と名乗り出たい衝動にかられたと記されている。

この筆録者（作者）に能信をあてれば、能信の履歴とよく合致するのである（注8）。能信は寛弘九年（一〇一二）二月、中宮妍子の権亮となった（『公卿補任』寛仁元年（一〇一七））。禎子内親王の東宮入内にも奉仕したことが『栄花物語』巻第二十八、若水にみえ、巻第三十四、暮待星には、能信が「故皇太后宮（妍子）の御をりよりこの宮（禎子内親王）をばとりわきあつかひきこえさせたまふ」（③二九三）とある。禎子内親王が東宮敦良親王（後朱雀天皇）の即位にともない中宮となるや、能信が中宮大夫をつとめた。また頼通の養女、嫄子女王が後朱雀天皇の後宮に入り、中宮となるのにともなって、禎子内親王が皇后に転上すると、引き続き能信は皇后大夫をつとめた。禎子内親王所生の後朱雀天皇皇子、尊仁親王の立太子に尽力したのも能信であった。能信は妍子および禎子内親王と縁が深かった。これが能信作者説の最大の根拠となっている。

禎子内親王についての夢告は、世継が詮子や彰子の懐胎されたときに見た夢と同じもので、詮子や彰子の繁栄を眼の当りにした体験をふまえて、禎子内親王の将来の繁栄を予示するものである。おそらく、尊仁親王（後三条天皇）の登極にともなって禎子内親王が母后（国母）として遇され、詮子、彰子と同じく院号を賜って、陽明門院と称され、その栄華を実見したところではじめてなし得る叙述であったろう。とすれば、『大鏡』の成立は禎子内親王が女院となった治暦五年（一〇六九）以降ということになる。一方、尊仁親王の立太子によって禎子内親王の繁栄がほぼ約束されたとみれば、尊仁親王の立太子の寛徳二年（一〇四五）にまで成立を引き上げることができ、それは能信在世中のことであり、能信を作者とみる可能性は失われたわけではない。あるいは、作者を能信とせず、能信周辺と緩やかに考えれば、治暦五年以降の成立でも構わないことになる。

その二は、敦明親王東宮退位事件における能信の活躍ぶりを若侍が歴史の真相として語るところである。世継が語る内容は『栄花物語』巻第十三、木綿四手に記されていた事件の顛末にほぼ合致する。『栄花物語』的歴史叙述の平板さを乗り越えようとする『大鏡』の価値をいかんなく発現させるために、ことさら世継に異見をさしはさむ若侍を登場させたのであろうか。おそらくそれだけではなく、若侍に異見をいわしめるだけの確実な裏付けのある情報が入手されていたからではなかろうか。若侍の話は部分的な潤色はあるものの、『御堂関白記』『小右記』『権記』から知られる事実と重なるところが多く（注9）、これらの日記が原資料として用いられた可能性が指摘されている（注10）。とすれば、『大鏡』の成立にはこれらの日記を披見できる立場の人間の参与が不可欠であって、若侍を作者の分身あるいは隠れ蓑とすれば、昔物語にみえる「古き御日記などを御覧ずるならむかし」という世継の若侍に対する讃辞とも符合する。世継の讃辞を、先には『大鏡』（本体）あるいは昔物語の成立時やその時点の日記をとりまく環境を示すものとして重視したが、それとは異なる視角から、「古き御日記」を披見できる若侍が作者に他ならないことを種明かししていると捉えるのである（注11）。

このように世継の讃辞を理解するばあいも段階的成立論を視野に入れておかなければならないだろう。昔物語の作者は、『大鏡』（本体）の作者については不明ながら、そこに登場する若侍の中にその面影を嗅ぎとったということであろうか。あるいは『大鏡』（本体）の作者がはっきりとわかってはいたが、そこにみられる作者韜晦の姿勢を承認しつつ、世継の讃辞の中で暗示して見せたということであろうか。いずれも推測の域を出ないけれど。

若侍の話は当事者にしか知り得ぬ敦明親王東宮退位事件の核心に迫っている。若侍の話の情報源として能信の存在が浮上してくるゆえんであり、若侍に能信の面影をみる見方もこの一点によっているのである。

ところで、『御堂関白記』は寛仁元年（一〇一七）八月四日、五日、六日、七日条にわたって東宮退位の経緯を記している。『小右記』は七日条に道長の言談として事件の概略を伝えている。したがって『小右記』はこの事件に関しては『御堂関白記』の捉え方と重なり、その内容を補完するものとして位置づけられる。『小右記』に記されている、東宮の現況が窺われる、対面場面における東宮の発言「無輔佐人、宮事有若亡、院（三条院）崩御後、弥無為方、傅（顕光）・大夫（斉信）其中不宜、一分為我無益、不如辞遁心閑休息」（注12）は『御堂関白記』にはみえず、『御堂関白記』を補う内容であるが、実は、それが『大鏡』の若侍が語る、東宮の三条院崩御後の、来訪者が少なく、しかも宮司の怠慢によって邸内が荒廃している様子と合致しているのである。若侍の話は、東宮と道長の対面当日、道長が東宮の母、三条天皇皇后娍子付き女房の東宮御所に通う道路を武士に命じて封鎖し、皇后の横槍が入らないように処置したことや、対面の場面で東宮が退位を逡巡し、かすかな動揺をあらわしたこと等、道長サイドからというより娍子、東宮側に立った叙述というべきものも見受けられるが、総じて道長あるいは道長の指示に従って行動する能信サイドから出来事を再現している。若侍の話と『小右記』が合致することは、若侍の話が道長、能信サイドに立つ内容となっていることを証すものとなろう。それに対して、『権記』八日条は左大臣藤原顕光の言葉を次のように記し、『御堂関白記』『小右記』とは対照的な東宮退位事件の姿を伝える。

　盛筭君云、今朝参左府（顕光）、命云、儲宮御事于今不被仰、況兼無聞、又一日東宮被申案内於后宮（娍子）、后宮先不触、輙及外漏之由有□、于時儲宮閉口失色、頗有悔気、是非本意、早遽被申大殿（道長）云々（注13）

東宮退位については東宮傅で、舅にもあたる顕光（顕光女、延子が東宮妃となっていた）には一切知らされていなかったこと、東宮は先日、母、娍子に退位のことを伝えたものの、その前にそれが外に漏れてしまったために気が動転して、退位を後悔し、本意ではない旨を急遽、道長に申し入れたことが顕光の発言として記されている。この後に続くところは引用を控えるが、敦明親王は帝位につくべき器量（「龍顔」）の持ち主ではないとかつて行成自身が相したことが現実のものとなったと記されている。東宮退位に関して顕光には相談がなかったという点については、『御堂関白記』六日条に記されている、道長と東宮の対面場面における東宮の発言「（退位ニツイテ）宮（娍子）不快、左大臣任心者、日来間思定所聞也」（注14）と明らかに齟齬する。『権記』にみえる顕光の発言のように、事実は顕光に相談がなかったのではなかろうか。道長の慎重な姿勢に接し、東宮は事をスムーズに運ぶために敢えて外戚にも異論のないことを強調したのであろうか。あるいは、事実は藪の中で、当事者たちの思惑や立場が色濃く反映し、そのため細部の齟齬や異なった事件の全体像が立ち現われているのであろうか。それは退位を意志表明したにもかかわらず、動揺、翻意する敦明親王の曖昧な態度（注15）にも起因するのであろう。いずれにしても情報源が異なれば、それに応じて全貌が全く異なって見えてくる典型的な事件であった。

『大鏡』以外の他資料と比照することによって、若侍の話の情報源を道長、能信のあたりに限定することが可能となってくるであろう。情報源が確定されたとしても、『大鏡』がその情報伝達経路に位置することが明らかになったのであって、必ずしも『大鏡』の作者が能信であるとか、若侍に能信が擬定されるとかが証明されたわけではないが、情報源の確定が能信作者説の必要条件にはなってくるだろう。

あと一点、師尹伝の若侍の話について指摘すべきことがある。『御堂関白記』『小右記』からも若侍の話と同様に、東宮と道長の仲介者として能信が重要な役割を果たしたことが知られるが、『御堂関白記』および道長の言談を書きとどめた『小右記』には、東宮退位に至る経緯のうち道長と敦明親王の対面の場面が詳しく書かれているのに対して、『大鏡』の若侍の話は対面の場面については余り多くを語らず、むしろ世継の語りにおいて生彩に富んだ対面場面の形象がなされている。これをどのように理解すべきであろうか。『御堂関白記』によれば、東宮とまず道長が対面し、後に摂政頼通が招き入れられ、三者の対面となり、具体的に東宮の退位のことが話し合われたのであった。能信は、確かに道長とともに当日も東宮御所に参じたのであるが、この対面の場面には居合わせていなかった。若侍の異見が、『御堂関白記』などの日記ではなく、この事件において活躍する能信の実体験に基づくものだとすれば、若侍の話が対面場面よりもそこに至るまでの経緯や後日譚に力点が置かれている現象もうまく説明がつくだろう。

以上、かつて西岡氏によって指摘された能信作者説を支持する『大鏡』の内部徴証をふまえ、それを私なりに敷衍しながら、その可能性を論じた。先述したように、能信を作者と決定する有力な内証に欠け、したがって論じ方がいきおい能信を作者とみたならばという仮定から諸現象を整合的に説明することになりがちであり、しかも、『大鏡』の段階的成立論をも視野に入れていくならば、仮定の上に仮定を重ねる複雑な推論過程をたどることにもなった。しかしながら、以上論じたところでは能信作者説では不都合な面は見出されず、依然として捨てがたく魅力的な見方であることが一層強く印象づけられた。以下、能信作者説を補強するであろう内証をいくつか提示し、さらにその可能性について検討していこうと思う。

二

師尹伝の掉尾に済時二女（娍子妹）の零落が語られている。

今一所の女君（済時二女）こそは、いとはなはだしく心憂き御有様にておはすめれ。父大将（済時）の取らせたまへりける処分の領所、近江にありけるを、人に取られければ、すべきやうなくて、かばかりになりぬれば、ものの恥づかしさも知られずや思はれけむ、夜、徒歩より御堂に参りて、愁へまうしたまひしはとよ。（一一九）

済時二女は敦道親王室であったが、敦道親王と和泉式部との関係が深まったために祖母（師尹室、定方女。済時二女を済時より預り、養育していた）のもとにもどった。後に後盾を失い、零落していったのであろう、近江にあった所領も他人に奪われ、所領回復を愁訴するために道長のところへ自ら徒歩で行くのであった。

『大鏡』の大臣列伝は伝の論理に従って三つのパターンに分類できるが（注16）、師尹伝は、伝に立てられた人物が悪事を犯したことによってその一族がふるわないというパターンに属する。同じパターンの伝としては、他に良相伝、時平伝、兼通伝、道兼伝がある。何をもって悪事と認定するのか、その基準は曖昧で、各伝によってばらつきがみられるが、悪事と一族の衰退とを因果関係で切り結ぶ論理は各伝に共通する。

師尹伝は時平伝に似た構造となっている。まず師尹が安和の変（源高明の左遷）の首謀者であることがいわれ、左遷された高明にかわって師尹は左大臣となるも、その年の内に薨じたことが記される。師尹伝の伝の論理が冒頭に顕化しているのである。以下、小一条流（師尹を祖とする門流）の歴史にとって上昇の契機となる、師尹女、芳子が村上天皇の後宮に入内し、帝の寵愛を蒙ったこと、および済時女、娍子（師尹孫）が三条天皇の皇后となり、六人の皇子女をもうけ、第一皇子敦明親王が立太子したこと、これら二点に絞って、小一条流の歴史を捉えようとする。適確な把握といえるであろう。しかし、小一条流の浮上の可能性がいずれも閉ざされるところに力点が置かれるのであって、師尹伝の論理に従った処理がなされる。前者については、中宮安子の薨去後、村上天皇の芳子に対する寵愛が急速に衰えたこと、さらには二人の間に生まれた唯一の皇子（『大鏡』は一人とするが、事実は昌平、永平の二人の皇子が生まれている）、永平親王が暗愚であって、古風で形式主義者であったおじ済時との共演による親王大饗の場面で失態を演じたことを語り、小一条流の当座の状況を照らし出している。また後者については、敦明親王の自発的な東宮退位によって小一条流の繁栄の可能性が完全に封じられたことを長々と語っていくのであった。

『大鏡』が道長の栄華の来歴を過去に遡って語っていこうとするとき、道長の栄華とは実質的に余り関わらない諸事象をどのように『大鏡』の歴史叙述に組み込むかがひとつの課題であったと思う。師尹伝にみえる芳子寵遇、娍子立后、敦明親王立太子などは、道長に至る藤原北家発展史を概観しようとすれば無視し得ぬものとして浮上してくるはずだ。九条流（道長の祖父、師輔を祖とする門流）の勢威に圧倒されて、その繁栄が阻碍されてしまう小一条流の歴史にも関心が払われている。そのために用意された歴史の論理が先述したように悪事と衰退との因果関係であったが、何故、ことさらかかる伝の論理が要請されるのか。小一条流も九条流もともに忠平から枝分かれした門流であって、忠平流からみれば、道長の栄華も娍子の立后等もともにその繁栄として位置づけられる。実際、娍子は師尹伝では「この殿（済時）の御面起したまふは、皇后宮（娍子）におはしましき」（一〇三）と称讃され、道長伝にも、

この入道殿下（道長）の御一つ門よりこそ太皇太后宮（彰子）・皇太后宮（妍子）・中宮（威子）、三所出でおはしましたれば、まことに希有希有の御幸ひなり。皇后宮（娍子）ひとりのみ筋別れたまへりといへども、それそら、貞信公（忠平）の御末におはしませば、これをよそ人と思ひまうすべきことかは。（二五一）

とあり、娍子立后が忠平流の繁栄として道長の希有な栄華とともに称讃の対象となっている。だから、道長の栄華を際立たせるためには師尹伝に伝の論理が必要となる。結局、道長の栄華の来歴と卓抜性を語ることと藤原北家の（発展の）歴史を語ることは必ずしも相即しないことに自覚的であったにもかかわらず、二つの目標の達成を企図し、実際、歴史を辿るうちに視野に入ってくる骨肉の争いをなるべく表面化させないで、北家の主流と非主流の区別を明確化するために案出されたのがこのパターン化された伝の論理ではなかったか。

さて、師尹伝の掉尾に置かれている済時二女の所領回復のための愁訴の話は、師尹伝の論理に従って小一条流の没落を印象づけているのであるが（注17）、その話の最後に、伝の論理と全く関係のない、済時二女が道長のもとに哀訴に行く途中に法成寺の南大門で彼女を引き止めた警固の人の素姓を説明する一文、「大門にて（済時二女を）捕へたりし人は、式部大夫源政成が父なり」（一二一）が付加されている。この一文は後人の書き加えであるという説もあるが、諸本にほとんど異同がなく、古本系では千葉本がこの一文を欠いているのみである。伝の掉尾であるから書き加えの可能性も排し切れないが、実は同じく、該話に登場する端役の人物についてその素姓を

説明する一文が付け加えられた例がもうひとつある。

師輔伝に安子が嫉妬深かったことを語るくだりがある。村上天皇に焼餅を焼いた安子が帝の来訪に全く応答しなかった話を載せるが、そのとき帝に随従していた童について「この童は、伊賀前司資国が祖父なり」（一二七）と説明がなされている。この一文は『大鏡』の作者を考える際に重視され、『大鏡』の作者の条件として「作者は伊賀前司資国などを知って居る人であらう」（注18）という一項が立てられている。また具体的に資国の履歴を調べ、『大鏡』の作者へとつなげていく作業が梅原隆章氏によってなされ、資国作者説が提出されている（注19）。

両例とも後人の書き加えや傍注の本文化の可能性も否定できないが、『大鏡』の作者（複数の人による共同編述か）によってなされた人物説明とみるならば、何故、『大鏡』の歴史叙述においてふつう「なにがし」と表現するにとどめられている端役の人物の説明が必要とされるのか。まず「なにがし」とぼかした言い方でもって登場させ、その種明かしをする格好でこれらの二つの文が後置されており、読者にその人物に対する関心を引き起こさせ、印象づける叙し方をしている。また、当の本人のことを説明するのであれば、「式部大夫源政成が父なり」と、まわりくどい言い方をしないで、政成の父は経任で、従五位下、越後権守であったことが『尊卑分脈』から知られるので、「越後権守源経任なり」などと表現する方がふさわしいであろう。だから、この一文の眼目は種明かしにあるのではなく、源政成の名前を歴史叙述の片隅にとどめることにあるといえよう。資国も同様である。では何故、政成と資国の名前が記しとどめられるのか。二人の『大鏡』の歴史編述への関与が想定されるのである。おそらくは、主人の命を受けて歴史編述の営みに従事した人々の存在証明として、自身の血脈につながる人物が登場するときことさら付されたのであろうという想定のもと、源政成と藤原資国の履歴を重ね合わせるところから浮上する、その主人にあたる人物を探り出していこうと思う。かかる着想は、松村博司氏の「能信は小一条院東宮退位事件の個所でも知られるように、自身が話の中に登場するし、能信自身が著作したとするには難がある。私は、能信自身が筆を執ったのではなく、能信周辺の人――たとえば能信に親近した人とか、下僚に当る一人――が、その命を受けてか、あるいはその意を体して執筆したのではないかと考える」という魅力的な仮説（注20）と、それを受けた、官撰国史の編纂の伝統からすると能信に近侍し、外記や弁官をつとめた複数の人々が『大鏡』の作者とするにふさわしいという石川徹氏の推定（注21）から示唆を与えられたことをことわっておきたい。

三

源政成については、『尊卑分脈』に「勘解由判官、従五位下、後拾作者」とあり、『勅撰作者部類』には「五位式部大丞、越後守、源経任子、永保二年（一〇八二）卒」とある。これらの史料からはそれ以上のものは出てこない。『春記』永承七年（一〇五二）八月二十日条に注目すべき記事がある。

二十日、天晴、寅剋許権弁消息云、今夜東宮（尊仁親王）御在所有小火事、即撲消了、只今可参入者、乍驚与弁同車参宮、寅四点許也、参御前、仰云、北廂障子中間置畳三四枚云々、其所懸燈炉〈金〉、火走落云々、此畳三枚（脱アルカ）燃了間、非蔵人源政成候上宿伇僕滅、已又障子（脱アルカ）枚燃了、希有不焼亡也者、此天（脱アルカ）参入、至遅明人々参入、源大納言師房、左大弁経長参入、辰剋許退出、申剋許督参給東宮、予同参入、此間雨脚如注、（注22）

東宮尊仁親王の御所で出火があった。火事はすぐに消しとめられたが、東宮権大夫であった『春記』の記主、資房は急ぎ東宮御所に参り、そのときの状況を東宮より聞き、記しとどめている。ここに「非蔵人源政成」とあり、政成が東宮の非蔵人であったことがわかる。能信はこのとき東宮大夫をつとめており、東宮の宮司として政成は能信の下僚であったことが知られるのである。

さて、藤原資国については『大鏡裏書』に、

中納言兼輔卿曾孫、修理亮従五位下守正孫、正五位下大蔵大輔義理男、守正天慶九年（九四六）四月二十一日補蔵人（注23）

とあり、『大鏡異本裏書』には

守正　天慶九年（九四六）四月二十一日補蔵人、九日任修理権亮、十一月十四日叙、今案、守正侍中之時為御使歟、童殿上之条可尋之

資国　長久四年（一〇四三）正月二十四日兼伊賀守、元皇后宮権大進　此大鏡万寿二年（一〇二五）物語也、伊賀前司之条年紀相違、後見之人書加歟（注24）

とある。いずれも、資国の祖父、守正が童殿上したことは確かめようがなく、『大鏡異本裏書』は守正が六位蔵人であったときのことではないかと推測している。また『大鏡異本裏書』は、資国の任伊賀守は長久四年であるから、語りの現在時、万寿二年からすると後年に属すので、後人の書き加えではないかとしている。『大鏡』は万寿二年を世継らの「昔語り」の時として設定しているが、それがそのまま作品の成立時を示すものではないことは、人物の呼称等から証されており、万寿二年に作品が成立したという説はすでに放棄されたといってよかろう。だから、作品の成立を万寿二年より後、すなわち資国が「伊賀前司」と呼ばれるにふさわしい年時、永承二年（一〇四七）にまで下げれば、後人の書き加えとすることもなかろう。

資国は諸史料によれば、寛仁元年（一〇一七）八月九日、敦良親王の立太子により東宮権少進に任じられている（『権記』）。『秋玉秘抄』治安四年（一〇二四）には「左衛門少尉正六上」とみえ、『小右記』万寿四年二月四日条には「文章生東宮少進藤原資国」が検非違使尉に任じられたことがみえる。長暦元年（一〇三七）二月十三日に禎子内親王の立后にともなって中宮少進となり（『平行親記』）、長久四年（一〇四三）正月二十四日には伊賀守を兼ねた（『大鏡異本裏書』）。『大鏡異本裏書』に「元皇后宮権大進」とあるから、禎子内親王立后に際して中宮少

進となり、禎子内親王が皇后に転上した後も引き続き宮司（皇后少進）として仕え、その後しばらくして皇后権大進となったと考えられる。

以上、略述した資国の経歴のうち注目されるのは、中宮少進、皇后少進、皇后権大進として禎子内親王に仕えたことである。実は能信も禎子内親王立后後、中宮大夫、皇后大夫として仕え、禎子内親王所生、尊仁親王の立太子により東宮大夫を兼官した。政成と同様、資国も能信の下僚として仕えたことがわかる。政成と資国の経歴をつき合わせるところから浮上してくる、主人として『大鏡』の著述を命じるにふさわしい人物はやはり能信であるといえよう。資国の経歴は諸史料からそれなりに明らかにすることができるが、政成の履歴を跡づける史料は極めて乏しく、彼が主家として誰を仰いだかなどということは不明としかいいようがない。したがって、この程度の調査結果から、能信との主従関係や『大鏡』の成立事情を云々するのは無謀ともいえようが、能信あるいはその周辺から『大鏡』が生まれたとする説を補強する一つの材料とはなろう（注25）。

四

さて、角度をかえて『大鏡』の作者について考えていこう。公季伝に次の記述がある。

この大臣（公季）、ただ今の閑院の大臣におはします。これ、九条殿（師輔）の十一郎君、母、宮腹におはします。親王の御女をぞ北の方にておはしましし。その御腹に、女君一所、男君二所。女君（義子）は一条院の御時の弘徽殿の女御、今におはします。男、一人は三昧僧都如源と申しし、亡せたまひにき。今一所の男君は、ただ今の右衛門督実成卿にぞおはする。この殿（実成）の御子、播磨守陳政の女の腹に、女二所、男一人おはします。大姫君は、今の中宮権大夫殿（能信）の北の方。今一所は、源大納言俊賢卿、これ民部卿と聞ゆ、その御子のただ今の頭中将顕基の君の御北の方にてぞおはすめる。男君をば、御祖父の太政大臣殿

（公季）、子にしたてまつりたまて、公成とつけたてまつらせたまへるなり。蔵人頭にて、いと覚えことにておはすめる君になむ。この太政大臣殿の御有様、かくなり。帝・后立たせたまはず。（一八二～一八三）

大臣列伝の叙述には型があり、伝に立てられた人物の父母、略歴、子孫に言及し、本人と子孫の逸話を配するのが基本である。しかるに、公季伝のばあい「この大臣、ただ今の閑院の大臣におはします」と、万寿二年（一〇二五）当時、太政大臣であったことのみが記され、公季の略歴についてそれ以外は触れない。大臣列伝の叙述の型からはずれている。確かに、万寿二年当時まだ生存しているのであるから在任年数とともに官歴を書いていく叙述の基本型によることができない事情も考えられるが、それならばそれで他の書き方もあり得たであろう。公季伝は何故、伝として特立されているのであろうか。『大鏡』は、大臣列伝序説に記されているように太政大臣を重視し、太政大臣列伝を志向するところがある。したがって、藤原北家の歴史の中で伝に特立されるほど重視されているとも思えない為光や公季が太政大臣に任じられたというその一点により伝として立てられることになった。公季伝はまだしも、為光伝などは伝に立てられた本人の逸話は全く配されていないほどである。公季伝において公季の略歴に触れないのも、公季伝が伝としての実質を兼ね備えていないことの証左ともなろう（注26）。

ところが、先に引用したように、伝の実質に不釣合なほど長大な系譜説明が据えられている。系譜説明はいうまでもなく、伝に配される本人や子孫の逸話の内容をわかりやすく伝えるための補助的な役割を果たすと同時に、伝に立てられた人物およびその一門が摂関時代史（藤原北家発展史）の中でどのように位置づけられているのか、その指標ともなろう。公季伝のばあいも、公季の生い立ちにかかわる逸話、孫の公成を公季が溺愛した話、源顕基男、資綱（公季の曾孫）の五十日祝における公季の老成した姿を伝える話が配され、それらに見合う系譜説明が導入されているといえよう。しかし、公季伝の掉尾におかれている資綱の五十日の祝における逸話は、公季の一代記として伝が仕立てられていて、公季の誕生から老成した姿までを描き出そうという意図のもとに配されているとみられるが、該話に資綱の叔父にあたる隆国がこの場面の証言者として登場し、若かりしころの道長と同様に該話に対する意味付与の役割を荷わされている点を考え合わせると、該話は万寿二年の語りの現在を越えた未来の一時点から見据えられているのではなかろうか。だとすれば、かかる理解に応じて公季伝の冒頭に置かれた系譜記述も別個の相貌を持って立ち現われてくるだろう。つまり、公季男、実成の娘のうち長女が能信室となり、次女が俊賢男、顕基の北の方となり、公季流が道長家の人間やその周辺の人物と姻戚関係を結ぶことによって未来に開かれ拡がっていくことを指し示すような系譜説明となっているとみられるのである。しかも、「帝・后立たせたまはず」と、公季流から帝位についたり、立后したりする者が出ないというのも、万寿二年現在のことを直接にはいっているのであろうが、だとすればことさら言及する必要はなく、歴史の未来においてそれが実現される可能性を留保する物言いになっている。この表現が持つ時間的射程は万寿二年以降をも含んでいるのではなかろうか。たとえば、為光伝が「この大臣（為光）、いとやむごとなくおはしまししかど、御末細くぞ」（一八二）という一文で終り、子孫の繁栄が閉じられてしまっている様相とは公季伝は対照的な姿を示す。

資綱の五十日における逸話は先に公季の老成した姿を伝える逸話と理解したが、如上の公季伝の在り方からすると、資綱の五十日祝であることに該話の導入される意味があるのではなかろうか。『公卿補任』によれば、資綱は、長久三年（一〇四二）十月二十三日に能信の内裏造営賞を譲られて正四位下に叙され、寛徳二年（一〇四五）四月二十六日に東宮尊仁親王の権亮となり、永承八年（一〇五三）十一月二十八日には皇太后宮禎子内親王の権大夫となっている。資綱は、能信室と資綱の母が姉妹であるという関係によって、あるいは能信の下僚として能信と深いつながりがあったのである。資綱も『大鏡』の編述に関与していた一人であったかもしれない。公季伝掉尾に位置する資綱の五十日祝の逸話は一見すると公季の古風な姿を描いているとうけとれるが、能信あるいはその周辺に作者を求める立場に立てば、資綱の人生の始発を慶祝し、記念するものとして位置づけることができるのではないか。

公季伝の冒頭の系譜は、能信や俊賢といった『大鏡』の成立に深く関係したとおぼしき人物を見据えていた。実は俊賢は小一条院退位事件をはじめ六回あらわれる。多くは出来事の証言者として登場し、『大鏡』の歴史叙述のなかで特異な位置を示す。多くの先学（注27）が指摘するように、俊賢は『大鏡』の成立と何らかの関わりがあるように思われる。敦明親王東宮退位事件においても、若侍の語るところによれば、能信は俊賢の助言を得て、すみやかに道長に東宮の退位の意向を伝えたのであった。能信、俊賢、公季流の三者のつながりと『大鏡』の成立の事情との関連を透き見させてくれるのが公季伝ではなかろうか。以上、能信作者説を間接的に補強、支持する内証を指摘した。

（1）拙稿「『大鏡』と日記」『古記録と日記　下巻』（思文閣出版、平成五年一月）

（2）保坂弘司『大鏡研究序説』（講談社、昭和五十四年十月）、松村博司『栄花物語・大鏡の成立』（桜楓社、昭和五十九年五月）。保坂氏は『大鏡』の本体（原型）と後に増補された藤氏物語、昔物語との関係を同一作者における構想の変更とみる。一方、松村氏は増補を本体（原型）とは別人の手によるとする。

（3）『南天荘雑筆』（春陽堂、昭和五年二月）

（4）『日本文学における生活史の研究』（東京大学出版会、昭和二十九年五月）

（5）注（2）松村前掲書。

（6）『平安朝文学の史的研究』（吉川弘文館、昭和四十九年四月）

(7)　『新潮日本古典集成　大鏡』（新潮社、平成元年六月）解説。
(8)　以下の能信の履歴の略述は、山内益次郎「拗ね者の系譜――今鏡能信伝の周辺――」『論集中古文学4　平安後期　物語と歴史物語』（笠間書院、昭和五十七年二月）、注（4）前掲書を参照した。
(9)　山中裕『平安人物志』（東京大学出版会、昭和四十九年十一月）、稲賀敬二・今井源衛『鑑賞日本の古典　5　枕草子・大鏡』（尚学図書、昭和五十五年五月、『大鏡』の担当は今井源衛）、加藤静子『王朝歴史物語の生成と方法』（風間書房、平成十五年十一月）
(10)　注（9）加藤前掲書。
(11)　注（9）加藤前掲書。
(12)　引用は『大日本古記録　小右記』の本文による。
(13)　引用は『増補史料大成　権記』の本文によるが、訂したところがある。
(14)　引用は『大日本古記録　御堂関白記』の本文による。
(15)　敦明親王の放縦で気ままな性格は『大鏡』の師尹伝の若侍の話からもうかがえるが、他に『小右記』長和五年（一〇一六）正月二十四日条にもみられる。
(16)　第Ⅱ部第二章。
(17)　増補本系統の諸本は済時二女の没落を語る話の最後に、つまり師尹伝の最後に「さばかり優におはしけん御末こそ、少しはかばかしき人なけれ（割注は略）」という一文を置き、師尹伝の論理を顕在化させ、済時二女の話の意味を鮮明にしている。
(18)　山岸徳平「大鏡概説」『岩波講座　日本文学』（岩波書店、昭和八年一月）
(19)　『大鏡成立論攷』（顕真学苑、昭和二十七年三月）
(20)　注（2）松村前掲書。
(21)　注（7）前掲書解説。
(22)　引用は『増補史料大成　春記』の本文によるが、訂したところがある。

(23) 引用は松村博司校注『日本古典文学大系　大鏡』(岩波書店、昭和三十五年九月)の本文による。
(24) 引用は『新校　群書類従』の本文による。
(25) 昔物語に彰子の大原野行啓のことが記されているが、そこに「御車の後には、皇后宮(皇太后宮の誤り。妍子)の御乳母、惟経のぬしの御母、中宮(威子)の御乳母、兼安・実任のぬしの御母、おのおのこそさぶらはれけれ」(三三三)とあり、端役の実名が出てくる。これらの人々の履歴を調べてみると、惟経は長暦元年(一〇三七)二月十三日に中宮(禎子内親王)権大進となり(『平行親記』)、延久元年(一〇六九)二月十七日に陽明門院の判官代となっており(『類聚符宣抄』)、能信の下僚であったが、他の二人は能信との関係を見出せない。この箇所については、昔物語の位相と絡めて論じなければならず、後に改めて考えたい。
(26) 第Ⅱ部第二章。
(27) 原岡文子「大鏡と説話」『歴史物語講座　第三巻　大鏡』(風間書房、平成九年二月)など。

第六章　『大鏡』の作者・追考

一

私はかつて「『大鏡』の作者——能信説の再検討——」という拙論（注1）をものした。『大鏡』の作者についての議論は、様々な作者説が提出されてきたけれども、余り相互批判がなされず、また作者としての諸条件が、それが欠くべからざるものであるか否かの吟味もほとんどなされないまま加えられ、これまで論者が指摘したすべての条件を満たす作者像を結ぶことさえ困難な状況を生んでいたが、最近、松村博司、石川徹両氏の研究によって藤原能信に親近した人、下僚にあたる人たちの共同作業によって『大鏡』の編述が行われたのではないかという説得的な仮説が提出され（注2）、能信あるいはその周辺という線で収束しつつある。石川氏は、世継が自らの「昔物語」を「日本紀聞くとおぼすばかりぞかし」（四九）と称揚しているところを重視し、六国史編纂事業からの類推によって『大鏡』の編述に従事した人々を「外記ことに大外記、または弁官、または蔵人」のなかに求めるべきだと指摘し、「そうした人物で能信と昵懇の人物は誰か」という調査は若い学徒に委ねた（注3）。それを受けて、かかる仮説を裏付ける内証のいくつかに再検討を加え、さらに『大鏡』の叙述からその編述に従事したと思われる人物をあぶり出そうとしたのが前稿であった。

前稿で述べたことを要約すると以下の通りである。師尹伝の掉尾に零落した済時二女が所領回復を訴えるために道長のところに出向くくだりがあるが、そこに話題と全く関わりなく、彼女を引き止めた警固の者の素姓を説明する一文「大門にて捕へたりし人は、式部大夫源政成が父なり」（一二一）が添えられている。はじめ「なにがし」と記されていた端役の人物の素姓が後になって明らかにされているのである。同様の例が師輔伝にもみられ、先に「なにがしの主の、童殿上したるが」（一二六）と記され、その話題の最後に「この童は、伊賀前司資国が祖父なり」（一二七）と付記されている。いずれも後人の加筆の可能性を否定し切れないけれども、諸本に異同がないので原本にはじめからあったと考えるならば、なぜ端役の人物にかくもこだわるのか、さらには当の本人の官職、実名をそのまま――源政成の父、経任は「越後権守源経任」、藤原資国の祖父、守正は「修理権亮藤原守正」なと――記さないで、いずれも子孫の名前を持ち出すのはなぜかといった疑問がただちに生じてくる。これらの疑問は、源政成、藤原資国が実は『大鏡』の編述に従事した人々であって、忘却の彼方に消えゆく彼らの祖先の存在を歴史の断片にとどめ、同時に自身の名を歴史叙述の片隅に刻印したのだと考えれば氷解するだろう。また二人の経歴を調べると、政成は東宮（尊仁親王）の非蔵人をつとめ、東宮大夫であった能信の下僚であった。一方、資国も中宮（禎子内親王）少進、皇后（同）少進、皇后（同）権大進をつとめ、中宮大夫、皇后大夫の任にあった能信の部下であったことが確かめられるのである。能信周辺に作者を求めるならば、二人はその候補としてまず注目されるのである。さらに、公季伝は、実成（公季男）の娘を北の方とする能信と公季の子孫との深いつながりをうかがわせるが、その伝の最後に置かれた公季の曾孫、源資綱の五十日祝の記事に注目した。一見すると公季の一代記的な様相を呈する公季伝の最後を飾るにふさわしい老成した公季の姿を伝える逸話と解せられるこの記事は、実は能信の下僚として仕えた資綱の人生の始発を慶祝する意味合いの込められた話として捉え直すことができ、したがって資綱も『大鏡』編述の共同作業に加わっていた可能性があることを述べたのであった。

前稿では触れなかったが、登場人物を、その名をはっきり言わないで「なにがし……」という言い方でもって呼称する例が『大鏡』に十数例みられ、受領（五位）程度あるいはそれ以下の身分の者がかく呼称されている。源政成の父、経任も藤原資国の祖父、守正も『大鏡』の歴史叙述の原則からすれば無名の存在として処理されてしかるべきで、事実そのように処理されようとしたが、後になって素姓が明らかにされているという異例の扱いがなされていることは重視されるべきである。それは、両人のことを知っていたのでその素性を明らかにする一文をそれぞれに付したというのではおそらくなく、やはり政成、資国が『大鏡』の編述に関与していたことによるのではないか。ただ守正は『大鏡裏書』によれば天慶九年（九四六）四月二十一日に、村上天皇の登極に伴って蔵人に任じられているので、師輔伝にみられる「童殿上」という設定は事実と齟齬し（注4）、資国が『大鏡』編述に加わっていたならば祖父のことについてかかる誤りを犯すことは考えにくく、したがって資国は『大鏡』編述に関与していなかったのではないかという疑念が生じてくる。しかし、「童殿上」か蔵人かは瑣末な問題であって、大事なのはそのとき守正が村上天皇の傍に侍していたことだとすれば、さほど問題視することもないのかもしれない。また経任についても師尹伝において済時二女を引きとめたことが「いと無愛のことなりや」（一二一）と指弾され、かかる所行を聞き知り、立腹した道長から勘当を受けたと記されており、子孫にとって名誉なこととは言い難い。だから、政成が『大鏡』の編述者の一人であったならば、かかる記事に自らの名をとどめることは考えにくく、したがって政成も編述作業には加わっていなかったという推測も成り立ち得る。これらの問題点を解決するには、資国や政成が編述に加わっていたとするより、二人と深いつきあいのある人物を編述者のなかに想定する方がよいのかもしれない。その際、政成も資国も能信の下僚であったから、両人とつきあいの深い人物は能信の下僚あるいは親近者である可能性が高く、『大鏡』の作者を能信あるいはその周辺に求める前稿の基本方針については変更の必要はないであろう。あるいは、資国や政成にとって出来事の細部やそこに登場する父祖の行動がいかなるものであっても構わなく、ただ編述者が自らの名をそこにとどめることを企図しただけだとするならば、なお二人は編述者であった可能性を有しているといえよう。いずれにしても『大鏡』の原本は両人の存命中あるいは没後まもなくに成立したと考えられる。

政成は『勅撰作者部類』に永保二年（一〇八二）に卒したことがみえ、また『春記』永承七年（一〇五二）八月二十日条から東宮の非蔵人であったことが知られるので、師尹伝において「式部大夫」という官位で呼称されるのは永承七年より後年のことといえる。一方、資国は没年は不明であるが、『大鏡異本裏書』によれば長久四年（一〇四三）に伊賀守となっているから、師輔伝に「伊賀前司」と呼称されるのは永承二年以降となる。資国の没年が不明なので確定的なことはいえないけれども、政成の方が後年まで生きていたとすれば、『大鏡』の原本の成立は永承七年以降ということになる。ただし、如上の推測は二人の人物の素姓を明らかにするそれぞれの文が『大鏡』の原本にあったならばという仮定に基づく。もし後人の書き加えであったならば、この二文より作者ならびに成立時期を推測することは不可能である。ただ幸いなことに、増補本系の古活字本には師尹伝の「大門にてとらへたりし人は、式部大夫源政成が父なり」の後に「さばかり優におはしけん御末こそ、少しはかばかしき人なけれ」の一文が加えられ、そこに「甲斐前司師季が先祖、しなののいかうこそはあれど法師なれば」の分注が付されている（注5）。古本系にみられる師尹伝の最後の一文が後人の書き加えであっても、この注記から『大鏡』の原本の成立の下限をおおよそ知り得るのである。「甲斐の前司師季」は小一条流の祖、師尹の玄孫である。「甲斐の前司師季の祖先」は、師尹伝に記される師尹およびその子孫が師季の祖先であるという注記であろう。おそらく師季が甲斐守を辞し、しかも存生しているころに付されたものと思われる。師季は天仁元年（一一〇八）に甲斐守に任じられ、永久二年（一一一四）に辞し（注6）、保安元年（一一二〇）に卒した（注7）。「甲斐の前司」が当座の呼称だとすれば、この注記は永久二年から保安元年に付されたと推測される。「しなののいから」については、加藤静子氏の御労作で、『大鏡』研究の最高水準を示す小学館新編日本古典文学全集『大鏡』の頭注は「山階の已講」とし、済（斉）尋（師季の兄弟）をあて、その僧歴を「已講は承暦三年（一〇七九）ころで、権大僧都、法印を経て、嘉保二年（一〇九五）二月没」と注している。「山階の已講」が済尋の通称か当座の呼称か確定的なことはいえないが、済尋は、権大僧都、法印となり、興福寺権別当に至っている（『僧綱補任』）ので、通称としては「興福寺権別当」などがふさわしいであろう。事実、『尊卑分脈』は「興福寺別当」としている。済尋は実は承暦三年に三会已講の労によって権律師に任じられているから（『僧綱補任』）、「しなののいからこそあれど法師なれば」は当座の呼称を用いて承暦三年以前に付されたことになる。古活字本の分注も当該箇所のように段階的に増補されたことが推測されるのであるが（注8）、済尋に関する分注の存在によって古活字本が承暦三年までには成立していたことが知られ、したがって原本とこの増補本との間に数次の書き継ぎを想定するならば、原本の成立はさらにさかのぼり、政成の父、経任および資国の祖父、守正の素姓を示すそれぞれの文が原本にあったとして先に推定した原本の成立時期とほぼ重なってくるのである。『大鏡』の成立時は作者を考える際の前提となるので、様々な可能性を考えつつおおよそのところを示した。ただし、当該箇所の検討のみでは成立時の限定にも限界があり、成立時を考える上で見逃せない他の材料の検討結果と合わせて総合的に判断しなければならないだろう。

二

能信あるいはその周辺に作者を求めようとするとき見逃せない記事が昔物語にみえる。彰子の大原野行啓を記すくだりに、

御車の後には、皇后宮（妍子、「皇太后宮」の誤り）の御乳母、惟経のぬしの御母、中宮（威子）の御乳母、兼安・

実任のぬしの御母、おのおのこそさぶらはれけれ。（三三三）

とある。前稿の注に、

昔物語に彰子の大原野行啓のことが記されているが、そこに（本文引用、中略）端役の実名が出てくる。これらの人々の履歴を調べてみると、惟経は長暦元年（一〇三七）二月十三日に中宮（禎子内親王）権大進となり（『平行親記』）、延久元年（一〇六九）二月十七日に陽明門院の判官代となっており（『類聚符宣抄』）、能信の下僚であったが、他の二人は能信との関係を見出せない。この箇所については、昔物語の位相と絡めて論じなければならず、後に改めて考えたい。

と述べた。前稿においては十分な調べができていなかったために保留したのであったが、その後調べたことを加えて再度、検討してみようと思う。

彰子の大原野行啓は寛弘二年（一〇〇五）三月八日に執り行われた。『御堂関白記』『小右記』に行啓および前々日の試楽のことが詳しく記され、『権記』にも行啓のことが簡単に書かれている。これら行啓に供奉した貴族の日記と『大鏡』の記事を比較すると、一致するところが多く見られる。『大鏡』の当該記事の引用は控え、以下、諸日記と合致するところを摘記する。試楽の日に一の舞を舞った頼通の装束について『大鏡』は「掻練襲の御下襲に、黒半臂たてまつりたりしは、めづらしくさぶらひしものかな」（三三二）と記しているが、『小右記』にも、その装束がよほど印象深かったのか、「今日頼通着火色下襲・黒半臂、若是異人歟」（注9）とある。また行啓当日、藤原顕光（寛弘二年は右大臣、『大鏡』が仮構した語りの現在である万寿二年（一〇二五）には左大臣）が大原野社まで扈従したのに対して藤原公季（寛弘二年は内大臣、万寿二年は太政大臣）は「西の七条」より引き返したと『大鏡』は記しているが、『小右記』『御堂関白記』にもそのことが触れられている。ただし『御堂関白記』には桂河辺にて所労を申して引き返したとあり、『大鏡』『小右記』のいう七条辺とは異なっている。さらにまた行啓当日の空模様についても、『大鏡』が「雨の降りしこそ、いと口惜しくはべりしことよ」（三三二）とまず語り、しかし「かしこく、京のほどは、雨降らざりしぞかし」（三三三）と道中は降雨のなかったことを天恵のごとく記しているが、他方、『御堂関白記』『小右記』のいうところを総合すると、当日は社頭儀の最中および還啓の後、微雨があったけれども、行き帰りの道中はかろうじて雨は降らなかったらしく、『大鏡』は諸日記と齟齬はない。『大鏡』の当該記事はかなり正確な資料的裏付けがあるといえよう。

しかし、端役の実名が出てくるところについては、諸日記から裏付けを取ることができないばかりか、諸日記との齟齬が見られる。『大鏡』は行啓の日、騎馬にて供奉した道長が「らんもん」という曲乗りまがいの乗り方をしたため、随身の一人「公忠」がはばかって手綱を引いて馬の跳ね上がりを控えめにしたことを記すが、『小右記』によれば道長は唐車に乗っていた。『大鏡』のいうところは虚構であったか。「公忠」は下毛野公忠。『御堂関白記』寛弘二年二月十六日条にもその名がみえ、行啓当時、既に道長の随身であったことが確かめられる。諸書によれば左近府生をつとめ、右近将監にいたっていること、頼通の随身となっていることが知られる。先述したように『大鏡』の歴史叙述の原則からすれば公忠は「なにがし」あるいは「随身なにがし」といった表現で処理される身分の者であったけれども、『江談抄』に一条天皇の御代における「一双随身」として秦正近とともにその名をとどめているほど有名であったために実名表記されているのであろうか。だとすれば、昔物語に登場する歌人、貫之・忠岑・躬恒・曾禰好忠・中務の君、琵琶の名手、兵衛の内侍、鷹飼の名人、公忠の弁あるいは遊女、白女・大江玉淵女と同じ扱いだといえる。

しかし、当該箇所にみえる惟経、兼安、実任の三人は公忠のような異能異才でもって知られる著名人ではなかった。しかも、行啓に供奉した皇太后の妍子の乳母および中宮威子の乳母について言及するところに、その子息として名前が付されているのである。後に詳述するけれども、妍子の乳母であった惟経の母は諸書に「中務典侍」「典侍」「中務」と記され、『大鏡』の編述の際、参考にされたとおぼしき『栄花物語』正編においては「御乳母の典侍」と一貫して呼称されているので、当該箇所も「皇太后の御乳母の中務典侍」という言い方でも構わないところであろう。そもそも供奉した女房について言及するならば、彰子（寛弘二年（一〇〇五）は中宮、万寿二年（一〇二五）は太皇太后）の行啓であるのだから彰子付きの女房、すなわち乳母や上臈女房のことを記すべきであろう。にもかかわらず同伴した彰子の妹たちの乳母に触れ、さらにはその子息についてもその名をとどめているのはなぜか。やはり惟経、兼安、実任が、先述した政成、資国、資綱と同様に『大鏡』の編述に関与し、自身の名を歴史叙述のなかに残そうとしたのではないかと思うのである。以下、その可能性を検証していくが、その前に『大鏡』の当該箇所の表現に曖昧なところがあるので、それに検討を加えておこう。

先引の箇所の直前に次の一文がある。

　枇杷殿の宮（妍子）・中宮（威子）とは、黄金造りの御車にて、まうち君たちの、やむごとなき限り選らせたまへる御前具しまうさせたまへりき。（三三三）

妍子と威子とが黄金造りの御車に同車し、その前駆に延臣たちの中でも良家の者が奉仕したというのである。その後に「御車の後には……」の一文が続く。「御車の後」は、いうまでもなく、妍子・威子が同乗している黄金造りの御車の後部座席、乗り口の側である。そこに「皇太后の御乳母、惟経のぬしの御母」と「中宮の御乳母、兼安・実任のぬしの御母」、すなわち二人の乳母が同乗していると解するのが自然な解釈であろう。すると、兼安と実任は兄弟とみなされるのであるが、後述するように二人は全くの他人である。ならば、「中宮の御乳母、兼安・実任のぬしの母」を、威子の乳母として兼安の母と実任の母、二人が同乗したと解すべきか。かく解せば、黄金造りの車、一輛に五人の人が乗ることになり、これまた異例と言わざるをえない。「兼安・実任」のところに異文はないかと諸本を調べたところ、異本系統の萩野本が「実任」を「さねたゝ」とするが、『尊卑分脈』には兼安に「さねたゝ」という名の兄弟はみえない。ほとほと解釈に窮してしまうところである。

ところで、『小右記』は行啓の行列の様子を「乗御輿後騎馬女十四人、其次有糸毛御車、其次尚侍（妍子）乗糸毛車、宮金造車一両、尚侍金造車一両、次檳榔毛卅両、尚侍蔀車十両、又編代車二両」と記している。彰子は輿に乗り、その後に騎馬にて「女十四人」が供奉した。妍子は供奉の車の二台め、糸毛車に乗り、その女房は四台めの黄金造車一輛、蔀車十輛、編（網）代車二輛に乗っていたらしい。そもそも威子を同伴していたことは『小右記』には全く触れられない。威子がそのとき数えの七歳であったためか。となれば妍子の車に威子が同車し、幼少であるために威子の乳母も同じ車に乗ったということも考えられはする。しかし、妍子の乗った車を『大鏡』は黄金造りの車とするのに対して、『小右記』は糸毛車とし、車の種類が異なっている。他史料を援用しても『大鏡』のこの部分の辻褄の合う解釈は難しい。ただ、『大鏡』が兼安、実任を兄弟とみているとすれば、両人をその編述に携わった人、あるいは編述者と関係のある人物と見做す本論の立場からすると、立論を根底から覆しかねない著しい事実誤認といえるわけで、閑却できないところである。やや無理があることを承知で次のように解しておきたい。「おのおのこそさぶらはれけれ」に注目するのである。「おのおの」は従前、妍子の乳母と威子の乳母を指すと捉えてきたが、それぞれの車にと解すのである。さかのぼって「枇杷殿の宮・中宮とは、黄金造りの御車にて」を、妍子と威子が黄金造りの車に同乗したと解すのではなく、妍子も威子もそれぞれ別々の黄金造りの車に乗っていたと捉えるのである。かく解せば、妍子の乗る黄金造りの車の後部に乳母、惟経の母が同乗し、威子の乗る黄金造の車には後部に乳母二人、兼安の母と実任の母が同乗していたということになる。依然として『小右記』の伝えるところと合わない点も残るが、今は右のように解しておきたい。

三

さて、惟経の経歴、血縁者を探り、『大鏡』の編述者としての可能性について考えてみたい。『尊卑分脈』によって「惟経」を調べると、時代的にかなうのは、惟風男、惟経（母は「従四位下藤原儷子典侍」と注記）と泰通男、惟経（イ本には「惟任」とある。母は「常陸介高節女」と注記）の二人である。泰通男、惟経の母すなわち高節女は嬉子の乳母であった小式部に比定されていて（注10）、『大鏡』にみえる妍子の乳母を母とする惟経は前者とみてよかろう。『小右記』長和四年（一〇一五）四月五日条に「中宮（妍子）御乳母中務典侍」とあり、そこに割注が「故惟風妻」と付されているので、『尊卑分脈』の記載と併せて考えると、惟風男、惟経の母は、中宮妍子の乳母で、中務と呼ばれ、典侍をつとめた藤原儷子であったことになる。しかし、『左経記』寛仁元年（一〇一七）十一月十一日条に「頃之源大納言（俊賢）被参、依召也、令下給典侍藤原灑子辞職状、仰云、件灑子辞退賛、以藤原美子可任典侍職者」（注11）とみえるが、「典侍藤原灑子」を「儷子」と同人と見做した上でこの記事を吟味すると、儷（灑）子は典侍ではあるけれど、女房名が中務で妍子の乳母であるとは必ずしもいえない（注12）。つまり、「中宮御乳母中務典侍」と「典侍藤原儷子」とは別人の可能性が出てくるのである。一方、灑子と儷子とは同人の証拠がないのだから別人と考え、『左経記』寛仁元年十一月十一日条の「典侍藤原灑子」は「中宮御乳母中務典侍」のこととすれば、『尊卑分脈』にみえる惟風男、惟経の母「典侍藤原儷子」は「中宮御乳母中務典侍」とは別人となる（注13）。これら二つの推測説によれば、惟風男、惟経の母は「中宮御乳母中務典侍」ではないということになるのである。しかし、そうだとすれば惟風はほぼ同じ時期（三条天皇の御代）に二人の典侍と関係を持ったことになり、やはり不自然というべきであろう。したがって、二つの推測説を採らず、「中宮御乳母中務典侍」＝「典侍藤原儷子」と考えたい。なお、『御堂関白記』寛仁二年十月二十二日条に妍子の乳母として藤原高子の名がみえ、「中宮御乳母中務典侍」にこの高子をあてる説（注14）や、高子が後に麗子に改名したとする説（注15）までである。

惟経の経歴についていえば、前稿の注で述べたように中宮（禎子内親王）の権大進となり、禎子内親王が女院（陽明門院と号す）となるに伴い判官代に補され、長い間、禎子内親王に仕えた。中宮大夫であった能信の下僚である。能信および禎子内親王と深い関係のある人物であったのだが、その血縁者も禎子内親王と深く関わっている。父惟風は禎子内親王の母、中宮妍子の亮をつとめ、母麗子は妍子の乳母であった。惟経の妻の一人である藤原資業女は白河天皇（後三条天皇〈禎子内親王所生〉の第一皇子）の乳母となっているし、資業女の兄弟、藤原実政は後三条天皇の東宮時代の学士、登極後の侍読をつとめ、陽明門院の別当、後三条院の別当となった。高階成順女との間に生まれた惟経男、季綱は陽明門院の判官代となり、惟経女（源雅房の妻）は実仁親王（後三条天皇の第二皇子）の乳母となっている（注16）。その夫、源雅房は、陽明門院の判官代となっている（『類聚符宣抄』）。惟経の甥（母が惟風女）の源頼盛は太皇太后禎子内親王の少進をつとめ、陽明門院の判官代となった（『類聚符宣抄』）。以上のように惟経の肉親縁者が禎子内親王を中心とした人間関係の網目の中に深く組み込まれていることが知られるのである。いうまでもないことだが、『大鏡』藤氏物語は禎子内親王の将来の繁栄を予言する記事で終わっており、しかも世継たちの語りを聞き、それを筆録する役割を荷わされた人物は実は禎子内親王に近侍する者——女性であるらしい（注17）——であることが示されている。一方、能信はこの禎子内親王を支え、禎子内親王の生んだ尊仁親王（後三条天皇）の立太子を実現した功労者であった。『大鏡』では道長の六人の男子の中で能信がとりわけ大きく扱われている。『大鏡』の作者について考えようとするとき、禎子内親王と能信の深い結びつきと交差する人間関係に何よりもまず注目する必要があろう。その意味で惟経も作者圏のなかにあるといえよう。

四

さて、次に兼安も『大鏡』の編述者の一人であった可能性が高いことを述べよう。兼安は『尊卑分脈』によれば蔵人、式部丞、太皇太后（彰子）権大進、出雲守を歴任し、正四位下に叙されたことが知られる。他に『平行親記』長暦元年（一〇三七）十二月十三日条に「越後権守兼安」が一品宮、章子内親王（後一条天皇の皇女、母は威子）の裳着に奉仕していることがみえ、『定家朝臣記』康平四年（一〇六一）十月二十日条から兼安が後冷泉天皇の中宮、章子内親王の大進をつとめていることが知られる。以上の経歴を総合すると、兼安は彰子、その妹威子、その娘章子内親王（母威子の崩御の後は伯母、彰子が後見した）に仕えていたことになる。『大鏡』がいうように兼安の母が威子の乳母であったために、その縁でかかる人々に仕えることになったと思われる。他方、『栄花物語』巻第二十九、玉の飾に「進物所に兼安に」（③一三〇）と出てくる。このくだりは、妍子が崩御の直前に湯浴みをするところである。したがって「進物所」は、枇杷殿（妍子の邸）の進物所、すなわち食事などを調進するところである。この「兼安」が今、検討を加えている兼安と同人ならば、兼安は禎子内親王の母、妍子にも仕えていたことになる。経歴の面で禎子内親王と関わるところはこの一点にとどまり、兼安は経歴の面からは『大鏡』の編述に関与していた可能性が低いと言わざるを得ないけれども、血脈の面からは『大鏡』における重要な血脈の結節点に位置するのである。以下、その点について明らかにしよう。

兼安は藤原北家魚名の末裔である。魚名流の中興の祖、山蔭を起点とする系図を示せば、〈山蔭―中正―安親―兼清―定佐―兼安〉となる。『大鏡』道長伝の冒頭に道長の母方の系譜に言及するところがある。

この大臣（道長）は、法興院の大臣（兼家）の御五男、御母、従四位上摂津守右京大夫藤原中正朝臣のむすめ（時姫）なり。その朝臣は、従二位中納言山蔭卿の七男なり。（二三七）

道長の母が、兼安の祖先、中正の娘すなわち時姫であることが記されているけれど、注目すべきは、さらに中正の父、山蔭まで言及されていることである。『大鏡』は大臣列伝の各伝の冒頭で伝に立てられた人物の母について伊尹伝や道兼伝を除いて型通りに触れているが、道長伝以外はいずれの伝も極めて簡単な記述にとどまり――たとえば道長の同母兄、道隆（母は時姫）の伝には「御母は、女院（詮子）の御同じ腹なり」（二〇二）とあるのみである――、道長伝の冒頭のように母方の血脈を遡源的に記すのは異例である。道長の栄華は藤原北家冬嗣流の発展の帰結であり、『大鏡』もそのように描いてきたが、実は、時姫を兼家の正妻とすることによって一門の再興を賭けた山蔭流の積年の願いの実現でもあったことを道長伝冒頭の母方の系譜に触れる部分は垣間見させている。

時姫といえば、兼家伝に、夕占――夕方、往来に立ち、行き交う人の話を聞いて吉凶を占う古代民間の習俗――を問うたことを語るくだりがみられる。

この大臣（兼家）の君達、女君四所、男君五人おはしましき。女二所、男三所、五所は摂津守藤原中正のぬしのむすめの腹におはします。三条院の御母の贈皇后宮（超子）と女院（詮子）、大臣三人（道隆、道兼、道長）ぞかし。この御母（時姫）、いかにおぼしけるにか、いまだ若うおはしけるをり、二条の大路に出でて、夕占問ひたまひければ、白髪いみじう白き女のただひとり行くが立ちとまりて、「何わざしたまふ人ぞ。もし、夕占問ひたまふか。何ごとなりとも、思さむことかなひて、この大路よりも広く、長く栄えさせたまふべきぞ」と、うち申しかけてぞまかりにける。人にはあらで、さるべきものの示したてまつりけるにこそ侍りけめ。（一九四～一九五）

とある。時姫の繁栄が予示されている。それがかたちとなって現れたのが道長の栄華であるとすれば、夕占の記事は道長伝冒頭の母方の系譜について触れるところと響き合っているといえよう。『大鏡』には自身や子孫の繁栄を予示する記事がいくつかみられる。師輔伝に師輔が内裏を抱えて立っている夢を見たことを記している。それは吉夢であったが悪しざまに夢判断されたため、自身は右大臣にとどまり摂関の地位にまでは至らず、また子孫には兼通、兼家の兄弟の不和や道長、伊周の叔父甥の争いなど予想だにせぬことが起こったとある。藤氏物語の掉尾には、世継が禎子内親王の繁栄を確信する夢を見たので、それを妍子に近侍する者に伝えたいと語るくだりがある。また道長伝に、尋禅の伴僧で人相見の僧に道隆、道兼、道長、伊周の人相を問うたところ、道長が傑出していることを繰り返し答えたという一節がある。占いといえば、昔物語に時平、仲平、忠平の人相を高麗人の相人に占わせたところ、忠平が繁栄することを予言したという記事がみえる。『大鏡』は道長の栄華の由因を藤原北家の発展の軌跡を辿ることによって明らかにしようとする一方、それを補完するかたちで歴史の必然を明確にするために夢見や占いといった予言を導入するのであった。忠平、師輔、道長に関する夢見や占いが記されるのは、三人がいずれも藤原北家の主流に位置づけられ、道長の栄華に至る摂関時代史の展開の中でいずれも時代を画する人物であったことと分かちがたく結びついている。禎子内親王に関わる夢は『大鏡』が仮構する語りの現在、万寿二年（一〇二五）よりかなり後にかなえられる内容であって、歴史の未来に対する責任を果たすべく藤氏物語の掉尾に据えられたのであろうし、禎子内親王が道長の栄華の継承者として見定められていることにもよるのであろう。ならば、時姫の夕占はどのように考えればよいのか。

山蔭に関する話が藤氏物語にみられる。藤原氏の氏神の遷座の歴史を記すところである。

なほし近くとて、また振りたてまつりて、吉田と申しておはしますめり。この吉田明神は、山蔭中納言の振りたてまつりたまへるぞかし。御祭の日、四月下の子、十一月下の申の日とを定めて、「我が御族に、帝・后の宮立ちたまふものならば、公祭になさむ」と誓ひたてまつりたまへれば、一条院の御時より公祭にはなりたるなり。（二七六）

吉田社は山蔭が藤原氏の氏神を勧請し、その祭ははじめ私祭であったが、一条天皇の即位した寛和二年（九八六）に公祭となった。山蔭の誓願が一条天皇（時姫の孫、山蔭の四世の子孫）の即位と詮子の立后（一条天皇の登極に伴い皇太后となる。詮子は時姫の娘、山蔭の曾孫）によって実現したのである。山蔭の誓願の内容が、道長伝に記される、道長の若かりしとき、兄道隆の南院邸で行われた伊周との競射の折、道長が発したことば「道長が家より、帝・后立ちたまふべきものならば、この矢あたれ」（二六一）――それは道長が藤原北家の繁栄を荷うべき人間力の持ち主であることの証であった――などと酷似することもさることながら、氏神の遷座の歴史を記すときに山蔭の誓願が導入されたのはなぜなのか、時姫の夕占の話と併せて考えておくべきであろう。山蔭流にとって道長の栄華実現の道程は一門再興の歩みと重なるらしいことは既に述べた。しかし、『大鏡』の歴史叙述はあくまで藤原北家冬嗣流の発展史であって、山蔭流の歴史の詳細は歴史叙述の対象として拾いあげられないまま消し去られていく他はなかったであろう。それでもなお『大鏡』の歴史叙述に一門の歴史をとどめようとするとき、出来事を因果の鎖でつなぎとめる叙述とは異なる、一門の歴史が一気に立ち現れる凝縮された叙述の方法が求められた。それが他ならぬ時姫の夕占や山蔭の誓願であったのだろう。『大鏡』にかく山蔭流の家の歴史へのこだわりが窺知されるのであるが、それをなすにふさわしい山蔭流の人物として兼安が浮上してくるのである。

ところで、『尊卑分脈』を見ると、藤原公成（公季の孫）の男、実季に「母淡路守藤原定佐女」と注記が付されている。公成の男、慶信および娘、茂子も母は定佐女である旨の注記がなされている。兼安には公成の北の方となり、実季、慶信、茂子を生んだ姉妹がいたのである。いうまでもなかろうが、公成の姉妹の一人は能信の北の方となっているし、公成の娘、茂子は能信（能信の北の方とも）の養女として東宮尊仁親王（後三条天皇、母は禎子内親王）の後宮に入り、貞仁親王（白河天皇）、聡子、俊子、佳子、篤子内親王を生んでいる。兼安自身が禎子内親王に仕えていたことを証す史料は見出せないけれども、兼安の姉妹の一人を介して能信、禎子内親王と深い結びつきのあることが知られる。また兼安の孫、季佐も『尊卑分脈』に「陽明門院蔵人」とあり、禎子内親王に仕えていた。『尊卑分脈』は兼安の男、親綱に「皇后宮権大進」と注するが、「皇后宮」が禎子内親王のことであるならば、親綱は皇后宮大夫をつとめた能信の下僚ということになる。

以上述べてきたように、兼安は山蔭流の血脈と能信、禎子内親王につながる血脈あるいは人脈の結節点に位置するのである。藤原北家の発展を辿り道長の栄華の由因を書こうとする『大鏡』の歴史叙述のなかに、時姫の夕占や山蔭の誓願、禎子内親王の将来に関する世継の夢見といった予言的記事をもぐりこませて、『大鏡』をしたたかに一族にまつわる歴史に仕立て上げているとしたなら、その編述者の中に兼安のような人物が想定されるのである（注18）。

五

最後に、実任の『大鏡』編述者としての可能性について述べよう。『尊卑分脈』で「実任」を調べると、時代的にあてはまるのは以下の三人である。まず藤原師尹の曾孫にあたる朝元の男、実任。次に藤原南家真作流の実行の男、実任。同じく真作流の師長の男、実任。通説は師長男、実任をあてる。『尊卑分脈』は師長男、実任に「従五下、越前守、母紀伊内侍、伊予守通雅女」と注記を付す。母方の祖父、通雅は、実任の曾祖父、興方の弟にあたる佐方の男である。また先に述べた惟経の母で妍子乳母であった中務典侍は、『勅撰作者部類』に興方女とあるから、実任の祖父、正雅の姉妹となる。正雅の別の姉妹が惟経のところで注目した資業の北の方になっている。他の二人の実任に比べて禎子内親王周辺の人々とのつながりがあるので、諸注は師長男をあてるのだろう。師長男、実任の経歴について『尊卑分脈』に付け加え得ることは、『小右記』長元五年（一〇三二）十一月二十三日条に「蔵人実任」と出てくることぐらいである。兄、登任、父、師長の経歴から実任の人脈をあぶり出そうにもほとんど手掛かりがなく、唯一、登任が、東宮居貞親王（三条天皇）の殿上人、三条天皇の御代の蔵人、三条院の判官代になっていることに注目される。その縁で実任が三条天皇の皇女、禎子内親王に仕えることになった可能性はあるが、あくまでも推測の域を出ない。この実任を『大鏡』の編述に加わった一人とするには、その経歴、血縁、人脈を証す資料が余りにも少ないのである。

他の二人の実任についてはさらに資料が乏しい。朝元男、実任は『尊卑分脈』に「従五下、斎院次官、寛治二六―卒」とみえる。兄、師経は『尊卑分脈』によれば小一条院判官代、中宮大進をつとめている。小一条流の人間であるから、同じく小一条流の済時（師経の曾祖父である定時の弟）の娘、娍子所生の小一条院、敦明親王――東宮位を自ら退き、上皇待遇を受けた――の判官代をつとめている。小一条院を介して朝元男の師経や実任は後三条天皇、禎子内親王と関係があったかも知れない。実は後三条天皇は皇女、聡子内親王に仕えた源基平（小一条院男）の娘、基子を寵愛し、女御としているし、後三条天皇の母后、禎子内親王は基子所生の後三条天皇の皇子、実仁・輔仁親王の庇護者であったからだ。しかしこれも推測でしかなく、朝元男、実任を『大鏡』当該箇所の実任にあてることも躊躇されるし、ましてや『大鏡』の編述者であったことを云々することはほばかられる。

実行男、実任は『尊卑分脈』によれば、小一条院判官代、従五位下、越中権守であったことが知られる。想像をたくましうすれば、朝元男、実任の場合と同様に小一条院を介して後三条天皇、禎子内親王と結びつきがあったかもしれない。あるいは小一条院を介して能信とも関わりがあったかも知れない。それは朝元男、実任のばあいも同様である。『大鏡』は敦明親王（小一条院）東宮退位事件についてまず世継に事件の概略を語らせ、次いでそれに異見を唱えるかたちで若侍に事件の真相を語らせている。『大鏡』の対話様式の語りが有効に働き、『大鏡』の批判的精神があらわれているところとして評価されもするが、実は『大鏡』の作者としての可能性を秘める能信が東宮御所の近くに住んでいたという偶然によって東宮と執政、道長との仲介役を果たすことになったことが明らかにされていて、読みようによっては若侍の語りの眼目は能信と小一条院との関係の始発――道長の圧力によって東宮退位を余儀なくされた小一条院であったけれど、その孫にあたる源基子は、能信の力添えによって尊位についた後三条天皇の寵を得て実仁親王を生み、その実仁親王が立太子することになるというアイロニカルな歴史の展開を導く――を記念することにあったという理解も成り立つだろう。能信は東宮を退き、上皇待遇を受けた小一条院の別当となり、その後しばらくして能信の同母妹、寛子が小一条院女御となるのであった。だから朝元男の実任も実行男の実任も小一条院を介して能信との結びつきがあったと想像することは、あながち的はずれともいえないであろう。

ところで、『栄花物語』巻三十七、煙の後に「実任」の名がみえる。『大鏡』にみえる「実任」と『栄花物語』の「実任」とが同人である保証はまったくないのであるけれども、今は同人とみなして『栄花物語』の記事から実任が『大鏡』の編述者のひとりである可能性をできるかぎり追尋してみたい。康平五年（一〇六二）九月五日、東宮尊仁親王の女御、馨子内親王が皇子を出産した。皇子はまもなく夭折するのであったが、誕生直後に乳母の選任があった。実任女も乳母として出仕することになったのである。それを記す『栄花物語』の本文をあげる。

> 斎院（馨子内親王）には、御乳母われもわれもと参る。尾張守憲房が女、政長の少将の妻なり。いま一人、美作守資定が妻、邦恒が女。御乳母子の命婦の君、右衛門督（能長）の御子生みたるなど、さらぬ人々も参らんとあれど、しばし、後々にとて、美濃守実基の女も参らせんとあれど、とめさせたまふ。御湯殿の作法などいとめでたし。実任などが女も参れり。もとさぶらひける乳母といふは、院の中将（源信宗）の子生みたるなども仕まつる。かたちどもなどもとりどりによき人どもなり。（③四一〇）

乳母は縁もゆかりもない者が適当に採用されることはおそらくなく、子供の誕生のあった家と何らかの縁故のある者が選任され、乳母同士の間にもそれなりのつながりがあると思われる。頼通執政時代、廃太子の危険と隣り合わせの日々を送っていた東宮尊仁親王には茂子との間に貞仁親王（白河天皇）、聡子内親王、俊子内親王、佳子内親王、篤子内親王の五人の皇子女が誕生していたけれども、頼通が後見する馨子内親王が東宮の皇子を生んだことは、頼通との関係改善の絶好の機会でもあり、誕生した皇子の即位への期待から人々は乳母となることを競望したのであった。東宮尊仁親王を後援する勢力に所属する能信、禎子内親王ゆかりの人々、さらには彰子、馨子内親王、頼通に近い人々も集まっていたとおぼしい。後三条天皇の登極後、後三条天皇のもとに糾合され形成される支持勢力の雛型がこの記事から窺知されるのである。

この記事の内容を整理すると、乳母として出仕することになったのは、藤原憲房女で源政長妻、藤原邦恒女で源資定妻、藤原実任女、源信宗の召人の四人であった。藤原能長の召人（「御乳母子の命婦の君」）、源実基女の出仕の願いは聞き届けられなかった。ここに名前が記されている人々のうち、政長は、『栄花物語』巻三十八、松の下枝によれば、兄、師賢とともに延久五年（一〇七三）二月の後三条院天王寺御幸に供奉しており、後三条天皇を支える勢力の一員であった。資定は延久元年二月に陽明門院禎子内親王の別当になっている。信宗も後三条院天王寺御幸に供奉しており、院の近臣であった。能長は能信の養子となり、陽明門院、後三条院の別当をつとめている。かかる人々の名前のなかに実任の名前がみえることは、実任もそのような人間関係の網の目のなかに組み込まれていることを示しているのではなかろうか。『大鏡』の当該記事に実任の母が威子の乳母になっているとあるから、その縁で実任は馨子内親王に仕え、さらには後三条天皇を支える人々とのつながりも深まっていったのではなかろうか。実任についてかなり目の粗い推測を重ねた。実任の能信、禎子内親王、後三条天皇とのつながりがおぼろげながらみえてきた。実任の編述者としての可能性もみえてきた。ともあれ、実任の『大鏡』の編述者としての可能性は現段階では保留せざるを得ないだろう。以上、前稿において未考のまま残した点を再検討し、惟経、兼安が『大鏡』の編述に関与していた可能性が高いことを明らかにした。

（1）『講座平安文学論究　第十一輯』（風間書房、平成八年四月）
（2）松村博司『栄花物語・大鏡の成立』（桜楓社、昭和五十九年五月）、石川徹『日本古典集成　大鏡』（新潮社、平成元年六月）解説。
（3）注（2）石川前掲書解説。
（4）関根正直『大鏡新註』（六合館、大正十五年十一月）、岡一男『日本古典全書　大鏡』（日本古典全書、朝日新聞社、昭和三十五年　四月）他に指摘がある。
（5）引用は根本敬三『対校　大鏡』（笠間書院、昭和五十九年七月）によるが、訂したところがある。
（6）『中右記』天仁元年（一一〇八）正月二十四日、永久六年（一一一八）三月二十七日条。
（7）『中右記』保安元年（一一二〇）七月十九日条。
（8）加藤静子『王朝歴史物語の生成と方法』（風間書房、平成十五年十一月）
（9）『小右記』寛弘二年（一〇〇五）三月六日条。引用は『大日本古記録　小右記』の本文による。
（10）益田勝実『紫式部日記の新展望』（日本文学史研究会、昭和二十六年八月）、萩谷朴『紫式部日記全注釈　上巻』（角川書店、昭和四十六年十一月）
（11）引用は『増補史料大成　左経記』による。
（12）注（10）萩谷前掲書。
（13）杉崎重遠『王朝歌人伝の研究』「中務典侍」（新典社、昭和六十一年）
（14）注（10）萩谷前掲書。
（15）角田文衛『中務典侍』（古代学協会、昭和三十九年十二月）
（16）惟経の血縁者と禎子内親王との関係について以上述べたところは、橘健二・加藤静子『新編日本古典文学全集　大鏡』（小学館、平成八年六月）解説にも藤原実政を作者とみる立場から実政を中心とした人間関係としておさえられている。
（17）注（8）前掲書。

(18) 『小右記』寛弘二年三月八日条に、彰子の大原野行啓の折、兼安の父、定佐が華美な服装を斉信に咎められて、行啓に供奉しないまま本宮より退出したとある。当日条には資平の言として、定佐は供奉したけれども人前に姿を見せなかったと記しとどめられてもいる。『大鏡』の当該記事は諸記録と合致するところが多く、比較的正確に事実を伝えているのも、定佐のそのときの見聞や記録に基づくからなのかもしれない。定佐の情報を活用し得る点でも兼安は『大鏡』の編述者としての可能性が認められる。

第七章 『大鏡』の『栄花物語』受容

一

『大鏡』の作者は、松村博司、石川徹両氏の研究により能信周辺の人々という線で固まりつつある（注1）。私も、両氏の御論に導かれて、『大鏡』が本来ならば「なにがし」と呼称するはずの受領、大夫のなかに実名でもって表記されている人物が数名いることに注目して、それらの人物の系譜や経歴を調べ、能信とのつながりをあぶり出し、その結果、源政成、藤原資国、源資綱、藤原惟経、藤原兼安が、能信の命を受けて『大鏡』の編述に従事した可能性の高いことを明らかにした（注2）。

そもそも能信あるいは能信周辺を『大鏡』の作者とする根拠は、まず第一に、『大鏡』藤氏物語の掉尾にみえる、世継が一品宮禎子内親王の誕生の折に見た夢想を禎子内親王の母、妍子に伝えたいけれども、妍子に近侍する者を知らないのでかなわぬことを残念がるのに対して、菩提講に参集していた聴衆の一人で、世継らの昔物語を直接聞いて筆録した人物もしくは直接聞いて筆録者に語って聞かせた人物が、「ここにありとて、さし出でまほしかりしか」（二九七）と、その時の感懐を吐露するくだりである。この夢想は、女院詮子、太皇太后彰子――彰子は『大鏡』の設定した語りの現在である万寿二年（一〇二五）の翌年に女院となった――が胎孕されていた時に世継が見た夢と同じであったと語られている。詮子、彰子、禎子内親王の三人の人生史に共通する履歴すなわち女院に禎子内親王がなることを予言する夢想であった。おそらく『大鏡』の作者は、後三条天皇の登極に伴ってその母后、禎子内親王が陽明門院となること――治暦五年（一〇六九）のことであった――を見届け、それをふまえて彼女の将来を予祝しているのであろう。世継らの「昔物語」を聞いて語った（あるいは聞いて筆録した）者が妍子に仕える女房であること（注3）と併せて、道長の栄華の来歴を語る『大鏡』が藤氏物語のとじめに禎子内親王の未来を予祝する夢見を据えていることの意味は十分理解されねばならないであろう。道長の栄華の継承者として孫の禎子内親王が見定められているからであろうし、『大鏡』の編述の目的が、禎子内親王の繁栄の実現に尽力した人物で、道長を祖と仰ぐ人――たとえば能信のごとき人――が自らの正統性を主張するために祖先の偉業を顕彰することであったろうことを窺わせるのである。

実際、能信は、『栄花物語』巻第三十四、暮待星に「故皇太后宮（妍子）の御をりより、（能信が）この宮（禎子内親王）をばとりわきあつかひきこえさせたまふ」（③二九三）とあるように、中宮妍子の権亮として仕えて以来、妍子、禎子内親王との縁が深く、『栄花物語』巻第二十八、若水には、禎子内親王の東宮（敦良親王）への参入に際して「中宮大夫（能信）も、こまやかに申させたまふことどもあべかめる」（③九一）と、能信もその準備のためにこまやかに気をつかったことが記されている。道長にとって禎子内親王の東宮参りは年来の願いであり（『栄花物語』巻第十五、疑②一七七）、禎子内親王の将来を案じ、「あなかしこ、おろかに誰も思ひきこえさすな」（『栄花物語』巻第三十、鶴の林③一八〇）と遺言までも残している。しかし、道長薨後、禎子内親王の人生は暗転し、苦境に立たされることとなった。後朱雀天皇（敦良親王）の践祚に伴って禎子内親王は長元十年（一〇三七）二月十三日に中宮となったが、頼通の養女、嫄子女王が同年三月一日に中宮となるや、転上して皇后となった。頼通を後見とする嫄子女王に押されて禎子内親王は里がちであったという（『栄花物語』巻第三十一、殿上の花見等）。この不遇の禎子内親王を大夫として支えたのが能信であった。道長の栄華を継承した関白頼通と能信との不仲は道長の生前からはじまるらしいことは、すでに西岡虎之助氏がいくつかの史料をふまえて指摘しているが（注4）、両者のかかる関係が道長薨後も改善されなかったことは、能信が道長の薨去の後、官位の昇進から見放されて、亡くなるまで正二位権大納言のままであったことから明らかであろう。しかし、能信は後朱雀朝の後宮をめぐって異母兄頼通と競い、鋭く対立することはなかったようである。ただ後朱雀朝の次を見据えてしたたかに怠りなく準備はすすめていた。すわなち、娘のなかった能信は、禎子内親王所生の後朱雀天皇の第二皇子、尊仁親王の立太子の可能性を見越して、能信室の兄弟である公成の娘、茂子を養女として迎え、この宮へと志していたのであった（『栄花物語』巻第三十四、暮待星）。さらにまた禎子内親王の繁栄に直結する尊仁親王の立太子に尽力したのも能信であった。後朱雀天皇の譲位に際して東宮のことは沙汰がなかったので、能信は天皇の御前に参上し、天皇の尊仁親王に対する愛情の深さを読んで、尊仁親王の処遇についてうかがいを立て、尊仁親王立太子の勅答を得た（『今鏡』「司召し」、『愚管抄』第四）。能信の果断で機敏な行動が尊仁親王の立太子をもたらしたのである。尊仁親王はその後二十数年の間、廃太子の危険を肌で感じながらも東宮位を守りつづけ、頼通時代の終焉とともに登極した。治暦四年（一〇六八）のことであった。能信は尊仁親王の立太子に伴いその大夫となって尊仁親王を支え続け、その即位を見届けないまま治暦元年に薨じたけれども、能信によって後三条天皇の即位および禎子内親王の繁栄がもたらされたことは疑いの余地のないところであろう。

いうまでもなかろうが、能信は道長の男で、母は妾妻、明子である。道長は嫡妻腹の男子（頼通、教通）と妾妻腹の男子（頼宗、能信、長家。長家は倫子の養子となる）とを官位の昇進等の点で明らかに差別した。嫡妻腹に比べて妾妻腹の方が昇進が遅れ、極官も低かった（注5）。しかも、摂関は道長の遺命によって嫡妻腹の頼通、教通が継承していった。しかし、天皇の後宮に入った頼通、教通の養女や女子が一人として天皇の皇子を生むことのなかったことが、頼通、教通と外戚関係のない後三条天皇の登極を許し、摂関家の衰退を招くことになった。一方、能信は頼通らと距離を置き、次を見据えて隠忍自重し、献身的に禎子内親王、尊仁親王を支えたのであった。かかる能信の功労は後三条天皇の即位に至る政治的葛藤のなかで無視しえないであろう。『大鏡』の成立の背景に道長の嫡妻腹の男子、とりわけ頼通と妾妻腹の能信との間で繰りひろげられた内に秘められた政治的格闘を想定することができよう。

『大鏡』に受領、諸大夫で実名表記されている政成、資国、惟経は能信の下僚であり、資綱は下僚であると同時に甥にもあたり、兼安は、その姉妹が藤原公成（能信室の兄弟）と結婚し、能信室の養女となる茂子を生んでおり、能信と姻戚関係でつながっている。彼らの実名が『大鏡』の歴史叙述の片隅に刻印されているのは、彼らが『大鏡』の編述に携わったからであろうが、それは能信のもとに受領、諸大夫たちが年来の上司、部下の関係や姻戚関係に基づいて隠然たる一つの政治勢力として糾合されていたことを窺知させるのである。

二

さて、能信あるいは能信周辺作者説の根拠の第二は、道長の男子のなかにあっては、とりわけ能信に対する注目度が高いことである。『大鏡』が万寿二年（一〇二五）を語りの現在とするのは、いうまでもなく、その年が道長の栄華の頂点にあたるからであった。『大鏡』は伝に立てられた人物の繁栄の目安としてその子孫の在り様に注目しているけれど、道長のばあいは語りの現在を万寿二年に設定しているために子孫を通してその栄華を証しだてる方途が閉ざされている。確かに、道長の三人の娘たちが后となっていること——彰子が一条天皇の中宮、妍子が三条天皇の中宮、威子が後一条天皇の中宮となった——や、道長の孫にあたる、一条天皇の二人の皇子、敦成親王・敦良親王が、それぞれ天皇・東宮となっていることに触れているのは、子孫によって道長の繁栄を明証しようとしていると理解されもするが、それは道長の栄華が『大鏡』の捉える摂関政治の本質——外戚政治ということばでとりおさえられるであろうか——のほとんど理想的な具現であることの証示に他ならない。しかし、子孫とりわけ男子の活躍などはほとんど記されないのである。道長の後を継いで摂関となった頼通でさえ、加藤静子氏が指摘するように影がうすい（注6）。頼通に関する話題が正面から取り上げられることは一切ないのである。ましてや教通、長家については道長の男子として紹介されるところ以外にはその名前すら出て来ない。頼宗は詮子の四十賀に頼通とともに童舞を舞い称賛をあびたことが、顕信についてはその出家が話題となっているが、それのみである。対して能信は『大鏡』の歴史叙述のいくつかのくだりに印象深く登場するのである。以下、それを確認しておこう。

まず、敦明親王東宮退位事件である。若侍が世継に異見を唱えて事件の真相を語るくだりに登場する。そもそも敦明親王と能信との間には全く付き合いはなく、敦明親王が退位の意志を道長に伝えるための仲介者として東宮御所のほど近くに住んでいる能信に白羽の矢が立てられたのであった。能信の仲介の労を『大鏡』は特筆している。しかも、道長に敦明親王の意向を伝えるために道長邸におもむいた能信が道長の参内前の慌しさのなか報告の機会をうかがっていたそのときに、源俊賢が事の由を聞き、即座に道長に申し上げるべきことを助言したのも見逃すことはできないであろう。能信と俊賢の連繋によって東宮退位の舞台が整えられたのであった。俊賢は『大鏡』の歴史叙述の中で歴史の要に登場して適確な判断を示す重要な役割が担わされている。その点を捉えて俊賢の子孫を『大鏡』の作者として取り沙汰する論考もあるけれど（注7）、俊賢の存在は後述するようにやはり能信との関係で捉えられるべきであろう。

敦明親王の東宮退位事件は、後一条天皇（道長の孫）の御代、道長の栄華のゆるぎない状況下、それが敦明親王に心理的な圧迫をもたらした結果、起こった出来事であった。それは道長の栄華をより一層盤石なものにすることにはなるが、さりとて、敦明親王が東宮であることが将来、道長の栄華を阻碍する要因となるので排除されたというのではなかろう。道長が敦明親王の即位後をにらんで娘を東宮の後宮に入れるという選択肢も残されていたからである（注8）。結果的にみれば、この出来事は道長の栄華が絶大であったことを証しはするが、道長の栄華あるいはその行方を左右するような重大事件ではなかった。しかるに、にもかかわらず、この事件に、世継の語りに若侍の語りを番せて——世継の一人語りで進行する『大鏡』の歴史叙述のなかにあって、まがりなりにも対話様式の語りが機能している稀有な例である——多くの紙筆を費しているのはどういうことであろうか。

世継の語りは、『栄花物語』巻第十三、木綿四手に記されている敦明親王の退位に至る経緯をほとんどそのまま繰り返している。東宮であるが故の堅苦しい日常に耐えかねた敦明親王の自らの意志による退位と解する『栄花物語』の歴史把握に物足りなさを感じて、『大鏡』は若侍に、退位には道長の娘、寛子の東宮参りの噂が重要な要因として働いているとする異見を語らせるのである。すなわち、敦明親王は寛子の東宮参りが実現したならば、東宮を退いて気ままに暮す願いをかなえることが遠のくだろうことを憂い、その前に道長に退位を申し出ようと、仲介者として能信を召すのであった。一方、道長は、敦明親王からの接触は寛子の東宮参りの要請ではないかと懸念を抱き、そうであるならば断るわけにもいかず、その結果、敦明親王を後見しなければならなくなる——それは東宮の御代の安泰を保証することになる——とまで、思いをめぐらしたというのである。『御堂関白記』寛仁元年（一〇一七）八月四日条や『小右記』七日条によれば、敦明親王が能信を召すために東宮蔵人、藤原行任を遣したときに使者の行任は東宮の退位の意向を伝えており、道長や能信が東宮の真意をはかりかねて種々忖度するのは、『大鏡』の虚構であったのではなかろうか（注9）。『大鏡』は『栄花物語』のいう敦明親王の自発的退位を認めつつ、道長の反応を絡めることで、道長が実はこれまで敦明親王に対して冷淡な態度をとり続けてきたことをあらわにするのである。保身のために道長の顔色をうかがって世人は東宮御所に近寄らず、そのため御所の荒廃の著しいことが東宮の自発的退位の理由の一つに若侍はあげていたが、それは敦明親王の立太子、即位を望まぬ道長の思惑を人々が感じ取ったからに他ならないであろう。敦明親王の東宮退位は、『栄花物語』のいうような個人的な理由による自発的退位ではなく、道長が直接、手を下さないまでも、そのように仕向けたのだと『大鏡』はいおうとしているのであろう。

『栄花物語』は、巻第十二、玉の村菊に「院（三条院）、東宮（敦明親王）の御ことをさへ申しつけさせたまへば、姫君（禎子内親王）の御ことを思ひきこえさせたまへば、御暇もおはしまさねど、（道長が東宮のことを）よろづあつかひきこえさせたまふ」（②七一）とあるように、道長が後一条天皇の後見として多忙であるにもかかわらず、三条院のたっての依頼によって東宮の後見役をも果たしていたとする。したがって『栄花物語』は退位の原因を敦明親王の資質の問題とする他はなく、道長との冷えた関係には触れようとしない。道長讃美の歴史叙述といわれる所以である。『栄花物語』の歴史把握が一面的であるのを乗り越えようとしている点で『大鏡』の当該記事は評価されるのである。

ところで、若侍の語る退位の顛末は『御堂関白記』『小右記』の記事と出来事の輪郭や細部の事実関係において合致するところが多い。当時の日記の非公開性を考えると、『大鏡』はこれらの日記を原史料として用いたとするよりも、事件の当事者から出た情報をふまえているとみた方がよかろう。その情報源は、東宮と道長との仲介者として活躍し、道長が東宮と対面して退位のことを決定するとき、道長に扈従して東宮御所に参り、東宮が退位後、院となるや、院の別当となった能信であった可能性が高い。

また、『大鏡』の能信の活躍を特筆する姿勢は、『栄花物語』が「されど（敦明親王が）殿の御前（道長）に、さるべき人して、かやうになんとまねびまうさせたまふ」（②一〇六）と、仲介者、能信のことを「さるべき人」と朧化しているのと著しい対照をなしている。それは『栄花物語』が能信の存在を無化あるいは矮小化してみせるのに対する『大鏡』の異議申し立てと理解することもできるであろう（後述）。

実は、道長が東宮御所に参上する際にお供として従ったのは、若侍の語りに「御子どもの殿ばら、また例も御供に参りたまふ上達部・殿上人引き具せさせたまへれば」（一二三〜一一四）とあるように、道長の子息は能信一人ではなく、頼通らもいた。『御堂関白記』寛仁元年（一〇一七）八月六日条によれば、頼通、教通、頼宗、能信の四人であった。したがって『大鏡』の若侍の語りはこの点でも事実を伝えていると見做してよかろう。問題はやはり、「御子どもの殿ばら」と一括表記される他の男子に比べて能信の存在を大きく扱っていることである。確かに、頼通は、東宮の退位の意向を受けて道長が退位の日を検討する場面に登場し、俊賢とともに早急に処置すべきことを進言するのであったが、脇役におしとどめられている。

以上を要するに、『大鏡』は敦明親王東宮退位事件について『栄花物語』の表面的な理解にあきたらなさを感じたために、事件の核心に迫るべく若侍の歴史語りを用意したのであろう。そのためには事件の当事者であった能信の情報が不可欠であったと思われるのである。また『栄花物語』にあっては能信の活躍が、故意か否かは判断し難いけれども、とにかく見落されていた。能信の活躍を特筆するために若侍の歴史語りが導入された点も見過せないであろう。これは『大鏡』の作者を能信本人とするより、能信周辺とみた方が説明しやすい。世継の語りに若侍の語りを番わせる歴史語りの誕生のわけは、能信あるいは能信周辺を作者と見做すことによってはじめて説得的に説明することができよう。

また逆に、能信あるいは能信周辺が作者であることを前提にすれば、当該箇所に関して様々な読みが誘発される。先の章でも述べたが（注10）、以下、再説する。敦明親王と能信の関係はこの事件を契機としてはじまり、能信は敦明親王が上皇待遇を受ける（小一条院と称した）と、その別当となって仕え、つづいて能信の同母姉妹、寛子が小一条院女御となった。さらにまた、能信が薨じた後のことであるが、その東宮時代、能信が大夫として仕えた後三条天皇が、その皇女、聡子内親王の女房であった源基平女、基子（小一条院の孫にあたる）を寵遇し、その結果、基子は第二皇子、実仁親王を生んだ。しかも、後三条天皇は譲位に際して、実仁親王を次の東宮に据えたのであった。敦明親王は道長の強大な力に圧倒されて東宮位を捨て、それと引きかえに上皇となり、さらには道長の婿として好遇されたのであるが、歴史の皮肉とでもいうべきか、後三条天皇が基子を殊遇するという一事によって、皇統譜からはじき飛ばされた小一条院の血を受けたものが立太子することになったのである。しかし、実仁親王は登極することなく夭折した。『大鏡』の成立を後三条天皇の御代あるいは白河天皇の御代のはじめごろとすれば、若侍の語りの眼目は、当時の深まりゆく能信ゆかりの人々と小一条院の血を引く人々との関係をふまえて、小一条院と能信の関係の始発を記念することにあったと解することもできよう。

さらにまた、敦明親王を尊仁親王に、道長を頼通に置き換えると、敦明親王が東宮退位に追い込まれた状況は、尊仁親王の東宮時代のそれと重なってくるであろう。頼通との不和のなかで廃太子の危険にさらされていた尊仁親王およびその周辺の人々にとって敦明親王の東宮退位事件は、能信がその加担者であっただけに正確な事実認識を得て、明日はわが身と思わせるに足る衝迫力をもっていたに違いない。『大鏡』の成立を尊仁親王の東宮時代とみれば、この事件は重視されてしかるべきであろう。かく解せば、若侍の語りに道長方のしたたかさをあばきたてるところがあるのも理由のないことではなかろう。以下述べた二つの読みは、現段階では読みの可能性として提示するにとどめたい。

さて、能信が登場する他の記事についても触れておこう。藤氏物語にみえる、法成寺金堂供養の翌日、道長の娘、彰子・妍子・威子・嬉子、さらには禎子内親王が輦車に同乗して諸堂を巡覧したことを世継が語るくだりである。そこに、中宮権大夫殿（能信）のみぞ、堅固の御物忌みにて、参らせたまはざりし。さて、いみじく口惜しがらせたまひける。中宮（威子）の御装束は、権大夫殿せさせたまへりし、いときよらにてこそ見えはべりしか。「供養の日、啓すべきことありて、おはします所に参りて、五所居並ばせたまへりしを見たてまつりしかば、中宮の御衣の優に見えしは、わがしたればにや」とこそ、大夫殿仰せられけれ。（二八九）

とある。能信は彰子らが諸堂を礼拝してまわった日（金堂供養の翌日）は堅固の物忌のために不参であったが、金堂落慶供養の日は、中宮に啓すべきことがあって参上し、居並ぶ五人の姿をみて、そのなかにあって自らが整えた中宮の衣装が格別であったと、後日、自身が感想をもらしたというのである。五所の装束は道長の男子がそれぞれに整え、とりわけ頼通が用意した嬉子の装束が、「こと御方々のも、絵描きなどせられたりと（頼通が）聞かせたまて、にはかに箔押しなどせられたりければ」（二九〇）、まるで猿楽の咒師の装束ではないかと道長に揶揄されたとあるが、それと引き比べれば、ただ単に能信の我ぼめとは解せられない。金堂供養の翌日は能信が不参であったことをわざわざ語っているのも突出している。やはり当該記事にも能信を称えんとする『大鏡』の姿勢が垣間見られる。さらに注意すべきは、この情報が能信から出ていると明している点である。『大鏡』の当該箇所が『栄花物語』の巻第十七、音楽を原資料としていることは間違いなかろうが、『栄花物語』はそれぞれの女房の衣装については詳述しているけれども、五所の衣装については全く言及していない。おそらく『栄花物語』以外の資料もふまえられているのであろう。『大鏡』がいう情報の出所をそのまま信じるわけではないけれども、一つの可能性としては考えられるであろう。とすれば、この記事も能信あるいは能信周辺作者説を補強する。

あとひとつ、能信本人は登場しないけれども、能信に深いかかわりのある記事について検討を加えておこう。それは、能信の同母兄、顕信の出家を世継が語るくだりである。そこに、藤原実成が顕信の出家の相を見抜き、娘に対する顕信の求愛を断り、後に能信を婿に迎えたことが語られている。すなわち、今の右衛門督（実成）ぞ、とくより、この君（顕信）をば、「出家の相こそおはすれ」とのたまひて、中宮権大夫殿の上（能信室）に、（顕信が）御消息聞えさせたまひけれど、（実成が）「さる相ある人をば、いかで」とて、後にこの大夫殿をば取りたてまつりたまへるなり。正月に、内裏より出でたまひて、この右衛門督（実成）、「馬頭（顕信）の、物見より差し出でたりつるこそ、むげに出家の相近くなりにて見えつれ。いくつぞ」とのたまひければ、頭中将（公成）、「十九にこそなりたまふらめ」と申したまひければ、「さては、今年ぞしたまはむ」とありけるに、かく（顕信が出家した）と聞きてこそ、「さればよ」とのたまひけれ。相人ならねど、よき人はものを見たまふなり。（二四七〜二四八）

とある。能信の舅、実成の、相人に劣らぬ識見を称えている。貴人の結婚はともかく貴人が誰それに懸想文を送ったなどということが世の中に伝わることは稀であろう。顕信が実成女に懸想したことは秘話に属する。したがって、この話の出所は当事者周辺とみてほぼ間違いないであろう。先の章で源資綱――実成の孫にあたる――が『大鏡』の編述に携わっていた可能性を指摘したが（注11）、資綱ならかかる情報を入手し得たかもしれないし、実成の女婿、能信も知りえたのではなかろうか。これも能信あるいは能信周辺作者説を補強する材料の一つに数えることができよう。

三

さて、能信あるいは能信周辺作者説の根拠の第三は、公季伝冒頭の系譜記述の読みの問題とかかわる。これも先の章で論じたので（注12）、要点のみ記す。この系譜記述は、公季男、実成の長女が能信室となり、次女が源俊賢男、顕基（頼通の養子）の北の方となっていることに触れ、道長家の人やその周辺の人物と姻戚関係を結ぶことによって公季流が未来に向かって拡がっていくことを予示するものとなっている。かかる読みを支えるのが系譜記述に付随する「帝・后立たせたまはず」（一八三）という一文である。文字通り公季流からは帝や后が立たないということであるが、しかし、白河天皇（貞仁親王）の生母は、公成の娘、茂子（公季の曾孫）であった。茂子は能信室の養女となり、東宮尊仁親王に入り、白河天皇を生んだのである。白河天皇の登極は「帝・后立たせたまはず」という『大鏡』の一文を裏切る結果といえる。しかし、ことさらこの一文を付していることから、『大鏡』の成立は、白河天皇の即位より前で、貞仁親王（白河天皇）の登極が確実視されていたころ——すなわち、貞仁親王が立太子した延久元年（一〇六九）四月から帝位についた延久四年十二月までの間——という推測説も成り立ち得るけれども、茂子は公成女としてではなく、能信女として東宮に入ったということならば、白河天皇の登極という事実と「帝・后立たせたまはず」とは齟齬をきたさないことになる。いずれにしても、この一文は『大鏡』が仮構する語りの現在、万寿二年（一〇二五）を越えて後々までも射程に収めている。それはとりもなおさず、公季流が能信や俊賢（の子孫）との深い結びつきのなかで発展していった万寿二年より後の歴史の流れが見据えられているからに他ならない。公季伝の位相は能信あるいは能信周辺作者説の根拠となろう。また先に、能信と俊賢の連繫によって敦明親王東宮退位の舞台が整えられたことに注目したが、両者の関係は姻戚関係を通じて形成されたことがここで明らかにされている。かかる能信とのつながり故に俊賢は歴史の要に登場する証言者として造型されたのであろう。さらにまた、顕基男、資綱の五十日祝のことが公季伝の掉尾を飾っているが、公季伝は公季一代記とすべく逸話が配列されているので、一見したところ、これは公季の老成した姿を伝えるための逸話と受けとめられる。しかし、能信あるいは能信周辺作者説に立ってこの逸話を捉えると、能信の下僚として尊仁親王や禎子内親王に仕えた経歴をもつ資綱も、実は能信の命を受けて『大鏡』の編述に携わっていた可能性が考えられ、したがってこの逸話は編述者の一人である資綱の人生の始発を慶祝するものとして理解されるのである。

以上、能信あるいは能信周辺作者説の根拠を三つに整理して、わずかでもその根拠と成り得るものはすべて採り上げてみた。しかし、いずれも確実に能信あるいは能信周辺作者説を証す決定打とはなり得ていない。むしろ、能信あるいは能信周辺に作者を見定めて『大鏡』の歴史叙述にことこまかに検討を加えてみると、その諸相をそれなりにうまく説明できるところが少なからず見出されるといった程度のものに過ぎない。だから、いま採り上げた様々な根拠を作者に直結しないで、『大鏡』は能信の存在を重視しているといった理解にとどめておくべきなのかもしれない。

四

これまで能信あるいは能信周辺作者説の根拠を『大鏡』の歴史叙述のなかから拾い上げ、『大鏡』が能信の存在を特筆、重視していることを述べてきたのは、『大鏡』がその編述に際して参照したであろう『栄花物語』正編における能信の扱い方と著しく異なることを証すためであった。次に『栄花物語』正編において能信がどのように描かれているかを確認しよう。

能信は明子腹（劣腹）であったから倫子腹（嫡妻腹）の男子、頼通・教通に比べて登場する度合いが低いのはそれなりに納得されるけれども、同腹の兄弟、頼宗・長家と比べてみても登場する回数が少ないのである。しかも出家した顕信を除いた道長の男子の中で、その結婚のことが記されていないのは能信だけである。確かに、巻第二十七、衣の珠に顕基室逝去のことが記され、そこに能信室と顕基室が姉妹である——ともに実成の娘——縁で能信がその死を悼む記事がみえ、また同じころ一人娘（長家室）をなくした斉信の、公任と対面した折の述懐が同巻に記されているが、そこには、実成も顕基室を失ったけれど能信室がまだ存生していて、実成の悲しみは自らのそれには及ばないとあり、この二つの記事から能信が実成女と結婚していることが知られるけれども、能信の結婚を正面から扱うことはなかったのである。また能信は、今、言及した顕基室の逝去記事、先に触れた禎子内親王の東宮参りの記事と、寛仁二年（一〇一八）十月に初雪が降り、能信が禎子内親王の乳母である命婦の乳母と和歌を贈答したことを記すところ――巻第十四、浅緑にみえる――を除いて、単独で登場することがないのである。能信は多くのばあい同腹の兄弟、頼宗や長家とともに登場する。さらにまた、『栄花物語』は能信が権亮として仕えた中宮妍子やその娘、禎子内親王には持続的に関心を払い、ために妍子関連記事は彰子関連の記事群と比べても見劣りのしない質量を誇っていて、『栄花物語』の原資料に妍子に仕える女房の日記が想定されたり（注13）、さらには『栄花物語』の作者に妍子女房が擬せられたりするほどであるが（注14）、その妍子関連記事に妍子に仕えた能信が登場するのは、実は先にあげた巻第十四、二十八の両記事のみなのである。能信が軽く扱われていることの証左といえよう。

このように『栄花物語』正編においては能信は影のうすい存在であるが、ほとんど無視に近い扱いがなされていることの窺われる記事が巻第十五、疑にみえる。病を得た道長が出家を決意し、自らの俗世における栄達を祖先と引きくらべて総括しているところである。長くなるが引用することにする。

殿の御前（道長）、「さらに命惜しくもはべらず。さきざき世を知りまつりごちたまへる人々多かるなかに、おのればかりすべきことどもしたる例はなくなんある。内（後一条天皇）、東宮（敦良親王）おはします。三所の后（彰子、妍子、威子）、院の女御（小一条院女御、寛子）おはす。（長男、頼通は）左大臣にて摂政仕うまつる。次（教通）は内大臣にて左大将かけたり。また大納言あるは左衛門督にて、別当かけたり。この男（長家）の位ぞまだいと浅けれど、三位中将にてはべり。みなこれ次々のおほやけの御後見仕うまつるべし。みづから太政大臣准三宮の位にてはべり。この二十余年のほど並ぶ人なくて、身一つして、あまたの帝の御後見を仕うまつるに、ことなる難なくて過ぎはべりぬ。おのが先祖の貞信公（忠平）、いみじうおはしたる人、わ

のが示されていないから、語り手の関心のありかを示す用法と考えられる。つまり「この」という言葉の存在によって語り手あるいは作者の立場がほのみえてくるのである。長家は能信と同腹であったが、倫子の養子となり、そのため、頼宗や能信に比べて昇進がはやかったのである。長家にはとりわけ関心を示し、能信についてはことさら触れまいとする語り手の対応の違いは、二人の境遇の違いに起因する側面があることも否めないであろう。大雑把な言い方になるが、倫子側に立つ語り手の立場が確認されよう。

五

『栄花物語』の歴史叙述においては能信の影がうすいばかりか、その存在が意図的に無視されていた。一方、『大鏡』は、『栄花物語』を原史料の一つとして参照したであろう、敦明親王東宮退位事件や法成寺金堂落慶供養の記事においては、『栄花物語』が全く触れない能信の行動を描き、能信の存在を重視する姿勢を顕著に示す。両作品の能信の描き方は対照的である。『大鏡』が先行する『栄花物語』正編とほぼ同時代を再対象化するのは、『栄花物語』の歴史叙述の平板さや、とかく一途な道長讃美に終始する固定化された歴史認識に物足りなさを感じたことが、その理由のまず第一にあげられるであろうが、『栄花物語』の能信に対する扱い方に対する反撥もその理由として考えられるのではなかろうか。それは、『大鏡』が能信によってあるいは能信周辺において編述されたことを予想させる有力な証拠のひとつとなろう。『大鏡』には、道長の後を継いで関白となった頼通、教通に対して能信こそが御堂流――道長流――の正統であるという主張が刻み込まれているといえよう。一方、『栄花物語』正編がなぜそのように能信を扱うのかは、『栄花物語』の歴史叙述がいかなる立場の人間によってどのような角度からなされたのかという『栄花物語』の固有の問題と関わってくるであろう。

（1）松村博司『栄花物語・大鏡の成立』（桜楓社、昭和五十九年五月）、石川徹『新潮日本古典集成 大鏡』（新潮社、平成元年六月）解説。
（2）第Ⅱ部第五、六章。
（3）『大鏡』の筆録者（あるいは筆録者に自らの見聞を語った人）が妍子に仕える女性であるらしいことの証拠となるくだりが他に昔物語にみえる。禎子内親王の裳着のために道長の整えた女房装束を下賜されなかった女房が憤死したことを世継が語るのを聞いて、「あさましく、『いかで、かくよろづのこと、御簾の内まで聞くらむ』と恐ろしく」（三四六）と、妍子の女房ならではの感想をもらしている。
（4）西岡虎之助『日本文学における生活史の研究』（東京大学出版会、昭和二十九年五月）
（5）梅村恵子「摂関家の正妻」（『日本古代の政治と文化』、吉川弘文館、昭和六十二年二月）、拙稿「藤原道長の栄華と結婚」（「日本文芸研究」第五一巻第四号、平成十二年三月）
（6）橘健二・加藤静子『新編日本古典文学全集 大鏡』（小学館、平成八年五月）解説。
（7）山岸徳平氏は源俊明（俊賢の孫）を作者とする。「岩波文学講座 大鏡概説」（岩波書店、昭和八年一月）参照。
（8）『小右記』長和四年（一〇一五）十月二日条によれば、道長は、譲位を決意した三条天皇に、天皇の三人の皇子（敦明、敦儀、敦平親王）は東宮の器ではないとして一条天皇の第三皇子、敦良親王（道長の外孫）の立太子を進言したため、三条天皇は譲位を思いとどまった。『同』同年十二月二十四日条によれば、敦明親王の立太子は不都合が多いけれども、三条天皇の意向に従わざるを得ないと、道長は実資に述べている。このように道長は敦明親王の立太子は不満ではあったけれど、しばらくは静観の構えをとった。
（9）注（1）石川前掲書頭注。
（10）第Ⅱ部第六章。

(11) 第Ⅱ部第五章。
(12) 第Ⅱ部第五章。
(13) 松村博司『栄花物語の研究』（刀江書院、昭和三十一年十二月）
(14) 加納重文『歴史物語の思想』（京都女子大学、平成四年十二月）
(15) 佐藤謙三『平安時代文学の研究』（角川書店、昭和三十五年十一月）

初出一覧

序論
『源氏物語』はなぜ歴史物語を生んだか」（「国文学」第四二巻第二号、平成九年二月）
「『大鏡』の歴史叙述——忠平伝の位置づけ——」（数研国語通信「つれづれ」第一二号、平成十九年十二月）

第Ⅰ部
第一章
「栄花物語の対象化の方法——原資料を想定して読むことについて——」山中裕編『栄花物語研究　第一集』（国書刊行会、昭和六十年九月）
第二章
「『栄花物語』初花巻についての一考察」（「説林」第四四号、平成八年三月）
第三章
「栄花物語の歴史叙述——「今」の表現性をめぐって——」（「国語と国文学」第六二巻第七号、昭和六十年七月）
第四章
「栄花物語の叙述の機構」（「説林」第三五号、昭和六十二年二月）

第五章
「栄花物語の歴史叙述――明暗対比的な構成について――」(「愛知県立大学文学部論集」第三五号、昭和六十二年二月)
第六章
「『栄花物語』の歴史叙述と系譜――永平親王暗愚譚の位置付け――」山中裕編『栄花物語研究　第三集』(高科書店、平成三年五月)
第七章
「栄花物語の歴史叙述と系譜」(「説林」第四二号、平成六年二月)
第八章
「花山たづぬる中納言の巻について」山中裕編『栄花物語研究　第二集』(高科書店、昭和六十三年五月)
第九章
「法成寺造営と『栄花物語』」倉田実編『平安文学と隣接諸学1　王朝文学と建築・庭園』(竹林舎、平成十九年五月)
第十章
「『栄花物語』の描く万寿二年」(「日本文藝研究」第六〇巻第三・四号、平成二十一年三月)
第十一章
「『栄花物語』続編について」山中裕編『新栄花物語研究』(風間書房、平成十四年十月)
第十二章
「「源氏」立后の物語」日向一雅編『源氏物語――重層する歴史の諸相』(竹林舎、平成十八年四月)

第十三章
『栄花物語』『大鏡』の時代区分意識」秋山虔編『平安文学史論考』（武蔵野書院、平成二十一年十二月）
第十四章
「『大鏡』と『栄花物語』続編」（「国文論叢」第三四号、平成十六年三月）

第Ⅱ部
第一章
「系譜と逸話――『大鏡』の歴史叙述――」（「文学」第五五巻第一〇号、昭和六十二年十月）
第二章
「鏡物と説話」本田義憲他編『説話の講座6　説話とその周辺』（勉誠出版、平成五年一月）
第三章
「『大鏡』の歴史叙述――光孝・宇多天皇の位置づけ――」（「文学」第八巻第一号、平成十九年一月）
第四章
「昔物語の位相」山中裕編『王朝歴史物語の世界』（吉川弘文館、平成三年六月）
「『大鏡』の歴史叙述」前田雅之他編著『〈新しい作品論〉へ、〈新しい教材論〉へ　古典編』（右文書院、平成十五年一月）
第五章
「『大鏡』の作者――能信説の再検討――」『講座平安文学論究　第十一輯』（風間書房、平成八年四月）

私の『栄花物語』『大鏡』研究の転機となったのは、小学館新編日本古典文学全集『栄花物語①〜③』の刊行であったと思う。山中裕・秋山虔両先生のお手伝いをするということで先輩の池田尚隆氏とともに加えていただいた。編集者とのゲラのやりとりはいつ果てるともなく、出口の見えぬまま苛立ちを覚えることもあったけれど、テクストに密着して細緻に読むことを、本文校訂・付注作業をとおして改めて学んだ。文学部国文専修に進学して以来、秋山虔先生に徹底的にたたき込まれてきた主体的な読みとその相対化を具体的に実践する機会に恵まれ、テクストの息づかいを感じ取ることのできた貴重で希有な体験であった。テクストに何らかの疵があって解釈に窮するときは、かつて愛知県立大学に在職していた折、ある時は大先輩としてある時は同僚として温かく見守ってくださった尾崎知光先生にご相談した。テクストの厳密な解釈では人後に落ちない先生は、かならず試解をお示しくださった。

拙いながらも本書を上梓することができたのは、ひとえに山中・秋山・鈴木・尾崎先生のご指導の賜物と、改めてご学恩に感謝申し上げる次第である。不出来な内容ゆえに、かえって先生方のお顔に泥を塗ることになりはしないかとおそれるが、感謝の気持ちをかたちにすべく、お名前をあげさせていただいた。私事になるが、本書の刊行の準備をはじめてまもなく父が他界した。本書の刊行を思い立った理由のひとつは父が生きている間にという思いからである。父の御霊に本書を捧げたい。

ともあれ、本書の刊行で私のこれまでの研究に一区切りをつけることができた。大方の忌憚のないご批正をお願いし、それを今後の糧にしたいと思う。

本書は、平成二十二年度科学研究費補助金、研究成果公開促進費の交付をうけた。末筆ながら明記して、感謝の意を表したい。

平成二十三年二月　　福長　進

〔参照系図〕

天皇・源氏
藤原氏

［参照系図］天皇・源氏系図

・本書において触れた人物を中心に作成した。
・数字は即位順を表す。

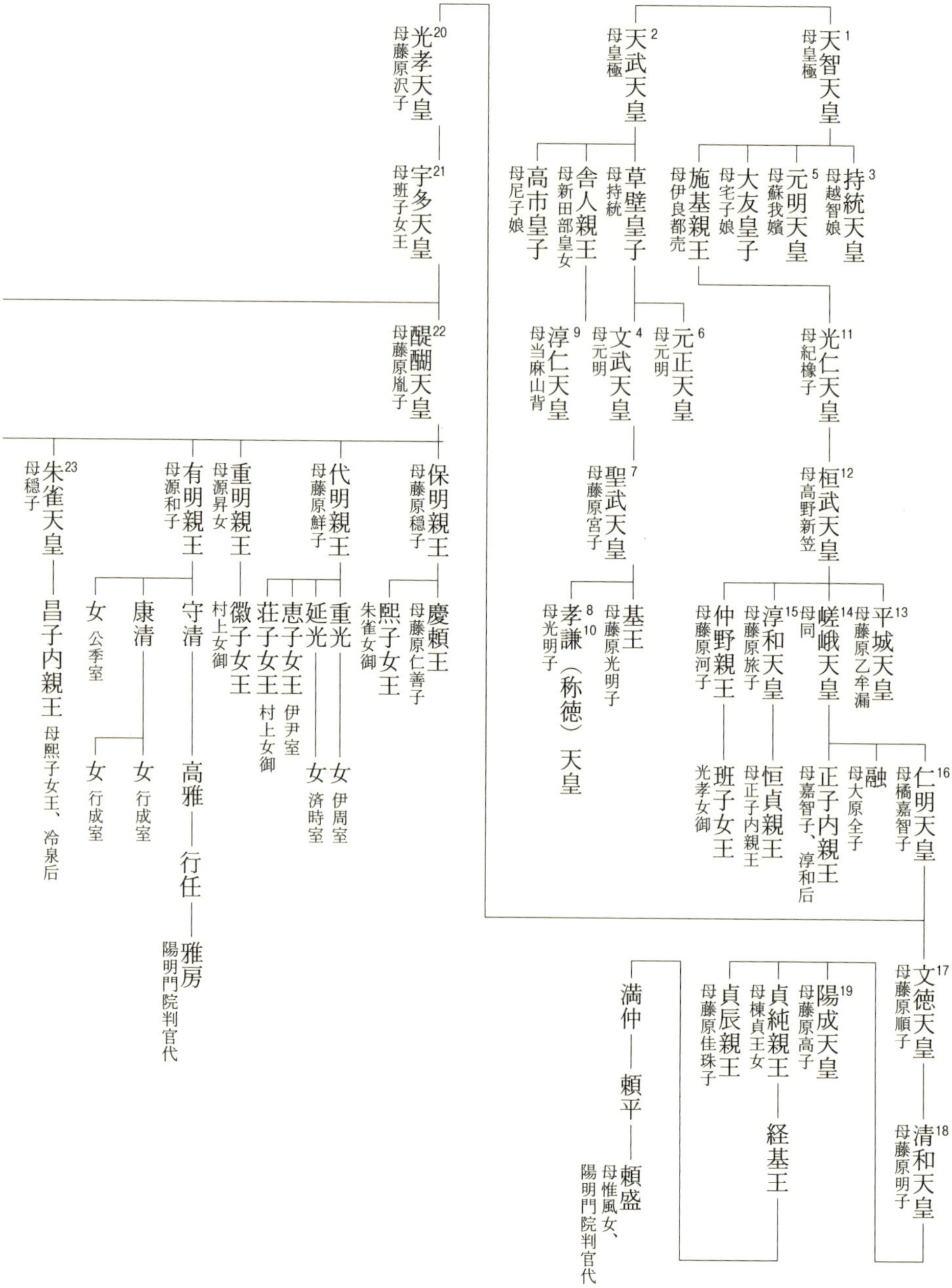

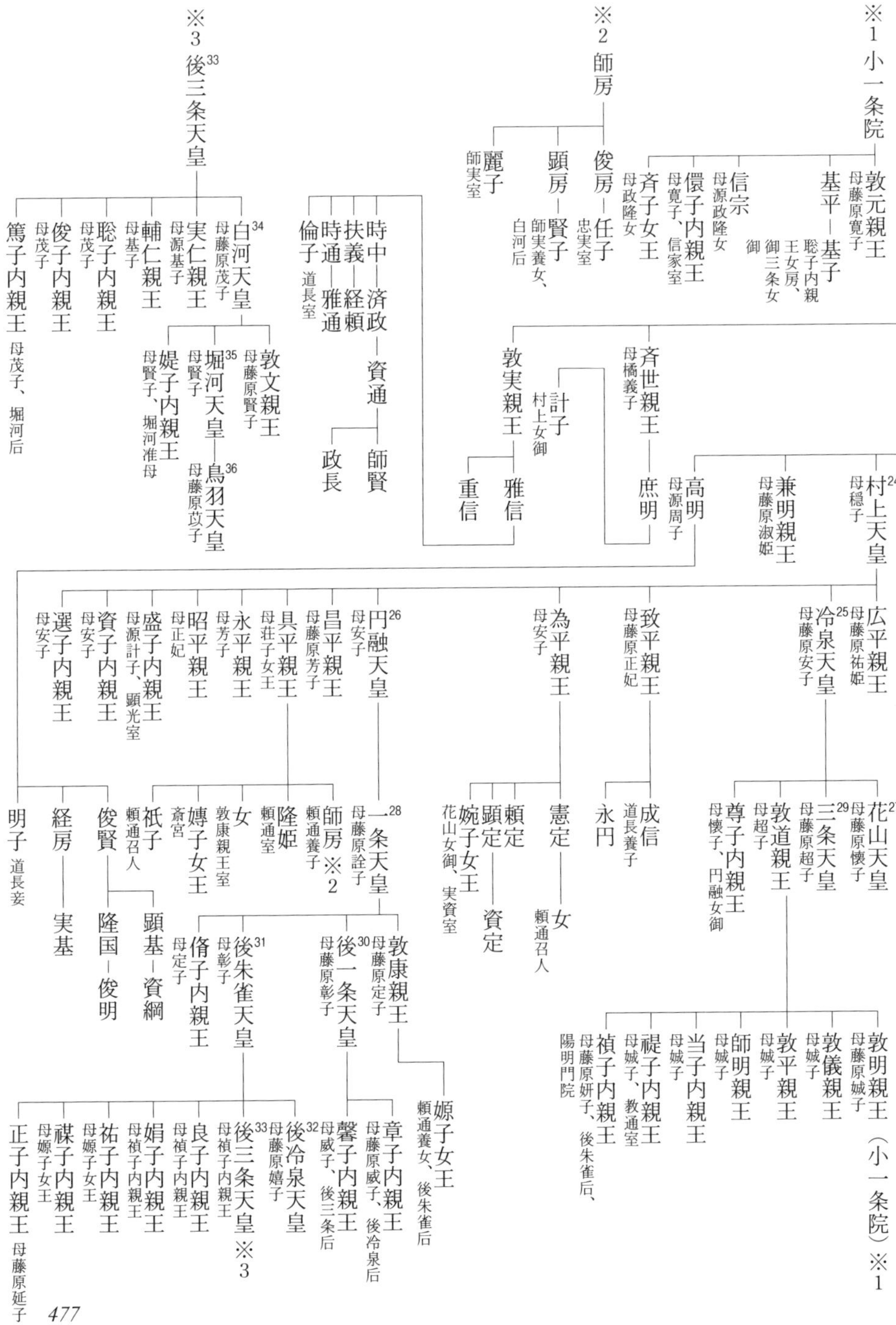
※1 小一条院
敦元親王 母藤原寛子
基平—基子 聡子内親王女房、三条女御
信宗 母源政隆女
儇子内親王 母寛子、信家室
斉子女王 母政隆女
※2 師房
俊房—任子 忠実室
顕房—賢子 師実養女、白河后
麗子 師実室
※3 後三条天皇 33
白河天皇 34 母藤原茂子
実仁親王 母源基子
輔仁親王 母基子
聡子内親王 母茂子
俊子内親王 母茂子
篤子内親王 母茂子、堀河后
敦文親王 母藤原賢子
堀河天皇 35 母賢子
鳥羽天皇 36 母藤原苡子
媞子内親王 母賢子、堀河准母
時中—済政—資通—師賢
政長
扶義—経頼
時通—雅通
倫子 道長室
斉世親王 母橘義子
庶明
計子 村上女御
敦実親王
雅信
重信
村上天皇 24 母穏子
兼明親王 母藤原淑姫
高明 母源周子
広平親王 母藤原祐姫
冷泉天皇 25 母藤原安子
致平親王 母藤原正妃
為平親王 母安子
円融天皇 26 母安子
昌平親王 母藤原芳子
具平親王 母荘子女王
永平親王 母芳子
昭平親王 母正妃
盛子内親王 母源計子、顕光室
資子内親王 母安子
選子内親王 母安子
花山天皇 27 母藤原懐子
三条天皇 29 母藤原超子
敦道親王 母超子
尊子内親王 母懐子、円融女御
成信 道長養子
永円
憲定—女 頼通召人
頼定
顕定—資定
婉子女王 花山女御、実資室
一条天皇 28 母藤原詮子
師房 頼通養子 ※2
隆姫 頼通室
女 敦康親王室
嫥子女王 斎宮
祇子 頼通召人
俊賢
隆国—俊明
顕基—資綱
経房—実基
明子 道長妾
敦明親王 母藤原娍子（小一条院）※1
敦儀親王 母娍子
敦平親王 母娍子
師明親王 母娍子
当子内親王 母娍子
禔子内親王 母娍子、教通室
禎子内親王 母藤原妍子、後朱雀后、陽明門院
敦康親王 母藤原定子
嫄子女王 頼通養女、後朱雀后
後一条天皇 30 母藤原彰子
章子内親王 母藤原威子、後冷泉后
馨子内親王 母威子、後三条后
後朱雀天皇 31 母彰子
脩子内親王 母定子
後冷泉天皇 32 母藤原嬉子
後三条天皇 33 母禎子内親王 ※3
良子内親王 母禎子内親王
娟子内親王 母禎子内親王
祐子内親王 母嫄子女王
禖子内親王 母嫄子女王
正子内親王 母藤原延子

［参照系図］藤原氏系図

・本書において触れた人物を中心に作成した。
・人物の右肩の数字は摂関の就任順を示す。
・人物に付した①～⑳の数字は『大鏡』大臣列伝の立伝順を示す。

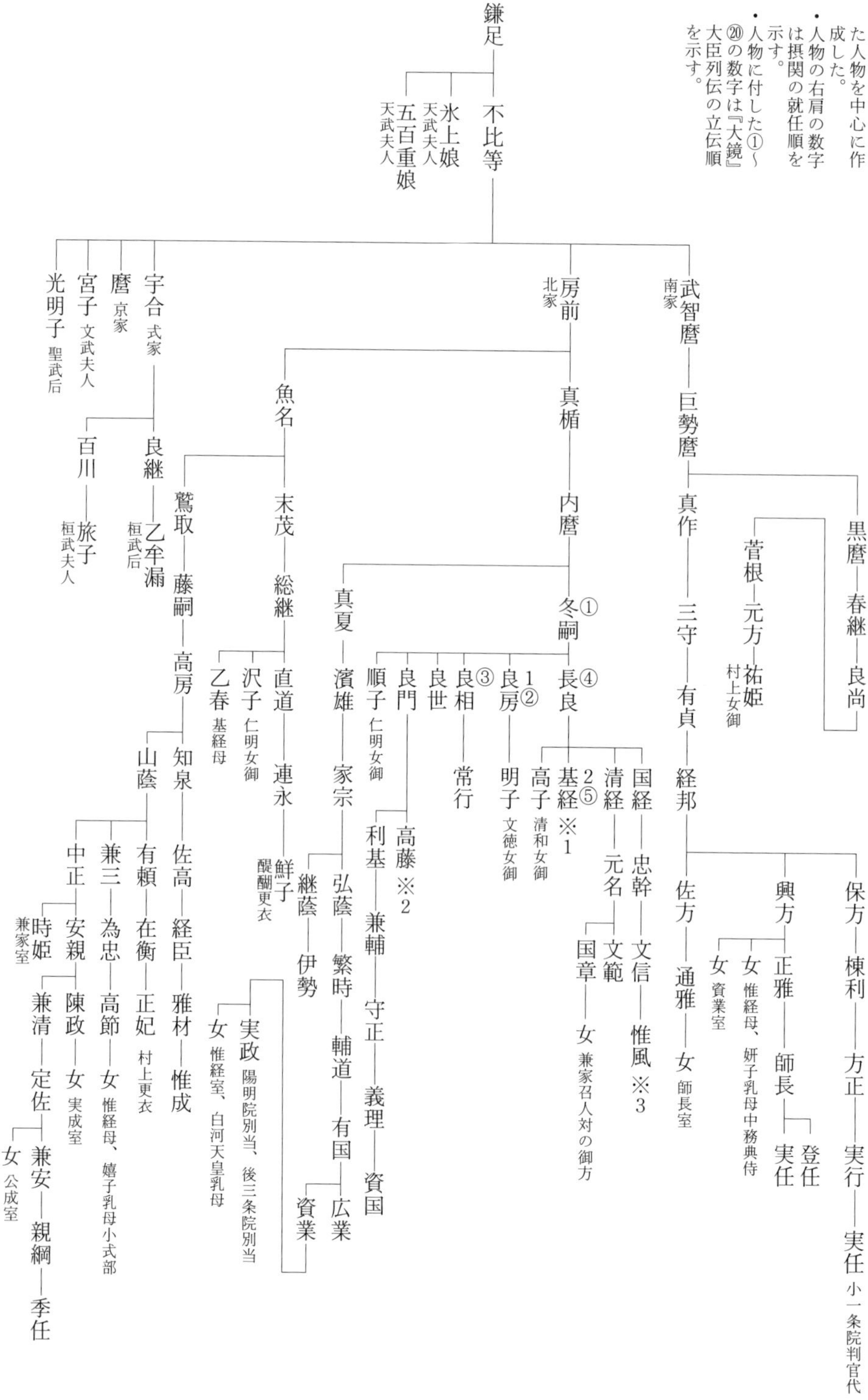

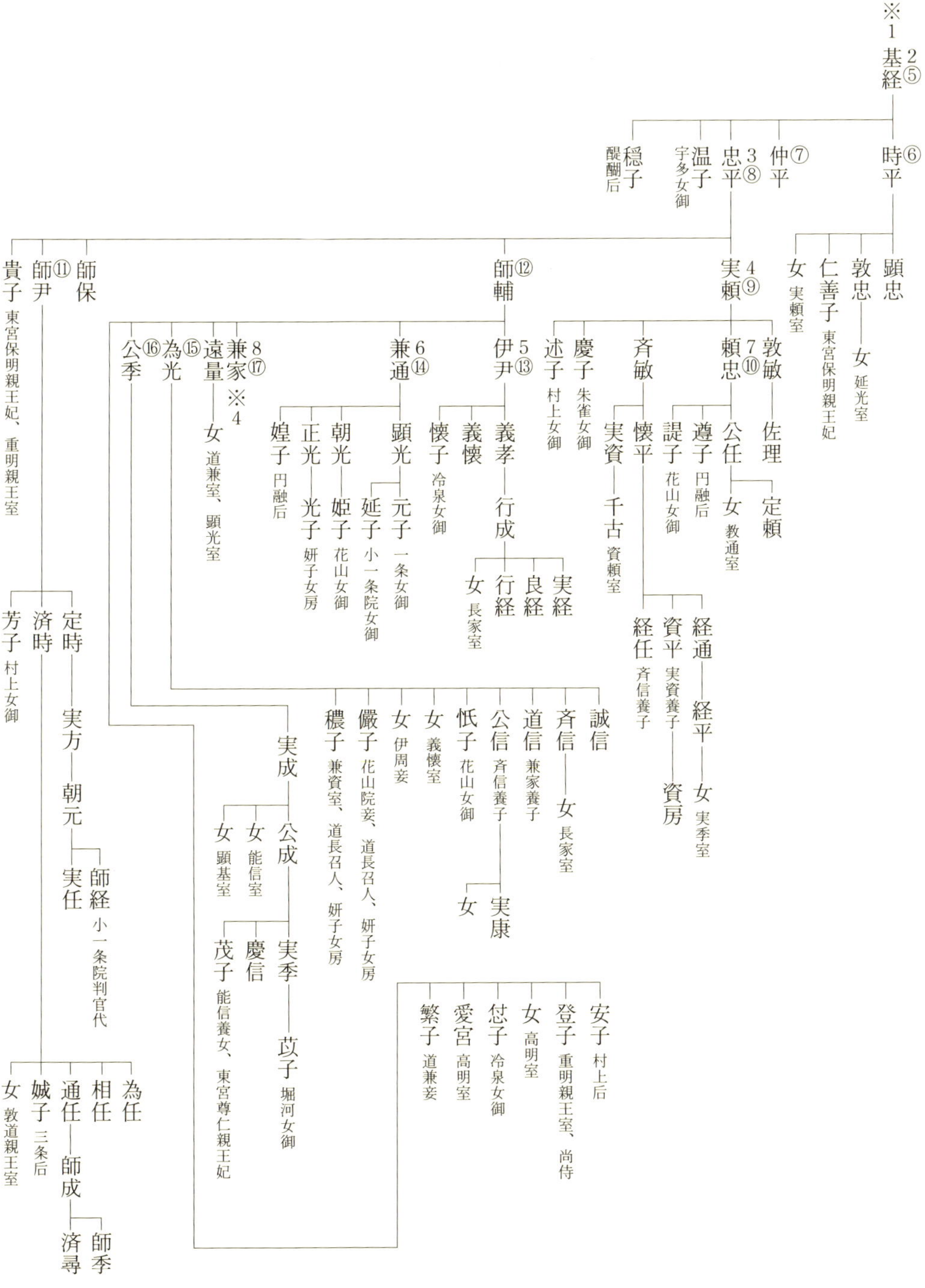
※1
基経2⑤
時平⑥
仲平⑦
忠平3⑧
温子 宇多女御
穏子 醍醐后
顕忠
敦忠
女 延光室
仁善子 東宮保明親王妃
女 実頼室
実頼4⑨
師輔⑫
師保
師尹⑪
貴子 東宮保明親王妃、重明親王室
敦敏
佐理
頼忠7⑩
公任
定頼
女 教通室
遵子 円融后
諟子 花山女御
斉敏
懐平
経通
経平
女 実季室
資平 実資養子
資房
経任 斉信養子
実資
千古 資頼室
慶子 朱雀女御
述子 村上女御
伊尹5⑬
義孝
行成
実経
良経
行経
女 長家室
義懐
懐子 冷泉女御
兼通6⑭
顕光
元子 一条女御
延子 小一条院女御
朝光
姫子 花山女御
正光
光子 妍子女房
媓子 円融后
兼家8⑰
※4
遠量
女 道兼室、顕光室
為光⑮
誠信
斉信
女 長家室
道信 兼家養子
公信 斉信養子
実康
女
忯子 花山女御
女 義懐室
女 伊周妾
儼子 花山院妾、道長召人、妍子女房
穠子 兼資室、道長召人、妍子女房
公季⑯
実成
公成
実季
苡子 堀河女御
慶信
茂子 能信養女、東宮尊仁親王妃
女 能信室
女 顕基室
安子 村上后
登子 重明親王室、尚侍
女 高明室
怤子 冷泉女御
愛宮 高明室
繁子 道兼妾
定時
実方
朝元
師経 小一条院判官代
実任
済時
為任
相任
通任
師成
師季
済尋
娍子 三条后
女 敦道親王室
芳子 村上女御

●著者紹介

福長　進（ふくなが　すすむ）

1955年　岡山県に生れる。
1986年　東京大学大学院人文科学研究科博士課程中途退学。
現　在　神戸大学大学院人文学研究科教授。

著　書『新編日本古典文学全集　栄花物語①』（小学館、1995年）（共著）
『新編日本古典文学全集　栄花物語②』（小学館、1996年）（共著）
『新編日本古典文学全集　栄花物語③』（小学館、1998年）（共著）

歴史物語の創造

平成23（2011）年2月28日　初版第1刷発行©

著者　福長　進

装幀　笠間書院装幀室
発行者　池田つや子
発行所　有限会社　笠間書院
〒101-0064　東京都千代田区猿楽町2-2-3
☎03-3295-1331㈹　FAX03-3294-0996

NDC分類：913.39

ISBN978-4-305-70525-9

印刷／製本：新日本印刷
（本文用紙・中性紙使用）

落丁・乱丁本はお取り替えいたします。
出版目録は上記住所までご請求ください。
http://www.kasamashoin.co.jp

索　　引

・固有名、本書の論旨と深く関わるタームを中心に作成した。
・「藤原道長」など、頻繁に出てくる項目はとらない。
・「伊周女」「伊周の娘」など、実名のわからない女性は、藤原長家室となった藤原斉信女など若干の例外を除いて、その父親の項目に入れた。

●か

●さ

●た

●な

●は

●ま

●や

●ら

●わ